Thomas Perry
Die Jagd der Schattenfrau

SERIE PIPER

Zu diesem Buch

Jane Whitefield, die Meisterin im Verwischen von Spuren, hat während einer Magic-Show in Las Vegas die fintenreiche Flucht von Pete Hatcher arrangiert, Casinoangestellter im Spielerparadies, der Frauen liebt und zuviel weiß. Nun setzen seine Chefs ein skrupelloses Killerpärchen auf ihn an, und Jane muß ein neues Versteck suchen. Die Verfolgungsjagd geht bis hinauf in die Berge an der kanadischen Grenze, und Jane setzt all ihre Entschlußkraft und ihre Geistesgegenwart ein, um ihren Schützling lebend ans Ziel zu bringen. Doch nun ist Jane, die Schattenfrau, selbst im Visier der Killer … Thomas Perry zeichnet in seinen Jane-Whitefield-Romanen nicht nur unverwechselbare Charaktere – allen voran die Halbindianerin Jane, die am Rand der Legalität operiert, wenn sie Menschen zu einer neuen Existenz verhilft. Er versteht es auch, eine ungemein farbige Geschichte zu erzählen und atemlose Spannung zu erzeugen.

Thomas Perry, 1947 in Tonawanda/New York geboren, war nach dem Studium der englischen Literatur Arbeiter, Fischer, Lehrer, Verwaltungsbeamter, Drehbuchautor und Produzent. Als Schriftsteller schrieb er eine Reihe von angesehenen Krimis und erhielt den »Edgar«. Er lebt mit seiner Frau und zwei Töchtern in Südkalifornien. Auf deutsch erschienen die Jane-Whitefield-Thriller »Die Hüterin der Spuren« (1998) und »Der Tanz der Kriegerin« (1999).

Thomas Perry
Die Jagd der Schattenfrau

Roman

Aus dem Amerikanischen von
Fritz R. Glunk

Piper München Zürich

Von Thomas Perry liegen in der Serie Piper außerdem vor:
Die Hüterin der Spuren (5683)
Der Tanz der Kriegerin (5686)

Deutsche Erstausgabe
Juni 1999

Titel der amerikanischen Originalausgabe:
»Shadow Woman«, Ballantine Books, New York 1998

Umschlag: Büro Hamburg, Andreas Rüthemann
Foto Umschlagvorderseite: Walter Fogel
Foto Umschlagrückseite: Jerry Bauer
Satz: Lektyre Verlagsbüro Olaf Benzinger, Germering
Druck und Bindung: Clausen & Bosse, Leck
Printed in Germany ISBN 3-492-25687-2

Jeder Mensch, alt oder jung, Mann oder Frau, konnte leicht von einem bösen Geist in Besitz genommen und in eine Hexe verwandelt werden. Ein so besessener Mensch konnte nach Belieben die Form irgend eines Tieres, eines Vogels oder einer Schlange annehmen und nach der Ausführung seines ruchlosen Plans in seine ursprüngliche Gestalt zurückkehren oder aber, wenn die Flucht vor Verfolgern es verlangte, zu einem leblosen Objekt werden.

Lewis Henry Morgan
League of the Iroquois
1851

1 Pete Hatcher schob sich durch die trockenwarme Nachtluft, die schwer zwischen den großen Hotels und Casinos lag, und spürte, wie die aufgestaute Tageshitze vom Asphalt hoch in die Waden kroch. Er hatte die Schultermuskeln angespannt, um seinen Rücken gerade zu halten, aber das fühlte sich an wie eine Pose. Also versuchte er, sich nicht dauernd selbst zu beobachten und etwas lässiger zu gehen. Nach so vielen Tagen war es keine Kleinigkeit, überhaupt noch eine Bewegung zu tun, ohne gleichzeitig darüber nachzudenken, wie sie in den Augen der anderen aussah. Immer hatte er versucht, furchterregend und sprungbereit zu wirken, wie jemand, der nicht leicht zu töten ist. Das war ebenso dumm wie kindisch gewesen, nichts anderes als die typische Reaktion eines Tieres, das eine Raubkatze glauben machen will, es sei noch nicht schwach genug für den Prankenhieb.

An Las Vegas mochte er einen Teil besonders: den Strip mit seinen ins Riesenhafte übertriebenen Bauten, deren bonbonfarbene Lichter den blauschwarzen Wüstenhimmel verdrängten. Aber das Zentrum der Stadt war etwas ganz anderes. Hier strahlte eine grell neonglühende Karnevalsbeleuchtung von allen Seiten herein, prallte an den Asphalt- und Betonböden ab, traf als kaltes, totes Gelbgrau auf die Gesichter der Menschen, die neben ihm gingen, und warf in jede Hautfalte und unter jedes Auge einen tiefen Schatten.

Das Paar vor ihm schien es ebenfalls zu bemerken. Jeder sah den anderen verwundert an, und der Frau wurde unangenehm klar, daß das gespenstische Licht nicht nur ihrem geliebten Mann, sondern wohl auch ihr selbst alles Leben von der Haut gekratzt hatte. Sie lächelte tapfer, aber das machte ihre Züge nur noch hohler und ihren Mund zum Gebiß eines nackten Totenschädels. Die beiden erreichten die überdachte Ladengalerie, steuerten die nächste Glastür an und suchten Zuflucht im sanfteren Dunkelblau einer Bar unter blinkenden, sternweißen Lämpchen. Pete beobachtete, wie sie sich nach einigen Schritten in der maschinengekühlten Raumluft leicht schüttelten, als wollten sie die letzten klebrigen Reste dieses Straßenzaubers loswerden.

Hatcher folgte ihnen durch die Bar in ein großes Spielcasino, immer an der Wand entlang, abseits der Glücksautomaten mit ihrem Geklingel und dem Rasseln der Münzen, die sich in die Auffangschalen ergossen, mit einem ohrenbetäubenden Lärm, der zwischen den Wänden hoch über seinem Kopf hin- und hergeworfen wurde. Hatcher lief vorbei an den Karten- und Würfeltischen, über denen helles Licht die Filzflächen bestrahlte und die gestärkten Hemden der Croupiers in Semaphoren verwandelte. Er ging zu dem kleinen Wandfenster neben den vergitterten Kassen.

Zu der nicht mehr ganz jungen Frau hinter der Scheibe sagte er: »Hier soll ein Ticket für die Mitternachtsvorstellung für mich hinterlegt sein.«

»Ihren Namen bitte?« Aus irgendeinem Grund hatte er angenommen, sie müßte sein Gesicht kennen, aber sie verriet nichts als dienstliche Aufmerksamkeit.

»Pete Hatcher.«

Hatcher nahm die Eintrittskarte entgegen und las die Sitznummer ab, solange er im Licht noch etwas sah, dann gab er am Eingang die Karte dem Mädchen in Netzstrümpfen und Gehrock und ließ sich zu seinem Platz führen. Er schaute sich nicht um, ob die beiden Männer hinter ihm noch da waren. Sie waren noch da.

An den runden Saalwänden entlang liefen drei Ränge von Luxuslogen, und der Raum vor der Bühne war dicht besetzt mit Reihen aus langen, schmalen Tischen, angeordnet wie die Speichen eines Rades, damit alle Zuschauer auf ihren billigen Stapelstühlen eine gleich gute Sicht hatten.

Die Frau – man hatte ihn angewiesen, sie »Jane« zu nennen – saß schon im Dunkel ihrer offenen Loge. Sie war schlank, hatte glänzend schwarz, am Hinterkopf geflochtenes Haar und einen langen, anmutigen Hals; ihre bloßen Schultern waren nahtlos gebräunt, und sofort wollte er glauben, daß sie ihre Sonnenbäder nackt nahm. Er spürte bei ihrem Anblick einen unerwarteten, ziehenden Schmerz und widmete deshalb seine Aufmerksamkeit der Bühne. Das also war es, was er nun aufgeben mußte: nicht das große Geld oder das elegante Büro oder die saubere Luft der Wüste, sondern die Frauen, solche wie sie. Sie kamen immer von woanders her, aber hier war ihnen Pete immer wieder begegnet. Sie sahen aus, als hätten sie einen geheimen Schönheitswettbewerb gewonnen, bewertet nicht von einer Jury dickbäuchiger Handelskammervertreter, sondern von den Frauen selbst, und zwar noch bevor sie selbst Frauen waren. Anscheinend schauten sie nur einmal in den Spiegel, und ihnen war klar, daß ein solches Geschöpf nicht in so ereignislose Städte wie Biloxi oder Minneapolis gehörte.

Die Frau sagte: »Pete?«

»Ja?«

»Küssen Sie mich.« Er wandte sich ihr überrascht zu, und sie hob ihm bereits die Wange entgegen, in jener eigenartigen Bewegung, die nur die besten dieser Frauen beherrschten, so daß er nun diese unglaubliche weiche Stelle am Ohr mit den Lippen berühren und den Duft ihrer Haare aufnehmen konnte. Er blieb so länger als nötig und flüsterte ihr zu: »Ich hätte gedacht, wir benehmen uns unauffällig. Finden Sie, so viel Schönheit ist das das geeignete Mittel?«

Sie überhörte die Frage, beendete den Kuß, indem sie den Kopf zurückzog, und sagte: »Es ist gut genug. Eine Freundin möchte, daß Sie sie küssen, eine Nutte nicht. Falls die hier denken sollten, ich sei hier auf Kundschaft aus, dann lassen sie mich sicher durch ihre eigenen Leute beobachten. Wußten Sie übrigens, daß Sie nicht allein sind?«

»Ich bin schon seit zwei Wochen nicht mehr allein«, sagte er. »Meine Telefone sind verwanzt, meine Wohnung auch, sogar mein Wagen. Wenn ich schlafe, dann schalten sie an der Decke, hinter dem Rauchdetektor, eine Infrarotkamera ein.«

»Das ist ein gutes Zeichen«, sagte die Frau. »Wenn die Wanzen und die Kameras nicht mehr da wären, sähe es nicht so gut für Sie aus. Denn das würde bedeuten, man erwartet, daß sich ziemlich bald die Polizei um all das kümmert, was Ihnen einmal gehörte.«

»Es ist nur nicht gerade ein so gutes Omen, daß es mir Lust macht, in den nächsten Laden zu rennen und einen Kalender für kommendes Jahr zu kaufen.«

»Machen Sie sich keine Gedanken darüber, was die alles noch nicht getan haben«, sagte die Frau, »sondern lieber darüber, was Sie jetzt gleich selbst tun müssen.«

»Was denn?«

»Sobald sich die Kiste öffnet ...«

»Welche Kiste?«

»Hören Sie einfach nur zu. Sobald sich die Kiste öffnet, verlassen Sie die Loge. Sie gehen – nicht rennen – Sie gehen zu dem Ausgang, der uns genau gegenüber liegt. Sie gehen raus, steigen in den schwarzen Ford, der am Ende des Parkplatzes auf den reservierten Stellflächen steht. Fahren Sie nach Norden, die Route 15. Sie bringt Sie nach St. George in Utah. Mehr Zeit kann ich Ihnen nicht rausschlagen. Sie sind dann immer noch eine Stunde von Cedar City entfernt. Halten Sie nicht an, nicht einmal zum Pinkeln, fahren Sie durch. In Cedar City gibt es einen kleinen Flugplatz. Ihr Ticket ist bei der Southwest Airlines auf den Namen David Keller hinterlegt. Von da an heißen Sie so. Die Papiere, die ich Ihnen versprochen habe, sind in der Brieftasche unter dem Fahrersitz. Im Kofferraum liegt Ihr Gepäck. Sie werden Ihren Flug knapp erreichen, und bevor es hell wird, sind Sie in Denver.«

»Und was ist mit den anderen Sachen?«

»Alles, was Sie für den Anfang brauchen, ist im Koffer. Ihre Universitätszeugnisse, die ehrenvolle Entlassung, Bankauszüge und alles andere finden Sie in Ihrer neuen Wohnung.«

»Und?«

»Und was?«

»Ich bin damit draußen, aber was ist mit Ihnen? Die haben Sie mit mir gesehen. Und die werden es an Ihnen auslassen, weil sonst niemand mehr da ist.«

Sie sah ihn mit offenen Augen an, mit Verwunderung und Interesse, als hätte sie etwas Seltenes und Ungewohntes an ihm entdeckt, dann drehte sie den Kopf wieder zur Bühne. »Ich kann so was, und Sie wären mir sowieso keine Hilfe.

Denken Sie nicht an mich. Denken Sie an das, was Sie tun müssen.«

»Irgend etwas, das Sie mir noch nicht gesagt haben?«

»Ganze Bände«, antwortete sie. »Ich verbringe gern mehr Zeit mit meinen Fliehenden, bevor ich sie in ihr neues Leben entlasse, aber in Ihrem Fall haben wir die Zeit nicht. Sie müssen jetzt nur das eine wissen: Wenn Sie nie einen Fehler machen, können Sie ewig leben. Im Augenblick aber konzentrieren Sie sich auf den heutigen Abend. Wenn Sie den überleben, können Sie alles andere nachlernen.«

»Aber was ist, wenn am Ausgang schon jemand auf mich wartet?«

Sie legte ihm die langen, schlanken Finger auf die Hand, und ihre Stimme wurde leise und sanft, wie die einer Mutter, die mit ihrem Kind spricht. »Dann schlagen Sie schnell zu und tun ihm so weh, wie Sie nur können. Er hat nicht den Mumm für eine harte Schlägerei Mann gegen Mann. Es braucht erheblich mehr Mut, zwei Wochen lang so zu tun, als sei man nicht in Schwierigkeiten, als wenn man einfach nur in einem Rudel einem einsamen Mann nachjagt. Ich habe Sie beobachtet und ich habe diese Männer beobachtet. Ich weiß, Sie schaffen das.« Er seufzte, aber er hatte nur kurz eingeatmet, so daß die Luft als flacher Hauch herauskam. »Ich kann bloß hoffen, daß Sie recht haben. Ich nehme an, Sie haben sich Ihr Honorar von dem Geld genommen, das Sie nach Denver geschafft haben?«

Sie schüttelte den Kopf. »Das läuft nicht so. In einem Jahr, vielleicht in zwei Jahren, denken Sie über Ihr neues Leben nach. Und Sie werden sich erinnern, wie Ihnen heute abend zumute war. Und dann schicken Sie mir ein Geschenk.«

Er hob die Augenbrauen: »Wie können Sie das wissen?«

»Ich weiß es nicht. Aber im Lauf der Zeit habe ich einige Geschenke bekommen.«

Die Saalbeleuchtung ging langsam aus, und Pete suchte mit einem vorsichtigen Blick seine Beschatter. Er fand sie einen Rang über ihm, seitlich in einer Loge, so daß sie jederzeit sein Profil sehen konnten. Er lehnte sich zurück, um sich vor ihnen zu verbergen, aber die Frau legte ihm sanft die Hand auf den Rücken, schob ihn wieder nach vorn und flüsterte: »Die sollen Sie ruhig sehen. Lassen Sie Ihr Gesicht da, wo sie es sehen können.«

Ein winziges Geschoß zischte in einem funkensprühenden Kometenstreifen über ihre Köpfe hinweg. In der Mitte der Bühne explodierte es mit einem lauten Knall, eine zwei Meter hohe Stichflamme aus Feuerzeugbenzin loderte auf, und gleich darauf quollen Schwaden von Trockeneisnebel über die ganze Bühnenbreite und die Rampenlichter hinweg ins Publikum.

Nun schaltete sich ein heller Lichtstrahl ein und zuckte unruhig über die wabernde Szenerie, als wollte er sie durchdringen, um einen festen Gegenstand darin zu fassen. Im nächsten Augenblick ballten sich offenbar einige Nebelschwaden zusammen und bildeten den Umriß einer hutzligen, vom Alter gebeugten Frau, die von oben bis unten in Lumpen gehüllt und auf einen Stock gestützt war. Sie humpelte zögernd aus dem Nebel heraus und erblickte scheinbar zum ersten Mal das Publikum. Pete beobachtete die anderen Zuschauer. Sie waren sprachlos vor Überraschung, als hätten sie ganz vergessen, daß sie eine Eintrittskarte gekauft und mit einem Drink in der Hand genau darauf gewartet hatten.

Die alte Frau starrte sie unfreundlich an, stieß ein unheimliches Kichern aus und hob langsam den Stock. Als er auf der Höhe ihrer Schultern war, wurde er kleiner und schmaler, und über ihrem Kopf hatte er eindeutig die Form eines Zauberstabs angenommen.

Sie klopfte sich damit einmal auf den Kopf, und im selben Moment verbrannte ihr Lumpengewand in einem Schauer aus Funken und Rauch. Nun hatte sich auch der Suchscheinwerfer seinen Weg durch den Nebel gebahnt und fand an ihrer Stelle eine junge, wohlgestaltete, hoch und aufrecht stehende Frau in einer goldglänzenden Lurex-Haut, die noch ein wenig heller schien als ihre blonde Mähne. Die tiefe, durchdringende Stimme des Ansagers rief: »Ladies and Gentlemen – Miranda!«, dann ging sie in Musik und stürmischem Applaus unter. Pete lehnte sich zur Seite und sagte: »Meine Aufmerksamkeit hat sie. Hoffentlich auch die der anderen.« Die Frau neben ihm beobachtete seine Augen. »Und wenn jetzt noch nicht, dann sehr bald. Sie war früher Stripperin.«

Miranda ging katzenartig die leere, halbdunkle Bühne ab und vollbrachte Unmögliches für die hingegeben leichtgläubige, erwartungsvolle Menge. Sie griff in die Luft und pflückte allerhand heraus: Weiße Tauben, die sie niemals in ihrem Kostümchen versteckt haben konnte, flogen dem Publikum über die Köpfe und kehrten auf eine Sitzstange in der Hinterbühne zurück; eine einzelne Rose, die Miranda über die Schulter auf den Boden warf; dann vier Kaninchen, eines nach dem anderen. Sie tat es mit einer Leichtigkeit, als ginge sie durch die Pflichtübungen eines Zauberwettbewerbs, zeige nur ein paar Musterbeispiele ihrer Standardtricks.

Erst langsam wurde dem Publikum bewußt, daß etwas Seltsames, etwas Ungeplantes im Gange war. Die Rose, die Miranda hinter sich geworfen hatte, veränderte ihre Gestalt. Sie wurde immer länger, dann bog sie sich ein Stück weit hoch. Allmählich schlängelte und wand sie sich über den Boden. Nun hatte Miranda plötzlich einen Zylinder in der Hand, setzte ihn auf, nahm ihn wieder ab und hielt ihn sich offen vor den Bauch. Die vier Kaninchen hoppelten nacheinander zu ihr hin, sprangen in den Hut und verschwanden darin. Sie schob den Zylinder zusammen und ließ ihn wie eine Frisbeescheibe quer über die Bühne segeln.

Das Publikum war irgendwie abgelenkt. Der Kaninchentrick war zwar nicht ganz das Übliche, aber das faszinierendere Schauspiel bot die Blume. Sie war jetzt schon zwei oder drei Meter lang. Die Blütenblätter waren abgefallen, die Rose bog sich im Rücken durch und hob langsam hinter Miranda den Kopf, wobei sich der Stiel gleichzeitig verbreiterte. Es war eine Königskobra, und die grünschwarze Haut schimmerte ölig im Scheinwerferlicht. Als Miranda sich verneigte, nahm die Kobra den Kopf zurück und machte sich bereit, im nächsten Augenblick blitzschnell zuzubeißen. Miranda schien jetzt erst die Unruhe im Publikum zu bemerken. Sie zog fragend die Augenbrauen zusammen, holte aus der Luft einen perlmutterbesetzten Revolver, drehte sich elegant um die eigene Achse und schoß der Kobra ins Auge. Die Schlange zuckte zusammen und fiel zu Boden. Ein Wind fuhr über die Bühne und trieb den Bodennebel in kleinen Wirbeln vor sich her. Die Kobra löste sich in lauter helle Flocken auf, die der Wind verwehte, und dann lag an ihrer Stelle eine neue, frische Rose. Miranda preßte den Revolver mit den Händen zu einem quecksilberfarbenen Ball zusammen, warf ihn in die Luft und sah zu, wie er über ihr explodierte. Während Miranda den Applaus entgegennahm, suchte Jane im Publikum nach jemandem, der womöglich auf ein Zeichen der zwei Beschatter wartete. Eine Firma wie die Pleasure AG hatte zweifellos genügend Leute zur Verfügung, aber auf Pete Hatcher hatte man wohl nicht mehr als zwei angesetzt. Sie beugte sich zu ihm hinüber und flüsterte: »Es ist Zeit für Sie. Gönnen Sie sich noch einen Blick, und dann kommen Sie nie wieder zurück. Dieser Teil Ihres Lebens ist vorbei.«

Er wandte sich ihr zu, aber ihr Gesicht war schon wieder von der Dunkelheit verhüllt. Die Musik wurde jetzt laut und hektisch, und die Zuschauer redeten miteinander. Doch dann holten sie hörbar Luft ein, als Miranda plötzlich Anlauf nahm und von der zwei Meter hohen Bühne in den Saal heruntersprang. Sie tänzelte durch den Mittelgang, faßte einen Mann an seinem Tisch schärfer ins Auge, griff ihm ins Ohr und zog ein seidenes Spitzenhöschen hervor. Der Mann lächelte anerkennend, aber die Frau neben ihm schaute nur kurz hin und bleckte die Zähne zu etwas, das kein Lächeln mehr war. Verstohlen tastete sie mit der Hand ihre Hüfte ab.

Das vor Staunen atemlose Publikum überließ sich dem festen Glauben, die Hand sei schneller als das Auge, und als Miranda zwischen den Zuschauern weitertanzte, übertönte der Applaus fast noch die dröhnende Musik.

Als sie auf die Loge zukam, wandte Pete den Blick von ihr ab und sah Jane an. Sie sagte: »Viel Glück, Pete«, und dann schlossen sich Mirandas erstaunlich kräftige Finger um seinen Unterarm. Pete schaute ihr in die Augen und stand auf, aber hier, aus nächster Nähe, konnte er nichts Weiches, Beruhigendes mehr entdecken. Mirandas unnatürlich perfekte Zähne waren aufeinandergepreßt zu einem künstlichen

Schauspielergrinsen, vielleicht war sie auch nervös oder angespannt und wollte es nicht zeigen, und zwischen dem schwarzen Eyeliner und dem blaugoldenen Lidschatten hatten sogar die Augen einen halbirren, starren Blick, sie sahen ihn gar nicht, denn er existierte nur kurz in ihrem Kopf, bevor sie sich schon wieder allen anderen widmete. Die Maske ihres Make-ups hatte nicht die Farbe eines menschlichen Wesens, es reflektierte das Licht in winzigen Funken aus Metall, einem Element, aus dem kein Sterblicher gemacht ist.

Er ließ sich von ihr an der Hand führen, den Mittelgang zurück zur Bühne, und ließ sich die Stufen hinauftragen von dem Applaus für ihn, weil er so gut mitspielte, aber dann überwältigte ihn der begeisterte Beifall für Miranda, die ebenfalls auf die Bühne gekommen war. Während der Scheinwerfer Miranda auf dem Weg zu Petes Loge nachgegangen war, hatten unsichtbare Hände hier oben alles vorbereitet. In der Bühnenmitte stand nun eine Couch. Miranda führte ihn wie einen Geliebten. Im Gehen sprach sie zu ihm in einem harten, geschäftsmäßigen Tonfall: »Ich mach das alles für Sie. Im Moment legen Sie sich einfach da hin. Sie bewegen sich nicht, Sie fassen nichts an. Klar?«

»Ja«, sagte er. Er legte sich auf die Couch und spürte, daß sie aus harten Brettern mit einem darübergelegten Tuch bestand. Das Publikum schrie schon wieder vor Vergnügen, und Pete ahnte, weshalb: Miranda, mit dem Rücken zum Zuschauerraum, hakte mit einer Hand im Nacken das Oberteil ihres Kostüms auf. Dann legte sie beide Hände an die Hüfte und zupfte zögernd und aufreizend langsam an dem Kleidungsstück. Sie ging zu Pete, legte ein Knie auf die Couch, und dann geschah alles auf einmal. An der Rampe gab es einen Lichtblitz und eine Rauchwolke. Eine Sekunde lang sah Pete, wie der Rauch aus den Düsen zwischen den Rampenlichtern nach oben geblasen wurde, dann sah er nichts mehr. Er spürte nur eine jähe Bewegung, als sich der Seidenstoff unter ihm teilte, von versteckten Drähten ruckartig nach rechts und links gezerrt. Er fühlte auch eine Art Luftzug, während Miranda im Dunkeln mit den Armen ruderte, aber zu sehen war nichts.

Dann kam das Licht wieder, und was er sah, war Miranda in einem schwarzen Korsett der Jahrhundertwende mit Strapsen und schwarzen Strümpfen, einen langen, silbernen Dolch in der Hand. Sie sagte: »Grinsen Sie denen da unten zu«, und er betrachtete sie verunsichert. Nachdem Miranda das Gelächter abgewartet hatte, kam sie näher. »Sehr gut. Jetzt stehen Sie auf und schauen sich die Couch an.« Er erhob sich und sah, worauf er gelegen hatte. Die Couch war jetzt eine reich mit Silber und Lack verzierter Kiste, fast eineinhalb Meter lang. Sie machte den Deckel auf und sagte: »Steigen Sie hinein. Wenn ich zumache, ziehen Sie Ihre Knie ans Kinn.«

Die Kiste war keine Überraschung mehr für ihn, da Jane sie schon erwähnt hatte. Pete schaute noch einmal ins Publikum. Er sah Jane allein in der Loge, die jetzt von den Lichtern im Saal hell ausgeleuchtet war, und rechts davon, zwanzig Meter entfernt, die zwei Beschatter. Den einen hatte er neulich schon gesehen, am vergangenen Dienstag in der Abenddämmerung vor dem Haus. Er hatte das müde, melancholische Aussehen eines Polizisten, der schon zu lange auf Streife ist. Der andere war klein und bullig und stiernackig wie ein irischer Mittelgewichtsboxer, mit einem runden, rötlichen Gesicht und schielenden Augen.

Er stieg in die Kiste und sah sich dabei noch einmal das lächerlich barocke Salontheater an, die viel zu großen Logen mit ihrem Schnitzwerkzierat, den man aus Sägemehl, Leim und Purpurfarbe in Formen gegossen und dann mit Schaumgummi und Kunstseide gepolstert hatte. Und doch mochte er dies alles gern, es war ein Stück von ihm. Er beobachtete gern die Frauen, wenn sie diese Szenerie bewunderten: die Frauen aus dem Mittelwesten, die in ihren immer nur fast durchsichtigen Pastellkleidern vom Hotel Caesar bis hierher zu Fuß gegangen waren, um sich unterwegs die Auslagen der Geschäfte anzusehen, die gelben Diamant-Halsketten und die Samoware aus massivem Silber und die Zobelmäntel, nicht weil sie so etwas kaufen wollten, sondern weil es ausgestellt war, um gesehen zu werden, wie prominente Schauspieler. Er mochte die Kartengeberinnen in ihren engen, frisch gebügelten Männeranzügen mit Krawatte und glänzenden Schuhen, aber auch die hochgewachsenen Tänzerinnen, die in ihren knappen Kostümen hart und schimmernd wirkten wie menschliche Juwelen, und die Frauen aus den sonnenverbrannten Staaten jenseits der Rocky Mountains, wenn sie auf Zehenspitzen zum Swimmingpool gingen, ein Handtuch um die Hüften gewickelt, weil ihnen bei dem neuen Badeanzug plötzlich Zweifel kamen, vermutlich nicht so sehr wegen zu viel bloßer Haut, eher weil sie sich fragten, ob ein solcher Zweiteiler nicht zuviel über ihren Charakter verriet. Hatcher legte sich in die Kiste, ließ Miranda den Deckel schließen und wartete.

Miranda drehte ein paarmal die Kiste auf ihren Rollenfüßen, betrachtete die künstlichen Beine, die am Kistenende herausstanden, während sie die Kiste in zwei Hälften schnitt, sah wie sie noch einmal zitterten, als sie die beiden Teile voneinander trennte. Schließlich öffnete sie beide Deckelhälften: Die Kisten waren leer. Sie machte sie wieder zu, drehte sie noch einmal um sich selbst, dann kamen zwei stämmige Assistenten hinzu und stellten eine Kistenhälfte auf die andere. Miranda öffnete den oberen Deckel, und heraus stieg Pete Hatcher. Er verbeugte sich, nahm linkisch Mirandas Kuß entgegen und ging über die Treppe in den Saal hinunter.

Als er an der untersten Stufe angekommen war, schwang der Scheinwerfer zurück auf die Bühne zu Miranda. Jetzt stieg sie selbst in die Kiste. Die zwei Assistenten wirbelten sie ein bißchen herum, klopften mit dem Zauberstab auf das Holz, und sofort schoß eine hohe Stichflamme hervor. Währenddessen war deutlich die Gestalt des freundlichen Mitspielers zu sehen, den sie aus dem Publikum rekrutiert hatte: Er ging im abgedunkelten Saal in Janes Loge zurück.

Er setzte sich, und Mirandas Stimme sagte: »Er ist unterwegs, Jane.«

»Danke, Miranda«, sagte Jane. »Phantastische Show.«

Auf der Bühne öffneten nun die zwei verwunderten Assistenten wieder die Kiste. Heraus kam ein Mann, der ganz wie Pete Hatcher aussah. Der Suchscheinwerfer sauste über die Köpfe hinweg zu Hatchers Loge. Kaum hatte er ihn erfaßt, sprang der Mann auf, warf Jacke und Perücke ab, ließ die Hose fallen und war wieder Miranda. Sie holte noch das letzte an Beifall heraus, indem sie ein paarmal knickste und den Zuschauern Kußhände zuwarf, dann lief sie auf die Bühne zurück. Sie zog einen Vorhang im Hintergrund zur Seite und enthüllte etwas, das wie Pete Hatcher aussah. Er schwebte, anscheinend im Tiefschlaf, einen Meter über dem Boden in der Luft. Sie warf den Vorhang über ihn, ließ ihn noch einen guten Meter höher steigen, damit er ihr aus dem Weg war, und machte weiter. Jane sah auf die Uhr.

Miranda setzte ihr Publikum mit Spiegeln, Rauch und rasch wechselnden Kostümen pausenlos in aufgeregte Verwirrung. Von Zeit zu Zeit holte sie sich einen Mitspieler aus dem Saal, deckte ihn mit Tüchern zu, nachdem er seinen Part gespielt hatte, und parkte auch ihn ausgestreckt in der Luft, so daß nach zwei Stunden sechs Männer und Frauen zwei Meter hoch im Bühnenraum schwebten. Während Miranda sich schon zum Schlußapplaus verneigte, schien sie sich plötzlich an etwas zu erinnern. Sie drehte sich um, erblickte die sechs schwebenden Körper und lief zu ihnen hin. Mit einem Ruck riß sie eines der Tücher herunter, aber darunter war nichts mehr. Sie deutete nach unten auf einen Tisch an der Rampe, und die Frau, die eigentlich da oben in der Luft hätte liegen müssen, lächelte und winkte glücklich ins Publikum. Ein Tuch nach dem anderen wurde heruntergezogen, und immer wieder saßen die Mitspieler schon auf ihrem Platz wie alle anderen Zuschauer. Als sie auf Janes Loge deutete, verneigte sich der Mann dort liebenswürdig und machte zu Miranda und zur Rampe hinauf eine anerkennende Handbewegung, die gleich darauf in Fassungslosigkeit umschlug.

Sofort richteten sich alle Blicke wieder auf die Bühne, und die Zuschauer sahen gerade noch, wie es blitzte und rauchte. Wieder war Miranda verschwunden, nur ihre Kleider lagen in einem Haufen am Boden, wo eben noch sie gestanden hatte. Der Rauch stieg auf und wurde dicker, und dann, zuerst ganz langsam, begann der Kleiderhaufen sich zu bewegen und sich vom Boden zu erheben. Die hydraulische Hebebühne schob Miranda unter der Bühne hervor nach oben und in die Stoffteile hinein, die schließlich, als sie ganz zu sehen war, wie unförmige Lappen an ihr herunterhingen. Sie hatte sich in die gebückte Greisin zurückverwandelt, die die Show eröffnet hatte. Sie schlurfte zur Rampe, hob den Zauberstab auf, klopfte sich damit einmal in die Hand, und der Stab wurde wieder ein Gehstock. Sie zwinkerte den Zuschauern noch einmal verstohlen zu, ging mit ihren kurzen Schritten durch die Rauchwolke und war verschwunden.

Die Saaltüren gingen im Halbdunkel auf, und die Zuschauer, Mirandas geisterhafte Musik in den Ohren, strömten durch letzte Wölkchen von Theaterrauch hinaus. Unter ihnen auch Jane und ihr Begleiter, mitten in der dankbar und befriedigt schwatzenden Menge. Kurz vor dem hell erleuchteten Spielcasino sagte Jane: »Danke«, der Mann, einer von Mirandas Assistenten, machte einen Schritt zur Seite und war nicht mehr zu sehen.

Jane durchquerte demonstrativ die Spielhalle mit den riesigen Kristalleuchtern, unter denen die beiden Beschatter sie zweifellos gut sehen konnten. Sie betrat die Vorhalle, ging zur Rezeption und verlangte ihren Zimmerschlüssel.

Danach lief sie durch das Spielcasino zurück und in eine etwas erhöht liegende Bar, wo sie die langen Reihen grüner Filzflächen unter sich hatte. Sie setzte sich an einen Tisch mit zwei Stühlen und wartete. Im Spiegel über der Theke entdeckte sie die beiden Beschatter. Der Große ging zwischen den Filztischen herum und suchte über die Köpfe der Spieler hinweg nach Pete Hatcher. Der zweite Mann stand links hinter Jane, am Rand der Bar, so daß er im Bedarfsfall sofort eingreifen konnte.

Sie mußte einige Minuten auf die Bedienung warten, dann bestellte sie einen Martini und dazu einen Scotch mit Wasser. Die Bardame warf zwei Servietten auf den Tisch, eine vor Jane und die andere auf den Platz vor dem leeren Stuhl, und lief zurück zur Theke. Der Anblick der beiden Gläser, die gleich darauf an den Tisch gebracht wurden, schuf offenbar eine völlig neue Situation für Pete Hatchers Beschatter. Sie waren sich ihrer Sache wieder sicher, fast als hätten sie Hatcher selbst unter Beobachtung. Sie wußten zwar nicht, wo er im Augenblick war, auf der Toilette oder irgendwo im Labyrinth der Glücksspielautomaten, wo sie noch gar nicht nach ihm gesucht hatten, aber sie wußten genau, wo er in wenigen Minuten auftauchen mußte. Die Minuten verlängerten sich zu einer halben Stunde, einer Dreiviertelstunde. Der Kleinere ging hinaus, um nachzusehen, ob Hatchers Wagen noch auf dem Parkplatz stand, kam zurück und berichtete seinem Kumpel, daß es so war, aber ganz trauten sie der Sache nicht mehr. Irgendwas stimmte hier nicht, aber sie hatten keine Ahnung, was.

Jane sah wieder auf die Uhr. Katie – nein, verbesserte sie sich im stillen: Miranda hatte ihr versprochen, Pete Hatcher gleich zu Anfang des Zauberkunststücks durch den Hinterausgang hinausbringen zu lassen, so daß die ganze Vorstellung ihm einen Vorsprung von zwei Stunden verschaffte, genug Zeit, um bis zur Staatsgrenze von Utah zu kommen. Janes eigene Show der von ihrem Freund versetzten Frau fügte eine dritte Stunde hinzu, in der er Cedar City erreichen konnte. In diesem Augenblick stieg er sicher schon mit den anderen Passagieren ins Flugzeug. Es wurde allmählich Zeit, daß Jane an ihr eigenes Verschwinden dachte.

Sie ließ einen Zwanzig-Dollar-Chip auf dem Tisch zurück und verließ die Bar. Die beiden Männer zögerten einen Augenblick, dann folgten sie ihr. Sie mußten großen Abstand zu ihr halten und völlig desinteressiert aussehen. Jane ging zu den Aufzügen, sie wußte, die Männer konnten gar nicht anders als mitzukommen. Wenn sie diese Frau auch noch laufen ließen, hatten sie gar nichts mehr. Jane nahm den Lift zur fünfzehnten Etage, ging in ihr Zimmer, schleuderte die Schuhe von den Füßen und rief die Hotelgarage an. »Hier ist Miss Seymour, Zimmer 1592. Ich hätte gern sofort meinen Wagen.« Noch während der Antwort zog sie das Kleid aus.

Sie hörte, wie jemand vorsichtig am Türknopf drehte. Sie schaute in die Richtung, aber die Tür bewegte sich nicht. Unter der Tür hindurch sah sie den Schatten von Füßen. Jane stieß das Kleid mit dem Fuß unters Bett, stieg in ihre Jogginghose, zog sich einen Pullover über den Kopf, da hörte sie ein lautes, dumpfes Geräusch. Sie sah wieder zur Tür hin. Eine zweischneidige Messerklinge hatte das Eichenfurnier der hohlwandigen Tür gleich neben dem Schloß durchstoßen. Sie erstarrte. Eine unsichtbare Hand trieb die Klinge einen kleinen Halbkreis weiter und zog sie zurück. Gleich darauf stieß die Klinge mit demselben Geräusch schon wieder durch die Tür.

Sie nahm schnell ihre Handtasche, schlüpfte durch die Vorhänge hinaus auf den Balkon und machte leise die Glastür hinter sich zu. Sie hatte die Männer unterschätzt. Zu diesem Zeitpunkt hätten sie sich eigentlich nicht auf ein solches Risiko einlassen dürfen. Möglicherweise war sie zu sehr darauf konzentriert gewesen, Hatcher außer Reichweite zu bringen, und hatte deshalb eine Frage nicht bedacht, ein Gefahrenzeichen übersehen. Aber jetzt war nicht die Zeit, das wiedergutzumachen oder lange darüber nachzudenken. Jetzt mußte sie hier raus.

Sie hatte kein Gepäck bei sich. In diesem Hotel hatte sie überhaupt nicht geschlafen. Das Zimmer hatte sie nur gemietet, um von hier aus zu verschwinden. In ein paar Sekunden würden die Männer durch die Tür kommen. Sie prüfte die Balkone der Nachbarzimmer. Sie waren schmal und weit weg, und falls sie es schaffte, hinüberzukommen ohne herunterzufallen, dann war sie bloß einen Raum weiter. Sie beugte sich, so weit sie konnte, über die Brüstung und schaute nach unten. Eine Etage tiefer war dieselbe Art Balkon, aber mindestens vier Meter unter ihrem.

Sie sah einen Streifen Licht in ihrem Zimmer, als die Männer die Tür so weit aufhatten, wie die Sicherheitskette es erlaubte. Jane machte den Lederriemen ihrer Handtasche ab, schlang ihn nahe der Hauswand um das untere Ende eines Balkongitterstabs, kletterte hinaus, seilte sich ab und hing frei in der Luft. Die Höhenangst ließ ihre Muskeln zittern, während sie so an dem Träger baumelte, zwei Meter über der Brüstung des unteren Balkons. Sie wünschte, sie könnte sich einfach fallen lassen, aber ihre Hände gehorchten keinem Befehl mehr. Irgendwann konnte sie nur noch abstürzen, die Außenseite des Balkons entlangschrammen und siebzig Meter tiefer auf dem Gehweg aufprallen.

Sie knickte in der Hüfte ein und fing an zu pendeln. Der erste Schwung führte sie ein Stück weg vom Balkon, mit dem Gesicht nach unten, so daß sie die nachtschwarze Leere direkt vor Augen hatte und dazu, tief unter ihr, den hellen Betonboden. Nach einer beängstigenden Pause am Ende der Pendelbewegung schwang sie zurück. Sobald sie den Balkon unter ihren Füßen vermutete, ließ sie los.

Sie fiel, kam hart auf dem Boden auf, rutschte ein wenig weiter und stieß an das Geländer, das einen tiefen, vibrierenden Ton von sich gab wie eine Stimmgabel. Sie sah, daß die Schiebetür zu diesem Zimmer geschlossen war. Sie stand auf und packte den Türgriff. Sie wußte, daß sie unter keinen Umständen noch einmal über ein Geländer steigen würde. Sie zog an der Tür, aber die rührte sich nicht. Sie legte sich auf den Rücken, hielt sich die Handtasche vor das Gesicht und stieß mit beiden Füßen gegen das Glas.

Die Scheibe gab ein lautes Knacken von sich, aber das Glas war nicht ganz nach innen durchgebrochen. Jane kniete sich vor die Tür, fingerte eine lange, gezackte Scherbe heraus, legte sie zur Seite und drückte mit der Handtasche eine größere Glasscherbe nach innen. Dann kroch sie durch die Öffnung, rannte durch das leere Zimmer, hinaus auf den Gang und zum Aufzug und drückte auf den Liftknopf. Aber als sie über der Lifttür die Etage ablas, war die Fünfzehn beleuchtet. Der Lift kam von oben.

Sie drehte sich um und rannte zu der Tür gegenüber mit dem Schild »EXIT«, schlüpfte hinaus ins Treppenhaus und wartete. Sie hörte den Etagengong, die Lifttüren glitten zur Seite, aber im Lift war niemand. Sie rannte los und durch die sich schon wieder schließenden Türen hinein, genau in dem Augenblick kam der Große aus dem Treppenhaus heraus und lief auf sie zu. Sie fuhr mit dem Lift bis zur Garage hinunter. Unten angekommen machte sie einen Schritt durch die aufgehende Tür, aber dann verschwamm die Öffnung plötzlich, ein Körper bewegte sich dort und grauer Stoff, als der Kleine in den Lift drängte. Er schlug mit der Hand auf den Knopf, schob sich durch die schmale Öffnung, und schon gingen die Türen wieder zu. Jane war mit ihm in der Kabine gefangen.

Sie konnte sich seinen eilig gefaßten Angriffplan denken; auf so engem Raum war nichts anderes möglich. Er hatte sie in eine winzige Zelle eingeschlossen, also würde er sie in eine Ecke drängen, bevor sie um sich schlagen konnte, und sie dann mit seinem kräftigen Oberkörper da festhalten und gegen ihre Hilfeschreie die Hand auf ihren Mund pressen. Sie hob die Hände vor das Gesicht, eine Geste schwacher Verteidigung, machte sich klein vor dem Schlag, als hoffte sie inständig, er käme vielleicht doch nicht. Der Mann stürzte sich auf sie.

Janes rechte Hand schoß vor, nicht um ihn zu verletzen, sondern um ihn durcheinanderzubringen, aber er war schneller, als sie ihn eingeschätzt hatte. Ihre Finger glitten von seinem Nasenrücken ab und trafen sein linkes Auge. Er riß die Hände hoch, aber zu spät. Jane stützte sich hinten an der Wand ab, um den Tritt gegen sein Knie anzubringen, den sie von Anfang an geplant hatte. Sie spürte, wie die Kniescheibe brach. Er fiel zu Boden und stöhnte vor Schmerz.

Sie stieg über ihn hinweg und drückte auf den »OPEN«-Knopf. Als die Türen aufgingen, tauchte blitzschnell die linke Hand des Mannes auf und packte sie am Fuß. Der eiserne Griff tat ihr weh, er schloß sich um ihre Knöchel wie die Kiefer eines Raubtiers. Sehr ruhig sagte sie: »Denken Sie nach. Wenn Sie mich mit Ihrem gebrochenen Knie wieder in den Lift zerren, geht das dann gut für Sie aus oder schlecht?«

Sie spürte, wie sich der Griff langsam, widerwillig lockerte. Die Lifttür ging zu, und Jane rannte zu dem Pagen, der neben ihrem Leihwagen auf sie wartete. Im Laufen rief sie ihm zu: »Was, er ist schon da? Ihr seid hier aber wirklich fix. Ich hab' länger gebraucht, tut mir leid. Vielen Dank.«

Sie drückte ihm einen Zehn-Dollar-Schein in die Hand, legte den Gang ein und fuhr hinaus auf die Bonanza Road und durch die Dunkelheit nach Westen.

2 Jane kam aus der Wüste nach Los Angeles hinein, der Frühverkehr rollte noch dicht dahin und sie hatte die Sonne im Rücken statt in den Augen. Den Leihwagen hatte sie mit einer MasterCard gemietet, die sie als Wendy Aguilar auswies. Falls jemand in Las Vegas das Nummernschild gesehen hatte und die richtigen Fragen stellte, führten ihn die Antworten zu einer nicht existenten Frau, die in Los Angeles verschwunden war.

Jane benützte nie ihren richtigen Namen, fuhr nie direkt auf ihr Ziel los, ließ keine Möglichkeit der Irreführung aus, aber sie hätte ebensowenig ihre Sicherheit einem vorbereiteten Plan anvertraut. Daß sie während der zwölf Jahre ihrer Tätigkeit als Lotse am Leben geblieben war, verdankte sie nicht einem mechanischen Programm, sondern ihrer rastlosen Wachsamkeit. Sie lebte davon, daß sie dauernd die fließenden Geschehnisse und Konstellationen um sie herum – wechselnde Gruppierungen von Menschen, belebte Reiserouten, kleinere Geldtransaktionen – als Gelegenheit zur Täuschung benützte.

Während sie auf dem Century Boulevard zurück zur Leihwagenfirma unterwegs war, sah sie plötzlich eine günstige Stelle, die ihr eine zusätzliche Sicherheitsmaßnahme bieten konnte. Sie bog unter dem großen Schild der Autowaschanlage von der Straße ab und hielt vor der Einfahrt des Tunnels mit seinen Sprühdüsen und Drehbürsten. Sie stieg aus, und die beiden bis dahin unbeschäftigten Männer übernahmen es, einer auf dem Fahrersitz, der andere hinten, den Wagen auf das Transportband zu bringen, so daß es die Vorderräder erfaßte.

Während sie im Wageninnern von allen Fenstern und Chromflächen die Fingerabdrücke abwischten und von allen Oberflächen Haare und Textilfasern mit dem Staubsauger entfernten, durchlief das Auto die Waschstraße. Selbst wenn diese zwei hier irgendeine Spur von ihr übersahen und das Reinigungsteam der Leihwagenfirma auch nicht ordentlich arbeitete, so hatten sich doch zwei weitere Menschen mit anderen Stoffasern, Haaren und Fingerabdrücken im Wagen aufgehalten. Während der zehnminütigen Wartezeit blieb sie sichtgeschützt im Kassenraum und beobachtete die Straße, um sicherzugehen, daß kein anderer Wagen da draußen im Leerlauf auf sie wartete.

Als die beiden Männer fertig waren, fuhr sie den Wagen ein Stück nach vorn bis zur Zapfsäule und ließ volltanken, so daß sich nun auch auf dem Tankverschluß und dem Tankdeckel zusätzliche Fingerabdrücke befanden. Sie fuhr noch um ein paar Häuserblocks herum, damit der Wagen völlig austrocknete, kam nach einigen Minuten wieder auf ihre ursprüngliche Route und gab den Wagen da zurück, wo sie ihn zwei Wochen vorher gemietet hatte.

Dann nahm sie mit sechs anderen Passagieren den kleinen Bus zum Flughafen. Am Morgen waren die Terminals von Los Angeles immer überlaufen, denn jeder, der am Ende des gleichen Geschäftstages an der Ostküste sein wollte, mußte spätestens um acht Uhr in der Luft sein. Der Flughafenbus hielt in der Kurzparkzone an, so daß sie nur ein paar Schritte machen mußte, um sofort von Männern und Frauen umgeben zu sein, die es ebenso eilig hatten wie sie. Außer der Segeltuchtasche aus dem Kofferraum trug sie nichts bei sich.

Im Vorbeigehen suchte sich Jane auf den Monitoren an der Wand einen Flug heraus. Sie entschied sich für den American-Airlines-Flug 635 nach Chicago. Von dort aus konnte sie ohne Zeitverlust überallhin weiterfliegen. Einige Jahre vorher hätte sie ihr Ticket noch bar bezahlt, weil ihr das die Möglichkeit verschaffte, einen erfundenen Namen anzugeben. Inzwischen wurden an jedem Ticketschalter Personalausweise verlangt. Sie griff in ihre Tasche und wählte den Führerschein und die Kreditkarte von Terry Rosenberg, weil dieser Name gebräuchlich und nicht eindeutig weiblich war. Vor Jahren, zu Beginn ihrer Lotsentätigkeit, als sie solche Reisen noch als eine kurze Abenteuerserie betrachtet hatte und nicht als eine Reihe wachsender Risiken, hatte sie sich manchmal Namen wie aus Romanen ausgedacht. Dahlia Van Sturtevant zum Beispiel oder auch Melinda-Gail La Doucette. Aber nach und nach hatte sie solche Marotten aus ihrem Vorgehen sorgfältig herausdestilliert. Ein Name wie Terry Rosenberg konnte einen Verfolger sogar in die falsche Richtung führen, so etwas wie Destiny Vaucluse dagegen war einfach ein Witz.

Sie ging durch die Torsonde und dann in eine der entfernter gelegenen Toiletten, da diese immer weniger frequentiert waren als die anderen gleich neben dem Eingang. Außerdem begegnete sie hier, nach der Sicherheitskontrolle, niemandem mit einem Gegenstand, der einen Anschlag auf ihr Leben zu einer schnellen und sauberen Arbeit machte.

Jane hatte keinen Grund zu der Annahme, daß Pete Hatchers Beschatter aus Las Vegas auch hier noch irgendeine Bedrohung darstellten. Auch wenn sie sich das Nummernschild ihres Mietwagens notiert hatten, brauchten sie einen Tag oder zwei, bis sie herausfanden, daß er in Los Angeles zurückgegeben worden war. Sie hatten gesehen, wie Hatcher in »Mirandas Mirakel-Show« verschwunden war, aber sie hatten ihn auch wieder auftauchen sehen, und nach der Show waren sie ihm in die Halle nachgegangen. Und falls ihre Chefs im Hintergrund genügend Realitätssinn hatten und nicht an seltsame Zufälle glaubten, also auch nicht daran, daß jemand gleichzeitig auf einer Bühne und im wirklichen Leben verschwindet, so half ihnen das auch nicht viel.

Miranda gehörte zur Prominenz von Las Vegas, weil sie eine unvergleichliche Entertainerin war. Sie gehörte zur Prominenz in Bogliareses Etablissement, dem Inside Straight, weil Vincent Bogliarese jr. immer um Mitternacht in ihrer Garderobe auf sie wartete, wenn sie noch geschminkt, verschwitzt und nach ihrem Triumph in Hochstimmung aus der Vorstellung kam. Es ging sogar das Gerücht, daß sie verheiratet waren, aber Jane glaubte es nicht ganz, und im übrigen war es auch egal. Solange Vincent in Mirandas Nähe war, war es höchstens für ihre besten Freunde ein gefahrloses Unterfangen, ihr auch nur eine einfache Frage zu stellen.

Vor einem Spiegel wusch sich Jane das Make-up ab, zog ihre Bluejeans und die schwarze Bluse mit dem hellen Chrysanthemen-Muster an, dann die Laufschuhe. Die nicht mehr benötigten hohen Schuhe warf sie in den Abfallkorb und deckte eine alte Zeitung darüber, die sie am Ticketschalter mitgenommen hatte. Sie löste den Knoten, ließ das lange, schwarze Haar offen und bürstete es durch, dann legte sie neues Make-up auf und versteckte ihre Augen hinter einer Sonnenbrille. Sie betrachtete ihr Spiegelbild, stellte fest, daß sie der Frau in Las Vegas ausreichend unähnlich sah, und ging hinaus.

Im Café bestellte sie sich ein Frühstück und wartete auf ihren Flug. Im Gegensatz zu den Warteräumen kamen hier kaum Menschen vorbei oder schauten ihr neugierig in die Augen. Alles, was Jane bei ihrer Arbeit tat, war darauf ausgerichtet, die eigenen Erfolgschancen ein wenig zu erhöhen. Pete Hatcher aus dem Stand in seine neue Welt zu bringen, hatte ihr besondere Probleme und Risiken aufgezwungen.

Normalerweise ging es ruhiger zu mit den Menschen, die sie aus ihren Schwierigkeiten holte. In einer großen Stadt etwa, Tausende von Kilometern entfernt, erschien eines Nachts eine Frau mit Wunden und Narben im Frauenhaus und bekam ein Beratungsgespräch. Nach ein, zwei Stunden guter Ratschläge, die sie alle schon ausprobiert hatte und die ihr nur weitere Verletzungen eingetragen hatten, sagte sie schließlich der Beraterin, am liebsten wäre ihr ein Zauberkunststück: einfach alles hinter sich zu lassen und als ein anderer Mensch irgendwo neu anzufangen. Dann griff die Beraterin zum Telefon, und möglicherweise bemerkte die Frau, daß ihr Name währenddessen von der Liste der Frauenhausbesucherinnen gestrichen wurde.

Die Kinder kamen gewöhnlich im Dunkeln an Janes Haustür, an der Hand einer Erwachsenen, die sich nicht für eine Heldin hielt und vielleicht nicht einmal die gesetzlich vorgeschriebenen Strafen für das, was sie jetzt tat, nachgelesen hatte, die aber wußte, daß die Strafe für Nichtstun noch grauenvoller war.

Diese Menschen waren im Normalfall ohne Schutz und Hilfe, und sie lebten fast unsichtbar. Die Behörden, die schon ihre Notlage nicht wahrgenommen hatten, bemerkten auch ihre Abwesenheit nicht. Sie setzten ganz einfach ihre

Namen unten auf die lange Liste der in diesem Land Vermißten, und wenn Jane sie aus ihrer Obhut entließ, gehörten ihnen diese Namen schon nicht mehr. Kaum schwieriger waren für Jane die Kleinkriminellen, die sich ihr Leben durch eine Aufeinanderfolge geringfügiger Fehler und Vergehen ruiniert hatten. Sie kamen meistens dann zu ihr, wenn sie, wie sie meinten, nicht unmittelbar in Gefahr waren. Das hieß, sie hatten keine Freunde, keine Zukunftspläne und keinen Grund, an etwas anderes zu denken als an die drohende Leere, die sie sich selbst geschaffen hatten.

Pete Hatcher war ein ganz anderer Fall. Er saß schon in der Falle, und sie mußte ihn unter den Augen seiner Beobachter da herausholen. Er war ein erfolgreicher Manager gewesen, in einer Stadt, deren Bewohner alle dasselbe Geschäft betrieben und verbissen um die Vorherrschaft in der Branche konkurrierten. Nachdem er in der Pleasure AG einmal in Verdacht geraten war, gab es kaum noch etwas, was ihm geholfen hätte.

Wenn er fragte, warum man ihn kaltstellte und von wichtigen Konferenzen fernhielt, schlossen seine Chefs daraus, er habe nur darauf gewartet, daß seine mangelnde Loyalität entdeckt würde. Wenn er davon sprach, daß es bei ihm allmählich Zeit wurde für eine neue Stelle, so glaubten sie, er sei bereits heimlich im Einvernehmen mit einem Konkurrenten. Wenn er ohne Aussicht auf einen anderen Job seinen Rücktritt anbot, so hielten sie ihn für jemanden, der keine Arbeit mehr brauchte: Wahrscheinlich hatte er im Casino längst auf eigene Rechnung abgesahnt oder mit einem Komplizen ein paar Spieltische manipuliert. Und wenn er nichts von alledem tat, befürchteten sie gleich das Schlimmste. Dann verdächtigten sie ihn, er bleibe nur deswegen in der Firma, weil er mit irgendeiner staatlichen Aufsichtsbehörde im Geschäft war, die ihn zum Sammeln von Beweismitteln genötigt hatte. So beobachteten sie ihn wochenlang, um herauszufinden, was eigentlich los war. Und dann, nachdem sie ihn umgebracht hatten, wollten sie reinen Tisch machen.

Ein Casino war eine Firma wie viele andere. Zehn Prozent der Geschäftstätigkeit versteckte sich hinter Wichtigtuerei, und alles andere war überhaupt nicht zu sehen. Einen großen Teil dieser unsichtbaren Betriebsamkeit machte das gigantische Sicherheitssystem aus. Da gab es Leute, die die täglich anfallenden, riesigen Bargeldsummen bewachten und weitertransportierten, andere zur Überwachung der Kassierer, Kartengeber und Croupiers, damit die schnellsten Finger der Welt nichts in die eigene Tasche steckten, wieder andere, die Erkundigungen einzogen über jeden, der mit zu hohen Einsätzen spielte, und schließlich diejenigen, die sich um zahlungsunwillige Verlierer kümmerten.

Und nicht nur das Casino selbst mußte geschützt werden: Man fahndete auch ständig nach unerwünschten Besuchern, die hier unter den Reichen auf Beute ausgingen, und schaffte sie schnell und unauffällig nach draußen, bevor sie die unwirklich beschauliche Atmosphäre der Glücksspielpaläste stören konnten. Jane hatte es immer schon bizarr gefunden, daß der sicherste Platz für eine Frau auf Reisen wahrscheinlich ein großes Casino-Hotel in Las Vegas war.

Indirekt war dieses Sicherheitssystem auch die Rettung für Pete Hatcher. Nur in einen so allumfassend, aber unaufdringlich geschützten Raum hätte sich eine Frau namens Paula allein und angstfrei hineingetraut, nirgendwo sonst hätte sie gewagt, mit einem Spieler wie ihm Bekanntschaft zu schließen. Ein Jahr danach, als er in Schwierigkeiten war und ein Versteck für sich suchte, das seine Chefs nicht kannten, da erinnerte er sich an Paulas Telefonnummer, und Paula wußte Janes Nummer.

Jane hörte, wie ihr Flug über die Lautsprecher aufgerufen wurde, nahm ihre Segeltuchtasche und stand auf. Sie blickte immer nur geradeaus und niemals den übrigen Reisenden in die Augen, drehte sich auch bei keinem Schritt um, was ihnen Gelegenheit gegeben hätte, sie genauer zu betrachten. Sie ging schnell zu ihrem Flugsteig und reihte sich erst dann in die Schlange ein, als die Menschenmenge groß genug war und sich wirklich vorwärtsbewegte. Auf diese Weise mußte sich ein gelangweilter Beobachter nicht nur für sie, sondern gleichzeitig für viele andere interessieren. Dann verschwand sie im Fahrgasttunnel.

Sobald das Flugzeug in der Luft war, kippte Jane die Rükkenlehne so weit wie möglich nach hinten und machte die Augen zu. Sie hatte zwei Nächte lang für Pete Hatcher eine Fluchtroute ausgearbeitet, die ihn nicht sofort vor eine Revolvermündung führte, und die dritte Nacht hatte sie mit ihrem eigenen Rückzug verbracht. Ihr war klar, daß sie jetzt nur unruhig schlafen konnte, weil sie vier Nächte lang nicht geträumt hatte und ihr Inneres quälende Erinnerungsspuren aufgestaut hatte, die sie bis in den Schlaf verfolgen mußten. Auf dem Heimweg lagen immer die gefährlichsten Fallen, da sie nun ihren Gegnern definitiv einen Grund zur Verfolgung geliefert hatte. In dieser Phase taten sie ihr Bestes, um ihr auf der Spur zu bleiben oder sich ihr in den Weg zu stellen.

In Chicago stieg Jane aus und nahm als Tracy Morgan den Weiterflug nach Rochester. Hier kaufte sie noch im Flughafen eine Packung Pfeifentabak, dann fuhr sie ein paar Kilometer weiter nach Mendon.

Sie parkte den Wagen hinter der Kurve am Honeoye Creek und ging in den stillen, kleinen Park bei den Mendon Ponds. Sie setzte sich, wie sie es hier immer tat, an einen der Picknicktische, der mit eingeritzten Initialen übersät war, holte ihr Reisenecessaire heraus und schnitt sich die Fingernägel.

Die beiden kleinen Teiche lagen da wie grünes Glas. Am Ufer standen hohe, dichtbelaubte Bäume auf ihren überspülten Wurzeln und hielten jede Luftbewegung fern. Nur die langbeinigen Wasserflöhe, die hier und da über die schimmernde Oberfläche huschten, lösten winzige Kreiswellen aus. Hundert Meter entfernt am Wiesenufer saß eine Mutter im Schatten eines Sommerhuts und sah ihren beiden kleinen Kindern zu, die mit Plastikschaufeln den nassen Sand durchwühlten. Wenn sie nicht aufpaßte, dachte Jane bei diesem Anblick, dann fanden die Kinder vielleicht wirklich etwas. Hier hatten früher einmal Menschen gewohnt. Dieser schwarze Feuchtschlamm machte es ihnen leicht, mit Hilfe von Grabsticheln Mais, Bohnen und Kürbis anzupflanzen, und das Unkraut ließ sich mit einem leichten Ruck herausreißen.

Das Dorf hieß Dayedehokto, der Ausdruck bedeutete »eine Biegung im Fluß«. Demnach stand die Reihe der Langhäuser wohl nahe am Ufer und abseits der Bäume, während sich die Äcker und Felder kilometerweit in alle Richtungen ausdehnten. Um 1670 kam ein Holländer hierher und zählte einhundertzwanzig Langhäuser und in jedem zwölf oder dreizehn Feuerstellen im Mittelgang. Links und rechts davon lagen jeweils zwei Kammern, und darin schliefen die Frauen, die Kinder und die Männer (sofern sie nicht im Krieg waren). Wenn sie die üblichen Übertreibungen abzog, schätzte Jane die Zahl der Bewohner am 23. Juni 1687, als das Dorf für einen kurzen Augenblick in die Weltgeschichte eintrat, auf fast dreitausend.

Zwanzig Jahre lang hatte Ludwig XIV., der Sonnenkönig, die wechselnden Gouverneure von Neu-Frankreich angewiesen, die fünf Stämme der Irokesen auszurotten, insbesondere die Seneca, die am weitesten im Westen wohnten und den Pelzhandel mit den Indianern an den Großen Seen empfindlich störten.

Bisher war sein Wunsch unerfüllt geblieben, nun aber hatte er sich einen General ausgesucht. Der tatkräftige Marquis de Denonville zog die gesamte Streitmacht Neu-Frankreichs zusammen, vermutlich eintausend Soldaten, Händler und Trapper. Der Sonnenkönig schickte ihm noch zweitausend Mann reguläre Truppen (die Hälfte dessen, was der Marquis angefordert hatte) mit der königlichen Ausrede, er sei gerade knapp bei Kasse. Von den verbündeten Indianervölkern im Westen holte sich der Marquis weitere sechshundert Mann: Miamis, Illinois, Potawatomis, Huronen und Ottawas. Sie versammelten sich am Fort Niagara, wo der Fluß in den Ontario-See mündet, fuhren in vierhundert Booten und Kanus bis zur Irondequoit Bay und marschierten auf dem alten Pfad nach Süden.

Die Armee konnte erwarten, daß in dem kleinen Dorf, gegen das sie auszogen, fast nur Frauen und Kinder waren. Die Männer der Seneca waren den größten Teil des Jahres in den Wäldern unterwegs, auf der Jagd oder auf Raubzügen bei fremden Stämmen. Das Dorf mußte keinen Angriff befürchten, denn Ludwig XIV. und ihr Verbündeter, der englische König James II., hatten den Bewohnern versichert, sie seien derzeit ihre Freunde. Am ersten Tag kam die Armee auf dem Pfad gut voran. Die Vorhut bestand aus einem Teil der kanadischen Jäger und Holzfäller sowie der Hälfte der Indianer, hinter ihnen marschierte das französische Kontingent und dahinter eine Nachhut aus Indianern und Waldarbeitern. Am zweiten Tag erreichten sie den Rand der Maisfelder, fanden sie aber seltsamerweise verlassen. Zu dieser Jahreszeit, im Erdbeer-Monat, war der Mais noch nicht erntereif und verlangte dauernde Pflege.

Auf den Feldern hätte man eigentlich Hunderte von Frauen sehen müssen, die munter schwatzend Unkraut jäteten und die Erde lockerten. Der Marquis kam zu dem Schluß, daß sein Überraschungsmanöver fehlgeschlagen war, aber wenn seine Männer sich beeilten, konnte er den Feldzug noch erfolgreich beenden. Die französischen Soldaten rannten auf das Dorf zu, wollten die fliehenden Frauen und Kinder niedermetzeln, bevor sie im schützenden Wald untertauchen konnten.

Die Angriffsspitze lief nur wenige Meter an etwas vorbei, was man an dieser Stelle nicht vermutet hätte: eine Gruppe von Seneca-Männern, die im Unterholz auf dem Bauch lagen. Die Indianer warteten, bis die Vorhut an ihnen vorbei war, dann griffen sie die Mitte der Kolonne an, feuerten erst ihre Flinten ab und fielen dann mit Tomahawks und Kriegskeulen über die Franzosen her. Die Soldaten stoben ohne jede Ordnung auseinander, schossen auf Büsche und Bäume und sogar auf ihre indianischen Hilfstruppen und zerstreuten sich nach beiden Richtungen den Pfad entlang. Die Seneca töteten über hundert Feinde und verschwanden im Wald.

Der Marquis verbrachte den Tag damit, seine versprengten Männer wieder zu sammeln und sie zu zwingen, für die Nacht ein ausreichend gesichertes Lager aufzuschlagen. Am nächsten Morgen marschierte er vorsichtig in das Dorf Dayodehokto und mußte entdecken, daß der Hinterhalt nur eine Verzögerungstaktik gewesen war. Die Langhäuser lagen schon in Schutt und Asche. Die einzigen zurückgelassenen Lebewesen waren zwei alte Männer: Sie waren geblieben, um ihr Recht wahrzunehmen, unerschrocken im Angesicht des Gegners zu sterben. Man tat ihnen den Gefallen, hackte sie in Stücke und kochte aus ihnen eine Suppe für die französischen Verbündeten.

Denonvilles Armee brauchte sechs Tage, um alle umliegenden Maisfelder und eintausendachthundert Tonnen an getrockneten Maisvorräten in Brand zu stecken. Als das erledigt war, marschierte der Marquis, jetzt schon nicht mehr so siegessicher, weiter zu zwei anderen verlassenen Dörfern, dann kehrte er nach Montreal zurück und dachte lange darüber nach, welchen Aufwand er betrieben hatte, nur um zwei alte Männer zu kochen.

Die Seneca und die Reste der fünf Irokesenvölker holten zum Gegenschlag aus und machten Neu-Frankreich zwischen Mackinac und Quebec jahrelang zu einem unsicheren Landstrich. Sie griffen Frontenac und Montreal an, töteten Hunderte und schleppten ebensoviele Gefangene fort. Französische Händler, die sich zu weit nach Norden wagten, verschwanden spurlos. Erst ein Jahrhundert später wurden die Dörfer im Gebiet der Seneca wieder überfallen. Das dritte Mal waren es die Amerikaner, und abermals brachten die Frauen ihre Kinder in die Sicherheit der Wälder und entgingen gerade noch der geplanten Ausrottung. Ihre Feinde mußten sich damit zufriedengeben, die Maisfelder anzuzünden.

Jane sammelte ihre Fingernägelschnipsel ein, nickte lächelnd der Frau und den spielenden Kindern zu und ging am Teich entlang unter die Bäume bis zum Honeoye Creek. Die Ufer der Mendon Ponds waren ein beliebter Picknickplatz für die Bewohner von Rochester, aber kaum einer von ihnen wußte, daß hier einmal andere Menschen gelebt hatten. Die Gegend war zu einem Ort der Geheimnisse geworden.

Jane holte den Tabak heraus, den sie im Flughafen gekauft hatte. »Jo-Ge-Oh, ich bin's«, flüsterte sie, »Jane Whitefield.« Sie verstreute einige Prisen Tabak am flachen Ufer, wo die Kleinen Menschen ihn leicht finden konnten. »Das ist zum Dank für Las Vegas. Pete Hatcher ist jetzt nicht mehr da.« In der Religion der Alten gab es keine Bittgebete, nur die Möglichkeit der Danksagung.

Sie verteilte die halbmondförmigen Nagelschnipsel über das feuchte Ufergelände. »Und das dürfte euch die Marder und Waschbären vom Leib halten, wenn ihr euch eine Pfeife anzündet.« Die Kleinen Menschen waren rettungslos tabaksüchtig, und die Fingernägel nahmen sie dazu her, mit dem Geruch alle Tiere zu vertreiben, die jemand so Kleinem lästig werden konnten.

Seit ihrer Kindheit hatte Jane speziell die Jo-Ge-Oh bewundert, Gejagte, die Verwundete und Besiegte vor allen Feinden versteckten. Sie hatten einen ganz eigenen Begriff von Zeit, so daß ein Mensch, dem sie geholfen hatten, einfach verschwinden und auf einmal aus dem Wald wieder auftauchen konnte. Er meinte, er habe nur einen Tag bei ihnen verbracht, doch dann wurde ihm klar, daß schon viele Jahre vergangen waren und alle seine Feinde tot und begraben waren. Jane besuchte die Kleinen Menschen gern an den Stellen, wo die Seneca früher im Wald untertauchten. Die dreihundert Jahre, die über den Honeoye Creek hinweggegangen waren, machten für die Kleinen Menschen keinen Unterschied. Für sie waren vielleicht ein paar Tage vergangen. Und hier stand eine Seneca-Frau, ganz ähnlich denen, die sie zuletzt hier gesehen hatten, und brachte ihnen nach alter Sitte ein Geschenk mit, wie seit tausend Jahren.

3

Der Bus quälte sich auf seiner Strecke aus Buffalo heraus die Delaware Avenue hoch: Nach jedem Halt nahm er mühsam ein bißchen Geschwindigkeit auf, bis er gleich danach wieder verlangsamen mußte und auf die nächste Haltestelle zurollte. Endlich war Jane an ihrer Station. Sie stand auf, der Fahrer hielt unter einer Straßenlampe und ließ Jane aussteigen. Sie ging über den leicht welligen Gehweg im Dunkeln durch den südlichen Teil von Deganawida. Sie trug die Segeltuchtasche über der Schulter, und mit den Füßen spürte sie mühelos und im voraus die Stellen, wo die Wurzeln der alten Bäume die Betonplatten in die Höhe getrieben hatten. Das hatte sie schon als kleines Kind gelernt.

Dann war sie in der Erie Street und registrierte im Weitergehen unbewußt, ohne hinzusehen, was hinter den hell erleuchteten Fensterscheiben vor sich ging. In dieser kleinen Stadt kannte sie praktisch jedes dritte Haus und seine Bewohner. Ihre Eltern hatten noch mehr Menschen hier gekannt und ihre Großeltern noch erheblich mehr; sie hätten ihr sagen können, wer hier mit wem seit mehreren Generationen verwandt war.

Es tat ihr gut, das gewellte Pflaster wieder unter den Füßen zu haben, sie war glücklich, wieder die Luft zu atmen in dieser Stadt, die ihr etwas bedeutete. Manchmal dachte sie sogar daran, sie nie mehr zu verlassen. Ihre Gedanken beschäftigten sich, zum erstenmal seit zwei Wochen, mit Carey McKinnon, und jetzt ließ Jane ihnen freien Lauf. Sicher fragte er sie bald erneut, ob sie ihn heiraten wollte. Der Termin dafür war in sechs Monaten, nicht viel Zeit, sich darauf vorzubereiten. Für jede andere Frau hätte diese Vorbereitung daraus bestanden, sich mit Trivialitäten zu befassen: den richtigen Kleidern, das passende Geschirrdekor. Aber Jane hatte ganz andere Sorgen; sie mußte die Braut unsichtbar werden lassen.

Als Jane um die letzte Ecke bog, gönnte sie ihrem Haus einen langen, aufmerksamen Blick. Es brannte kein Licht, alle Vorhänge hingen noch genau so, wie sie sie hinterlassen hatte, und kein unbekannter Wagen parkte am Straßenrand. Im Nachbarhaus, bei Jake Reinert, brannte die Leselampe am Eckfenster. Jane ging ein Stück weit an seinem Haus entlang, bis sie auch den Lichtstreifen unter der Jalousie am vorderen Fenster entdeckte. Sie sah ihn mit einem Buch im Schoß, seine dicken, rötlichen, schwieligen Hände hielten es ein wenig gekippt, damit der untere Teil seiner Bifokalbrille darauf gerichtet blieb.

Jake Reinert und ihr Vater waren in dieser Straße, in diesen zwei alten Häusern Seite an Seite aufgewachsen. Seitdem schien Jake auch die kleinste Bewegung in der Luft zu spüren: Das leiseste Trittgeräusch vor der Tür des Nachbarhauses holte ihn augenblicklich ans Fenster. Sie hatte ihn auch schon dabei beobachtet, wie er mitten in irgendeiner Tätigkeit plötzlich innehielt und mit starrem Blick dem Motor eines vorbeifahrenden, ihm aber unbekannten Wagens nachlauschte. Sie hatte ihr Haus mit einer recht guten Alarmanlage gesichert, aber sie hatte immer wieder Leute getroffen, die ihr Geld damit verdienten, noch bessere Anlagen als diese hier auszutricksen. Sie ging in die Garage zu ihrem Wagen, holte aus dem Futter der Rücksitze den Hausschlüssel, lief zurück zum Eingang, schloß die Tür auf, schlüpfte schnell hinein, um den Abschaltcode über die Leuchttasten einzugeben, bevor der Alarm losgehen konnte.

Sie blieb bewegungslos stehen und überprüfte bestimmte Merkmale. Die Luft im Haus war abgestanden, also hatte niemand ein Fenster eingeschlagen. Vor dem Weggehen hatte sie den Teppich gesaugt, ein wiederkennbares Muster und die Veloursfasern aufrecht hinterlassen. Nirgends auf dem Teppich waren Fußabdrücke zu sehen. Sie ging zu dem Tisch neben der Couch und hob den Hörer ab. Der Ton war klar und deutlich zu hören, also hatte keiner das Telefonkabel durchgeschnitten, um die Alarmweiterleitung zu verhindern. Dann erst ging sie zurück zu dem Kasten an der Wand und gab den Einschaltcode wieder ein. Jetzt war sie angekommen.

Als sie den Hörer wieder auf die Gabel legte, klingelte im gleichen Augenblick das Telefon, so daß ihr die Fingerspitzen vibrierten. »Hallo«, sagte sie in die Muschel.

»Hi, ich bin's.« Seine Stimme war ein Lächeln und erstickte fast vor Übermut. »Willkommen zu Hause.«

»Hi, Carey«, sagte sie. Fast wäre ihr ein vergnügtes Lachen entschlüpft, sie hielt es gerade noch zurück. Aber dann fragte sie sich, warum sie es eigentlich zurückhielt, und ihr wurde bewußt, daß solche Selbstbeherrschung jetzt ja nicht mehr nötig war.

Sie war zu Hause, und am Telefon war Carey.

»Wie hast du das gemacht?«

»Ich weiß überhaupt nicht, wovon du redest.«

»Du bist so voller ...«

»Halt«, sagte Carey, »ich habe gerade eine Vision. Du hast jetzt fünf Minuten, um die schwarze Tasche auszupacken, die an deiner Schulter hängt, dann gehst du unter die Dusche, vorher aber – das spüre ich nämlich auch, und wenn ich nicht approbierter Arzt wäre, würde ich so was Anstößiges gar nicht erwähnen – mußt du aufs Klo. Danach das archetypische kleine Schwarze. Und dazu passende Unterwäsche. Vielleicht hast du ja einen Unfall, und die Kerle in der Notaufnahme haben einen kritischen Geschmack. Nichts zu Auffälliges, und auf keinen Fall das Jeans-und-Joggingschuhe-Ensemble, das du im Augenblick anhast.«

»Jake hat mich gesehen und dich angerufen.«

»Ältere Menschen sind unglaublich fix. Vermutlich deshalb, weil auf ihrer Ballkarte nicht mehr so viele Tanzpartnerinnen stehen wie früher. Du hast nicht schon im Flugzeug gegessen?«

»Ich war nicht im Flugzeug.«

»Dann auf deinem Besenstiel oder sonstwas.«

»Ich habe noch nicht gegessen. Aber sag mal, woher kommt diese plötzliche, wahnsinnige Redelust? Hat sich in meiner Abwesenheit irgendein hypochondrischer Millionär in der Stadt niedergelassen?«

»Nein«, sagte Carey. »Es ist nur so, daß ich Hunger habe und in der Kantine dauernd diese Zettel ›Hund entlaufen!‹ vor Augen habe. Wer weiß, was die hier aus denen machen.«

»Verdächtigungen sind ein Zeichen von Unaufrichtigkeit«, sagte sie. »Ich meine: ein unübersehbares Zeichen, von allen anderen ganz abgesehen.«

»Ich wußte immer, ich würde einen Charakterzug entwickeln, der dir gefällt. Also jetzt mach dich fertig. Ich bin schon unterwegs.«

»Ich höre schon die Sirene.«

Sie zog sich in wenigen Minuten um und ließ die Eingangstür offen, während sie zu Jake hinüberging und klingelte.

Er machte ihr auf und lächelte. »Hallo, Janie. Ich wette, du kommst deine Post holen.« Er ließ sie eintreten und deutete auf einen Stapel Briefe in einer Schuhschachtel auf dem Frühstückstisch.

Sie hob die Schachtel hoch, hielt sie ans Ohr und schüttelte sie. »Sechs Rechnungen.« Sie schüttelte sie noch einmal.

»Nur drei Schecks, keine großen Summen.« Sie zog die Augenbrauen zusammen. »Und mein Abonnement läuft auch bald aus.«

Jake richtete seine scharfen, alten Augen auf sie. »Du bist zum erstenmal wie ein richtiges Mädchen angezogen«, sagte er. »Wem verdanken wir diese Ehre?«

»Du hast ihn doch angerufen, also jetzt tu nicht so. Und du hast es auf dem Gewissen, wenn er mich irgendwie rumkriegt.«

»Das wäre ja auch nicht zu früh«, sagte Jake. »Falls es etwas gibt, was er nicht wissen soll, dann hörst du besser jetzt gleich auf damit.«

Sie sah ihn verschwörerisch an. »Sag mir eins: Wann hat er dich gebeten, ihn anzurufen?«

»Das ist schon eine Weile her. Und denk nicht, daß ich mich dafür entschuldige. Wenn ich dich so ausstaffiert sehe, war die kleine Aufmerksamkeit ja nicht unwillkommen.«

»Wie lange ist es her?«

»Ich glaube, am Tag nach deiner Abreise. Er kam zu mir mit diesem Blick, den die Leute immer kriegen, wenn sie dir sagen wollen, sie haben was mit dir vor, und hinterher hast du ein Problem. Ich war natürlich erleichtert, daß es dann mit mir gar nichts zu tun hatte, und hab' nur zu gern ja gesagt.«

»Ich dachte, du wolltest dich nicht entschuldigen.«

»Ich erkläre es dir ja bloß.« Dann hörten beide Careys Wagen auf der Straße vor ihrem Haus.

»Ich nehme deine Erklärung an.« Sie wandte sich zur offenen Tür. »Aber denk nicht, daß dein Gewissen damit sauber ist. Du hast dich damit noch nicht entschuldigt.«

Jake setzte sich in den Sessel und nahm sein Buch wieder in die Hand. »Sag ihm, er schuldet mir einen Gefallen. Ich weiß, du wirst nicht zugeben, daß du mir auch was schuldig bist. Und mach bitte die Tür zu. Mir zieht's an den Hinterbeinen.«

Carey stand neben der Beifahrertür, als Jane aus Jakes Haus kam. Sie winkte ihm zu, rannte zu ihrem Haus hinüber, warf die Schuhschachtel auf die Couch, stellte den Alarm ein, schloß die Haustür ab und dachte die ganze Zeit über sein Aussehen nach, das sie mit einem kurzen Blick erfaßt hatte. Er trug einen dunkelgrauen, offensichtlich neuen Anzug, wie sie selbst einen für ihn ausgesucht hätte. Seine langen Arme und Beine schienen sich darin irgendwie wohlzufühlen, und der Stoff sah am Revers so weich und glatt aus, daß sie Lust hatte, ihn mit den Fingerspitzen zu berühren. Sein dünnes, sandfarbenes Haar, das nie da liegenblieb, wo er glaubte, es hinlegen zu müssen, hatte durch die Anzugfarbe und im Licht der Straßenlampe einen fast goldenen Schimmer.

Während sie auf ihn zukam, lächelte sie ihn an. »Du willst mich doch nicht beeindrucken, oder?«

»Ich doch nicht.« Er hielt ihr die Wagentür auf. »Der einzige Grund, warum ich dich mitnehme, ist der, daß der Wagen gut aussehen soll. Ich möchte ihn nämlich verkaufen, und ich habe festgestellt, daß sie in der Werbung immer junge Frauen dafür hernehmen.«

»Dir entgeht wirklich nichts«, sagte sie. »Du bist das, was Jake ›einen vielversprechenden jungen Mann‹ nennt.«

Er fuhr langsam und umsichtig. Das mochte sie an ihm. Diese Sensibilität hatte offensichtlich nur jemand, der in Kleinstädten wie Deganawida aufgewachsen war. Sobald die Leute hier ihre Alltagstätigkeit unterbrechen und kurz aufschauen mußten, ob einer vielleicht ein Kind oder eine alte Frau überfahren hatte, vergaßen sie nie wieder, wem der Wagen gehörte und wer am Steuer saß. Und der Fahrer, ganz egal, wer es war, hatte für immer seinen Anspruch auf Respekt und einen guten Ruf verspielt. Wer in Deganawida ein solides Ansehen hatte, für den strengten sich die Bewohner an und fanden für alles an ihm eine wohlwollende Erklärung. Und wenn ein Außenstehender zu neugierige Fragen stellte, dann wickelten sie ihn mit nebulösen, aber immer positiven Gemeinplätzen ein, die auf jeden und niemanden zutreffen konnten.

Auf der River Road sagte Carey: »Du hast mir gefehlt.«

»Du hast mir auch gefehlt«, sagte Jane. Sie schaute aus dem Fenster über den fast kilometerbreiten, trägen Fluß hinüber nach Grand Island. Als Jakes Töchter und sie noch Kinder waren, da gab es dort drüben unzählige Stellen, wo sie über Sumpffelder liefen und sich durch unwegsames Dickicht kämpften bis hinunter zu den Bächen voller Barsche und Mondfische. Auf der anderen Flußseite, unter den Lichtern des Holiday Inn, standen noch die Pfähle der alten Fährlände, und das Ufer war bedeckt mit Flußgras, trocken wie Heu. Manchmal gingen sie über den Kies am Wasser spazieren, stocherten mit spitzen Stöcken herum und fanden große, schwere, rostverkrustete Eisenstücke, ohne Sinn und Zweck für sie, wahrscheinlich irgendwelche Teile der Schiffe, mit denen man früher das geschlagene Holz den Fluß hinunterbrachte.

Carey fuhr auf der Main Street aus Buffalo hinaus und durch die verstreuten Vororte, bis er vor einem weitläufigen Restaurant anhielt. Es war um eine fast zweihundert Jahre alte Postkutschenhaltestelle herumgebaut, und es lag an der Straße, die man über dem alten Laufpfad der Seneca angelegt hatte. In den großen Kaminen flammten und knisterten harzige Fichtenscheite, aus der Klimaanlage dauernd mit frischem Sauerstoff versorgt. Die Wände waren mit Kutscherpeitschen, Pferdehalftern und Kupferstichen dekoriert, und beim Essen wurde das Roastbeef mit Yorkshire-Pudding serviert.

Sie hatten einen Tisch am Fenster. Jane blickte durch den Raum und lächelte. »Ich wußte gar nicht, daß es das hier noch gibt.«

»Ich auch nicht«, sagte er. »Ich habe das Restaurant herausgesucht, weil man hier gut miteinander reden kann.«

»Du hast es ausgesucht, weil es dich an dein Haus erinnert.« Jane hatte einmal eine Landkarte der Holland Land Company gesehen, die schon der Beauftragte dieser Firma beim Verkauf des Seneca-Gebiets im Jahr 1801 benützt hatte. Darauf war eine Stelle deutlich als »McKinnons Haus« gekennzeichnet. »Worüber willst du denn reden – über Pferde?«

Carey blieb ruhig und ernsthaft. »Von deiner vorigen Reise hast du mir erzählt. Erzählst du mir auch diesmal etwas?«

»Ich glaube, ich habe getan, was ich tun wollte.« Sie suchte die Umgebung der leeren Tische mit den Augen ab, um sicherzugehen, daß keine Kellnerin in der Nähe war. »Aber es ging nicht glatt.«

»Glaubst du, daß dich jemand verfolgt?«

»Vielleicht, aber nicht verbissen, und nicht sehr ausdauernd. Es hatte nichts mit mir zu tun.« Sie überprüfte das ganze Restaurant noch einmal, und als sie ihn wieder anblickte, lächelte sie. »Klingt heroisch, findest du nicht?«

»Ich bin wie immer zutiefst beeindruckt.«

»Bitte nicht. Vor vierundzwanzig Stunden hatte ich genau so viel Angst wie jeder andere. Ich konnte fast die Erdbeeren schmecken.«

Er schob fragend den Kopf vor: »Was für Erdbeeren?«

Sie senkte den Blick und schüttelte den Kopf. »Ach, das ist so ein alter Ausdruck.« Sie sprach nicht sofort weiter. »Wirklich sehr alt. Er bedeutet, du bist schon so nahe dran, daß du schon die wilden Erdbeeren schmeckst, die am Rand des Weges in die andere Welt wachsen.«

Auch er blickte nun auf seine Hände, dann hob er den Kopf und sah ihr in die Augen: »Möchtest du mir erzählen, wie es dazu kam?«

»Ich habe einen Fehler gemacht. Ich bin ein Risiko eingegangen, um für mein Kaninchen etwas Zeit zu gewinnen. Am Ende stand ich irgendwo hoch oben und schaute tief hinunter, wie manchmal in einem schlechten Traum.« Sie streichelte ihm über die Hand. »Aber schließlich bin ich nicht heruntergefallen, und so könnte man sagen, in Wirklichkeit ist gar nichts passiert. Was hast du so gemacht, während ich weg war?«

»Jeden Morgen um sieben Uhr, außer Freitag, im OP. Von eins bis fünf: Sprechstunde. Von fünf bis sieben: Visite auf der Station.«

»Und danach?«

»Ich habe darüber nachgedacht, wie ich es dir sagen soll. Du bist ja wirklich nicht leicht zu nehmen. Du bist es seit ewigen Zeiten gewöhnt, aufzustehen und herumzugehen, sobald jemand irgendetwas sagt. Also dachte ich mir, ich lade dich in ein Restaurant ein.«

»Was Ernstes, hm? Große Konferenz?«

»Ja. Du hast mir gesagt, was auf deiner letzten Reise im Dezember passiert ist. Du hast gesagt, ich sollte über alles nachdenken, was du mir erzählt hast. Und wenn ich dich nach dem Nachdenken wieder fragen würde, dann wäre deine Antwort: Ja.«

Jane sagte: »Nein, ich habe dir gesagt: Ich liebe dich. Ich habe dir gesagt, wenn du mich nach einem Jahr wieder fragst, würde ich ja sagen. Und wenn du mich fragst, werde ich dir so antworten.«

Carey griff sich mit seinen langen, starken Fingern an die Stirn und schob die Haarsträhne zurück, die sich auf den Weg nach unten gemacht hatte. »Ich bin ein sehr schneller Denker. Ich habe jetzt schon sechs Monate darüber nachgedacht. Nein, nein. Ich muß nochmal ganz anders anfangen«, sagte er. »Also: Du und ich, wir kennen uns jetzt beinahe vierzehn Jahre. Wir waren beide an jenem Abend, als Sally uns miteinander bekannt gemacht hat, in der High School-Bibliothek.«

»Stimmt«, sagte sie. »Du hast damals diese ekelhaften Quallen-Zeichnungen gemacht, diese komischen Kopffüßler.«

»Vermutlich ist also die Meinungsbildung über einander, soweit wir sie für nötig befanden, längst abgeschlossen. Darum ging es damals doch, nicht wahr? Du hast mir etwas von dir gesagt, was ich bis dahin noch nicht wußte. Du wolltest sicher sein, daß ich mir nicht insgeheim denke, ich komme schon klar damit, und danach, wenn es zu spät ist, grüble ich dauernd darüber nach.«

»Es ging noch um etwas anderes«, sagte sie. »Wir müssen Freunde sein können, weil wir Freunde sind. Wir müssen nicht heiraten. Das bringt nur einen ganzen Haufen neuer Regeln mit sich, strenge, bindende Vereinbarungen, und das sollte sich niemand antun, der auch nur den geringsten Zweifel hat.«

»Reden wir eigentlich noch über die gleiche Sache?«

»Ich rede nicht über eine einzelne Sache«, sagte sie, »ich rede über alles gleichzeitig, weil eine Ehe genau das ist. Man nimmt die ganze Komplexität eines Lebens: Wer ist dieser Mensch? Finde ich ihn gut? Wo werde ich wohnen? Wer sind meine neuen Verwandten? Um wieviel Uhr stehe ich auf? Was ziehe ich an? Was will ich einmal werden? – und das alles preßt man zusammen in die eine Frage: Soll ich heiraten oder nicht? Aus diesem Grund habe ich dich um ein Jahr gebeten.«

»Aber du hast deine Entscheidung innerhalb eines Tages getroffen.«

»Ich beschäftige mich viel mit mir selbst, und ich bin viel allein.«

Er schüttelte den Kopf und lachte resignierend. »Ich möchte ins Protokoll aufnehmen, daß ich mit keiner anderen Frau zusammen war, seit wir darüber gesprochen haben.«

»Ach, Carey«, sagte sie, »jetzt bist du störrisch und redest wie ein Jurist. So bist du doch sonst nicht. Hier geht es darum, gesund und glücklich zu sein. Wir sind zwei alte Kumpel. Wir kennen uns viel zu gut, als daß wir uns gegenseitig Predigten hielten. Ich freue mich, daß du die Krankenschwestern nicht oder nicht mehr belästigst. Aber das liegt nur an meiner Besitzgier. Ich überprüfe doch nicht, ob du dich an eine Vereinbarung hältst.«

»Du hast damit angefangen. Im Dezember.« – »Ich hatte keine Wahl«, sagte sie, »die Karten lagen auf dem Tisch.«

»Und jetzt steht das anscheinend zwischen uns.«

Sie seufzte. »Du bist jemand, der sein Leben lang Patienten, die höchstwahrscheinlich sterben, zu sich nimmt und wieder kuriert. Das ist deine Obsession. Die hast du anstelle einer Religion. Ich habe dir damals von meiner Reise erzählt, denn hätte ich geschwiegen, wäre alles andere zu einer Lüge geworden. Ich hatte gerade ein paar Menschen getötet, als ich heimkam. Ich bin, praktisch und juristisch, eine Mörderin. Das ist keine Kleinigkeit. Und es bringt dich in Gefahr, ebenso praktisch und juristisch, auch dein Denken, deine Gefühle. Ich habe etwas getan, was völlig konträr ist zu allem, was du kannst und woran du glaubst.«

»Und wie siehst du das heute?« Er sprach leise weiter: »Tut es dir leid? Hast du Angst? Bist du stolz?«

Ihre Augen glühten, als sie ihn kurz ansah. Dann wandte sie ihren Blick von ihm ab. »Es ist etwas, das nicht sein sollte.«

»Versuch's nochmal, aber bitte besser.«

»Es war die schrecklichste Erfahrung meines Lebens. Wenn sich die gleichen Umstände morgen ergäben, heute abend oder sogar jetzt gleich, dann weiß ich, ich würde es wieder tun. Es wäre nur nicht mehr so einfach, weil ich jetzt weiß, wie es ist. Außerdem habe ich dabei ein paar Dinge gelernt, die ich verdrängt hatte.«

»Zum Beispiel?«

»In all diesen Jahren hatte ich mir immer gesagt, daß meine Arbeit klar und eindeutig ist. Ich nahm Menschen auf, die in den schlimmsten Schwierigkeiten steckten, und ließ sie verschwinden. Das hatte einen Sinn. Wer in Gefahr war zu sterben, blieb am Leben, also blieben alle Beteiligten am Leben. Aber ich hätte mir eingestehen müssen, daß ich irgendwann einmal nicht schnell genug sein könnte oder an der falschen Ecke abbiege. Bis das passierte, hatte ich nicht verstanden, daß ich noch etwas ganz anderes getan hatte, als nur Menschen zu beschützen. Ich hatte mich für eine Seite entschieden. In einem Kampf auf Leben und Tod gibt es keine guten Jungs. Jetzt weiß ich das, und du weißt es auch.«

»Ja«, sagte Carey, »ich weiß es. Sechs Monate lang habe ich darüber nachgedacht, Tag für Tag. Und meine Reaktion hat mich überrascht. Ich finde nämlich, es ist mir egal. Es ist ein anderes Leben, eine andere Zeit – wie ein Krieg. Mich interessiert nur eins: Ist er vorbei? Hast du vor, das Verschwindenlassen von Menschen aufzugeben?«

»Genehmigt«, sagte Jane.

»Wie bitte?«

»Ich wollte sagen: Okay. Ich mach das nicht weiter.«

»So leicht geht das?«

»Eine schnelle Antwort heißt nicht, daß es leicht ist. Es bedeutet nur, daß ich mit meiner Entscheidung nicht auf diesen Augenblick gewartet habe. Sie gehörte schon zu unserer Abmachung, als ich sagte, ich würde dich heiraten.« Jane zog die Schultern hoch und ließ sie fallen. »Ich war ein Lotse, weil es zu einem bestimmten Zeitpunkt das Richtige für mich war. Falls du jetzt auf eine Entschuldigung wartest, kannst du lange warten. Aber man tut so etwas einfach nicht.«

Der Kellner brachte auf dem kleinen Silbertablett die Rechnung, Carey legte seine Kreditkarte darauf, dann gab er das Trinkgeld dazu und unterschrieb die Quittung. Alle Kellner und ihre Hilfskräfte waren liebenswürdig um Carey und Jane bemüht, weil sie die letzten Gäste im Raum waren. Alles, was ihrem baldigen Aufbruch noch im Weg stand, wurde eifrig beiseite geräumt, damit der Arbeitstag endlich an sein Ende kam.

Der Wagen wartete schon vor der Tür. Sie stiegen ein, und sobald der Wagen fuhr, sagte Carey: »Ich liebe dich. Ich habe über alles, was nötig war, nachgedacht. Ich möchte, daß du mich jetzt heiratest, nicht erst in sechs Monaten.« Er hielt an der Auffahrt zum Highway an, aber Jane antwortete nicht.

»Fahr uns ein bißchen herum«, sagte sie dann. Er bog nach links ab und fuhr nach Osten, hinaus aufs Land. Sie saß schweigend neben ihm und schaute aus dem Fenster in die nächtliche Landschaft. Dunkle Wälder waren zu sehen und ab und zu eine Farm.

»Denkst du darüber nach?« fragte er.

»Ich denke nach«, sagte sie. »Ich denke darüber nach, wie ich dir das alles sagen soll, was mir im Kopf herumgeht.« Sie holte tief Luft, als wollte sie damit anfangen, aber dann atmete sie wieder aus. »Da drüben!« sagte sie. »Kannst du da mal halten, bei der Obstplantage?«

»Wo?«

»Am Zaun.«

Der Wagen rollte aus, knirschte mit den Reifen über den Kiesboden und blieb stehen. »Oder noch besser«, sagte sie, »fahr diesen Weg da rein.«

»Was haben wir denn vor?«

»Tu's einfach«, bettelte sie. »Ich will dir etwas zeigen. Ich garantiere, es wird dir gefallen.«

Er steuerte den Wagen durch die Öffnung im Zaun und über eine alte Sandstraße in den Garten. Die Straße war rötlich übersät von Blütenzweigen, die von den Apfelbäumen an den Rändern heruntergefallen waren. Der Wagen holperte noch ein Stück tiefer zwischen die Bäume, während Jane angestrengt durch die Windschutzscheibe blickte.

»Okay, halt«, sagte sie, machte ihre Tür auf und stieg aus. Sie ging bis zum Ende der Plantage und ein paar Schritte einen Abhang hinunter, dann blieb sie stehen. Sie zog die Schuhe aus, stieg ein Stück weiter den Hügel hinunter und blieb an einer dichtbewachsenen Stelle stehen. Dort wuchsen fast wadenhohe Wildpflanzen mit runden, gezackten Blättern. Sie drehte sich nach Carey McKinnon um. »Komm runter«, sagte sie. »Ich wußte, ich würde hier welche finden.«

Er ging den Abhang zu ihr hinunter, achtete bei jedem Schritt darauf, wohin er traf. Als er den Blick wieder hob, sah er, wie sie leicht nach vorn gebeugt mit etwas unter ihrem Rock beschäftigt war. Dann zog sie die Strümpfe aus und reichte sie ihm. »Kannst du das bitte einstecken?« Barfuß marschierte sie durch die dichten, weichen Pflanzen, bückte sich, strich mit den Händen darüber und pflückte hier und da etwas ab.

Carey kam zu ihr, und sie hielt ihm die Hand hin. Es lagen ein Dutzend kleine Kugeln darin, kaum mehr als ein, zwei Zentimeter dick. »Was ist das?«

»Die Nachspeise«, sagte sie, »wilde Erdbeeren.«

Sie legte sich eine auf die Zunge, drückte sie erst gegen den Gaumen, dann zerkaute sie sie. »Genau richtig.« Wieder hielt sie ihm die kleinen Beeren hin und schüttete sie ihm in die Hand.

Er probierte eine und lächelte. »Sie sind wirklich gut. Weich und süß.« Aber sie war schon wieder über die Pflanzen gebückt und strich mit den Händen durch das Blättergewirr.

Carey kniete sich neben sie und pflückte ebenfalls, was er fand, bis auch er eine Handvoll Erdbeeren hatte. Er gab sie ihr, dann breitete er an einer freien Stelle seinen neuen Mantel am Boden aus, und sie setzten sich, spürten auf ihrer Haut die warme Juniluft und die Umarmung der Dunkelheit unter dem Neumond und aßen Erdbeeren.

Sie küßten sich, zuerst behutsam, aber dann wurden die Küsse länger und leidenschaftlicher, sie legten sich auf den Mantel, die Pflanzen umgaben sie wie ein schützendes Nest. Careys Hände streichelten über ihren Körper, die Brüste, dann die Hüfte hinunter, und das Kleid, das Jane ausgesucht hatte, mußte nicht erst nach oben gerollt und über den Kopf gezogen werden. Im Dunkeln löste es sich fast von allein auf, und sie hoffte, sie wußte, daß er diesen Augenblick gemeint hatte, als er sie bat, genau dieses Kleid anzuziehen. Oder aber seine Bitte und ihre Erfüllung und dieser Augenblick waren ein und dasselbe Ereignis, ein einziger Akt des Verlangens und Gewährens, bei dem sie wollte, daß er es wünschte, und am liebsten seinen Blick kurz abgelenkt hätte, um es ihm anzubieten, noch bevor das Verlangen in ihm entstand. Die Küsse waren jetzt gierig und ausgedehnt, und seine Hände, lange, zärtliche Finger und breite, weiche Flächen, glitten überall hin, fuhren die Konturen ihres Körpers im Dunkeln nach, so daß sie sich selbst mit geschlossenen Augen sehen konnte, die zarten, kleineren Formen, die sie fast nicht mehr als ihre eigenen empfunden hatte bis jetzt, als er sie erkannte und berührte und an sich drückte. In dieser Umarmung zeichneten sich beide Körper deutlich ab, der seine hart, muskulös, gespannt und mit kitzligen Haaren, aber es gab keine Grenze mehr zwischen ihnen.

Dann war nur noch der Duft der Erdbeeren da und ihr Geschmack auf der Zunge, die reglose, warme Nachtluft, die wohl ewig so bleiben mußte, und dieser Herzschlag und der angehaltene Atem. Aber es gab auch die Zeit, denn die Empfindungen wurden stärker, weiteten sich aus in ihren Bauch und ihre Schenkel, zu viele Atemzüge, bis alles Verlangen war, Schmerz, und er wußte es. Sie fühlte sich erleichtert, unendlich wohl und glücklich, ja: glücklich, außerhalb aller Zeit, denn selbst wenn dieses Gefühl ewig anhielte, wäre es nicht genug, aber es ging weiter, und sie hörte ihre Atemzüge schneller kommen und darin die eigene Stimme, und es würde immer so weitergehen, bis sie nicht mehr da war, verbrannt wie eine Mücke in einem Hochofen. Und dieses Haben und Verlangen, dieser Augenblick, der ihr bereits vollkommen schien, wuchs noch über sich hinaus. Und dann rauschte die Zeit zurück, da es nicht immer so weitergehen konnte, fing an zu vergehen, nicht keuchend nach Atem, sondern erfüllt davon, dann kühl, beinahe fröstelnd, schwerelos, und das Wort »köstlich« schoß ihr durch den Kopf und verschwand, ihr Wohlbehagen war zu groß und zu schön, um den Gedanken festzuhalten.

Sie lagen nackt am Abhang auf dem Mantel im Gras und rochen wieder die Erdbeeren. Sie öffnete die Augen und ihr blick weitete sich in den Nachthimmel.

Zum ersten Mal nach einer Ewigkeit hörte sie seine Stimme: »Waren es die Erdbeeren, die du mir zeigen wolltest?«

»Irgendwie schon«, lachte sie. »Es ist ein vielschichtiges Erlebnis. Früher machten sie sich hier in den Erdbeerfeldern den Hof.«

»Ich wette, das war nicht ganz dasselbe.«

»Ich wette, es war genau dasselbe«, sagte sie. »Sie liefen nachts von den Langhäusern weg, weißt du, und dann trafen sie sich an so einem Ort wie hier.«

»Ich wollte sagen, die haben nicht miteinander geschlafen.«

»Natürlich haben sie«, antwortete sie. »Genau das haben sie hier draußen mitten in der Nacht getan. Vielleicht sogar an dieser Stelle.«

»Jetzt verstehe ich, warum die Erdbeeren am Rand des Weges zum Himmel wachsen.« Er strich ihr sanft mit der Hand über ihre Hüfte. »Reif und süß und rund und sehr selten.«

Sie setzte sich auf und sah ihn an, mit der Andeutung eines Wunsches im Blick. »Ganz im Gegenteil. Sie waren deshalb so wertvoll, weil sie überhaupt nicht selten waren. Man fand sie von einem Ende des Irokesengebiets bis zum anderen. Sie kamen jedes Jahr im Mai heraus, und im Juni waren sie reif. Sie waren immer da, leicht zu haben, so viele, wie du dir nur wünschen konntest, und so gut wie die allererste, die du je gegessen hast.«

Er setzte sich neben sie und betrachtete sie genau, seine blaugrauen Augen strahlten. »Und das ist es, was du mir sagen wolltest.«

»Du machst dich«, sagte sie. »Du kriegst noch den Trostpreis beim Wettbewerb ›Schönster nackter Mann‹.«

»Und ich hatte gedacht, ich wäre schon jetzt schlau genug, um dich richtig würdigen zu können und nie zu vergessen, was für eine außergewöhnliche Frau du bist, selbst wenn wir ein paar Jahre lang unsere Erdbeeren im Supermarkt kaufen wie normale Menschen.«

Seine Hand bewegte sich zärtlich von ihrer Schulter herab bis zum Bein, über ihr Knie, die Waden, den Fuß. »Aber ich bin froh, daß du mich auf deine Expedition hierher mitgenommen hast.«

»Ich auch.«

Er sagte mit seiner ruhigen Stimme: »Es ist eigentlich nicht deine Art, daß du all diese Weisheiten an den erstbesten nackten Mann verschwendest, mit dem du dich in einem Erdbeerbeet triffst. Damit das Ganze einen Sinn bekommt, müßtest du mich fast heiraten.«

»Ja«, sagte sie. »Ich heirate dich.«

4

Das Vorstandsbüro der Pleasure AG lag genau über der Polynesischen Wasserrutsche. Irgend jemand hatte darüber einmal gewitzelt, der Architektenplan sei nicht ganz aufgefaltet worden, und die Baufirma hätte es nicht bemerkt. Das konnte durchaus wahr sein, denn Fehler waren in Las Vegas keine kleinen Schlampereien, wie etwa wenn ein paar Hobelspäne zwischen den Fußbodenbrettern liegenblieben. Es waren gigantische, schauerliche Fehlleistungen, zum Beispiel der Bau eines Milliarden-Dollar-Casinos auf einer Fläche, die dreißig Zentimeter tiefer lag als die danebenliegenden zweieinhalb Quadratkilometer Parkplatz, so daß der gesamte Bau alle fünf Jahre nach einer flutartigen Überschwemmung unter Wasser stand. Aber die Lage des Vorstandsbüros der Pleasure AG war kein derartiger Fehler, sondern ging auf einen Vorschlag von Calvin Seaver zurück, den Vizepräsidenten für Sicherheit.

Seaver kam aus dem Lift und blickte einen Augenblick durch die doppelten Einwegscheiben hinunter auf den malerischen Wasserfall und die Felsen, die üppigen tropischen Bäume und Blüten. Er sah zwei kleine Jungen, acht und zehn Jahre alt schätzte er sie aus der Erinnerung an seine eigenen

Söhne. Dann sah er auch den Vater, einen Enddreißiger mit Babyspeck um die Hüften und einer Tätowierung am Arm, die einen US-Navy-Anker darstellte und zeigte, daß er keineswegs unter Nackenschmerzen litt, weil er so schwer an seinem Gehirn zu tragen hatte.

Sie standen nur wenige Meter von Seaver entfernt oben am Start und warteten auf irgendetwas. Auf Mama, vermutete er. Und da war sie schon. Nicht schlecht. Ein winziger Ansatz von Zellulitis an den Oberschenkeln, die Brüste schon etwas hängend, aber nichts, worum sie sich echte Sorgen machen mußte. Sie setzte sich mit einem dumpfen Platschen auf die Rutsche, und dann schlidderten alle vier los, um die Kurve und unter den Wasserfall durch. Dann sah Seaver sie nicht mehr. Um so besser.

Er war trainiert auf eine vorausschauende Feindschaft, auf die Überprüfung der Gäste nach möglichen Anzeichen, die vielleicht seine Dienstleistung nötig machten. Aber nicht deshalb war er der Beste, sondern weil er mit einem Blick Schafe und Ziegen auseinanderhalten konnte. Die hier waren Schafe. Sie wußten nicht einmal, wie man anderen Probleme machte, so etwas lag gar nicht in ihrem Charakter. Während ihres Aufenthalts ahnten sie nicht einmal, daß er sie beobachtete und daß er sie beschützte, wenn sie spielten oder schliefen, damit die künstliche Beschaulichkeit um sie herum durch nichts gestört wurde.

Diese vier waren der Beweis, daß alles bestens lief. Wahrscheinlich hatten sie fünf Tage gebucht. Mama und Papa holten sich ihre Portion dieser künstlich haltbar gemachten Pracht und eines präzise überwachten Risikos. Die Kinder verbrachten ein paar Stunden in der Virtual Reality der Spielsalons und gewöhnten sich daran, für Abenteuer mit Geld zu bezahlen und der Pleasure AG die Anschlußgeschäfte der nächsten fünfzehn Jahre zu sichern. Und dann gingen sie wieder.

Die Ziegen waren ganz anders. Ziegen waren kleine Betrüger und Kartenzähler und Geldwechselschwindler und Callgirls und Taschendiebe. Immer versuchten sie, sich unauffällig unter die Schafe zu mischen. Die Hälfte dieser Leute kannte er vom Sehen, aber das brauchte er gar nicht. Er sah es ihren Augen sofort an. Sie waren gierig. Auch in Pete Hatchers Augen hatte er schon früh diese Gier entdeckt, aber er hatte sie falsch verstanden. Sein Fehler war: Er hatte die beruhigende Versicherung seiner Chefs akzeptiert, Hatcher sei nur hinter einem her, und zwar Mösen.

Er sah auf die Uhr und ging in den Korridor hinein. Seaver war vermutlich der einzige, der diesen Teil des Gebäudekomplexes deutlich vor Augen hatte, sobald er sich darin bewegte. Die Lifte und der lange, schmale Gang ließen seinen Leuten ausreichend Zeit und Möglichkeiten, jemanden mit einem Vorhaben, das nicht auf der Tagesordnung der Chefs stand, wirksam zu isolieren.

Die Doppel-Einwegscheiben verhinderten die Aufzeichnung der akustischen Schwingungen eines Bürogesprächs und jede denkbare Art der Fotografie. Die Lage unmittelbar an der Wasserrutsche hatte den Vorteil, daß niemand, der mehr als nur seinen Badeanzug anhatte, in die Nähe gelangen konnte, und jemand, der mit einem weiter entfernten Richtmikrofon operierte, hatte am Ende nichts auf dem Band als einen rauschenden Wasserfall und das leere Geschwätz von achtzig Besuchern.

Es war nicht ganz der Schutz, den ein unterirdischer Raum geboten hätte, aber er hatte sich bisher bewährt. Was dem Sicherheitsbeauftragten jedoch Sorgen machte, waren andere, ausgefallenere Katastrophen: ein Irrer, der mit einer Autobombe durch den Vordereingang donnert, oder irgendeine japanische Sekte, die in der Klimaanlage ein Nervengas freisetzte. Er hatte einige Berater auf die Planung von Gegenmaßnahmen angesetzt, aber bis jetzt hatten sie ihm nichts geliefert, was er den großen Chefs hätte vorsetzen können. Alle Vorschläge liefen auf gewaltige Umbauten hinaus, um Raum zu schaffen für irgendwelche Gegenstrategien, für deren Erfolg sie nicht einmal garantieren konnten.

Die großen Chefs waren an sich nicht geizig, wenn Baumaßnahmen zu beschließen waren. Nur etwas konnten sie nicht leiden: daß sie während der Bauarbeiten den ganzen Laden schließen mußten. Aber Seaver glaubte an die Beratung durch Außenstehende, und er war zuversichtlich, die Probleme in den Griff zu kriegen.

Er öffnete die Tür zum Vorstandsbüro, betrat den tiefen Teppich und nahm lautlos an dem riesigen Rosenholztisch Platz. Die Tür hinter ihm schloß sich schnell und geräuschlos.

Auch diese Automatik war eine von Seavers Ideen. Die Zeit des Kommens und Gehens war eine weit offene Sicherheitslücke für die Unverletzlichkeit des Raumes. Jeder, der es irgendwie geschafft hatte, die Hindernisse bis hierher zu überwinden, konnte auch schon durch das sekundenkurze Aufschnappen von Gesprächsfetzen eine Menge erfahren und das Gehörte in aller Ruhe auswerten.

Dieses Mal traf sich nicht das gesamte Management. Die einzigen im Raum waren die großen Chefs selbst: Bobby Salateri, Max Foley und Peter Buckley. In dieser Runde trafen sie sich öfter als allgemein angenommen und konnten dann ohne die zwanzig Abteilungsleiter sprechen, die für den Jahreshaushalt, die Finanzplanung, Public Relations oder Sicherheit verantwortlich waren. Peter Buckley war als erster so gnädig, Seaver wahrzunehmen. »Morgen, Cal.«

»Peter«, sagte Seaver. Als die beiden anderen ihn ansahen, fügte er hinzu: »Bobby, Max.« Dann wartete er. Sie ließen sich Zeit, und das war ein Kompliment für ihn.

»Dieses Jahr sind Bewässerungsanlagen überall noch okay, nächstes Jahr auch noch«, sagte Salateri. »Aber wie sieht es in zehn Jahren aus? Ich meine: politisch?«

»Sie sind nicht für überall geplant«, sagte Foley, »nur auf den Golfplätzen. Bei den Sonnendächern sind die Rohre schon verlegt. Es geht nur noch darum, die Sprühdinger ums Dach herum anzubringen. Alles in allem sechsunddreißig. Und die Golfspieler haben es kühl und angenehm damit.«

»Jaja, ich weiß«, sagte Salateri. »Wirklich ein Klacks. Aber jedesmal, wenn irgendein Fernsehsender wieder eine von diesen Reportagen über Wasserverschwendung bringt, sehe ich Archivbilder von Sprühern über einem Hot-Dog-Stand.«

»Die Berechnungen gehen davon aus, daß die Bäume an den Sonnendächern einen Teil der Feuchtigkeit auffangen, und im Schatten verdunstet sie auch nicht so schnell. Sollte Wasser irgendwann rationiert werden, dann ist diese Menge schon mal nicht davon betroffen.«

»So hatte ich das noch nicht gesehen«, sagte Salateri. »Auf dieser Basis nehme ich es dir ab. Was meinst du, Peter?«

»Klar«, sagte Buckley. »Und falls es mal wirklich ganz blöd kommt, dann haben wir etwas, das wir opfern können: Pleasure Island spart Wasser und schließt seine Sprinkler.«

»Dann lasse ich sie also weitermachen«, sagte Foley. Er wandte sich zu Seaver. »Kleines Problem, gestern abend, hm, Cal?«

»Ja«, sagte Seaver. »Ich wollte, ich hätte eine Entschuldigung. Ich habe keine.«

»Wie steht die Sache jetzt?« fragte Buckley.

»Hatcher hat keinen Zug genommen und keinen Flug von McCarran aus. Busse sind nicht zuverlässig genug. Er ist also zweifellos mit dem Wagen weg. Wenn er so schlau war, durchzufahren, dann kann er jetzt in Chicago sein.« Er griff in die Innentasche seiner Jacke. »Mein Rücktrittsgesuch ist fertig, wenn ihr es haben wollt.«

»Steck es dir sonstwohin«, sagte Salateri. »Wir sind hier nicht die beschissene Armee, wo man seinen Abschied einreicht und den Säbel abgibt und dann seine Memoiren schreibt. Wir haben einen Virus, und der kann uns bei lebendigem Leib auffressen. Wir brauchen dich dringender als gestern.«

»Danke«, sagte Seaver. Das war die einzige Äußerung Salateris ihm gegenüber, die einem dienstlichen Lob nahekam.

»Wie hat er deine Leute abgehängt?« fragte Foley. »Vielleicht sollten wir da anfangen zu suchen.«

»Er hat sich mit einer Frau zur Mitternachtsvorstellung im Inside Straight getroffen. Die Mirakel-Miranda hat ihn dann aus dem Publikum auf die Bühne geholt und ihn ein paarmal verschwinden lassen, danach erschien er wieder, aber nicht mehr beim letzten Mal. Vermutlich ist er über die Hinterbühne raus. Meine Leute standen wie die Idioten da. Sie sind der Frau und dem falschen Typ nachgegangen, und den haben sie auch noch verloren. Die Frau ist ein Profi. Sie hat es fertiggebracht, daß meine Leute sie erst eine Stunde lang beschatten, sich dann aufteilen, und schließlich hat sie einen im Lift erwischt. Hinterher hatte er ein kaputtes Knie, ein gebrochenes Nasenbein und irgendwas am Auge.«

»Profi?« fragte SalFateri. »Boxerin?«

»Ich weiß nicht, welcher Beruf auf ihrer Visitenkarte steht«, sagte Seaver. »Aber ich bin sicher, Hatcher hat das alles nicht allein arrangiert. Keine Ahnung, welche Rolle diese Miranda dabei spielt, vielleicht hat sie ihn wirklich nur aus der Menge herausgepickt – Magier tun einem manchmal so einen Gefallen, wenn man einen Kellner in die Garderobe schickt und darum bittet. Vielleicht ...«

»Völlig egal«, unterbrach ihn Buckley. »Wir werden jetzt nicht diese Miranda ausquetschen, und ich hoffe, du tust es auch nicht.«

»Nur, wenn ihr es verlangt«, sagte Seaver. »Falls sie etwas weiß, hat sie keinen Anlaß, es mir zu sagen, und ich kann sie nicht dazu zwingen. Und wenn die Frau ein solcher Profi ist, dann weiß Miranda wahrscheinlich sowieso nicht viel.«

Salateri zuckte die Schultern und verzog angewidert das Gesicht. »Ich werde mal sehen, ob ich mit Vincent reden kann.« Er saß eine Weile schweigend da, dann fiel ihm auf, daß alle anderen ihn unverwandt anschauten. »Warum denn nicht? Glaubt ihr, wenn Vincent Bogliarese uns schaden will, macht er es mit so einer Nummer? Indem er seine Freundin den Kerl in einer Rauchwolke von der Bühne verschwinden läßt? Nun kommt aber wieder auf den Teppich! Er würde achthundert seiner Leute in ihren flotten Anzügen reinschikken, die uns die Eingeweide rausreißen und sie anzünden.« Danach fügte er, ganz allgemein, noch hinzu: »Ich sage das natürlich mit dem größten Respekt und höchst vertraulich. Der Mann ist mein Freund. Ich sage nicht, daß er irgend etwas weiß, aber es kann nicht schaden, wenn ich ihn frage.«

Max Foley blickte zu Seaver hinüber. »Es sieht demnach so aus, als müßten wir die Sache selbst in die Hand nehmen, Cal. Dieses Fiasko ist auf deinem Mist gewachsen, das eigentliche Problem aber nicht. Da hängen wir mit drin, wir alle drei. Wir haben Hatcher engagiert, wir haben ihn falsch beurteilt, und wir haben ihm eine Menge Dinge anvertraut, die wir besser für uns behalten hätten.«

»Das stimmt«, sagte Buckley.

Salateri nickte deprimiert. »Er war ein heller Bursche, man kam gut mit ihm aus, er benahm sich wie ein Mann. Jetzt stecken wir in Schwierigkeiten, und wir wissen nicht einmal, in was für Schwierigkeiten.«

»Wir können es vermuten«, sagte Foley. »Ganz egal, was er im Augenblick vorhat, irgendwann landet er in den Händen des FBI.« Dann setzte er hinzu: »Außer er kommt nicht soweit.« Buckley lehnte sich in seinen hohen Bürostuhl zurück. »Haben wir jemanden auf der Gehaltsliste, der sich mit so einem Problem auskennt?«

»Nein«, sagte Seaver. »Wir haben immer aufgepaßt, so jemanden nicht fest anzustellen. Solche Leute hat man nicht gern jahraus, jahrein in der Nähe. Die anderen Angestellten kriegen sonst doch mal mit, wofür die eigentlich da sind.

Die drei Männer saßen in einer Reihe nebeneinander und schauten ihn an. »Du warst doch lang genug in der Sicherheitsbranche«, sagte Foley.

»Und vorher Polizist«, sagte Salateri dazu.

Dann wieder Foley: »Genau. Du mußt doch jemanden kennen, der so was kann. Ich meine, einen Allround-Spezialisten, der ihn findet und dann auch den Rest erledigt.«

»Ich weiß jemanden, den ich vermutlich kriegen kann«, sagte Seaver. Jetzt kam der heikle Teil der Angelegenheit. Vielleicht wußten sie noch nicht, was das hieß. »Ich werde einen Haufen Geld brauchen. Hunderttausend vielleicht, für den Anfang, später mehr.«

»In bar?« fragte Buckley. »Verdammt, Cal, Bargeld ist unser Geschäft. Geh nach unten und gib das Eddie.« Er kritzelte schnell eine Notiz und reichte sie Seaver, der sie kurz durchlas: »Gib Seaver, was er haben will. P. B.« Buckley faltete die Hände auf dem Bauch. »Und wer ist dieser Mann?«

»Es ist eine Art Bonny-and-Clyde-Team. Ich rede heute noch mit ihnen.«

»Solange du sie nur nicht hierherbringst«, sagte Salateri. »Ich will solche Leute nicht kennenlernen.«

»Und wenn du sie engagierst, dann ruf sie nicht von hier aus an«, sagte Foley. »Ich hätte es nicht gern, wenn in einem Jahr hier ein Staatsanwalt auftaucht, der die Telefonrechnungen des Hotels durchgeht und die Nummer findet.«

»Das versteht sich von selbst«, sagte Buckley. »Was gibt's sonst noch zu sagen?«

»Wenn die beiden einmal von der Leine sind, läuft die Sache. Ich kann sie dann nicht wieder zurückpfeifen. Sie nehmen sich die Zeit, die sie dafür brauchen, sie schicken mir keine Zwischenberichte, und ich kann sie nirgendwo erreichen. Wenn wir also morgen feststellen sollten, daß Pete Hatcher der loyalste Mitarbeiter aller Zeiten war, dann ist es zu spät. Dann lebt er schon nicht mehr.«

»Ich denke, das ist der gegebene Augenblick, um die Frage zu stellen.« Buckley faßte seine beiden Partner ins Auge. »Sind wir sicher, daß wir es uns nicht anders überlegen?«

»Ich riskier's«, sagte Foley.

Nun blickten die beiden auf Salateri. Er zog die Augenbrauen zusammen und hob die Hände in die Höhe. »Also, ich finde, es wäre nicht gut, wenn wir unter Verfolgungswahn leiden. Ich will damit sagen: Da wird ein unschuldiger Kerl von seinen Bossen urplötzlich zum Feind erklärt und irgendwo in die Mülltonne geworfen. Andererseits weiß er, daß wir ihn beobachten ließen, und er weiß auch, daß wir ihn loswerden wollten. Selbst wenn er mal unser Freund war, jetzt ist er es nicht mehr. Welchen Nutzen hat er also noch für uns?«

Linda Thompson saß vor dem beleuchteten Spiegel in ihrem Schlafzimmer und trug die weiche Gesichtsmaske auf die makellos weiße Haut von Wangen und Stirn auf. Die Maske war blau und ließ drei kleine, runde Löcher frei, den Mund und die Augen. Das weiße Handtuch, das sie über ihr blondes Haar drapiert hatte, und das blaue Gesicht gaben ihr im unbarmherzigen Licht der Schminktischbeleuchtung ein gespensterhaftes Aussehen. Sie ging ans Bett, legte sich hin und wartete. Die Lamellenrollos waren geschlossen, die Fenster jedoch geöffnet, so daß sie in der trockenen, heißen kalifornischen Brise in regelmäßigen Abständen leise klapperten. Linda machte ihr Kleid auf und ließ den Luftzug über ihren nackten Körper streichen, während er gleichzeitig die Maske erstarren ließ. Sie hatte sich vorher schon mit einer Body-Lotion eingerieben, und ihre Haut prickelte unter dem Lufthauch. Linda war eine schöne Frau. Seit sie neun Jahre alt war, konnte sie nirgendwo auftreten, ohne daß einer ihr das sagte oder sie so ansah, daß die Bemerkung überflüssig wurde. Sie wußte, daß diese Art Schönheit jeden überwältigte, da sie geradezu raumgreifend war. Dieses Aussehen war der erste Schritt in ihrer Begegnung mit allen anderen Menschen. Die hielten es für ein Geschenk der Natur. In Wahrheit war es eine Quälerei, weil es so perfekt war, aber eine Perfektion zu bewahren, kostete eine Menge Arbeit. Und Linda haßte jede Arbeit.

Es war erst elf Uhr vormittags, und sie hatte bereits siebenkomma-neun Kilometer auf ihrem Fitneßrad hinter sich, hatte sich eine Stunde lang mit den anderen Trainingsgeräten abgeplagt und war im Pool dreißig Längen geschwommen. Sie wäre sich jetzt nicht so elend vorgekommen, wenn sie sich zum Frühstück vier Spiegeleier und ein halbes Pfund Speck gebraten hätte wie Earl, bevor er weggegangen war, um mit den Hunden zu arbeiten. Seit dem trockenen Cracker und dem Spargel am Vorabend hatte Linda nichts mehr gegessen, und Earl hatte das widerliche Zeug vor ihren Augen in die Pfanne geschmissen, daß es nur so zischte und brutzelte und beißend nach Fett roch. Als sie ihm sagte, sie wollte nichts davon, schaute er sie nur mit seinem schiefen Grinsen an und aß alles allein auf. Schlang es in sich rein, war die richtige Bezeichnung, wie für ihn gemacht.

Er war groß und schlank, hatte breite Hände und eine Kinnpartie, die sein Wesen und seine Herkunft verrieten: zehn Generationen in den Slums der Südstaaten, in deprimierenden, von jeder göttlichen Gerechtigkeit vergessenen Löchern, und vorher, über zehn Generationen in England, vermutlich genau dasselbe.

Plötzlich zerriß ein Geräusch die Luft, es war weniger ein Bellen als vielmehr ein durchdringender Schrei. Sie fuhr hoch, hörte das tiefe Grummeln und Knurren des Hundes, der sich zum Kampf aufstellte. Linda hatte keine Lust, jetzt durch den Gang bis zum Wohnzimmer zu gehen und dann vor die Haustür, also stieg sie auf den Hocker, dann aufs Fensterbrett und sprang hinaus auf den Rasen. Sie rannte zum Zwinger und flüsterte: »Absolut degeneriert!«

Als sie zu dem hohen Maschendrahtzaun kam, sah sie schon von weitem, daß sich der Bluthund in die Ecke zurückzog, um seine Sehnen vor den beiden Rottweilern in Sicherheit zu bringen. Sein linkes Ohr war angebissen, und aus der Schnauze tropfte Blut.

Earl stand in der anderen Ecke des Zwingers und rieb sich geistesabwesend die Stoppeln an seinem unrasierten Kinn, während er zusah, wie sich die großen, schweren, schwarzen Hunde auf ihren Gegner stürzten.

Linda schrie so laut, daß er sie hören mußte: »Ruf sie zurück, Earl!«

Er drehte sich langsam zu ihr um und sah sie an, aber sie wartete nicht ab. Sie schrie: »Halt! Aufhören!« Die beiden Rottweiler blieben stehen und gingen rückwärts bis an den Zaun.

»Ach, du bist das«, sagte Earl. »Ich hab' das Gesicht nicht gleich wiedererkannt.« Sie folgte seiner Blickrichtung und stellte fest, daß sie an sich heruntersah. Hastig knotete sie das Kleid zu.

»Was machst du da eigentlich?« fragte sie.

»Ich wollte nur mal sehen, wie die zwei funktionieren, wenn sie jemanden in der Ecke haben.«

»Sie zerfleischen ihn, bis er verblutet. Was kannst du da schon rauskriegen?«

»Ich war mir nicht sicher. Deshalb. Jetzt weiß ich es.«

»Und?«

»Vielleicht kann ich das mal gebrauchen. Ich glaube, ich könnte mit zwei wie denen fertig werden. Ich kenne niemanden, der das auch könnte.«

»Und was fängst du jetzt mit diesem reinrassigen Tausend-Dollar-Bluthund an, den du erst vor einer Woche gekauft hast? Mit dem kannst du zu keinem Wettbewerb mehr, so angefressen, wie er ist. Du kannst ihn nicht mal zum Decken geben.«

Earl betrachtete den Hund, der sich in die Ecke des Trainingszwingers drückte und sich nicht mehr zu rühren wagte. Er zuckte die Schultern. »Tierversuche.«

Linda ging ins Haus zurück und öffnete den Küchenschrank neben der Spüle. Sie nahm die Heckler & Koch heraus, eine 45er ACP, drückte auf den Hebel hinter dem Abzug, ließ das Magazin herausgleiten und überprüfte es. Sie mußte sich vergewissern, daß Earl es nach seinem letzten blöden Scherz mit ihr nicht wieder leergelassen hatte. Aber nein: Es hatte die volle Ladung Munition, zehn Federal Hydra-Shok-Hohlspitzgeschosse. Sie steckte sich die schwere Pistole unters Kleid, hielt sie mit dem linken Arm fest und ging wieder hinaus.

Als sie am Zwinger ankam, hatte Earl bereits den Bluthund ins Freigehege gelassen und warf den Rottweilern eifrig Kilostücke Steakfleisch hin. Sie ging den schmalen Weg am Zaun entlang bis zu der Stelle, wo der Bluthund auf dem Bauch lag und vergeblich seine aufgerissene Brust zu lecken versuchte. Sie schob den Sicherheitsbügel zur Seite, steckte die Mündung durch die Zaunmaschen, zielte auf die runde, knochige Hirnschale und schoß sie ihm weg.

Nach dem Knall der großen Pistole kam Earl um den Zwinger herum. Er schaute ihr in das blaue Gesicht mit den zwei Augenlöchern, sagte aber kein Wort.

Sie antwortete ihm trotzdem. »Wenn du ihn zu einem Tierarzt gebracht hättest, dann holt der doch sofort die Polizei.«

Er sagte: »Und du vergräbst das jetzt?«

Sie war schon losgelaufen, über den Rasen zurück zum Haus. Die blaue Gesichtsmaske war inzwischen hart geworden, aber jetzt brannte sie ihr auf der Haut, als sie sich umdrehte und zischte: »Du weißt verdammt genau, daß ich das nicht mache.«

Sie ging wieder in die Küche, ließ das Magazin heraus und legte Earl die Pistole zum Reinigen auf den Küchentisch. Sie wußte, wenn sie sie selbst reinigte, würde er sie noch einmal reinigen. Im Bad schaute sie in den Spiegel über dem Waschbecken, wusch sich behutsam die Maske ab und cremte die Haut langsam, geduldig, gründlich mit Feuchtigkeitscreme ein.

Typisch Earl. Sie hatte gar keinen Zweifel, daß er sich überlegt hatte, wie er zwei Rottweiler, die ihn gleichzeitig angriffen, umbringen könnte. Aber noch typischer war etwas anderes: Falls er sich seiner Überlegenheit nicht ganz sicher war, dann würde sie ihn am nächsten oder übernächsten Tag im Zwinger mit einem Ka-Bar-Messer in der Hand finden, und dann würde er die Hunde damit umbringen, garantiert. Zwischen zwei Jobs war er eine furchtbare Nervensäge. Er fand irgendwie nicht zur Ruhe.

An diesem Nachmittag wollte er hinaus in den Angeles National Forest, um schon zum vierten Mal das Visier für sein neues Gewehr einzustellen. Es war ein in England für die arktische Kriegsführung entwickeltes, aber nicht freigegebenes Scharfschützengewehr mit einem Lauf aus olivgrauem rostfreiem Stahl und einem 50-Millimeter-Zielfernrohr, Marke Schmidt & Bender. Alles an diesem Gewehr war verstellbar, vom Druckpunkt des Abzugs bis zur Rückstoßdämpfung am Kolbenende. Ganz klar, daß Earl ganze Tage damit verbringen würde, alles neu einzustellen. Die offizielle Version des Gewehrs bekam man nicht unter dreitausend Dollar, aber das zurückgehaltene Modell mit Schalldämpfer war absolut illegal und hatte mindestens ein fünfmal so großes Loch in seine Finanzen gerissen, aber er hatte ihr nie verraten, was der mexikanische Polizist dafür verlangt hatte. Das war Earl: Er brauchte an Ausrüstung immer das Allerneueste und Feinste, dann nahm er das gute Stück regelmäßig auseinander und setzte es wieder zusammen, um zu wissen, wie es im Innern aussah.

Linda hätte vielleicht diese Mischung aus ständiger Selbstverbesserung und morbider Neugier als seinen furchtbarsten Charakterzug bezeichnet, aber nicht einmal diese Beurteilung konnte sie aufrechterhalten, denn ein solches Verhalten war eigentlich auch das Beste an ihm. Es war bei ihm sowieso unmöglich, die eine oder andere Eigenschaft herauszufiltern. Earl hatte nicht wie andere Menschen eine Oberfläche. Er war durch und durch ein und dasselbe, wie ein Stück Eisen. Man konnte lediglich um ihn herumgehen und ihn aus verschiedenen Blickwinkeln betrachten. Auf diese Weise war sie dahin gekommen, daß sie ihn gleichzeitig liebte und haßte.

Für ihn war es immer dasselbe – ob er irgendein Gerät auseinandernahm, ob er untersuchte, wie seine Hunde funktionierten oder Linda selbst. Jedesmal, wenn er etwas gelesen oder gehört hatte, was man mit dem Körper einer Frau anstellen konnte, probierte er es an ihr aus und beobachtete die Wirkung mit einem Gesichtsausdruck zwischen kühler Neugier und – aber das wünschte sie sich vielleicht bloß – Faszination, nur um zu sehen, wie sie funktionierte. Auf seine Gefühle hatte das Ergebnis nicht die geringste Wirkung. Es war ihm völlig gleichgültig, ob sie wie eine läufige Hündin keuchend zu ihm gekrochen kam und nochmal darum bettelte, oder ob sie winselnd in ihr Zimmer rannte und sich drei Tage lang einschloß. Er legte keinerlei Wert darauf, etwas zu wiederholen, was sie glücklich machte, oder zu unterlassen, was sie an vergangene Schmerzen erinnerte. Er wollte nur sehen, wie sie funktionierte.

Jetzt hatte er es geschafft, daß sie deprimiert war. Sie dachte sich eine Phantasie-Szene aus. Gleich würde er zurückkommen, nachdem er den Hund begraben hatte. Dann ging er sicher in die Küche und wusch sich in der Spüle die Hände. Während er noch damit beschäftigt war und die Hände naß hatte, würde sie ihm sanft die linke Hand auf die Schulter legen, um ihm zu zeigen, daß ihr der Hund nun so wichtig auch wieder nicht war, ihm dann damit durchs Haar fahren, während sie mit der freien rechten Hand unter den Morgenmantel faßte.

Aber Earl, wie er nun mal war, würde in einer halben Sekunde merken, daß etwas nicht stimmte, am Druck ihrer Finger oder am Ton ihres Atems. Sie wußte, sie würde nicht sprechen können, sonst hätte er die Anspannung in ihrer Stimme gehört. Aber sie könnte diese halbe Sekunde dazu nützen, sein Haar fester zu packen, seinen Kopf zurückzureißen und ihm das Filetiermesser über die Gurgel zu ziehen. Solche Miniszenen hatte sie sich schon seit der High School immer wieder vorgestellt, als sie damals noch in seinem Detektivbüro die Aktenablage und die Botengänge erledigte. Aber diese Szene, das wußte sie, lief nicht ab wie geplant.

Er würde sofort ihre Aufgeregtheit spüren, sein prustendes Lachen ausstoßen, und dann käme seine rechte Hand wie eine Schlange hoch und würde ihre Linke packen. Das Messer wäre noch unter ihrem Kleid versteckt, innen festgehalten unter dem Gürtelband, und sie hätte Angst, es könnte herausfallen, also drehte sie sich von ihm weg und lehnte sich, um es festzuhalten, mit der Hüfte fest an den Rand der Marmorplatte, die auf dem freistehenden Küchentisch lag.

Dieser Stellungswechsel brachte ihn auf eine Idee. Er zog ihr mit einem Griff nach vorn den Gürtel auf, so daß der Morgenmantel aufging, und legte ihr seine Hand schwer zwischen die Schulterblätter. Er drückte sie tiefer, und sie spürte die plötzliche Kälte des harten Marmors erst an den Brüsten, dann am Bauch und die scharfe Kante an den Hüften. Jetzt blieb ihr keine andere Wahl, als sich weiter auf die Marmorplatte hinaufzuschieben, damit das Messer flach unter ihr lag und ihr nicht den Bauch aufschlitzte oder klappernd auf den Steinboden fiel, aber damit kam ihr Hintern hoch, und ihre Beine spreizten sich, und trotzdem konnte sie nur völlig stilliegen, oder das Messer hätte sich ihr in die Haut gebohrt. Und dann würde er –

Das Telefon klingelte und riß sie mit einem Ruck aus ihrem Tagtraum. Sie nahm den Hörer ab und drückte den Leuchtknopf. Sie fühlte sich belästigt und beachtete deshalb nicht die angezeigte Nummer des Anrufers, sondern sagte: »Linda Thompson.«

»Hallo, Linda.« Sie erkannte die Stimme, und ihre Verärgerung machte einer Hoffnung Platz. »Kann ich mich mit euch irgendwo zum Essen treffen?«

Ein Job, dachte sie. Gott sei Dank.

5

Linda saß auf dem Beifahrersitz neben Earl und beobachtete die Kunden auf dem Parkplatz. Sie fuhren die Einfahrt herein, dann ein paarmal die Reihen ab, dann rollten sie zwischen den weißen, diagonalen Markierungsstreifen auf einen freien Platz. Dann überprüfte jeder noch einmal routinemäßig seinen Wagen: Er sah in den Außenspiegel, ob das Heck nicht vielleicht so weit herausstand, daß es ihm einer abrasierte, warf einen Blick auf alle Sitze, ob auch keine Brieftaschen und Sonnenbrillen liegengeblieben waren, oder er versteckte eine Tasche, die er kurz zuvor in einem Einkaufszentrum vom Wühltisch gekauft hatte, verriegelte dann die Tür. Die quälende Eintönigkeit des Rituals ging ihnen auf die Nerven. Die Leute waren so vorhersehbar wie Kanalratten. Man wußte immer genau, welche drei Dinge sie als nächstes tun würden. Der Wagen roch nach den Hunden, ein ekliger Geruch nach Hundefutter, der ihnen aus jeder Pore kam. Earl hatte nicht wieder den Pickup genommen, sondern den Pkw. Aber sie wollte nichts sagen, es hätte ihm eine Stunde lang die Laune verdorben.

Earl war auf seine Weise phantastisch. Hunde zu züchten und sie auf Angriff zu trainieren, war eine wunderbare Nebenbeschäftigung für ein Detektivbüro, das nicht viel zu tun hatte. In einer großen Stadt wie Los Angeles konnte man im Tierheim jede Rasse bekommen und mußte dafür nicht mehr als das Geld für die Impfungen hinlegen, um die sechzig Dollar jetzt. Manche Hunde hatten sogar einen Stammbaum. Und dann machte man sie stubenrein, brachte ihnen »Sitz« bei und »Fuß« und wie man einen Menschen anfällt, und dann konnte man sie wieder verkaufen, für fünfzehntausend.

Aber von jetzt an dachte Linda nur noch an den Job, und auch das hatte ihr Earl beigebracht. Er hatte sie praktisch schon als Kind auf seinen Arbeitsrhythmus eingestellt. Er war eigentlich nur dann lebendig, wenn er auf der Jagd war. Zwischen den Aufträgen tändelte er nur vor sich hin und wurde mit jedem Tag reizbarer.

Seaver kam absolut pünktlich, sie hatte es von ihm nicht anders erwartet. Anscheinend gehörte er zu den Männern, die glaubten, sie seien immer noch in der Armee. Für einen wie Seaver war der Militärdienst nicht eine Unterbrechung der Jugendzeit, sondern der feierliche Eintritt in das Mannesalter. Sie sah, wie er den Leihwagen zwischen die schrägen Linien stellte, aber er benahm sich nicht wie alle andern. Kaum hatte er den Zündschlüssel abgezogen, war er auch schon ausgestiegen. Er hielt sich aufrecht wie immer, aber an den Schläfen zeigte das kurze Haar graue Stellen. Er trug nicht mehr wie früher eine Pilotenbrille, sondern eine mit ganz normalem schwarzem Rahmen, aber in dem grauen Sommeranzug und dem weißen Hemd sah er immer noch aus wie ein Raubtier in Kleidern: Der Anzug war zu sehr auf Figur geschneidert und der Kragen zu eng, so wie er es in der Armee gelernt hatte.

Er setzte sich hinter die beiden auf den Rücksitz, und Earl fuhr los. »Hallo, Cal«, sagte Linda. »Du siehst gut aus.«

»Du auch«, sagte Seaver. Sie wußte genau, er hatte ein deutlicheres Kompliment im Sinn und verbiß es sich krampfhaft, weil er klug genug war, es nicht in Earls Anwesenheit auszusprechen.

»Fahren wir nach Ivy at the Shore«, sagte Seaver. »Während der Fahrt bereden wir das Geschäftliche, und dann können wir in aller Ruhe essen.«

»Wann geht dein Flieger zurück?« fragte Earl.

»Um vier«, sagte Seaver. »Wenn ich um drei wieder bei meinem Wagen bin, schaffe ich es. Und wenn nicht, nehme ich den nächsten.«

Auf der Einfahrt zum San Diego Highway beschleunigte Earl, und Seaver warf kurz einen Blick hoch zur Unterseite der ersten Überführung. Irgendwann einmal, es konnte nicht mehr lange dauern, würde es keine gute Idee mehr sein, solche Geschäftstermine auf einen Freeway zu verlegen. Das kalifornische Verkehrsministerium hatte schon mal versuchsweise Kameras an den Autobahnbrücken angebracht, um bei einem Verkehrsstau schneller die Ursache zu erkennen. Und jetzt hatten Elektronikdiebe mit ihren eigenen

Geräten nachgezogen, mit denen sie eine Handy-Nummer und den Code aufzeichneten, um dann ihre eigenen Nachbauten zu programmieren. Seaver machte den Mantel auf, nahm ein dickes, gelbes Kuvert heraus und reichte es Linda über die Sitzlehne. »Da sind meine gesamten Informationen drin über eine Zielperson, die ihr finden und ausschalten sollt.«

Earl warf einen Blick auf den verschlossenen Umschlag. »Was ist denn das alles?«

»Fotos, ein Überwachungsvideo, zwei Tonbänder, eins vom Telefon, das andere live, seine bisherigen Tätigkeiten. Ich dachte, das erspart euch etwas Recherchezeit.«

Earl lächelte. »Das muß aber jemand Wichtiges sein.«

Seaver fand keinen Gefallen an Bluffs und Verhandlungstaktiken. »Der Preis für ihn ist dreihunderttausend. Vertretbare Spesen gehen extra.«

»Hast du das gehört, Earl?« sagte Linda. »Keine unvernünftigen Spesen diesmal.«

»Ich meine damit«, sagte Seaver, »ich bin nicht der Auftraggeber. Ich bin nur derjenige, der euch für den Job ausgesucht hat. Wenn ihr über die Stränge schlagt, dann läßt der Auftraggeber mich fallen und holt sich einen andern, und ihr müßt dann mit ihm verhandeln.«

»Ich verstehe«, sagte Earl. »Warum ist der Kerl so viel wert? Hat er etwas, was ich euch zurückbringen soll, oder was?«

»Nein«, sagte Seaver, »es geht um das, was er im Kopf hat. Er kann es nicht weitergeben oder verkaufen, weil niemand anderer bestätigen kann, was er weiß. Er muß am Leben bleiben, um damit etwas anzufangen.«

Linda lächelte Seaver zu, und wieder einmal dachte er, was für ein seltsames Geschöpf sie doch war. Sie hatte Lippen, die man früher Cupidos Bogen nannte, und große, klare, grüne Augen. Lindas Lächeln wäre bei jedem anderen Anlaß einfach nur schön gewesen, aber daß vom Tod die Rede war, erregte sie, erhöhte ihren Herzschlag, ihre Augen wurden noch grüner, und eine zarte Röte überzog ihre rein weißen Wangen. Ihr Gesicht hatte eine hypnotische Ausstrahlung, und man konnte nicht anders, als es immerzu anzusehen.

»Riechst du was, Earl? Einer von den Green Berets, richtig? Nein, jetzt weiß ich es. CIA. Zwangspensioniert.« Sie wandte ihren Blick von Seaver ab und richtete ihn auf Earl, und das blonde Haar verdeckte sie wie ein Vorhang.

Als sie ihr leuchtendes Gesicht aus Seavers Blickfeld nahm, war er einen Augenblick lang so enttäuscht, daß er unwillkürlich scharf durch die Zähne Atem holen mußte. Aber gleich darauf versteckte er jede Andeutung, er habe vielleicht an etwas anderes als an Geschäftliches gedacht, indem er verächtlich durch die Lippen wieder ausatmete.

»Der Preis ist deshalb so hoch, weil der Auftraggeber möchte, daß er nie wieder an ihn denken muß. Ich engagiere euch, ihr macht das, und Schluß«, sagte Seaver. »Ich glaube nicht, daß er euch Schwierigkeiten macht. Aber ich habe keine Ahnung, wo er ist. Bei seinem Verschwinden haben ihm Profis geholfen, also hat man ihm wohl eine ziemlich gute Tarnung eingerichtet.«

»Wie lange ist es her?« fragte Earl.

»Vorgestern, so um Mitternacht, ist er von Las Vegas losgefahren. Wir haben keine Information über den Wagen.«

»Dann ist die Spur inzwischen kalt. Was ist mit dieser Profi-Hilfe?«

»Da haben wir auch nicht viel. Es war eine Frau, Mitte zwanzig bis dreißig, groß, schwarzes Haar, vermutlich braune Augen, aber da gehen die Aussagen auseinander. Echt fit.«

Linda lachte laut, halb spöttisch, halb verführerisch. »Echt fit.« Sie machte eine Männerstimme nach, so wie es Kinder manchmal tun. »Habe ich dir schon mal gesagt, daß du echt fit bist? Ich möchte dir so gern tief in deine vermutlich braunen Augen schauen.«

»Einen meiner Sicherheitsleute hat sie nach Strich und Faden verprügelt«, sagte Seaver. »Aber selbst er sagte, sie sah gut aus. Er sagte es nicht von sich aus, weil das nicht das Wichtigste war, woran er sich bei ihr erinnerte. Aber er hat es nicht abgestritten.«

»Hört sich interessant an«, sagte Earl.

»Oh, jetzt werde ich aber langsam eifersüchtig«, sagte Linda. Sie legte die Lippen wie zum Kuß aufeinander, eine einstudierte Schnute, die Seaver eigentlich widerlich fand, aber trotzdem wünschte er Earl in diesem Augenblick weit weg oder tot. Dann leuchtete ihr Gesicht wieder auf. »Habt ihr sie auf Tonband, irgendwelche Fingerabdrücke? Vielleicht ist sie der Weg zu ihm.«

»Tut mir leid.«

»Sie war womöglich diejenige, die ihm den Wagen hingestellt hat«, sagte Linda. Ihre Stimme hatte jetzt einen schmeichelnden Unterton. »Sie war in Las Vegas, bevor er wegfuhr, irgendwo muß sie doch geblieben sein.«

»Klar«, sagte Seaver. »Meine Leute prüfen seit vierundzwanzig Stunden alle Überwachungsvideos, aber sie ist noch nicht aufgetaucht. Wir haben sie an dem Abend, an dem sie abgehauen ist, überhaupt zum ersten Mal gesehen.«

Earl Bliss bog in den Santa Monica Freeway ein und behielt den Rückspiegel im Auge. Kein Fahrer hinter ihm hatte es sich plötzlich anders überlegt und war ihm gefolgt. Die beiden anderen im Auto schwiegen, während er so tat, als überlegte er sich das Angebot noch. Nach einer angemessenen Pause sagte er: »Nach dem Mittagessen fangen wir an.«

Es war schon dunkel. Linda hörte ihn draußen im Zwinger, er fütterte die Hunde. Vorher hatte er bereits Lenny angerufen und ihm gesagt, sie müßten verreisen, er sollte schon mal packen und am nächsten Morgen hier einziehen. Linda ging noch einmal durch das ganze Haus und sah nach, ob alles in Ordnung war. Es gab Fenster zu schließen, Wertsachen zu verstecken und Schecks für die Rechnungen auszustellen. Sie nahm die 45er Heckler & Koch aus dem Küchenschrank neben der Spüle, holte die P-14-Munition aus den Schlafzimmern, aus dem Arbeitszimmer und der Garage und brachte alles in das Waffenversteck hinter ihrem Wandschrank. Lenny konnte zu leicht über so etwas stolpern und irgendwo ein Loch reinblasen.

Falls er während ihrer Abwesenheit irgendwelche Probleme bekam, dann überlebte er einfacher mit der Pistole, die er immer bei sich trug. Mit den Hunden um das Haus herum war er ohnehin sicher genug untergebracht. Lenny war nicht so wichtig, daß ihn jemand hätte umbringen wollen. Wie jedesmal überließ Earl das Packen Linda, weil sie schließlich die Frau war. Sie verstand das so, daß er sie für zu pingelig hielt, aus Versehen ungewaschene Kleider einzupacken.

Sie hörte seine schweren Schritte auf der Terrasse, dann polterten sie den Eingang herein. Sie rief ihm zu: »Die Colts hier willst du sicher mitnehmen, oder?«

Er kam zu ihr und betrachtete die beiden Waffen, die sie aus dem Versteck genommen und auf ihren Frisiertisch gelegt hatte. Es waren zwei Colts 1991 A1, der gebräuchlichste Revolver in den Vereinigten Staaten, womöglich auf der ganzen Welt. Colt produzierte sie schon seit 1925, allein im Zweiten Weltkrieg mehr als eine Million Stück, und andere Hersteller mindestens ebensoviele. Die Bundesregierung hatte die Colts vierzig Jahre lang an Armee und Polizei ausgegeben, und ebenso alle Staaten des Westens, von kleinen Detailänderungen abgesehen. Allein das Alter der Waffen führte dazu, daß kein Polizist sie mehr zu ihrem Ursprung zurückverfolgen konnte, und jede ballistische Untersuchung war nur noch ein Hirngespinst. Sieben 45er-Patronen reichten ohne weiteres, wenn man nicht damit rechnete, daß jemand zurückschießen würde, und die Unförmigkeit der Waffe war nur auf dem Hinweg lästig. Wenn man geschossen hatte, konnte man sie einfach fallen lassen.

Earl sagte: »Die sind genug.«

Sie sah an seinem Gesicht, daß es jetzt Zeit war für das übliche Ritual, und fing an. »Ich mache mir Sorgen.« Immer mußte sie die Eingangsworte sagen, weil er es so mochte.

»Wir müssen uns um so einiges Sorgen machen«, sagte er. »Das ist ein Riesenjob, und er wird nicht leicht sein.«

»Mir war das schon klar, als Seaver nur den Mund aufmachte«, sagte sie ängstlich. »Er traute sich nicht, mir in die Augen zu sehen. Du warst den Nachmittag am Computer. Hast du was gefunden?«

Er stülpte die Lippen heraus. »Seaver hat kaum etwas übersehen. Es gibt keine Strafakte. Keine Heiratsurkunde, keinen Grundbesitz außerhalb der Stadt. Er hatte nur einen Wagen, und der steht noch da. Ich habe ein paar Gerichtsakten zur

Testamentseröffnung gefunden, als sein Vater gestorben ist. Er hat ein bißchen was geerbt, und im Testament stehen keine anderen nahen Verwandten.«

Linda runzelte die Stirn. »Damit kann man nicht viel anfangen. Das wird hart.«

»Aber wir müssen das hinkriegen«, sagte er. »Es ist gutes Geld. Und wenn wir diesen Job schaffen, dann bekommen wir nächstes Mal einen noch besseren.«

»Und wenn wir ihn versauen, dann schicken uns Seavers Bosse jemanden auf den Hals.« Sie sah besorgt aus. »Das hat er doch mehr oder weniger so gesagt.«

»Es ist ein Hotel in Las Vegas. Da steckt die Mafia dahinter.«

»Muß wohl«, stimmte sie ihm zu. »Wenn wir es richtig machen, kriegen wir einen Haufen Jobs und einen Haufen Geld. Wenn wir versagen, wenn wir ihn nicht finden oder es bloß versuchen, und es geht schief, dann lassen sie uns nie mehr in Ruhe.«

»Sag ich ja, ein wichtiger Job. Wichtiger als alles, was wir bisher gemacht haben. Auf Leben und Tod.«

Es klappte, Linda spürte es. Schon kamen ihre Atemzüge schneller und flacher, und im Magen bebte es leicht. Adrenalin schoß ihr in die Adern. Sie sah, wie allmählich dieser verengte Fernblick in Earls Augen trat. Sie suchte nach etwas, um das Tempo noch zu steigern, und hatte es gleich gefunden. »Im Grunde fangen wir schon als Tote an. Weil die uns in der Hand haben, weil sie wissen, wer wir sind und wo wir wohnen. Die bringen uns um, wenn wir ihn nicht kriegen.«

Das funktionierte bei Earl. »Wir sind tot, bis wir ihn kriegen. Er hat unser Leben in der Hand. Wir müssen ihn finden, um es uns zurückzuholen.«

Earls Erregung sprang jetzt auch auf Linda über. Ihre innere Energie knisterte in kleinen Wutblitzen nach außen. »Verdammt, für wen hält der sich eigentlich? Er weiß genau, daß er sterben muß, er hat es verdient, aber dann entscheidet er, daß nicht er sterben soll, sondern jemand anderer.«

»Er hat gewußt, was er tat«, sagte Earl. »Er hat gewußt, daß jemand kommen und die Sauerei wegmachen muß, die er hinterlassen hat. Irgend jemand wie wir wird an seine Stelle gesetzt, in ein tiefes, schwarzes Loch, und muß sehen, wie er da wieder rauskommt.« Er erstickte fast an seiner Wut.

»Oh nein, um uns macht der sich keine Sorgen«, murmelte sie. »Der sitzt irgendwo und lacht uns aus. Alle beide lachen sie uns aus. Er und die Frau, die ihn aus Vegas rausgebracht hat. Sie denken, sie sind schlauer als jemand, der hinter ihnen her ist, weil er dringend Geld braucht.«

Earl erhob sich und ging unruhig auf und ab. »Nicht bloß schlauer. Besser als wir. So gut, daß wir ihn ruhig finden könnten, und er macht uns trotzdem fertig.«

Lindas Puls raste jetzt. Sie war vor Haß und Angst geradezu außer sich. Sie biß fest die Zähne zusammen und bohrte sich die langen Fingernägel in die Handflächen, wo sie kleine rote Halbmonde hinterließen. An Earls Hals sah sie die Adern hervortreten. Er ging wieder hin und her, zu geladen, um noch ruhig stehenzubleiben. Hier und da griff er sich irgendwelche Sachen und warf sie in seinen Koffer. Dann wurde ihm offenbar bewußt, welche Schlamperei er da anrichtete, nahm die zwei Colts vom Frisiertisch und ging zur Tür hinaus. Er hielt noch einmal kurz an und sagte: »Sieh zu, daß du um sechs fertig bist.«

6

Jane saß auf der Couch und betrachtete die Türrahmen im Wohnzimmer. Hier und da hatten sie Kerben, die ihr Vater ausgebessert hatte, mit den besten synthetischen Holzmischungen, die es damals zu kaufen gab, danach hatte er sie übermalt, aber sie wußte noch zwanzig Jahre später, wo sie waren. Die eine in der Tür zur Küche war von dem neuen Kühlschrank, der jetzt in der Küche stand und immer noch tadellos lief. Jane erinnerte sich gut an den Mann mit der Sackkarre und dem darauf festgebundenen Apparat. Er hatte die Breite falsch kalkuliert und riß ein Stück Rahmen heraus. Sein Kollege, der ihn eigentlich hätte einweisen müssen, spuckte auf seinen Zeigefinger, rieb an der Stelle herum und redete sich ein, es sei nur ein Schmutzfleck, aber er konnte die Kerbe spüren. Die Unvollkommenheiten dieser Oberflächen waren Ereignisse ihres Lebens. Ihr Urgroßvater hatte fast das ganze Haus mit eigenen Händen gebaut, und ihr Großvater und ihr Vater hatten es gestrichen und gefirnißt, und ihre Großmutter und ihre Mutter hatten jeden Quadratzentimeter tausendmal saubergewischt. Wenn Jane ihre Hand hierhin oder dahin legte, berührte sie die Hände ihrer Eltern und Großeltern.

Laut sagte sie: »Seit gestern bin ich verheiratet«, es sollte ein Test sein, und es war ein Fehlschlag. Die Worte klangen keineswegs überzeugt, es fehlte ihnen der Resonanzboden echter Verwunderung. All diese Menschen, die aus der Küche und aus dem Wohnzimmer auf sie einstürmten, lärmend und lächelnd, vielleicht auch sorgenvoll, waren jetzt nur noch Erinnerungen. Geburt, Heirat, Tod. Das war alles, was man auf einen Grabstein schrieb, und mehr schien auch niemand wissen zu wollen, ausgenommen man war auffällig und bemerkenswert. Jane Whitefield hatte sich die letzten zwölf Jahre jede Sekunde angestrengt, jegliche Auffälligkeit zu vermeiden, denn die Aufmerksamkeit der anderen war immer eine Gefahr. Offensichtlich war sie darin erfolgreich gewesen. Jetzt brauchte sie weitere Erfolge dieser Art, weil sie Carey hatte.

Jane befaßte sich mit den Briefen, die Jake ihr dagelassen hatte. Sie legte die Rechnungen auf eine Seite und die Reklamen für den Papierkorb auf den Boden. Oben auf dem Stapel lag jetzt ein steifer weißer Umschlag ohne Absender. Vermutlich noch ein Glückwunsch zur Vermählung, sicher wieder die übliche Blumengirlande mit Glöckchen und darunter die immergleichen Menschenfiguren, eine in weiß, die andere in schwarz. Offenbar konnte man von niemandem eine Gückwunschkarte erwarten, die auch nur von fern an eine Hochzeit zwischen wirklichen, erwachsenen Menschen erinnerte. Aus irgendeinem Grund gab es dafür keinen Markt. Aber dieser Brief war schon älter. Er war angekommen, während sie noch in Las Vegas war. Das war keine Karte zur Vermählung.

Sie machte den Umschlag auf und fand darin ein einfaches, einmal gefaltetes Blatt Papier. Mit Kugelschreiber und in

Druckbuchstaben stand außen darauf: »Du hast gesagt, so um diese Zeit herum würde ich an dich denken. Hier also dein Geschenk. Chris.« Im Innern lag ein Barscheck, ausgestellt von einer Christine McRea. Der beigefügte Abschnitt lautete »Rückzahlung Kreditsumme«. Jane sah die maschinell aufgedruckte Summe: einhunderttausend und 00/100 Dollar.

Christine McRea hatte einen langen Weg hinter sich, seitdem sie eines Nachts an die Tür dieses Hauses geklopft hatte. Bis dahin hatte sie Rebecca Solomon geheißen, und sie hatte leichtsinnigerweise angenommen, daß die Namen der Geschworenen bei einem Prozeß vertraulich behandelt würden und kein karrierehungriger Reporter ihren Namen herausfinden und veröffentlichen könnte. Als Jane sie kennenlernte, hatte sie schon die ganzen Ersparnisse ihres Sekretärinnengehalts aufgebraucht, um wenigstens bis Cleveland zu kommen. Den Rest der Strecke mußte sie damals dann per Autostop zurücklegen, mit zwei reisenden Schwermaschinen-Reparateuren, die bereits klar genug angedeutet hatten, womit sie ihnen den Gefallen bezahlen könnte.

Jane zerriß das Papier, steckte den Scheck zu den Rechnungen, und erhob sich mit dem festen Entschluß, vor Careys Ankunft noch etwas Vernünftiges zu tun. Für die Dankesbriefe brauchte sie das Adreßbuch in ihrem Arbeitszimmer. Einige von Careys Gästen konnte man nur über den Computer seiner Sekretärin erreichen, aber fast alle anderen standen in ihrem alten Buch. Sie kannten sich jetzt schon so lange, daß sie alle Freunde gemeinsam hatten. Janes Verwandte wohnten zumeist an den Straßen am Tonawanda Creek entlang, an der Sandy Hill Road, der Sky Road, ein paar an der Judge Road. Ihnen allen hätten sie einfach über die Reservatsverwaltung schreiben können, aber die älteren Damen hätten das nicht für richtig gehalten. Sie legte das abgegriffene, ledergebundene Adreßbuch neben der Tür ab und ging nach oben.

Sie holte ein paar ihrer Lieblingskleider aus dem Schrank, dann hörte sie, wie unten die Eingangstür ging. »Carey?« rief sie hinunter. »Ich bin hier oben.«

Jakes Stimme antwortete. »Siehst du anständig aus?«

Jane lachte. »Überhaupt nicht, Jake. Aber jetzt bin ich verheiratet, und ich kann so unanständig herumlaufen, wie ich will.«

»Ich meine: Kann ich zu dir?«

»Wenn du es die Treppe rauf schaffst.«

Jake erschien im Türrahmen. »Das war knapp, aber ich habe öfter mal eine Rast eingelegt und auf halber Höhe telefonisch ärztlichen Rat eingeholt. Wo ist der große Heilkünstler eigentlich?«

»Er muß jede Minute hier sein. Er hilft mir beim Umzug mit ein paar Sachen, deshalb dachte ich, wir brauchen beide Wagen. Aber wenn ich das jetzt so sehe, glaube ich es nicht mehr.«

»Ich wollte dir nur sagen, was für eine tolle Hochzeit das war.«

»Weil deine Töchter gekommen sind. Aber trotzdem danke, daß du den Brautvater gespielt hast, Jake. Ich hab' noch nie jemanden gesehen, der so erleichtert war, jemanden endlich loszuwerden. Sind alle noch rechtzeitig zu ihren Flügen gekommen?«

»Aber sicher«, sagte Jake. »Die Kinder kommen rechtzeitig zu ihren Abschlußprüfungen, und die Ehemänner sind am Montagmorgen wieder in der Arbeit, damit meine Mädchen auch in Zukunft die neueste Mode tragen können, auch wenn sie um die Hüften zu breit sind, als daß die ihnen wirklich paßt. Der Empfang gestern hat mich an die Hochzeit deiner Eltern erinnert. Das ganze Essen und alles, auch eine Menge Gesichter von damals, aber natürlich sehen wir jetzt alle ein bißchen abgenutzt aus.«

Jane suchte einige Paar Schuhe heraus und legte sie in einen Umzugskarton. »Gestern abend, das war eigentlich keine richtige Hochzeitsfeier. Es war einfach eine Hochzeit wie jede andere. Früher, da fragte man einfach die beiden Clanmütter, ob das okay war, und dann veranstaltete jeder ein Fest.«

»Trotzdem schade, daß deine Eltern das nicht erlebt haben. Mein Gott, ich weiß noch, wie deine Mutter im weißen

Kleid aussah. Sie war sicher die schönste Frau, die ich je gesehen habe, ich meine: aus der Nähe. Du bist auf dreihundert Meter an einem bewölkten Abend eine gutaussehende Bürgerin unserer Stadt. Aber sie, sogar mit heruntergelassenem Schleier, haute in einem vollen Hühnerhaus den Hahn von der Stange. Sie hätte Schauspielerin sein können.«

»Sie war Schauspielerin«, sagte Jane. »Sie hat ihr eigenes Leben erfunden.«

Jake schwieg einen Augenblick. Das Gletscherblau in den Augen hatte die kleine Janie von ihrer Mutter, aber die Angewohnheit, immer das Unerwartete zu sagen, als ob sie einen Korb Äpfel auf seinem Schoß ausschüttete, nur um ihm zu zeigen, wie die alleruntersten aussahen, das hatte sie unverfälscht von Henry Whitefield. Aber dieses Thema ließ er lieber beiseite. »Sie war eine wunderbare Frau.«

Er hatte nie herausbekommen, wieviel Jane von der Vergangenheit ihrer Mutter wußte. Mit neunzehn war sie damals völlig mittellos in New York aufgetaucht. Nein, das war genau der falsche Ausdruck. Die Mittel zu einem spektakulären und todsicheren Lebensunterhalt waren bis weit über vierzig an ihr sichtbar. Irgendetwas Bestimmtes hatte Jake nie gehört über ihr Leben zwischen eins und neunzehn oder auch nur, in welchem Landesteil dieses Leben begonnen hatte. Das war vermutlich das tiefste Geheimnis von allen; vielleicht hatte Margaret, seine Frau, auch das von ihr erfahren, aber so alltäglich gefunden, daß sich das Weitererzählen nicht lohnte.

Jedenfalls verbrachte sie damals die nächsten Jahre im Süden des Staates mit einer ganzen Reihe von Männern, die die Angewohnheit hatten, immer doppelt fotografiert zu werden: von vorn und im Profil. Vielleicht hatte sie das gar nicht gesucht. Frauen tanzten damals mit dem Mann, der sie aufforderte, und fast immer entschieden die Männer unter sich per natürlicher Auslese, wer der erste in der Schlange sein durfte oder wer es überhaupt verdiente.

Jane lächelte: »Sie war eine sehr schlaue Frau. Sie hatte herausgefunden, daß ihr Leben ziemlich genau das war, was sie daraus machte. Sie bestimmte die passende Person, die sie sein wollte, und dann bemühte sie sich ihr Leben lang, so gut sie konnte, diese Person zu sein.«

Das stimmte. Was immer Janes Mutter in ihren frühen Jahren erlebt hatte, sie hatte dabei etwas gelernt, was sie nie wieder vergessen sollte. Alle nötigen Entscheidungen lagen schon längst hinter ihr, als Jake sie kennenlernte. Henry hatte eine Frau und Jane eine Mutter wie aus den Fernsehserien von damals: ein hübsches und sauberes Haus, auf dem Herd ein leise köchelndes Essen, und sie selbst von blühendem Aussehen, immer hellwach und strahlend vor Zuversicht.

Jake sah ihrer Tochter zu, die nun in diesem Haus geschäftig herumlief, und hatte unerwartet eine Vision der Zukunft. Nicht eigentlich eine Vision, die er sich zugute halten konnte, sondern mehr eine Prophezeiung, die er nur zufällig mit angehört hatte. Jane war damit beschäftigt, Mrs. Carey McKinnon zu erfinden, so wie ihre Mutter Mrs. Henry Whitefield erfunden hatte. Er hatte bisher vermutet, die perfekte Ehefrau heute machte es ganz anders als die von damals.

In dieser Hinsicht erwartete er sich davon, daß er Jane die nächsten ein, zwei Jahre weiter im Auge behielt, eine nennenswerte Weiterbildung. Und Jane war wirklich eine andere Frau als ihre Mutter. Henry hatte darauf geachtet, daß Jane eine gute alte Seneca-Erziehung erhielt, bei der man sich eine Menge Befehle an die Kinder sparte, um ihr Selbstvertrauen nicht zu ersticken. Und die Whitefields hatten aus dieser Investition einen weiß Gott sagenhaften Profit geschlagen.

Janie besaß eine völlig andersgeartete Entschlußkraft. Sie hatte beschlossen, aus dem ersten Drittel ihres Lebens etwas zu machen, was mehr als heldenhaft war, denn wer auch nur einmal einem anderen das Leben rettete, bewies Tapferkeit. Wer es aber hundertmal tat, der war ein Fall von starrköpfigem Eigensinn. Und wenn sie sich jetzt entschieden hatte, ein ganz anderer Mensch zu werden, die perfekte Ehefrau, dann stellte man ihr lieber kein Bein, oder man riskierte, es zu verlieren. Diese neue Person, diese Jane McKinnon, ging auch vor einem noch so direkten Blick nicht in die Knie.

Er hörte das Geräusch von Carey McKinnons Schritten vor dem Haus und schaute durch das Fenster zu ihm hinunter. Carey hätte Henry gefallen. Jake sah die Kopfhaut durch das schüttere, sandfarbene Haar schimmern; Carey war deutlich kein grüner Junge mehr. Jake konnte nur hoffen, daß Carey inzwischen wußte, welches Geschenk ihm da in den Schoß gefallen war, aber er glaubte es eigentlich nicht. Oft kam es ihm so vor, als hätte sich irgendwann im Alter von sechzig die Weisheit um seinen Kopf gelegt wie ein himmlischer Kranz, nur zu spät, um damit noch etwas anzufangen, und eher eine Last als ein Vergnügen. Er sagte: »Also, ich muß jetzt gehen, sonst setzt sich der verdammte Löwenzahn wieder in meinem Rasen fest, und ich liege den ganzen Sommer auf den Knien und steche die Dinger einzeln mit dem Messer aus.«

»Okay. Ich dachte schon, du hängst hier nur herum, weil du kostenlosen ärztlichen Rat willst.«

»Ich doch nicht. So was lasse ich mir in einer Praxis schriftlich geben und in aller Form vor Zeugen, damit ich den Mann nachher auf Kunstfehler verklagen kann. Bis dann, Mrs. McKinnon.«

»Bis dann, Jake.«

Auf der Treppe begegnete er Carey, der leere Kartons nach oben trug. »Passen Sie gut auf sie auf«, sagte Jake. »Warum, das sage ich Ihnen an Ihrem fünfzigsten Geburtstag, falls Sie bis dahin nicht schon völlig senil sind.«

»Am besten, Sie schreiben es gleich auf, Jake. Don Herbick von der Leichenhalle ruft mich dauernd an und erkundigt sich nach Ihrer Gesundheit. Ich sage ihm dann immer: ›Noch nicht, Don. Aber laß die Kühlmaschine an.‹«

»Ich habe immer vermutet, daß Sie Hand in Hand mit einem Beerdigungsunternehmen arbeiten, Dr. McKinnon. Aber ich lasse Sie nicht im Stich, jetzt, wo Sie eine Frau zu ernähren haben.«

»Es ist immer schön, von Ihnen eine unqualifizierte Bemerkung zu hören, Jake. Ich kann mir niemand Unqualifizierteren vorstellen.«

»Immer zu Ihren Diensten.« Er ging hinaus und machte die Haustür hinter sich zu. Carey stellte die Kartons auf den Boden und legte einen Arm um Jane. »Er hat recht. Als ich hereinkam, konnte ich es fast nicht glauben. Du hast mich tatsächlich geheiratet.« Sie lächelte, lehnte sich mit dem Rücken an seine Brust, drehte den Kopf herum und küßte ihn leicht. »Ich bin froh, daß du nicht wegen deiner Rechnung für ihn da bist. Aber glaub bitte nicht, daß alles, was Jake dir über mich zu sagen hat, dich immer glücklich machen wird. Er kennt keinerlei Pardon, wenn jemand sich Illusionen über Frauen macht.« Sie ging ein paar Schritte von ihm weg, hob die Kleider an den Bügeln vom Bett und hängte ihm die Haken über die Hand. »An die Arbeit. Trag die runter und häng sie an die Stange über dem Rücksitz in meinem Wagen. Es ist nicht erlaubt, sie irgendwo abzulegen, zu verknittern oder auf sonstige Weise untragbar zu machen. Dann bitte Meldung zur Ausgabe weiterer Befehle.«

Er ging auf den Gang hinaus und mit schweren Schritten die Treppe hinunter. Sie sah sich im ganzen Zimmer um, holte andere Sachen aus den Schubladen und steckte sie in die Kartons. Carey kam zurück und blieb in der Tür stehen. »Dabei fällt mir ein«, sagte er, »was machen wir mit diesem Haus? Verkaufen?«

Sie hielt inne und sah ihn an. Warum war immer sie diejenige, die sich schon vorher alles überlegt und alle Entscheidungen getroffen hatte? »Komm, setz dich zu mir«, sagte sie.

Sie saßen nebeneinander auf dem Bett. »Das ist jetzt ein Gespräch, das wir schon früher hätten führen sollen. Ich habe Schluß gemacht mit meiner Arbeit, ich bin kein Lotse mehr. Ich werde nie wieder einen Fliehenden übernehmen und ihn mit einer neuen Identität irgendwohin bringen. Aber dieses Haus stellt noch eine Weile ein Problem dar. Ich kann schlecht eine Anzeige in die Zeitung setzen, daß ich mein Geschäft aufgebe. Es ist mehr als wahrscheinlich, daß der eine oder die andere in den nächsten zwei Jahren noch hierherkommt und diese spezielle Hilfe sucht. Ich weiß das schon jetzt, und ich nehme die Gewißheit auf mich, daß einer es dann auf eigene Faust versucht und es nicht schafft.«

»Wie kannst du das?«

»Das ist nichts, was uns beide betrifft. Bei Versicherungen nennt man das eine Vorab-Bedingung. Mein Problem.«

»Du willst das Haus also leerstehen lassen?«

»Wenn wir es verkaufen, dann passiert vielleicht, nein: höchstwahrscheinlich folgendes: Die neuen Eigentümer sitzen eines Abends vor dem Fernseher, und jemand kommt an ihre Tür und erzählt ihnen Dinge, von denen ich nicht möchte, daß sie sie erfahren. Oder, noch schlimmer, einer seiner Jäger ist ihm bis zu dieser Tür gefolgt. Das ist keine bloße Theorie. Es ist schon mal so gewesen.«

»Also wird man das Ding nicht so ohne weiteres los. Vermutlich willst du dann auch deine Telefonnummer nicht mitnehmen?«

»Ich kann die Rechnungen hier leicht bezahlen. In ein paar Jahren erinnern sich dann nicht mehr so viele an diese Adresse. Die wenigen, die sie dann noch kennen, wissen auch, daß sie nicht mehr die Lösung ihres Problems ist. Dann melden wir das Telefon ab, verkaufen das Haus und machen mit dem Geld eine Weltreise oder sonst was.«

Er mußte lachen. »Jetzt sei bitte nicht komisch. Ich werde nicht dein Geld ausgeben. Auch dieses Gesprächsthema hätten wir schon mal behandeln sollen. Ich ernähre meine Frau. Du legst dein Geld in einen Safe, für den Notfall.«

»Du siehst das falsch«, sagte sie. »Das hier ist der Notfall, heute abend. Alles geschieht jetzt sehr schnell, und dann ist es wie in Zement gegossen, deshalb müssen wir jetzt alles richtig machen. Wir haben es ab jetzt miteinander zu tun, bedingungslos. Bisher habe ich dich in Gefahr gebracht, keine große Gefahr vielleicht, aber irgendein unternehmungslustiger FBI-Agent stolpert womöglich immer noch über jemanden, dem ich einmal geholfen habe, und du wachst eines Morgens auf im beißenden Geruch von Tränengas, vor dir Männer in kugelsicheren Westen und Baseballmützen, die eben deine Tür mit einem Rammbock aufgebrochen haben. Da draußen sind außerdem noch immer ein paar sehr dubiose Kerle auf der Suche nach einem Opfer, das sie noch nicht genug gequält haben, die liebend gern über deine Leiche gingen für das Vergnügen, mir ein paar Fragen zu stellen.« Sie ließ seiner Phantasie Zeit, die unangenehmen Bilder aufzunehmen. Dann lächelte sie: »Und trotzdem. Ich hab' eine Menge Geld dabei verdient. Und du sollst deinen Anteil an der Beute haben, da du ja auch gewisse Risiken auf dich genommen hast.«

Er zuckte die Achseln. »Wir können es dazu hernehmen, eine irre Lebensversicherung auf dich abzuschließen.«

Sie küßte ihn lachend. »Ich meine es ernst. Ungefähr einmal pro Monat wird ein Haufen Post von meinen zwei Geschäftspartnern ankommen. Einer heißt Stewart Hofstedder. Es gibt ihn eigentlich nicht, er ist nichts weiter als ein Briefkasten in New York, von dem aus ich Rechnungen für andere fiktive Leute bezahle, das muß dich also nicht weiter interessieren. Der andere heißt Michael Mesnick, und ihn gibt es wirklich. Er war früher mal bei der Steuerfahndung. Solltest du jemals im Wust meiner Finanzen versinken, dann ruf ihn an oder seinen Assistenten, Kim Henmi, und die regeln das dann für dich. Sag ihnen aber nichts davon, wie ich zu dem Geld gekommen bin. Sie glauben, ich bin Karriereberaterin, gebe zu viel Geld für Reisen aus und lege zu wenig für meine Altersversorgung zurück.«

Er umarmte sie und stand auf. »Hoffentlich behalte ich das alles.« Aber sie blieb auf dem Bett sitzen. »Das ist alles, oder noch nicht?«

Sie schwieg einen langen Augenblick. »Hier ist der Rest. Ich möchte es nicht gern zweimal sagen müssen, weil es doch etwas – peinlich ist. Ich weiß, was ich jetzt mit meinem Leben mache: Ich werde deine Frau sein. Vorbehaltlos, ohne Heimlichkeiten. Da dies vermutlich das einzige Leben ist, das ich zu erwarten habe, möchte ich es nicht gern in kleinen Schritten schiefgehen lassen, nur weil ich nicht aufmerksam genug war. Ich stehe dir immer zur Verfügung, jede Stunde am Tag und in der Nacht. Wenn du reden willst, reden wir. Wenn du nicht reden willst, dann heißt das, du solltest dich mehr anstrengen, damit wir reden. Und ich werde dir zuhören.«

Carey setzte sich wieder aufs Bett, als hätten seine Beine nachgegeben. »Also das liebe, altmodische Mädchen? Jane Whitefield?«

»Jane McKinnon. Und noch älter als altmodisch«, sagte sie. »Bei Licht besehen: auf der Stufe der Primaten.« Er umarmte sie wieder, aber als er sie anlächelte, sah er auf ihrem Gesicht kein Lächeln. »Nur eins kannst du nicht von mir erwarten: daß ich mich dir zuliebe dumm stelle.«

Die weiche, sanfte Umarmung um ihre Schulter wurde plötzlich steif, und eine Sekunde später ließ er den Arm fallen. »Ich hoffe, du sagst das, weil du jetzt alles auf einmal aus dem Weg räumen möchtest – eine Art Großreinemachen?«

»Genau das.«

»Dann habe ich wohl keinen Grund, beleidigt zu reagieren. Also sage ich dir einfach, ich liebe dich. Ich habe dich geheiratet. Wenn ich irgendwie annähme, ich könnte unsere Abmachung nicht einhalten, müßte ich verrückt sein. Ich glaube nicht, daß ich dir je Anlaß zu Unsicherheit geben werde. Ist das okay?«

Sie küßte ihn kurz auf die Wange. »Danke. Tut mir leid, daß ich das schon wieder aufbringe. Vielleicht wissen wir einfach zu viel voneinander. Du bist ein sehr attraktiver Mann, Carey. Und du wirst nicht etwa unansehnlicher, sondern immer besser. Du magst Frauen, und wir Frauen spüren so was und kuscheln uns an dich ran. Außerdem bist du ein sehr erfolgreicher Arzt in einer kleinen Provinzstadt. Jeder hat solche Männer gern um sich. Und das alles ändert sich nicht einfach deswegen, weil du jetzt verheiratet bist. Ich sage dir nicht: Paß auf, was du tust, ich weiß nämlich Bescheid. Ich sage dir stattdessen: Ich weiß, daß du Frauen sehr gernhast. Und ich habe dich sehr gern. Du bist Abwechslung gewöhnt und Aufregung und – was weiß ich. Ich verstehe das. Hier stehe ich vor dir. Ich bin nicht alles auf der Welt, aber ich werde versuchen, für dich alles zu sein. Du mußt nur danach fragen. Nein, du mußt nicht einmal fragen, weil ich dir jetzt schon mit ja antworte, für alle Zeiten.«

»Die Erdbeeren«, sagte Carey.

Sie schlang ihre Arme um seinen Hals, drückte ihn fest an sich und schaukelte mit ihm hin und her. »Ich bin so froh. Ich kann dir gar nicht sagen, wie erleichtert ich bin.«

»Worüber?«

»Du bist gar nicht so dumm, wie du aussiehst. Das macht nur dieser billige Haarschnitt.«

7 Earl Bliss hatte einmal einen Schlosserkurs mitgemacht, als er während einer Flaute darauf wartete, daß der nächste Job auf ihn zukam. Die Klasse bestand nur aus Versagern, dem untersten Bodensatz der Gesellschaft, ohne jede Aussicht auf eine richtige Arbeit als Schlosser. Aber am Ende hatte jeder von ihnen gelernt, mit einem Pick und einem Tensionshaken umzugehen. Auch Earl hatte früh den Nutzen dieser Werkzeuge erfaßt, und heute Abend hatte er sie sich in die Tasche gesteckt. Nun standen er und Linda vor den Briefkästen in der Eingangshalle von Pete Hatchers Appartementhaus. Hinter Linda, die die Halle im Auge behielt, setzte er den Tensionshaken an, nahm den Pick und öffnete das Türchen mit der Aufschrift »6 Hatcher«.

Er reichte Linda die Briefe und ging zu Hatchers Wohnungstür. Linda fand die Casino-Hotels in Las Vegas wirklich gut, aber der Gedanke, daß die Kartengeber und Kellner tatsächlich in der Stadt wohnten, hatte für sie etwas Deprimierendes. Es erinnerte sie unangenehm an den Sommer, als sie sieben war und ihre Mutter bei einem Bikini-Filmchen zwei Tage lang Arbeit hatte. Linda sollte glauben, daß ihr hier ausnahmsweise ein Blick in die Glamour-Welt der Prominenz erlaubt wurde. Aber sie wußte, daß ihre Mutter bloß keinen Platz gefunden hatte, wo sie sie nach der Schule lassen konnte.

Linda ließ sich also mitschleppen und beobachtete die Frauen. Sie warteten in einer Schlange und gingen nacheinander in einen verstaubten Wohnwagen hinein, der auf der heißen, schwarzen Straße am Strand geparkt war. Dann bekamen sie die Badeanzüge von der Stange, und sie zwängten sich hinein, lauter Frauen wie ihre Mutter, hübsch, aber schon mit fünfundzwanzig verbraucht und ein bißchen temperamentlos.

Eigentlich sollten sie nur Volleyball spielen, im Vordergrund zwei sich prügelnde Männer, aber sie verstanden von Volleyball noch weniger als die beiden Männer vom Boxen.

Und als die Sonne höher stieg und in den Augen wehtat und den Sand so erhitzte, daß ihnen die Füße brannten, da ging ihnen langsam der Atem aus und sie stolperten und fielen übereinander, ein paar fingen an zu weinen. Danach gehörte Dwayne zu ihrem Haushalt, und niemand hatte Linda je erklärt, wie ihre Mutter das angestellt hatte.

Sie erkannte ihn wieder; er war einer der Männer, die damals am Wohnwagen dabei waren. Er war für irgendetwas verantwortlich, die Beleuchtung vielleicht, aber gab es so etwas bei Aufnahmen an einem Strand? Sie erinnerte sich an die endlosen, eintönigen, heißen Sommertage in der Wohnung an der Winnetka Avenue, wo alle Türen zur falschen Verheißung eines leeren Swimmingpools hin offenstanden, ein lächerlicher Versuch, ein bißchen Durchzug zu schaffen, den es aber nie gab, denn das Gebäude selbst hielt jeden Wind vom Innenhof fern. Eines Tages warf ihre Mutter Dwayne in einem Wutanfall hinaus und mußte sich sagen lassen, daß die Wohnung auf seinen Namen gemietet war.

Linda ging Earl nach und sah, wie er Hatchers Tür ebenso mühelos öffnete wie den Briefkasten. Als sie bei ihm war, verhängte er bereits das Badfenster mit Handtüchern und befestigte sie mit Klebeband, so daß kein Licht nach außen dringen konnte. Als er damit fertig war, schloß sie die Badezimmertür, machte Licht an und befaßte sich mit Hatchers Post. Sie saßen beide auf dem Rand der Badewanne und öffneten die Briefe. Noch bevor Linda zu den Rechnungen kam, wußte sie, daß etwas dabei war: ein dicker Umschlag mit Kontoauszügen und einem Haufen geplatzter Schecks. Sie zügelte ihre Neugier und gab Earl den Packen, dann ging sie die Rechnungen durch, eine nach der anderen. Da war eine Stromrechnung, aber die war bedeutungslos. Dann die Telefonrechnung, ausgesprochen wertvoll, denn darauf waren die angerufenen Nummern und die dazugehörigen Städte verzeichnet. Dann eine Rechnung für die Wohnungsmiete. Jetzt ein Umschlag mit dem Logo von Visa. Sie hoffte schon auf weitere Informationen, aber dann sah sie, daß es keine Rechnung war, sondern nur die Werbung für eine neue Kreditkarte.

Nun zogen sie ihre Latexhandschuhe an und durchsuchten die Wohnung. Man konnte sehen, daß Hatcher nicht viel Zeit gehabt hatte, seine Abreise vorzubereiten. Überall lagen wertvolle Dinge herum, die man für gutes Geld hätte versetzen oder verkaufen können: goldene Manschettenknöpfe und Ringe, sogar eine kostbare Uhr mit Diamanten auf dem Zifferblatt. Aber diese Gegenstände verrieten auch, daß jemand Hatcher in die Kunst des Untertauchens eingewiesen hatte. Derart auffällige Schmucksachen waren ebensogut ein Kennzeichen wie eine Narbe oder leuchtend rotes Haar. Auf dem Kaminsims standen drei oder vier leere Bilderrahmen, aber nirgendwo ein Foto.

Earl leuchtete mit der Maglite-Taschenlampe in den Kamin und untersuchte sorgfältig einen Haufen Asche. Was immer hier gebrannt hatte, sollte nicht die Wohnung wärmen, mitten im Juni in Las Vegas. Linda sah, daß Earl unmöglich erkennen konnte, woher die Asche kam, und ging hinaus.

Dann war sie in Hatchers Schlafzimmer und arbeitete sich systematisch durch den ganzen Raum. Auf dem Kopfkissen und auf dem Laken fand sie ein Dutzend Haare und steckte sie in eine kleine Plastiktüte. Im Bad schrieb sie eine Liste aller Markennamen auf, die sie finden konnte: Zahnpasta, Rasiercreme, Rasierer, Seife, Shampoo, Haarbürsten. Sie steckte die Rasierer ein, falls von einer kleinen Verletzung noch ein Blutrest daran klebte, und nahm von den Haarbürsten weitere Haare mit. Diese hier waren vermutlich, anders als die vom Bett, mitsamt der Wurzel ausgerissen worden. Nun suchte sie nach Medikamenten, fand keine und ging weiter in die Küche.

Sie machte sich ein genaues Bild von seinen Eßgewohnheiten. Er besaß nichts, was auch nur einigermaßen ausgefallen war, keine Crèpe-Pfanne, keinen Wok, kein Glas mit spanischem Pfeffer oder eine Dose Safran. Sie schrieb ordentlich alle Marken auf, die sie im Kühlschrank und in den Hängeschränken fand, aber es waren nur die Sachen aus der Fernsehreklame, und er hatte ohnehin nicht viele Lebensmittel im Haus. Vermutlich hatte er oft bis in den Abend hinein gearbeitet und dann in einem der Hotelrestaurants gegessen.

Für den Kühlschrank nahm sie sich mehr Zeit, öffnete die Flaschen und die Packungen im Tielkühlfach, weil Amateure gerade hier gern ihre Wertsachen verstecken und er in aller Eile aufgebrochen war.

Linda ging ins Wohnzimmer zurück und sah, wie Earl an jedem Sofakissen den Reißverschluß aufmachte und das Innere der Bezüge durchsuchte. Die Couch selbst hatte er umgedreht, um auch zwischen den Stahlfedern nachzusehen. Auch den Teetisch, die Stühle und Lampen hatte er gekippt. Er hörte sie hereinkommen und sagte: »Du fängst mit dem Bücherregal an.«

Pete Hatcher war kein großer Leser. Linda schrieb jeden Buchtitel, den Autor und eine Kurzbeschreibung in ihre Liste, nahm jedes Buch heraus, schaute dahinter nach, hielt es hoch, blätterte mit dem Daumen alle Seiten durch, ob vielleicht etwas Verstecktes herausfiel, fand aber nichts.

Um drei Uhr morgens kippte Earl die Möbel zurück in ihre ursprügliche Stellung, genau auf die Druckstellen im Teppichboden, während Linda noch einmal durch alle Zimmer ging und sie auf irgendwelche Anzeichen ihres Besuchs überprüfte.

Um fünf Uhr waren sie wieder in ihrem Motel. Im Zimmer warf sich Linda aufs Bett und schloß die Augen, Earl dagegen blieb unruhig. Nachdem er zehn Minuten lang auf seinem quietschenden Stuhl am Tisch hin und hergerückt war und dabei geräuschvoll mit Papieren und Notizen hantiert hatte, öffnete sie die Augen wieder. »Bist du überhaupt nicht müde?«

»Kein bißchen«, sagte er. »Ich schlafe später.«

»Was machst du da eigentlich?«

»Ich mache mir einen Plan.« Dabei legte er die Stirn in Falten und ließ, um die Bedeutung seiner Worte zu unterstreichen, die Augenbrauen kurz hochschnellen. Diesen Tick konnte Linda überhaupt nicht leiden.

»Und wie geht der?«

»Seaver hat gesagt, er hatte einen Haufen Freunde. Offenbar ist er einer von denen, die immer alles kriegen. Alle hatten ihn gern. Speziell Frauen.« Bei so viel neidischer Verachtung in der Stimme tat er ihr beinahe leid. »Er hat vielleicht seinen Namen geändert, aber so etwas ändert sich nicht. Er ist nicht der Typ, der still untertaucht und sich dann nicht mehr rührt. Er braucht Gesellschaft. Er läuft draußen herum und schüttelt Hände und erzählt den Leuten irgendeine Geschichte.« Er sah Linda an, und dabei fiel ihm anscheinend etwas ein. »Er sucht eine Frau. Laut Seaver ist er ein richtiger Windhund.«

»Das schränkt seine Bewegungsfreiheit nicht sonderlich ein«, sagte Linda. »Sex findet er überall. Besser wäre es, wir hätten eine bestimmte Frau, ohne die er nicht leben kann. Sie könnten wir finden.«

»Ist doch Quatsch, darüber nachzudenken, was wir nicht haben. Was wir haben, muß uns reichen, um an ihn ranzukommen.« Er studierte wieder seine Notizen. »Er ist mit Hilfe einer Profi-Frau da rausgekommen. Sie hat ihm gesagt, er soll mit dem Wagen wegfahren, statt in Las Vegas ein Flugzeug zu nehmen. Es war kein Leihwagen, weil er den am Ende der Reise abgeben müßte. Also hat sie ihn gekauft für ihn. Wenn sie ihren Job versteht, dann wird sie ihn nicht in Nevada lassen, stimmt's? Der Staat ist viel zu klein.«

»Stimmt.«

»Also ist er aus Nevada raus, mit dem Wagen. Irgendwas muß er am Ende damit machen. Wenn er ihn verkauft oder behält oder einfach stehenläßt, dann kriegt der Wagen neue Nummernschilder, und die alten gehen zurück an die Zulassungsstelle von Nevada. Und da gibt es nur eine Million zweihunderttausend Menschen. Also wieviele Wagen? Vielleicht halb so viele. Wieviele davon geben diesen Monat ihre Nummernschilder zurück?«

»Weiß nicht. Weißt du's?«

»Nein, aber viele können es nicht sein.«

»Was ist, wenn der Wagen auf ihren Namen läuft?«

»Vorher vielleicht, aber jetzt nicht mehr. Er muß ihn in dem anderen Staat versichern lassen, damit sie ihm bloß einen Strafzettel geben, wenn sie ihn anhalten, und ihn nicht gleich mitnehmen.«

»Dafür braucht er eine neue Zulassung.«

»Wenn sie ihm was mitgegeben hat, dann die Zulassung, eine Geburtsurkunde und einen Sozialversicherungsausweis. Damit kann ich nichts anfangen. Aber die neuen Nummernschilder kriege ich vermutlich Ende des Monats raus.«

»Nehmen wir mal an, er ist nur zu einem Flugplatz außerhalb von Las Vegas gefahren. Das hätte ich an seiner Stelle getan.«

»Klar«, sagte Earl, »die Möglichkeit dürfen wir nicht ausschließen. Das Ganze wird nicht einfach sein. Das Problem ist diese Frau. Sie hat aufgepaßt, daß er nicht sofort eine Menge Fehler macht. Wir haben nichts gefunden, keine persönlichen Briefe, keine Fotos, nicht mal alte Kreditkartenrechnungen. Da fällt mir was ein. Wo ist der letzte Bankauszug von heute? Mit etwas Glück hat er unter seinem neuen Namen einen Scheck ausgeschrieben.«

»In meiner Handtasche.«

Die Tasche hing am Türknopf. Earl schnappte sie sich, zog das Papier heraus und faltete es auf. Er ging die Scheckbelege durch, dann seufzte er plötzlich laut. »Ach du Scheiße!« murmelte er und schlug mit der flachen Hand auf den Tisch.

»Was ist passiert?«

»Er hatte einen Kontostand von zweiundsechzigtausend. Dann hat er sich selbst einen Barscheck über sechzigtausend ausgestellt. Und möchtest du wissen, wer den Scheck genommen und ihm die sechzig Riesen bar auf die Hand ausbezahlt hat?«

»Keine Bank, die ich kenne, würde jemals ... Nein, das darf nicht wahr sein.«

»Genau. Das Pleasure Island Casino. Diese Idioten hatten ihn unter Beobachtung, und dann lassen sie ihn einfach zum Schalter gehen, und er kassiert sein Leckt-mich-am-Arsch-Geld.«

»Das war garantiert seine eigene Idee«, sagte Linda. »Er weiß, daß sie so was manchmal für Spieler tun. Aber er hat einen Rest stehenlassen, damit die Bank nicht nach ihm sucht und die Polizei dann auch noch. Das war sie.«

Earl zuckte hilflos die Achseln. »Schon wieder sie. Klar.« Er starrte sekundenlang vor sich hin ins Leere. Dann begannen sehr langsam seine Kiefer zu mahlen, und die Muskelballen in seinem Gesicht preßten die Zähne fester aufeinander. »Laß uns mal über sie nachdenken. Sie sieht, daß seine Zeit abgelaufen ist, wahrscheinlich eher als er selbst. Sie überwachen ihn schon lange genug, so daß er längst weg vom Fenster wäre, wenn sie ihn bloß rausschmeißen wollten. Sie weiß, daß sie ihn nicht aus den Augen lassen, solange er lebt – außer sie kümmert sich drum. Sie sagt ihm, wie er in aller Eile seinen Hausputz machen muß. Sie besorgt ihm einen Wagen und Papiere. Sie trifft sich mit ihm irgendwo in Las Vegas, wo die Beleuchtung nicht gerade die beste ist. Sie bringt ihn raus.« Earls Gesicht zeigte eine plötzliche Verwunderung. »Aber dann haut sie nicht auch ab, sie bleibt hocken und verschafft ihm die Zeit, die er braucht.«

Linda seufzte. »Das bringt mich alles nicht weiter. Na schön, sie hat ihm die nötige Zeit verschafft.«

Earls ärgerlicher Blick ließ sie erstarren. »Du denkst nicht nach. Kennst du irgendwelche Profis, die einfach hockenbleiben und sich noch eine Schlägerei im Lift antun, während der Kunde mit einem Riesenvorsprung längst weg ist?«

»Jedenfalls keine weiblichen.«

»Auch keine Männer. Du kriegst nicht mehr dafür bezahlt, daß du dich verprügeln läßt. Sie wußte, er braucht diese Extra-Minuten, und das heißt, vor einem bestimmten Zeitpunkt war er nicht in Sicherheit.«

»Das kann nur ein Flugplatz sein«, sagte Linda. »Er war erst dann verschwunden, als das Flugzeug in der Luft war.«

»Wieviel Zeit mußte sie ihm verschaffen?« Earl blätterte den Stoß Reiseprospekte durch, den das Zimmermädchen auf den Tisch gelegt hatte. Dann nahm er das Telefon und wählte eine Nummer. »Ja. Ich hätte gern die Mitternachtsvorstellung, aber ich möchte vorher noch woanders hin. Das ist doch sicher so was mit ewig langem Vorprogramm. Wann genau kommt Mirakel-Miranda auf die Bühne?« Er schrieb etwas auf. »Und wann ist die Show zu Ende?« Wieder kritzelte der Bleistift über das Papier. »Das ist jetzt Pech. Na, vielleicht schaue ich sie mir ein andermal an. Danke.« Er hängte ein und las seine Notizen durch. »Okay. Miranda kommt um elf, gleich als erste Nummer. Dann ist sie zwei Stunden auf der Bühne.«

»Und was heißt das?«

Earl sah jetzt finster aus. »Also diese Frau rechnet es sich so aus: Hatcher hat eine Fahrtzeit von zwei Stunden, bevor die Lichter im Saal wieder angehen und jeder sieht, daß er nicht neben ihr sitzt. Er fährt zu einem Flugplatz, dafür hat sie ihm zwei Stunden eingeplant. Sein Flugzeug startet kurz nach seiner Ankunft, weil sie nicht möchte, daß er lang in einem Terminal herumsitzt, während Seavers Leute schon nach ihm suchen. Sie möchte, daß er mit dem Wagen ankommt, wenn es Zeit zum Einsteigen ist, so daß er einfach durchgeht und verschwindet.«

»Aber Seaver sagte, sie hat ihm noch eine weitere Stunde Vorsprung verschafft.«

»Stimmt«, sagte Earl. »Das hat sie, aber sie konnte nicht im voraus wissen, ob das auch klappt. Wie hätte diese Frau wissen können, daß sie die ganzen Kerle so lange festhalten kann? Nein, nein, sie hat zwei Stunden geplant, und was sie danach noch rausschlagen konnte, das war bloß zusätzliche Sicherheit. Sagen wir, er fährt mit neunzig raus, damit er nicht noch einen Strafzettel wegen Geschwindigkeitsüberschreitung kriegt und zwanzig Minuten verliert.«

Linda stand auf und nahm die Landkarte aus ihrem Koffer. Mit einem Stück Zahnseide maß sie zweihundert Kilometer ab, befestigte die Schnur an Earls Bleistift und zog einen Kreis um Las Vegas herum. »Kingman, Arizona, an der Route 93; Bullhead City, Arizona, an der 95. Vielleicht noch Lake Havasu, an der Route 95 nach Süden, wenn er sich beeilt. Baker, California, auf der 15 nach Süden. Aber von da aus ist kein anderer Flughafen mehr im Umkreis von zweihundert Kilometern, also streichen wir die 15 nach Süden. Überhaupt nichts an der 93 oder der 95 nach Norden, die können wir auch streichen. Bleiben übrig: die 93 oder die 95 nach Arizona im Süden oder die 15 nach Utah im Norden. Wenn es die 93 ist, dann ist es Kingman. Wenn es die 95 ist, dann ist es Lake Havasu City. Beide haben einen Flugplatz.«

»Was ist mit Utah?«

»Kein Flugplatz bis Cedar City. Und das ist zweihundertachtzig Kilometer weg.«

»Okay, streichen. Dann haben wir nur noch zwei«, sagte Earl. »Er ist von Kingman oder Havasu City abgeflogen. Jetzt müssen wir nur noch wissen, welche Flüge Dienstag früh von dort abgehen, sagen wir zwischen zwei und drei Uhr morgens. Viele können es nicht sein.«

»Und wenn die nach Chicago oder Dallas gehen? So kleine Flugplätze fliegen meistens nur die großen an.«

»Dann hoffen wir einfach, daß die anderen Spuren, die wir verfolgen, uns weiterhelfen und verraten, welcher der richtige ist.«

»Was für andere Spuren?«

Er wühlte sich durch ihre Handtasche und fand Hatchers Rechnung für die Miete. »Jetzt ziehst du erst mal ein Paar Handschuhe an und schickst die dem Vermieter zurück, zusammen mit den nötigen Scheinen. Ich möchte nicht, daß er ihn wegen so was rausschmeißt; vielleicht müssen wir da ja nochmal rein.«

»Verstanden. Aber wohin ist er nun geflogen?«

»Versetz dich in seine Lage. Diese Frau hat ihn gefragt, wo er gern hin möchte. Nach Atlantic City oder nach Reno kann er nicht, auch nirgendwo sonst hin, wo es Spielcasinos gibt. Also nimmt er einen Ort, wo er sich ein bißchen auskennt. Wo er sich wohlfühlt, stimmt's?«

»Denke ich auch. Je besser es ihm dort gefällt, um so länger bleibt er da, und um so schwerer ist er zu finden.«

Earl verschränkte die Hände hinter dem Kopf und starrte die Decke an. »Keine nahen Verwandten, keine feste Freundin, ein Haufen sonstiger Freunde, viel zu viele, als daß wir da weiterkommen ...«

»Urlaub?« fragte Linda. »Geschäftsreisen?«

»Vielleicht. Wenn wir die Kreditkartenabrechnung haben, wissen wir, wo wir anfangen können.«

Linda lag eine Weile da, ohne sich zu rühren. »Mir kommt da eben eine Idee. Er weiß, daß er in Gefahr ist. Er weiß, sie hat ihn in letzter Sekunde rausgeschafft. Er hat vorher noch nie so etwas gemacht. Er weiß also nicht, ob wir hier in diesem Motel festsitzen oder vielleicht schon seinen Hinterkopf im Visier haben, oder?«

»Klingt gut«, sagte Earl, »aber ...«

»Was kauft er sich als erstes?«

»Wenn er seinen Wagen auf irgendeinem Flugplatz losgeworden ist, dann kauft er sich natürlich einen neuen.«

»Bestreite ich ja gar nicht«, sagte Linda, »aber was kaufen solche Leute normalerweise immer? Sie kaufen eine Waffe. Wenn er geflogen ist, hat er keine. Wenn sie das alles in ein paar Tagen vorbereiten mußte, dann hatte sie keine Zeit, eine für ihn zu kaufen und in seiner neuen Stadt zu deponieren. Wenn es keine gestohlene Waffe ist, muß sie ja erst mal die vorgeschriebenen fünf Tage warten.«

Earl grinste und drückte ihren Hals so fest, daß es ihr wehtat. »Das macht er auf jeden Fall als erstes. Und dann steht er auf einer Liste. Und die Liste kriegen wir, weil sie öffentlich ist. Vermutlich hat sie es ihm verboten, aber er ist noch keine Minute in der fremden Stadt, da schaut er einmal über die Schulter zurück, geht hin und kauft sie sich.« Er setzte sich wieder an den Tisch und machte sich weitere Notizen. »Zuerst müssen wir rausfinden, zu welchem Flugplatz er gefahren ist, dann, welchen Flug er genommen hat. Wir sollten morgen mal nach Arizona fahren und schauen, ob wir einen Wagen mit einer Nummer aus Nevada finden, der seit Dienstag zwei Uhr auf einem der beiden Flugplätze herrenlos herumsteht.«

Auf ihrem Fitneß-Rad trat Linda Thompson stärker in die Pedale, wurde allmählich schneller und beobachtete die Digitalanzeige in dem kleinen elektronischen Armaturenbrett vor dem Lenker. Vierzig Stundenkilometer, fünfzig, sechzig. Sie strampelte noch schneller, schob den Daumenhebel nach vorn in den nächsthöheren Gang, und der Tacho zeigte ihr siebzig, fünfundsiebzig an. Dann verlangsamte sie und schaltete langsam zurück, bis sich die Pedale fast ohne Anstrengung treten ließen. Danach fuhr sie noch eine ganze Weile weiter, um jede Verhärtung ihrer Beinmuskeln zu vermeiden, aber die Maschine interessierte sie schon nicht mehr. Niemand fuhr wirklich mit einem Fahrrad fünfundsiebzig. Die Anzeige war nur dazu da, einem Idioten ein gutes Gefühl zu geben.

Sie stieg ab und schaute durch die Glaswand des Übungsraums hinaus. Sie war immer noch allein im Fitneßstudio. Die ganzen Spießer saßen wohl noch in ihren Marketingkonferenzen. Sie ging zu den Freigewichten hinüber, an die Bankdrückmaschine, absolvierte danach ein paar Arm- und Beinbeugen und bearbeitete dann ihren Latissimus dorsi mit leichten Gewichten, aber dafür wiederholt, was ihre Muskeln straff hielt und die Bildung überflüssiger Körpermasse verhinderte.

Es drängte sie, mit der Jagd zu beginnen, und es war frustrierend, gleich am Anfang tagelang festzusitzen. Hatcher war vielleicht so dumm und hatte den Wagen am Flugplatz von Kingman oder Havasu City einfach stehenlassen, aber die Frau war nicht so dumm, sie ließ so etwas nicht zu. Earl hatte zwar noch nichts gesagt, aber kein Abflug von den beiden Orten paßte in die Zeitspanne. Die Frau hatte das Ganze aber bestimmt nicht so geplant, daß Hatcher um Mitternacht in Las Vegas losfuhr und dann bis sieben Uhr morgens auf einem Flugplatz warten mußte. So etwas machten sie erst dann, wenn sie und Earl ihnen auf den Fersen waren, aus Nervosität und Verzweiflung. Am Anfang hatten sie immer noch mehrere Optionen, und auf den frühen Etappen bewegten sie sich reibungslos und effizient.

Sie ging in den winzigen Raum mit den Umkleidekabinen und kam auf der anderen Seite wieder heraus, jetzt im Badeanzug, mit Badekappe und Schwimmbrille. Sie streifte mit den Zehen durch das Wasser und stellte fest, es war kalt. Keine schlechte Idee, einen kühlen Swimmingpool hier zu haben bei achtunddreißig Grad im Schatten. Sie stieg hinein, hielt den Kälteschock aus und schwamm langsam auf und ab, dehnte ihre Muskeln und säuberte ihre Lungen mit langen, regelmäßigen Armzügen. Es war beinahe elf Uhr, und sie beschloß, noch einen Kilometer zu schwimmen und dann Schluß zu machen. Um die Mittagszeit wurden die Hotels belebter, sogar an einem Ort wie Havasu, Arizona. Es gefiel ihr gar nicht, alles am frühen Morgen erledigen zu müssen, Linda war ein Nachtmensch.

Sie verließ den Swimmingpool, zog sich um und ging wenige Minuten später durch die Hotelhalle auf ihr Zimmer. Earl saß am Tisch vor dem Laptop, die Hände auf der Tastatur. Dann sah sie, daß die Koffer gepackt waren.

»Und?« fragte sie. »Was schaust du dir an?«

»Flugpläne.« Er grinste auf seine befremdliche Art. Manchmal sah sein Gesicht wirklich nicht mehr menschlich aus, bekam animalische Züge. »Ich glaube, ich weiß jetzt, warum die Flüge, die er hätte kriegen können, nicht in den Zeitplan passen.«

»Und warum nicht?« Sie setzte ihre Sporttasche ab und wartete. Sie war erleichtert, daß es ihr erspart blieb, die Angelegenheit selbst zur Sprache zu bringen. Aber er mußte noch etwas anderes herausgefunden haben. Er strahlte richtig vor Glück.

»Hör mal gut zu«, sagte er. »Er holt den Wagen vom Parkplatz in Las Vegas. Es ist ungefähr Mitternacht. Er fährt zwei Stunden lang nach Süden, nach Kingman oder Havasu, Arizona. Wieviel Uhr ist es dann?«

Linda hob die Schultern und ließ sie gelangweilt fallen. »Zwei Uhr. Und die nächsten vier, fünf Stunden startet kein Flugzeug, dann nur ein paar lokale Regionalflugzeuge.«

»Richtig. Jetzt nehmen wir an, daß er gar nicht nach Arizona gefahren ist. Wir nehmen an, er fährt nach Norden, zweihundertsiebzig Kilometer, mit neunzig in der Stunde. Er kommt in Cedar City, Utah, an. Wieviel Uhr ist es?«

»Drei Uhr.«

»Eben nicht. Vier Uhr. Er hat nicht mehr Pazifik-Zeit, sondern Mountains-Zeit.«

Linda setzte sich aufs Bett. »Aber Utah ist dieselbe Zeitzone wie Arizona.«

»Das schon, aber Arizona stellt nicht auf Sommerzeit um. Deshalb mußten wir auch nicht unsere Uhren vorstellen, als wir hier ankamen.« Er sah sie durchdringend an. »Also nochmal: Er ist drei Stunden bis Cedar City gefahren. Es ist vier Uhr. Wieviel Uhr ist es da in Las Vegas?«

Linda legte sich auf den Rücken und schaute die Decke an. »Drei Uhr. Sie hat gerade Seavers Leute abgefertigt.«

Earl nickte. »Wir haben Cedar City gestrichen, weil es zu weit weg ist und Seavers Leute um die Zeit schon nach ihm suchen. Ich hätte auch diesen Flug ausgeschlossen, weil er so spät geht. Sie konnte nicht annehmen, ihm den gesamten Zeitvorsprung bis zum Abflug rauszuschinden, also warum machte sie so was überhaupt? Aber der Flug geht ja gar nicht so spät. Was sie ihm verschafft hat, war genau die Zeit, die er brauchte. Es war Flug 493 nach Denver, Abflug vier Uhr morgens.«

Earl sah sie erwartungsvoll an, aber sie öffnete ihren Koffer, nahm einen Kamm heraus und ging zum Spiegel.

»Bist du nicht interessiert?«

»Interessiert?« fragte Linda. »Doch, doch.«

»Warum freust du dich dann nicht?«

Sie setzte sich wieder aufs Bett, wandte ihm dabei aber den Rücken zu und kämmte sich das Haar, so daß er ihr Gesicht nicht sehen konnte. »Ich dachte gerade über die beiden nach. Hatcher und diese Frau. Im Grunde ist der Trick wahnsinnig simpel, und ich wette, sie haben sich dabei über uns totgelacht.«

8

Jane hörte draußen im Dunkeln ein Geräusch. Sie setzte sich auf und horchte. Da war das Geräusch wieder. Sie kroch zum Schlafzimmerfenster, richtete sich an der Wand auf und schaute mit einem Auge an der Vorhangkante vorbei hinaus. Der starke Ostwind schaukelte den langen, schwerbelaubten Ast an dem alten Ahornbaum hinter dem Haus auf und ab. Immer wenn der mächtige Ast sich bewegte, knackte er laut. Da kam das Knacken schon wieder, ein leises Schleifen, nur für Sekunden vernehmbar, dann war es wieder still, und es hörte sich an, als ob jemand unbemerkt ins Haus eindringen wollte. Sie trat vom Fenster zurück. Ab und zu wehte der sanfte, heiße Wind den Vorhang ein Stück ins Zimmer, so daß der Raum im schwachen Mondlicht kurz sichtbar wurde. Ausgestreckt in der anderen Betthälfte lag Carey, die Augen geschlossen, den Unterkiefer locker herabhängend. Beinahe schnarchte er, zuerst immer eine lange, totenstille Pause und dann, als es fast zu spät schien, ein sanftes Atemholen. Sie sah schon voraus, daß sie davon ein paar Monate lang jede Nacht aufwachen würde. Sie war in der Vergangenheit neben einigen Männern in einen glücklichen Schlaf gesunken, wie jetzt auch bei Carey. Aber hier schlief sie in seinem Bett, im Haus seiner Kindheit, das jetzt auch ihr Haus war. Sie hatte zu lange ein anderes Leben gelebt, in einer Welt, in der sich nicht immer ein womöglich feindliches Geräusch als knackender Ast im Wind herausstellte. Sie setzte sich aufs Bett und betrachtete ihn minutenlang. Sie bewunderte seinen großen Fuß, der unter dem Leintuch herauskam, und die langen, starken Muskeln an seinem Arm. Sie beugte sich über ihn und beobachtete seine Augenlider. Sie sah, daß die Augäpfel darunter unruhig zuckten, und wußte, er hatte einen Traum.

Sie mußte sich zurückhalten, ihn nicht anzufassen. Sie war jetzt seine Frau, und damit war vieles nicht mehr wie vorher. Sie war jetzt verantwortlich für den Mann, der um sechs Uhr morgens im Krankenhaus sein mußte und um sieben seine erste Operation hatte; sie konnte ihn nicht einfach wecken und fragen, was er geträumt hatte. Sie legte sich geräuschlos neben ihn auf den Rücken, machte die Augen zu und lauschte dem Wind, der vor dem Fenster in den Blättern raschelte, solange, bis alles still wurde.

Nach einer Weile spürte sie, daß sie sich in einem Traum bewegte, weil die Bäume um sie herum dauernd ihr Aussehen veränderten, bis sie ihr Bild richtig zu fassen bekam. Es war Nacht, und hinter tiefen, dünnen Wolken war der Mond eine kleine Kugel in einem Ring aus Regenbogenfarben. Sie mochte den Traum nicht, aber als sie sich nach dem Grund fragte, wurde ihr klar, daß sie die Antwort schon vor der Frage wußte. Es kam daher, daß die Stelle, an der sie stand, ihr vertraut war. Sie war nirgendwohin gegangen. Sie stand immer noch da, wo später einmal Careys Haus stehen sollte. Sie fühlte sich unbehaglich, als sie zur Straße hinüberschaute, denn dort sah sie nur eine enge freie Stelle zwischen den Bäumen. Es hatte keinen Sinn, jetzt loszugehen und den Weg nach Hause zu suchen; selbst wenn sie den Pfad dort drüben fand, war doch die Straße darüber noch nicht angelegt, und die Wälder hier dehnten sich vom Meer bis zum Mississippi, von der Tundra im Norden bis zum Golf von Mexiko.

Jane bekämpfte das Gefühl, daß jemand sie beobachtete. Sie zwang sich, kühl und vernünftig zu bleiben. Auch wenn das hier vielleicht die Alte Zeit war, so gab es trotzdem keine Hexen und Geister. So etwas gab es nirgends. Und wenn es je welche gegeben hatte, dann waren sie von der Erde verschwunden, lange bevor Jane geboren wurde. Und doch verriet ihr die eigene Erinnerung, daß sie sich etwas vormachte.

Sie war in dem Gerichtssaal in Atlanta gewesen, als der Richter über den kleinen Max Curtin hinwegschaute: Max saß an seinem Tisch, der ihm fast bis zum Kinn reichte, und das blasse Gesicht, das der Richter nicht sah, und seine schmächtigen Vogelknochen zeigten nicht nur, daß er schon ein paarmal aus dem Nest gefallen war, sondern auch, daß man ihm nie genug zu essen gab. Der Richter sah keine Veranlassung, ihn seiner Cousine wegzunehmen. Kaum hatte diese Cousine das Urteil gehört, als sie sich schon eiligst zu Max umdrehte. Ihre Augen glühten triumphierend, und sie weidete sich am Anblick der Verzweiflung und des Entsetzens im Gesicht des kleinen Jungen. Die Weisen Alten hätten einen einzigen Blick auf die Cousine geworfen und erkannt, daß sie eine Hexe war.

Sie konnte die Geister des Bösen da draußen spüren, sie beobachteten sie jetzt mit Aufmerksamkeit. Jane hatte über sie nachgedacht, und sie hatten diese Gedanken gehört, und jetzt hoben sie ihre ausdruckslosen, aber wachsamen Gesichter. Sie steckten irgendwo dort in den Wäldern, aber nun setzten sie sich in Bewegung und kamen auf sie zu. Jane fühlte bereits, wie sie allmählich ihre eigene Leere füllten: mit aufgeregter Vorahnung. Sie starrten sie an, sie dachten an das Glück, das sie erlebt hatte, und wie leicht es ihr wegzunehmen war. Sie waren nicht mehr weit.

Jane ertappte sich dabei, daß sie Angst um Carey hatte, der schutzlos in seinem Bett schlief. Sie strengte sich an, ihn so tief in ihrem Gedächtnis zu verstecken, daß die Geister des Bösen ihn nicht fanden. Dann richtete sie ihre Aufmerksamkeit auf die Hexen. Solange sie sich ganz auf sie konzentrierte, konnten sie in Janes Seele nichts anderes als ihr eigenes Spiegelbild sehen. Anfangs hatte sie geglaubt, daß sie zu Dutzenden kämen, alle die Ohren aufstellten, um die Nachtluft nach ihr abzusuchen. Aber jetzt sah sie, es schälten sich nur zwei aus der Dunkelheit. Weil sie alle Bösen Geister vertraten, mußten sie ein Mann und eine Frau sein.

Auf dem Pfad waren Fußabdrücke zu sehen, sie mußten also irgendwohin führen, wo Menschen lebten. Jane machte sich auf und ging den Spuren nach, zuerst langsam, aber bald schon fing sie an zu laufen. Es fiel ihr schwer, den Pfad im Dunkeln noch zu sehen, und sie schämte sich wegen ihrer Ungeschicklichkeit. In den letzten Monaten war sie nachlässig geworden, und nach kaum fünfzig Metern ging ihr fast der Atem aus. Dann stieß sie auch noch mit dem Fuß an den erhöhten Rand des Laufpfads und stolperte. Sie stieß einen kurzen Schreckensschrei aus und wußte sofort, daß der Mann und die Frau ihn gehört hatten. Jetzt war ihnen klar: Sie hatten Jane aus ihrem Versteck gelockt.

Auch wenn sie noch weit hinter ihr waren, konnte sie sie doch, sobald sie wieder auf der Lichtung war, wo sie ihre Flucht begonnen hatte, ohne Mühe sehen. Der Mann stürmte durch das Unterholz, er brach im Laufen die Zweige vor sich ab und trampelte die Büsche nieder. Dann bemerkte er den Pfad. Er bückte sich und suchte ihn nach frischen Spuren ab. Er lehnte sich nach vorn und stützte sich auf Fingern und Zehen ab, fast wie ein Sprinter in den Startblöcken. Sein Grinsen kam aus einer Erregung, die seine Freßlust anzeigte, und dieses Grinsen veränderte sein Aussehen. Er bewegte die Lippen, hob den Kopf, und seine gebleckten Zähne wurden größer und länger.

Der Unterkiefer wurde dicker, und auf dem Rücken wuchs ihm eine immer dichtere Behaarung, dann auch an den Armen, am ganzen Körper. Die kleinen schwarzen Augen behielten ihren stieren Blick. Dann lief er auf allen Vieren weiter.

Die Frau blieb scheinbar bewegungslos. Sie nahm unter den Bäumen Gestalt an, ohne ein einziges Blatt zu berühren oder mit den Füßen auf den Boden zu kommen. Sie stand ein paar Atemzüge lang reglos da und lauschte. Jane vertrieb jeden Gedanken daran, was die Frau hier zu spüren hoffte – es war genau das, weswegen sie die beiden von hier weglocken mußte. Die Frau hatte es nicht eilig. Sie beobachtete den Mann, der den Pfad entlanglief, jetzt noch größer und bulliger, die Krallen schwarz und lang, der Pelz dicht und undurchdringlich. Der Mann war ein Wolf.

Die Frau lächelte still vor sich hin und hob die Arme, spreizte die gestreckten Finger, die mit ihren spitzen Nägeln noch länger aussahen, wie einen Fächer. Sie sah hinauf zum Mond, der mit allen Prismenfarben schwach durch die Wolken glänzte, und dabei schien sie sich in die Luft zu erheben. Ihre Finger waren jetzt unwirklich lang, der Hals unter dem erhobenen Kopf seltsam in die Höhe gezogen, das Gesicht im Mondschein geisterhaft und schön, die wasserhellen Augen immer weiter geöffnet.

Jane sah, daß die Finger der Frau zu Federn wurden, und noch mehr Federn wuchsen ihr aus den Armen bis zu den Schultern hinauf. Die Haut der Frau nahm einen weißen, fleckenlos glatten Schimmer an, und ihre Gestalt besaß eine so weiche, ebenmäßige Grazie, daß Jane nicht die Augen von ihr wenden konnte. Die Arme waren jetzt zu richtigen Flügeln geworden. Der Hals streckte sich noch höher dem Mond entgegen, und mit Herzklopfen erkannte Jane – einen Schwan. In den Märchen der Alten waren Schwäne niemals böse. Jane ließ eine plötzliche Hoffnung in ihrem Herzen hochkommen, und dann weinte sie beinahe vor Freude. Die Geisterfrau war also gar keine Hexe. Viel eher war sie eine mächtige Frau, die vielleicht irgendwo im Schlaf gelegen hatte und jetzt Janes Traum betrat. Jane hatte eine Verbündete, eine Schwester.

Aber das Gesicht der Frau verwandelte sich weiter. Die Augen wurden noch größer und heller, und jetzt fingen sie scheinbar Feuer und brannten wie von einer inneren Flamme. Dann aber zuckte der Kopf reflexartig nach vorn, als wollte er etwas herauswürgen. Die Schultern hoben sich, der Hals verschwand, die Füße schrumpelten ein und bogen sich zu Klauen. Sie schlug einmal mit ihren großen Flügeln und flog durch den Nachthimmel davon. Sie war eine Eule.

Jane erschrak, aber der schmerzende Schock ließ schon im nächsten Augenblick nach und artete in schwerfällige, hemmende Verzweiflung aus. Sie strengte sich an, noch schneller zu laufen, suchte die Dunkelheit mit ihrem Blick zu durchdringen, um den Weg unter ihren Füßen zu erkennen und die Freiräume zwischen den Bäumen, die ihr zeigen konnten, wo es weiterging.

Jane hörte den Wolf hinter sich, den schlanken, zähen, aber schweren Tierkörper, der durch das Unterholz brach. Weil er ein Mensch war, kannte er den Pfad und für jede Kurve eine schnurgerade Ankürzung. Jane verließ den Weg und rannte nach rechts in den schützenden Wald. Sie kam jetzt nicht mehr so schnell voran, mußte sich hier durch ein Dickicht zwängen, dort einen Abhang hinunterrutschen, dann mühsam die nächste Anhöhe wieder hinaufklettern, immer auf der ermüdenden Suche nach ebenem Boden. Am Fuß eines steilen Felsens stieß sie auf einen schmalen Wasserlauf. Sie lief ein paar hundert spritzende Schritte weiter mitten in das steinige Bachbett, rannte darin, bis sie zu einer überhängenden Felsplatte kam. Sie zog sich mit den Armen hinauf, nur weil es mühsam war und der Wolf wohl annahm, es sei zu schwer für sie. Dann änderte sie ihre Richtung, bewegte sich wieder auf den Pfad zu und fand ihn nach zwei Kilometern. Sie wußte, sie hatte den Wolf abgehängt, und leichtfüßig rannte sie auf dem gut sichtbaren Weg weiter.

Dann aber spürte sie, noch bevor sie etwas hörte, über sich und direkt am Hals ein Geräusch oder vielmehr nur eine Luftbewegung. Sie lief noch zwei Schritte, dann wirbelte sie herum, eine Faust vor dem Gesicht, um es nicht schutzlos preiszugeben. Ihre Knöchel fühlten kurz die weichen Brustfedern, aber die Hand zielte durch sie hindurch ins Leere, sie traf überhaupt keinen Körper.

Die Eule flog hoch in die Luft, aus ihrer Kehle kam ein hoher, kreischender Ton, und die Felsen, die Jane gerade hinter sich gelassen hatte, warfen das Echo zurück. Dann kreiste die Eule über ihr und schrie noch einmal. Jane hörte das Kratzgeräusch der Wolfskrallen auf dem steinigen Untergrund und dann die schweren Pfotentritte auf dem Laubboden, und das hechelnde Knurren wurde immer lauter.

Jane drehte sich um und rannte weiter. Sie konnte sich jetzt nirgends mehr verstecken, denn die Eule flog unter dem Blätterdach der Bäume hinter ihr her, schlug nur manchmal die Flügel, wenn es in eine Kurve ging, und kam ihr manchmal so nahe, daß Jane sie fast mit der Hand zu fassen bekam. Dauernd schrie diese fast menschliche Stimme und verriet dem Wolf, wo sie war.

Jane hatte, während sie lief, ein Schluchzen im Hals, weil sie die Vergeblichkeit ihrer Flucht spürte. Eine Eule sah besser und weiter als sie und konnte mühelos jedem Faustschlag ausweichen, und ein Wolf konnte die ganze Nacht durchrennen, wenn er einmal seine Beute gewittert hatte. Bei diesem Gedanken glaubte sie selbst etwas zu riechen. Weil sie es sich zu sehr wünschte? Oder war das wirklich Rauch in der Luft?

Da mußte ein Feuer sein. Jetzt brauchte sie nur noch dem Geruch bis zu dem Dorf zu folgen, zu irgendeiner Lichtung da vorne, wo Menschen ihre Ernte einbrachten und in ihren Langhäusern wohnten und sangen und sich liebten. Sie mußte nur noch bis zu einem hellen Kreis gelangen. Sie rannte neben dem Weg weiter, in Schlangenlinien zwischen den großen Bäumen hindurch, damit die Eule sich nicht mit den Krallen voraus auf sie stürzen konnte.

Die Eule schien zu spüren, daß sie nicht mehr viel Zeit hatte. Vielleicht hatte auch sie das Feuer in der Nase, vielleicht wußte sie sogar, wo das Dorf lag. Sie hörte auf zu kreischen und schwang sich höher in die Luft.

Jane war wieder auf dem Weg und lief mit noch längeren Schritten weiter, den Kopf hochgehalten, damit die Atemwege frei blieben, Arme und Beine im gleichen stampfenden Rhythmus. Sie konnte den Rauch jetzt schon stärker riechen und wußte, sie hatte es nicht mehr weit. Gleich würde sie auf das nächstgelegene Langhaus zurasen, sich unter das Bärenfell ducken, das den Türrahmen ausfüllte, durch den Vorraum laufen, wo die Mais- und Kürbisvorräte lagerten, und sich in den Lichtkreis der ersten Feuerstelle hineinrollen.

Dann hatte der Pfad vor ihr eine spitzwinklige Abzweigung, und sie wußte, das war der Weg ins Dorf. Sie näherte sich einem Streifen mit niedrigen, dreiblättrigen Gewächsen, die sie für Erdbeerpflanzen hielt, aber als sie mit den Fußknöcheln durch sie hindurchraste, fing die Haut sofort zu brennen an. Es war giftiger Sumach, aber darum konnte sie sich jetzt nicht kümmern. Sie rannte den Weg weiter, immer höher hinauf. Nun war sie oben und hielt an.

Auf der Lichtung bot sich ihr ein unbegreiflicher, erschreckender Anblick. Der Wolf hatte sich halb in den Mann zurückverwandelt und hockte auf seinen menschlichen Fü-ßen neben einem Haufen belaubter Zweige. Er hatte sie mit seinen Menschenhänden angezündet, doch das Feuer qualmte stark, warf aber keinerlei Lichtkreis. Der Mann stand auf und reckte ihr seine Wolfsschnauze entgegen. Sie sah die scharfen, gelben Zähne und die Augen, die wie blasse, goldgrüne Perlen leuchteten. »Hallo, Jane«, sagte er, »hast du das Feuer gerochen?«

Jane hörte etwas hinter sich. Die alte Eule landete auf dem Boden und verwandelte sich wieder in die Frau. »Jetzt gehörst du uns.«

»Nein.«

»Wir machen jetzt eine Haut-Frau aus dir. Er zieht dir ganz vorsichtig die Haut ab, und ich nähe sie wieder richtig zusammen. Dann hängen wir dich an dem Ast da drüben auf. Die leichte Brise wird dich ein wenig blähen, und aus deinem Mund kommt ein Ton wie ein leises Lied. Die Menschen, die auf dem Pfad unten vorbeilaufen, heben den Kopf und sehen dich hier. Vielleicht sind sie nur zum Zeitvertreib hier, oder sie sind allein auf einem Botengang und suchen einen Rastplatz, oder sie brauchen jemanden, der ihnen hilft. Auf jeden Fall bleiben sie stehen. Sie verlassen den Pfad und kommen allein den Weg hier herauf.«

Jane stürzte sich auf die Frau, grub ihr die Finger der Linken in die Kehle und holte mit der Rechten zum Schlag aus. Sie spürte, wie die Hexe unter ihren Händen ihre Gestalt veränderte. Zuerst spürte sie die Schuppen einer Schlange, die nun einen so langen Hals hatte, daß sie sich um Janes Arm schlingen und ihr die Fangzähne ins Fleisch bohren konnte. Die Schuppen aber wurden zu einem dichten Fell, und der Schlangenkörper verwandelte sich in einen Luchs, dessen Kiefer sich mit einer Mahlbewegung von Janes Hand lösten.

Noch einmal holte Jane weit aus, da erwachte sie von der Helligkeit, die durch die weißen Vorhänge auf den polierten Eichenboden des Schlafzimmers strömte. Ihr Atem ging hektisch und flach, und sie hielt krampfhaft die Augen ins grelle Licht geöffnet, aus Angst, der Traum wäre sonst noch nicht vorüber. Sie drehte sich schnell zur Seite und sah Carey, dann erst beruhigte sie sich allmählich. Sie war so naßgeschwitzt, daß ihr das Nachthemd an der Haut klebte. Sie setzte sich abrupt auf, wartete, bis das Schwindelgefühl verging, und rutschte vorsichtig aus dem Bett. Sie schaute auf den Radiowecker am Nachttisch. Es war fast sechs Uhr. Sie ging auf den Gang hinaus, drehte im Gästebad die Dusche auf, zog sich das Nachthemd über den Kopf herunter und warf es auf den Boden. In wenigen Minuten wollte sie wieder sauber sein und klar sehen, und wenn Carey später aufwachte, dann könnte er hören, wie sie unten Frühstück machte.

Unter der Dusche versuchte sie, den Traum ganz abzuschütteln. Schon in ihrer Kindheit hatte sie gehört, wie manche Leute mit einem mißbilligendem Zungenschnalzen sagten, die Träume der Alten Zeit kämen jetzt wieder. Die Pessimisten waren der Meinung, das sei nur deshalb so, weil die Seneca nicht mehr richtig wüßten, woher sie kämen und was sie zu tun hätten.

Das wäre nichts anderes als der Preis dafür, daß sie ihre wahren Anlagen unterdrückten. Andere sagten, die Träume kehrten zurück, weil die übernatürlichen Wesen die ganze Zeit dageblieben seien und sich an das neue Zeitalter gewöhnt hätten, wie die Seneca auch. Sie hätten erkannt, daß sich die Menschen im Kern gar nicht verändert hatten, und deshalb besuchten sie sie wieder öfter im Schlaf.

Jane spürte förmlich, wie der Schrecken und die klaustrophobe Angst des Traumes durch das heiße Wasser und ihre geistige Disziplinübung von ihr abfielen. Es gab da überhaupt nichts Geheimnisvolles. Seit der Nacht, als sie sich entschieden hatte, Carey zu heiraten, hatte sie eine lautlose Angespanntheit niedergehalten. Sie hatte das wenige, zu dem sie fähig war, getan, um unaufdringlich zu erscheinen. Sie hatte einen neuen Namen angenommen und war in ein Haus eingezogen, von dem kein Fliehender und kein Jäger etwas wissen konnte. Sie führte ein so ruhiges Leben, wie es einer Frau nur irgend möglich war. Sie hatte sogar darauf geachtet, alles, was mit Jane Whitefield zusammenhing, unverändert zu hinterlassen: Ihr früheres Haus sah noch bewohnt aus, das Telefon war angeschlossen, der Postbote kam jeden Tag.

Sie hatte Carey erklärt, sie wollte das Haus in diesem Zustand belassen, weil sie nicht verhindern konnte, daß ihre frühere Tätigkeit plötzlich in das ruhige Leben der Nachmieter einbrach. Das war nicht gerade eine Lüge, aber es war eben nur ein Teil der Wahrheit. Den anderen Teil hatte sie nicht erwähnt: Jeder – der Verfolger oder sein Opfer – konnte sehen, daß sie dort ausgezogen und nicht bloß verreist war, und dann konnte er sie suchen und dieses Haus hier finden. Ihr früheres Haus hielt diese Menschen einen Schritt mehr von ihr entfernt, keine sehr nennenswerte Sicherheitsmaßnahme, aber gut genug, daß Jane diese Menschen entdeckte, bevor sie Jane entdeckten.

In dem Traum hatte ihr Unterbewußtes revoltiert und ihr klargemacht, wie jämmerlich diese wenigen kleinen Hindernisse waren, mit denen sie ihre Spuren zu verwischen suchte. Mrs. Carey McKinnon mochte es so intensiv verdrängen, wie sie wollte – Jane Whitefield konnte nicht vergessen, daß der Pfad hinter ihr voller Wölfe war.

9 Jane parkte den Wagen in der Kiesauffahrt, unter der hohen Ulme vor dem Fachwerkhaus. Sie stieg aus und stand in einer kleinen Staubwolke, die sich langsam auf ihren Schuhen niederließ. Hinter dem Haus fing ein Hund zu bellen an, dann kam er mit bedrohlichem Kläffen auf sie zugerannt. Es war ein kleiner schwarzer Mischling mit braunen Augenbrauen. Die gleiche Art Hunde hatte sie ebenso lärmend im Tonawanda-Reservat herumlaufen sehen, als sie ein Kind war, und so wußte sie im voraus, wie er sich jetzt gleich aufführen würde. Er rannte bis auf anderthalb Meter auf sie zu, dann stemmte er die Vorderläufe kerzengerade vor sich ins Gras, stoppte und hüpfte unter wildem Schwanzwedeln immer wieder hoch in die Luft.

»Maggie«, ertönte eine tiefe Stimme von der Veranda, »komm her.« Der kleine Hund raste noch einmal glücklich um Jane herum, dann lief er die Stufen zur Veranda hinauf, rannte durch die offenstehende Fliegengittertür und verkündete allen Bewohnern des Petersen-Hauses, daß Besuch da war. »Hi, Janie«, sagte der Mann auf der Veranda. Er stand von seinem Schaukelstuhl auf, damit Jane ihn hinter dem Geländer sehen konnte. Er war hochgewachsen und sah mit seinem breiten Brustkasten und den langen Beinen genau wie sein Vater aus, an den Jane sich noch aus der Zeit erinnerte, als sie mit ihrem Vater oft hierherkam.

»Hi, Billy«, rief sie ihm zu. »Stör ich?«

»Nie«, sagte er, klemmte einen heruntergefallenen Zweig als Lesezeichen ins Buch, legte es zu den anderen auf dem Korbtisch neben ihm, faltete die Brille zusammen und steckte sie sich in die Hemdtasche.

Er ging Jane entgegen und ließ sich von ihr umarmen, dann legte er den Kopf zur Seite und hielt ihr die Wange hin, um ihren Kuß zu empfangen. »Das Eheleben steht dir, Janie.«

Er sagte es in der Sprache der Seneca, und Jane antwortete ihm ebenso: »Der Ehegatte wollte eigentlich mitkommen, aber ich habe ihn in die Arbeit geschickt, damit ich weiterhin die große Dame sein kann, die nichts zu tun hat.« Als sie die Verandastufen hinaufgingen, sah er, daß sie einen Blick auf seine Bücher warf, und sprach wieder Englisch. »Das ist nur das Zeug für meine nächste Vorlesung im Herbstsemester. Psychogene Verhaltensstörungen, Grundkurs.«

»Geht's wieder um die armen Irren?«

»Genau um die«, sagte er. »Alle drei Jahre krieg ich sie von der Fakultät aufgebrummt.«

Der kleine Hund drückte die Tür mit der Nase auf, dann kam eine Frau heraus, fast so groß wie Billy und mit Haaren wie Jane, und hielt ihnen ein Tablett mit drei Gläsern Limonade hin. »Hi, Janie«, sagte sie. »Ich dachte mir, du möchtest sicher einen kalten Drink.«

Jane nahm ein Glas. »Danke, Vi«, sagte sie, und die beiden Frauen küßten sich zur Begrüßung auf die Wange, während Billy das Tablett festhielt, damit es nicht kippte.

Violet Petersen saß mit Jane in der Schaukel auf der Veranda und lächelte. Jane sah sich um. »Habt ihr eure Kinder verkauft?«

Violet sagte: »Man glaubt es kaum, aber sie sind in der Schule, Veronika hat jeden Vormittag ihren Computerkurs, und Delbert macht Kunst.« Sie sah auf ihre Uhr. »In einer Stunde hole ich sie ab.«

»Ernsthaft?«, sagte Jane.

»Wundervoll«, sagte Violet. »Im Sommer, wenn ich sie nicht mit irgendwas beschäftige, laufen sie den ganzen Tag in den Wäldern herum wie ...«

»Wie wir damals«, sagte Jane.

»Genauso«, sagte Violet. »Kinder sind was Schönes, aber jeder, der dir sagt, daß sie dich nicht zum Wahnsinn treiben, leidet unter Realitätsverlust.« Sie schob ein wenig die Lippen vor und fügte trocken hinzu: »Du wirst schon noch sehen.«

Jane trank langsam ihre Limonade und hörte den Amseln zu, die einen Steinwurf entfernt am Rand des Moorlandes ihr Lied sangen.

Billy sagte: »Dich beschäftigt etwas.«

»Du solltest Professor für Psychologie werden«, sagte Jane. »Es ist eine delikate Sache. Politisch delikat.«

»Politisch?«

»Natürlich bin ich hier, um wieder einmal meine Freunde Billy und Violet zu sehen, aber auch, um bei Sadagoyase zu intervenieren.«

Sie spürte das Gewicht von Jahrhunderten, als er sie schweigend ansah. Sadagoyase bedeutete »Ebene Himmel«. Diesen Namen hatte man einem aus dem Clan der Bergschnepfe gegeben, der in jeder Generation den Sachem stellte, den Anführer, schon seit dem allerersten Sadagoyase, einem der neunundvierzig Häuptlinge, die in Onondaga mit Hiawatha und Deganawida zusammensaßen, um die Konföderation der Irokesen zu beschließen. Seit tausend Jahren hatte sicher jeder Sadagoyase so vor dem Haus seiner Frau gesessen, an einem Tag wie diesem, wo die Amseln in der warmen Sonne sangen, und hörte zu, wenn eine Frau wie Jane Politisches zu besprechen hatte.

»Es geht um das Glücksspiel, nicht wahr?« fragte Violet.

»Ich fürchte, ja«, sagte Jane, »und ich wette, ihr habt es satt, euch das schon wieder anzuhören.«

»Ganz und gar nicht«, sagte Sadagoyase. »Es ist gut, daß du gekommen bist. Ich hätte dich deshalb fast schon angerufen.«

»Mich?« fragte Jane. »Und ich hielt mich für besonders schlau, daß ich heimlich den Sachem eines anderen Clans darauf anspreche. Warum mich, eine aus dem Wolf-Clan?«

»Du hast gesagt, die Sache sei politisch delikat. Viermal schon wurde darüber abgestimmt, ohne Erfolg. Trotzdem kommt das Thema immer wieder hoch. Ich muß wissen, was Leute in Schlüsselpositionen denken, die, die gebildet sind und die öffentliche Meinung beeinflussen können.«

»Ich weiß nicht«, antwortete sie. »Alles, was ich davon mitkriege, bringt mich dazu, mich zurückzuziehen und anderen die Entscheidung zu überlassen. Ich bin nicht dazu da, euch Ratschläge zu geben. Ich wollte nur mein kleines Argument anbringen und mich dann wieder verziehen.«

»Aber ich bitte dich jetzt um deinen Rat.«

»Ich bin die falsche Adresse, die Whitefields leben schon seit drei oder vier Generationen nicht mehr im Reservat.«

»Eine Seneca ist man nicht durch den Wohnsitz«, sagte er. »Ich hatte eine Mutter, die als Irin angefangen hat. Als Colleen, wie man dort sagt, als Mädchen. Es klingt wie der Name eines Hundes, der es nicht ganz bis zum Collie gebracht hat, findest du nicht?«

»Cornplanter hatte einen Vater, der O'Bail hieß. Mary Jemison war schon ein Jahr von Irland weg, als sie gefangen wurde. Sie hatte neununddreißig Kinder von Hiokatoo. Willst du ihren Ururenkeln erzählen, sie seien keine Seneca? Im Umkreis eines Flintenschusses gibt es hier niemanden, der nicht die Gene von jemandem hat, der vor zwanzig Generationen adoptiert wurde. Das ist doch nicht der Punkt.«

Jane seufzte. »Ich fände es gut, wenn unsere Leute ein kleines, aber verläßliches Einkommen hätten. Es gibt über hundert indianische Spielcasinos im Land, und ich habe schon jemanden sagen hören, Glücksspiel sei so etwas ›die Wiederkehr der Büffel‹. Aber ich mache mir Sorgen. Wenn ich sie laut ausspreche, dann sagen Menschen, die ich liebe und verehre, vermutlich Dinge zu mir, die mir wehtun.«

»Was werden sie dir sagen?«

»Sie werden mir in der ihnen eigenen leisen, sanften Art sagen, daß ich nie arm war. Und ich weiß, sie könnten noch ganz andere Sachen sagen.«

»Was könnten sie dir noch sagen?«

»Daß ich selbst zu denen gehöre. Vielleicht sage ich mir das ja selbst. Schau mich doch an: Ich bin die Frau dieses Arztes, der in Amhurst ein Haus wie eine Festung hat, und dann fahre ich in seinem BMW an dem heruntergekommenen Haus vor, wo der Rat der Alten tagt, und erkläre ihnen, daß das Glücksspiel unserm Volk nicht guttut.«

Sadagoyase hob die Augenbrauen. »Möglicherweise bist du durch diese Lebensweise objektiver. Unsere Traditionalisten, die Leute vom Langhaus, vertrauen dir, weil sie wissen, du bist mindestens so konservativ wie sie. Das ist eine Kundschaft, die du nicht unterschätzen solltest.«

»Ich bin eine Abnormität, und sie wissen es«, sagte Jane. »Ich bin eine übriggebliebene Verfechterin der Rechte der Indianer, eine Radikale von vor zehn Jahren. Vieles, was ich weiß, habe ich von den Weisen Alten, aber vieles habe ich auch aus den Universitätsarchiven von Cornell und Rochester, aus alten Urkunden, geschrieben von Europäern, die uns studiert haben, wie ein Arzt ein Virus studiert. Ich bin keine Radikale mehr. Ich bin eine reiche, verwöhnte Frau mit einem Hobby.«

»Gut für dich«, sagte Sadagoyase. »Und ich bin Professor und lehre die Theorien eines toten Mannes aus Wien. Jetzt beantworte meine Frage, und dann höre ich mir alles an, was du zu sagen hast.«

Jane schüttelte den Kopf und lächelte besiegt resigniert. »Na schön. Fangen wir an. Ich glaube nicht mehr an den Gaiwio von Handsome Lake. Ich glaube nicht, daß nach unserem Tod irgendetwas von uns übrigbleibt, jedenfalls glaube ich es nicht am hellichten Tag wie jetzt. Aber egal, was mit Handsome Lake passierte, als er sich 1799 zu Tode trank: Er wachte irgendwann in seinem Leben auf und hatte etwas verstanden. Wenn er es nicht verstanden hätte, gäbe es so etwas wie die Seneca nicht mehr.«

»Könntest du dich etwas klarer ausdrücken?«

»Verkauft kein Land. Nehmt an Ausbildung mit, was ihr nur kriegen könnt, aber behaltet den alten Festkalender bei. Alkohol ist vielleicht etwas für die Weißen, aber für uns ist er Gift. Behandelt eure Frauen und Kinder nicht so schlecht, wie es die Weißen tun. Und – jetzt kommt's – kein Glücksspiel.«

Sie beobachtete ihren alten Freund, aber Sadagoyase schwieg und wartete. Sie sagte: »Er hat nicht gemeint, daß ihr das Birnen-Spiel aufgeben sollt oder die Wetten beim Schlangenkampf. Er war ein Krieger, er ist noch in den Alten Zeiten aufgewachsen. Er kam von Devil's Hole mit einem tropfnassen Skalpiermesser zurück. Aber er sagte: ›Das sind die Verführungen, die euch die moderne Welt geschickt hat. Paßt auf.‹ Und ich denke, er hatte recht.«

»Und heute?« fragte er. »Hat er immer noch recht?«

Sie holte tief Luft und ließ sie langsam wieder heraus. »Jahrhundertelang haben die Fünf Nationen den Frieden erhalten, sie hatten zusammen mit fünfzig oder sechzig anderen Völkern eine gemeinsame Außenpolitik und spielten Holländer, Engländer und Franzosen gegeneinander aus. Heute gibt es in der Hälfte der Reservate konkurrierende Regierungen und Splittergruppen, Irokesen brennen sich gegenseitig die Häuser nieder, und manchmal schießen sie sogar aufeinander. Und jedesmal, wenn eine Seite zu verlieren meint, rufen sie die Polizei zu Hilfe. Sie haben diese Unterstützung jedesmal bekommen, und sie werden sie immer wieder bekommen.«

»Was macht dir eigentlich größere Sorgen: der Frust der Unterlegenen oder die verlorene Souveränität?«

»Ich glaube nicht, daß das zwei verschiedene Probleme sind. Sie sind dasselbe Problem. Ich behaupte nicht, daß dies alles auch in Tonawanda so kommen wird. Aber es wäre ganz besonders idiotisch, wenn es gerade hier passieren würde. Jeder hier weiß, daß sich damals, 1838, kein einziger aus Tonawanda erwischen ließ, als sie überall die Häuptlinge kidnappten, um ihnen die Unterschrift unter die Landabtretung abzupressen. Ich hoffe sehr, daß die Menschen noch wissen, warum unsere Häuptlinge das taten, denn sie riskierten ihr Leben, als sie untertauchten, und die Leute haben ihnen unter Lebensgefahr dabei geholfen. Aber das ist nicht nur der Grund, warum es uns heute noch gibt. Es ist der Grund, warum wir so sind, wie wir sind.«

»Also befürchtest du bloß, daß man mir den Arm abhackt?«

»Nicht dir, Billy – Sadagoyase. Vergiß nicht, was alles passiert, sobald sich das Glücksspiel hier einmal etabliert hat. Der Staat New York verlangt dann seine Investitionsbeteiligung, wie es ja schon bei den Oneidas der Fall war, und das Casino und alles Drum und Dran untersteht seiner Polizeiaufsicht.«

»Dieser Zug ist schon 1821 abgefahren«, sagte Sadagoyase. *»Der Staat New York gegen Tommy Jimmy.«*

Die Anspielung auf den berühmten Fall genügte: Das Urteil definierte damals für die Seneca die neuen Grenzen ihres Lebensraums. Eine Hexe namens Koquatau hatte in Buffalo einen Mann ermordet, und Tommy Jimmy wurde vom Rat der Alten zu ihrem Henker bestimmt. Er verfolgte sie bis weit nach Kanada hinein und zurück, und als er sie wieder im Gebiet der Seneca hatte, schnitt er ihr die Kehle durch. Sein Verteidiger im Prozeß war Red Jacket, einer der größten Redner seiner Zeit, und Tommy wurde freigesprochen mit der Begründung, er habe lediglich die Gesetze der Seneca befolgt. Danach hatte sich die staatliche Rechtsprechung durchgesetzt. »Dasselbe Prinzip, aber nicht dieselben Auswirkungen«, sagte Jane. »Es ist ein gewaltiger Unterschied, ob die Polizei alle zehn Jahre mal bei einem Verbrechen ermittelt oder ob zig Polizisten bei dir einziehen, um die finanziellen Interessen der staatlichen Vetternwirtschaft und ihrer Hintermänner zu schützen.«

»Welcher Hintermänner?«

»Casino-Hotels baut niemand ohne Geld von außen. Das heißt, irgendein Großunternehmen mit Investoren und Verwaltungsräten hat dann hier das Sagen, und wir nicht mehr. Vielleicht erinnerst du dich gelegentlich daran, daß die Seneca in der Vergangenheit nicht gerade gute Erfahrungen gemacht haben mit ihrem Vertrauen zum Staat New York oder zu großen Unternehmen. Es steht alles säuberlich in den Akten. Der Staat hat niemals, nicht einmal in Kleinigkeiten, die beschlossenen Abmachungen eingehalten. Er hat nicht einmal die Bundesgesetze befolgt.«

Jane spürte, daß sie immer erregter redete. Sie machte eine Pause, ließ die Hitze ein wenig abklingen, und sagte dann: »Offenbar komme ich allmählich zu dem, was ich eigentlich sagen wollte. Ich lese in der Zeitung, daß bereits einige Glücksspiel-Unternehmen ihre Angebote auf den Tisch gelegt haben. Auch die Pleasure AG.«

»Stimmt.«

»Wenn ihr entscheidet, daß wir mit Glücksspiel nichts zu tun haben wollen, dann vergiß, was ich eben sagte. Wenn ihr aber einsteigen wollt, dann sieh zu, daß niemand mit der Pleasure AG zusammengeht.«

»Und warum nicht?«

»Ich kenne jemanden, der für diese Leute gearbeitet hat. Es sind die üblichen Kriminellen: Sie sahnen im Casino ab, sie schieben schwarzes Geld rein und waschen es, indem sie Chips gegen Schecks und Kredite ausgeben, und sie investieren versteckte Gewinne in illegale Unternehmen. Und wenn es ihnen in den Kram paßt, bringen sie auch mal einen um.«

»Wie in aller Welt kommst du an jemanden, der so etwas weiß?«

»Ach, siehst du, das kann schon mal vorkommen, wenn man viel auf Reisen ist. Da triffst du Leute, die du sonst nie triffst.«

»Du hättest lieber den Aufpreis für einen Sitz in der Ersten Klasse zahlen sollen«, sagte Sadagoyase. »Warum erzählt er dir das alles und nicht der Polizei?«

»Vor der Polizei hatte er Angst, vor mir nicht. Es muß an meinem freundlichen Gesicht liegen.«

»Aber ...«, fing er wieder an. – »Keine weiteren Fragen. Ich beantworte sie dir doch nicht, und dann verdirbt uns das noch den schönen Tag. Du kannst diese Information verwenden, wie es dir richtig scheint. Wenn du glaubst, es hilft dir im Rat der Alten, dann kannst du auch meinen Namen nennen. Seinen Namen kann ich dir nicht geben.«

»Und was wirst du tun, wenn wir die Casinos vielleicht doch hier haben?«

Jane zuckte die Achseln. »Dann brauche ich eben fünfzehn Minuten länger, um bei dem Verkehr bis zu euch rauszukommen, und nochmal fünfzehn Minuten länger, bis ich einen Parkplatz gefunden habe.«

»Jeder Seneca hätte ein Recht auf seinen Gewinnanteil. Würdest du deinen nehmen?«

Sie schüttelte den Kopf. »Nein. Das könnte ich nicht.«

Er beobachtete Jane, wie sie sich zu Violet herunterbeugte und sie auf die Wange küßte, wobei das lange, schwarze Haar den Kopf seiner Frau berührte; dann kam sie zu ihm und verabschiedete sich ebenso. Er sah ihr nach, während sie fortging. Unter der großen Ulme fiel ihr das Sonnenlicht in hellen Flecken auf Kopf und Schultern, und er sah sie plötzlich mit anderen Augen. Unwillkürlich hatte er das Gefühl, die Großmutter seiner Großmutter habe ihm soeben einen offiziellen Besuch abgestattet.

10 Es war fast zwölf Uhr mittag. Die drei Männer am Kopfende des endlos langen Konferenztisches sahen allmählich gelangweilt aus. Calvin Seaver betrachtete Stella Olson, die kurz die Seite ihres Berichts überflog, bis sie an die Zusammenfassung kam. Auch aus diesem Grund bewunderte er Stella. Fast jeder andere, der diesen Raum betrat, hätte die Aufmerksamkeit der großen Bosse mit humorigem Geplapper wachgekitzelt, oder er hätte sein Zeug einfach heruntergeleiert, denn wenn die drei schon unbedingt ein Casino besitzen wollten, dann sollten sie sich gefälligst anhören, wie so etwas funktionierte. Aber Stella sagte in ihrer milden Stimme nur knapp: »Zweiunddreißig Neueinstellungen, zwei Entlassungen, acht auf Krankenurlaub, vier Kündigungen, macht netto achtzehn mehr, ausreichend für den momentanen Stellenbedarf bis Ende September.« Sie setzte sich hin, klappte ihre Akte zu und sah die drei Männer interessiert an. Seaver bemerkte, wie Max Foley seinen Blick erst nach rechts schwenkte, dann nach links, und so das Einverständnis seiner Partner einholte. »Haben Sie auch die entsprechenden Gehaltszahlen da?«

Seaver hätte nicht sagen können, ob die drei Männer Stella nur demütigen wollten, weil sie Pete Hatcher eingestellt hatte, oder ob es nur eine höfliche Nachfrage war, weil Stellas Arbeit ihre Aufmerksamkeit verdient hatte. Aber er war sicher, Stella wußte genau, worum es ging. Sie war eine Pokerspielerin und hatte anscheinend die Gabe, in Gesichtern zu lesen. Und sie konnte den drei Männern entgegnen, ohne lange in ihrem Bericht nachzusehen.

»Gehälter und Nebenkosten für die netto achtzehn Neueinstellungen ergeben zusätzliche Kosten von 52 000 Dollar pro Monat. Abzüglich 5833 Dollar wegen der niedrigeren Anfangsgehälter der vierzehn Ersatzleute. Ergibt für diesen Monat also Mehrkosten von 46 167 Dollar. Am ersten September gingen acht Angestellte zurück aufs College, acht weitere sind von Voll- auf Teilzeitarbeit umgestiegen. Dazu drei planmäßige Pensionierungen. Am vierzehnten Oktober haben wir die 46 167 Dollar wieder drin.«

Peter Buckley lächelte. »Phantastisches Ergebnis, Stella.« Sogar Salateri schien von seiner Gewohnheit, niemals jemanden zu loben, eine Ausnahme machen zu wollen und schenkte Stella ein widerwilliges Kopfnicken. Wie beim Baseball, dachte Seaver: Sie servierten ihr einen leichten Ball, und wenn sie ihn aus dem Stadion schlug, konnten alle anderen sehen, wie man es richtig machte.

Max Foley blickte fragend in die Runde. »Hat noch jemand einen Tagesordnungspunkt, der wichtiger wäre als Mittagessen?« Die Männer und Frauen am Tisch saßen reglos wie Statuen. »Nein? Dann wissen Sie, wo wir jetzt zu finden sind.«

Alle zwanzig leitenden Angestellten standen auf, sahen auf die Uhr, packten ihre Unterlagen ein und verließen den Konferenzraum. Einige schwatzten im Hinausgehen munter drauflos, aber Seaver wußte, das war harmloses Gewäsch. Er wußte es deshalb, weil er ihre Flüster-Gespräche regelmäßig auf Tonband aufnahm, verstärkte und sich dann anhörte, um ganz sicher zu sein, daß niemand außerhalb des abhörsicheren Raums etwas sagte, was eine Verletzung der Sicherheitsvorschriften darstellte.

Nun stand auch er in der Schlange an der Tür, aber Buckley warf ihm einen Blick zu und winkte ihn mit nachlässiger Gebärde auf einen Stuhl am Tischende. Seaver legte seine Akten auf den Tisch, tat so, als ob er sie noch ordnen müßte, und als alle anderen draußen waren, ging er zu Buckley und setzte sich.

Es war einer dieser besonderen Augenblicke, in denen die drei Partner wie eine himmlische Einheit aussahen, ein Hindu-Gott mit sechs Armen und drei Gesichtern. Sie richteten alle gleichzeitig ihre Aufmerksamkeit auf Seaver, aber zuerst sprach es aus Salateris Gesicht. »Cal«, sagte er, »wir fragen uns, wo wir in dieser Hatcher-Sache stehen.«

Seavers erster Impuls wäre gewesen, einfach zu sagen: »Wir arbeiten daran«, aber er wußte, die Dreifaltigkeit hatte ihn nicht zurückgerufen, um nur das zu hören. Er bewegte nachdenklich die Lippen, dann sagte er: »Ich habe die Verbindung, von der ich sprach, hergestellt. Ich habe ihnen erst mal hundert für Spesen gegeben. Und wir haben einen Festpreis von dreihundert vereinbart, zuzüglich Mehrkosten über die hundert hinaus.«

»Und?«, forderte Buckley ihn auf.

»Sie haben den Rest noch nicht angefordert.«

Foley runzelte die Stirn. »Was heißt das?«

Seaver sagte: »Sie sind noch nicht fertig.«

Salateri schüttelte angewidert den Kopf, sagte nichts. Zu Seavers Überraschung war es Buckley, der die Befragung weitertrieb. »Fühlst du dich dabei nicht ein bißchen – unbehaglich?«

Seaver widerstand der Versuchung, leichthin und schlagfertig zu antworten. »Es geht nicht so schnell, wie ich gehofft hatte«, gab er zu. »Aber das beunruhigt mich nicht. Ich habe diese Leute geholt, weil ich sicher war, sie finden ihn und erledigen die Sache ohne die Folgeprobleme, die mit so etwas oft verbunden sind.« Er hob beide Hände. »Das glaube ich auch jetzt noch. Die Verzögerung bedeutet lediglich, daß Hatcher mit dieser Profi-Hilfe nicht nur verschwunden ist, sondern auch für eine Weile ein Versteck gefunden hat.«

Foley schnaubte kurz. »Ich finde, es wird allmählich Zeit für ein paar Nachfragen. Wer genau sind diese Leute?«

»Sie heißen Earl Bliss und Linda Thompson. Sie haben eine Detektei in Los Angeles.«

»Warum hast du dir gerade sie ausgesucht?«

»Sie haben schon ein paarmal für mich und einige Bekannte von mir gearbeitet und immer ein Ergebnis geliefert. Das Angebot an Spezialisten ist nicht groß. Die zwei sind die besten in einem ziemlich üblen Haufen.«

Foley zog die Augenbrauen zusammen. »Was heißt ziemlich übler Haufen?«

»In der Regel übernehmen nicht gerade die Musterfälle geistiger Gesundheit die schmutzigen Jobs. Wer sich für Arbeiten dieser Art anbietet, hat normalerweise eine Polizeiakte. Diese Leute sind übersät mit imposanten Tätowierungen und sehen aus, als hätten sie in irgendeinem Fitneßraum wochenlang nur Gewichte gestemmt. Und alle wissen, daß sie um praktisch jede Strafe herumkommen, wenn sie der Polizei irgendwas Saftiges über jemand anderen erzählen können, und daß sie irgendwann wieder in eine derartige Situation geraten werden. Das heißt, sie bleiben ein Problem, das sich nicht einfach löst.«

»Und was ist an deinen beiden Leuten so besonders?« fragte Foley. »Sind sie Musterfälle geistiger Gesundheit?«

»Ich kann nur raten: vermutlich nicht. Aber sie haben anscheinend keine Probleme, über die sie stolpern könnten. Und sie sind für die Hatcher-Sache genau die Richtigen.

»Weshalb?«

»Sie haben eine Menge vergleichbarer Fälle bearbeitet, untergetauchte Schuldner und Kautionsflüchtlinge. Sie wissen, wie man solche Leute ohne großes Aufsehen findet. Wenn sie bei dieser Suche mal auffällig werden, dann können sie immer sagen, sie sind hinter einem derartigen Fall her, glaubwürdig, weil sie die dazugehörige Lizenz vorweisen können. Sie sind zu zweit, und die Sorte Arbeit erledigt man am besten nicht allein. Notfalls kann man ein Haus auch mal vierundzwanzig Stunden pro Tag im Auge behalten, und an jemandem, der gleichzeitig in zwei Richtungen schauen kann, kommt keiner so leicht unbemerkt vorbei. Und unser Paar, das sind ein Mann und eine Frau. Zwei Männer sind immer irgendein Team, aber unsere beiden sind nichts weiter als ein normales Paar.«

Salateri schien kurz davor, zu platzen, aber er zwang sich zu einem gemäßigten Ton. »Wenn sie so gut sind, warum brauchen sie dann so lange, um einen einzigen Kerl zu finden?«

Seaver seufzte leise. »Das Justizministerium hat siebzigtausend Leute, und die brauchen manchmal zwanzig Jahre.« Er sah, daß die Antwort den drei Männern nicht gefiel, und er bereute sie auf der Stelle. »Ich wollte nicht geistreich sein. Aber das Problem besteht nicht darin, einfach loszugehen und den Hatcher zu finden, den wir kennen. Ein Profi hat ihm geholfen.

Diese Frau hat vermutlich alles für ihn arrangiert. Aber irgendwann hat er kein Geld mehr für ihre Serviceleistungen, und ab da ist er auf sich allein gestellt. Dann kommt er wieder an die Oberfläche.«

Max Foley blinzelte kurz, nahm die Brille ab, legte sie vor sich auf den Tisch, holte ein weißes Taschentuch heraus und putzte hingebungsvoll die getönten Gläser. »Wie soll ich mich ausdrücken?« fragte er sich selbst. »Die Welt ist kompliziert, voller kleiner Einzelteile, die alle ineinandergreifen, jedes beeinflußt alle anderen. Nur wissen die meisten nicht, wie.«

Seaver spürte, daß jetzt etwas ungeheuer Wichtiges kam, daß er jedes Wort präzise aufnehmen mußte und kein einziges vergessen durfte. Im nächsten Augenblick kam es ihm vor, als wollten sie ihn rauswerfen. Eingeschüchtert wartete er.

Foley setzte sich die Brille auf, seine Augen wurden größer, und ihr Blick richtete sich auf Seaver. »Das ist der Job von uns dreien hier. Wir drei zusammen, wir wissen, wie die vielen Teile zueinanderpassen. Man kann so etwas nicht einfach aufschreiben. Es ist viel zu viel für den Kopf eines einzelnen Menschen, also hat jeder von uns seinen Teil genau im Kopf, und darüber hinaus noch etwas mehr.«

Buckley sagte: »Wir haben den Eindruck, daß wir dir unser Problem nicht ausreichend erklärt haben.«

Seaver war verwundert. Es gab schlimmere Dinge als eine Kündigung. Vielleicht bekam er jetzt etwas Derartiges beschrieben. »Was nicht erklärt – Pete Hatcher?«

Buckley nickte. Sein Arm fuhr durch die Luft, in einer dieser vagen, müden Gesten von ihm. »Und was so dazugehört.«

Seaver roch jetzt die Gefahr. »Mein Leben lang habe ich nach Anweisung gearbeitet«, sagte er. »Falls ich in diesem Fall die Anweisung falsch verstanden habe, bitte ich um Entschuldigung. Ihr sagt sie mir noch einmal, und ich tue mein Bestes. Aber ich muß nicht mehr wissen, als ich weiß.«

»Wer sagt dir, daß du noch eine Wahl hast?« sagte Salateri sehr knapp.

Peter Buckley ließ ein verzweifeltes Lächeln sehen und sagte: »Du meinst, wir wollen dir etwas sagen, was dich gefährdet. Das verrät Geistesgegenwart, aber ich glaube nicht, daß wir dir noch irgendetwas sagen könnten, das dich verwundbarer macht, als du schon bist.« Einen Moment lang machte sich ein Schweigen breit. »Du nimmst also an, wir sagen dir etwas in der Absicht, dir eine genauere Einschätzung der Bedeutung Hatchers zu ermöglichen: Was wir verlieren, wenn wir verlieren, was wir gewinnen, wenn wir gewinnen. Aber dazu sitzst du jetzt nicht da. Wir hoffen vielmehr, daß du uns mit neuen Lösungswegen weiterhilfst, wenn wir dir etwas mehr sagen.«

»Ich werde es versuchen«, sagte Seaver.

»Du weißt, daß wir Pete Hatcher eine ordentliche Ausbildung gegeben haben«, sagte Foley. »Wir ließen ihn bei Stella in der Personalabteilung anfangen. Dann war er eine Weile im Hotelbetrieb. Erst im Tennisladen, danach hat er den Golfplatz hochgebracht. Dann haben wir ihn rüber in den Casinobetrieb genommen. Er hat an den Spieltischen gearbeitet, als Kurier zwischen den Chefcroupiers.« Er wandte sich seinen Partnern zu. »Könnt ihr mir weiterhelfen?«

»Finanzen«, sagte Buckley. »Zuerst Akquisition, dann Buchhaltung. Dann kamen die Shows, glaube ich.«

»Stimmt«, sagte Salateri. »Kartenverkauf, danach Reservierungen.« Er starrte Seaver mit verhaltener Wut an. »Ich glaube, zu diesem Zeitpunkt haben wir ihn zu dir geschickt.«

Seaver nickte.

»Dann kamen die Beförderungen. Er war, dachten wir, ein Mann mit Entwicklungspotential«, sagte Buckley. »Er war jung, nicht genial, aber bestimmt nicht dumm. Es war ihm egal, wie schwer er schuften mußte, er kam gut damit klar. Und er hatte eine besondere, eine seltene Gabe: die Fähigkeit, mit Menschen umzugehen. Alle liebten Pete Hatcher: die Großmütter, die Kinder, sogar die Ausländer, die eine harmlose Handbewegung immer gleich als Beleidigung verstehen.«

Salateri machte ein Gesicht, als hätte er eine Zitrone im Mund. »Wir haben ihm von allem eine Kostprobe gegeben. Wir vertrauten ihm erst kleinere Sachen an, danach die größeren. Und er hat uns nie enttäuscht.«

Buckley stieß einen wehmütigen Seufzer aus. »Wir fingen an, uns auf ihn zu verlassen. Und von da an hatten wir Probleme. Las Vegas ist keine Stadt wie jede andere. So etwas gibt es nicht nochmal auf der Welt. Wenn das ganze Land in die Rezession rutscht, dann geht es uns um so glänzender. Die Leute kommen mitten im Sommer hierher, wenn man sich die Hand am Autodach verbrennt. Manchmal scheint es fast, als ob die Gesetze der Ökonomie hier nicht gelten. Aber sie gelten auch hier.«

»Unsere Firma ist ein Geschäft wie andere auch«, sagte Foley. »Wenn die Firma überleben soll, muß sie diversifizieren, expandieren, Allianzen schmieden. Stillstand ist Rückschritt. Wir bieten Pleasure Island als Familienattraktion an. Möglicherweise tut uns das in ferner Zukunft einmal wahnsinnig gut, aber bis dahin hat es die Dollars, die wir pro Kopf reinkriegen, halbiert. Kinder geben nicht viel Geld aus. Sie brauchen lediglich Essen und ein Bett, und das schenken wir ihnen praktisch als Werbegag.«

»Wir haben uns nach neuen Tätigkeitsbereichen umgesehen«, sagte Buckley.

Foley sagte: »Einer davon befaßt sich mit Außen-Casinos. Irgendwann erreicht die Zahl der Leute, die sich einen Flug hierher leisten können und ernstzunehmende Geldsummen mitbringen, ihr Maximum. Andere Unternehmen haben sich bereits ausgerechnet, daß sie in Gebieten mit hoher Bevölkerungsdichte ohne weiteres ein Casino aufmachen können, erst in New Jersey, dann auf den Flußdampfern im Mittelwesten, dann in den Indianer-Reservaten. Jedes Außen-Casino dieser Art verstopft eine gesunde Ader, und was von dort noch uns zufließt, ist nicht mehr als ein Rinnsal. Also wollen wir uns ein paar neue Adern wachsen lassen.«

»Ihr denkt daran, neue Casinos zu bauen? Wann?«

Foley zuckte die Schultern. »Wir arbeiten das seit einigen Jahren aus. Nach den ersten konkreten Analysen kamen wir zu dem Ergebnis, daß die günstigsten Standorte die Indianer-Reservate sind. Wir untersuchten fünfzehn Reservate genauer, dann hatten wir das eine, das wir haben wollten.«

»Wo?«

»Im Staat New York, im Norden. Wenn du ein Dreieck zeichnest von Rochester über Buffalo zu den Niagarafällen, dann liegt es da mittendrin. Von Cleveland und Toronto sind es nicht mal dreihundert Kilometer bis dahin, von New York und Philadelphia weniger als sechshundert, von Baltimore, Detroit, Hartford und Indianapolis höchstens siebenhundertfünfzig. Es liegt gleich neben dem New York State Thruway. Sobald jemand von einer dieser Städte in die andere fährt, kommt er unweigerlich daran vorbei.«

Seaver machte ein möglichst ausdrucksloses Gesicht und schaute die drei Männer schweigend an. Er hätte nicht sagen können, ob das eine gute Geschäftsidee war oder der blanke Irrsinn. Buckley schien seine Gedanken zu lesen. »Du hältst das vielleicht nicht gerade für eine Diversifizierung. Ist es aber. Stell dir ein Urlaubsparadies vor, Weltklassestandard, Rundum-Service. Natürlich mit Casino-Hotels. Das ist unsere Stärke. Nur da wären wir exklusiv, allein auf einem Stück Land, das uns gehört. Aber das Beste daran ist, daß wir etwas bieten, was niemand sonst bieten kann, nirgendwo.«

»Das könnt ihr?«

»So ein Indianer-Reservat ist, rechtlich gesehen, ein komischer Ort. Schon jetzt verkaufen sie da steuerfrei Zigaretten und Benzin. Warum nicht auch ausländische Wagen? Schmuck der Spitzenklasse? Designer-Mode? Elektronik? Von den Zöllen mal abgesehen: Die Verkaufssteuer in New York beträgt achteinhalb Prozent.«

»Und ihr sagt, das ist legal?«

»Es hat noch keiner versucht. Wir glauben, einen Präzedenzfall zu haben: die Unternehmen, die Tickets für die Wohlfahrtsveranstaltungen der Polizei verkaufen. Sie geben einen Cent der Polizei und behalten neunundneunzig für Unkosten und Profit. Wir geben einen Cent den Indianern und machen pro Jahr ein paar Millionen. Das ist die legale Vorderseite. Aber richtig spannend wird es erst auf der Rückseite. Die Indianer besitzen exklusive Fisch- und Jagdrechte auf ihrem Land, ohne jede Vorschrift von außen. Wir könnten Großwildjagden anbieten mit Tieren, die wir reingebracht haben: Holen Sie sich Ihr Nashorn im Staat New York! Wir könnten am Ontario-See, nur ein paar Kilometer weiter nördlich, einen Privathafen bauen, dann verbinden wir ihn durch eine Privatbahn mit dem Urlaubsparadies und bieten Rundreisen an, Kreuzfahrten, alles inklusive, für Mama und die Kinder. Und für Papa vielleicht eine Tagungsreise, nur für Mitglieder, Glücksspiel mit hohem Einsatz, dazu etwas exotische Geselligkeit. Wir könnten die Mädchen jede Woche komplett austauschen. Mit dem Hafen hätten wir dann über den St.-Lorenz-Strom auch Zugang zum Atlantik. Wir könnten alles mögliche raus- und reinschaffen.« Er sah traurig drein. »Das wäre etwas gewesen. Höchst faszinierend.«

Seaver schüttelte ungläubig den Kopf. »Von alldem habe ich noch nie ein Wort gehört. Ich bin beeindruckt.«

Die drei Männer lächelten. »Die Welt ist kompliziert«, sagte Foley. »Niemand kann alle Teile in seinem Kopf herumtragen.«

»Und Hatchers Kopf? War es das, was er wußte?«

Salateri sagte etwas zu sich selbst, vielleicht fluchte er auch nur. »Hatcher wußte von dieser Sache überhaupt nichts, weil sie noch gar nicht passiert ist.«

»Es gab Verzögerungen«, sagte Foley. »Die Indianer müssen diese Idee akzeptieren, und wir haben sie ihnen noch nicht mal richtig erklärt, wir haben nur, könnte man sagen, unsere Visitenkarte dagelassen. Wir brauchten zuerst eine Machbarkeitsstudie, wir mußten herausfinden, was nicht möglich war, und es dann möglich machen. Das große Hemmnis hat mit dem Indianer-Glücksspiel-Gesetz zu tun. Die Bundesrechtssprechung erlaubt im Reservat Glücksspiel unter bestimmten Auflagen, die der Staat festlegt, in dem das Reservat liegt. Bevor wir also da reingehen und einer Bande Indianer unser Geld anvertrauen, müssen wir uns erst einmal die staatliche Genehmigung sichern. Und dazu müssen wir uns in Albany und in Washington Freunde machen.«

»Und wie?«

Buckley lächelte nachsichtig. »Über die Indianer müssen wir noch einiges lernen, aber wir lassen es sie nicht merken, daß wir uns mit ihnen befassen. Politiker jedoch sind ein Stamm, dessen Gebräuche wir kennen.«

»Hatcher machte die Auszahlungen«, platzte Salateri heraus.

Seaver runzelte die Stirn. »Ich dachte, er wüßte von nichts.«

Salateri blickte ihn übellaunig an. »Es ging alles indirekt. Wir wollten nicht, daß man uns mal ein Video zeigt, mit Uhrzeit und Datum, wo Hatcher im Hotelzimmer irgendeinem New Yorker Politiker die Hundert-Dollar-Scheine auf den Tisch zählt. Wir haben einen Fonds eingerichtet.«

»Was – mit Bargeld?«

Buckley sagte: »Wir hatten da eine spezielle Firma, deren Einnahmen zum Teil als Bargeld hereinkamen. Und wir hatten eine Menge Grundbesitz, hier, in San Francisco, in Los Angeles, den verkauften wir an dieses Unternehmen für irgendwelche Phantasiesummen, noch bevor wir Pete mit der Sache betrauten. Wir machten ein paar Areale zu Parkplätzen, gossen einfach Asphalt drüber. Pete hatte die Aufgabe, die angeblichen Parkplatz-Einnahmen zu den Leuten zu bringen, die wir ihm als Investoren oder Kreditgeber nannten. Er zahlte das Geld in andere Unternehmen ein, an Mittelsmänner, Freundinnen, Verwandte, einen Teil auch bei Banken auf den Cayman-Inseln.«

»Und er wußte nicht, wofür das eigentlich war?«

»Auf keinen Fall«, sagte Foley.

Salateri sagte: »Vielleicht hatte er einen Verdacht, daß das Startkapital der speziellen Firma frisch von den Spieltischen kam. Er sagte uns manchmal, daß die Summen auf den Abrechnungsformularen niedriger waren als die Schlußzählung in der und der Nacht. Max erklärte ihm dann, wir bräuchten einen Haufen Bargeld im Panzerschrank, falls einer mal an den Automaten die Jackpot-Million rausholt. Den Typ könnten wir dann zu einem Werbefoto verarbeiten, wie er so bis zum Arsch in Geldscheinen steht. Transfers müssen erst dann gemeldet werden, wenn das Geld das Casino verläßt.«

»Und er hat euch das abgekauft?«

»Vielleicht eine Zeitlang, vielleicht nie. Er fragte nicht weiter danach. Schlimmstenfalls konnte er annehmen, daß wir immer noch Bares herausnahmen und es mit den Einnahmen aus den Parkplätzen verrührten.« Salateri schüttelte wieder den Kopf. »Kannst du dir das vorstellen, nach allem, was wir für ihn getan haben? Läßt uns einfach sitzen, nur weil wir Geld aus unserem eigenen Casino nehmen – unser eigenes Geld! Ich fasse es nicht!«

Buckley fuhr fort: »Wir sollten vielleicht deutlich machen, daß die Firma mit den Parkplätzen und so weiter nicht das Problem war. Dort war soweit alles sauber bis auf die Herkunft des Bargelds, und er hatte keine Chance, das zu überprüfen. Ich denke mir, es paßte ihm einfach nicht mehr, daß er dauernd die Abrechnungen mit den zu niedrigen Beträgen unterschreiben mußte.« Er setzte ein schiefes Lächeln auf. »Wie man sieht, hat es ihn seine Unschuld gekostet.«

Seaver schaute einen Augenblick auf den Boden, dann wieder hoch und in die Reihe der drei Gesichter. »Das Problem ist also folgendes: Er könnte sagen, er sei ziemlich sicher, daß irgendwann mal Geld von den Spieltischen abgezweigt und in ein anderes Unternehmen gesteckt wurde. Und dann habe er es an einige Leute, die er nicht kennt, ausbezahlt. Ich würde sagen: soll er doch.«

»Wie bitte?« Foley schien verwirrt. Seaver sagte: »Als ich noch Polizist war, verlangten wir für so etwas Beweise.«

Peter Buckley blickte ihn freundlich an, fast mit Sympathie. »Ich fürchte, du verkennst das Problem. Pete Hatcher hat keine Ahnung, gut. Falls er sich gewaltig anstrengt und die Namen der Leute im Staat New York herausfindet, bei denen das Geld letztendlich angekommen ist, so hat er nie von ihnen gehört. Es sind Abgeordnete und Beamte und Parteifunktionäre, irgendwo weit weg. Nicht mal die Leute in dem Staat selbst wüßten, wer sie sind. Aber das FBI wüßte es. Und wenn die sich anhören, was unser guter Pete Hatcher – wie wir vermuten müssen – noch alles zu bieten hat, sagen wir: vier oder fünf Namen, ein paar Daten und Beträge, dann können sie das Geld zurückverfolgen bis zu den Abrechnungen, die Hatcher verwaltete, und in der anderen Richtung, wo das nicht abgerechnete Geld landete.«

»Aber selbst wenn sie das schaffen, dann haben sie höchstens den Beweis dafür in der Hand, daß Hatcher Politikern

Geld gab. Vielleicht noch, daß es von hier gekommen ist. Aber nicht, wer es rausgenommen hat. Wenn er das alles unterschreibt, hat er es sich genommen. Und die Rechnung geht immer noch nicht auf. Ihr habt kein Interesse an deren Staat, und die Leute haben für das Geld überhaupt nichts getan.« Als er sah, daß die drei Männer ihn mit unverändertem Ausdruck anschauten, sagte er: »Ihr habt das Projekt aufgegeben, richtig?«

»Nein«, sagte Max Foley. »Das ist leider nicht richtig.«

»Warum nicht?«

Salateri in seiner angespannten Ungeduld sah aus, als würde er anschwellen.

»In dem Staat sind schon ein paar Leute im Glücksspiel. Wichtige, skrupellose Leute. In den zwanziger Jahren steckten die jemanden, den sie nicht leiden konnten, in einen Behälter mit flüssigem Zement. Wenn sie heute Zement brauchen, dann machen sie einen Anruf, und dann kommen fünfhundert Zementwagen angefahren und dazu fünfzig Inspektoren vom Bauamt, die bestätigen, daß sie es richtig gemacht haben.«

»Und was haben die mit uns zu tun?«

Salateris Augen verengten sich zu schmalen Schlitzen. »Glaubst du denn, wir können da einfach durch die Vordertür reingehen und ein Geschäft aufziehen, das sie schon seit hundert Jahren betreiben, und sie merken es nicht? Wir mußten sie konsultieren, geneigt stimmen.«

Seaver ahnte allmählich die ganze Schwere der Zwangslage, in der die drei Partner steckten. »Hat Hatcher auch sie bezahlt?«

»Auch davon weiß er nichts«, sagte Foley. »Das Justizministerium würde es in etwa dreißig Sekunden wissen. Und Hatcher hat sie nicht bezahlt, um sie aus dem Unternehmen rauszukaufen. Er sollte sie reinkaufen. Ohne ihre Hilfe hätten wir nicht mal gewußt, welche Politiker wir bezahlen müssen, wie wir an sie rankommen oder wo das Geld hin soll.«

Seaver runzelte die Stirn und dachte nach. »Ich weiß, ich bin manchmal nicht der Schnellste, aber ich wüßte gern genau, wie wir dran ...«

»Herrgott nochmal!« schrie Salateri ihn an. »Hatcher weiß nicht, daß er etwas weiß. Aber kaum hört das FBI ein Wort davon oder die Polizei oder das Glücksspiel-Aufsichtsamt von Nevada, dann wissen sie sofort alles!«

»Mir scheint, wenn wir die Angelegenheit irgendwie differenzieren ...«

Salateri war kreidebleich vor Wut. »Was haben die euch auf der Polizeischule eigentlich beigebracht – wie man ein Strandcafé auseinandernimmt? Wir haben hier eine Sache, bei der ein Casino in Las Vegas, die Hälfte aller Politiker von New York und die Mafia drinhängen. Bei einem einzigen Deal! Das läßt die Politiker hochgehen, die sich einen neuen Job suchen müssen. Das läßt sieben oder acht fette Opas hochgehen, die ihre paar restlichen Lebensjahre mit Freunden und Verwandten verbringen, eingesperrt in einem Zimmer. Aber uns nicht! Wir gehen nicht mit ihnen ins Gefängnis. Sie lassen uns nicht mal bis zum Gerichtssaal zur Verlesung der Anklage.«

Buckley blickte Seavers mit sanftem Bedauern an. »Wir sind der Meinung, daß wir uns da nicht einfach zurückziehen und ihnen sagen können, das Ganze sei eine Fehlkalkulation gewesen. Die dürfen nicht einmal ahnen, daß irgend etwas schiefgelaufen ist. Wir leben noch von Tag zu Tag, indem wir sie davon überzeugen, daß wir das Projekt langsam, umsichtig, besonnen weiterverfolgen.«

»So etwas findet ihren Respekt«, sagte Salateri. »Seit fünf Generationen fressen sie sich Stück für Stück durch die Welt, wie die Termiten, und heute kannst du von keinem Schuppen mehr ein Brett herunternehmen, ohne daß sie dahinterstecken. Unser Problem ist: Wenn wir ihnen diesen Scheiß noch länger verkaufen, fällt es ihnen immer schwerer, ihn hinzunehmen.«

Seaver schaute mit verengten Augen auf den Bodenteppich.

Peter Buckley sagte: »Du findest vielleicht, wir sollten ihnen die Wahrheit sagen und sie bitten, Hatcher für uns zu finden.«

»Na schön«, sagte Seaver, »so etwas ging mir durch den Kopf.«

»Sehr schlau«, sagte Buckley, »und sie könnten es schaffen.«

»Natürlich«, sagte Salateri. »Sie haben ihre Leute in jeder Stadt dieses Kontinents. Er könnte nicht nach Europa abhauen, weil sie dieses Loch schon seit langem gestopft haben, bevor überhaupt ihre Urgroßväter das Schiff nach Amerika bestiegen. In Südamerika, in Südostasien, in Nordafrika haben sie ihre Drogenlieferanten mit ganzen Armeen zum Schutz der Ernte. Ich habe noch nicht gehört, daß sie auch jemanden am Südpol haben, aber ausschließen würde ich es nicht. Sie finden ihn garantiert. Aber er weiß nichts, und wir wissen eine ganze Menge. Wer ist die größere Bedrohung für sie? Und uns müssen sie außerdem nicht mal jagen, sie wissen, wo wir sind.«

Danach schwiegen sie einen endlosen Augenblick lang, und Seaver nutzte ihn, um das noch kaum Verstandene nachzuholen. »Was soll ich also eurer Meinung nach tun?«

Foley sagte: »Wir denken daran, ein zweites Team anzuheuern. Vielleicht auch ein drittes. Du bezahlst sie alle. Wer es schafft, kriegt eine Sonderprämie. Wie findest du die Idee?«

»Sie beunruhigt mich etwas«, sagte Seaver. »Earl und Linda sind gut. Wahrscheinlich wissen sie jetzt schon, wo er ist, oder wenigstens, in welcher Gegend. Wenn sie ihn finden, und da laufen andere neugierig herum, dann fallen die ihnen auf. Sie müssen annehmen, daß es Hatchers Leibwächter sind oder irgendeine Sorte Polizei. Sie werden sie umbringen. Oder es versuchen.«

»Na und?«

»Dann ist es keine so saubere Arbeit, wie wenn ein namenloser Fremder unauffällig kommt und geht, und keiner hat was gesehen. Dann gibt es einen Kampf zwischen Profis, eine wüste Ballerei mit Leichen und Blutlachen am Boden.«

»Und?«

»Und, wie Bobby schon sagte, egal wo das passiert, es ist immer mitten im Bezirk irgendeiner Mafia-Familie. Sie werden wissen wollen, wer da geschossen hat, für wen er arbeitet, hinter wem er her war. Ich kann mir schlecht vorstellen, daß sie dann nicht irgendwann auf Hatcher kommen. Wenn er tot ist oder verwundet, dann identifizieren sie ihn. Wenn er Glück hat und abhaut, während unsere eigenen Teams sich gegenseitig massakrieren, dann überlebt jemand anderer, und die Distrikt-Familie kriegt irgendwann Hatchers Namen zu hören.«

Buckley starrte Seaver mit offenem Interesse an. »Eine Idee, wie wir um das Problem herumkommen?«

»Nicht aus dem Ärmel. Ich kann darüber nachdenken.«

»Und einer, der mindestens so gut wie Earl und Linda ist, einer, den sie wiedererkennen, der sein Interesse an Hatcher nicht lang erklären muß? Den sie als Verbündeten ansehen?«

Seaver schwitzte, und sein Kragen wurde ihm eng.

»Ich glaube, die würden das nicht so sehen. Und ich weiß nicht, wo sie sind. Ich kann sie nicht zurückrufen oder warnen.«

»Aber auf dich würden sie nicht schießen, oder? Wie sollen sie an ihre dreihunderttausend kommen, wenn sie ihren Auftraggeber umlegen?«

»Könnten sie dann nicht, aber ...«

»Also gut«, sagte Foley.

Seaver rudert hilflos mit den Armen. »Aber was geschieht solange hier? Wer kümmert sich um die Sicherheit im Hotel? Im Casino?«

Salateri atmete mit einem humorlosen Kichern aus. »Dein Botenjunge, Bennis, oder sonst jemand. Ist doch egal. Wenn du Hatcher nicht kriegst, bevor er den Mund aufmacht, haben wir kein Casino und kein Hotel mehr«, sagte er schnell. »Stattdessen eine Horde US-Marshalls, die das Geschäft im Namen der Regierung machen, oder einen Haufen Proleten, die es für diejenigen machen, die wir an der Ostküste verarscht haben.«

Buckleys Stimme wurde onkelhaft liebenswürdig. »Im Grunde gehört es ja auch zu deinem Verantwortungsbereich, findest du nicht?«

Seaver saß völlig erschlagen auf seinem Stuhl.

Foley schrieb etwas auf den Notizblock an seinem Ellbogen. »Gib das Eddie.« Er riß das Blatt ab und hielt es ihm hin.

Seaver überflog die kurze Mitteilung: »Gib Seaver, was er braucht. M. F.« Seaver stand auf. Er machte einen Schritt, blieb stehen und sah die drei Männer an. Er wußte genau, daß es eine andere Lösung geben mußte, aber er schaffte es nicht, seine rasenden Gedanken so weit zu beruhigen, daß er nachdenken und sie finden konnte.

»Viel Glück«, sagte Buckley. Seine Wangen zogen sich zusammen, die Mundwinkel verzogen sich dabei zu einem unechten Lächeln, hingen dann aber gleich wieder schlaff herunter.

»Paß beim Rausgehen auf, daß dir nicht die Tür auf den Arsch knallt«, murmelte Salateri.

11

Heute abend war etwas wie ein Geburtstag, weil David Keller jetzt drei Monate alt war. Er war die ganze Zeit vorsichtig gewesen, hatte geduldig versucht herauszufinden, wer er war. Er hatte dreiunddreißig Jahre lang ein ausreichendes Wissen über Pete Hatcher gesammelt, und jetzt war diese Arbeit zum größten Teil hinfällig. Jede Eigenschaft, die David Keller mit Pete Hatcher gemeinsam hatte, würde ihn wahrscheinlich das Leben kosten. Das war der auffälligste Charakterzug, den David Keller an sich feststellen konnte, und der bestimmte alle anderen. David Keller war ein mißtrauischer, ängstlicher Typ. Er lebte in einer Dreizimmerwohnung im vierten Stock eines alten Ziegelbaus mitten in Denver, ohne Lift, doch mit Blick auf einen Zipfel Grün, der aber zu klein war, als daß man ihn einen Park nennen konnte. Er sah aus wie ein Platz, den die Straßenplaner nicht zu einer Kreuzung für drei Straßen hatten machen können und darum einfach als Fetzchen Land übriglassen mußten.

Wenn David Keller sich am Abend seine einfache Mahlzeit kochte und die Teller dann in der kleinen, zerkratzten Porzellanspüle abwusch, konnte er aus dem Fenster über die Baumwipfel auf die Außenseite einer Nachtbar sehen. Dort drehte sich auf einem Podest über der Tür eine Frauenfigur, über und über mit Goldmünzen behangen, ewig im Kreis, wie ein mechanischer Derwisch.

David Keller wohnte in seiner kleinen Wohnung wie ein Mann, der unter Wasser die Luft anhält. Aus den beiden Gesprächen, die Pete Hatcher mit Jane Whitefield führte, hatte er sich ein paar Grundregeln gemerkt, die David Keller jetzt mechanisch befolgte. »Die meisten, die es nicht schaffen, werden sofort erwischt«, hatte sie gesagt. »Wenn Sie es fertigbringen, die Spur für drei Monate zu unterbrechen, finden sie kaum noch was, mit dem sie viel anfangen können, und es gibt dann auch nicht mehr so viele, die nach Ihnen suchen.«

Er hatte gefragt: »Wenn ich drei Monate aushalte, ist dann alles okay?«, und sie hatte den Kopf geschüttelt: »Ich sage nur, wenn Sie schon einen Fehler machen müssen, dann machen Sie ihn nicht sofort.« Pete Hatcher war der Typ, der seine Grenzen kennen wollte – wohin kann ich gehen, und was kann ich tun? – aber David Keller war das nicht.

David Keller trug seine Grenzen mit sich im Kopf herum und erschauerte in Ehrfurcht, wenn er daran dachte, daß er je ins Auge gefaßt hatte, sich ihnen zu nähern. Glücklicherweise war er irgendwie wieder zur Vernunft gekommen, bevor er einen spontanen Fehler gemacht hatte.

Frauen waren für Pete Hatcher immer schon enorm wichtig gewesen. Liebend gern sah er sie an, roch den Duft, der um ihr Haar in der Luft hing, berührte ihre glatte Haut und hörte ihre weichen, hohen Stimmen. Er genoß die unbewußt anmutigen, kleinen Bewegungen ihrer Hände. Aber Pete Hatcher war kein Philosoph. Er hatte sich nie die Zeit genommen, still dazusitzen und sich zu fragen, warum die Dinge so waren, wie sie waren. Das hatte noch nie irgend jemanden weitergebracht, warum also sollte er so unrealistisch sein zu denken, ausgerechnet er könnte das alles herauskriegen? Er wußte nur das Offensichtliche: daß der normale, schlichte, einfache Mensch ein Mann war. Daß Frauen so grundsätzlich anders als Männer sind, konnte nur den einen Zweck haben: Sie waren dazu erschaffen worden, daß man sich an ihnen freute und sie liebte.

Fast zwei Monate nach David Hatchers Ankunft in der Stadt war er an einem Sonntagnachmittag in einen Supermarkt gegangen. Eine hübsche Frau, Anfang dreißig, mit einer Denver Nuggets Baseball-Kappe auf, durch deren Gummiband am Hinterkopf sie ihren langen kastanienbraunen Pferdeschwanz gezogen hatte, kam ihm entgegen, und ihre Blicke trafen sich. Ein paar Mal noch, wenn er einen Gang entlangging, blieben seine Augen an ihr hängen – an den schwarzen, hautengen, glänzenden Shorts mit dem übergroßen Sweatshirt, das nicht so weit darüberreichte, wie sie meinte, denn Frauen bücken sich in der Taille, gehen nicht in die Knie, um an die unteren Regale zu kommen. Einmal hatte sie ihn dabei erwischt, wie er sie begutachtete, und verständnisvoll ein bißchen gelächelt.

Plötzlich, ohne Vorwarnung, war Pete Hatcher wieder lebendig geworden. Automatisch formulierten sich die ersten Sätze: »Fahren Sie Rad?« würde er sagen, falls sie etwa nicht lächelte und er über irgendetwas anderes reden müßte. »Radfahren in Denver ist lebensgefährlich. Ich denke, ich kann's nicht so gut wie Sie.« Sie las das Etikett auf einem Glas Weizenkeime, also könnte er sagen: »Ich habe gehört, daß das Zeug sehr gesund ist, aber es schmeckt halt so scheußlich. Wo tun Sie es denn drauf?« Der erste Satz war ein Kinderspiel. Er brauchte gewöhnlich nur fünf oder sechs Silben, bis er in den Frauenaugen sah, ob sie sich freute, daß sie auf ihn wirkte, oder ob sie erschrocken war, daß sich so ein widerlicher Kerl an sie heranmachte. Nach einem ganzen Satz hatte er nie einen Fehler gemacht, weil Frauen viel wacher waren als Männer und die Leute um sie herum viel bewußter wahrnahmen. Er wußte, wenn er eine Frau ins Auge faßte, hatte sie ihn schon vorher ins Auge gefaßt. Sie hatte schon entschieden, was sie tun würde, wenn er sie anspräche.

Er wußte, daß er Pete Hatcher niederkämpfen mußte, falls er David Keller nicht in Schwierigkeiten bringen wollte. Dann traf er die Frau wieder im letzten Gang, wo die Weine standen. Das war eine schlechte Stelle, weil sie so abgelegen war, geradezu privat. Er mußte ein paar Etiketten anschauen und eine Flasche in seinen Einkaufswagen legen, um seine Anwesenheit zu rechtfertigen.

Aber sie kam zu ihm. Sie sagte fröhlich, »Sie mögen Football wohl auch nicht.« David war überrascht. Football? Dann fiel es ihm ein. Es war Spätsommer, und die Vorsaisonspiele liefen sicher schon im Fernsehen. Er hatte seit Monaten keinen Fernseher mehr gehabt, und was es da gab, hatte er einfach vergessen. Er lächelte und zuckte die Schultern. »Ich hab' mir schon hin und wieder ein Spiel angeschaut, aber heute ist so ein schöner Tag.«

»Ja, fantastisch, nicht? Ich bin mit dem Rad rausgefahren.« Sie hatte eine hohe und hübsche Stimme, und ihre kleinen explosionsartigen Bewegungen waren voll überschüssiger Energie, was ihn an die schnellen, abrupten Flitzflüge eines kleinen Vogels erinnerte. Er war fasziniert. Er erwischte sich dabei, daß er sehen wollte, wie sie etwas tat, irgendwas, aber schon erlaubte er sich bestimmte Vorstellungen von dem, was das sein könnte.

»Radfahren?«, sagte er. »In dem Verkehr hier ist mir das zuviel. Ich denke, ich bin nicht so gut wie Sie. Sie haben bestimmt eine bessere Kondition als ich.«

Der Anflug eines Lächelns sagte ihm: »Jetzt schon das? Hab doch ein bißchen Geduld!« Aber ihre Stimme sagte: »Am Sonntag ist es nicht so schlimm. Wenn Sie nicht gerne in der Stadt radeln, können Sie nach Bear Creek, Cherry Creek, Chatfield ...« Ihre glänzenden braunen Augen verengten sich. »Sie sind neu hier, oder?«

Plötzlich bekam er Angst. »Ja.«

»Noch so ein Südkalifornien-Flüchtling, stimmt's? Von irgendwo, wo´s heiß ist und nicht sehr hoch gelegen.«

»Los Angeles.« Er log mit dem überzeugendsten Lächeln, das er aufbrachte. Sie hatte sofort gewußt, daß er ein Fremder war, und hatte die Gegend herausgefunden, aus der er kam. Was war verkehrt? Was machte er falsch?

Sie hob ihr Sweatshirt ein paar Zentimeter, um an den Stift in ihrem Hosenbund zu kommen. Das Aufblitzen der weißen Haut zwang ihn, einer Flut von Wünschen zu widerstehen. »Da«, sagte sie, indem sie etwas auf ihre Einkaufsliste schrieb und es abriß. »Wenn Sie nicht weiter wissen, rufen Sie mich einfach an.«

Es war schon in Ordnung. Sie war wirklich überhaupt nicht bedrohlich. Er nahm den Zettel. Über der Telefonnummer stand »Kathy«. Er lächelte wieder und sagte, »Danke, Kathy. Ich heiße David ... David Keller.«

Sie hob eine Augenbraue. »Sie sehen aber nicht wie David aus.«

Sein Herz blieb stehen.

»Vielleicht wie ein Mike ... oder Jim.«

Er rief sich verzweifelt all die Gelegenheiten ins Gedächtnis, bei denen Frauen ihm solche Sachen gesagt hatten. Sie fand es lustig, Männer ein bißchen aus dem Gleichgewicht zu bringen. Er lächelte. »Ich ruf mal meine Mutter an und schau, was sich da machen läßt.«

»Können Sie ja versuchen«, sagte sie. »Ich glaube, Mütter wollen alle, daß ihre Babys, wenn sie groß sind, Davids werden. Die meisten werden aber bloß Buck oder Ace oder so was.«

Sie wollte ihm eine Chance geben, ihm Zeit lassen für die Feststellung, daß er sie nett fand, und um sich etwas auszudenken, wie sie mit ihm zusammensein konnte, ohne ihre Selbstachtung zu verlieren.

Es war an Pete Hatcher, sich eine Einladung einfallen zu lassen. Sie könnte jetzt ihre Einkäufe bezahlen und dann nebenan in dem Bioladen so einen frischgepreßten Obstsaft mit ihm trinken. Sie könnte auch damit einverstanden sein, mit ihm eine dieser Fahrradtouren zu machen, von denen sie vorher gesprochen hatte, und ihm vorher, wenn sie mit zwei Autos hinfuhren, den Fahrradweg zeigen. Ein Abendessen wäre ihr nicht recht, weil es dann so aussah, als hätte sie einen Mann aufgegabelt und sich dann gleich mit ihm verabredet. Aber David Keller war eben nicht Pete Hatcher und konnte es sich auch gar nicht leisten, Pete Hatcher zu sein.

»Na gut«, sagte er, »dann hol ich mal das, was mir noch fehlt, und fahr heim. Danke.« Er steckte den Zettel in die Tasche. Hinter ihrem strahlenden Lächeln war die Enttäuschung zu sehen, aber sie drehte sich zu den Weinflaschen im Regal um. »Also bis dann mal.« Sie schob ihren Einkaufswagen nicht weiter, sondern wartete und ließ ihn weggehen.

Als er dann in der Schlange an der Kasse stand, war er voll Bedauern und Traurigkeit. Aber zum ersten Mal war ein neues Gefühl stärker. Er hatte Angst vor ihr. Seine Verkleidung war durchsichtig, seine Identität offenkundig falsch. Am liebsten hätte er seinen Einkaufswagen stehengelassen und wäre zur Tür hinausgeschlüpft und verschwunden.

Nach diesem Sonntag aß David Keller immer in der Wohnung, und wenn er wieder etwas zum Essen brauchte, ging er nach Einbruch der Dunkelheit zu einem kleinen Lebensmittelgeschäft in der Sixteenth Avenue und zahlte bar. Dann trug er die Einkaufstüte im linken Arm nach Hause, um den rechten freizuhaben, falls er sich verteidigen mußte.

Einmal ging er in ein Kino, das einen guten Kilometer weg war, aber er konnte sich nicht an das Gefühl gewöhnen, daß ihn die Leute anschauten. Er wußte, ganz objektiv, daß sie ihn anschauten. Möglicherweise wunderten sie sich, daß ein dreiunddreißigjähriger Mann niemanden hatte, mit dem er ins Kino gehen konnte, oder vielleicht schauten sie ihn nur an, weil, solange im Kino das Licht an war, nichts anderes zu sehen war als vorne eine weiße Wand. Aber David wollte nicht, daß die Leute ihn ansahen, und vor allem wollte er nicht, daß sie sich wunderten. Wenn Pete Hatcher einen Raum betreten hatte, strahlten die Leute. Er konnte sie noch vor sich sehen und ihre Stimmen hören. »Hallo, Pete. Setz dich doch zu uns.« Und dann sah er die Freude in ihren Gesichtern und machte einen Scherz daraus. »Was freut ihr euch denn so, schulde ich euch Geld oder was?« Er hatte einen Großteil seiner dreiunddreißig Jahre damit zugebracht, Pete Hatcher aus der Sicht anderer Menschen kennenzulernen.

David Keller war nicht eigentlich traurig, daß er nicht mehr Pete Hatcher war. Er hatte nur einfach gemerkt, daß es leicht gewesen war, Pete Hatcher zu sein. David Keller zu sein verlangte ständige Gedankenarbeit. Und er schien nichts dafür zu bekommen, außer daß er morgens aufwachte und feststellte, daß er noch am Leben war. Und daß er, weil er beim Aufwachen morgens noch am Leben war, sich über die Wahrscheinlichkeit freuen durfte, auch am Abend noch lebendig die Fensterriegel einhaken und die Vorhänge zuziehen zu können. Er saß in seinem kleinen Eßzimmer und starrte auf den Spiegel über der Anrichte. Das Glas hatte kleine dunkle Flekken, wo der Hintergrund durchguckte, aber er konnte sich gut genug darin sehen. Er hatte sich die Haare kurz schneiden und aufhellen lassen, so daß er ein bißchen anders als Pete Hatcher aussah. Das Komische war nur, daß er auch nicht wie jemand anderer auszusehen schien. Irgendwann in seiner Kindheit hatte er ein Spielbrett geschenkt bekommen mit einem rosa Oval darin und mehreren Ohren, Nasen, Mündern und Haarschöpfen. Normalerweise, wenn er die Teile zusammensetzte, sprang einem förmlich ins Gesicht, was es war: ein Seeräuber, ein chinesischer Mandarin, ein Cowboy. Aber ab und zu passierte einfach nichts. Dann war es nur ein Oval mit zwei Augen, einer Nase und einem Mund. Und genau das sah er heute abend im Spiegel: zwar ein Gesicht, aber es gehörte niemandem.

Er hatte drei Monate lang von ein paar Gesprächen mit einer Frau gelebt, die er nicht einmal kannte. »Wenn Sie unsichtbar sein wollen«, hatte sie gesagt, »dann müssen Sie tun, was alle anderen tun. Denken Sie immer daran: Sie sind Durchschnitt.«

»Was ist Durchschnitt?«

»Der durchschnittliche Mann in Ihrem Alter verdient ungefähr fünfunddreißigtausend Dollar im Jahr.« Er war betroffen, konnte es nicht glauben. Konnte das denn stimmen, so wenig? Sie hatte versucht, es abzuschwächen. »Natürlich kann er davon nichts sparen. Aber er hat dauernd zu tun. Dauernd.«

»Was?«

»Sehen Sie sich die Leute an. Sobald sie aus ihrem Haus sind, tun sie immer etwas Selbstverständliches. Wenn Sie Polizist wären, könnten Sie jeden anhalten und fragen, was er gerade tut, und er würde Sie zu Tode langweilen mit irgendwelchen Einzelheiten. Er bringt seine Klamotten in die Reinigung, dann holt er in der Drogerie noch schnell Zahnseide, bevor er zum Abendessen heimgeht, immer genau dann, wenn das alle anderen auch tun. Ein erfahrener Polizist müßte ihn nicht einmal fragen, weil er es ihnen ansieht: an ihrem Gang, an ihrer Blickrichtung. Die Leute, die Sie im Auge behalten müssen, denken wie Polizisten. Männer zwischen siebzehn und siebzig hängen nicht einfach rum, sie sitzen auf keiner Parkbank oder so. Wenn sie schon im Park sind, dann joggen sie für ihre Gesundheit oder gehen mit schnellen Schritten, weil sie irgendwohin müssen.«

»Wo wohne ich? Was mache ich beruflich?«

»Sie mieten eine Wohnung. In einem großen Gebäude, aber nicht in einem so feinen, daß vor Ihrem Einziehen irgendwelche Erkundigungen über Sie eingezogen werden. Ich habe schon eine gefunden und sie für Sie gemietet. Ich habe für mich eine Identität genommen, die so alt ist, daß sie notfalls einer Nachprüfung standhält. Ich bin Ihre Freundin. Wenn sich je einer nach mir erkundigt, haben wir Schluß gemacht, und ich bin ausgezogen.«

»Welches Auto fahre ich?«

»Im Augenblick gar keines. Ich muß Sie schnell hier rausbringen, darum habe ich keine Zeit, das für Sie zu erledigen. Und jetzt noch eine kurze Lektion: Ein Auto zu leasen löst eine umfassende Kreditüberprüfung aus. Ein neues Auto auf Raten zu kaufen genauso. Aber wenn Sie morgen oder übermorgen einen Scheck auf den vollen Preis ausschreiben, ist auch das eine heikle Sache für Sie, weil die Leute, die sich mit Ihnen beschäftigt haben, darauf warten, daß Sie genau das tun werden. Also machen Sie das nicht. Sie suchen sich ein gebrauchtes Auto, das von seinem Besitzer verkauft wird: Das ist der einzige Markt, wo man bar zahlen muß. Und Sie stehen nicht auf der Kundenliste irgendeiner Autofirma. Lassen Sie einen Mechaniker das Auto durchchecken. Die meisten machen das, um zu wissen, ob das Auto was taugt. Für Sie ist es auch wichtig, weil er Sie warnt, wenn es gestohlen ist. Melden Sie es an und versichern Sie es unter Ihrem neuen Namen. Autoanmeldungen sind öffentlich zugänglich, und Versicherungsgesellschaften verkaufen Kundenlisten. Das läßt sich nicht umgehen. Nur machen Sie das nicht sofort.«

»Wie lang sollte ich warten?«

»Wenn Sie es morgen machen, stehen Sie auf einer kurzen Liste. Je länger Sie warten, desto länger ist die Liste.«

»Was noch?«

»Tun Sie nichts, womit Sie der Polizei auffallen, klar. Wenn Sie ein Feuer sehen oder einen Unfall oder einen Politiker, gehen Sie in die andere Richtung. Da könnten Fernsehkameras sein. Wählen Sie nicht, reichen Sie keine Gesuche ein, lassen Sie sich nicht als Geschworenen verpflichten, kaufen Sie kein Land und keine Schußwaffe, heiraten Sie nicht. Das alles wird öffentlich festgehalten.«

Er hatte diese Liste gehört, aber das alles hätte er sowieso nicht getan. Jedenfalls Pete Hatcher hätte es nicht getan. Er schaute sich in dem fleckigen Spiegel an. Allmählich bedrückte es ihn, daß er nicht genügend Zeit gehabt hatte, sich an den Gedanken zu gewöhnen. Gerade war er noch Pete Hatcher, der in seinem maßgeschneiderten, leichten Sommeranzug durch den Lichterglanz des Casinos schritt, und ein paar Stunden später saß er in diesem kleinen, finsteren Appartement in Denver.

Sie hatte ihn gefragt, wo er leben wollte, wo er leben konnte, ohne wiedererkannt zu werden. Kein Ort war ihm eingefallen. Sie hatte eine Liste von Städten heruntergerasselt, und als sie Denver sagte, hatte er »ja« gesagt, nur weil das eine Stadt war, in der er nie gewohnt hatte, zwischen zwei Flügen nie länger als ein, zwei Stunden gewesen war, und jetzt war selbst das ungefährlich, weil es nicht einmal derselbe Flughafen war. Sie hatte gesagt, daß Denver okay sei, weil es nur zwölfhundert Kilometer von Las Vegas entfernt war, und jemand, der um sein Leben rannte, normalerweise nicht so bald schon anhalten würde.

Aber es gab massenhaft Dinge, die sie ihm nicht gesagt hatte, weil sie keine Zeit hatte. Sie hatte ihm nicht gesagt, daß David Keller eines Tages in diesem Zimmer sitzen und sich ansehen und wissen würde, daß er nicht die geringste Vorstellung von der Zukunft hatte. Er hatte keine Ahnung, was er tun oder worauf er sich einstellen sollte, er wußte auch nicht, was er wollen, wer er sein sollte. Und sie hatte ihm nicht gesagt, daß David Keller Angst haben würde.

Es war schon spät. Durch das offene Küchenfenster konnte er schwache Klänge einer Musik hören, die von der Bar durch die stille Spätsommerluft nach oben drang, und die Autos, die unten vorbeizischten. Er machte das Fenster zu und setzte sich auf das schmale Bett. Jane hatte ihm eine Wohnung im vierten Stock ausgesucht, damit er sich keine Sorgen machen mußte, daß jemand übers Fenster hereinklettern würde. Sie lief nicht einmal auf einen männlichen Namen, so daß es schwierig war, ihn hier aufzuspüren. Pete Hatcher hatte Las Vegas mit über sechshunderttausend Dollar verlassen. Er konnte zehn oder fünfzehn Jahre lang so leben, ohne den Kopf rauszustrecken.

Er zog sein Hemd aus und legte sich in dem winzigen, dunklen Zimmer aufs Bett. Er hatte gemerkt, daß sich David Keller nicht wohlfühlte, wenn er im Bett alle seine Kleider auszog. Besonders entsetzlich war die Vorstellung, sie würden ihn finden, wenn er nackt war; also behielt er immer die Hose und die Schuhe an. Er hatte noch etwas vergessen. Er stand auf, ging in die Küche, machte eine Schublade auf und holte ein Fleischmesser heraus. Er wickelte die Schneide in ein Geschirrtuch und legte es neben seine linke Hand im Bett, so daß man es hinter seinem Oberschenkel nicht sehen konnte. Er befühlte den Griff leicht mit der Hand und legte sich in der Dunkelheit zurück. Er spürte, wie sich in dem stickigen Zimmer Schweißtropfen auf seiner Stirn bildeten.

Während er auf den Schlaf wartete, dachte er an die Frau im Supermarkt. Er wünschte sich glühender denn je, daß er anders auf sie hätte reagieren können, als sie ihn ansprach. Sie war in dem Laden an einem Sonntag gewesen, ohne viel vorzuhaben, und er hatte ihr gefallen. Sie stellte keine Gefahr für ihn dar. Sie wollte jemanden zum Spielen haben – zum Radfahren, wie ein Kind. Er hatte ihre Telefonnummer weggeworfen, aber vielleicht konnte er sie wiederfinden. Er konnte ja ein Fahrrad kaufen, zu einem der Orte fahren, die sie erwähnt hatte, und sie zufällig treffen.

Nein, das war unmöglich. Sie würde reden, und er würde auch reden müssen – würde endlose Reihen von Lügen auftischen müssen, wie Perlen auf einer Schnur. Aber dafür war sie zu schnell. Sie würde sich erinnern, was er gesagt hatte, würde sehen, daß Perle siebenundsechzig nicht dieselbe war wie Perle neunzehn. Oder sie konnte anderen Leuten von ihm erzählen, ihn dazu bringen, sie kennenzulernen, und dann hatte er zwei oder drei Lügenschnüre gleichzeitig in Arbeit, und später noch mehr. Die würden dann länger und länger werden, sich verheddern, bis er sich völlig in seinen Lügen verfangen hatte. Sie würde nie in diesem Bett liegen, mit ihrem weichen, kastanienbraunen Haar an seiner Brust. Sie nicht und auch keine andere. Es gab fast keinen Unterschied mehr zwischen lebendig und tot.

Er erwachte bei strahlendem Sonnenschein, der durch das Fenster über seinem Kopf ein Viereck an die Wand warf. Er machte die Augen wieder zu und lag vollkommen still da. Wenn sie in die Wohnung gekommen wären, während er schlief, wären sie direkt in das größere Schlafzimmer gegangen, und dann wäre er von ihrem gedämpften Knacksen und Rascheln aufgewacht. Er lauschte lange Zeit, wie jeden Morgen, überzeugte sich schließlich, daß ihn kein Geräusch geweckt hatte, und setzte sich auf. Er spürte eine Veränderung. Die Welt war anders an diesem Morgen.

Er ging in das große Schlafzimmer, legte ein paar von seinen Lieblingsklamotten heraus – das einfache blaue Oxford-Hemd, die blauen Jeans, die fast noch neu waren – und stellte sich unter die Dusche. Das war der beste Teil des Tages. Ihm kam es immer so vor, als ob am Morgen das Universum neu und frisch anfing. Die Welt lag ihm zu Füßen.

Erst als er angezogen war und unter dem offenen Küchenfenster beim Frühstück saß, erkannte er, was sich verändert hatte. Es war David Keller. Er hatte die Zeit hinter sich, in der er den Atem anhielt. Er fand das Auto nach einer Stunde Zeitungslektüre. Er wußte, er konnte keinen Mercedes kaufen. Auch mit einem Audi oder Saab strapazierte er sein Glück. Es mußte langweilig und amerikanisch und billig sein. In der herausgerissenen Anzeige stand: »Bj. 96, SL2, 4tür., Klima, Autom., Servolenkung, 12 000 $ VB.« Er rief die Nummer an und konnte im Hintergrund ein Baby schreien hören. Die Frau sagte: »Sie kommen besser nach dem Abendessen, wenn mein Mann da ist. Ich kann keine Fragen beantworten. Ich verstehe nichts von Autos.«

Er ließ seine Stimme beunruhigt und enttäuscht klingen. »Oh. Das ist aber dumm. Ich bin gerade hier angekommen, hab' also kein Auto und muß in ein paar Tagen mit der Arbeit anfangen ...« Pete Hatcher half ihm jetzt ein bißchen. Er spürte, daß etwas sie beunruhigte. »Ach, tut mir leid, ich bin ja blöd. Wenn Ihr Mann nicht da ist, wollen Sie keinen Fremden im Haus haben. Aber natürlich will ich einen Gebrauchtwagen nicht am Abend kaufen, wenn es dunkel ist. Dann hab' ich halt Pech gehabt ... Halt, ich hab' eine Idee. Steht der Wagen auf der Straße?«

»Nein, aber ich könnte ihn rausstellen.«

»Prima. Dann komm ich vorbei und schau ihn mir an. Und wenn er mir nicht gefällt, fahre ich einfach wieder weg und muß gar nicht mit Ihnen reden.«

»Ja, das wäre mir recht.« Er fuhr mit dem Taxi zu der Adresse und stand eine Zeitlang neben dem grauen Auto, schaute darunter, legte die Hände an die Frontscheibe, um den Kilometerstand ablesen zu können, schrieb sich die Autonummer und Typnummer auf und untersuchte die Reifen. Es fiel ihm schon nichts mehr ein, was er noch tun konnte, als die Tür des alten Zweifamilienhauses aufging und eine junge Frau mit einem einjährigen kleinen Mädchen auf der Hüfte herauskam. Eine blonde Korkenzieherlocke fiel ihr immer wieder über das linke Auge. Sie hatte ihn beobachtet, wie er gehofft hatte, und gefunden, daß er nicht wie ein Verrückter aussah. Sie sagte: »Sind Sie der, der wegen dem Wagen angerufen hat?«

»Ja«, sagte er. »Tut mir leid, daß ich so ungelegen komme.« Er lächelte das kleine Mädchen an. »Hallo, Süße.«

»Macht nichts«, sagte die Frau.

»Tja, ich bin interessiert.« Er schaute noch einmal das Auto an. »Muß ich noch etwas über das Auto wissen? Irgendwelche Unfälle?«

»Nein. Mein Schwiegervater hat es gekauft und ein Jahr gefahren. Dann ist er gestorben. Er mochte es gern und hat es gut gepflegt. Ich werde noch eine Zeitlang nicht arbeiten, und da müßten wir nur umsonst Steuer und Versicherung zahlen.«

»Ja, klar«, sagte Keller.

»Möchten Sie eine Probefahrt machen?«

Keller sagte zurückhaltend: »Wenn es Ihnen recht ist?«

»Ich habe meinen Mann angerufen, und er hat gesagt, es ist okay.« Als sie ihm die Autoschlüssel hinhielt, spürte Keller, daß sie nicht die Wahrheit sagte.

Er nahm die Schlüssel und sagte: »Ich bin gleich wieder da.« Keller fuhr einmal um den Block und hielt wieder vor dem Haus. Damit befolgte er zwar nicht genau Janes Anweisungen, aber es schien ihm besser so. Die Frau hatte ihn nur ein paar Minuten gesehen, konnte ihn kaum verdächtig finden und schien zu beschäftigt und auch zu sehr ans Haus gebunden, als daß sie mit irgend jemand über ihn sprechen würde. Er stieg aus und ging zur Haustür. Die Frau kam heraus, und er hielt die Schlüssel in die Höhe. »Ich würde ihn gerne kaufen.«

Sie strahlte. »Na, wunderbar.« Nach einer Sekunde sagte sie: »Mein Mann wird froh sein. Das Auto erinnert ihn immer irgendwie an seinen Vater.«

»Wissen Sie, wann er heimkommt? Ich hätte das gerne heute noch abgeschlossen.« Er zeigte ihr den Umschlag. »Ich hab' das Geld gleich mitgebracht.«

»In bar?«

»Ich wollte nicht warten müssen, bis der Scheck geprüft ist. Für die hiesigen Banken bin ich ja schließlich kein alter Kunde.«

»Wir müssen nicht auf ihn warten. Kommen Sie doch rein.«

Keller folgte ihr ins Haus. Sie zog eine Schublade der Anrichte auf, in der ihr Geschirr stand, und holte die Autopapiere heraus. Keller gab ihr den Umschlag und schaute ihr zu, wie sie die Hundert-Dollar-Scheine zählte. Als sie fertig war, beugte sie sich über den Couchtisch und unterschrieb den Kaufvertrag.

Keller sah sich das Dokument an. Es war zuerst von Ronald Sedgely unterschrieben, zeigte dann Maura Sedgely als neue Eigentümerin, und jetzt hatte sie selbst unterschrieben. Das war also ihr Auto? Es gab gar keinen Mann, der heute abend heimkam. Entweder war Ronald Sedgely ihr Vater, und sie war gar nicht verheiratet, oder sie hatte das Auto bei der Scheidung von Ronald Sedgely bekommen. Die Entdeckung machte ihm gute Laune, erfüllte ihn mit Selbstvertrauen.

Er war nicht der einzige. Alle logen sie. Alle versteckten ihre wunden Stellen. Den Leuten die Wahrheit offen ins Gesicht zu sagen, war gar nicht normal. Sie war normal. Sie war eine alleinerziehende Mutter, die versuchte, mit einem Mann klarzukommen, der sie angerufen hatte und sie vielleicht bei dem Autokauf übers Ohr hauen wollte, oder vielleicht sogar ein Verrückter, der sie vor den Augen ihres Babys vergewaltigen und umbringen wollte. So zu tun, als ob da ein Typ wäre, der dem Verkauf erst zustimmen mußte und alles über Autos wußte und jederzeit heimkommen und sie beschützen konnte, war ein vernünftiges Vorgehen. Sie war völlig normal. Er war normal.

Keller fuhr das Auto zur Zulassungsstelle, dann zu einer Versicherung, die er aus dem Telefonbuch herausgesucht hatte, und merkte, daß beides viel einfacher war, als er befürchtet hatte. Sie wollten Fragen beantwortet haben, auf die er sich seit einem Monat vorbereitet hatte. Jane hatte ihm versichert, daß sein Führerschein echt war. Das stimmte wohl, denn alle Computer kannten David Keller. Es gab keinen Haftbefehl gegen ihn, kein Problem irgendwelcher Art, nicht einmal irgendwo störende Lücken.

Als David Keller in der Stadt herumfuhr, war er einfach dankbar, daß die Menschen so schlicht gestrickt waren. Um die lähmende Depression abzuschütteln, hatte er nur aus dem Haus gehen und an einem Sommertag mit offenem Fenster im Auto spazierenfahren müssen. Das war eine so kleine Verbesserung, daß er lachen mußte.

Noch glücklicher machte es ihn im Rückblick. Er hatte das richtige Auto gekauft, auf die Weise, die Jane die sicherste genannt hatte. Er hatte es dem idealen Vorbesitzer abgekauft, einer Frau, die nicht einmal seinen Namen wußte. Vielleicht hatte er es für Janes Geschmack ein bißchen früh getan, aber sie wußte ja nicht, wie unsichtbar er drei Monate lang geblieben war. Er hatte nicht den geringsten Fehler gemacht. Und mit dem Auto fühlte er sich sofort sicherer.

Er würde irgendwo in der Nähe von seiner Wohnung parken. Wenn sie die Wohnung fanden, konnte er über die Feuertreppe hinunterschleichen, in sein Auto steigen und wegfahren. Wenn sie sein Auto fanden, würde er sehen, wie sie sein Auto beobachteten, und gar nicht erst hingehen. Er mußte nur noch eine Art Notausrüstung im Auto verstecken – Geld, vielleicht zehn Riesen in einem schlauen Versteck. Und was brauchte er noch für den Fall, daß sie ihn fanden?

Der Verkäufer in dem Waffengeschäft war eine Frau. Sie war klein und grauhaarig und war vermutlich einmal hübsch gewesen. Aber ihr Gesicht sah aus, als hätte sie lange Zeit damit zugebracht, in die Sonne zu blinzeln. Als sie um den Verkaufstisch herumkam, und er sah, daß sie in einem Halfter an der Hüfte eine Pistole trug, traute er seinen Augen nicht. Doch dann stellte er fest, daß jeder in dem Laden eine Waffe bei sich hatte, sogar der Putzjunge mit dem Besen.

Sie ließ ihn ein paar Minuten in die Vitrine starren, bevor sie auf ihn zutrat. »Kann ich Ihnen etwas zeigen?«

Er zuckte die Schultern. »Ich weiß nicht recht. Ja, vielleicht schon. Ich weiß nur nicht, was.«

Sie lächelte wie ein alterndes Tanzlokalmädchen in einem Western. »Dann müssen wir's eingrenzen. Sie wollen eine Handfeuerwaffe kaufen.«

Er lächelte zurück. »Stimmt.«

»Sind Sie ein erfahrener Schütze?«

»Nein. Ich hab' noch nicht einmal eine von diesen hier abgefeuert.«

»Wofür wollen Sie sie? Zielscheibenschießen oder Selbstschutz?«

»Selbstschutz. Sie wissen schon, Einbrecher und so was.«

Sie schaute ihn einen Moment lang konzentriert an, als schätzte sie seine Hutgröße. »Na, okay. Sie wissen natürlich: Was einer, der in Ihr Haus kommt, auf gar keinen Fall sehen will, ist das.« Sie deutete auf ein Pumpgun mit kurzem Lauf in dem Regal hinter ihr.

»Wahrscheinlich ist das richtig«, sagte er. »Aber ich hätte lieber was Kleineres.«

Sie nickte. »Und Sie haben noch nie eine Pistole abgefeuert. Sind Sie technisch begabt? Reparieren Sie Ihr Auto selbst?«

Keller schüttelte den Kopf. »Nie.«

Sie schloß nachdenklich die Vitrine mit einem Schlüssel an ihrem Gürtel auf, suchte vier Pistolen heraus und legte sie nebeneinander. »Einmal die da«, sagte sie. »Eine Beretta 92. Eine gute, zuverlässige Neun-Millimeter Halbautomatik. Viele Polizeibehörden haben sie, und in der Armee wird ein ähnliches Modell verwendet. Das ist die Art Waffe, die man zum Säubern und Ölen auseinandernehmen und dann wieder richtig zusammensetzen muß. Für einen Neuling nicht empfehlenswert.«

»Und was empfehlen Sie?«

Sie zeigte ihm einen Revolver mit kurzem Lauf. »Das ist eine Ruger SP 101. Eine 38er Special, klein und leicht. Sie zuckt nicht und schlägt Ihnen mit dem Rückstoß nicht ins Gesicht. Sie ist pflegeleicht und läßt Sie nicht im Stich.« Sie lehnte sich zu ihm hinüber und redete aus einem Mundwinkel weiter. »Das ist das Modell, das wir normalerweise Frauen empfehlen, die nichts von Waffen verstehen.« Sie wartete auf seine Reaktion.

Er lächelte. »Das klingt genau richtig. Ich nehme zwei.«

»Echt?«

»Ist das keine gute Idee?«

»Doch«, sagte sie. »Ich verkaufe Ihnen liebend gern zwei.« Sie zog ein paar Formulare aus einer Ablage hinter der Kasse. »Füllen Sie das aus. Wenn die gesetzliche Wartezeit um ist, können Sie sich Ihre Revolver abholen.« Sie räumte die Pistolen weg, blieb dann aber, mit dem Revolver in der Hand stehen, den er sich ausgesucht hatte. »Wie Sie wissen, wäre es ungesetzlich, wenn Sie eine verdeckte Waffe tragen. Bei diesem Modell müssen Sie in der Hinsicht sehr vorsichtig sein. Sie könnten das Ding leicht in die Manteltasche stecken und damit aus dem Haus gehen, ohne es zu merken. Ihre Freunde würden gar keine Beule im Stoff sehen. Wenn Sie dann in die

Tasche fassen und Ihren Irrtum entdecken, ist die kompakte Größe natürlich von großem Vorteil, weil Sie sie ebenso unbemerkt wieder mit nach Hause nehmen können.« Sie zwinkerte ihm zu und verschloß den Revolver in seinem Kasten.

12

Linda saß im Dunkeln auf der Stuhlkante und beobachtete den Vordereingang von Hatchers Wohnblock. Sie liebte diesen Blick durch das Nachtsichtgerät, sie fand es schön, wenn sich alles da draußen in einem grünlichen Leuchten zeigte. Sie fand es sogar gut, daß Earl beinahe neunhundert Dollar dafür ausgegeben hatte. Sein unstillbarer Wunsch nach dem neuesten technischen Spielzeug gab ihr manchmal die Möglichkeit, ihn ein wenig aus der Fassung zu bringen. Immer wenn er ihr wegen einer zu hohen Ausgabe Vorhaltungen machte, konnte sie ihm irgendeins seiner Utensilien vorhalten, das mindestens doppelt so teuer war. Sie war bedacht darauf, ihn nicht merken zu lassen, wie sehr ihr der Blick durch den Restlichtverstärker gefiel. Sie kam sich dabei wie ein schönes, geschmeidiges Raubtier im Dschungel vor, mit leuchtendgelben Augen, die einen halbblinden Feind schon erfaßten, während er auf schwerfälligen Hufen durch das Unterholz auf sie zustolperte.

An diesem Abend spürte sie den Herzschlag in ihrer Brust, und der Blutstrom transportierte eine Menge Sauerstoff in Finger und Zehen, so viel wie noch nie seit ihrer Ankunft in Denver. Die Luft hier war dünn und sauber, und sie haßte es, daß ihr Körper sich erst an die Höhe gewöhnen mußte.

Hatchers Angst und Unentschlossenheit hatten für Linda etwas Belebendes. Fünf Nächte zuvor hatte sie ihn gesehen, wie er etwa um neun aus dem Haus ging und um halbzehn zurückkam, mit einer großen Einkaufstüte. Zwei Abende später genau dasselbe. Und sie wußte, an diesem Abend hielt er es für nötig, weitere Lebensmittel einzukaufen. Sie wußte, er wünschte sich jetzt, in seinen Wagen zu steigen und irgendwohin zu fahren, zu einem dieser riesigen Supermärkte in einem anderen Stadtviertel oder auch in ein gutes Restaurant. Er hatte es bisher nicht getan, weil er Angst hatte. Er hatte Angst vor heller Beleuchtung und zu vielen Menschen, obwohl er körperlich spürbar danach lechzte. Diese Augenblicke in der Öffentlichkeit, in einer Menschenmenge, mußten ihm die angenehmsten sein, weil er sich da sicher fühlen konnte, aber er wußte wohl auch, welche Nachteile sie ihm einbrachten. Die Menschen konnten sein Gesicht sehen. Das gleiche Problem hatte er mit dem Wagen. Vermutlich hatte er ihn gekauft, um sich nicht hilflos in einem Loch zu fühlen, aber er ahnte instinktiv, daß er ihm jetzt besser nicht zu nahe kommen sollte.

Sie sah ihn am Fenster. Er stand in dem abgedunkelten Zimmer und schaute hinaus, erst in den kleinen Vorgarten, dann die Straße auf und ab. Sie wählte eine stärkere Vergrößerung und betrachtete aufmerksam sein Gesicht. Er bereitete etwas vor, und er war unruhig. Sie sah, wie er vom Fenster wegging. »Ich glaube, er kommt runter«, sagte sie.

Sie hörte Earls Stimme dicht an ihrem Ohr, hielt aber das Nachtsichtgerät weiterhin auf das Gebäude und den Vordereingang gerichtet. »Ich bin soweit«, sagte er. »Mach dir keine Gedanken.« Er redete mit ihr wie mit seinen Hunden, leise und sanft. Das hatte sie gern. »Behalt ihn nur weiter im Auge. Mehr hast du nicht zu tun.«

Sie sah Hatcher in dem beleuchteten Eingang, er blieb kurz stehen und tat so, als ob er seine Hosentaschen nach Schlüssel und Brieftasche abtastete, während er gleichzeitig die Straße vor dem Haus auf mögliche Gefahrenzeichen untersuchte. Jetzt mußte er gleich noch eine Bewegung machen, und sie wartete darauf mit angehaltenem Atem. Er griff sich in den Rücken und steckte sich unter dem Mantel das Hemd fest. Sie wußte, er würde es ihr verraten. Er hatte die Pistole bei sich, die hübsche, kleine Ruger SP 101, die er sich eine Woche zuvor gekauft hatte. Er hatte sie gekauft, weil er Angst hatte, und jetzt hatte er sie bei sich und hatte Angst vor der Waffe. »Er hat die Kanone im Gürtel, im Rücken unter dem Mantel.«

»Gut«, sagte Earl. »Er ist draußen. Er geht die Straße runter zum Laden.« – »Dann ist es soweit«, sagte Earl.

Linda übergab ihm das Nachtsichtgerät. Während er es in den Kasten zurücklegte, sah er auf die Uhr. »Neun Uhr zwölf. Bis er dort ankommt und einkauft, ist es neun Uhr zweiundzwanzig. Du bist um neun Uhr siebenundzwanzig da.«

»Okay«, sagte sie und ging zur Tür hinaus, ohne ihm in die Augen zu sehen. Damit hatte er etwas zum Nachdenken.

Im Wagen auf der nächtlichen Straße phantasierte sie sich kurz etwas anderes zurecht. Es wäre erheblich bequemer gewesen, in dem dunklen Hotelzimmer sitzenzubleiben und im Nachtsichtgerät zu beobachten, wie Earl ihn mit seinem aparten Scharfschützengewehr aus England durch das offene Fenster weggeblasen hätte. Mit dem Schalldämpfer auf dem Ding hätte die Sache sich angehört, als wäre ein Vogel gegen eine Scheibe geprallt und hätte sich das Genick gebrochen. Aber Earls Befriedigung bestand darin, daß auch Linda bei so etwas einen sinnlichen Genuß mitbekam.

Earl konnte ihn nicht so plump mit einem Gewehr abknallen. Linda mußte ihn zuerst persönlich hereinlegen, ihn bei seinem eigenen Tod zum Mittäter machen. Er sollte nicht als Leiche in einer Blutlache auf dem Küchenboden herumliegen. Er sollte jemand sein, der ganz normal zum Supermarkt geht und einfach nicht wieder zurückkommt. Wenn jemand nach zehn, vierzehn Tagen die Polizei rief, dann konnte niemand wissen, ob man eine Leiche suchen mußte oder einen Vermißten, der seine Miete nicht bezahlt hatte.

David Keller kam aus dem kleinen Lebensmittelladen heraus und kalkulierte dabei die Risiken. Falls er weiterhin zum Einkaufen zu Danny's ging, dann konnte er jedesmal ein bißchen mitnehmen und mit Bargeld zahlen. Wenn er in einen großen Supermarkt ging und alles für drei Wochen auf einmal kaufte, dann mußte er seltener aus dem Haus. Und das reduzierte seine Verwundbarkeit. Aber dann müßte er den Wagen nehmen, und noch mehr Leute könnten ihn sehen, er müßte größere Scheine aus der Tasche ziehen, und das wiederum erhöhte seine Verwundbarkeit.

Er ging schnell über den schwarzgeteerten Parkplatz vor dem Geschäft, wo er von der Neonreklame für Bier und dem gelben Natriumlicht von Dannys Ladenschild voll beleuchtet war. Er beeilte sich, aus dem Flutlicht und auf den dunkleren Gehweg zu kommen. Es war nicht genug Zeit gewesen, als daß Jane ihm jeden Schritt hätte vorschreiben können, aber so viel hatte sie ihm gesagt: Er sollte auf jeden Fall immer die passende Körperhaltung einnehmen. Er griff sich in den Rücken, um zu prüfen, ob der Revolver vielleicht herausstand.

Als er ihn berührte, spürte er einen kleinen ängstlichen Stich. Sie hatte ihm erklärt, daß so eine Waffe eine schlechte Idee sei. Sie hatte gesagt: »Sie sind jetzt nicht mehr in Las Vegas, Sie versuchen, ein neues Leben anzufangen, sagen wir: in Chicago. Drei Abende hintereinander sehen sie denselben Wagen vor Ihrer Wohnung. Am vierten Abend, so um Mitternacht hält der Wagen schon wieder da. Zwei Männer steigen aus. Kurz danach klopft jemand an Ihre Tür. Was tun Sie?«

»Habe ich eine Waffe?«

»Ja.«

»Ich entsichere sie, halte sie so, daß sie sie nicht sehen können, dann mache ich die Tür auf, damit ich weiß, wer da ist.«

»Mit der rechten oder der linken Hand?«

»Mit der rechten?«

»Vor Ihnen stehen Ihre neuen Nachbarn, zwei Singles, die jeden Abend ausgehen, sich amüsieren. Die zwei haben Sie durch das Fenster gesehen und beschlossen, Sie zu einem Drink einzuladen. Einer der beiden hält Ihnen die rechte Hand zur Begrüßung hin. Oder es sind Polizisten. Also die guten Jungs. Sie beobachten die Gegend, weil da in letzter Zeit gedealt wurde. Und jetzt kommen sie, um sich den Neuen genauer anzusehen. Vielleicht sind Sie ja ein Augenzeuge, aber vielleicht haben sie den Dealer deswegen noch nicht geschnappt, weil jemand Schmiere steht, und das könnten ja auch Sie sein. Und jetzt fragen sie eben höflich an, ob sie mal kurz auf ein paar Fragen reinkommen können. Oder Sie hatten recht, und es sind wirklich Profikiller, und sie sind hinter Ihnen her. Sie haben den Revolver in der rechten Hand. Sie machen mit der linken die Tür auf, das heißt, Sie sind auf alles vorbereitet. Die beiden wissen, wer Sie sind, aber Sie kennen sie nicht. Die werden keine Sekunde verlieren. Sie aber schon.«

»Was wäre die richtige Antwort gewesen?«

»Was hätten sie ohne Waffe getan?«

Er zuckte die Schultern. »Ich glaube, ich hätte gefragt, wer sie sind, ohne die Tür aufzumachen. Sie sagten, es ist ja schon nach Mitternacht.«

»Gut«, sagte sie, »jetzt haben Sie das Wesentliche verstanden.«

»Ich bin mir nicht sicher.«

»Mit einer Waffe ändert sich Ihr Verhalten. Und sie ist völlig nutzlos, wenn Sie nicht genau wissen, wen Sie vor sich haben. Sie müssen es so genau wissen, daß Sie bereit sind, auf der Stelle zu töten, daß sie nicht erst lange hinschauen oder etwas fragen, sondern einfach abdrücken.«

»Aber das müßte ich auf jeden Fall, wenn die an meine Tür kommen und mich umbringen wollen.«

»Das kommt auf Sie an. Was machen Sie, wenn Sie die beiden getötet haben? Es gab einen Höllenlärm, und jetzt haben Sie auch noch zwei Leichen, die Ihnen den Eingang vollbluten. Jeder mit fünfeinhalb Litern.«

»Ich laufe weg, glaub' ich. Irgendwohin. Ich kann ja schlecht dableiben und mich von der Polizei ausfragen lassen.«

»Gut. Und wenn Sie sie nun nicht töten, sondern gleich wegrennen? Haben Sie etwas davon, daß Sie sie vorher getötet haben?«

»Einen Zeitvorsprung?«

»Es ist nach Mitternacht, in einem Wohnblock. Sie haben mindestens zwei Schüsse im Treppenhaus abgefeuert. Sämtliche Nachbarn sind wach und rufen die 911 an. Die Reaktionszeit nach der Meldung ›Schüsse‹ beträgt in einer großen Stadt durchschnittlich drei Minuten, und gleichzeitig werden auch die Helikopter dahin umgeleitet.«

Er sagte: »Ich geb's auf. Vergessen wir die Waffe.« Vielleicht hatte er schon damals gewußt, daß das eine Lüge war. Jetzt, auf dem Heimweg auf der stillen, dunklen Straße zwischen den großen, dunklen Häusern und ihren unzähligen

Wohnungen, fühlte er sich mit der Pistole etwas wohler. An der nächsten Ecke bog er ab und ging auf der dunkleren Straßenseite weiter, die Einkaufstüte im linken Arm. Er sah die Frau, lange bevor sie ihn sah. Sie hatte die Motorhaube offen und stand davor, beugte sich über den Motor und suchte ihn mit einer winzigen Schlüsselanhänger-Taschenlampe ab.

Keller ging auf dem Gehweg weiter, bis er noch knapp sieben Meter von ihr entfernt war. Sie griff prüfend hinein und faßte etwas an. Es mußte etwas Heißes gewesen sein, denn sofort zog sie die Hand zurück, sagte leise »Oooh!« und steckte sich den Finger in den Mund.

Er sah im schwachen Schein des Taschenlämpchens ihr Gesicht. Es war von so vollkommener Schönheit, daß sich die Luft vor ihm zu verdichten schien und seinen Gang schlagartig verlangsamte. Ihr langes, glänzend blondes Haar, über die Schläfen nach hinten gekämmt, war von einem Band zusammengehalten, und ihre Haut hatte einen matten Schimmer. Als sie den Finger zwischen den Lippen wieder hervorzog, sah er lange, spitze Fingernägel: Ganz offensichtlich war das Ingangbringen eines Motors nicht ihre Hauptbeschäftigung. Sie trug enge Bluejeans und eine Jacke aus dem gleichen Stoff, der aber wie Segeltuch aussah, und der Motor, den sie verzweifelt anstarrte, gehörte zu einem perlfarbenen Lexus LS 400, der so um die sechzigtausend Dollar kostete. Sie ging nach hinten zum Kofferraum und hatte ihn eben geöffnet, als Keller an dem Wagen vorbeikam. Unter dem Innenlicht der Haube sah er, daß sie Tränen in den Augen hatte, und blieb stehen.

Man konnte von Frauen wie dieser hier halten, was man wollte: Keine von ihnen war eine berufsmäßige Denunziantin. Und zufällig gefielen ihm Frauen wie sie. Sie fehlten ihm. Statt sie durch ein plötzliches Näherkommen zu erschrecken, rief er ihr vom Gehweg aus zu: »Ich sehe, Sie haben ein Problem. Soll ich den Automobilclub oder so für Sie anrufen?«

Sie wandte ihm ruckartig ihr Gesicht zu, erschrocken. Sie schien völlig vergessen zu haben, daß sie nicht mutterseеlenallein auf der Mondoberfläche gestrandet war. Sie betrachtete ihn eine Sekunde lang und stellte anscheinend fest, daß er gebügelte Hosen und einen anständigen Sportmantel anhatte. Aber das entscheidende Detail war die Einkaufstüte, die er im Arm trug. Jane hatte schon wieder mal recht gehabt. Wenn die Leute sahen, daß man sich um seine eigenen Sachen kümmerte, dann war das besser als ein Haufen Unbedenklichkeitserklärungen.

Sie lächelte, und er sah zwischen den reifen, vollen Lippen zwei perfekte, weiße Zahnreihen. Sie hob die Schultern hoch und machte sich darin hilflos klein. »Meine Mitgliedschaft ist abgelaufen. Ich hab' sie schon angerufen, aber dann haben sie mich durch den Computer laufen lassen, und dabei kam es raus. Ich wußte es noch gar nicht.«

»Schade«, sagte Keller. Er trat etwas heran, nicht zu ihr, sondern nur näher an den offenen Kofferraumdeckel. Er überließ ihr den ersten Schritt der Annäherung. »Ich hatte auch mal so einen. Eigentlich sonst ganz zuverlässig ...« Der Satz blieb ihm im Hals stecken. Er konnte es nicht fassen, wie ihm das passieren konnte. Er stand hier nicht vor einem zehn Jahre alten Wagen, von dem er hätte sagen können »So was hatte ich auch mal.« Dieser hier war ein neuer Typ.

Aber er bemerkte, daß sie nur die Wirkung zeigte, die er eigentlich beabsichtigt hatte. Sie kam um den Wagen herum zu ihm. Sie hatte im Kofferraum ein sauberes rotes Handtuch gefunden und wischte sich damit die Hände ab. Er sagte: »Ich fürchte, um diese Uhrzeit sind alle Mechaniker schon zu Hause und bringen ihren Söhnen bei, wie man überhöhte Rechnungen schreibt.« Er sah sich den Motor an, als ob er wüßte, wonach er zu suchen hätte. »Rührt er sich gar nicht mehr? Oder dreht er sich noch?« Er stellte seine Einkaufstüte vor der Stoßstange ab.

Sie war jetzt dicht neben ihm. Er hatte den Duft ihrer Haare in der Nase. Das lief alles noch besser, als er gedacht hatte. Sie war eigentlich viel zu nahe an ihm dran. Sie berührten einander fast. Sie beugte sich über den Motor und zeigte auf die feuersichere Trennwand und ein Kästchen, aus dem bunte Kabel heraushingen. »Als ich das da aufmachte, roch es irgendwie verbrannt.« Er lehnte sich neben ihr weiter vor, um zu sehen, ob eine Kabelisolierung durchgeschmort war. Er spürte eine leichte Berührung unten am Rücken, und dann fehlte das harte, schwere Gewicht seiner Pistole.

Im nächsten Augenblick wurde ihm das Gesicht zur Seite geschubst. Der Schmerz war fürchterlich, ausgelöst durch einen massiven Metallgegenstand, der sich ihm in die Schläfe drückte. Kurz fühlte er auch das Baumwollhandtuch darüber, aber er kam nicht zum Nachdenken.

Sie sprach leise, sie flüsterte beinahe. »Polizei. Gehen Sie jetzt langsam zum Heck des Wagens.« Er zögerte, aber sie riß ihn am Kragen hoch, er richtete sich zu schnell auf und schlug mit dem Kopf an die Motorhaube. Als er an der Rückseite des Wagens stand, sah er, daß das Kofferraumlicht nicht mehr brannte.

»Da rein«, befahl sie.

»Aber sehen Sie doch«, sagte er, »ich kann Ihnen das mit der Pistole erklären. Ich wollte Ihnen wirklich nur helfen.«

»Sie haben das Recht zu schweigen.« Sie zog den roten Stoff von ihrer Hand, und jetzt konnte er die Waffe sehen. Sie war groß und eckig und häßlich, mit einer Mündung wie ein Höhleneingang. »In den Kofferraum, bitte. Alles, was Sie sagen, kann und wird vor Gericht gegen Sie verwendet werden.« Keller war wie benommen. Er hatte einen völlig trokkenen Mund und konnte nicht mehr schlucken. Er wurde in Denver von einer Polizistin verhaftet, von einem Lockspitzel. Wegen unerlaubtem Waffenbesitz. Sie konnten herausfinden, wer er war. Er mußte einen Ausweg finden.

»Sie haben das Recht auf einen Anwalt, der beim Verhör anwesend ist. Wenn Sie keinen eigenen Anwalt haben, wird Ihnen das Gericht einen Pflichtanwalt benennen. Haben Sie ihre Rechte gehört und verstanden?« Ihr Daumen mit den schön polierten, spitzgefeilten Fingernägeln kam hoch und zog den Hammer zurück.

David Keller stieg in den Kofferraum. Warum mußte sie ihn in den Kofferraum stecken? War hier kein zweiter Wagen mit richtigen Polizisten in der Nähe, die einen Verhafteten ordentlich abführten? Aber klar. Sie war gar kein Lockspitzel bei der Arbeit. Sie hatte dienstfrei. Sie hatte die Waffe unter seinem Mantel gesehen, sie ihm weggenommen und ihm ihre eigene ins Gesicht geschoben. Die Heckklappe schlug zu, und die Welt versank in Finsternis.

Linda stand gegen den Kofferraum gelehnt, kniff die Augen zusammen, genoß den appetitlichen Geruch der Höhenluft und lächelte. Sie hatte ihre Zielperson gefunden, hatte dem Mann seine Waffe abgenommen und ihn weggesperrt, sie allein.

Daß sie dabei nicht ganz allein war, gehörte mit zu ihrem Vergnügen. Earl hatte ihre Arbeit von Anfang an beobachtet. Er hatte gesehen, wie sie sich scheinbar den Finger verbrannte und ihn in den Mund steckte und wie sie ein bißchen weinte, gerade so viel, daß sie zart und weiblich und verletzlich erscheinen mußte. Und er hatte gesehen, wie sie sich auf Zehenspitzen und in diesen engen Jeans über den Motor neigte, den Rücken genau so weit nach vorne gebeugt, daß sich die Zielperson genieren mußte, an so etwas zu denken, aber genug, um auch Earl auf Gedanken zu bringen. Für ihn bestand das Erlebnis auch darin, daß er dem Kerl allein wegen Linda am liebsten die Zähne ausgeschlagen und ein paar Knochen gebrochen hätte.

Nachdem Linda ihre Zielperson einmal hatte, dachte sie nicht weiter über den Mann nach. Sie brauchte ihn zwar, aber dann spielte er im weiteren Ablauf schon keine Rolle mehr. Sie benützte ihn lediglich für ihren Auftritt, der sie in Earls Augen begehrenswert machen sollte. Der Mann war für beide ein Spiegel. An seinem Blick konnte Linda erkennen, wie schön sie war. Sie konnte sich ja selbst nie so sehen, wie Männer sie sahen, also blieb ihr nichts anderes übrig, als die Männer dabei zu beobachten. Und Earl konnte zuschauen, wie sie auf den Mann wirkte, und das löste dieselbe Wirkung bei ihm aus. Es war, als sähe er Linda zum ersten Mal, und weil er jetzt seine Begierde spürte, wußte er, was im gleichen Augenblick der Mann spüren mußte, und das machte ihn rasend. Unsichtbare Energieblitze knatterten um Linda herum durch die Nacht. Es war wie Zauberei.

Diese Augenblicke im Leben mit Earl sehnte sie fieberhaft herbei. Wenn sie zusammen auf nächtlicher Jagd waren, wenn sie das Opfer, seine Bewegungen und Gewohnheiten analysierten und endlich den Plan für die tödliche Falle aufstellten – dann war Linda glücklich. Und in diesem Augenblick, während Earl im Dunkeln wartete, mit allen Sinnen auf sie konzentriert, hatte die Jagd ihren Höhepunkt erreicht. Gleich würde er aus dem Schatten heraustreten, das Opfer beseitigen und sich Linda zurückholen. Danach würden sie die Leiche irgendwohin in die Berge bringen und vor Sonnenaufgang vergraben. Linda spürte ihr Herz urplötzlich schneller schlagen, als hätte man ihr diese Elektroschock-Platten zur Wiederbelebung auf die Brust gedrückt.

Earl erschien in der Gasse hinter dem kleinen Ladengeschäft und kam schnell näher. Er war soweit. Er ging nach vorn an den Wagen und schlug die Motorhaube herunter. In diesem Augenblick sah Linda den Streifenwagen.

Er rollte langsam neben den Lexus. Der Polizist war jung, seine Lippen eine gerade Linie im Gesicht, aber Linda wußte, daß sein Lächeln sich schon vorbereitete, denn die Augenbrauen zeigten bereits den für Polizisten oft typischen »Ich bin für Sie da!«-Ausdruck. Der Wagen hielt an, der Polizist stieg aus und ließ die Tür offen, um ankommende Funkmeldungen zu hören. Er tat nicht, was Polizisten bei dringendem Verdacht immer tun: Er steckte sich keinen Schlagstock in den Gürtel, er sprach nicht schnell noch etwas ins Mikrophon. Linda hörte die quäkende Lautsprecherstimme einer Frau, die aus der Zentrale irgendwelche Zahlen und Wörter durchgab, aber er antwortete nicht. Stattdessen kam er zu Linda herüber und sagte: »Panne?«

»Nein«, sagte Linda. Sie lächelte ihm zu und fühlte, daß er sie tatsächlich zu einem leichten Erröten gebracht hatte. Ihre Wangen kamen ihr heiß vor. »Ich dachte nur, ich hätte was im Motor gehört, aber das habe ich mir wohl nur eingebildet. Es ist alles ganz in Ordnung.«

Er schaute kurz den Wagen an, dann wieder Linda. »Warum lassen sie ihn nicht mal kurz an, und ich paß auf, ob ich was höre?«

Linda ahnte die Hinterlist dabei: Er wollte nur sichergehen, daß sie den Wagen nicht gestohlen hatte, ohne daß er dafür nahe herankommen mußte. Sie war froh, daß er so jung und attraktiv war, denn sein Anblick – unmittelbar nach der Szene mit Hatcher – jagte Earl zweifellos einen heißen Schauer über den Rücken, eine Mischung aus Schreck und Eifersucht und dem Erstaunen darüber, wie begehrenswert sie war. Ihr Lächeln, so gewinnend wie möglich, galt beiden Männern. Sie sagte: »Na, wenn es Ihnen nichts ausmacht ...«, dann machte sie brav die Fahrertür auf und setzte sich hinters Lenkrad.

Der Schuß war so laut, daß ihre Beine unwillkürlich nach unten zuckten und sie gegen die Rückenlehne preßten. Blut und Gehirnmasse des Polizisten waren auf die Windschutzscheibe gespritzt. Sie hastete aus dem Wagen heraus, als stünde er in Flammen.

Earl packte ihren Arm mit seiner starken Hand. Sie zappelte in seinem Griff, wollte nur weg von hier, aber er faßte sie noch fester. »Er lebt noch, oder?«

Zuerst dachte sie, er meinte den Polizisten. »Wie soll der ...«, fing sie an, aber dann fiel es ihr wieder ein. Hatcher war noch im Kofferraum. Sie bezwang ihre panische Angst, rannte zum Heck, öffnete den Kofferraum und ließ die Haube eine Handbreit aufgehen. Sie steckte ihren riesigen Colt in den dunklen Zwischenraum und drückte viermal auf den Abzug, bevor Earl ihre Hand packte und den Kofferraumdeckel zuwarf.

In der eintretenden Stille konnte nun auch sie die Sirenen hören. Andere Streifenwagen waren auf dem Weg hierher. Earl zerrte Linda zurück in die Hinterhofgasse, in einem so festen Griff seiner Hand, daß sie spürte, wie sich das Blut darunter staute und ihre Finger anschwollen. Er sprach in einem rauhen Flüsterton: »Schieß nie wieder blind in einen Kofferraum, wenn dein Arsch so nah dran ist, dumme Sau. Genau darunter ist der Benzintank.«

An den Tank hatte sie überhaupt nicht gedacht. Daß sie beinahe diese orangefarbene Explosion provoziert hatte, gab ihr ein schwindelerregendes Glücksgefühl, aber noch schöner war: Sie hatte in Earls angespannter Stimme echte Besorgnis gehört. Er hatte einen Polizisten weggepustet, um sie sich zurückzuholen. Er wollte sie nicht verlieren. Sie ließ sich von ihm weiterzerren, durch die Gasse und dann im Schatten des Supermarkts bis zur nächsten Parallelstraße. Eineinhalb Minuten später standen sie vor der langen Reihe der Geschäfte an der Sixteenth Street, weit weg vom Lärm der Sirenen und von den Streifenwagen, die die Umgebung nach einem Flüchtigen absuchten.

Als er bemerkte, wie sie den Kopf drehte und zum Schaufenster einer Boutique schaute, nickte er träge und ging mit ihr hinein. Linda kaufte sich ein seidenes Sommerkleid, in dem sie sich leicht und hübsch fühlte, ein bißchen wie ein Schmetterling.

Pete Hatcher kniete gebückt und zitterte am ganzen Körper. Er wußte, er konnte nicht mehr richtig sehen und hören. Er hatte bemerkt, daß der Kofferraumdeckel ein wenig aufgegangen war. Kurz zuvor hatte er selbst die Innenverriegelung ertastet und seinen ganzen Mut zusammengenommen, um sie zu öffnen, da hörte er den Schlüssel im Schloß, und dann fiel ein Streifen Licht herein.

Er hatte furchtbare Angst davor, daß die Polizisten womöglich seine Hand am Schloß sehen könnten, und hatte sie reflexartig zurückgezogen, sich schnell in die hinterste Ecke des Kofferraums verkrochen und hinter dem Ersatzreifen zusammengekrümmt. Dann sah er den Revolverlauf in der schmalen Öffnung, hätte aber nie einen Schuß erwartet. Bei dem lauten Knall, dem Lichtblitz und den aufstiebenden Funken zog er die Knie noch höher ans Kinn, hielt sich mit den Händen die Ohren zu und schloß die Augen.

Sie schoß wieder und wieder, genau auf die Stelle, wo er noch war, als sie ihn eingeschlossen hatte: zuerst dahin, wo sein Kopf sein mußte, dann in den Bauch, dann ein Stück zur Seite in die Brust und dann noch einmal in den Kopf.

Er hörte jetzt nichts mehr, aber in den Ohren hatte er einen hohen, singenden Ton und war nicht sicher, ob da draußen nicht doch noch jemand war. Die Frau konnte mit Recht vermuten, daß er tot war, also würde sie jetzt mit dem

Wagen wegfahren. Er wartete auf das Geräusch des Anlassers, aber nichts geschah. Er überlegte sich, was er noch tun konnte, aber zuerst mußte er wissen, warum sie überhaupt auf ihn geschossen hatte. Nein, falsch. Irgendwann machte sie den Kofferraum wieder auf und vermutete einen Toten darin. Sobald sie sah, daß Hatcher nicht tot war, korrigierte sie zweifellos ihren Patzer. Er konnte also auf diese Weise sterben, oder er konnte versuchen wegzulaufen.

Er zog wieder die Verriegelung zurück und schob die Haube einen Spalt weit hoch. Er hörte den Lärm des Polizeifunks, dann sah er auch den Streifenwagen. Er schloß erleichtert die Augen. Wenn die Polizisten jetzt schon da waren, dann konnte sie ihn nicht mehr umbringen. Wahrscheinlich hatte sie es auch deshalb so schlampig erledigt, um damit fertig zu sein, bevor sie alle ankamen. Er ließ die Haube nach oben schnellen, brachte ein Bein über die Stoßstange, vergaß die Höhe des Kofferraums und fiel kopfüber herunter auf die Fahrbahn. Er versuchte, sich aufzusetzen, dann legte er sich wieder hin und schaute unter dem Wagen hindurch.

Er sah vorn den Körper eines Polizisten auf der Straße liegen, zur Hälfte unter dem Kühler. Im Kopf hatte er ein großes Loch, als wäre etwas von innen aus dem Schädel geplatzt, und über das linke Auge lief Blut in eine Lache am Boden. Hatcher suchte alles zusammen, was sein Hirn noch hergab, um sich den Anblick zu erklären. Dachte sie vielleicht, Hatcher hätte irgendwann vorher den Polizisten umgebracht, und jetzt müßte sie ihn dafür töten? Das war Unsinn. Sie hatte den Polizisten umgebracht. Sie war gar keine Polizistin.

Ihm stockte der Atem. Er hatte keine Ahnung, wie lange die anderen Streifenwagen schon zu hören waren. Und er lag hier, allein mit einem ermordeten Polizisten. Er hatte kurz vorher zwei Revolver gekauft, und vermutlich hatte die Frau mit einer dieser Waffen soeben einen Polizisten erschossen. Wahrscheinlich lag die Waffe hier noch irgendwo herum, und wenn nicht, dann fand die Polizei sehr schnell heraus, daß er zwei gekauft, aber nur noch eine zu Hause hatte.

Hatcher stand auf, ging rückwärts vom Wagen weg und sah sich dabei nach allen Seiten um, ob die Verrückte in der Nähe auf ihre zweite Chance wartete, dann auch, ob die Leute aufgeschreckt aus ihren Häusern kamen, schließlich nur noch, um zu sehen, wo er hintrat. Er ging nach vorn an den Wagen heran und nahm seine Einkaufstüte heraus. Dann drehte er sich um und rannte los, in stampfenden Laufschritten, die ihn nur schnell von hier wegbringen sollten. Der Mund stand ihm in einer Grimasse offen, und die Luft zischte hektisch durch die zusammengebissenen Zähne.

Im Laufen fraß sich sein Verstand durch die traumatischen Ereignisse hindurch bis zu seltsam hoher Klarheit. Er zögerte nicht einen Augenblick, er schwankte nicht unentschieden zwischen Entscheidungen, weil es keine Entscheidungen mehr zu treffen gab. Er wußte, die Polizei würde jetzt gleich aus drei verschiedenen Richtungen kommen, weil es für ihre Wagen nur drei Richtungen gab, woher sie kommen konnten. Dann würden sie sich überall verteilen, die Zufahrtswege sperren und im nächsten Moment in den Gassen zwischen den Häusern sein. Beim vierten Seitenweg bog er ab, rannte in die Eingangshalle eines Wohnblocks, der so aussah wie sein eigener, ging durch das Erdgeschoß und zur Hintertür hinaus, dann am nächsten Wohnblock entlang und über die Straße, wo er wieder durch die Halle lief und auf der Rückseite in seiner Straße herauskam, nur eine Querstraße von seiner Wohnung entfernt.

Er rannte die Treppen zu seiner Wohnungstür hinauf, zum letzten Mal. Er wußte, die Verrückte hielt ihn mit ziemlicher Sicherheit für tot. Selbst wenn ihr Zweifel kamen und sie seine Adresse kannte, konnte sie unmöglich vor ihm hier sein. Er machte seine Tür auf, trat schnell ein und schloß hinter sich ab.

Es fiel ihm leicht, das jetzt Nötige in der richtigen Reihenfolge zu tun. Zuerst erledigte er den Anruf. Sie war nicht zu Hause, also sprach er ihr auf den Anrufbeantworter. Dann nahm er das Bargeld aus den diversen Verstecken in der Wohnung, packte ein paar Sachen zusammen und wischte von allem, was er gewöhnlich anfaßte, die Fingerabdrücke ab. Er holte alle Gläser und Flaschen aus dem Kühlschrank, stellte sie in die Spüle und ließ Wasser darüberlaufen, bis er sicher sein konnte, daß alle Fingerabdrücke verschwunden waren, dann warf er sie zusammen mit seiner Einkaufstüte in den Müllsack.

Er nahm den Koffer und den Sack, verließ die Wohnung, verschloß die Tür, wischte den Griff ab und ging schnell über die Hintertreppe hinunter. Den Sack warf er in den Müllcontainer. Dann ging er um die Ecke zu seinem Wagen, legte das Gepäck in den Kofferraum und fuhr los.

Earl und Linda saßen in einem Straßencafé in Golden, einem Ort in den Bergen, eine halbe Stunde westlich von Denver, und sahen in dem Wand-Fernseher die Elf-Uhr-Nachrichten. Die Reporterin sprach gerade von der »sinnlosen, einer Hinrichtung ähnlichen Ermordung eines jungen Polizeibeamten«.

Earl zog unwillig die Brauen zusammen. »Das ist doch wieder mal typisch. Sie haben keine Ahnung, warum es passiert ist, aber sie nennen es sinnlos. Die liest offenbar nur die Wörter auf dem Teleprompter ab, aber sie weiß überhaupt nicht, was sie redet.«

Linda konnte sehen, daß die Reporterin etwa sieben Meter neben dem Lexus stand, und die Polizisten hinter ihr pinselten alle Oberflächen mit Adhäsionspulver ein. Der Kofferraumdeckel stand offen. »Die Polizei bittet die Bevölkerung dringend um sachdienliche Hinweise. Noch liegen keinerlei verläßliche Anhaltspunkte darüber vor, warum der Polizeibeamte sterben mußte. Nach meinen Informationen ist man jedoch der Meinung, daß ihm – obwohl der Lexus bis jetzt nicht als gestohlen gemeldet ist – an dem Wagen etwas Verdächtiges aufgefallen ist und er deshalb angehalten hat.«

Linda wagte fast nicht mehr zu atmen und wartete, ob Earl das Nichtgesagte bemerkt hatte. Nach einer Weile war ihr klar, daß er es längst herausgehört hatte. Er kippte den letzten Rest Bier hinunter, setzte das Glas auf dem Tisch ab und sagte: »Na, dann kriegen wir mal besser raus, wo er jetzt ist.«

»Tut mir leid, Earl«, sagte sie. Sie wäre gern noch länger in dem Café sitzengeblieben, weil hier Menschen waren, aber dann ging sie gutgelaunt mit Earl hinaus in die Dunkelheit. Er war ohne weiteres dazu fähig, seine Wut solange zurückzuhalten, bis sie irgendwo auf einer verlassenen Landstraße waren. »Tut mir wirklich leid. Ich weiß nicht, wie mir so was ...«

»Ich bin schuld«, sagte er. »Ich hab' dich unterbrochen, bevor du ihn richtig plattmachen konntest.« Dann fügte er hinzu: »Ich denk' mir die ganze Zeit: Sie hätte den Tank treffen können; wenn wir ein paar Meter weiter weg gestanden hätten, wäre das keine schlechte Idee gewesen.« Er zog sie am Arm weiter. »Besser jedenfalls als diese Scheiße. Sollte ein Scherz sein.«

Als sie zurück in dem Viertel waren, in dem Hatcher als David Keller gewohnt hatte, fuhren sie an der Stelle vorbei, wo er seinen gebrauchten Saturn geparkt hatte. Sekundenlang spürte Linda eine überraschende, tatendurstige Erregung: Der Stellplatz war nicht leer. Aber als Earl näher dran war, sah sie, daß da ein Thunderbird stand.

Earl parkte den Wagen hinter Hatchers Haus eine Querstraße weiter, dann stiegen sie im Haus die Treppe hinauf. Earl öffnete ohne Mühe die Tür, und sie gingen hinein, zogen ihre Handschuhe an und begannen mit der Durchsuchung. Nach einem Blick in den Kühlschrank wußte Linda, wie der Rest der Wohnung aussehen mußte.

Fünfzehn Minuten später setzte sich Earl auf die Couch. »Er wird immer besser.«

»Jetzt muß er sich aber auch nicht mehr um so vieles kümmern«, sagte Linda. »Sie hat ihm beigebracht, mit leichtem Gepäck zu reisen.«

»Überlegen wir mal«, sagte Earl. »Er ist im Kofferraum. Du schießt viermal da rein. Vier Kugeln, die da drin rumkrachen und überall abprallen. Da nimmt man doch an, daß ihn eine davon kaltgemacht hat, oder?«

»Ja. So hatte ich es mir gedacht. Aber so war es dann nicht. Wir haben nirgendwo Blut gesehen.«

»Er weiß, er hat unheimliches Glück, aber er hat eine Heidenangst. Er hört, daß wir gehen, springt raus und rennt weg, als wäre der Teufel hinter ihm her, vermutlich über die Hinterhöfe, sonst hätte ihn die Polizei geschnappt. Er ist so blöd, daß er das Richtige macht. Er rennt nicht in die Stadt. Er kommt hierher zurück. Was tut er als nächstes?«

»Sieht so aus, als hätte er aufgeräumt.«

»Richtig. Das kann er nicht wegen uns getan haben. Wir wissen ja schon, wer er ist. Er denkt sich, die Polizei kommt hier rein und sucht ihn. Was tut er dann?«

»Er fährt mit dem Wagen weg.«

»Das kommt als letztes. Zuerst?«

»Er packt seine Sachen. Steckt vermutlich etwas Fluchtgeld ein und die zweite Pistole.«

Earl nickte zufrieden. »Genau das. Versetz dich an seine Stelle. Du hast Angst. Du hast solche Angst, daß du eben nach Hause gerannt bist, so schnell du kannst. Du räumst auf, du wirfst alles in einen Koffer. Du bist kurz davor, zur Tür rauszugehen und so lange zu fahren, bis dir das Benzin ausgeht. Wohin fährst du?« Lindas Augen verengten sich, sie biß sich auf die Unterlippe, dann ließ sie sie wieder los und lächelte. Sie blickte an Earl vorbei zum Telefon auf dem Tisch. »Hat das eine Wiederholtaste?«

Earl holte das kleine Tonbandgerät aus seiner Tasche. »Das ist ein Test«, sagte er, »wehe, du funktionierst nicht.« Er drückte zwei Tasten. »Das ist ein Test, wehe du funktionierst nicht«, sagte der Apparat. Earl drückte wieder zwei Tasten und sah Linda an. Er hob den Hörer ab, hielt mit einer Hand das Bandgerät mit dem Mikrophon fest an die Sprechmuschel gedrückt, drückte mit der andern die Wiederholtaste und nahm die schnelle Abfolge der Zahlentöne auf.

Linda zählte mit. »Elf Ziffern. Ferngespräch. Vorwahl und Teilnehmernummer.«

Earl hängte auf, bevor das Telefon am anderen Ende der Leitung klingeln konnte. Dann spulte er das Band zurück und gab Linda das Gerät. »Jetzt krieg die Nummer raus.« Er stand auf, nahm eine winzige Taschenlampe und leuchtete die Oberfläche der Möbel damit ab.

Linda hob den Hörer ab, sagte »Eins« in das Tonbandgerät, dann drückte sie auf die Eins am Telefon und nahm den dazugehörigen Ton auf. Sie sagte »Zwei«, drückte zwei Tasten und hatte die nächste Aufnahme. Nach der Sechs hängte sie ein, um nicht versehentlich einen tatsächlichen Anruf zu machen, dann überspielte sie die noch fehlenden Töne.

Sie brauchte zehn Minuten, dann hatte sie die Telefonnummer entziffert. »Ich glaube, ich hab's. Soll ich es mal versuchen?«

Earl sagte: »Mach mal.«

Linda sagte laut: »Eins. Vorwahl Sieben-eins-sechs«, dann wählte sie die Nummer. Es klingelte viermal, dann hörte sie die Stimme einer Frau. »Bitte sprechen Sie nach dem Signalton.« Linda legte auf. »Das ist sie. Sie hat den Anrufbeantworter eingeschaltet.«

Earl schlug David Kellers Telefonbuch auf und leuchtete hinein. »Sieben-eins-sechs ... Das ist der Staat New York ... Buffalo, N.Y.« Er klappte das Telefonbuch zu und sah Linda an. »Vielleicht haben diesmal wir Glück, nicht er, und sie auch nicht. Sie hat den Anrufbeantworter an. Er hat sie vor höchstens ein, zwei Stunden angerufen. Kann sein, der Apparat ist an, weil sie mit ihm gesprochen hat und schon unterwegs zu ihm ist. Kann aber auch sein, daß auch er nur den Anrufbeantworter dran hatte und ihr eine Nachricht hinterlassen hat.«

Linda starrte das Telefon so durchdringend an, als könnte sie bis ans andere Ende der Leitung sehen. »Fast alle diese Dinger kannst du von überallher abhören. Bei unserem braucht man dazu nur einen Zwei-Ziffern-Code.«

»Dann gibt es nur hundert mögliche Kombinationen. Und wir müssen die Telefonrechnung ja nicht bezahlen.«

Um zwei Uhr morgens hörte Linda zum ersten Mal etwas Besonderes. »Bitte sprechen Sie ...«, aber dann brach die Ansage ab. Es gab ein leises Klicken, und Linda hörte, wie sich der Anrufbeantworter zurückspulte, dann wieder ein Klikken. Linda hielt Earls Bandgerät gegen die Sprechmuschel des Telefonhörers.

»Jane? Jane? Ich bin's. Ich habe ein Problem. Sie haben mich irgendwie gefunden. Heute abend wollte eine Frau mich umbringen. Ich muß hier weg. Ich gehe nach Norden, vielleicht nach Cheyenne. Nein, das ist zu nah. Billings. Ich versuche, nach Billings, Montana, zu kommen. Von da rufe ich Sie wieder an.« Linda gluckste vor Vergnügen, während sie Earl die Aufnahme vorspielte, aber er lächelte nicht einmal, sondern starrte nur die Wand an.

Als er die Nachricht zu Ende gehört hatte, saß er eine Weile schweigend da, dann sah er auf die Uhr. »Wir sollten uns beeilen. Ich muß dich in ein Flugzeug setzen, und ich muß nach Norden.«

»Wieso mich in ein Flugzeug setzen?«

Er sprach so sanft mit ihr, daß sie Angst vor ihm bekam. »Liebling, er hat dein Gesicht gesehen. Ich kann dich in Billings nicht gebrauchen.«

»Schickst du mich heim?«

»Heim?« Sein Lächeln kam als wütendes Knurren heraus. »Nein. Du mußt dich um sie kümmern.«

13

»Jane? Jane? Ich bin's. Ich habe ein Problem. Sie haben mich irgendwie gefunden. Heute abend wollte eine Frau mich umbringen. Ich muß hier weg. Ich gehe nach Norden, vielleicht nach Cheyenne. Nein, das ist zu nah. Billings. Ich versuche, nach Billings, Montana, zu kommen. Von da rufe ich Sie wieder an.«

Die Panik in seiner Stimme jagte Jane ein Prickeln über die Kopfhaut, und in ihrem Nacken bildete sich heißer, unangenehmer Schweiß. Die mechanische Stimme sagte »Keine weiteren Nachrichten«, es klickte noch einmal und das Band schaltete sich ab. Sie drückte noch einmal auf die Abhörtaste und hörte Hatchers Stimme: »Jane? Jane?« Sie hörte sich die Aufnahme noch einmal an und entnahm jedem Wort seiner Mitteilung Informationen, von denen Pete Hatcher keine Ahnung haben konnte.

Er hatte irgendeinen Fehler gemacht, aber selbst nachdem er seine Henkerin gesehen hatte, wußte er nicht welchen. Er hatte sich drei Monate versteckt gehalten, also hatte es nichts mit der Fluchtroute zu tun. Er mußte als David Keller irgend etwas getan haben, was seine Verfolger von Pete Hatcher erwarteten. Sein Name war auf irgendeiner Liste aufgetaucht.

»Ich gehe nach Norden, vielleicht nach Cheyenne. Nein, das ist zu nah.« Sie spürte, wie sich ihr Magen zusammenzog. Er hatte die ganze Zeit in dieser Wohnung in Denver gesessen, er war hundertmal aufgestanden und hundertmal zu Bett gegangen, und niemals hatte er sich einen Fluchtweg ausgedacht, falls sie ihn doch eines Tages finden sollten. Es hörte sich an, als suchte er während er sprach mit dem Finger auf einer Landkarte nach einem Ort, der seinem in Panik geratenen Denken Sicherheit versprach.

Sie hatte ihm gesagt, er solle Notfallpläne ausarbeiten. Denn wenn etwas passierte, dann wäre er zu keinem klaren Gedanken mehr fähig und würde wesentliche Details vergessen, Dinge zurücklassen, die er später brauchte. Aber hatte sie es ihm wirklich gesagt? Sie rief sich die letzten beiden Gespräche ins Gedächtnis. Sie war sicher, es ihm so gesagt zu haben. Sie hatte versucht, in ihm eine bestimmte Einstellung zu erzeugen. Andere Menschen konnten ihre Entscheidungen in letzter Minute treffen, aber nicht einer, der wie er auf der Flucht war. Er mußte im voraus wissen, an welchen Orten er sein Gesicht zeigen konnte, was er tun und nicht tun durfte, und was er antworten mußte, wenn ihn jemand etwas fragte.

Janes Verdacht erhärtete sich und wurde zur festen Überzeugung. Sie hatte Pete Hatcher nicht beigebracht, wie er am Leben bleiben konnte. Die Entschuldigungen überschwemmten ihr Denken. Ihn aus Las Vegas herauszubringen, war nicht dasselbe, wie einen Fliehenden in die richtige Richtung zu lenken. Es war wie die Organisation eines Gefängnisausbruchs. Er wurde beschattet, verfolgt, verdächtigt von Leuten, die offenbar ausschließlich damit beschäftigt waren. Aus dem Stand mußte sie ihn da herausholen und dann fast ihre gesamte Energie darauf verwenden, die Verfolger aufzuhalten. Aber jetzt half es nichts, daß sie sich die Umstände seiner Flucht noch einmal vergegenwärtigte. Worte allein konnten vielleicht ihre Hast entschuldigen, aber sie sprachen sie nicht frei, wenn Pate Hatcher starb.

Und jetzt war er auf dem Weg nach Billings, Montana, einer Stadt mit höchstens achtzigtausend Einwohnern, wo jeder, der Hatchers Wagen finden wollte, bloß einen Nachmittag lang herumfahren und nach ihm die Augen offenhalten mußte. Daß er einen Wagen hatte, wußte sie von der Nachricht auf dem Anrufbeantworter. Wenn er sich mitten in der Nacht zwischen einer Fahrt nach Cheyenne und der Interstate 25 entschied, dann hatte er einen eigenen Wagen.

Sie sah sich in ihrem Schlafzimmer um. Es fiel ihr auf, daß sie nach ihrer Heirat sehr wenig von hier mitgenommen hatte. Fast kam es ihr so vor, als hätte sie Jane Whitefield hier, wo sie keinen Schaden anrichten konnte, zurückgelassen. Beinahe alle ihre Kleider hingen noch im Schrank unter den Plastikhüllen aus der Reinigung, und die Kommode war alles andere als leer.

Sie ging auf den Gang und die Treppe hinunter, dann durch die Küche zur Kellertreppe und machte Licht. Das Haus stammte aus der Zeit, als man einen Keller noch aus Steinen mauerte, und die Balken, die das Erdgeschoß trugen, waren rohbehauene Baumstämme, die Fußbodenbretter darauf wurden von Nägeln mit viereckigen Köpfen gehalten. Sie ging zu dem alten Regal, in dem ihre Großmutter immer Eingemachtes aufbewahrte, geschälte Birnen und Pfirsiche in Sirup, gekochte Tomaten, Apfelmus, Maissuppe und Erdbeeren, alles in großen Steinguttöpfen mit einem Gummiring und darüber einem Glasdeckel, luftdicht verschlossen von einer Stahldrahtklammer. Das Einwecken im Herbst begleitete das ganze Leben ihrer Großmutter. Aus der Zeit ihrer Mutter hatten nur die alten Töpfe überlebt.

Jane ging zur Ölheizung, stellte die Trittleiter daneben und nahm aus den Heizungsrohren ein Zwischenstück heraus. Es war ein rundes Rohr, ein Überrest der Jahre, als das Haus noch über einen Kohleofen beheizt wurde. Jetzt war die Rohrleitung an nichts mehr angeschlossen, aber sie führte immer noch von der Stelle, an der kein Kohleofen mehr stand, hinter einer Biegung an der Wand nach oben und durch den Fußboden in die Küche bis dahin, wo früher das große Messinggitter war. Sie schaute ins Rohr hinein, fand die Schachtel und stellte sie auf der obersten Stufe der Leiter ab. Sie nahm aus den Papieren nur die von James Weiss heraus: seine Geburtsurkunde, seinen New Yorker Führerschein, die Kreditkarten, die Sozialversicherungskarte, das Abschlußzeugnis der Universität und die Lebensversicherung, die er sechs Jahre vorher abgeschlossen hatte. James Weiss war eine der glaubwürdigsten Identitäten, die sie je zusammengestellt hatte, und von allen erwachsenen Männern die beste.

James Weiss hatte keine lange Ahnentafel, aber seine Ausweisdokumente waren das Ergebnis einer komplizierten Geschichte. Die Geburtsurkunde war echt. Vor Jahren hatte ein Bekannter von Jane an einem Distriktsgericht in Pennsylvania eine neue Arbeitsstelle gefunden und den Akten in aller Stille fünfzig neue Geburtsurkunden hinzugefügt. Jane hatte ihm zwanzig abgekauft. Sie fand diese Methode so gut, daß sie zwei Frauen, die an Gerichten in Ohio und Illinois im Büro arbeiteten, gestattete, ihr in gleicher Weise zu helfen. Die Frau in Ohio hatte ihre Hilfe angeboten, weil sie ein kleines Mädchen kannte, für das Ohio kein sicherer Ort mehr war, und nur Jane konnte die Kleine verschwinden lassen. Die Frau in Illinois schickte die Geburtsurkunden ihrer neugeschaffenen Menschen als Geschenk an Jane, und zwar genau am Jahrestag ihres eigenen Verschwindens, ihrer Flucht aus einer unrettbaren Situation in Kalifornien.

James Weiss war eine Schöpfung aus Illinois. Jane hatte ihm eine Sozialversicherungskarte und einen Führerschein verschafft, indem sie einen jungen Mann, der ihr einen Gefallen schuldete, mit den Anträgen zu den entsprechenden Behörden schickte. Das Universitätszeugnis ging auf einen anderen Trick zurück, den sie ebenfalls damals erfunden hatte. Sie suchte solange in alten Universitätszeitungen, bis sie einen James Weiss fand, der an der University of California in Berkeley seinen Abschluß gemacht hatte. Unter dem Vorwand einer Kreditprüfung bekam sie die Auskunft, daß sie eine Abschrift sowie eine Kopie des Diploms anfordern müßte. Jeder, der es wissen wollte, konnte dort anrufen und sich von der Echtheit der Dokumente überzeugen.

Danach hatte Jane eine Versicherungsgesellschaft ausfindig gemacht, die bei einer Lebensversicherung unter zweihunderttausend Dollar keine ärztliche Untersuchung verlangte, und James Weiss für hunderttausend versichern lassen. In derart kleinen Schritten hatte sie über Jahre hinweg seine Identität aufgebaut.

In den meisten Fällen, wenn jemand aus seiner früheren Welt verschwinden mußte, hatte sie von speziellen Profis falsche Papiere gekauft. Aber diese Profi-Fälscher waren keine unverrückbaren Orientierungspunkte in der Landschaft. Lewis Feng in Vancouver wurde ermordet. George Karanjian in New York wurde zu reich für das Berufsrisiko und ging in Pension.

Um ungehindert reisen zu können, kaufte und verbrauchte Jane für sich selbst solche Identitäten dutzendweise. Danach vernichtete sie diejenigen, die ihr gefährdet erschienen. Außerdem hatte sie jedoch fünfzehn auf Vorrat, die sie sich selbst geschaffen hatte, ein paar davon bewahrte sie hier im Haus auf, andere in Bankschließfächern in New York, Chicago, Los Angeles und Toronto.

Sie suchte sich sechs weitere Dokumentensätze heraus, die jeweils für ein verheiratetes Paar galten, legte sie zu den Papieren von James Weiss, steckte das Rohr zurück und ging hinauf, um ihre Telefonanrufe zu erledigen. Zuerst die Fluglinie. Die Maschine nach Chicago ging in zwei Stunden. Dann atmete sie einmal tief durch und wählte ihre eigene, die neue Nummer.

Carey war am Apparat. »Hallo?«

»Hi, Carey«, sagte sie. »Ich hätte gern, daß du was für mich tust und keine Fragen stellst, bis du da bist.«

»Bis ich wo bin?«

»Können wir uns im Haus in Deganawida treffen?«

Er zögerte eine Sekunde. »Na gut. Soll ich jemanden anrufen? Mich zu einem Abendessen umziehen? Gleich die Kaution mitbringen?«

»Komm einfach her.« Sie hängte ein. Sie wünschte, sie hätte lachen können, als er von der Kaution sprach. Eigentlich war es ja ein guter Scherz. Aber auch nur, wenn sie wirklich die Ehefrau gewesen wäre, die sie werden wollte. Sie ging nach unten und holte den Koffer aus dem kleinen Büro, das früher einmal das Nähzimmer ihrer Mutter gewesen war.

Dann überprüfte sie die Fensterriegel im Erdgeschoß, schraubte in die beiden Lampen, die an die Schaltuhren angeschlossen waren, neue Glühbirnen und rannte wieder nach oben.

Als Carey ins Schlafzimmer kam, war sie schon am Packen. Er betrachtete kurz den Koffer, dann sah er sie an. Er sagte: »Ich hoffe, du hast mich angerufen, weil ich dir helfen und ein paar Sachen nach Hause tragen soll.«

Jane lächelte traurig. »Ich möchte, daß du dir etwas anhörst.« Sie ging zum Anrufbeantworter, drückte auf den Knopf und beobachtete Careys Gesicht, während Pete Hatchers Stimme sprach, ängstlich, fassungslos und außer Atem. »Jane? Jane?« Danach, beim klappernden Geräusch des eilig aufgelegten Hörers, drückte sie die Löschtaste und kam zu ihm. Sie berührte seinen Arm, er fühlte sich steif und hart an, aber als sie ihn am Ärmel zupfte, setzte er sich neben sie aufs Bett.

Er sagte: »Ich kann das alles gar nicht glauben.«

Sie seufzte und suchte nach einem guten Anfang für ihre Erklärung. »Ich liebe dich.« So war es richtig. »Ich liebe dich. Mir wäre es auch lieber, das wäre nicht passiert.«

»Aber du hast es mir versprochen. Du hast gesagt, so etwas passiert nicht mehr. Nicht, daß es dir leid tut, sondern daß du alles tust, damit es nicht mehr geschieht.«

»Das hier ist etwas anderes.«

»Jane«, sagte er, »alles ist immer etwas anderes.«

»Ich möchte es dir gern erklären«, sagte sie ruhig. »Es klingt vielleicht nach einer faulen Ausrede, aber es ist keine. Ich sagte dir, wenn jemand zu mir kommt und mich um diese Art Hilfe bittet, dann sage ich ihm, daß ich das nicht mehr machen kann. Das hätte ich auch so getan. Aber jetzt brauche ich deine Hilfe. Ich will völlig aufrichtig mit dir sein und dir alles sagen, damit du mich verstehst. Du hast seine Stimme gehört. Er heißt – er hieß früher mal Pete Hatcher. Er arbeitete in einem großen Casino in Las Vegas. Und da ging es nicht ganz sauber zu. Er wußte allmählich zu viel. Er hat sich bei seinen Chefs verdächtig gemacht. Als ich ihn da rausholte, planten sie bereits, ihn umzubringen.«

Carey schüttelte den Kopf. »Wie schockierend – was ganz Neues. Eine Spielhölle, die sich als nicht ganz sauber herausstellt. Nicht zu fassen! Ich wette, Pete Hatcher war entsetzt. Das hat er sicher nicht mal im Traum für möglich gehalten.«

Sie sah ihn ein wenig verlegen an. »Auch das gehört zur Arbeit eines Lotsen. Manchmal waren die Leute, die ich aus ihren Schwierigkeiten herausgeholt habe, keine Unschuldigen, sie waren nur nicht clever genug oder haben sich selbst ins Elend gebracht. Pete Hatcher ist wahrscheinlich auch so einer. Aber er hat nichts getan, was in meinen Augen ein Kapitalverbrechen wäre.«

»Es wird dich vielleicht überraschen, aber von dieser Sorte gibt es unglaublich viele«, sagte Carey. »Milliarden. Manche von ihnen haben noch nicht einmal etwas Gesetzwidriges getan.«

Innerlich zuckte sie zusammen, aber sie zwang sich zur Ruhe. »Wenn Pete Hatcher heute abend zum erstenmal zu mir käme, würde ich ihm nein sagen. Aber er kam zu mir, bevor ich dir mein Versprechen gab. Möglicherweise verliert er jetzt sein Leben, weil meine Arbeit nicht gut genug war. Über so etwas kann ich nicht einfach hinwegsehen. Das ist genauso, wie wenn du einen Patienten operierst und einen Tupfer in seinem Bauch vergißt.«

»Nicht gerade ein passender Vergleich«, sagte Carey. »Wenn ich operiere, dann geschieht es in der berechtigten Ausübung meines gesetzlich erlaubten Berufs, ich tu nur das, wozu ich durch Studium und Praktikum ausgebildet wurde und wofür ich approbiert bin. Da eine Operation ein allgemein anerkanntes Verfahren ist, einen bedrohlichen und möglicherweise lebensgefährlichen Zustand zu beheben, führe ich die Operation durch. Ich bin Teil eines umfassenden Systems. Ich bin nicht jemand, der für sich allein beschlossen hat, daß die Ärzte da draußen nicht oft oder nicht gut genug operieren, und der deshalb daheim in seiner Küche selber ein paar Operationen veranstaltet.«

Sie drückte ihn an sich. »Du hast recht, Carey«, sagte sie.

»Wirklich?« Sie stand auf und ging zu ihrem Wandschrank. »Aber ja. Wenn du recht hast, hast du recht.«

»Und?«

»Und ich hatte recht, als ich dich zum Mann genommen habe. Nicht, daß da viel zu entscheiden gewesen wäre. Wir sprechen hier nicht über irgendeinen richtigen Beruf, den ich aufgeben müßte. Es ist mehr eine Art Zaubertrick, den ich vor langer Zeit gelernt habe, als ich noch zu jung und zu blöd war, um klar zu denken.«

»Also bleibst du hier? Du schickst ihm neue falsche Papiere und vergißt die Sache?« Sie sah ihn überrascht an. »Oh, entschuldige bitte, Carey. Das wollte ich damit nicht sagen.«

»Was wolltest du sagen?«

»Ich habe gemeint, ich bedaure diese ganze Geschichte mehr, als du ahnst. Du bist jetzt mein Leben. Wenn ich das hinter mir habe, verbringe ich die nächsten Jahre damit, bei dir alles wiedergutzumachen. Ich werde versuchen, dir die innere Ruhe und Sicherheit zurückzugeben, die ich jetzt gerade verspiele, damit du nicht bei jedem Telefonklingeln annimmst, ich hau danach ab und stelle irgendeine Dummheit an. Denn das werde ich nicht mehr tun. Aber ich kann nicht heute abend damit anfangen, so abgeklärt zu sein. Ich kann mich nicht verstellen. Ich lasse keinen im Stich, wenn ich weiß, daß ihn jemand umbringen wird.«

Carey ging zu ihr und nahm sie in den Arm. »Gibt es irgend etwas, was ich nicht gesagt habe, was dich umstimmen könnte?«

»Nein. Du warst ziemlich gut.«

»Du weißt, wie ich mich dabei fühle. Es ist sicher sinnlos, den ganzen Text herunterzubeten, wie es dem Mann geht, der seine junge schöne Frau ziehen läßt, die dann vielleicht irgendwo umgebracht wird.«

»Ich weiß, wie du dich fühlst«, sagte sie. »Ich kann nichts daran ändern.«

Er strahlte einen Augenblick übers ganze Gesicht, dann sagte er niedergeschlagen: »Mit Drohungen kommt man bei dir natürlich auch nicht weiter.«

»Nicht sehr weit«, sagte sie. »Du würdest mich nur sehr, sehr traurig machen. Und dafür müßtest du dich nicht mal anstrengen.«

»Also ist es ganz egal, was ich sage. Ich mache eine unangenehme Situation für uns beide nur noch unangenehmer.« Er betrachtete eine Zeitlang seine Schuhe. »Soll ich dich zum Flughafen fahren?«

Sie legte ihm die Arme um den Hals und drückte ihn so eng an sich, wie sie nur konnte, klammerte sich an ihn, und die Tränen liefen ihr über die Wangen. »Danke, Carey«, sagte sie. Dann drehte sie sich um, ging ins Bad und machte die Tür hinter sich zu.

Jane holte das Parfumfläschchen aus dem Medikamentenschrank, schraubte es auf und roch daran. Es hatte einen süßlichen Geruch nach feuchter Erde. Während der vergangenen Jahre hatte sie von Zeit zu Zeit Wutschierlingswurzeln gesammelt, sie zerstoßen, den Saft herausgezogen, gereinigt und destilliert. Das Konzentrat in ihrer Hand war noch ausreichend frisch und vielleicht sogar stärker als das vorige. Wenn ein Irokese der Alten Zeit Selbstmord begehen wollte, dann kaute er diese Wurzel und war zwei Stunden später tot. Der Extrakt wirkte erheblich schneller. Sie steckte das Fläschchen in ihre Handtasche und hatte wieder die Augen voller Tränen.

Sie stellte den Fuß auf den Rand der Badewanne und wickelte sich das Klebeband um den Oberschenkel. Sie wischte sich über die Augen und nahm behutsam das Jagdmesser aus ihrem Toilettenschrank, wo sie es an der Unterseite einer Schublade versteckt hatte. Es war sehr dünn, rasiermesserscharf und nicht aus Stahl, sondern aus Zirkoniumoxid, so daß eine Metallsonde nicht darauf ansprach, außerdem hatte es fast kein Eigengewicht. Sie klebte sich das Messer an den Oberschenkel, nahm den Fuß von der Wanne und ließ ihr Kleid herunter.

Sie ging ins Schlafzimmer und küßte ihren Mann. »Wie sehe ich aus?«

14 In der Zauber-Show gingen die Scheinwerfer: Miranda stand in einem viktorianischen Umhang hinter den hohen Fenstern eines achteckigen Gartenhäuschens. Die Wand hinter ihr war eine Reihe von Bücherregalen. Miranda stellte sich auf die Zehen, hob einen großen, ledergebundenen Folianten herunter, schlug ihn auf und blätterte in den Pergamentseiten, während sie gleichzeitig auf einen kleinen Tisch zuging. Schließlich fand sie die gesuchte Stelle und las mit gesteigerter Aufmerksamkeit weiter. Dann schlug sie das Buch zu, legte es auf den Boden und schnippte mit den Fingern.

Auf dem Tisch erschien eine Champagnerflasche. Sie schnippte wieder, und neben der Flasche stand ein Glas. Sie blickte mit finsterer Konzentration auf die Flasche: Nichts geschah. Sie holte einmal tief Atem, starrte noch intensiver, und dann flog der Korken mit einem Knall drei Meter hoch in die Luft. Fröhlich fing sie ihn auf, hielt ihn fest, und er verwandelte sich in einen kleinen Vogel. Sie öffnete das Fenster, ließ ihn über die Köpfe der Zuschauer davonfliegen und machte das Fenster wieder zu.

Nun nahm sie den Champagner und füllte das Glas, hob die Flasche hoch in die Luft, so daß ein heller Strahl im Scheinwerferlicht aufglühte, zuerst grün, dann rot, dann blau, dann in der goldglänzenden Farbe ihrer Haare. Sie trank ein wenig, stellte das Glas wieder auf das zierliche Tischchen, trat einen Schritt beiseite und wandte sich dem Publikum zu, als sollte jetzt erst die Vorstellung beginnen. Aber da überlegte sie es sich anders und ging zu dem Tisch zurück. Noch einmal füllte sie das Glas. Die schäumenden Blasen stiegen bereits bis zum Rand, aber sie setzte die Flasche nicht ab. Der Schaum stieg schon aus dem Glas heraus, quoll über, lief den Stiel entlang auf den Tisch und dann auch auf den Fußboden. Sie war scheinbar ganz fasziniert vom Anblick der perlenden, blasenwerfenden, überschäumenden Flüssigkeit. Bald stand sie knöcheltief in einem Schaumteppich, der sich allmählich über den ganzen Boden des Gartenhäuschens ausbreitete.

Miranda schien irgendwie ratlos. Sie hielt die Flasche gerade und studierte neugierig das Etikett. Aber währenddessen bemerkte sie, daß auch aus der aufrecht stehenden Flasche noch Flüssigkeit heraussprudelte. Sie kam immer kräftiger heraus, zuerst wie ein Springbrunnen, bald jedoch wie ein Vulkanausbruch. Miranda stellte die Flasche schnell auf den Tisch und wich erschrocken zurück bis an die hohe Bücherwand.

Das Publikum war verzaubert, aber Miranda machte sich scheinbar Sorgen um ihr langes Kleid aus dem neunzehnten Jahrhundert. Sie hielt es mit beiden Händen etwas hoch, da der Champagnerschaum schon ihre Tanzschuhe durchnäßte und ihr mittlerweile bis zu dem Knöcheln ging. Sie blickte hilfesuchend in die Kulissen, aber offenbar war sie vor ihren Assistenten durch die Wände des Häuschens verdeckt. Ungeduldig winkte sie hinauf zur Lichttechnik und zum Musikmischpult in der Glaskabine hinter dem Publikum, aber als sich die Zuschauer umdrehten, sahen sie nur, wie die beiden Techniker hilflos und verzweifelt die Schultern zuckten und den Kopf schüttelten. Der Beleuchter hatte als einziger noch ein wenig Geistesgegenwart behalten und schaltete über Miranda eine Reihe von Scheinwerfern ein, um wenigstens sehen zu können, was da eigentlich vor sich ging.

Während die Überschwemmung aus der Flasche höher und höher stieg, sah es für das Publikum so aus, als wäre Miranda nun ganz allein auf sich gestellt. Sie lief zu den Bücherregalen, setzte einen Fuß auf das unterste Brett, stieß die Bücher mit den Zehen nach hinten und kletterte hinauf. Am sechsten Brett verfing sich ihr Fuß im Saum und rutschte ab. Sie verlor den Halt, rutschte mit einem grauenerregenden Zucken ab, erwischte mit den Händen gerade noch ein Regalbrett und hing nun da.

Ihr Fuß fand eine neue Stütze, und damit bekam sie eine Hand frei. Sie knöpfte sich vorne das Kleid auf und ließ es bis zu den Knöcheln fallen. Sie stieg mit einem Fuß aus dem Haufen Stoff heraus und blickte verzweifelt über die Schulter. Mit der freien Hand machte sie eine schnelle Bewegung, und da erschien ein hölzerner Kleiderbügel in der Luft. Sie gab dem Kleid einen Fußtritt, und im nächsten Augenblick flog es durch die Luft und hängte sich von selbst auf den Bügel. Mit einem Fingerschnippen ließ Miranda Bügel und Kleid wieder verschwinden.

Jetzt hatte sie nur noch ein Korsett an, dazu einen Petticoat und weiße Strümpfe. Ihr athletischer Akrobatenkörper schien nun das Regal mühelos hinaufzuklettern. Als sie es geschafft hatte und auf dem oberen Rand der Gartenhauskonstruktion saß, schwappte die schaumige Flut bereits die Fenster hoch: Das Bücherzimmer war zum Aquarium geworden.

Auch die Zuschauer hatten diesen Eindruck, und im nächsten Moment konnte sich ihm niemand mehr entziehen. Zwischen den Büchern sprangen halbmeterlange Fische heraus, schwammen tiefer in den Raum und sahen sich die Möbel an. In den Köpfen der Zuschauer arbeiteten fieberhaft die eingeübten Erklärungsmuster: Waren das lebendige Fische oder künstliche, oder gar bewegliche Fisch-Hologramme, die von irgendwo hinter der Bühne in das Gartenhaus hineinprojiziert wurden? Aber solche Gedankengänge kamen dauernd ins Stolpern und brachen zusammen, weil bei dieser Show selbst ein noch so schlaues Methodenraten keine Antwort lieferte. Immer wieder kam etwas Neues, Überraschendes hinzu und veränderte schlagartig das Bild.

Miranda war sichtbar fasziniert von dem Geschehen in der Bibliothek zu ihren Füßen. Im Augenblick schien sie das Publikum völlig vergessen zu haben. Sie zog einen Strumpf aus und steckte die Zehe prüfend in die Flüssigkeit. Sie stand auf und tänzelte über die Bücherschränke. Sie schaute in den Pool hinunter, ließ ihr Korsett fallen, stieg aus dem Petticoat und stand in einem leuchtend orangefarbenen Bikini da. Sie nahm auf den Regalen einen kleinen Anlauf, sprang hoch, machte in der Luft einen Salto und tauchte senkrecht ins Wasser.

Die Zuschauer konnten durch die hohen Scheiben sehen, wie sie mit den gelben und hellblauen Fischen im Zimmer herumschwamm. In diesem Augenblick geschah das Unvorstellbare. Man hörte ein schneidendes Krachen und Splittern, die Glaswände brachen auf, und die Wassermasse lief auf die Bühne, wurde aber sofort von versteckten Abflußrohren aufgesaugt. Miranda blieb auf dem Teppich unter dem Tisch liegen. Sie schüttelte sich ein wenig, stand auf, verneigte sich und warf Handküsse in den Zuschauerraum. Danach verneigte sie sich noch einmal, diesmal besonders tief. Ihr Gesicht nahm diese verspielte, seltsam verschmitzte Miene an, dann hob sie einen der am Boden herumliegenden Gegenstände auf und hielt ihn hoch.

Es war ein großes Gemälde, das von der eingestürzten Wand gefallen war. Darauf war Lady Godiva zu sehen, die auf ihrem weißen Pferd ritt.

Miranda sah an sich und ihrem Badeanzug herunter, blickte dann ins Publikum. Ihr Lächeln hatte jetzt etwas durchaus Zweideutiges. Das Publikum brüllte vor Vergnügen und drängte sie, das nur Gedachte nun aber auch zu tun. Sie lehnte das Bild an den Tisch, hob den großen Folianten auf, der immer noch neben der Flasche lag. Sie blätterte schnell die Seiten auf, fand, was sie suchte, las es durch und schlug das Buch zu.

Dann trat sie ein paar Schritte zurück, zeigte mit gewichtiger Miene auf das Bild, zwinkerte den Zuschauern noch einmal kurz zu, hob die Hand und deutete auf ihren Kopf.

Plötzlich gab es einen blendenden Lichtblitz, eine Rauchwolke und Miranda war verschwunden. An ihrer Stelle stand jetzt eine elegante weiße Araberstute. In die Mähne war ein hellrotes Stück Stoff geflochten, das ohne weiteres Mirandas Bikini-Oberteil sein konnte, und in den langen Schweifhaaren sah man das Höschen dazu. Die Zuschauer johlten und applaudierten hochzufrieden: Wäre Miranda ein Pferd gewesen, dann genau dieses.

Die weiße Stute ging zum Tisch, stieß mit den Nüstern in die Buchseiten, als wollte Miranda sehen, wo sie einen Fehler gemacht hatte, dann kam sie an die Rampe, streckte den rechten Vorderhuf vor und senkte tief den Kopf zur letzten Verbeugung. Noch ein donnernder Blitz und eine wabernde Rauchwolke, dann war auch das Pferd nicht mehr da.

Seaver saß auf dem Klappstuhl neben Mirandas Techniker und sah ihm zu, wie er den hydraulischen Lift in Gang setzte, der das Pferd unter dem Bühnenboden verschwinden ließ. Der glänzende, gut dreißig Zentimeter dicke Metallzylinder wurde immer kürzer, gleichzeitig schossen die Bühnenplanken gegeneinander und schlossen die Öffnung mit einem Knall, doch die ohrenbetäubende Musik zu Mirandas Abgang übertönte ihn. Als sich die schwarze Plattform bis auf Augenhöhe abgesenkt hatte, sah er Miranda neben dem Pferd stehen. Sie schwang ein Bein hoch auf den Rücken des Tiers und stieg auf, setzte sich aber nicht aufrecht, sondern hielt das Pferd fest umschlungen, streichelte ihm die Schnauze, tätschelte leicht seinen Hals und sprach ihm leise und beruhigend ins Ohr, damit es vor Schreck durchging.

Dann hielt der Lift auf Höhe des Betonbodens der Unterbühne, Miranda glitt herunter, sprach aber immer noch, und Seaver konnte hören, was sie sagte: »Das war klasse, Baby, tolle Leistung. Du hast Mama eine Riesenfreude gemacht.«

Eine Frau, die wohl für die Betreuung des Pferdes zuständig war, trat heran, in der einen Hand ein Halfter, in der anderen einige Zuckerstücke. Miranda nahm den Zucker, schaute zu, wie die weichen Greiflippen ihr die Stücke von der Hand holten, und umarmte noch einmal den hohen Pferdehals. Miranda, selbst fast ein wildes Tier, schien die Anwesenheit des Fremden zu wittern. Sie suchte die mit elektronisch gesteuerter Hydraulik ausgefüllte Nische nach ihm ab und fand ihn mit einem Blick. Ihre Stimme wurde stahlhart: »Bring das Pferd weg, Judy.« Sie ging zu Seaver und blieb vor ihm stehen. Die Chefgarderobiere streifte ihr mit geübten Griffen den schwarzen Samtmantel die Arme hoch und über die Schultern und verschwand im Hintergrund. Miranda faßte nach dem Gürtel, zog die Enden nach vorn und band sie zusammen, eine kurze, abrupte Geste.

Sie sprach nicht mit Seaver, aber ihr Blick ließ ihn nicht los, während sie die übrigen Assistenten mit lauter Stimme fragte: »Wer ist das hier?«

Seaver erhob sich und lächelte. »Calvin Seaver. Pleasure Island, Vizepräsident für Sicherheitsfragen.« Man hatte ihm gesagt, daß Miranda schwierig sein konnte, also hielt er bereits seinen laminierten Dienstausweis in der Hand und dazu den Besucherschein für die Bühne, den man ihm im Inside Straight ausgestellt hatte. »Will King und ich, wir treffen uns ab und zu und besprechen gemeinsame Probleme. Kollegiale Höflichkeit.« Sie sah sich die Ausweise genauer an und richtete dann ihren Blick wieder auf sein Gesicht. »Tut mir leid. Aber Sie hätten ebensogut irgendein Reporter sein können oder einer, der anderen die Tricks klaut. Richtige Zauberer tun so was nicht. Kollegiale Höflichkeit. Wenn Sie was gesehen haben, was Sie noch nicht kannten, dann behalten Sie es für sich.« Sie trat einen Schritt zurück.

Mirandas Bühnenhelfer und Techniker hatten wie reglos dagestanden und nicht zu atmen gewagt. Jetzt löste sie den versteinernden Zauberspruch von ihnen. »Prima Show, und das gilt für alle von euch.« Sie bewegten sich wieder und gingen zurück an ihre hektische Arbeit, die keine Pausen kannte.

Miranda machte einen zweiten Schritt von ihm weg. »Ihre Geheimnisse sind bei mir sicher«, sagte er. »Zumindest im Augenblick.«

Sie drehte sich auf dem Absatz um und blickte ihm ins Gesicht. »Was wollen Sie von mir?«

»Drei Minuten« sagte er, »allerhöchstens fünf.«

»Kommen Sie.« Sie ging um zwei weitere Hydrauliklifte herum, dann vorbei an einem Schaltbrett, von dem aus offenbar während der Show die bis hierher verdrahteten explosiven Ladungen gezündet wurden, und weiter bis zum Ende der Unterbühne. Hier blieb sie stehen. »Hinter was sind Sie eigentlich her?«

»Ich suche eine Frau.«

»Lächeln Sie mehr. Das erhöht Ihre Chancen.«

»Eine bestimmte Frau. Dunkles Haar, sehr gutaussehend, in perfekter körperlicher Verfassung. Vor drei Monaten hat sie einen Mann namens Pete Hatcher verschwinden lassen. Sie erinnern sich bestimmt an den Abend, weil Sie ihn, im Auftrag dieser Frau, zu Beginn der Mitternachtsvorstellung durch den Hinterausgang rausgebracht haben.« Ihre linke Augenbraue hob sich ein wenig. »Hab ich das getan?«

»Ja. Zuerst dachte ich noch, die dunkelhaarige Frau seien Sie selbst. Wenn man sieht, was Sie so alles machen, dann ist es für Sie eine Kleinigkeit, mit einer schwarzen Perücke rauszugehen, damit zwei Sicherheitsleute in die falsche Richtung schauen.«

Er griff in seine Manteltasche, zog einen Umschlag heraus und hielt ihn ihr hin. »Also habe ich ein bißchen Hintergrundforschung betrieben. Ihre amtlichen Ausweise – Führerschein, Geburtsurkunde, Sozialversicherung – belegen alle, daß sie angeblich Katie Mullen sind. Auch Ihr Gewerkschaftsausweis und Ihre Personalakte. Sie kommen aus Ohio. Aber komisch, keine einzige von Katie Mullens Unterlagen ist älter als acht Jahre.«

Er beobachtete sie, während sie die Schulzeugnisse durchsah, dann die Sozialversicherungspapiere, dann die beiden Suchlisten, bei denen am rechten Rand mehrmals »keine« oder »nicht gefunden« stand. Sie zuckte die Achseln. »Vorher war eben nicht viel los bei mir.« Sie faltete die Dokumente zusammen, steckte sie in den Umschlag und gab sie ihm zurück.

Seaver steckte sie in die Innentasche seines Mantels. »Keinerlei Belege, daß Sie in Ohio in der High School waren.«

»Solche Auskünfte werden nicht gegeben.«

»Ich kenne eine Firma, die Klassentreffen organisiert. Da füttern sie alle Namen in einen Computer, für die Adressenlisten. Drei Jahrgänge haben sie für mich durchsucht.«

»Ich lüge bei meinem Alter.«

»Ihre Geburtsurkunde behauptet dasselbe wie Sie. Aber ich wette, das Papier der Originalurkunde ist ebenfalls nicht älter als acht Jahre.«

»Ich bin nicht die dunkelhaarige Frau.«

»Nein, sind Sie nicht. Sie sind jemand, dem sie einmal geholfen hat. Es gab nie eine Katie Mullen. Sie hat Ihnen geholfen, von irgendwo zu verschwinden, und jetzt haben Sie ihr geholfen.«

Sie lehnte sich mit dem Rücken an die Wand und verschränkte die Arme vor der Brust. »Und wer war ich vorher?«

Er hob kurz die Schultern. »Das ist mir egal. Ich will nur wissen, wer die dunkelhaarige Frau ist.«

»Und das ist alles?«

»Das ist alles.«

»Dann guten Abend.« Sie drückte sich von der Wand ab und ging auf den Korridor zu.

Seavers Hand packte sie am Arm, aber Miranda blickte so eiskalt auf diese Hand, daß Seaver sich fragen mußte, ob er damit nicht einen furchtbaren Fehler gemacht hatte. Er lockerte den Griff, und Miranda riß ihren Arm los. »Und was jetzt?« fragte sie.

»Ich möchte, daß Sie eine Minute darüber nachdenken, was Vincent Bogliarese sagen würde, wenn er wüßte, worüber wir hier reden.«

Sie sah ihn verblüfft an. Sie hatte Seaver unterschätzt. Sie wandte ihm ihr Gesicht zu. Das unglaublich goldene Haar war inzwischen zu einer wilden Mähne eingetrocknet, und auf der Haut, die sich über ihre wie gemeißelt wirkenden Knochen spannte, lag immer noch die Theaterschminke mit ihren metallischen Punktblitzen. Die großen Augen schauten ihn an ohne zu blinzeln und hatten wieder den gleichen wissenden Blick wie vorher auf der Bühne.

»Der schwarze Aufzug da drüben geht rauf in meine Garderobe. Vincent ist inzwischen sicher oben und wartet auf mich. Vielleicht weiß er schon alles, was Sie wissen. Vielleicht auch nicht. Kommen Sie mit.« Sie machte zwei Schritte, blieb stehen, drehte sich um und sah ihn an. Ihr Gesicht war ausdruckslos wie das schlechte Porträt einer Frau, aber das Feuer in ihren Augen brannte ihm auf der Haut.

Seaver mußte eine Entscheidung treffen. Er war seiner Sache ganz sicher gewesen, sonst wäre er gar nicht hierhergekommen. Sie hatte irgendwann früher in Schwierigkeiten gesteckt. Sie hatte sie hinter sich gelassen, weil sie die Hilfe einer Profi-Frau hatte, die ihr falsche Papiere verschafft und sie in Mirakel-Miranda verwandelt hatte. Nur aus diesem Grund hatte sie Pete Hatcher von der Bühne geschmuggelt. Wer konnte es sich schon leisten, eine Entertainerin wie sie für etwas Derartiges zu kaufen? Sie schuldete jemandem einen Gefallen, einen großen Gefallen, und sie hatte ihn zurückgezahlt. Nachdem Seaver sie jetzt kennengelernt hatte, war er noch fester davon überzeugt als vorher.

Die Personendaten, die er recherchiert hatte, deckten nur etwa acht Jahre ab. Da war zuerst die junge Katie Mullen, die hübsche Assistentin im kurzen Röckchen, die die Zuschauer ablenkte und die Falltüren öffnete, neben Mister Zenobia, einem Zauberer im abgewetzten Frack, dessen bessere Zeiten längst vergangen waren. Dann Mirakel-Miranda, die bei Kindergeburtstagen auftrat und abends in exklusiven Clubs, wo die Bedienung am Tisch zum Engagement gehörte. Danach, drei Jahre später, tauchte Mirakel-Miranda plötzlich in Las Vegas auf.

Aber Seaver hatte sich verkalkuliert. Eigentlich hätten ihn schon die acht Jahre stutzig machen müssen. Er hatte angenommen, sie sei vor irgendeinem typischen Frauenproblem weggelaufen, vor ein, zwei Verhaftungen wegen öffentlicher Prostitution vielleicht oder einem Zwischenjob als Pornofilmstar.

Seaver studierte ihr Gesicht und verlor sich plötzlich in seiner Verwunderung über ihre Falschheit. Sie versuchte den Eindruck zu geben, sie bluffte nur, aber dabei bluffte sie gar nicht. Sie hatte Vincent gegenüber alle ihre Karten aufgedeckt. Was sie für sich behielt, war jedoch erheblich schlimmer, als Seaver ahnen konnte. Was sie vor ihrem Geliebten versteckte, war nicht irgendeine peinliche Vergangenheit. Das war es überhaupt nicht.

Sie hatte Vincent alles erzählt, und das hieß, es gab keine Videos, auf denen sie einem dieser pickligen Junkies aus dem Fußvolk des Pornogeschäfts einen geblasen hätte. So etwas hätte einen Mann wie Vincent zur Raserei getrieben. Was sie im Verborgenen halten wollte, war vielmehr eine Anklage, die auch nach acht Jahren nicht einfach ausgestanden war, ein Schwerverbrechen wie bewaffneter Überfall oder Mord. Und Vincent Bogliarese war absolut der Letzte, der Miranda wegen eines Tötungsdelikts abgeschrieben hätte. Was immer Miranda früher mal angestellt hatte, Vincent senior hatte noch viel mehr auf dem Kerbholz. Was das betraf, wußte Seaver Bescheid: In diesen traditionsbewußten Familien mußte sich der Sohn erst einmal seine Sporen verdienen, bevor man ihm die Interna des Geschäfts anvertraute, und Vincent junior führte das Inside Straight seit mindestens zehn Jahren.

Seaver sollte also denken, sie bluffte nur, damit er mit ihr nach oben ging, so daß ihn da einer umbringen konnte. Um keinen Preis der Welt durfte er in diesen Lift einsteigen. Die Idee hatte ihm gleich nicht behagt, und jetzt ließ er sie mit guten Gründen fallen. Er war wegen einer ganz anderen Sache gekommen, und die hatte er in der Tasche. Mit den paar Dokumenten wollte er ihr nicht zeigen, wie wenig er von ihr wußte. Er wollte nur, daß sie die Papiere anfaßte. Nun konnte er einen seiner Ex-Partner bei der Polizei von Los Angeles bitten, die Fingerabdrücke einmal durch den Computer laufen zu lassen, um genau zu wissen, was er erbeutet hatte. Er ging nicht mit leeren Händen weg. Jetzt war er an der Reihe, so zu tun, als habe er nur geblufft.

»Nein«, sagte er, »ich glaube nicht, daß ich jetzt mit Mr. Bogliarese sprechen möchte. Fahren Sie ohne mich rauf.«

Miranda lächelte ihn breit und mit einem kurzen Augenzwinkern an. Dann drehte sie sich um, mit einer Grazie und Schnelligkeit, die keine andere Frau ihr nachgemacht hätte, denn allein Miranda konnte sich einen so überlebensgroßen Auftritt leisten. Sie ging in den Lift, und die Türen schlossen sich vor ihr.

Seaver entschied, nicht erst nach oben und dann mit allen Besuchern beim Hauptausgang hinauszugehen. Dafür war Miranda viel zu unberechenbar. Vielleicht erzählte sie jetzt schon ihrem Geliebten ihre eigene Version des gerade beendeten Gesprächs. Seaver ging direkt zu der Stahltür im Hintergrund und sagte zu dem Bühnenhelfer dort: »Können Sie mich rauslassen?« Über der Tür hing ein Schild: »Nur Notausgang. Bei Mißbrauch Alarm«, aber er war sicher, es mußte einen Schlüssel dafür geben, denn auf diesem Weg war ja auch Pete Hatcher entkommen. Der Bühnenhelfer öffnete ihm die Tür, und Seaver stand im Freien auf einem engen Streifen Asphalt zwischen den geparkten Wagen der Theaterarbeiter.

Er brauchte über fünf Minuten, bis er wieder an der Vorderseite des Gebäudes war, und dann weitere zehn Minuten durch die überdachte Galerie hindurch bis zu dem Parkplatz auf der anderen Seite, wo sein Wagen stand. Dreimal klopfte er sich auf diesem Weg zufrieden auf den Umschlag in seinem Mantel.

Er stieg ein und ließ den Motor an. Während er schon rückwärts herausfuhr, fiel ihm ein, daß es vielleicht nicht reichte, sich nur so auf die Manteltasche zu klopfen. Er hielt an, fuhr wieder ein Stück vor und nahm den Gang heraus. Er hatte gesehen, auf welche Weise Miranda die Papiere angefaßt hatte, und wußte genau, wo ihre Fingerabdrücke waren. Er würde jetzt nicht den Fehler machen, sie zu verschmieren. Ihre Hände waren von ihrem Auftritt heiß und verschwitzt gewesen, die Abdrücke mußten demnach etwas fettig und gut sichtbar sein. Aber auf dem Weg zum Parkplatz hatte er noch einmal über Miranda und ihre Show nachgedacht, und einen Augenblick lang war ihm dabei unwohl zumute. Die Fingerfertigkeit dieser Frau war weltberühmt. Wer sagte ihm, daß sie wirklich – wie er es beobachtet hatte – die Papiere in den Umschlag zurückgesteckt hatte? Und falls doch: Waren es dieselben Papiere?

Seaver griff in die Manteltasche und zog den Umschlag heraus. Er legte ihn sich so auf den Schoß, daß kein Vorbeikommender ihn sehen konnte, steckte nur die Fingernägel seiner Daumen in den Schlitz, paßte auf, daß sie nicht die Papiere berührten, und drückte vorsichtig die Verschlußklappe hoch.

Eine grelle Lichtfontäne blendete seine Augen, begleitet von einem Geräusch wie ein schnelles Atemholen und einem erstickenden Geruch, als hätte jemand eine ganze Schachtel Streichhölzer auf einmal angezündet. Von der Unterseite des Umschlags fraßen sich an den Rändern dünne, gezackte, rotgelbe Streifen aus Feuer nach oben. Gleich darauf hatten seine Daumen nichts mehr zu halten, und auf seinem Schoß setzte sich ein schwarzer Pulverregen ab. Er ließ sich aus dem Wagen fallen, wälzte sich auf dem Boden und schlug sich wie rasend immer wieder auf die Hose.

Schon nach wenigen Sekunden war ihm klar, daß seine Kleider nicht Feuer gefangen hatten, auch seine Haut darunter war unverletzt. Er stand auf, blieb einen Augenblick neben dem Wagen stehen und machte die Augen zu. Noch immer wanderte ein grüner, heller Fleck hinter seinen Lidern hin und her. Er haßte diese Frau. Er wußte genau, wie sie es gemacht hatte. Die pyrotechnischen Großereignisse in ihrer Show wurden elektronisch aus den Kulissen gesteuert, nicht aber die kleinen Feuertricks. Irgendwo in ihrem Kostüm trug sie einen versteckten Vorrat an Blitzlichtpulver oder Magnesium, das sie nach Bedarf hervorholte. Vermutlich steckte es in erbsengroßen, luftdichten Kapseln. So aufbewahrt blieb das Gemisch harmlos und unbrennbar, bis es mit dem Sauerstoff der Luft in Berührung kam und von einer winzigen Menge Phosphor entzündet wurde. Etwas in dieser Art mußte es gewesen sein, denn sonst wäre das bengalische Feuer schon vor dem Öffnen des Umschlags losgegangen.

Er stieg wieder ein, öffnete alle Fenster und fuhr in die Nacht hinaus. Er wußte, daß er Mirakel-Miranda kein Messer in den Rücken stoßen würde. Ebensowenig würde er sich irgendeine Geschichte ausdenken, um sie Vincent Bogliarese zu erzählen. Er konnte diese Frau nur so schnell wie möglich vergessen. Schließlich war sie nicht der einzige Weg zu der dunkelhaarigen Frau, die Pete Hatcher bei seinem Verschwinden geholfen hatte. Es gab noch andere.

15

Jane flog als Karen Roth nach Chicago, erledigte im Terminal von O'Hare vor ihrem Weiterflug noch ein paar Einkäufe und sah sich die nächsten Abflüge auf den Monitoren an. Hatcher hatte sie am Dienstagabend etwa um zehn Uhr angerufen, aber sie hatte seine Nachricht erst spät am nächsten Tag abgehört, also mußte er längst in Billings sein. Sie ging zu einem Münztelefon an der Wand, wählte ihre eigene Nummer, tippte dann 56 ein und wartete. »Zwei Anrufe«, sagte die künstliche Stimme. Der eine war Hatcher, er sagte: »Das bin bloß ich schon wieder.« Sie legte sich die

Hand auf das freie Ohr, um den Umgebungslärm auszuschalten, aber danach kam nur eine Pause und dann ein Klicken, das ihr das Ende der Durchsage anzeigte. Die zweite Nachricht bestand also nur aus einer Pause und einem Klicken. Entweder hatte Hatcher noch keinen Unterschlupf gefunden oder er fand es riskant, eine Nummer zu hinterlassen, oder aber der Anrufbeantworter war defekt und hatte einfach keine Nachrichten mehr aufgezeichnet. Vielleicht hatte er die Verbindung nach dem ersten Anruf nicht getrennt und seinen ganzen Bandvorrat für nichts verbraucht. Vielleicht war die Batterie für die eingebaute Uhr zu Ende oder das Tonband hatte sich verdreht – aber das war alles Unsinn. Vielleicht hatte Pete Hatcher bei seinem ersten Anruf in einer beleuchteten Telefonzelle gestanden, in einer Raststätte an der Route 25, eingehängt, sich umgedreht, und jemand hatte ihm eine 357 Magnum ins Gesicht gedrückt.

Sie flog als Katherine Webster mit einer kleineren Maschine weiter nach Missoula, wo sie um sieben Uhr morgens ankam. Dort kaufte sie sich als Wendy Wassermann einen Wagen, einen zwei Jahre alten Nissan Maxima mit geringer Kilometerleistung und einer Lackierung, die der Erstbesitzer etwas zu sehr dem Winterwetter ausgesetzt hatte. An der Stoßstange klebte noch ein Parkplatzsticker mit der Aufschrift »University of Montana«. Jane fuhr den Wagen auf das Universitätsgelände und ließ ihn auf einem überdachten Parkplatz zwischen belebten Studentenheimen stehen, dann ging sie den Broadway hinauf bis zu einer Leihwagenfirma.

Noch dreimal an diesem Tag rief sie ihre eigene Nummer an, und der Anrufbeantworter sagte jedesmal dasselbe: »Zwei Anrufe.« Sie fuhr über die Route 90 Richtung Billings. Allmählich ging hinter ihr die Sonne unter.

An der Ostseite der Rocky Mountains lag ein bewaldetes Hochland, aber das Klima dort, ganz am Rand der Great Plains war heiß und trocken. Dann wurden die Wälder weniger, an ihre Stelle traten riesige Weizenfelder, und die hochstehenden Halme glänzten im spätsommerlichen Abendlicht. Als Jane nach fünfhundert Kilometern in Billings ankam, war es schon dunkel. Sie fuhr zwei Stunden die Straßen ab, um ein Gefühl für die Stadt zu bekommen, dann stellte sie den Leihwagen am Deaconess Medical Center auf dem Parkplatz ab und ging zu Fuß weiter. An einer Straßenecke holte sie sich eine Zeitung aus dem Automaten und las sie durch. Sie fand keine Meldung, man hätte einen David Keller oder einen Pete Hatcher oder sonst wen tot aufgefunden. Falls er nicht mehr am Leben war, wußte es die Polizei noch nicht.

Sie versuchte sich vorzustellen, was er getan haben könnte. Er hatte die Route 25 bis zur Einmündung in die Route 90 genommen und war mitten in der Nacht hier angekommen. Am nächsten Morgen hatte er sich wahrscheinlich ein Hotelzimmer genommen und sich dann bis zum Abend ausgeschlafen. Dann stand er vermutlich auf, zog sich an und stellte fest, daß er eigentlich keinen vernünftigen Grund hatte, nachts in einer fremden Stadt herumzulaufen. Daraufhin aß er wohl im Hotel zu Abend und ging danach wieder auf sein Zimmer. Er wußte, daß ein Hotel der einzige Ort war, wo sie ihn finden konnte, also blieb er da. Falls mit ihrem Anrufbeantworter etwas nicht stimmte, würde er ihr sicher eine Nachricht mit der Post schicken. Auf jeden Fall rührte er sich nicht vom Fleck und hoffte, daß sie ihn eher als jemand anderer erwischte.

Wenn sie ihn hier finden und unbemerkt herausholen wollte, dann mußte sie aussehen, als gehörte sie hierher. Jane ging in eine Ladengalerie und betrachtete die Frauen um sich herum. Seit sie vor zwölf Jahren mit dieser Tätigkeit begonnen hatte, war es leichter geworden, sich unauffällig zu machen. Sie hatte einmal gelesen, daß zwischen 1970 und 1990 in diesem Land alle sieben Stunden eine neue Ladengalerie eröffnet wurde. Das hatte unter anderem dazu geführt, daß die Frauen in einer beliebigen Stadt so ziemlich dasselbe trugen wie die in allen anderen Städten. Ein paar Tage lang waren also die Kleider, die sie jetzt anhatte, für Billings gut genug, aber ein paar Einkäufe konnten ihre Erfolgschancen nur erhöhen.

Sie fand einen Laden mit T-Shirts und wählte eines mit einem Aufdruck UNIVERSITY OF MONTANA. Dann kaufte sie noch ein Paar Wanderstiefel, wie sie sie an anderen Frauen in der Stadt gesehen hatte.

Sie konnte sich denken, was Pete Hatcher jetzt durchmachte. Manchmal war er sicher, er hätte wundersamerweise und für immer seine Verfolger abgeschüttelt. Aber bei jedem Geräusch eines Servicewagens, den ein Zimmermädchen den Hotelgang entlangschob, konnte er spüren, wie sich alle Muskeln seines Körpers anspannten. Dann redete er sich gut zu und zwang sich zur Ruhe. Aber er mußte sich auch sagen, daß er überhaupt keine äußeren Anzeichen dafür hatte, ob er sich nun in völliger Sicherheit oder in unmittelbarer Lebensgefahr befand. Und so schaute er Stunde um Stunde aus dem Fenster, immer auf der Suche nach einem Beweis, der nicht bloß in seinem Kopf existierte.

Auf dem Weg in das Geschäft, wo sie ihre letzten Einkäufe erledigen wollte, faßte Jane noch einmal zusammen, was sie von Pete Hatcher wußte. Seinen Namen hatte sie zum erstenmal in dem Anruf von Paula Dennis gehört. Paula war Krankenschwester auf einer Intensivstation in Kentucky, und erst bei diesem Anruf hatte Jane erfahren, daß sie außerdem eine Spielerin war und jetzt Hilfe suchte für jemanden, den sie auf einer sogenannten Dienstreise nach Las Vegas kennengelernt hatte. Als Jane sich nach den Gewohnheiten des Mannes erkundigte, sagte Paula: »Pete Hatcher ist ein richtiger Frauenheld.«

Für Jane bedeutete so etwas Ärger. Ein Mann mit einem solchen Ruf ließ gern Rivalen oder wütende Ehemänner zurück oder auch Frauen, die zu viel über ihn wußten und es in ihrer Verbitterung weitererzählten. Aber Paula hatte hinzugefügt: »Ich will damit sagen, er ist ein Mann, wie Frauen ihn sich wünschen. Er ist der vollendete Gentleman: aufmerksam, zuvorkommend, liebenswürdig und freundlich, immer und überall. Du könntest ihn ohne weiteres zu deiner kranken Oma nach Charleston mitnehmen. Manchmal kann er zwar ganz schön frech werden, du weißt schon, was ich meine, aber hinterher ist man ihm nicht böse. Besonders süß ist er, wenn er dich zu deinem Flugzeug bringt. Pete Hatcher lügt dich nicht an, keine Chance für falsche Erwartungen.

Du sitzt im Restaurant mit ihm, und er verheimlicht gar nicht, daß er andere Frauen anschaut und dabei nicht nur aufs Gesicht achtet. Aber die Art und Weise, wie er das tut, macht dich nicht wütend. Du fühlst dich vielleicht etwas unwohl in deinem Abendkleid. Ich habe es ihm einmal gesagt, als er wieder so herumschaute, und dann haben wir uns lange über die zwei Frauen am Nebentisch unterhalten. Was soll ich dir sagen: Nachher hatte ich direkt eine bessere Meinung von mir.«

Jane glaubte an dieser Stelle noch nicht, nun mit fliegenden Fahnen zu Hatchers Seite wechseln zu müssen, aber ihre Neugierde war geweckt. »Was genau hat er denn gesagt?«

»Ihm entgeht nichts, und ich meine damit: wirklich nichts. Er mag alles, was er da sieht. Es ist eine Frau hoch in den Fünfzigern. Ich denke mir: ›Ein nettes Gesicht. Hübsch angezogen. Tut nicht so, als wäre sie noch ein Teenager, stellt aber auch noch nicht die Gästeliste für ihr Begräbnis zusammen.‹ Dann fängt er an und redet über die Lachfalten in ihren Augenwinkeln und den sanften Glanz ihrer Pupillen, der Zuwendung und Weisheit verrät, was aus seiner Sicht wahrscheinlich dasselbe ist, und die Sommersprossen und Farbschattierungen. Und bitte, das waren nur die Augen. Ich erspare dir die weiter südlich liegenden Geländeformen, über die er eine Woche lang weiterreden könnte, vorausgesetzt, du bist reif genug, nicht gleich zu hyperventilieren und in Ohnmacht zu fallen. Aber er hat in jedem Punkt recht, denn wenn du genau hinschaust, siehst du es auch. Er sieht das, von dem du möchtest, daß alle es sehen. Normalerweise kommst du ja mit dem zurecht, was du so hast. Die meiste Zeit denkst du nicht daran, wie du aussiehst, sondern was du zu tun hast, und das hat ja auch seine Vorteile, weil wir damit nicht in jede Falle tappen. Dann kommt Pete daher und schaut dich an wie einen Gegenstand. Ganz klar, der Gegenstand ist etwas wie eine Blume, ein Vogel, ein Tropenfisch, etwas, das nach eigenen Regeln existiert und bestimmten Zwecken dient, ein Eigenleben führt, mit dem er erst mal nichts zu tun hat. Wenn du näherkommen möchtest: ihm ist es recht. Wenn nicht, ist es ihm ebenso recht, er ist schon froh, nur so dazustehen und die schönen Farben anzuschauen. Kein sehr tiefgründiger Denker. Aber wenn dieser Mann sterben soll, dann sollte man alle anderen vorher umbringen.«

Die Erinnerung an Paulas Anruf machte Jane reizbar. Daran war nicht Paula schuld, nicht einmal Pete Hatcher. Es war ihr eigener Fehler. Schon fühlte sie beim Gedanken an Carey einen stechenden Schmerz im Magen, wollte sich jetzt aber noch nicht die Zeit nehmen, genauer darüber nachzudenken. Es war falsch, den eigenen Mann nach drei Monaten Ehe alleinzulassen. Es war falsch, das gegebene Versprechen nicht einzuhalten. Und so flüsterte ihr irgendeine Stelle tief im Stammhirn zu, daß sie dafür bestraft werden mußte. Paulas Schilderung hatte mit Carey nicht das Geringste zu tun. Sie hätte ein solches Gefühl gar nicht auslösen dürfen.

Als Jane Pete Hatcher zum erstenmal sah, verstand sie, was Paula gemeint hatte. Er war eingeschüchtert, in miserabler psychischer Verfassung, aber er erhob sich in aller Höflichkeit und gab ihr die Hand, und dabei kam sein Blick erst nach einem langen Umweg bei ihren Augen an. Was er sagte, war unaufdringlich, eher ein Selbstvorwurf, daß er ihren Rat und ihre Hilfe nötig hatte. Die Bemerkung hätte man unpassend oder beunruhigend finden müssen, aber irgendwie war sie es nicht.

Carey hätte so etwas Schlichtes nie getan. Dafür war er viel zu – ja, was? – entwickelt. Pete Hatcher gefiel den Frauen, weil er ein Optimist war und ohne Falsch. Er machte ihnen von vornherein klar, daß er an ihnen seine Freude hatte, und das war auf seine Weise ein Kompliment. Sein ganzer Gesichtsausdruck sagte ihnen: »Sie entzücken mich«, und solches Entzücken war immer ansteckend und gegenseitig. Es baute ein magnetisches Feld auf, stärker als die Schwerkraft.

Anders Carey. Ihn liebten die Frauen, weil er alle ihre Geheimnisse kannte, auch diejenigen, die keine Freude machten: Verbrauchtheit, Alter, Unvollkommenheiten und Narben. Und er stand immer auf der Seite der Frauen. Nicht weil er ihnen das momentane Gefühl überwältigender Schönheit gab. Seine Wirkung beruhte auf einem lebendigen und empfindungsfähigen Verstand, mehr noch auf dem Eindruck, er verfüge über ein Wissen, das zwar auch einiges Buchwissen einschloß, hauptsächlich jedoch aus der menschlichen Tiefe seiner Person kam.

Jane nannte sich schwach und kindisch, weil sie es zugelassen hatte, daß Carey sich in ihr Bewußtsein drängte. Der Grund war ihr klar: Sie war im Begriff, etwas zu tun, das er mit Recht mißbilligt hätte. Der Badeanzug, den sie gerade kaufte, war vergleichsweise anständig, ein schwarzer Einteiler mit einem Beinausschnitt, der weniger hoch ging als bei den anderen in ihrer Größe. Sie hätte ihn mit bestem Gewissen zu Hause tragen können. Aber jetzt kaufte sie ihn für Pete Hatcher.

Sie mußte dort sein, wo die Jäger waren, wo auch Pete Hatcher war. Sie suchten ihn in Hotelhallen und auf Parkplätzen, und sie sahen sich die Frauen an. Er hielt sich versteckt, er hatte Angst, aber er hatte auch von Jugend an diese Sucht, jeder Frau nachzustarren, die ihm über den Weg lief. Ganz natürlich sah er ihr nach, denn jeder Fliehende fiel zur Beruhigung gern in seine alten, behaglichen Gewohnheiten zurück. Jane kaufte eine Segeltuchtasche und einen Wickelrock, eine polarisierte Sonnenbrille und gummibesohlte Slipper, in denen sie im Notfall auch rennen konnte.

Am nächsten Tag verbrachte sie jeweils zwei Stunden in den größten Hotels: im Rainbow, im Traveler's Rest und im Mountaineer. Für eine Frau war es leicht, in den Teil des Hotels zu gelangen, der sie interessierte. Sie betrat das Gebäude am äußersten Ende der Zimmerflucht und ging den langen Gang entlang. Kurz bevor sie in der zentral gelegenen Hotelhalle ankam, bog sie ab und war im Innenhof. Sie wußte, daß Pete Hatcher kein Zimmer im Erdgeschoß hatte, weil er sich hier, wo jeder Eindringling einfach an die Glastür kommen konnte, nicht sicher fühlte. Wenn man ihm eine Wahl gelassen hatte, dann lag sein Zimmer in einer der oberen Etagen, am besten nach hinten, so daß er nicht von der Straße aus erschossen werden konnte.

In jedem Hotel ging sie zum Swimmingpool, suchte sich einen Liegestuhl, cremte sich mit Sonnenschutz ein, legte sich hin und ließ sich bräunen. Irgendwann mußte Pete Hatcher aus dem Fenster schauen und sie sehen. Jeder mit Augen im Kopf bemerkte, daß hier jemand am Swimmingpool war. Aber Pete Hatcher würde es nicht dabei belassen können. Er würde genauer hinsehen, nur weil sie eine Frau zwischen achtzehn und fünfundfünfzig war – und sie dann wiedererkennen.

Am frühen Nachmittag im Mountaineer war sie froh, daß sie ein Sonnenöl hatte, das praktisch undurchdringlich war. Die Sonne brannte in dieser Höhe scharf und ungehindert vom Himmel. Sie lag auf dem Bauch am Beckenrand und beobachtete, wie sich das Licht auf dem Wasser in kleine Flecken teilte, die bis an die Betonwände des Gebäudes hinaufspiegelten.

Sie sah Pete Hatcher, kaum daß er die Pool-Bar betreten hatte. Sie stand auf, zog ihre Schuhe an, wickelte sich den Rock um und hängte sich die Tasche über den linken Arm, während sie ihn durch die Sonnenbrille hindurch im Auge behielt. Er sprach gerade mit einem Kellner. Sie ging eilig auf ihn zu.

Sie sah, wie der Kellner im Hintergrund der Bar eine Espresso-Maschine betätigte, die aus den Einzelteilen einer alten Dampflokomotive zusammengesetzt schien. Zu spät. Der Kellner schüttete bereits die Milch in den Boiler und zog die verschiedenen Hebel herunter. Sie mußte wieder daran denken, was Paula ihr erzählt hatte. Pete Hatcher hatte jetzt wohl einen Puls von fast zweihundert. Er hatte soeben seine letzte Chance gesehen, wenigstens noch einmal die Kerzen auf einem Geburtstagskuchen auszublasen, und was war seine Reaktion?

Er bestellte Cappucino für zwei. Sie ging durch die Tür. Nein, es war geeister Cappucino für zwei, noch einen Tick absurder und zuvorkommender, weil es genau das Richtige war für eine Frau, die in der heißen Sonne gelegen hatte. Er trug die Glastassen zum Tisch, aber Jane nahm ihn am Arm und ging mit ihm zu einem anderen Tisch, der von der Tür aus nicht zu sehen war. Der Kellner hantierte schon wieder in seiner Bar, also beugte sie sich zu ihm, gab ihm einen flüchtigen Kuß auf die Wange und setzte sich. »Sehr aufmerksam«, sagte sie. Dann flüsternd: »Warum haben Sie nicht nochmal angerufen?«

Er machte ein schmerzlich berührtes Gesicht. »Hab' ich ja. Zuerst kam Ihre Ansage, aber dann nicht der Signalton, mit dem die Aufnahme beginnt. Ich habe gesagt, wo ich bin, aber ich weiß nicht, ob es angekommen ist. Vermutlich nicht.« Er rückte etwas näher an sie heran, und wieder fiel ihr Paula ein. Diese langen Wimpern gehörten auch dazu – er schien gar nicht zu wissen, daß er sie hatte. »Ich habe in Denver einige Fehler gemacht«, gab er zu. »Ich dachte, ich wäre superschlau, aber in Wirklichkeit hatte ich absolut keinen Schimmer. Das machte mir Angst. Deshalb rief ich Sie überhaupt an. Aber wenn Sie meine Nachrichten nicht bekommen haben, wieso sind Sie dann hier?«

»Okay«, sagte Jane. »Das spielt jetzt keine Rolle. Sie sind durchgekommen. Also, was haben Sie noch in Ihrem Zimmer, das Sie nicht einfach liegenlassen können?«

»Einen Koffer. Den einen, den ich zum ersten Mal nach Ihren Anweisungen packen mußte. Da ist mein Geld drin.«

»Geben Sie mir den Zimmerschlüssel«, sagte sie.

Er gab ihn ihr, und sie sah ihn sich kurz an, bevor sie ihn in die Tasche steckte. Er sagte: »Die Nummer ist nicht drauf. Es ist Sechs-null-fünf.«

»Wir machen jetzt folgendes«, sagte Jane. »Sie bleiben hier sitzen und trinken Ihren Cappucino. Wenn es zu lange dauert, dann trinken Sie meinen auch noch. Aber bleiben Sie hier beim Kellner. Wenn er die Bar verläßt, gehen Sie nicht in die Halle oder mir nach zu Ihrem Zimmer oder sonstwohin. Und falls etwas Unerwartetes passiert, gehen Sie vor allem nicht zu Ihrem Wagen.«

»Woher wissen Sie, daß ich einen Wagen habe?«

Sie lächelte ihn mitleidig an. »Wenn die Sie noch nicht gefunden haben, dann ist das alles hier nur ein Trainingslauf. Und wenn doch, dann haben die auch Ihren Wagen gefunden.« Jane stand auf und ging über die Liegefläche zurück in den Korridor, aus dem sie gekommen war. Nach wenigen Schritten hatte sie eine Fluchtwegtür gefunden, hinter der es die Treppen in die oberen Stockwerke hinaufging. In der sechsten Etage wartete sie kurz mit dem Ohr an der Tür. Sie konnte nichts hören und betrat den Gang, fand das Zimmer 605 und schloß auf.

Der Koffer war ordentlich im Schrank verstaut. Sie ließ das Oberteil aufspringen und durchsuchte den Inhalt. Da lagen die sechzigtausend Dollar in Hundertern, fünfzehn kleine Plastikumschläge mit Travellerschecks und sieben Sparbücher von Banken in Denver. Sie steckte das Geld, die Sparbücher und die Reiseschecks in ihre Tasche und griff noch einmal tiefer in den Koffer.

Als sie am Boden die Schachtel entdeckte, stockte sie. Es war eine goldfarbene Schachtel mit einem schwarzen Streifen, und darauf stand ».38 Special, 20 Patronen«. Jane fühlte sich fast erleichtert. Er war rausgegangen und hatte sich eine Waffe und einen Wagen gekauft. Damit war es kein Rätsel mehr, wie sie ihn gefunden hatten. Sie brauchten lediglich die zugänglichen Listen solange durchzusehen, bis ein männlicher Name zwei- oder dreimal auftauchte.

Sie legte auch die Schachtel in ihre Tasche und durchsuchte den Koffer nach weiteren Dingen, die Hatcher in der Eile nicht erwähnt hatte.

Danach ging sie ins Bad, nahm seinen Waschbeutel an sich, wischte alle Hähne und Griffe mit einem Handtuch ab, dann auch im Zimmer den Schreibtisch, den Fernseher, den Tisch und alle Türgriffe. Sie sah in den Papierkörben nach, ob Quittungen oder andere Papiere mit einem Aufdruck darin lagen. Als sie alles zu ihrer Zufriedenheit erledigt hatte, machte sie den Koffer zu, hängte das Schild für das Zimmermädchen außen an die Tür und ging ins Treppenhaus.

Sie stieg hinauf bis zum obersten Stock und trat hinaus auf das Flachdach. Sie stellte den Koffer hinter ein Gebläse der Air-condition und war Sekunden später wieder auf der Treppe. In ein, zwei Monaten würde jemand den Koffer entdecken, und niemand konnte sagen, wie er dahin gekommen war.

Pete Hatcher saß gutgelaunt an seinem Platz und trank den kalten Rest seines Cappucinos. »Es ist Zeit«, sagte sie.

»Einfach so?«

»Einfach so.«

Sie führte ihn den Weg zurück, durch den langen Korridor und durch den Ausgang am Ende des Ostflügels ins Freie, um nicht durch die Halle gehen zu müssen. Als sie eine Querstraße weiter in Janes Leihwagen saßen, ließ sie den Motor an und wartete. »Sagen Sie mir, wo Ihr Wagen steht.«

»Die Straße runter, nur vier Querstraßen, bei einem anderen Hotel«, sagte er.

Sie spürte, wie ihr Optimismus ein wenig zunahm. Den Wagen dort zu verstecken, war keine besonders schlaue Idee, aber es bewies, daß er nicht völlig unkonzentriert handelte. Immerhin: er dachte nach. Sie bog an der nächsten Ecke ab und fuhr in der entgegengesetzten Richtung weg. »Ich hoffe, Sie hängen nicht zu sehr an ihm.«

»Nein«, sagte er. »Heißt das, wir lassen ihn einfach stehen?«

Sie seufzte. »Unter anderen Umständen, glaube ich fast, würde ich ihn nicht stehenlassen. Ich würde ihn an einem Platz abstellen, den wir vierundzwanzig Stunden pro Tag beobachten können. Irgendwann kommen die Leute, die hinter Ihnen her sind, auch hin, und dann weiß ich, wer sie sind. Aber diesmal bin ich nicht so neugierig.«

»Ich will jetzt nicht den Eindruck erwecken, ich sei neugierig, aber warum sind Sie es nicht?«

»Mehrere Gründe. Einer ist die Methode, mit der sie Sie gefunden haben.«

»Sie wissen, wie die mich gefunden haben? Das weiß ich ja nicht mal selbst.«

»Ich bin mir nicht völlig sicher, aber Sie haben meines Wissens zwei Dinge getan, die typisch sind für jemanden, der Angst hat und wegläuft. Sie haben einen Revolver gekauft und einen Wagen. Damit hatten Ihre Verfolger zwei Daten, die sie zusammenfügen konnten, zwei Listen mit dem gleichen Namen. Wahrscheinlich haben sie jetzt schon den Wagen unter Beobachtung.«

»Woher wissen Sie das mit dem Revolver?«

»Ich kenne niemanden, der Munition mit sich rumschleppt und nicht die Waffe dazu hat«, sagte sie. »Erzählen Sie mir, was in Denver passiert ist.« Sie wendete und fuhr wieder in der entgegengesetzten Richtung weiter, aber sie entdeckte keinen Wagen, der ihnen folgte.

»Da war diese Frau auf der Straße, als ich vom Einkaufen nach Hause kam. Es sah so aus, als hätte sie irgendein Problem mit ihrem Wagen, und ich ging zu ihr und schaute unter die Motorhaube. Dann zog sie mir den Revolver aus dem Gürtel, drückte mir ihre große Kanone ins Gesicht und sagte, sie sei Polizistin. Dann mußte ich in den Kofferraum steigen. Gleich danach kam ein richtiger Polizist, und sie hat ihn erschossen.«

»Wie konnten Sie das vom Kofferraum aus sehen?«

»Hab' ich gar nicht, aber als ich wieder draußen war, lag er da.«

»Wie sind Sie rausgekommen?«

»Sie machte den Kofferraum etwas auf, schoß viermal hinein und warf die Haube wieder zu. Ich lag da drin und brauchte eine Minute, bis ich wußte, ich bin gar nicht tot. Sie hat tatsächlich danebengeschossen. Fast jeder Wagen hat innen am Kofferraumschloß so einen Riegel. Man muß nur daran ziehen, und schon geht es auf. Ich war allein, abgesehen von dem toten Polizisten. Mehr weiß ich nicht.«

»Mehr brauchen wir auch nicht zu wissen«, sagte Jane. »Es ist ihnen also gelungen, Sie zu finden. Ich nehme an, Sie sind immer den gleichen Weg zum Lebensmittelladen gegangen.«

Er nickte.

»Das wußten sie, und sie wußten auch, daß Sie kein Mann sind, der an einer Frau mit einer Autopanne einfach vorbeigeht. Nicht jeder bietet bei so etwas seine Hilfe an. Außerdem wußten sie, daß Sie eine Waffe bei sich hatten, denn sonst hätte die Frau sie Ihnen nicht weggenommen, bevor sie Ihnen ihre eigene zeigte. Sie hat Sie aber nicht sofort erschossen, und das bedeutet, sie hatten vor, Sie erst aus der Stadt rauszuschaffen, Sie dann umzubringen, wo es keiner hört, und zu vergraben, wo Sie keiner findet.«

»Warum sagen Sie dauernd ›sie‹, als wären das mehrere gewesen?«

»Sah die Frau so aus, als könnte sie ganz allein Ihre Leiche schleppen?«

»Nein.«

»Also gab es jemand anderen, der es gekonnt hätte. Und dann haben wir noch den toten Polizisten. Denver hat ein paar ernstzunehmende Verbrecher und eine ernstzunehmende Polizei. Jeder Polizist, der hier irgendwo anhält, tut erst einmal alles, um die Situation, die er vor sich hat, unter Kontrolle zu halten. Vermutlich wurde er von jemandem erschossen, den er überhaupt nicht gesehen hat. Nicht zweifelsfrei, aber höchstwahrscheinlich.«

Pete Hatcher sah aus dem Fenster und betrachtete die vorbeihuschenden Schaufenster. Jane fuhr jetzt in östlicher Richtung auf die Schnellstraße zu. »Dann hätte dieser Unsichtbare ja auch mich erschießen können, genau wie den Polizisten, als ich allein weggerannt bin. Warum hat er es nicht getan?«

»Das hört sich nach einer guten Nachricht an«, sagte Jane. »Aber genau genommen ist sie gar nicht so gut. Ihre Ex-Freunde von der Pleasure AG jagen Sie nicht höchstpersönlich; sie haben Profis für so etwas. Das wirft ein paar Probleme auf, wie Ihnen inzwischen klar sein sollte. Profis wissen, wie man jagt. Sie wissen, wie man jemanden clever umbringt und wie man es dumm anstellt. Das Opfer an einen stillen, unbeobachteten Ort schaffen, wo niemand etwas hört und sieht, ist clever. Mitten in einer Stadt loszuballern ist dumm.«

»Aber das ist doch genau, was die getan haben. Sie haben den Polizisten erschossen, und dann ...«

»Das war nicht so geplant, und dieser Teil deutet ebenso auf einen Profi hin. Wenn irgendetwas unerwartet schiefgeht, reagiert er nicht emotional. Sie umzubringen ist für ihn einfach ein Job, und alles, was sonst noch dabei passiert, ist nichts anderes als ein bißchen Mehrarbeit. Der Profi weiß im voraus, daß er möglicherweise Augenzeugen beseitigen muß, er ist darauf eingestellt. Er reagiert blitzschnell und hält sich nicht lang mit philosophischen Fragen auf.«

Sie schaute Pete Hatcher an, ob er ihr auch zuhörte. Als sie sein Gesicht sah, blieb ihr der Atem in der Kehle stecken. Er hatte feuchtglänzende Augen. War es möglich, daß er weinte? Sie tat einige Sekunden lang so, als müßte sie die Straße hinter ihnen beobachten. Dann warf sie ihm wieder einen kurzen Blick zu. In seinen großen braunen Augen standen Tränen. Er spürte, daß sie ihn ansah, wandte sich ab und wischte sich mit dem Ärmel übers Gesicht. Sie wartete schweigend.

»Dieser Polizist«, sagte er, »ist tot, und ich lebe. Kein guter Tausch. Sie hätten ihn sehen müssen. Der halbe Kopf war weg. Ich könnte nicht mal sagen, wie er aussah. Die Welt hat ihn verloren, nur damit sie mich noch etwas länger hat.«

Jane atmete langsam aus. »Ich finde, diesen Gedanken sollten Sie nicht weiter verfolgen.« Kurz vor der Einfahrt wechselte sie auf die Spur zur Schnellstraße, ordnete sich in den dicht dahinfließenden Verkehrsstrom ein und redete innerlich mit Paula. Du wußtest nicht, wie du das sagen solltest, oder? Bei der ganzen Schilderung seines angenehmen Charakters und seiner guten Manieren hast du mir nie erklärt, warum du mich eigentlich angerufen hast.

Jane hatte seit vielen Jahren bedrohte Hasen aus dem Rachen der Wölfe geholt. Aber fast nie hatte sie einen Hasen erlebt, der sich auch nur die Frage gestellt hätte, was anderen fliehenden Hasen passiert war. Das war nicht einfach Egoismus. Es war mehr eine Sache der Physis, der Körper übernahm das Kommando und entmachtete zur eigenen Selbsterhaltung den Geist. Bevor diese Menschen nicht weit genug weggelaufen waren, dachten sie nicht daran, zurückzuschauen. Deshalb hatte sich eine lebenserfahrene Krankenschwester, die eine ganze Reihe von Männern gekannt hatte, jetzt für diesen hier eingesetzt. Er besaß vielleicht keinen feinsinnigen Verstand, aber ebensogut hätte man sagen können, er besaß keinen italienischen Zwölf-Zylinder-Sportwagen. Er war ein anständiger Mensch, und er fuhr recht gut mit dem, was er hatte.

Als sie wieder zu ihm hinüberschaute, hatte sie das Gefühl, sie sollte ihn beschäftigen. »Also gut«, sagte sie, »gehen wir jetzt mal systematisch vor. Was machen wir aus den Informationen, die wir haben? Sie haben sich die Frau gut angesehen, richtig?«

»Richtig.«

»Und sie hat Ihr Gesicht gesehen. Egal wo Sie sind, halten Sie aus mittlerer Entfernung nach ihr Ausschau. Sie wird nicht wieder nahe an Sie herankommen, aber sie kann sich in einer Menschenmenge verstecken, hinter einem Fenster oder in einem Wagen. Sobald Sie sie gesehen haben, gehen Sie weg. Kein langes Zögern, keine Überlegung, ob sie Sie gesehen hat oder nicht. Sie gehen in derselben Sekunde weg. Wenn Sie später mal, in einem Jahr oder so, gerade eine Verabredung im Restaurant haben, dann gehen Sie auf die Toilette und kommen nie mehr zurück.« Sie blickte ihn prüfend an, aber er hatte anscheinend verstanden. »Nur wissen Sie dann schon vorher, wohin Sie gehen und wie Sie hinkommen.«

»Wohin fahren wir eigentlich jetzt?«

»Zuerst machen wir uns ein paar Tage lang völlig unsichtbar, bis die Spur kalt ist. Dann fangen wir nochmal von vorn an, und diesmal machen wir es richtig. Ich verstecke Sie irgendwo, aber ich bleibe in Ihrer Nähe, bis ich sicher bin, wir haben sie abgeschüttelt. Ich gebe Ihnen ein paar Unterrichtsstunden, die ich gleich beim ersten Mal hätte geben müssen. Ich helfe Ihnen, sich an Ihren nächsten neuen Namen, an den neuen Ort und das neue Leben zu gewöhnen. Und dann gehe ich, für immer.«

»Sie sagten, zuerst machen wir uns unsichtbar. Wie?«

»Das Einfachste ist, gar nichts zu tun.« Sie lächelte. »Missoula scheint mir der geeignete Ort dafür. Wir kaufen Ihnen einen anderen Koffer, gehen in ein Motel, und dann warten wir, ob Sie Glück hatten und Ihre Verfolger losgeworden sind. Im Grunde ist das sogar das Beste an der Geschichte, und fast hätte ich vergessen, es Ihnen zu sagen. Das sind Profis, und nach allem, was ich weiß, gehören sie eher zur Oberklasse in dieser Kategorie. Das heißt, entweder wir gehen ihnen aus dem Weg oder wir sind tot; daran gibt es überhaupt nichts herumzurätseln. Aber das Gute an Profis ist, daß sie es für Geld machen.«

»Und?«

»Es gibt zwei Arten der Bezahlung. Im ersten Fall kriegen sie alles, nachdem sie Sie umgebracht haben. Oder aber man bezahlt einen Teil für Spesen vorab und den Rest bei Lieferung. In jedem Fall ist die Zeit auf Ihrer Seite. Die hier haben jetzt schon drei Monate für nichts vertan und für ihre Reisen einen Haufen Geld ausgegeben. Solche Leute könnten in drei Monaten eine ganze Menge Geld machen. Es ist wirklich nicht so schwer, jemanden umzubringen, fast egal wen. Und wenn der Auftraggeber das alles bisher bezahlt hat, dann fragt er sich allmählich, was er für sein Geld bekommt.«

»Ich verstehe das immer noch nicht. Was habe ich davon?«

»Wenn Sie lange genug warten, gehen die Profis woandershin.«

»Das ist nicht Ihr Ernst.«

»Doch. Die hassen Sie nicht. Sie haben einen Beruf. Sobald sie sich ausrechnen können, daß der Job die reine Energieverschwendung ist, lassen sie ihn fallen. Wenn sie ihre Spesen bezahlt kriegen, stellt der Auftraggeber irgendwann dieselbe Rechnung an und zahlt nicht mehr.«

»Und ich bin in Sicherheit?«

Sie schob den Kopf nach vorn und machte eine Schnute, dann sagte sie widerstrebend: »Nicht ganz. Wenigstens nicht sofort.«

»Warum nicht?«

»In Ihrem Fall kann es sich der Auftraggeber leisten, die Profis durch andere zu ersetzen. Aber die Ersatzmannschaft müßte in Las Vegas wieder ganz von vorn anfangen. Profis geben ihre Informationen nicht an die Konkurrenz weiter.« Sie zuckte die Achseln. »Ich sage nicht, daß Sie in der denkbar besten Lage sind, aber es gibt Schlimmeres.«

»Was gibt es Schlimmeres, als von Profi-Killern gejagt zu werden?«

Sie dachte einen Augenblick nach. »Ich glaube, das Schlimmste ist, wenn Sie ein wirklich furchtbares Verbrechen begangen haben, und jeder weiß es.«

»Was würden Sie für so jemanden tun?«

»Nichts«, sagte sie.

16

Seaver fuhr auf dem Highway durch die Wüste und hatte die lange, graue, leere Fahrbahn vor Augen, deren Ende am Horizont unter den heißen Luftwellen des Straßenbelags wabernd auseinanderlief. Manchmal tauchte auf der Straße ein dunkler, spiegelnder Flecken auf, der sich dem Blick als Wasseroberfläche zeigte, aber der Verstand signalisierte jedesmal eine kurze Fata Morgana, und sie verschwand immer wieder im Nichts, sobald Seaver sich ihr näherte. Er fuhr schnell und spürte auf dem Kamm jeder Bodenerhebung, wie ihn die Federung des Wagens etwas in die Luft hob und wie er dann einige Kilo mehr wog, wenn der Wagen am Boden der Senke ankam und die nächste Steigung begann.

Seaver stellte zufrieden fest, daß er die Sache richtig anpackte. Die drei großen Chefs hatten die Wahl des geeigneten Vorgehens letztlich ihm überlassen. Earl und Linda konnten von ihrem Zahltag nicht mehr weit entfernt sein, also würde er auf jeden Fall vermeiden, ihnen irgendwie in die Quere zu kommen. Er hätte ihnen eine Nachricht auf den Anrufbeantworter sprechen können, sie etwa bitten können, ihn zu kontaktieren. Aber eine solche Nachricht auf einem Anrufbeantworter zu hinterlegen, hieß absolut überzeugt zu sein, daß die beiden unter keinen Umständen bei diesem Job geschnappt, identifiziert oder auch nur beschattet werden konnten. Aber so ging es nicht immer zu in dieser Welt. Jemand, der seit zehn Jahren in Las Vegas arbeitete, hatte schon ein paarmal erlebt, daß die Roulettekugel kurz vor der Doppelnull anhielt. Seaver hatte daran gedacht, einfach den Spuren der beiden zu folgen und zu ihnen aufzuschließen. Aber Earl hätte ein plötzliches, ungebetenes Erscheinen nicht gerade als angenehme Überraschung empfunden. Aus der Sicht dieser Leute wäre das eine fürchterliche Beleidigung gewesen, ein Vertragsbruch.

Seavers unvermitteltes Auftauchen hätte bedeutet, daß für alle Umstehenden nun drei Personen zu sehen waren, nicht bloß zwei. Und außerdem wäre er auf einer anderen Strecke zu ihnen gekommen, und das verdoppelte die Anzahl der Spuren, die zu Hatchers Leiche führten. Er war sich ziemlich sicher, daß er eins nicht wollte: mit den beiden in irgendeiner fernen Stadt zusammenzutreffen und in dem Moment so unprofessionell und unzuverlässig zu wirken, daß sie ihn für eine Gefährdung ihrer eigenen Sicherheit halten mußten.

Nein, sein jetziges Vorgehen war erheblich vernünftiger. Earl und Linda suchten Hatcher. Und er suchte die Frau. Wenn er sie gefunden hatte, konnte er immer noch über ein Treffen mit den beiden nachdenken. Dann brachte er auch etwas mit zur Party.

Er hatte fünf seiner Männer nur dafür abgestellt, mit Experten für Vermißtensuche zu sprechen, mit Leuten, die untergetauchte Schuldner und auf Kaution Entlassene einfingen, oder mit freiberuflichen Kopfgeldjägern. Sie sollten herausfinden, ob irgendeiner von ihnen jemals einer derartigen Frau begegnet war. Einige hatten ein paar unklare Gerüchte gehört, aber keiner wußte etwas, das ihm eine Spur zu einer tatsächlich existierenden Frau verschafft hätte. An dieser Stelle wurde ihm klar, daß er das Problem nur vom Ende her lösen konnte.

Die Menschen, die am ehesten etwas über sie wußten, mußten die Flüchtigen selbst sein. Er hatte einen alten Freund von der Polizei angerufen, der damals etwa gleichzeitig mit ihm aus dem Dienst ausgeschieden war und jetzt in einem Gefängnis in Kalifornien arbeitete. Seaver hatte ihm nicht sein Problem beschrieben, sondern einen bestimmten Typ Gefangenen, mit dem er sprechen wollte. Er brauchte einen, der überall im Land schon in verschiedenen Gefängnissen gesessen und sich bei seinem bisher letzten Lebensabschnitt in Freiheit eine sehr lange Strafe eingehandelt hatte. Das Wichtigste aber war: Es mußte jemand sein, der schon immer gern Informationen gegen kleine Gefälligkeiten eintauschte.

Seaver erkannte die niedrigen, verfallenen Gebäude, den Zaun und die Wachtürme durch die Hitzeschwaden über einem wüstenartigen Acker neben dem Highway. Er bog dahinter ab, fuhr die lange, schmale Auffahrt bis zum Parkplatz vor dem Tor und sah auf die Uhr. Er hatte für die ganze Strecke länger gebraucht als geplant, hielt die Verspätung aber nicht für sehr folgenreich. Um diesen Kerl hier zu verpassen, hätte er sich um etwa zwanzig Jahre verspäten müssen.

Er schaltete den Motor ab und blickte dabei in den Rückspiegel. Dann stieg er aus und zog seinen Mantel an. Er hatte seine Kleidung mit Bedacht gewählt. Er trug einen dunkelgrauen Sommeranzug, der ihn mehr gekostet hatte als sein erster fabrikneuer Wagen. Das weiße Hemd war präzise gebügelt, vorne und am Kragen gestärkt, und die hervorstehenden Manschetten enthüllten nur einen Schimmer der muschelfarbenen Rolex am Handgelenk. Ein unbedarfter Beobachter hätte die Fliege am Hals für eine seltsame Marotte gehalten, aber Seaver wußte, hier begegnete er keinem unbedarften Beobachter. Hier betrat er ein Hochsicherheitsgefängnis, und es war völlig klar, daß ein vernünftiger Mensch hier nicht mit einem leicht zuziehbaren Krawattenknoten um den Hals herumlief.

Er ging zum Tor, gab der Wache seinen Führerschein, sah zu, wie der Beamte den Namen in der Liste auf seinem Notizbrett suchte, und wurde hereingebeten. Er hielt die Arme in die Höhe und stellte die Füße auseinander, und der zweite Wachbeamte fuhr mit einer Metallsonde den ganzen Körper ab und durchsuchte dann auch noch mit der Hand einige seiner Taschen. Seaver ertrug die Eingangszeremonien geduldig. Es ging um Sicherheit, und dieses Geschäft war ihm vertraut. Er wußte auch, daß eine solche Überprüfung eigentlich zwei Ziele verfolgte. Das eine, das Abtasten des Körpers nach Metallstücken oder Schmuggelware, war die leichte Aufgabe. Die schwere Aufgabe war die Kontrolle, ob der Besucher irgendetwas in seinem Kopf versteckt hereinbrachte. Jede dieser kleinen, unscheinbaren Maßnahmen war ein Test für sich. Ein Unverdächtiger gewöhnte sich zumeist recht bald an die unbekannten Regeln, die in einem Haus wie diesem galten. Aber jemand, der einen gewalttätigen, rasch auszuführenden Plan im Kopf hatte, verlor entweder Geduld und Nerven oder er steigerte seine Verärgerung bis zur blind um sich schlagenden Wut. Sicherheit bedeutete fast nichts anderes als herauszufinden, wem man das Durchbrechen der äußeren Verteidigungsanlagen erlaubte.

Seaver wurde in einen kleinen Vorraum geführt. Hier konnte man ihn solange isoliert halten, bis man seine Personalangaben bestätigt bekam und gleichzeitig genau wußte, daß er nichts bei sich trug, womit im Fall der Fälle ein Bewacher allein nicht mehr fertigwerden konnte. Zehn Minuten später wurde er in einen zweiten Raum gelassen, in dem ein Schreibtisch stand. Hier konnte man ihn in aller Ruhe unter Beobachtung nehmen, wie gehorsam er die verschiedenen Vorschriften auf einem Formblatt einzeln und schriftlich anerkannte. Danach mußte er auf einem anderen Formular den Wachen ein zweites Mal den Grund seines Besuchs angeben. Erst nachdem diese Papiere vollständig ausgefüllt, durchgelesen und als zufriedenstellend bezeichnet worden waren, öffnete sich ihm der nächste Raum, und der wachhabende Begleiter winkte ihn durch.

Hier stellte er anerkennend fest, daß ihn jetzt zwei Wachbeamte begleiteten: Einer ging ihm als Wegweiser und Türöffner voraus, und der andere ging rechts und einen halben Schritt hinter ihm, um je nach Lage der Dinge Seavers schwächere Seite zu decken oder ihn gerade von dieser Seite her anzugreifen.

Die zwei führten ihn auf ihrem langen Marsch durch Gänge, die immer wieder von Stahlgittern unterbrochen wurden. Hier kam man jeweils nur mit einem Schlüssel und einem elektronischen Code weiter. Hoch über ihnen, eingebaut in Wandnischen und hinter vermutlich schußsicheren Plastikscheiben, hingen Überwachungskameras, die selbst ein Gefangener, der auf den Schultern seines Kumpels stand, nicht erreicht hätte. Seaver bewunderte dieses bis ins letzte durchgeplante System und spürte bei so offener Aufdringlichkeit fast etwas wie Frust. Hier war Deutlichkeit ein Vorteil: Sie bewies den Insassen, daß jeder Gedanke an Flucht sinnlos war, jede Personenbewegung im Gebäude überwacht und die kleinste Störung sofort abgeschottet werden konnte. Seaver hatte schwierigere Arbeitsbedingungen. Die wenigen

Geräte und Sicherheitsmaßnahmen, die ihm gesetzlich erlaubt waren, durften nicht auffallen, sie mußten dekorativ wirken.

Die beiden Begleiter brachten ihn in einen fensterlosen Raum, in dem ein Holztisch und zwei Stühle standen. Er setzte sich auf den Stuhl der Tür gegenüber und wartete. Er saß zwanzig Minuten da, erst dann erschienen die Wachbeamten wieder, jetzt mit Stillman, Ray Q. Er war etwas mehr als mittelgroß, kam aber in der krummen Körperhaltung an, die man oft an Gewaltverbrechern beobachtete, die Hüften vorgeschoben und den Rücken zum Fragezeichen gebogen, eine Stellung, die den Angreifenden zum ersten Schlag provoziert.

Als Stillman sich den Wachen zuwandte und ihnen die Arme hinhielt, damit sie ihm die Handschellen abnähmen, bot sein Rücken den Anblick einer aufgerichteten Kobra: Er stieg aus einer schmalen Taille sich verbreiternd an und krümmte sich oben deutlich nach innen, wodurch er nur die Knie und Hände vorstreckte, den Bauch aber in sicherer Entfernung hielt.

Die Beamten lehnten es wortlos ab, die Handschellen aufzuschließen. Sie starrten Stillman nur feindselig an und gingen hinaus. Stillman, die Raubtieraugen hartnäckig auf Seaver gerichtet, nahm Platz, und seine dünnen, an ihren Enden etwas angehobenen Lippen signalisierten seine Interpretation dieser Vorführung: Ich bin zu gefährlich für dich.

Seaver griff in seine Hemdtasche und brachte eine Packung Zigaretten zum Vorschein, zog den Zellophanstreifen auf, riß das Silberpapier ab und klopfte mit der Packung einmal gegen die Tischkante, um eine Zigarette herauszuschieben. Er zündete sie mit einem Zündholz an und reichte sie dem Gefangenen. Stillman streckte beide Hände über den Tisch, steckte sich die Zigarette in den Mundwinkel, legte die Hände in den Schoß zurück und wartete.

Seaver sah ihm ein paar Sekunden lang ins Gesicht und sagte dann: »Ich heiße Seaver. Ich kann Sie hier nicht rausbringen. Ich kann Ihnen keine Neuverhandlung arrangieren. Sollten Sie je einen Haftprüfungstermin kriegen, dann bin ich nicht mit der Aussage dabei, Sie hätten sich bei einer Ermittlung kooperativ verhalten. Ich bin überhaupt nicht dabei.«

Stillman blickte ihn abwartend an, und Seaver war sich bewußt, daß ihm der Anfang gelungen war. Diese Leute waren richtige Experten, sie wußten genau, wo man das System der Strafverfolgung manipulieren konnte und wo so etwas unmöglich war. Nach spätestens zwei Verurteilungen wußten sie auch, daß falsche Hoffnungen für sie Gift waren, und sie haßten jeden, der ihnen Derartiges aufdrängen wollte. »Ich kann folgendes tun. Captain Michnik ist ein alter Freund von mir. Wenn Sie die Antworten haben, die ich möchte, kann er Ihnen ein bißchen helfen, ab heute. Sie müssen nicht erst sechs Monate lang auf ein offizielles Schreiben warten, das dann doch nicht kommt.«

»Welche Art Hilfe ist das?«

»Kleine Erleichterungen. Sie kriegen hier einen besseren Job, wenn Sie sich nicht gerade etwas so Auffälliges aussuchen, daß jemand Sie dafür umbringt. Wenn Sie bei einem Schließer unten durch sind, wird der in einen anderen Block versetzt. Wenn Sie etwas angestellt haben und wollen es ungeschehen machen, dann gilt künftig der Grundsatz ›Im Zweifel für den Angeklagten‹.«

»Und was kostet mich das?«

»Ich habe etwas gehört und möchte mehr darüber wissen.«

»Was haben Sie gehört?«

»Ich habe von einer Frau gehört, die Menschen versteckt.«

Stillman blies eine schnelle Rauchwolke vor sich hin. »Eine Menge Frauen verstecken Menschen.« Seaver schüttelte bedächtig den Kopf. »Die hier ist ein Profi. Wenn jemand in Schwierigkeiten steckt, engagiert er sie, und sie bringt ihn raus. Sie kommt und läßt ihn im Handumdrehen verschwinden – macht ihn unsichtbar. Ich schätze, sie verschafft ihm einen neuen Namen und neue Papiere, möglicherweise auch einen anderen Job.«

»Und zu welcher Sorte gehören Sie?«

»Was?« fragte Seaver ärgerlich zurück.

»Möchten Sie verschwinden oder suchen Sie jemand?« Er legte den Kopf etwas zur Seite und kniff die Augen im Zigarettenrauch zusammen. Seaver lächelte knapp und ließ ein verächtliches Schnauben hören. »Sehe ich aus wie jemand, der so ein Problem hat?« Er schob kurz die Unterarme vor und damit die blütenweißen Manschetten ein wenig höher, um Stillman sowohl die Armbanduhr, als auch den tadellosen Sitz des Maßanzugs vorzuführen.

Stillman zuckte die Achseln. »Sie sehen aus wie einer, der ein paar Probleme kriegt, wenn er mal hier reinkommt – oder wenn einer von hier rauskommt. Wenn Sie mit dem Captain befreundet sind, dann haben Sie vielleicht selbst ein paar hier reingebracht.«

»Könnte sein«, sagte Seaver.

Stillman nickte, sichtbar amüsiert. »Also das ist es? Jemand, dem Sie nicht gern den Rücken kehren, ist plötzlich verschwunden?«

»Nein«, sagte Seaver. »Ich interessiere mich für diese Frau, weil sie einem Mann, den ich suche, geholfen hat, sich rar zu machen. Aber der Mann ist der letzte, der mich sehen möchte. Ich möchte sie über ihn ausfragen.«

Stillman setzte sich auf dem Stuhl zurecht, hob beide Hände zum Gesicht und holte sich die Kippe aus dem Mundwinkel. Er ließ sie auf den Boden fallen und trat sie mit Entschlossenheit aus. Als er sich wieder seinem Gegenüber zuwandte, waren seine blauen Augen ausdruckslos, aber Seaver konnte sehen, daß er das Angebot ernstnahm.

»Ich kenne sie nicht.« Stillman grinste und hob die Arme mit den Handschellen hoch. »Das hätten Sie sich eigentlich denken können.«

Seaver nickte. »Aber Sie haben von ihr gehört.«

Jetzt nickte auch Stillman. »Wenn man lange genug hier drin ist, dann hört man so ziemlich alles, was sich aus Wörtern zusammensetzen läßt. Ich habe nichts gegen ein paar Erleichterungen. Aber das Ding hat seine Kehrseite. Wenn Sie mir hier die Bonbons verschaffen können, dann können Sie mich auch in den Arsch treten lassen oder Schlimmeres. Was ich weiß, sind Gerüchte, Sachen aus dritter Hand. Wenn ich Sie mit leeren Händen stehen lasse, gehen Sie wahrscheinlich zum Captain und sagen ihm, ich habe Sie abfahren lassen. Sie kenne ich nicht, aber ihn schon.« Seaver betrachtete ihn aufmerksam. Stillman hatte etwas im Hinterkopf, und nur wenn Seaver im Vorgeplänkel keinen Fehler machte, hatte er eine Chance, es zu erfahren. »Okay, ich bin gewarnt. Sie sagen mir, was Sie gehört haben, und ich meckere nicht daran herum, solange Sie nichts Eigenes dazudichten.« Und dann sagte er noch, wie zur Warnung: »Ich weiß sowieso schon sehr viel über sie, also weiß ich auch, was Sie Falsches gehört haben.« Er reichte Stillman eine zweite Zigarette, zündete ein Streichholz an und hielt es ihm hin, und Stillmann beugte sich vor und zog die Luft ein, bis die Spitze aufglühte.

Dann lehnte er sich zurück und sagte: »Nehmen wir an, so eine Frau gibt es wirklich. Dann gäbe es in diesem Kasten hier ein paar, die etwas über sie wissen. Vielleicht hat sie ihnen mal geholfen, danach haben sie es versaut und haben es nicht mehr rechtzeitig zu ihr geschafft. Vielleicht sind sie erst gar nicht bis zu ihr gekommen, aber sie hoffen, eines Tages schaffen sie es noch.« Er lächelte und schüttelte den Kopf. »Hier käme nicht mal ein Virus raus, aber jeder Fünfte hier meint, er bringt es irgendwann fertig.«

Seaver lächelte, ein Spiegelbild von Stillmans Lächeln. »Immer wieder werden Leintücher zusammengebunden, aber an einem Haus wie diesem sieht man draußen nicht viele herumhängen.« Er zuckte die Achseln. »Aber die Sache liegt ein bißchen anders. Ich habe nicht vor, ihr eine Klage anzuhängen oder sie aus dem Geschäft zu drängen. Ich brauche diesen Mann, und für ihn bezahle ich sie sogar. Sie ist mir völlig egal.« Er bemerkte die Andeutung eines Zweifels in Stillmans unbewegtem Blick und fügte schnell hinzu: »Klar, wenn sie mir blöd kommt, muß ich sie umbringen. Aber nicht mal dann würde irgend jemand wissen, daß Sie mir etwas erzählt haben.«

Stillman fuhr sich mit der Zunge über die Lippen und spuckte eine Tabakfaser aus. »Also schön, dann weiß ich ein paar Sachen.«

»Weiter.«

»Vermutlich ist das alles nicht wahr. Die Leute reden dauernd über solches Zeug. In Vacaville gibt es angeblich ein siamesisches Zwillingspaar, das sie jeden zweiten Tag rauslassen müssen, weil bloß einer von ihnen verurteilt ist. In San Diego soll es einen Anwalt mit vier Fingern geben, der in jeder Verhandlung einen Formfehler findet und damit jeden Verurteilten rauskriegt, man braucht ihm bloß einen Finger zu schicken. Einer der Bauunternehmer bei diesem Kasten hat bei den Materialrechnungen abgesahnt, und für den Fall, daß sie ihm mal draufkommen und ihn einbuchten, hat er unter dem Krankenhaus hier einen unterirdischen Gang angelegt. Und es gibt eine Frau, die Leute aus ihrem bisherigen Leben wegbringt und ihnen ein neues Leben verschafft.«

»Blond und nicht mehr ganz taufrisch, stimmt's?«

»Nicht in meiner Version. Schwarz. Sie hatte langes, schwarzes Haar und sah ziemlich gut aus. Ich würde es nicht beschwören, weil in diesen Geschichten die Frauen immer so aussehen. Es war auch nicht so, wie Sie vorhin sagten. Nach dem, was ich gehört habe, geht das so: Sie müssen zu ihr kommen. Und Sie müssen aufpassen, daß Sie sauber dabei sind. Wenn Sie irgendwas von Ihren Siebensachen mitnehmen wollen, was Gestohlenes oder auch nur Ihre Freundin, dann sagt sie Ihnen, Sie sind noch nicht reif für sie. Wenn Sie von ihr bloß eine gute Gelegenheit wollen, den umzubringen, der Sie reingelegt hat, dann sagt sie Ihnen, Sie können es ruhig tun, aber zu ihr zurückkommen können Sie nicht. Sie ist im Fluchtgeschäft, nicht im Krieg. Und Sie müssen nicht bloß Ihren Namen aufgeben, Sie müssen alles aufgeben, was Sie bisher waren und gesehen und getan haben. Sie werden eine andere Person, die von alldem keine Ahnung hat.«

»So viel hab' ich auch gehört«, sagte Seaver. Es war eine Lüge. Sekundenlang kam ihm der Gedanke, Hatcher plante vielleicht überhaupt nicht, jemals wieder aufzutauchen, und dann war das alles hier die pure Zeitverschwendung. Aber für Überlegungen dieser Art war es jetzt zu spät. So etwas lenkte ihn nur ab und kostete Energie. Die drei Partner hatten ihre Entscheidung getroffen, und sie erwarteten Ergebnisse. »Wohin geht man in dem Fall?«

»Meinen Sie, wo sie Sie hinbringt?« Seaver antwortete mit großer Geduld, beinahe respektvoll. »Nein. Jemand ist auf der Flucht. Er packt für das Honorar einen Haufen Geld ein. Wo liefert er es ab?«

»Weiß ich nicht.«

»Vom wem wissen Sie das alles?«

»Ich hab' es ein paarmal gehört, kann aber nicht mehr sagen, was wann und von wem. Das erste Mal war vor sieben oder acht Jahren im Bezirksgefängnis in Alameda. Da war so ein alter Mann, und er erzählte es einem jungen Kerl, einem Kind praktisch. Der Junge war zum ersten Mal drin. Die hatten eine ganze Latte mit Anklagepunkten gegen ihn. Er fing mit irgendeiner Kinderei an, Sachbeschädigung oder was in der Art. Dann will er abhauen: Widerstand gegen die Staatsgewalt. Er schließt einen Wagen kurz, um damit zu türmen: schwerer Diebstahl. Er fährt zu schnell, bis ein Streifenwagen ihn rammt und ihn von der Straße schiebt, also versuchter Totschlag mit einem Verkehrsmittel. Er wehrt sich, also kommt noch der Angriff auf einen Polizisten dazu. Und so weiter. Er hat versucht, sich aufzuhängen, aber der alte Mann schneidet ihn herunter mit einem Metallsplitter, den er gerade bei sich hat. Und dann sagt er dem Jungen: Jetzt bring dich wieder in Ordnung, damit die Wachen nichts davon merken. Nach der Anklageerhebung kommst du einen Monat oder so auf Kaution raus, während die sich neue Anklagepunkte ausdenken. Das ist deine Chance. Aber wenn sie das hier rauskriegen, dann können sie dich hierbehalten, und zwar unter dauernder Beobachtung. Dann hat er dem Jungen geholfen, das selbstgedrehte Stück Seil und die Striemen am Hals zu verstecken, und dann hat er ihm von der Frau erzählt.«

»Vor Ihnen?«

»Nein. Der Alte hat nie mit mir geredet. Er konnte mich vom ersten Moment an nicht leiden. Der Junge kam später zu mir und hat mich gefragt, ob der Alte spinnt, ob er ihn nur rumschubsen will oder was.«

»Und wie sollte der Junge die Frau kontaktieren?«

»Ja, das war wieder so was, wo ich dachte, das ist doch alles Scheiße, was der erzählt. Er hat ihm keine Adresse gegeben, weil der Junge viel zu unbedarft war, um überhaupt so weit zu kommen. Nein, er sollte warten, bis er draußen war und ihr einen Brief schreiben konnte, und dann würde sie sagen, wo er sie treffen kann.«

»Wissen Sie noch, wohin er ihr schreiben sollte?«

»Ein Schließfach in Los Angeles. Als ich das nächste Mal die Geschichte hörte, war es ein Haus irgendwo.«

»Wo?«

»Weiß ich nicht.«

»Wer hat von einem Haus gesprochen?«

»Irgendein Geldfälscher. Die sind so unglaublich blöd, daß man ihnen kein Wort glauben kann. Alle werden sie erwischt, und dann kommen sie raus und machen wieder genau dasselbe wie vorher.«

Seaver seufzte und blickte Stillmann an. Er hatte die Strafakte durchgesehen. Von seinen einunddreißig Jahren hatte Stillman zwölf in Gefängnissen verbracht, und davor hatte er noch wegen einer anderen Sache einen Jugendarrest abgesessen. Wenn er je wieder rauskam, war er von vornherein, bevor er den ersten Schritt machte, auf der Verliererstraße.

Stillman redete schon weiter. »Er wollte mir nicht sagen, wo das Haus war. Er sagte, er hätte die Adresse nur, weil seine Freundin sie ihm kurz vor seiner Verhaftung gegeben hätte. Sie wurde allerdings nicht verhaftet. Sie ist abgehauen, und sie haben sie nie erwischt.«

»Ist das wahr?«

»Ich hab' so was mal im Fernsehen gesehen, da hieß es, niemand hätte je ein UFO gesehen, bis einer sagte, 1947 hätte er eins gesehen. Danach haben plötzlich alle und jeder UFOs gesehen. Vielleicht sind damals tatsächlich lauter UFOs gelandet. Vielleicht denkt sich aber auch jemand einfach irgendwas aus, und plötzlich wissen es alle andern auch. Man hat was zu erzählen, man kann sich damit wichtig machen, weil alles, was man Wahres erzählen könnte, so uninteressant ist, daß keiner zuhört. Der Yeti, das Ungeheuer von Loch Ness, Gott und solches Zeug.«

»Glauben Sie, ich kann diese Leute noch finden, den alten Mann zum Beispiel?«

»Der Alte war eine Weile hier, aber jetzt ist er seit ein paar Jahren tot. Der Geldfälscher, er heißt Bill Ortega, ist angeblich in einem Bundesgefängnis irgendwo im Osten. Keine Ahnung, wie seine Freundin heißt. Wenn Sie so gute Beziehungen im Strafvollzug haben, dann finden Sie ihn sicher.«

»Und der Junge?« Ungesehen von Stillman brachte Seaver die Hände unter den Tisch und hielt sich an der Querlatte unter der Tischplatte fest.

Stillman blickte mit zugekniffenen Augen in die Luft und grinste. »Also der Junge, über den weiß ich nichts. Einfach gar nichts. Ich habe jahrelang über ihn nachgedacht. Ab und zu frage ich andere, die ein bißchen rumgekommen sind. Er hieß Phil O'Meara. Aber keiner hat ihn gesehen, nicht mal den Namen auf der Liste für den Appell.« Er setzte ein affektiertes Lächeln auf. »Vielleicht hat er ja auch rausgekriegt, wie er den Knoten hinters Ohr schieben muß, und hat sich richtig aufgehängt.«

Seaver trat unter dem Tisch mit den Füßen zu und warf Stillmann und den Stuhl rückwärts zu Boden. Seaver sprang auf, schwang sich auf nur einen Arm gestützt über den Tisch und landete mit dem Knie auf Stillmanns Brust.

Er sprach sehr leise, fast durch die zusammengebissenen Zähne. »Du bist auch einer von denen, oder vielleicht nicht? Du denkst, vielleicht – möglicherweise – vergessen sie hier, wer du bist und lassen dich netterweise die Lebensmittellieferung ausladen, und du machst dann den Fahrer kalt. Ich sag' dir was: Das wird nicht passieren. Und selbst wenn es passiert und du es bis zu ihr schaffst, dann schaut sie dich einmal an und wirft die Tür zu. Du bist eine Fehlentwicklung, eine Sackgasse der Evolution. Ich rieche es, und sie riecht es genauso. Für sie bist du unberechenbar, weil du selber nicht sagen kannst, was du als nächstes tust. Du bist ein Unsicherheitsfaktor. Du brauchst mir gar nichts zu verheimlichen, weil du nie eine Chance bekommst, die Information selbst zu nutzen.«

Stillman schien völlig immun gegen Überraschungen. Sein Gesicht erschlaffte zur ausdruckslosen Miene des Gefangenen. Er schaute an Seaver vorbei zur Decke und sagte: »Zwei Packungen Zigaretten pro Woche. Und einen Job in der Bibliothek.«

»Abgemacht.«

»Das Schließfach war nicht in Los Angeles, es war in New York. Nummer 345, 7902 Elizabeth Street. Es läuft auf einen falschen Namen, einen Männernamen.«

Stunden später stand Seaver vor der zerkratzten Plastikscheibe und sah hinunter zu den Gepäcktransportern und den Tankwagen, während ein Traktor das Flugzeug vom Terminal wegschob. Wieder dachte er über Earl und Linda nach. Als er sie engagiert hatte, wußte er eine Menge über Hatcher und noch nichts von der Frau. Und das war auch ganz gut so, denn auf diese Weise brauchte er sich keine Gedanken zu machen, den beiden auf dieser Reise plötzlich über den Weg zu laufen. Da sie nichts über die Frau in der Hand hatten, konnten sie sie auch nicht als Spur zu Hatcher nehmen.

Jetzt hatte er einige Teile in der Hand, und bald würde er über genügend Informationen verfügen. Er sah nachdenklich auf die Rolex, dann zog er den Kronenaufzug heraus und stellte die Uhr drei Stunden vor. In New York hatte er sicher noch genug Zeit, um sich auszuschlafen. Die Hotelreservierung war bestätigt, das Zimmer wartete auf ihn. Der Zweitagekoffer aus Nevada war zweifellos schon angekommen, wenn er aufwachte. Nach dem Frühstück würde er dann die Einzelteile auspacken und den Revolver zusammensetzen.

17

Die Vorwahl 996 bedeutete, daß der Anrufbeantworter in Deganawida stand. Die Straßenkarte gab die Einwohnerzahl von Deganawida an: 22 000.

Linda Thompson saß in der kleinen Suite, die sie im Südteil von Buffalo gemietet hatte, am Schreibtisch. Ihr Gesicht war angeleuchtet vom Bildschirm ihres Computers. Als Earl sie zehn Jahre vorher mit dem Gerät vertraut gemacht hatte, war alles noch ganz anders gewesen. Wenn sie damals jemandem auf die Spur kommen wollte, mußte sie im Tiefgeschoß einer alten Stadtverwaltung erst an einen Schalter gehen und dann seitenweise dicke Aktenbände durchblättern, während ein mißmutiger, angegrauter Beamter sie aus den Augenwinkeln beobachtete. Dann mußte sie mit einem Kugelschreiber, der an einem Kettchen hing, einen Antrag ausfüllen, eine Gebühr in komischer Höhe bezahlen, etwa drei Dollar oder auch sechs, aber niemals fünf, und danach wochenlang warten, bis die Kopie mit der Post ankam.

Jetzt mußte sie sich nur in eine Art Computer-Trance versetzen, die richtigen Codes und Paßwörter eintippen, und schon hatte sie das Gewünschte wie durch einen Zaubertrick in der Hand. Sie schaute zufrieden auf den hellen Bildschirm, während sie die wirre Folge von Groß- und Kleinbuchstaben eingab, vermischt mit Punkten, Schrägstrichen und Sonderzeichen. Auf dem Bildschirm explodierte die optische Begrüßung der Firma: »Willkommen bei Probar Commercial Information Systems in Santa Ana, Kalifornien.« Dazu war die Zeichnung einer Hausfassade zu sehen, mit einer hohen, verschlossenen Tür, die aussah wie der Eingang zur Stahlkammer einer Bank.

Linda gab die Benutzernummer der Northridge Detectives ein, die Tür öffnete sich, der Durchgang zoomte heran und über die Ränder des Bildschirms hinaus, als ginge man selbst in das Gebäude hinein. Dann wurde der Eingang durch ein Auswahlmenü ersetzt. Es war länger als noch einen Monat vorher. Die PCIS sammelte ihre Informationen bereits seit sieben oder acht Jahren, und sie hatte Zugang zu ein paar tausend öffentlichen Datenbanken. Linda scrollte die Liste eilig bis zum Ende.

Sie suchte mit dem Cursor den Eintrag »Steuerschätzung« heraus. Dann wählte sie den Staat New York, dann den Bezirk Erie County, dann Deganawida. Das Menü verschwand, und der Bildschirm fragte sie: »Gebühr fünf Dollar. Wollen Sie fortfahren? (J/N).«

Linda gab J ein. Sie vermutete, daß diese Jane nicht in einem Mietshaus wohnte. Ihr Geschäft, das Verschwindenlassen von Menschen, war nichts für einen Mieter. Von Zeit zu Zeit war es fast unvermeidlich, daß ein Kunde auch mal höchstpersönlich an ihrer Tür auftauchte, und die anderen

Mieter auf der Etage anfingen, sich Gedanken zu machen. Ein geheimes Geschäft betrieb man am besten in einem einzelstehenden Gebäude ohne einen Hausbesitzer, der im unpassenden Moment hereinkam.

Diese Jane hatte sich in Las Vegas nicht wie eine Anfängerin verhalten, und den Menschen, die so dringend verschwinden mußten, daß sie diese Hilfe brauchten, war es offensichtlich egal, was sie dafür zu zahlen hatten. Jane konnte sich also ein eigenes Haus leisten, auf jeden Fall in einem solchen Provinznest wie Deganawida. Linda schaute sich die Liste an, die der Computer anzeigte. Sie fragte die Zahl der Einträge ab und bekam die Antwort: 5864. Linda spürte ein Machtgefühl in ihrem Körper. Die Zahl war wirklich nicht hoch. Sie startete die Suche nach dem Namen »Jane«.

Der Computer fand sechzehn Janes, dazu einen Janeway und zweiundfünfzig Häuser in einer Jane Street. Sie kopierte sich alle sechzehn Janes in eine eigene Datei. Je weiter sie vorankam, desto aufgeregter wurde sie. Jetzt war sie erst einen Tag hier im Westen von New York, und schon hatte sie eine engere Auswahl von nur sechzehn Adressen.

Linda stieg aus der Steuerschätzungsliste wieder aus und kehrte zum Hauptmenü zurück. Sie versuchte, sich diese Jane vorzustellen. Sie war fünfundzwanzig bis fünfunddreißig Jahre alt, vermutlich um die dreißig, wenn man Seavers Beschreibung trauen konnte. Sie war groß, schlank, dunkelhaarig. Sie betrieb ein seltsames Privatgeschäft mit Sitz in einem dieser sechzehn Einzelhäuser in Deganawida. Hatte sie ihre Geschäftsräume hinter irgendeiner harmlosen Bürofassade versteckt? Die Frage konnte Linda nicht beantworten. War Jane eine der sieben verheirateten Frauen, etwa bei Ronald und Jane Schwarzkopf? Oder war sie eine der neun Einzelbesitzerinnen, vielleicht Jane Hanlon, Jane Whitefield, Jane Carmen Rossi? Die meisten der als Alleinbewohner aufgeführten Frauen waren vermutlich geschieden oder verwitwet. Und einige waren sicher zu alt.

Jane, die Frau, die Menschen verschwinden ließ, mußte auf jeden Fall einen Führerschein haben. Darauf waren Geburtsdatum, Größe, Gewicht, Haar- und Augenfarbe vermerkt. Linda suchte sich die Akten der Zulassungsstelle heraus: »Gebühr zehn Dollar. Wollen Sie fortfahren? (J/N).« Sie ging die Liste ihrer sechzehn Namen durch und sah sich bei jedem Namen die Angaben auf dem Führerschein an: Jane Anne Hanlon, geb. 09-08-29. Oder bei Jane Pildrasky, 157 cm, 72,5 kg, Haare blond, Augen blau. Oder bei Jane Rossi: Einschränkung Kontaktlinsen, keine Nachtfahrten. Die Jane, die Pete Hatcher zur Flucht verholfen hatte, hätte dafür nicht einen abgedunkelten Raum und die Nachtzeit gewählt, wenn sie selbst nur bei hellem Sonnenlicht richtig sehen konnte.

Als Linda mit den Akten des Verkehrsministeriums fertig war, blieben nur noch vier Janes mit einem Haus in Deganawida übrig. Alle vier waren 1,75 oder größer, Haare braun, geb. 1960 oder später. Sie ging wieder zum Telefonbuch und schlug die vier Namen nach. Als erste strich sie Jane Sheridan und Jane Whitefield von ihrer Liste, weil sie nicht die richtige Nummer hatten. Aber dann sah sie, daß dies auch für die beiden anderen galt. Die Jane, die Linda suchte, mußte ein nach außen sichtbares Leben in der Kleinstadt führen. Das hieß, sie hatte einen Eintrag im Telefonbuch. Und fürs Geschäft hatte sie eine Geheimnummer. Linda nahm Sheridan und Whitefield wieder zurück in die engere Auswahl.

Sie hatte das Hauptmenü vor Augen und versenkte sich in eine intuitive Träumerei. Sie stellte Jane vor sich hin, drehte sie ein paarmal herum, betrachtete sie genau von allen Seiten und versuchte, sie von der Außenansicht her zu erfühlen. Jane war eine große, schlanke, dunkelhaarige, jüngere Frau, die ein Haus in Deganawida besaß, manchmal jedoch längere Zeit nicht darin wohnte. Vermutlich arbeitete sie nach demselben Verfahren wie Earl und Linda. Sie bekam einen Telefonanruf, ließ alles stehen und liegen und traf sich mit ihrem Kunden. Dann war sie wieder wochenlang untätig daheim, paßte die innere Uhr der gewohnten Zeitzone an und ließ empfangene Wunden und Schmerzen allmählich verheilen. Linda fühlte sich ihr immer näher.

Sie rief die Kreditauskunft auf: »Gebühr fünfunddreißig Dollar. Wollen Sie fortfahren? (J/N).« J, ganz klar. Jetzt kam das Datenschutzgesetz an die Reihe. »Bitte geben Sie die gesetzliche Zugangsberechtigung für die gewünschten Informationen an. Sind Sie der künftige (1) Kreditgeber, (2) Arbeitgeber, (3) Versicherer oder (4) Sonstiges. Geben Sie die entsprechende Ziffer ein.« Diesen Teil fand Linda besonders schön. Man bekam sozusagen eine Auswahl an Lügen geboten. Sie war diesmal Versicherer. Versicherungsgesellschaften konnten über jeden alle möglichen Nachforschungen anstellen, und oft engagierten sie dafür eine private Detektei.

Die vier Berichte liefen aus dem Drucker, und Linda las sie genau durch. Jane Sheridan hatte eine Anstellung in einer städtischen Schule. Sie war Lehrerin. Sie konnte nicht jedesmal, wenn das Telefon klingelte, einfach die Stadt verlassen. Jane Finley war als »Innenarchitektin« aufgelistet, was schon ganz vielversprechend aussah, aber ihre Akte war voll von Kreditverlängerungen und säumigen Zahlungen bei diversen Haushaltsgeschäften und Autohändlern, außerdem zahlte sie Überziehungszinsen bei einigen Kreditkartenfirmen. Für die Jane, die Linda suchte, ergab das kein richtiges Bild. Erstens hatte sie so etwas nicht nötig, und zweitens machte es zu viele Leute auf sie aufmerksam. Jane Colossi, eine Anwältin, war nur dreißig Sekunden lang eine ernsthafte Kandidatin. Sie gab offenbar eine Menge Geld aus, aber bei allen Kreditkarten waren die letzten großen Ausgaben im Juni in Frankreich und Italien angefallen, während die richtige Jane um diese Zeit in Las Vegas war. Jane Whitefield war die letzte auf der alphabetischen Liste. Sie arbeitete als »Karriereberaterin«. Sie hatte von allen die höchste Kreditwürdigkeit, Bonitatsklasse eins. Und dann hatte Linda das Geheimnis gelüftet: Jane Whitefield hatte zwei Telefonnummern. Vermutlich hatte sie keine Ahnung, daß der Computer der Kreditauskunft sich ihre Geheimnummer aus dem Computer der Telefongesellschaft herausgefischt hatte. Sie war die Richtige.

Linda sah sich die Schuldenaufstellung an. Es gab keine Hypothek auf dem Haus, auch waren keine getilgten Hypotheken verzeichnet. Das sah interessant aus. Entweder hatte Jane das Haus bar bezahlt – was jedoch ein paar mißtrauisch hochgezogene Augenbrauen verursacht hätte – oder sie hatte es geerbt. Linda kehrte zum Eingangsmenü von Probar zurück und klickte sich weiter zu den Nachlaßgerichtsakten des Staates New York. Sie gab den Namen ein und ließ den Computer in Santa Ana beginnen. Diese Suche konnte einige Minuten dauern.

Linda blickte verträumt in den leuchtenden Bildschirm und dachte wieder über Jane nach. Linda konnte sie jetzt schon beinahe spüren. Jane war – wie hatte Seaver es ausgedrückt? – »echt fit«. Das war es. Sie machte Gymnastik, und sie schonte sich dabei nicht, genau wie Linda. Sie tat es nicht wegen der Blicke, die ihr ein straffer Busen und ein runder, fester Hintern einbrachten, sondern weil sie irgendwann einmal rennen oder kämpfen mußte. Sie hatte sich – laut Seavers Bericht – in der Nacht in Las Vegas mit einem Mann geschlagen: nicht einem alten Nachtwächter eins über den Kopf gezogen, als er gerade wegschaute, sondern einen, der sie ernsthaft verletzen wollte, kampfunfähig zurückgelassen. Das bedeutete, sie war schnell und kannte ein paar schmutzige Tricks, denn anders hätte sie so etwas nicht hingekriegt. Ein Mann konnte so begriffsstutzig wie ein Ochse sein und vergessen, daß er Hörner hat und der Stärkere ist, aber das hieß noch lange nicht, daß eine Frau, die weniger als zwei Drittel seines Körpergewichts hatte, sich vor ihm aufstellen und ihm abwechselnd links und rechts ein paar schnelle Schläge verpassen konnte. Vermutlich war sie Linda ziemlich ähnlich.

Der Computer erwachte mit einem strahlend neuen Bildschirm und gab die gewünschten Auskünfte. Die Vorbesitzerin des Hauses war eine Alice Whitefield. Und davor gehörte das Haus Henry Whitefield und Alice Whitefield. Linda überflog das Testament von Alice Whitefield. Sie war vor zwölf Jahren gestorben und hatte alles ihrer Tochter Jane, einundzwanzig Jahre alt, hinterlassen. Es war eigentlich nicht sehr viel: das Haus, den Hausrat (Schätzwert unter dreißigtausend), einen zehn Jahre alten Plymouth und ein Bankkonto mit neuntausend Dollar. Linda stieg aus den Gerichtsakten wieder aus. Es gab an diesem Abend noch eine letzte Information, die sie herbeizaubern mußte. Sie wählte das Zivilstandsregister des Bezirks Erie County. Sie tippte Jane Whitefields Namen und Adresse ein und schrieb das Geburtsdatum vom Führerschein ab. Als die Probar-Suchmaschine die Akte gefunden hatte, hielt Linda den Atem an. Sie las die Angaben zweimal durch, um ganz sicher zu sein. Jane Whitefield hatte am 21. Juni Carey Robert McKinnon geheiratet, wohnhaft 5092 Dodge Road, Amherst, New York.

Linda erlebte einen Augenblick der Fülle, der Vollendung. Jetzt begann sie Jane zu verstehen. Vermutlich war dieser Carey McKinnon schon von Jugend an mit ihr ausgegangen, so wie Earl mit Linda angefangen hatte. Wahrscheinlich spätestens seit der Zeit, als ihre Mutter gestorben war und sie plötzlich allein dastand mit einem alten Haus und einem billigen Wagen und ohne Geld für einen richtig schönen Urlaub. Er hatte ihr gesagt, sie würde noch viel sehen und herumkommen in der Welt und einen Haufen Geld verdienen. Und da war sie nun, zwölf Jahre später, allein draußen im Dunkeln, und riskierte ihr Leben, um Leute wie Pete Hatcher verschwinden zu lassen.

Linda befaßte sich wieder mit dem Menü und holte sich wie aus dem Nichts weitere Informationen über Carey McKinnon. Sie brauchte eine Stunde, dann wußte sie mehr über ihn als über Jane. Mittlerweile sah sie immer öfter auf die Uhr, denn jetzt wurde es allmählich Zeit. Sie hatte Lenny sofort nach ihrem Einzug ihre Telefonnummer gegeben, also mußte Earl sie jetzt auch haben. Um Mitternacht klingelte es.

»Hallo, Linda.«

»Hi«, sagte sie. Sie legte möglichst viel Selbstsicherheit und Unbhängigkeit in ihre Stimme. »Wie kommst du voran?«

»Nicht so toll«, sagte Earl. »Ich hab' seinen Wagen in Billings gefunden, zwischen ein paar Hotels. Ich hab' ihm den Verteiler rausgenommen. Aber er ist nicht an seinen Wagen gegangen, und in den Hotels hatte ich auch kein Glück. Wo bist du eigentlich?«

»Ich bin in einem Nest im Süden von Buffalo, in einer Anlage, die sich Meadowgreen Suites nennt. Da hast du eine Küche samt Kühlschrank dazu, aber du mußt nicht mal das Bett machen.«

»Was hast du rausgekriegt?«

»Sie heißt Jane Whitefield. Sie hat ein Haus in einer Kleinstadt nördlich von Buffalo, in Deganawida, am Niagara River. Da steht der Anrufbeantworter.«

»Ist sie zu Hause, oder muß ich damit rechnen, daß sie auch noch auftaucht?«

»Weiß ich noch nicht. Ich vermute, sie ist schon bei ihm oben.«

»Wann weißt du es genauer?«

»Morgen abend. Das ist ein bißchen komplizierter, als ich dachte. Sie hat im Juni geheiratet.«

»Weißt du was über ihren Mann?«

»Was ich weiß, paßt noch nicht recht zusammen. Er heißt Carey McKinnon. Er ist Arzt.«

Während Earl nachdachte, trat eine kurze Pause ein. »Gut möglich, daß sie das nur als neue Identität für einen ihrer Lieblingskunden erfunden hat, und dann hat sie ihn dazu gebracht, sie zu heiraten, verstehst du, er sagt, er ist schon in Pension und muß nicht dauernd erklären, warum er so viel Geld hat und den ganzen Tag auf dem Golfplatz ist.«

»Das dachte ich zuerst auch«, sagte Linda. »Aber die Kreditauskunft gibt an, daß er tatsächlich sein Gehalt von einem Krankenhaus bekommt, in irgendeiner chirurgischen Abteilung. Er steht sogar im Verzeichnis der Ärztevereinigung. Normalerweise läßt man jemand mit falschen Papieren nicht an den Operationstisch.«

»Also ein doppelter falscher Bart?« fragte Earl. »Vielleicht ist er schwul, und sie verheimlichen es irgendwie, weil niemand gern einen Chirurgen mit Aids hat und so, und die Frau ist so gut wie unauffindbar. Hat er sein eigenes Haus?«

»Ja. Aber ich weiß nicht, ob eins von den beiden leer steht. Wenn sie getrennt wohnen, dann ist das als falscher Bart in so einer Kleinstadt nicht viel wert. Ich hab' das ganze Zeug erst seit einer Stunde zusammen, und ich bin fünfzig Kilometer von da weg. Aber morgen in aller Frühe sehe ich nach, ob sie in seinem Haus wohnt oder in ihrem oder sonstwo. Weißt du, mir kam der Gedanke, sie ist möglicherweise so eine Fanatikerin.«

»Was für eine Fanatikerin?«

»Wir wissen, sie hat Pete Hatcher rausgebracht. Wir wissen nicht, warum oder ob er ein typischer Kunde ist oder ein einmaliger Sonderfall. Es gibt da doch diese Gruppen, die mißhandelte Frauen und Kinder auf solche Weise in Sicherheit bringen. Wenn die jemand verstecken, muß der doch als erstes zum Arzt. So eine Gruppe holt sich vielleicht einen Profi wie sie für die Drecksarbeit, und vielleicht haben sie sich dabei kennengelernt. Und Pete Hatcher war bloß das Geld für die Hochzeitsreise.«

»Schau, daß du an die zwei rankommst«, sagte er.

»Was glaubst du denn, was ich hier sonst mache, Earl?«

»Ich meine, richtig rankommst«, sagte er. »Ich sitze hier in Billlings, Montana, und beobachte einen geparkten Wagen. Ich glaube nicht, daß er so was allein geschafft hat. Wenn sie zu Hause ist, dann wüßte ich das gern. Wenn sie nicht zu Hause ist, dann hätte ich wenigstens gern ein Foto von ihr, damit sie nicht plötzlich hinter mir auftaucht und mir den Schädel wegbläst. Und wenn der Mann nicht zu Hause ist, dann wüßte ich gern, ob ich mit ihm auch noch rechnen muß und wie er aussieht.«

»In ein paar Stunden weiß ich, ob sie da sind.«

»Wenn er sich auf plastische Chirurgie spezialisiert hat und womöglich jetzt gerade Pete Hatcher zur Miss Arkansas umbaut, möchte ich das auch wissen. Ich hock' hier nur blöd rum. Also bring mir was, egal was es ist, egal was es kostet.«

»Egal was es kostet?« Sie ließ ihre Stimme weich und tief klingen. Sie kostete genießerisch die Pause am anderen Ende aus.

Da war sie wieder, die elektrisierende Spannung, und der Widerstand erhitzte die Luft um sie herum. Es gab nichts Schöneres auf der Welt als die Jagd, wenn jedes leise Klicken im Dunkeln das Geräusch der ersten Patrone sein konnte, die beim Spannen der Pistole in die Kammer schlüpfte.

Er spürte es ebenso. »Ich meine, du tust alles, was du dafür tun mußt, und dann noch ein bißchen mehr. Wenn du glaubst, die geben uns ein paar hunderttausend und schreiben es drei Monate später einfach ab, dann träumst du. Irgendwann rufe ich zu Hause an, und dann ist nicht mehr Lenny da. Dann ist Seaver am Apparat.«

»Ich weiß«, sagte sie. »Ich werde mein Bestes tun. Versprochen.«

»Wenn sie da ist, bring sie um. Ich ruf' morgen abend wieder an.« Er hängte ein. Linda ließ langsam den Hörer auf die Gabel gleiten, legte sich aufs Bett und starrte die Zimmerdecke an. Sie spielte mit ihrer Angst, sie experimentierte mit dem Kitzel der Gefahr. Er beschleunigte ihren Puls, und dann schlug eine kurze elektrische Entladung hinter den Lungen in die Schulterblätter und lief ihr wie ein Schauer über die Hüften den Rücken herunter. Das Spiel mit dem Tod war unübertrefflich. Aber diesmal war etwas Besonderes dabei, das alles noch schöner und köstlicher machte. Jane. Sie war das Verlockende an der Sache. Linda spürte den plötzlichen, den riskanten Drang, besser zu sein als Jane. Sie würde am Ende schlauer sein, schneller, schmutziger. Sie, niemand sonst.

18

Jane gab den Leihwagen in Missoula zurück und ging zu dem Wagen, den sie auf dem Universitätsgelände geparkt hatte. Pete Hatcher folgte ihr, hörte zu, wenn sie ihm den nächsten Schritt erklärte, nickte dann einfach mit dem Kopf. Er stellte keine Fragen mehr, und das löste in Janes Hinterkopf ein Alarmsignal aus. Bei einem Mann in seiner Lage war der Gedanke an Selbstmord nicht ganz auszuschließen. Es war ebenso möglich, daß er nur müde und teilnahmslos wurde. Aber wenn das noch lange so weiterging, war es fast dasselbe wie Selbstmord.

Sie fuhr ihn auf der Route 200 aus Missoula heraus und hielt an einem Motel in einer kleinen Stadt namens Potomac. Einen Augenblick blieben sie schweigend im Wagen sitzen. Sie wartete auf eine Frage. Schließlich holte sie eine lederne Brieftasche hervor und gab sie ihm.

»Wofür ist das?« fragte er.

»Wir müssen mal schlafen. Das hier ist ein Motel. Es gehört zu einer landesweiten Motel-Kette, also kommt man an die

Register erheblich schwerer heran. Wenn wir jetzt alles genauso machen wie alle anderen, bleiben wir unsichtbar. Und alle anderen machen es so, daß der Mann hineingeht und das Zimmer mietet. Im Augenblick sind wir Mr. und Mrs. Michael Phelan aus Los Angeles. Ich habe die nötigen Ausweispapiere dafür. Also gehen Sie rein und erledigen alles.«

Viel zu früh kam er aus dem Empfang wieder heraus und ging auf den Wagen zu. »Es gibt hier keine Suiten oder so etwas«, sagte er. »Soll ich zwei Zimmer nehmen?«

Sie schloß die Augen und atmete einmal tief durch. Er hatte anscheinend keinen eigenen Willen mehr. »Nehmen Sie sich zusammen. Denken Sie nach. Mr. und Mrs. Phelan schlafen nicht in getrennten Zimmern. Jetzt bringen Sie das zu Ende.«

Er verschwand wieder im Büro und kam mit einem Schlüssel in der Hand zurück. Sie wartete, bis er die Zimmertür aufgeschlossen hatte, dann ließ sie den Motor an, parkte den Wagen auf einem Stellplatz in einiger Entfernung und ging zu Pete Hatcher ins Zimmer. Sie sah sich den Raum an. Ihr Blick blieb an dem riesigen Doppelbett hängen, das fast den ganzen Raum einnahm, aber sie zwang sich, darüber hinwegzusehen. Wenn sie einen Mann verstecken mußte, gab es immer dieses zusätzliche Problem. Auf engem Raum umeinander herumzugehen, die Körper bedeckt und im richtigen Abstand, gehörte dann zu ihrer Arbeit. Sie beschloß, diese Diskussion noch zu verschieben. Was immer sie dazu sagen konnte, brachte kein zweites Bett ins Zimmer und machte ihn nur noch passiver und teilnahmsloser.

Sie schaute kurz aus den Fenstern, überprüfte die Verriegelung und die Vorhänge und fuhr mit ihren Erklärungen fort: »Wenn Sie ein Hotelzimmer nehmen, dann machen Sie sich als erstes eine Vorstellung von der Umgebung draußen. Der schnellste Weg hier raus ist nach links, zum Wagen. Ich habe ihn vor einer anderen Tür abgestellt, weit weg vom Empfang. Falls jemand herausfindet, daß wir hier sind, weiß er nicht, welcher Wagen uns gehört. Falls er den Wagen findet, weiß er nicht, in welchem Zimmer wir sind. Es ist schon spät, also sind vermutlich die Wagen aller Gäste schon da.

Wenn Sie das nächste Mal rausschauen, dann suchen Sie nach einem neuen Gast. Schließen Sie alles ab, was sich abschießen läßt.« Sie schob den Riegel vor und hängte die Sicherheitskette ein. »Wenn Sie diese kleinen Dinge richtig machen, schlafen Sie besser.«

Sie sah auf ihre Uhr. »Ich gehe jetzt einen Moment raus. Wenn ich zurückkomme, klopfe ich viermal. So.« Sie trommelte auf den Tisch.

»Wo gehen Sie hin?«

»Zur Tankstelle. Ich muß telefonieren.«

»Hier steht ein Telefon.«

»Hier wird das Gespräch registriert.«

Sie ging nach draußen und zuerst zum Wagen für den Fall, daß der Nachtportier sie zufällig beobachtete, dann ging sie über das Unkrautfeld am Rand des Grundstücks zur Tankstelle, warf am Münztelefon einen Vierteldollar ein und wählte die Null, danach die Nummer in Amherst. »Das ist ein R-Gespräch. Hier ist Jane.« Sie hörte, wie Carey den Hörer abnahm. »Vermittlung.« Das Wort kam noch vor jedem Hallo heraus. »Nehmen Sie ein R-Gespräch von Jane an?«

»Klar«, sagte er. Das Amt klickte aus der Leitung. »Jane?«

»Hi«, sagt sie.

»Bist du okay?«

»Ja. Ich habe ihn gefunden, ich habe ihn mitgenommen und ein paar hundert Kilometer weggebracht. Ich glaube, wir sind ihnen zwei Nasenlängen voraus. Vielleicht auch nur eine, aber eine ziemlich große.«

»Wo bist du?«

Die Frage erschreckte sie ein wenig. Sie hatte noch nie während der Arbeit mit irgend jemandem zu Hause gesprochen, nicht richtig gesprochen, weil sie nie die Wahrheit sagte. Sie spürte einen kleinen, stechenden Schmerz, als sie antwortete: »Ich bin in einem kleinen Ort im Wilden Westen. Jedenfalls denke ich, daß es ein Ort ist. Ich bin nicht ganz sicher, weil hier nicht viel zu sehen ist.«

»In einem Hotel oder so was?«

»Sicher. Es ist nicht das Hilton, aber bis jetzt habe ich noch keine Kakerlaken im Zimmer.« Was sie sagte, war die Wahrheit, und trotzdem war es eine Lüge. Er wollte alles genau wissen, und sie speiste ihn mit unsinnigen Kleinigkeiten ab.

»Bist du da mit – ihm? Das ist nicht sicher genug für dich.«

Die Lüge kam fast von allein, so leicht wie der Atem. »Also, nicht ganz. Eines dieser Berufsgeheimnisse, weißt du. Er ist in seinem Motelzimmer, und ich habe ein zweites genommen, auf der Seite gegenüber. So kann ich seine Tür im Auge behalten, und wenn etwas Verdächtiges vor sich geht, brauche ich nur sein Zimmer anzurufen, dann geht er durchs Fenster raus, auf der ungefährlichen Seite, die ich ihm sage, und ich picke ihn am Highway auf.«

Sie wußte, es klang überzeugend. Sie war das Lügen nun schon so lange gewohnt, daß es fast automatisch ging. Sie hatte die wachsende Unruhe in seiner Stimme gehört, und sie war davor zurückgeschreckt. Sie steckte die Frage und die Antwort in die unterste Schublade ihres Gedächtnisses und gab ihr die Aufschrift »Besonderer Ausnahmefall«. Sie wollte ihm nur Angst ersparen, und diese Angst wäre ja auch sinnlos gewesen, da er sich Sorgen machte wegen einer Gefahrensituation, der sie auf keine Weise entgehen konnte. Vielleicht hatte er sich in irgendeinem Winkel seiner Phantasie aber auch wegen etwas ganz anderem Sorgen gemacht. Aber das konnte sie ganz einfach nicht tun, also war diese Sorge völlig zwecklos. Sie liebte Carey McKinnon.

Carey sprach schon wieder. »Entschuldige«, sagte Jane. »Das hab' ich nicht richtig gehört.«

»Ich sagte: Weißt du schon, wo du als nächstes bist oder wann du heimkommst?«

Seine geduldige, liebenswürdige Stimme öffnete eine fast verheilte Wunde, und sie bemühte sich, die kleine Lüge wiedergutzumachen. »Ich sage dir, was ich im Augenblick weiß«, antwortete sie. »Was diese Leute versucht haben, war ein bißchen schlimmer, als ich dachte. Er wäre jetzt schon tot, wenn nicht zufällig ein Polizist vorbeigekommen wäre, der an seiner Stelle den Schuß abgekriegt hat. Er ist psychisch ziemlich durcheinander. Voller Selbstanklagen, verängstigt, also dußlig. Die Verfolger verstehen ihr Geschäft erheblich besser, als ich gehofft hatte, das heißt, ich muß vorsichtig sein. Der Plan ist jetzt, ihn irgendwohin zu bringen, wo ihn praktisch keiner findet, ihm alles beizubringen, was er dafür brauchen kann, und dann trennen wir uns. So hätte ich es gleich machen müssen, aber das ging damals nicht.«

Carey sprach monoton, als ob er getroffen und verärgert wäre, sich aber anstrengte, es nicht merken zu lassen. »Das klingt allmählich so, als ob das Ganze noch ziemlich lang dauert.«

»Sollte es eigentlich nicht«, sagte sie. Warum redete sie mit ihm, als säßen Rechtsanwälte mit am Tisch? »Auf der ganzen weiten Welt gibt es nichts, was ich lieber täte, als wieder bei dir zu sein. Jetzt. Heute abend. Aber ich glaube, es dauert noch ein paar Wochen. Ich muß sicher sein, daß ich die Verfolger abgeschüttelt habe und daß er richtig untergebracht ist. Sobald das klar ist, laufe ich, so schnell ich kann, nach Hause und habe meine Freude daran, wieder Mrs. McKinnon zu sein. Und zwar für immer. Vielleicht sperre ich dich einen Monat lang im Haus ein, und dann werde ich ja sehen, ob dein schlechter Ruf berechtigt ist. Ich denke, er ist es, aber ich möchte es gern nochmal überprüfen.«

Sie hörte sein kurzes, stimmloses Lachen.

»Du fehlst mir«, sagte er. Sie hörte ihn seufzen. »Na schön, da kann ich wohl nicht mehr viel tun als zu warten und dich beim Wort zu nehmen. Also tu, was du tun mußt, und dann komm nach Hause.«

Sie liebte ihn. Die Lügen schmerzten sie in der Brust. »Du fehlst mir so sehr, daß ich weinen könnte.« Sie wollte ihm noch mehr sagen. Ein großer Laster raste auf dem Highway vorbei, und ein heißer, staubiger Wind wehte ihr von der Fahrbahn ins Gesicht. »Blöder Laster«, sagte sie. »Die nächsten Wochen springe ich ein bißchen von einer Kleinstadt zur andern, um zu sehen, ob noch jemand hinter uns her ist, und lege ein paar falsche Spuren. Dann setze ich ihn irgendwo ab, wo er zwanzig Jahre bleiben kann. Aber erst sind die Kleinstädte dran.«

»Sag mir eine, und ich ruf dich morgen dort an.«

Sie spürte einen kalten Schauer im Rücken. »Das kann ich nicht«, sagte sie schnell. »Ich reise unter anderem Namen und weiß noch gar nicht, welchen ich wo benützen werde. Und wenn ich es wüßte, könnte ich es dir nicht am Telefon sagen. Ich ruf' dich an.«

Am anderen Ende der Leitung machte sich ein Schweigen breit. Ahnte er, daß sie als Mrs. Soundso mit Mr. Soundso unterwegs war?

»Carey?«

»Ja?«

»Ich ruf dich an, sobald es geht. Ich weiß, das ist alles nicht leicht für dich. Ich liebe dich.« Sie erlebte zum ersten Mal, daß jemand dann »Ich liebe dich« sagte, wenn ihm alle anderen Wörter ausgegangen waren und er nichts mehr zu sagen wußte. Wie eine verzweifelt ausgestreckte Hand.

»Ich liebe dich auch. Paß auf dich auf und komm heil nach Hause.«

»Mach dir keine Sorgen. Ich bin eine sehr vorsichtige verheiratete Frau geworden.« Sie atmete tief durch. »Dabei fällt mir was ein: Ich glaube, ich muß jetzt los.«

»Ich könnte die ganze Nacht mit dir reden.«

»Wenn wir wieder zusammen sind«, sagte sie. »Dann rede ich mit dir, bis du mich am liebsten mit dem Kopfkissen erstickst. Aber jetzt sollte ich Schluß machen. Es gibt Menschen, die sind zum Verschwinden geboren. Dem hier muß dauernd einer das Händchen halten.« Sie hörte zu atmen auf, drückte den Kopf gegen das Münztelefon und schloß die Augen. Wenn Hatcher so dringend auf ihre Rückkehr wartete, dann hing die Geschichte mit den getrennten Zimmern in der Luft. Sie sagte schnell: »Ich liebe dich« und hängte ein. Sie drehte sich um und ging traurig und leer zum Motel.

Jane näherte sich der Anlage auf einem Umweg und sah sich die Wagen auf den Stellflächen an. Sie machte sich ein Bild vom Verkehr auf den beiden Straßen der nahen Kreuzung und vom Betrieb in den Läden auf der anderen Seite. Der Ort war klein und sauber und bot einen bescheidenen, geschäftsmäßigen Anblick. Und trotzdem stellte Jane kein Gefühl der Sicherheit in sich fest. Dieser Ort war nicht groß genug für eine Menschenmenge, in der man sich verstecken konnte, und nicht so abgelegen, daß man ihn nur schwer finden konnte. Sobald Pete ausgeruht und präsentabel schien, mußten sie wieder auf die Straße.

Im Gehen dachte sie über ihr Gespräch mit Carey nach. Zwar hatte sie ihm nur Unpräzises gesagt, sie war ihm ausgewichen, aber nachträglich stellte sie fest, daß etwas davon sehr genau stimmte. Sie hatte kaum eine Ahnung, wo die Jäger waren oder was sie vorhatten. Es war denkbar, daß Pete in seiner unwissenden Anfängerpanik sie tatsächlich schon in Denver abgeschüttelt hatte. Irgendwann verfolgten sie seinen Wagen bis nach Billings, aber dann war der Wagen längst abgeschleppt und Pete über alle Berge.

Nur wenn sie sagenhaft gut waren oder wahnsinniges Glück hatten, wenn also jemand ungesehen Pete nach Billings nachgefahren war, nur dann konnten sie überhaupt wissen, daß er es bis dahin geschafft hatte. Danach hatte sie ihn mit einem Leihwagen rausgebracht, einen zweiten Wagen genommen und war acht Stunden durchgefahren. Es war unwahrscheinlich, daß sie ihr nachgekommen waren, ohne daß sie etwas bemerkt hätte.

Wenn sie Pete eine Zeitlang von allen Flugplätzen und hell erleuchteten Städten fernhielt, verspielte sie wenigstens nicht ihren Vorsprung. Sie hatte die Möglichkeit, Pete in den kleinen Ferienorten hier oben in einer Art Heilschlaf zu halten und mit ihm wie Tausende anderer Touristen auszusehen.

Sie konnte sich denken, wie die Killer ihn gefunden hatten. Sie hatten sich die öffentlich zugänglichen Akten angesehen und entdeckt, daß derselbe Mann in Denver einen Wagen angemeldet und gleichzeitig eine Waffe gekauft hatte. Vermutlich hatten sie daraufhin bei der Kreditauskunft nachgefragt und herausgefunden, daß er erst vor kurzem in die Stadt gekommen war, und dann waren sie hingeflogen, um ihn genauer unter die Lupe zu nehmen.

Jetzt mußte Jane ihn von allem abhalten, was seinen Namen auf irgendeine Liste bringen konnte. Dann mußte sie ihn überwachen, ob er irgendetwas sonst anstellte, das womöglich in den öffentlichen Registern auftauchte. Sie hatte ihm bereits als Wendy Wassermann einen Wagen gekauft. Jetzt konnte sie ihn in eine neue Wohnung bringen, ihm Arbeit suchen und ihm helfen, unter den Bewohnern der Stadt nicht allzusehr aufzufallen. Dem Drang, eine Waffe zu kaufen, hatte er bereits nachgegeben, und er hatte sie noch, also würde er diesen Fehler nicht noch einmal machen.

Sie erlaubte sich einen kurzen Anflug von Optimismus. Acht Stunden waren kein gewaltiger Vorsprung, aber er vergrößerte sich. Als sie an die Zimmertür klopfte, hörte sie ihn zum Fenster gehen, sah ihn den Vorhang bewegen, hörte seine Schritte zur Tür, dann machte er ihr auf.

Sie trat ins Zimmer, schloß die Tür und schaute ihn erstaunt an. Er hatte sich blaue Boxer-Shorts angezogen. Er drehte sich von ihr weg und steckte hastig die Pistole unter einen Haufen Kleider auf einem Stuhl. Sie war unwillkürlich verblüfft vom Anblick seines Körpers, aber sie beherrschte sich, um es ihn nicht merken zu lassen. Sie hatte den armen Kerl aus Billings ohne seinen Koffer herausgeholt. Sie konnte nicht erwarten, daß er sich in seinen Kleidern schlafen legte. Sie konnte überhaupt nichts erwarten. Sie rief sich ins Gedächtnis zurück, daß sie vorher daran denken mußte, was er brauchte, sonst machte sie ihn völlig fertig und sich selbst dazu. Sie versuchte, eine Bemerkung zu formulieren, die ihnen beiden über die Situation hinweghelfen sollte.

»Draußen ist anscheinend alles in Ordnung.« Der Versuch klappte nicht recht. Und schließlich hatte er ja nichts anderes an als das, was Männer an jedem Strand anhatten. Sie war eine erwachsene, verheiratete Frau. Es konnte ihr doch gleichgültig sein, wie er bekleidet war. Dann fiel ihr ein, daß auch sie etwas zum Schlafen anhaben mußte. Was sie selbst anhatte, war ihr nicht gleichgültig.

Sie schob den Gedanken beiseite und füllte die Gesprächspause mit einer nebensächlichen Beobachtung, die ihr schon eine ganze Weile im Kopf herumging. »Sie haben das ganz richtig gemacht vor einer Minute, aber da ich im Augenblick nichts weiter tun kann, als Ihnen Unterricht zu geben, kommt jetzt die nächste Stunde. Sie haben das richtige Klopfen gehört und dachten, ich sei es. Sie haben den Vorhang beiseite geschoben und durch das Fenster kontrolliert, ob ich allein bin. Gut. Aber ich habe Sie gehört, ich habe Sie gesehen, und das war nicht so gut. Wäre ich die falsche Person mit dem richtigen Klopfen gewesen, dann wären Sie jetzt tot.«

»Was hätte ich tun müssen?«

»Richtig war: Sie haben nachgesehen, bevor Sie die Tür geöffnet haben. Die allerbeste Zeit für Ihre Verfolger wären die wenigen Sekunden, die wir zusammen in der offenen Tür stehen. Sie hätten uns beide im Licht, und wenn sie nur einen treffen, dann müssen sie nicht erst alles einschlagen, um den Überlebenden auch noch zu kriegen. Sie müssen aber so hinaussehen, daß keiner Sie dabei bemerkt. Machen Sie es wie die Polizisten, wenn sie jemanden beschatten: Schauen Sie über die Vorhangstange.«

»Da sehe ich nichts als die Wand«, sagte er. »Die Stange hängt über der Glasscheibe.«

Sie rückte einen Stuhl an die Wand neben dem Fenster und sagte: »Glauben Sie's mir.«

Pete stellte sich auf den Stuhl und schaute über die Metallschiene hinaus. In dem Zwischenraum von fünf Zentimetern konnte er deutlich die Stufe vor dem Eingang sehen, die Wand zu beiden Seiten der Tür und ein Stück Gehweg vor der Mauer. »Von hier aus sehe ich mehr als am Vorhang vorbei.«

»Stimmt. Von da aus haben Sie die wahrscheinlichsten Verstecke rechts und links von der Tür im Blick. Sie schauen von oben herunter, und das ist gut, weil die Leute fast nie nach oben schauen, außer sie suchen etwas ganz Bestimmtes. Sie schauen immer nach rechts und links, nach vorn und hinten.«

»Das ist mir noch nie aufgefallen. Warum?«

»Ich weiß es nicht. Vielleicht hängt es mit der Verbindung zwischen Kopf und Wirbelsäule zusammen. Vielleicht ist es irgendein Instinkt, der uns sagt, daß für ein Tier von unserer Größe die Gefahr nicht vom Baum herunterkommt. Fällt Ihnen noch etwas da oben auf?«

»Es ist ein ungewohnter Blickwinkel.«

»Stimmt. Wenn Sie auf dem Boden stehen und durch die Vorhänge schauen, dann können die Sie auch sehen und Sie durch die Scheibe erschießen, von links oder von rechts oder vom Parkplatz aus. Wenn Sie neben und über dem Fenster stehen, dann können Sie die rechte Seite und den Parkplatz vergessen. Jemand, der dort steht, kann Sie nicht sehen. Die einzige Gefahr ist, daß der an der Tür zufällig nach oben und nach links schaut, seine Waffe herauszieht, bevor Sie ihn sehen, und mit einem Weltklasse-Schuß den schmalen Streifen von Ihrem Körper trifft, der nicht durch Mauer und Fensterrahmen geschützt ist – solange Sie sich nicht bewegen. Oder – da Sie Ihren Revolver in der Hand haben – bevor Sie das Feuer auf seinen völlig ungeschützten Körper eröffnen.«

»Woher kennen Sie all diese Tricks?«

Jane setzte sich aufs Bett und lächelte traurig. »Man kann so viel lernen, wie man will, die Leute, die einen Fliehenden jagen, können es trotzdem besser. Man schaut Ihnen bei der Arbeit zu, greift davon auf, was man kann, und macht weiter.«

»Warum eigentlich Sie? Wie sind Sie überhaupt in eine solche Branche gekommen? Ist es das Geld?«

Sie schüttelte den Kopf und ließ ein leises Lachen hören. »Ich habe es einmal getan und dann noch einmal. Nie ist mir der Gedanke gekommen, dafür Geld zu nehmen. Irgend jemand ließ mir damit keine Ruhe, also sagte ich ihm: ›Dann schicken Sie mir eben ein Geschenk.‹ Und dann wurden die Aufträge gefährlicher und die Geschenke größer.«

»Aber warum haben Sie es das erste Mal getan?«

»Jeder, der schwimmen kann, springt ins Wasser und zieht den Ertrinkenden heraus. Ich konnte schwimmen.«

»Aber ...«

»Das muß reichen«, sagte sie. »Es sind eben ein paar Dinge passiert, und ich habe die Entscheidung getroffen, mit welchen Dingen ich leben kann, genau wie es jeder andere macht. Die Möglichkeiten sind niemals unbegrenzt. Vielleicht haben Sie es nicht bemerkt, aber ohne diese Unterhaltung wäre ich heute abend in Selbstmitleid versunken.«

»Ich bitte um Entschuldigung«, sagte er. »Wenn Sie ein paar Stunden allein sein wollen, ich werde das schon aushalten.«

»Natürlich nicht«, sagte Jane, »so hatte ich das nicht gemeint.« Sie schämte sich. Er ängstigte sich zu Tode und bot ihr an, sich draußen irgendwo hinzukauern, bis ihr Anfall von Melancholie, oder was es sonst war, vorüberging. »Sie sind ein netter Kerl, Pete. Wir werden wohl eine ziemlich lange Zeit miteinander verbringen. Ich sage Ihnen jetzt, daß ich Ihre Gesellschaft mag, Sie müssen sich also keine derartigen Fragen stellen oder sich dafür entschuldigen, daß Sie da sind. Wir kriegen Sie über diese Schlaglochstrecke, und dann fangen Sie mit einem neuen Leben an. Danach schwebe ich fort wie die gute Fee und sehe zu, daß mein eigenes Leben wieder in Ordnung kommt. Okay?«

»Okay«, sagte Pete. Sein Schmunzeln war fast ein frohes Lachen. Er sah stark und selbstsicher aus. Die Muskeln in seinen Armen und Beinen dehnten sich, als er sich auf seinem Stuhl entspannte. Er hatte das ungezwungene, fast komische Aussehen von Vätern, die mit ihren Kindern im Park spielen. »Ich kann es mir denken. Zu wissen, wie man andere Leute erschießt, ist dem sozialen Leben nicht gerade förderlich.«

Es überraschte sie, daß sie ihn plötzlich von dem Gedanken abhalten mußte, sie sei nicht begehrenswert. Sie holte schnell Atem, dann sah sie auf die Uhr. »Es ist spät, und ich möchte morgen gern früh raus.«

Er warf einen Blick auf das Bett. »Ich kann auf dem Boden schlafen.«

»Tut mir leid, der gehört mir«, sagte sie. Sie nahm ein Kissen und die Tagesdecke vom Bett. »Nebenbei bemerkt: Ich mache mir im Augenblick keine Sorgen um Sie. Heute nacht halte ich wegen eventueller Besucher die Augen offen.« Sie beschäftigte sich mit ihrer Decke, während er ins Bett stieg und die Nachttischlampe ausmachte. Dann ging sie ins Bad, putzte sich die Zähne und kam zurück. Er lag mit geschlossenen Augen im Halbdunkel. Sie machte die andere Lampe aus und legte sich im Dunkeln auf das gefaltete Plaid.

»Jane?«

»Was?«

»Nochmal danke.«

»Denken Sie nicht weiter dran.«

Sie lag in der Finsternis, sah zur Zimmerdecke hinauf und prüfte den Unterschied, wenn sie die Augen geschlossen oder offen hatte. Dann machte sie sie zu und dachte an Carey. Sie wußte, um diese Zeit war er in dem großen Bett zu Hause fest eingeschlafen. Sie versuchte, ihn mit ihren Gedanken zu berühren und ihm, während er schlief, einen guten Wunsch zu schicken, aber sie war schon durch das Wissen, daß er schlief, von ihm abgeschnitten. Er träumte jetzt, er dachte nicht an sie, er war wie ein Radio, das auf einen anderen Sender eingestellt war. Sie machte die Augen wieder auf und war wieder in dem Motel in Montana.

Sie spürte allmählich den harten Fußboden am Rückgrat und sagte sich, wie absurd eigentlich der Vorwand war, sie müsse wegen möglicher Eindringlinge auf dem Boden liegen und wach bleiben, wo doch nur einen Meter entfernt, in einem ordentlichen und riesigen Bett, mehr als genügend Platz war für sie. Sie wußte, dieser Gedanke würde jetzt wieder und wieder kommen, immer wenn sie im Dunkeln aufwachte und das Ende der Nacht erwartete. Es war die Strafe dafür, daß sie Carey mit der Zimmerverteilung belogen hatte. Die Lüge konnte sie jetzt nicht mehr zurücknehmen, aber wenigstens konnte sie sich diese Unbequemlichkeit antun, um die Lüge etwas wahrer zu machen.

Einige Sekunden lang kam ein leichter Schlaf über sie und führte sie in einen Traum. Das verschwommene Bild eines Mannes erschien, wurde schärfer und nahm Gestalt an: nackte Beine zeigten sich, die Arme, dann auch die Gesichtszüge. Sie erschrak, ein Zucken schüttelte ihren Körper, weckte sie und holte sie rechtzeitig zurück, bevor der Mann endgültig zu erkennen war. Aber es war schon zu spät; sie wußte, daß das Traumbild nicht Carey war.

19

Linda Thompson verbrachte ihre ganze Zeit nur damit, Carey McKinnon zu beobachten. Er war ein attraktiver Mann mit einem schlaksigen Gang, einem sehnigen Körper und so großen Händen, daß sie sich fragte, ob er seine Universitätskarriere in der Basketballmannschaft gemacht hatte. Immer bewegte er sich, als käme er zu spät. Er schälte sich aus dem Fahrersitz seines BMW, fuhr seine langen Beine aus, und war schon zwei Schritte gelaufen, bevor die mit leichter Hand zugeworfene Wagentür ins Schloß fiel. Dann marschierte er ohne einen Blick nach rechts oder links auf den Eingang zu, verlangsamte auch nicht seinen Schritt wie ein Besucher, der nicht genau wußte, ob die automatische Tür rechtzeitig aufging, und verschwand in dem Gebäude.

Nach Dienstschluß kam er wieder heraus, allein und im gleichen Tempo, schlüpfte in den BMW und fuhr weg. Linda fuhr ihm nach, auf der immergleichen Strecke zwischen der Klinik und seinem großen, alten Haus in Amherst. Nach einigen Minuten konnte sie ihn in der Küche hantieren sehen. Danach gab es den bläulichen Schimmer eines Fernsehers in einem Fenster im Obergeschoß. Und danach, wenn alles dunkel war, schlief er.

Linda brauchte nur zwei Tage, um sich an seinen Rhythmus zu gewöhnen. Um sieben kam er in die Chirurgie, und um eins ging er normalerweise hinüber in das Haus auf der anderen Straßenseite, wo er seine Praxis hatte. Irgendwann am Nachmittag kehrte er dann ins Krankenhaus zurück, ging die Korridore ab und kümmerte sich bis sieben um die Patienten in den Krankenzimmern, manchmal sogar bis neun.

Nachdem sie sich seinem Kommen und Gehen angepaßt und ihre innere Uhr darauf eingestellt hatte, konnte sie ihn auch einmal längere Zeit aus den Augen lassen. Die Vormittage waren dafür gut geeignet, denn sie wußte, er würde nicht mitten in einer Operation plötzlich zu arbeiten aufhören. An diesen Vormittagen besuchte Linda einige Immobilienmakler. McKinnons Nachbarschaft war nicht das Richtige für sie. Dort war jedes Haus groß und teuer, und es thronte weitab von der Straße auf seinem eigenen Grundstück.

Das einzige Anwesen in der Nähe von McKinnon, das zum Verkauf stand, lag zwei Querstraßen weit ab, und der Blick auf sein Haus war durch eine alte Ahornallee auf dem Gehweg versperrt. Der Flächennutzungsplan erlaubte hier offensichtlich keine Mietshäuser, denn in der näheren Umgebung war nichts dergleichen zu sehen.

Sie überlegte kurz, ob sie im Krankenhaus eine Arbeit annehmen sollte, ließ den Gedanken aber gleich wieder fallen. Krankenhäuser überprüften einen Bewerber, schon um Schadenersatzprozesse zu vermeiden, und sie konnte sich nicht die Papiere für einen Job beschaffen, der sie oft genug mit ihm in Kontakt gebracht hätte. Bestenfalls ließ man sie irgendwo die Bettpfannen leeren, drei Stockwerke entfernt, wo sie keinen vernünftigen Grund hatte, ihre Arbeit stehenzulassen und ihm über den Weg zu laufen.

Linda besaß einen fachmännischen Blick für Fitneß und hatte schnell erkannt, daß er in ziemlich guter Verfassung war. Da er weder joggte noch zu Hause im Freien arbeitete, mußte er wohl Mitglied in irgendeinem Club sein. Sie schlug alle, die in Frage kamen, im Telefonbuch nach, rief die meisten von ihnen an, bekam aber nichts heraus.

Sie ging in die Stadtbibliothek im Zentrum von Buffalo und arbeitete sich so lange durch die alten Ausgaben der Hochschulzeitung der Cornell University, bis sie die richtige Todesanzeige gefunden hatte. Eine Frau, Susan Preston, war vor sechs Jahren bei einem Flugzeugabsturz ums Leben gekommen. Susan Preston war fünf Jahre jünger als McKinnon, also hatten sie nicht zusammen die Schule besucht. Ihre Familie lebte so weit weg, daß McKinnon sie wahrscheinlich nie kennengelernt hatte. Linda holte sich das Universitätshandbuch aus dem Regal, studierte aufmerksam die Fotos und Lagepläne der Cornell University und lernte die Namen der Professoren und ihre Vorlesungen auswendig. Wenn ihr die Universität ein paar Türen öffnen sollte, dann mußte sie sicher davon erzählen können.

Linda rief zu Hause an, und Lenny kam an den Apparat. Sie gab ihm den Auftrag, den Namen Susan Preston Haynes auf ein paar Blanko-Kreditkarten zu prägen, einen kalifornischen Führerschein herzustellen und ihr das Ganze mit der Nachtpost zu schicken. Es war vielleicht gefährlich, einen echten Namen zu benützen, aber er brachte sie auf die richtigen Einladungslisten, und mit dem hinzugefügten Namen des Ehemannes konnte sie auch Mrs. Haynes sein, wenn Mrs. Preston zu riskant war.

Nachdem sie Carey McKinnon sechs Tage lang belauert hatte, las sie in der *Buffalo News*, daß der Förderverein des Buffalo Memorial Hospital ein Benefiz-Diner veranstaltete. Sie rief die angegebene Nummer an und kaufte ein Hundert-Dollar-Ticket.

Carey McKinnon hatte offenbar nichts anderes als Arbeiten und Schlafen im Sinn, aber ein solches Abendessen zugunsten seines Krankenhauses war wohl auch für ihn ein Teil seiner Arbeit. Linda hatte eben das Galakleid herausgelegt, das sie für derartige Fälle schon von Kalifornien nach Las Vegas mitgenommen hatte, und machte sich gerade zurecht, als das Telefon klingelte.

»Ja?« sagte sie in den Hörer.

»Ich bin's.« Earl war hörbar unzufrieden.

»Hi«, sagte sie. »Hast du schon irgendwas?«

»Kein bißchen«, sagte er. »Ich schau mir diesen beschissenen Wagen jetzt seit einer Woche an. Wenn der Kerl überhaupt noch in Billings ist, dann hat er das Autofahren aufgegeben. Er ist in der ganzen Stadt nirgends zu sehen, in keinem Hotel und auf keiner Parkbank. Wenn du nicht bald was für mich hast, sollten wir langsam über Alternativen nachdenken, finde ich.« – »Was für Alternativen?«

»Wir besorgen uns falsche Papiere mit seinem Foto, die sogar die Polizei von Montana als Fälschung erkennt, und mieten auf diesen Namen eine Wohnung. Wir spicken die Wohnung mit den Papieren und den Briefen, die wir in Las Vegas gefunden haben, und allen Sachen aus dem Wagen, wo seine Fingerabrücke drauf sind.«

»Und was dann?« Sie wußte, daß er das nicht ernst meinte. Er sagte es nur, weil es verzweifelt und gefährlich klang und weil er glaubte, ein solcher Bluff würde sie nicht gleichgültig lassen.

»Ganz einfach: einen plattmachen, der seine Größe und Gestalt hat, ihn in den Wagen setzen und das Ganze abfackeln. Die Polizei hat die Fingerabdrücke aus der Wohnung, findet heraus, wer der Mann auf dem Foto in den falschen Papieren ist und braucht sich nicht weiter mit Untersuchungen abzugeben. Seaver kriegt gar nicht erst die

Chance, irgendwas zu hinterfragen. Falls einer ganz besonders neugierig ist, dann kann er ja die Wohnung in Denver unter die Lupe nehmen, wo der Wagen angemeldet ist, und da findet er noch mehr Fingerabdrücke. Und wir kassieren das restliche Geld von Seaver. Happy-End.«

»Und was ist, wenn Pete Hatcher irgendwann später auftaucht?« Sie gab ihrer Stimme einen so besorgten Ton, als glaubte sie wirklich, er wollte aufgeben. Earl brauchte nicht eigentlich Sicherheit, er mußte nur immer der Sieger sein.

»Hör zu, Schatz: Wenn ich den Scheißkerl nicht finde, glaubst du, jemand anderer findet ihn?«

»Natürlich nicht. Keiner ist so gut wie du, Earl. Ich hab' nur so dahergeredet.«

»Wenn wir zu lange warten, müssen wir die Sache vielleicht sogar von hinten her aufziehen.«

»Was meinst du?« fragte Linda.

»Wir blasen alles ab und verschwinden, bevor Seavers Bosse jemand auf uns ansetzen. Wir suchen uns einen Mann und eine Frau, und dann muß es so aussehen, als ob diese Profi-Frau, die für ihn arbeitet, uns vorher in die Falle gelockt und umgebracht hat.«

»Bitte, Earl, unternimm jetzt noch nichts«, sagte sie. »Ich enttäusche dich nicht, versprochen.« Ihre eigenen Worte, atemlos und unterwürfig, gaben ihr einen erotischen Schauer. Versuchsweise ließ sie ihre Stimme ein wenig brüchig klingen, nahe am Schluchzen. »Ich hab' mir wirklich Mühe gegeben.« Der gewünschte Effekt kam gut. »In ein paar Tagen hab' ich was für dich.«

»Hoffentlich«, sagte er. »Ich steh' nämlich mit leeren Händen da. Ich habe die beiden Namen, die er bisher hatte, durch den Computer laufen lassen, dazu ihren Namen, die Mietwagenfirmen, alles mögliche. Nichts davon führt irgendwo hin. Ich glaube allmählich, die hat ihn mitgenommen, und die beiden waren schon längst weg, bevor ich hier ankam.«

»Ich weiß, es kommt jetzt auf mich an«, sagte sie. »Ich werde es keinen Augenblick vergessen.«

Carey McKinnon stand vor dem Spiegel und betrachtete den Mann, der ihn dort anschaute. Er wußte schon lange, daß er im Smoking lächerlich wirkte, aber er hatte sich damit getröstet, daß er, wenn er schon lächerlich aussehen sollte, das lieber in einem geliehenen Smoking tat als in einem eigenen, und hatte sich bei Benjy's Midnight Tux das anspruchsloseste Modell ausgesucht, mit schwarzem Kummerbund und Knöpfen, auch die Manschettenknöpfe, aus Plastik. Vermutlich war der Smoking zuletzt für einen Studentenball aus Benjys Laden herausgekommen. Die Schuhe waren Careys Schuhe, aber nur weil das entsprechende Angebot bei Benjy zu sehr das unverwüstliche, geleckt polierte Aussehen militärischer Fußbekleidung hatte.

Resignierend bürstete er sich das Haar ein letztes Mal an die richtigen Stellen. Die einander befehdenden Wirbelsträhnen würden später im Wagen ja doch wieder ihre Ausgangsstellung einnehmen. Dann machte er das Licht aus, ging nach unten, blieb stehen und warf vor dem Hinausgehen noch einen langen Blick auf das Telefon. Die letzten zwei Stunden hatte er sämtliche Apparate im Haus so angesehen und mußte sich jedesmal sagen, daß das Aussehen eines Telefons nichts damit zu tun hatte, ob es klingelte oder nicht.

In Montana war es jetzt noch zwei Stunden früher, also fünf Uhr. Sein Verstand warnte ihn: Über Zeitzonen nachzudenken, war der erste Schritt in vermintes Gelände. Der zweite Schritt war die selbstgestellte Frage, womit eine Frau sich so sehr beschäftigte, daß sie es nicht schaffte, einfach so mal ihren Ehemann anzurufen, bei Tag oder bei Nacht. Die Frage provozierte hundert widersprüchliche Antworten, und jede einzelne boxte ihren Anspruch auf Anerkenung gegen alle anderen durch.

Die Lampe am Eingang ließ er eingeschaltet und lief hinaus zu seinem Wagen. Sobald er den Motor angelassen hatte, fiel sein Blick auf die Benzinuhr, und er hätte sich verfluchen können für seine Vergeßlichkeit. Er haßte es, in der Service-Spur einer Tankstelle zu halten und dann neben der Zapfsäule untätig zu warten, bis der Tankwart zufällig herausschaute und ihn gelangweilt wahrnahm. In seiner Einsamkeit war einen Kunden zu bedienen die einzige Abwechslung. Aber Carey hatte sich entschlossen, im Smoking nicht eigenhändig Benzin einzufüllen. Ein ungeschriebenes physikalisches Gesetz besagte, daß die Tankpistole zurückspritzte oder der Schlauch ein Leck hatte. Er fuhr die Auffahrt hinunter, dann auf die Straße und mußte an der nächsten Ampel halten. Er konnte nur hoffen, daß sich die Nadel der Benzinuhr erst langsam zur korrekten Anzeige hocharbeitete. Die Ampel schaltete auf Grün, und er bog nach links ab, auf die gewohnte Strecke zum Krankenhaus.

Als er vor seinem privaten Stellplatz ankam, parkte da bereits ein großer, schwarzer Mercedes. Er starrte ihn, den Fuß noch auf der Bremse, einen Augenblick an, dann fuhr er zum Besucherparkplatz, holte sich ein Ticket aus dem Automaten und fand einen freien Platz. Während er zum Hauptgebäude zurückging, probte er schon die Rede, die er gleich halten würde: daß das Parken auf dem reservierten Stellplatz vor einem Krankenhaus den Chirurgen genau die fünf Minuten kostet, die vielleicht einmal dem Falschparker das Leben retten können. Er klebte sich das Argument mit der Zunge an den Gaumen. Er konnte diese Rede nicht halten. Er ging jetzt nicht in sein Krankenhaus, um ein Leben zu retten. Er ging hinein, um dem Mercedes-Besitzer begeistert und aufrichtig in den geldschweren Arsch zu kriechen, in der Hoffnung, dem Krankenhaus damit eine neue Kinderabteilung zu verschaffen.

Vermutlich war es jemand, den er schon kannte. In Buffalo war das große Geld zumeist gutes altes Geld, das aus der Zeit des Erie-Kanals stammte oder nach den Spekulationen des Bürgerkriegs weitervererbt wurde, noch vermehrt durch solche Taktiken wie den Aufkauf gepfändeter Familienfarmen in der Umgebung während der großen Depression und ihre Umwandlung in Vorortsiedlungen. Er stand in der Eingangshalle und hatte den Garten vor sich. Er sah die Männer, diese dicken Pinguine, wie sie mit ihren juwelenübersäten Begleiterinnen herumlungerten, ihre Zigarettenasche in die Büsche warfen und ihre Drinks hier draußen schlürften, wo ihr Herzspezialist sie nicht sehen konnte.

Dann sah er auch Lily Bortoni, die Frau seines Freundes Leo aus der orthopädischen Chirurgie. Lily sah heiter und elegant aus wie immer bei solchen Auftritten, jedes glänzende, kastanienfarbene Haar an seinem Platz und gerade so viel Make-up, daß ihre Haut wie durch die weiche Oberfläche einer Statue hindurchschimmerte. Sie schaute unverwandt durch eine Wolke von Zigarrenrauch einen potentiellen Geldspender an, als wären seine Worte von hoher Bedeutung, so daß es Carey nicht gelang, ihren Blick auf sich zu lenken.

Im Weitergehen schoß ihm eine ganze Serie unverträglicher Gedanken durch den Kopf. Bei Lilys Anblick fehlte ihm plötzlich Jane, und gleichzeitig ärgerte er sich über sie. Er bemitleidete sich selbst, weil er das hier allein absolvieren mußte, und fühlte sich schuldig, weil Leos Frau Lily die Leute hier bearbeiten mußte, während Jane diesem Treiben entkommen war, und er hatte Angst davor, in den nächsten sechzig Minuten zehnmal erklären zu müssen, warum seine Frau nicht hier war. Dann wieder fiel ihm ein, daß sie vielleicht in dieser Sekunde irgendwo um ihr Leben rannte. Er verdrängte den Gedanken mit Gewalt: Jane war da draußen, um irgendeinem Idioten eine neue Adresse zu finden. Es war unfair gegen Carey und unbequem für sie selbst, aber die größte Gefahr war vorüber. Sie tat, was sie ihrer Überzeugung nach tun mußte, und er mußte sie so lange vertreten, bis es zu Ende war.

Er ging in die Cafeteria, und eine Hand berührte seinen Arm. Er drehte sich um, blickte nach unten und sah Marian Fleming. Sie hatte es irgendwie geschafft, sich in ein beiges Abendkleid zu zwängen, das vorn mit einem filigranen Metallgeflecht verziert war, als sollte es den Körper vor Schwertschlägen schützen. Das Haar hatte sie zu einem Helm aus blonder Zuckerwatte in die Höhe gesprayt, und die eisblauen Augen fixierten ihn mit einer klaren Botschaft: Du hast keine andere Wahl. »Da ist jemand, den du unbedingt kennenlernen mußt«, sagte sie.

Carey verstand das Wort »mußt«, wie es gemeint war, und wartete.

»Wo ist Jane?« Ihre Augen versuchten an ihm vorbeizusehen.

»Sie ist verreist«, antwortete er. »Ich bin allein gekommen.«

Ihm entging nicht das schnelle Zucken über dem Auge, als Marian in ihrem Kopf die Information auf Janes Registerkarte vermerkte. Aber schon drehte sie sich auf dem Absatz um und zog ihn, während sie weiterredete, einem anderen Gast entgegen.

»Hier ist der Wunderdoktor, von dem ich Ihnen erzählt habe.«

»Was hast du ihr bloß erzählt?«

»Susan Haynes, das ist Carey McKinnon. Er war auch an der Cornell University.« Sie schenkte Carey einen leeren, gutmütigen Blick. »Seine Frau übrigens auch, aber sie ist heute abend nicht da, also müssen wir uns mit ihm begnügen.«

Carey betrachtete die Frau und lächelte. Ihr blondes Haar markierte neben Marian den Unterschied zwischen poliertem Gold und einem gelben Wandanstrich. Ihre Augen waren groß und hellgrün mit dunklen Flecken darin wie Malachit, die Lippen voll ausgeprägt mit einer natürlichen Hebung in den Mundwinkeln. Sie ließ ein verhaltenes Lächeln sehen, wie man ein kräftiges Gewürz in winzigen Portionen austeilt.

»Hallo, Dr. McKinnon«, sagte Linda.

»Sehr angenehm, Miss Haynes. Ich habe den Eindruck, Sie waren in Ithaca nach meiner Zeit. Ich bin sicher, ich würde mich an Sie erinnern.«

Sie sah ihn an, als ob nichts, was irgendein Mann zu ihr sagen konnte, sie im geringsten überraschen würde, wirkte höchstens eine Nuance enttäuscht. »Ich war damals Sue Preston.«

»Das hilft nicht sehr viel weiter«, sagte er. »Ich bin vor zehn Jahren dort weggegangen, und Sie sind erst ...« Er kniff ein Auge zusammen. »... achtundzwanzig.«

Die großen grünen Augen wurden noch weiter. »Woher wissen Sie das?«

»Ich bin darauf spezialisiert, Menschen als Bündel von Zellen zu sehen. Ihre Zellen sind achtundzwanzig.« Sie sah sich hilfesuchend um, aber da war niemand, der sich gedrängt hätte, es ihr zu erklären. »Das ist irgend so ein Trick.« Er schüttelte den Kopf. »Kein bißchen. Sie wiegen fünfundfünfzig Kilo, stimmt's?«

»Ich weiß es nicht«, sagte sie. »Ich stelle mich nicht jeden Tag auf die Waage.« Sie senkte den Kopf und gestand ihm durch ihre Wimpern hindurch: »Aber es ist ziemlich nahe dran.«

Er beugte sich zu ihr, und sie wandte ihm ihr Ohr zu. »Diese Typen am Jahrmarkt, die immer Ihr Alter und Ihr Gewicht erraten.«

»Was ist mit ihnen?«

»Das sind alles Ärzte.«

Er konnte beobachten, daß sie gut mit ihm auskam. Sie lächelte nur, ließ ihre perfekten Zahnreihen sehen und verstreute reichlich ihr kostbares Gewürz in der Luft, aber das alles zeigte sie nur ihm. »Jetzt ist klar, daß das nur ein Scherz ist.«

»Manche tun so etwas, um die Prämien für die Versicherung gegen Kunstfehlerprozesse zu bezahlen, andere, um nicht Golf spielen zu müssen. Ich glaube, ein paar tun es nur, um von diesen Dingern wegzukommen.« Er hielt seinen Pager hoch. »Hatten Sie je so etwas?«

»Ich gehöre nicht zu den Menschen, die jemand ganz dringend braucht.«

»Sehr gut. Fangen Sie erst gar nicht damit an.« Er steckte den Pager wieder ein. »Aber ich sollte Sie vielleicht ein paar anderen Leuten hier vorstellen. Oder Sie mich. Daß ich Sie an solchen Abenden noch nie gesehen habe, heißt ja noch lange nicht, daß ich mehr Leute kenne als Sie.«

»Heute abend ist für mich das erste Mal«, sagte sie.

Marian Fleming schwebte heran, mit Harry Rotherberg im Gefolge. »Da sind wir«, sagte sie. »Ich dachte mir schon, daß ihr beide etwas zu besprechen habt. Aber ich muß Ihnen Carey kurz wieder wegnehmen. Das ist Dr. Rotherberg. Er ist der Chef der Pädiatrie und kann jede Ihrer Fragen zum Erweiterungsbau beantworten.« Carey schenkte der jungen Frau ein Abschiedslächeln und ging mit Marian weiter. »War ich gut?«

»Du bist mein Lieblingsspringer«, sagte sie. »Aber jetzt setze ich dich über ein paar Bauern hinweg, und du nimmst dir den Haufen da drüben vor.«

»Den Industrieboß mit der karierten Bauchbinde?«

»Genau. Kennst du ihn?«

»Ich bin ziemlich sicher, ich habe seinen Kummerbund schon mal auf so einer Veranstaltung gesehen, aber sein Name fällt mir nicht ein.«

»Charlie Fraser. Das Ding ist sein Schottenrock. Es wird immer für irgendwie doof gehalten, ist es aber gar nicht. Er hat dieses Jahr so um die hunderttausend gespendet, bis heute. Sei nett zu ihm.«

»Was für ein hinterhältiger Plan.«

»Ach, Carey, noch was.«

»Was denn?«

»Da du heute ohne Jane da bist, habe ich dich neben Susan Haynes gesetzt. Du beflirtest sie ein bißchen für mich. Ich verlaß mich drauf.«

»Warum?«

»Sie kennt hier niemanden«, sagte Marian. »Harry ist sicher ein guter Pädiater, aber zehn Minuten mit ihm sind so viel wie ein ganzer Abend neben Mr. Rogers. Sie hat Geld, und sie möchte damit Gutes tun.«

»Ich hole es aus ihr raus, und wenn ich sie dafür auf den Kopf stellen und schütteln muß.«

»Ich wußte es. Dein Ruf eilt dir voraus.« Ohne die Spur eines Lächelns steuerte sie ihn auf Charlie Fraser zu. »Charlie, das ist Dr. McKinnon«, sagte sie.

Carey erwiderte Frasers Händedruck und lächelte, und Marian sagte: »Und das ist Honoria Fraser, seine Frau.«

»Ich freue mich, daß Sie bei uns sind«, sagte Carey. »Ich habe gehört, daß Sie uns schon früher sehr unterstützt haben, und ich möchte Ihnen dafür danken.«

Fraser sah ihn erschrocken an. »Wer sind Sie eigentlich? Was machen Sie hier?«

»Ich bin Chirurg.«

Fraser beugte sich zu seiner Frau hinunter und küßte sie auf die Wange. Sie lachte, dann aber legte sie sich den Finger auf den Mund, als hätten sie eben gegen die guten Sitten verstoßen. Ihr Mann sagte: »Wieder ein Punkt für dich, Honey.«

Carey sagte: »Ich verstehe nicht.«

»Ich habe mit Honey vor zwei Jahren gewettet. Jedes Jahr bekomme ich einen vorgedruckten Dankeschön-Brief mit meinem Namen in der Leerzeile, und das Finanzamt ist zufrieden. Aber bis heute ist noch kein wirklicher, lebender Mensch, der irgendwas mit dem Krankenhaus zu tun hat, höchstpersönlich auf mich zugekommen, um danke zu sagen. Ich habe ihr gesagt, das geschieht niemals, und wenn doch, dann wäre es höchstens einer von der Finanzverwaltung. Sie haben für Honey die Wette gewonnen.«

Carey machte ein besorgtes Gesicht. »Oh, oh!«

»Stimmt was nicht?«

»Wenn das bisher niemand getan hat, dann hätte ich es vielleicht auch nicht tun sollen. Das heißt jetzt wohl, daß Sie uns kein Geld mehr geben?«

»Sehe ich wie ein Idiot aus?« sagte Fraser. Er blickte an seiner Smokingjacke entlang nach unten. »Naja, vermutlich schon. Aber ich bin keiner. Ich verliere die meisten meiner Wetten gegen Honey, aber so ginge es Ihnen auch.«

Carey blickte Honoria Fraser an und lächelte. »Das glaube ich.«

»Sie scheinen mir vernünftig zu sein«, sagte Fraser. »Also will ich Ihnen mal erklären, wie man wirklich Geld locker macht. Diese Gala-Abendessen-Masche ist Quatsch. Wenn ich einen Investor in mein Geschäft locken möchte, dann bringe ich ihn in die Fabrik. Da trifft er dann die Leute, die für mich arbeiten. Sie zeigen ihm die Maschinen und die Computer und die Lastwagen. Sie zeigen ihm, wie die Produkte entstehen, von der Qualität der Rohstoffe bis zur Verpackung und zum Abtransport. Sie zeigen ihm, was Charlie Fraser mit dem Geld machen wird. Also, wenn ich ein Idiot wäre«, er hob den Kopf und blickte in die Runde, »dann würde ich so etwas wie diese Party veranstalten.«

»Charlie«, sagte Honoria scharf.

»Das tut unserm Medizinmann hier nicht weh«, beruhigte Fraser sie. »Er weiß genau, daß ich es gut meine.« Er wandte sich wieder Carey zu: »Nichts ist für einen Geldgeber so abschreckend wie eine aufwendige Party. So etwas kostet Geld, und wenn er einigermaßen klar denkt, dann weiß er, es ist sein Geld. Er hat es nicht gespendet, um auf eine Party zu kommen. Er hat es gespendet, damit irgendein armes Kind auch mal an den Dialyse-Apparat kommt. Das ist es, was er sehen möchte. Wenn er eine Party braucht, dann kann er ganz klar selber eine für ein paar tausend Gäste geben, die er gern einlädt, und ihnen ein besseres Essen hinstellen als hier.«

Honoria sagte zu Carey: »Charlie schneidet mal wieder mächtig auf, finden Sie nicht?«

»Ja«, sagte Carey. »Sie renommieren, Charlie. Aber Sie haben absolut recht. Ich kann Marian nicht dazu bewegen, mit diesen Partys aufzuhören, aber alles andere kann ich für Sie tun.« Er schrieb eine Telefonnummer auf seine Einladung und gab sie Fraser. »Das ist mein Büro. Rufen Sie an, wann immer Sie wollen, und ich lasse einen Rundgang für Sie und jeden anderen organisieren, den Sie gern mitbringen möchten. Ich glaube, wenn Sie sehen, wo ihr Geld steckt und was es für diese Stadt bedeutet, dann werden Sie stolz darauf sein.«

»Ich bin stolz darauf«, sagte Charlie. »Ich sage Ihnen nur, wie Sie noch mehr kriegen können.« Er warf einen Blick auf die Telefonnummer. »Ich rufe Sie an, das sage ich Ihnen.«

»Ich warte darauf«, sagte Carey. »Und bringen Sie Ihre Freunde mit.«

Da erklang ein Mehrtongong, und die Gäste strömten zu der Öffnung in der Falttür, die die Cafeteria in zwei Hälften teilte. Ein Kellner drückte auf den Knopf, um den Durchgang noch weiter zu öffnen, und Carey sah weiße Leinentischdecken und silbernes Besteck, das erste und einzige Mal in diesem Jahr. »Wenn Sie nicht bei jemand anderem sitzen wollen, dann kommen Sie doch zu uns.«

»Marian hat mich bereits anders verplant«, sagte Carey.

Er bahnte sich an ein paar bekannten Gesichtern vorbei einen Weg zu den Tischen und suchte nach Susan Haynes. Er sah sie mit einem Glas Champagner in der Hand, den anderen Arm vor der Brust verschränkt, während sie sich Harry

Rotherbergs Vortrag über den bevorstehenden Ankauf von Ultraschallgeräten anhörte. Katie Rotherberg schaltete sich noch vor Carey ein und trennte die beiden.

Carey sagte: »Zeit zum Essen. Keine Sorge, wenn das Fleisch komisch schmeckt. Sie sind ja schon im Krankenhaus.«

»Bitte setzen Sie sich. Der Chefkellner sagt Ihnen Bescheid, wenn die Magenpumpe bereitsteht'?«

»Ich sehe, Sie waren schon einmal auf einer Benefizveranstaltung. Warum auf dieser hier?«

Sie zuckte die Schultern. »Ich bin neu in der Stadt, und ich hatte darüber in der Zeitung gelesen. Für ein Krankenhaus spendet jeder gern. Ich dachte mir, das ist eine gute Gelegenheit, einmal die Honoratioren der Stadt zu sehen und ihnen klarzumachen, ich gehöre zu den guten Jungs.«

Er blickte sie mit gespieltem Argwohn an. »Sie sind eine von diesen Geschäftsfrauen, nicht wahr?«

»Du lieber Himmel, nein.« Sie kicherte fast. »Niemand in meiner Familie ›war‹ etwas, seit Generationen nicht. Mein Vater saß da und dort im Verwaltungsrat. Da bekam er eine Menge Post und hatte Anspruch auf einen eigenen Aktenkoffer. Aber im Grunde hat er nichts getan und nichts davon verstanden, sonst hätten sie ihn nicht so gern in ihrer Runde gehabt. Auf seinem Grabstein könnte eigentlich stehen: ›Er hat zugestimmt‹.«

»Und ihre Mutter?«

»Sie hat mit Nein gestimmt. Schon als ich erst drei war. Vor ein paar Jahren ist sie mal wieder aufgetaucht, aber wir hatten uns nicht viel zu sagen. Und um den unschönen Stammbaum zu komplettieren: Ich habe noch einen älteren Bruder. Komisch, er ist wirklich etwas – Fischer.«

»Im Hauptberuf?«

»Aber nein, Witzbold. Er angelt Forellen. Er lebt im Sommer in seinem Haus in Jackson Hole und im Winter in diversen Reha-Kliniken. Anscheinend ohne jeden therapeutischen Wert, aber da kann er in aller Ruhe seine Fliegen an die Haken spießen, wenn seine Hände zwischendurch aufhören zu zittern.«

»Tut mir leid.«

Sie faßte ihn am Arm, und es fühlte sich an, als hätte ihn der Flügel eines Vogels gestreift. »Jetzt werden Sie nicht feierlich. Das ist nicht erst gestern passiert. Das sind alles uralte Geschichten.«

Als die Falttüren beiseite geschoben waren und sie zu den Tischen gingen, fing Carey Marian Flemings Blick auf. Sie versuchte ihn mit Gesten zum Präsidiumstisch an der Stirnseite des Raumes zu dirigieren. Er schüttelte leicht den Kopf, woraufhin sie zwei Namenskarten vom Tisch nahm und dann Leo Bortoni und seiner Frau die dazugehörigen Plätze anwies, während Carey mit Susan Haynes zu einem der hinteren Tische ging.

Carey konnte sehen, daß Lily Bortoni begeistert war von diesem Platztausch, den sie als Zeichen der Hochachtung für ihren Mann betrachtete. Er mochte sie beide und freute sich, so ungeplant ihr Wohlgefühl zu steigern. Er tat so, als suchte er über sie hinweg nach jemand anderem aus und faßte einen der entfernteren Plätze ins Auge.

Carey und Susan Haynes saßen an einem Tisch für vier Personen, die beiden anderen Stühle blieben aber unbesetzt. Er sah Susan an und sagte: »Hier sollen wir jetzt wohl über unsere Universität reden.«

»Müssen wir wirklich?«

»Nur ganz kurz. Die Uris-Bibliothek.«

»Eine Gemeinheit, sie oben auf einem Berg hinzustellen. Ich dachte jedesmal, ich komme um dabei.« In den Universitätszeitungen hatte sie ein Foto mit dem Blick aus der Bibliothek gesehen, und die Hochlage des Gebäudes war alles, was sie davon wußte.

»Goldwin Smith Hall.«

»Groß, alt, sehr kalt.« Sie sprach mit einem Ausdruck tiefster Langeweile. Sie konnte nur hoffen, daß es dieses lange, niedrige Gebäude war mit der Statue am Eingang, aber anscheinend war er mit der Beschreibung zufrieden.

»Genug?«

»Mehr als genug.« Sie beugte sich zu ihm. »Und jetzt erzählen Sie mir Ihr Leben.«

»Ich kam in diesem Krankenhaus zur Welt und bin seitdem irgendwie nie mehr rausgekommen«, sagte er. »Meine Ausbildung war nur so eine Art Urlaub. Ich bin Chirurg.«

»Verheiratet?« Er war unsicher, warum sie das so schnell und leichthin gefragt hatte: weil es ihr egal war oder weil es ihr nicht egal war?

»Knapp. Seit drei Monaten. Sie ist im Augenblick verreist.«

»Ah, ja. Marian sagte so etwas. Hatte ich vergessen. Welche Spezialität haben Sie – Schönheitschirurgie?«

»Wenn Sie irgendetwas Kosmetisches brauchen, ist Buffalo nicht wirklich die erste Adresse. In Los Angeles oder Boston gibt es Kliniken, die in einer Woche mehr derartige Fälle haben als wir in einem ganzen Jahr. Ich bin eigentlich fast nur für die medizinische Grundversorgung da. Wenn Sie keine Verwendung mehr für Ihre Gallenblase haben oder Ihren Blinddarm, dann bin ich der Richtige.«

Ihre Augenbrauen hoben sich zu zwei perfekten Bögen. »Sehe ich krank aus?«

»Kaum. Aber vielleicht sind Sie ja hypochondrisch veranlagt. Manchmal geben reiche Leute ihr Geld dafür aus, daß sie an einem hübschen Platz untergebracht sind, wenn sie ihre nächste Depression kriegen. Ich habe Marian versprochen, ich würde jeden möglichen Winkel ausleuchten.«

»Und Sie machen es wirklich gut«, sagte sie. »Ich komme mir schon vor wie bei einer Leibesvisitation. Alle meine Winkel gründlich ausgeleuchtet.«

»Das heißt, Sie spucken das Geld aus?«

Sie nickte. »Einen Teil. Wie ich schon sagte: Wenn ich hier leben möchte, dann muß ich zeigen, ich gehöre zu den guten Jungs. Erst dann komme ich für die unverdienten Einladungen und all das in Frage.«

»Warum haben Sie sich gerade Buffalo ausgesucht?«

Sie richtete ihren grünen, großäugigen Blick auf ihn und sah ihn nachdenklich-listig an. »Ich mag es hier. Oder vielleicht sollte ich besser sagen: Es mißfällt mir nicht, was ich von einer Reihe anderer Orte nicht sagen könnte. Die Grundstücke hier sind nicht teuer, also kann ich mein Haus, das schon fast über einen Abgrund bei San Francisco hinunterfällt, gut verkaufen und mir hier etwas Schöneres kaufen. Sie ahnen sicher längst, daß Mr. Haynes und ich nicht mehr recht harmonieren. Ich bin schon als Studentin mal hier in Buffalo gewesen, und damals sagte ich mir, das wäre der Ort, an dem ich glücklich sein könnte.«

»Weil es so weit abseits ihrer gewohnten Kreise liegt?«

»Wenn man die Menschheit satt hat, sollte man sich vielleicht einmal ganz andere Menschen ansehen. Das ist wenigstens theoretisch vernünftig.« Sie strahlte ihn an. »Untersuchung beendet?«

»Aber sicher«, sagte er. »Sie sind körperlich so gesund wie ein Vollblüter und geistig mindestens so gesund wie Monsignore Schumacher.« Er sah sich an den Nachbartischen um und nickte jemandem zu.

»Guten Abend, Monsignore.« Dann wandte er sich wieder ihr zu. »Ich glaube, es wird Ihnen hier gefallen, jedenfalls eine ganze Weile. Der Ort ist kleiner, als er aussieht, und die Menschen bleiben gern in ihren Gruppen unter sich. Aber Sie sind jemand, der einen guten Eindruck auf sie macht, und jeder, der freiwillig hierherzieht, hat den ersten Test schon bestanden.«

»So, wie Sie Ihren Test bestanden haben«, sagte sie. Die Kellner des Party-Service schwärmten aus, verteilten von ihren Wärmewagen herunter die Teller und flüsterten, sich leicht herunterbeugend, jedem ins Ohr: »Vorsicht, der Teller ist sehr heiß.«

Sie probierte den Lachs und sagte: »Sie können die Wiederbelebungsapparate abschalten. Er ist ausgezeichnet.«

»Daran ist Marian schuld. Sie stößt dauernd die altehrwürdigen Bräuche um. Früher hatten wir die halbe Nacht die Gäste im Sprechzimmer und legten ihnen Magensonden. Ich weiß gar nicht mehr, wofür ich heute noch da bin.«

Sie verschränkte die Hände, stützte das Kinn auf und betrachtete ihn. »Das bringt mich auf etwas, was mir ein wenig Kummer macht.«

»Oh?« sagte er.

»Naja, es ist mir ein bißchen peinlich. Als ich ankam, habe ich diesen schwarzen Mercedes geleast, weil ich mir dachte, er ist das Beste für verschneite Straßen. Aber ich komme mit dem Wagen nicht zurecht. Ich habe es noch ganz ordentlich bis hierher zum Krankenhaus geschafft, aber als ich vorhin kurz rausging, um meine Schminktasche zu holen ...«

Careys Mundwinkel bewegten sich unwillkürlich und langsam nach oben.

»Da gibt es nichts zu lächeln. Ich bin rückwärts auf einen freien Stellplatz gefahren und bin schnell wieder zurück, damit ich nicht zu spät komme und diese Leute, die alle miteinander bekannt sind, mich so anstarren. Da gibt es so eine Art Farbcode und ein Schild, aber ich glaube, ich habe es nicht bemerkt, weil ich ja rückwärts eingeparkt bin. Ich fürchte jedenfalls, das war der Platz für einen Rettungswagen oder so etwas, und jetzt hat die Polizei meinen Wagen abgeschleppt. Warum lächeln Sie immer noch?«

Carey mußte jetzt schon fast lachen.

»Sind Sie irgendwie sadistisch veranlagt?«

»Nein«, sagte er, »ich bitte um Entschuldigung. Ich sah Ihren Wagen, als ich hier ankam, und fragte mich, ob ich mich deswegen beschweren sollte. Das ist alles.«

»Warum in aller Welt haben Sie nichts gesagt?« fragte sie. »Ich hätte ihn sofort woanders geparkt.«

Er schaute sekundenlang auf seine Hände, dann hob er mühsam den Kopf und schaute ihr in die Augen. »Ich wollte mich nicht aufspielen. Das war nämlich mein Parkplatz.«

Es dauerte zwei Atemzüge, bis ihr Gesicht zuerst Verwirrung zeigte, dann ein Erschrecken, schließlich das Erfassen der Situation. Ihre Augen funkelten, und ihr Lachen klang hell und melodiös. Am Ende schien es auf ihren Lippen weiterzutanzen. »Können Sie mir sagen, wie ich jetzt nach dieser Veranstaltung meinen Wagen wiederfinden soll?«

»Also das ist das mindeste, was ich für Sie tun kann.«

20

Jede Ermittlung, so kam es Seaver vor, bestand im Grunde aus nichts anderem als dem starren Blick durch eine Scheibe auf einen Eingang, und das auch noch spät in der Nacht. Manchmal saß man in einem Wagen, der nach zu vielen alten Zigarettenkippen stank, oder man mietete ein Rattennest von Büro wie dieses hier, versperrte die Tür und trank aus Styroporbechern so viel Kaffee, daß man wach blieb, bis sich irgendetwas bewegte.

Diesmal war es der Eingang einer schmalen Ladenfront, mit einem großen Schild »Vierundzwanzig Stunden geöffnet«, was die Überwachung schlimmer machte als früher, in der guten, alten Zeit. Und Manhattan hatte seine besonderen Probleme. Hier konnte man nicht zwölf Stunden in einem geparkten Wagen sitzen, ohne sich einen Stoß Strafzettel einzuhandeln, und selbst dann hatte man mit dem Wagen keine Chance, jemandem zu folgen. In Manhattan schlüpfte ein Verdächtiger sofort unter die Erde und nahm die U-Bahn, oder er sprang in ein gelbes Taxi, das während des Einsteigens kaum anhielt und sofort weiterfuhr auf der endlosen Straße, die wie ein Fluß aus lauter gleichen gelben Taxis aussah, deren Fahrer alle wild hupten und unberechenbar mit den Armen fuchtelten, nur um fünfzehn Stundenkilometer schneller als erlaubt voranzukommen. Oder der Verdächtige bog dreißig Meter weiter in einen anderen Eingang ab und verschwand in einem Gebäude mit vierzehn Aufzügen und sechzig Stockwerken. Ein Wagen war hier völlig sinnlos. Man mußte sich zu Fuß an das Wild heranpirschen und es erst innen im Haus erlegen, weit weg von den aberhundert Gesichtern, die dauernd auf der Straße zu sehen waren.

Seaver hatte ein Päckchen abgeschickt, adressiert an Visa Card-Kunden, Schließfach 345, 7902 Elizabeth Street, New York, N.Y. 10003. Es war in leuchtend orangefarbenes Packpapier mit fluoreszierenden Streifen eingewickelt, so daß er es mühelos erkennen konnte, wenn jemand es abholte. Auf das persönliche Erscheinen der dunkelhaarigen Frau brauchte er hier nicht zu warten. Aber er hatte eine ziemlich gute Chance, daß irgendein Mittelsmann die Post abholte, und dann konnte Seaver dem Paket nachgehen.

Wenn die Frau in den mindestens acht oder neun Jahren seit Mirandas Wiedergeburt dauernd Fliehende versteckte, dann hatte sie zweifellos zwischen sich und jemandem wie Stillman einige Brandmauern hochgezogen. Sie durfte sich von den Seavers dieser Welt nicht ohne weiteres finden lassen. Sie wußte, was auch er erfahren hatte: Selbst wenn ein Berufskrimineller in einer Ecke seines verkümmerten Gehirns überzeugt war, daß diese Frau eines Tages vielleicht seine letzte Überlebenschance war, so lag doch der Grund dafür, daß er sie überhaupt brauchte, in seiner Unfähigkeit, einen künftigen Vorteil einer sofortigen Extraschachtel Zigaretten vorzuziehen.

Seaver war auf den Mittelsmann vorbereitet. In dem Päckchen lag eine teure Sportuhr, die – wie der beiliegende maschinengeschriebene Brief erläuterte – ein Dankgeschenk für den sehr geehrten Karteninhaber für die Mitgliedschaft bei Visa Card war. In die Uhr eingebaut war ein Minisender, betrieben von der Uhrbatterie und mit einer Reichweite von fast tausend Metern.

Wenn Seaver Glück hatte, dann trug die dunkelhaarige Frau die Uhr bald am Handgelenk. Auch wenn sie ihr nicht so sehr gefiel, würde sie immerhin sehen, daß die Uhr zu teuer zum Wegwerfen war, und sie zu Hause in eine Schublade legen. Egal, sobald sie die Uhr hatte, hatte er die Frau. Und sobald er sie hatte, hatte er auch Hatcher.

Seaver langte über den Tisch und nahm den Plastikdeckel von der nächsten Styroportasse Kaffee ab. Mittlerweile war er nicht heißer als die Zimmerluft, und der weiße Puderzusatz, der hier die Rolle der Sahne spielte, war fast schon zu einem klebrigen Klumpen geronnen, die knapp unter der öligen Oberfläche schwebten. Er schloß die Tasse wieder, ging zum Waschbecken, ließ das Wasser laufen, bis es kochend heiß war, stöpselte den Abfluß zu, hielt die Tasse ins Wasser und suchte mit den Augen nach einem schweren Gegenstand, um die Tasse damit im Wasser zu halten, ohne daß sie gleich umkippte.

Da er in dem kleinen Badezimmer nichts Geeignetes fand, holte er ein Ersatzmagazin für seine Pistole aus der Tasche und legte es vorsichtig auf den Deckel. Nun hatte er nichts mehr zu tun und benützte die sich bietende Gelegenheit, Wasser zu lassen. Das war auf seiner Karrierestufe ein weiteres Problem bei Beschattungen. Seit wenigstens zehn Jahren hatte er nicht mehr so dagesessen und literweise Kaffee getrunken, und für seine Nieren war so etwas eine neuartige, unangenehme Erfahrung.

Er gähnte, machte den Reißverschluß an der Hose zu, holte die Kaffeetasse aus dem Wasser, stellte sie am Rand des Beckens ab und wusch sich die Hände. Während er die Tasse zum Fenster zurücktrug, konnte er immer noch durch die bronzegefaßte Scheibe des Schließfachs hindurch das orange leuchtende Päckchen erkennen. Er setzte sich hin und nahm einen Schluck.

Von dem Bürofenster aus hatte er eine tadellose Sicht auf den kleinen Postladen mit den Schließfächern. Bei diesem erhöhten Standplatz lag die Reihe der Fächer genau in seinem Gesichtsfeld, darüber hinaus konnte er den Ladentisch sehen und dahinter einen Arbeitsraum, wo gelangweilte Angestellte die Pakete einwickelten, abwogen und verstauten, Briefe sortierten und Faxe abschickten. Die Straßenlaterne vor dem Laden warf einen hellen Lichtkreis auf den Gehweg vor dem Eingang.

Er schlürfte den lauwarmen Kaffee und hielt die Augen offen. Um diese Nachtzeit kamen so wenige Kunden, daß sein Polizistenhirn zu arbeiten anfing. Vielleicht hatte die Tag-und-Nacht-Öffnung einen ganz anderen, illegalen Zweck für andere Kunden als die dunkelhaarige Frau. Vielleicht legte jemand am Dienstag sein Geld in ein fremdes Fach und holte sich am Mittwoch das Heroin aus seinem eigenen. Aber er hatte mittlerweile den Laden einmal während aller Tag- und Nachtschichten überwacht und keine Anzeichen entdeckt, die auf irgendeinen unerlaubten Handel hindeuteten. Jeder, der hier ankam und sein Schließfach öffnete, schaute nicht erst lange über die Schulter nach eventuellen Polizisten oder Trickdieben. Und offensichtlich brachte niemand etwas hierher, was dann in einem der anderen Fächer gelandet wäre.

Es war beinahe Mitternacht, als er sah, wie der Angestellte aus dem U-Bahnschacht heraufkam und zur Wachablösung auf den Laden zuging. Der magere Junge in Jeans und einem schwarzen T-Shirt ging durch die Tür, und der ältere Mann packte seine Sachen zusammen: einen grünbraunen Regenmantel, so abgetragen, als hätte er ihn bei einem Lumpensammler mitgenommen, und das Buch, das er sich in die Manteltasche steckte, wonach der Mantel so tief herunterhing, daß der Mann darin erst recht wie eine Vogelscheuche aussah.

Dann aber tat er etwas, was Seaver veranlaßte, seine Kaffeetasse abzustellen und sich vorzubeugen. Er stellte sich hinter die Schließfächer. Seaver konnte sehen, wie er in das Fach Nummer 345 hineingriff und den Inhalt in einen großen wattierten Umschlag gleiten ließ. Seaver sah, wie auch das orangegelbe Päckchen darin verschwand.

Er riß den Mantel vom Stuhl, lief zur Tür und rannte hinaus. Während er die Stufen hinuntereilte, schaltete er seinen Empfänger ein und las die Grundeinstellung für die Richtungsanzeige ab. Dann steckte er das Gerät in die Tasche, verließ das Gebäude durch den Seiteneingang, trat hinaus in die Dunkelheit und ging langsam auf die Straße zu, die Augen unverwandt auf das beleuchtete Fenster des kleinen Postladens gerichtet. Er blieb im Schatten stehen und beobachtete den alten Mann, der mit dem dicken Umschlag unter dem Arm aus der Tür kam.

Seaver folgte ihm drei Querstraßen weit auf dem schwach beleuchteten Gehweg, hielt sich nahe an den Hauswänden, verbarg den Umriß seiner Gestalt oft hinter den vorspringenden Stützpfeilern und Ziersäulen der Fassaden und drückte sich immer wieder wartend und unsichtbar in die Eingangsnischen der Geschäfte.

Der Mann bog nach links ab, und Seaver legte einen Zwischenspurt ein, um den Vorsprung zu vermindern. An der Ecke angekommen, sah er, daß er die Absicht des Mannes falsch verstanden hatte. Er war überhaupt nicht auf dem Weg zu einem Treffpunkt, um der dunkelhaarigen Frau ihre Post zu übergeben.

Er ging schräg über den breiten, menschenleeren Gehweg und näherte sich dem Straßenrand, wo ein hoher, blauer Briefkasten der Bundespost stand. Als der Mann die Post der Frau an sich genommen hatte, war Seaver davon ausgegangen, daß er die Sendungen nicht ein weiteres Mal abschicken würde. Aber jetzt ging der Mann entschieden auf den Briefkasten zu. Die Frau hatte ihm zweifellos die Anweisung gegeben, im Laden keine Briefe und Pakete mit einer Weitersendungsadresse herumliegen zu lassen.

Die unangenehme Erkenntnis versetzte Seaver in einen Zustand bitterer Enttäuschung. Er wußte, was das bedeutete: weitere Flugreisen, durchwachte Nächte und zu beobachtende Hauseingänge. Nein, die Lage war noch hoffnungsloser. Wenn das Paket im System der Bundespost steckte, bevor Seaver die Adresse hatte, wußte er überhaupt nicht, ob das Paket nur in den nächsten Häuserblock geliefert wurde oder vielleicht nach Äthiopien ging. Er mußte den Mann unbedingt daran hindern, den Briefkasten zu erreichen.

Seaver rief: »Entschuldigen Sie!«

Der Mann schaute kurz über die Schulter und hob den Kopf. Er war sichtlich erstaunt, Seaver plötzlich so nahe zu sehen. Er ging weiter, schon etwas schneller.

»Hallo!« rief Seaver. »Warten Sie einen Moment!«

Der Mann ging noch schneller, mit weiten Schritten, die ihn trotz seiner langen Beine anstrengten. Seaver hatte einen Fehler gemacht: Er hatte sich dem Mann nicht sofort deutlich unter einer Straßenlampe gezeigt. In ihrem Licht hätte man ihn für einen nicht mehr ganz jungen, erfolgreichen Geschäftsmann gehalten, der vom Essen in einem Restaurant nach Hause ging. Aber der alte Mann mußte annehmen, daß ihn jemand überfallen wollte. Statt stehenzubleiben, ging er noch schneller. Offenbar wollte er die Postsendungen loswerden, um beide Hände zur Verteidigung frei zu haben. Aber im Grunde war es gleichgültig, was der alte Mann dachte oder was Seaver geplant hatte. Der Mann rannte jetzt schon fast auf den Briefkasten zu.

Auch Seaver beschleunigte seine Schritte und schraubte im Gehen den Schalldämpfer auf den Lauf. »Einen Moment!« rief er wieder. Der Mann hatte ganz klar seine Entscheidung getroffen. Er wollte die hohe Briefkastensäule als Schutzschild gegen seinen Angreifer benützen.

Seaver blieb auf dem Gehweg mit auseinandergestellten Füßen stehen, ging leicht in die Knie, streckte beide Arme vor, um die rechte Hand ruhig zu halten, atmete völlig aus, damit ihm kein aufgestautes Kohlenstoffdioxid den Arm zum Zittern brachte, und drückte auf den Abzug. Die Pistole hob sich im Rückstoß, und Seaver hörte das spuckende Geräusch.

Der Mann fiel vornüber. Der Umschlag rutschte ihm aus der Hand und ein paar Meter weit über den Gehweg, aber daran dachte der Mann schon nicht mehr. Blutend krümmte er sich auf dem Pflaster zusammen.

Seaver rannte zu ihm hin und sah im gleichen Augenblick, daß an der nächsten Straßenecke ein Wagen anhielt. Er klemmte sich die Pistole unter den linken Arm, kniete sich mit einem Bein neben den Mann und sagte: »Ich wollte Sie nur warnen. Da hat einer aus einem Wagen auf Sie geschossen. Bleiben Sie still liegen.«

Der Mann schien ihn fast nicht zu hören. Er drückte vor unerträglichem Schmerz die Augen fest zusammen und warf den Kopf auf dem Steinboden von einer Seite zur andern. Seaver sah sich das Blut auf dem Hemd an. Es war ein helles, intensives Rot, also mußte ihm die Kugel durch eine Lunge gegangen sein.

Seaver bemerkte, daß der Wagen am Randstein hielt. Es war ein gelbes Taxi. »Brauchen Sie Hilfe?« rief der Fahrer heraus. Seaver sah den Oberkörper und den ovalen Kopf nur als dunkle Silhouette.

»Er ist bloß gestolpert und hingefallen«, sagte Seaver. »Er ist gleich wieder okay.« Der Verwundete bemühte sich, den Arm in Richtung Taxi zu heben, und stöhnte laut.

»Muß er nicht ins Krankenhaus?«

»Nein«, sagte Seaver. »Ich kümmere mich schon um ihn.« Er wandte sich wieder dem verletzten Mann zu und veränderte dabei unauffällig seine Haltung, indem er sich den rechten Arm aufs Knie legte. Sollte er das Klacken einer sich öffnenden Wagentür hören, so konnte er seine rechte Hand einfach ein paar Zentimeter weiterschieben und die Pistole packen. Und während der Fahrer dann um den Wagen herum ins Blickfeld kam, hatte er ausreichend Zeit, sich herumzudrehen und zu schießen.

Der Fahrer schüttelte verständnislos den Kopf, dann starrte er einen Moment lang angestrengt durch die Windschutzscheibe. Als Seaver klar wurde, daß er jetzt auch ihn umbringen mußte, drückte der Fahrer auf einen Knopf, das Seitenfenster schob sich hoch, und er fuhr weg.

Seaver spürte plötzlich ein Ziehen am Ärmel und sah, daß der Verwundete ihm die Pistole aus der Achselhöhle zu zerren versuchte. Mit der rechten Hand wischte er die Finger des alten Mannes weg und streckte so abrupt die Beine aus, daß er beinahe nach hinten fiel. Er zog die Waffe hervor, zielte nach unten und schoß dem Mann in die Brust. Diesmal glaubte er mit Sicherheit, das Herz getroffen zu haben. Der Mann zuckte noch einmal und lag bewegungslos. Seaver stieß ihn mit dem Fuß an, aber das löste keine Reaktion aus. Er sagte sich, daß es besser war, gleich auf Nummer sicher zu gehen, und jagte dem Mann eine letzte Kugel in den Kopf, verstaute die Pistole in der Innentasche des Mantels, hob den wattierten Umschlag vom Pflaster auf, steckte ihn sich hinten in den Gürtel und ließ den Mantel darüberfallen.

Seaver sah sich nach allen Seiten um. Die diskrete kleine Überwachung war in ein blutiges Desaster ausgeartet, ein Knäuel aus Schwierigkeiten und Risiken und Komplikationen. Rechterhand sah er eine schmale Gasse zwischen zwei Häusern, aber sie war durch ein hohes Eisengitter verschlossen. Er würde es niemals schaffen, die Leiche eines Erwachsenen bis in Kopfhöhe zu heben und über das Gitter zu werfen. Vermutlich konnte er die Leiche ein Stück weit tragen, aber wie sollte er das tun, ohne Aufmerksamkeit zu erregen? Noch während er über eine Lösung nachdachte, sah er an der Straßenecke schon wieder die Scheinwerfer eines Wagens, der abbog und sich ihm näherte. Als der Wagen beschleunigte, sprangen die Lichtkegel kurz hoch, senkten sich wieder und blieben auf der Straße. Der Wagen rollte immer langsamer auf ihn zu.

Seaver ließ ihn nicht aus dem Blick und konnte nun die Farbe sehen. Der Wagen war gelb, und jetzt wurde auch die schmale Sonnenblende sichtbar. Es war das Taxi von vorhin. Seaver winkte wie verzweifelt mit dem Arm, und das Taxi hielt wieder am Rand des Gehwegs. Der Fahrer stieg aus, warf die Tür zu und schaute über das Wagendach zu Seaver herüber.

»Er ist schlimmer verletzt als ich dachte«, sagte Seaver. »Wir sollten ihn doch in ein Krankenhaus bringen.«

Der Fahrer kam hinten um den Wagen herum und öffnete die Fahrgasttür. Seaver kniete sich nieder und hob den Oberkörper der Leiche ein wenig hoch. »Sie müssen mit anpacken.«

Der Fahrer ging in die Hocke und hob den Mann an den Füßen hoch. Als er die Beine auf den Rücksitz legte, warf er einen Blick auf die Hemdbrust des Mannes. »Der blutet ja wie ein Schwein. Den hat jemand mit dem Messer angegriffen oder so was.«

Schon bewegte sich Seavers Hand. Mit einem kurzen Schwung hatte er die Pistole angesetzt und schoß dem Fahrer in den Bauch, dann hob er den Lauf und schoß ihm in die Brust, dann auch noch in den Kopf.

Seaver steckte die Waffe zurück in die Manteltasche und ging um das Taxi herum zum Fahrersitz. Er stellte den Taxameter an, fuhr zur Rückseite seines Mietbüros, hielt an und stieg aus. Er ging die Treppe hinauf und sofort ins Bad. Er wusch sich gründlich die Hände und das Gesicht, dann untersuchte er seinen Anzug, die Schuhe und das Hemd auf Blutspritzer. Er konnte keine entdecken, putzte sich aber trotzdem die Schuhe mit Toilettenpapier, warf es in die Kloschüssel und drückte die Spülung. Er nahm eine dicke Lage feuchtes Klopapier, wischte damit die Waffe ab und wickelte sie in eine neue Lage Klopapier, dann ging er durch alle Räume und wischte sämtliche Oberflächen sauber, die er vielleicht angefaßt hatte. Er sammelte alle alten Kaffeetassen ein, dazu ihre Deckel, alle Schachteln und Verpackungen, ging hinaus und schloß die Tür hinter sich zu. Er warf den Abfall in den Müllcontainer hinter dem Haus.

Seaver startete das Taxi und fuhr mindestens zwölf Querstraßen nach Süden, bis er zwischen zwei Geschäften eine unbeleuchtete Durchfahrt sah, die nach hinten hin weiter wurde, so daß er wenden und den Wagen an einer Ladebühne stehenlassen konnte. Dann ging er zu Fuß etwa anderthalb Kilometer, stopfte die noch umwickelte Pistole tief in einen nach Fisch stinkenden Sack Abfall in einer Mülltonne und legte den Deckel darauf. Nach weiteren zwei Kilometern kam er an einem Kino an. Die Besucher strömten heraus, gingen zu den Parkplätzen oder stiegen in Taxis ein. Er mischte sich unter die Menge, nahm sich ebenfalls ein Taxi und ließ sich bis zu einer Kreuzung in der Nähe seines Hotels bringen.

In seinem Zimmer zog er den großen Umschlag heraus. Er machte ihn auf und warf den Inhalt auf das Bett. Die Briefe hatten alle dieselbe Adresse: Stewart Hofstedder, Wirtschaftsprüfer. Das machte ihm einen Augenblick lang Hoffnung, da Stillman etwas von einem Männernamen gesagt hatte. Aber die Briefe waren fast ausschließlich Rechnungen, so als wären sie tatsächlich für einen Wirtschaftsprüfer bestimmt. Und alle Rechnungen waren mit Kreditkarten bezahlt, die auf verschiedene Namen lauteten, von Frauen, von Männern, sogar Firmennamen. War das alles nur für diese eine Frau?

Da kam ihm ein schrecklicher Gedanke. Stillmans Hirn war ja wohl kein voll entwickeltes Organ. Seit seinem zehnten Lebensjahr hatte es vermutlich seine Blackouts und andere Behinderungen durch Drogen und Schläge. Vielleicht hatte er die Schließfachnummer falsch gespeichert. Vielleicht war Hofstedder ein tatsächlicher Wirtschaftsprüfer, eine Art Geschäftsführer, der im Auftrag seiner Kunden Rechnungen bezahlte. Die gesamte Post in dem Umschlag hatte anscheinend mit der dunkelhaarigen Frau überhaupt nichts zu tun. Möglicherweise hatte Seaver Stillman so sehr in die Enge getrieben, daß er sich auf die Schnelle irgendeine Nummer ausdachte.

Seaver legte alle Rechnungen auf dem Bett nebeneinander und begann eine verzweifelte Suche nach einem zusammenhängenden Muster. Am 8. August hatte Wendy Wassermann in Missoula, Montana, einen Wagen gemietet. Am 10. August hatte Michael Phelan in Potomac, Montana, ein Hotelzimmer bezahlt. Katherine Webster hatte am nächsten Morgen in

Condon, Montana, zu Mittag gegessen. Seaver wippte fröhlich auf den Absätzen und lächelte erleichtert die Zimmerdecke an. Der Aufwand an Zeit und Kraft war doch nicht ganz umsonst gewesen.

Er sah sich die Weiterleitungsadresse auf dem Klebe-Etikett des großen Umschlags an. Es war wieder nur ein Schließfach, diesmal in Chicago. Notfalls könnte er jetzt nach Chicago fahren und dort die Überwachung fortsetzen. Aber jetzt hatte er etwas unendlich Besseres in der Hand. Er wußte, wo die dunkelhaarige Frau war. Sie war unterwegs, sie fuhr mit Pete Hatcher in Montana herum.

21

Carey fuhr zur Kfz-Verwahrstelle und hielt am Eingang. Susan stieg aus, ging zur Tür und läutete. Carey hörte das altmodische Klingelrasseln dreißig Meter entfernt in einer kleinen Hütte auf der großen Parkfläche. Das war kein gutes Zeichen. Die Fenster waren unbeleuchtet. Nun stieg auch er aus und stellte sich zu ihr, obwohl er sich dabei etwas nutzlos vorkam.

Dann ging er den Zaun entlang und um die Ecke. Hier sah er ein kleines Schild, auf dem stand »Öffnungszeiten 6.00 bis 10.00 Uhr«. Er ging wieder zu Susan zurück und hob fast entschuldigend die Augenbrauen. »Da ist bis morgen früh um sechs Uhr zu.«

»Oh nein.« Sie schien sich plötzlich ihrer Lage bewußt zu werden. Hier stand sie nun mitten in der Nacht in einem dunklen, verlassenen Stadtviertel, auf Sieben-Zentimeter-Absätzen und im trägerlosen Abendkleid. Allmählich kam das bezaubernde Lächeln wieder. Sie streckte seitlich die Arme aus, als wollte sie damit sagen: Was mach' ich denn jetzt bloß?

»Kommen Sie. Ich bringe Sie nach Hause«, sagte er.

Im Wagen sagte sie: »Das kann ich von Ihnen nicht verlangen. Sie müßten bis nach Orchard Park raus. Setzen Sie mich hier an irgendeinem Hotel ab, dann können Sie heimfahren und noch ein bißchen schlafen.«

»Aber warum wollen Sie in ein Hotel?« fragte er. »Das ist doch lächerlich.« Warum hatte man eigentlich immer solche Probleme mit Leuten, die einem angeblich überhaupt keine Umstände machen wollten?

»Es ist jetzt Mitternacht vorbei«, sagte sie. »Wenn Sie mich bis zu meiner Wohnung bringen, dann komme ich um zwei Uhr ins Bett, und Sie wahrscheinlich um drei. Dann schlafe ich drei Stunden, rufe mir ein Taxi und fahre für achtzig Dollar den ganzen Weg wieder zurück zu meinem Wagen. Das heißt, falls ich um fünf Uhr morgens in Orchard Park ein Taxi kriege. Wenn ich aber in der Gegend bleibe, dann bin ich schon hier, wenn die aufmachen, und fahre selbst nach Hause.«

»Da gibt es nur ein kleines Problem. Schauen Sie sich um: Fabriken, Lagerhäuser und die Kfz-Verwahrstelle. Bei Tag sieht das alles nicht sehr malerisch aus, und deshalb sind gute Hotels hier ziemlich selten. Und wenn ich ›gute‹ sage, meine ich nicht einmal berühmte, sondern sichere Hotels.«

»Oh«, sagte sie.

»Andererseits habe ich zufällig ein ordentliches Haus nur zwanzig Minuten von hier, mit mehreren Gästezimmern, samt Bädern und ein paar sauberen Handtüchern.« Er hielt den Atem an und hoffte, sie hatte einen besseren Vorschlag.

»Ich möchte Ihnen aber wirklich keine Umstände machen.«

Das hieß: Einverstanden. Er konnte ihr das Angebot jetzt nur noch aufdrängen, mit dem Rest an Eleganz, der ihm um diese Uhrzeit noch möglich war, damit es nicht zu schwerfällig klang. »Ich muß um sieben im Krankenhaus sein, und ich kann Sie unterwegs hier absetzen.« Er warf ihr einen kurzen Blick zu. »Ich könnte womöglich auch ein paar Kleider auftreiben, in denen Sie am Morgen nicht aussehen wie die übriggebliebene Partygängerin aus einem italienischen Film. Jane hat ungefähr ihre Größe.«

Sie sah ihn mit gespielter Neugierde an: »Das würden Sie für mich tun?«

»Klar.« Hatte er denn noch eine Wahl?

»Kommt Ihnen – kommt Jane das nicht irgendwie – komisch vor?«

»Wieso?« sagte er etwas zu schnell. Er hatte nur an die Belästigung für ihn selbst gedacht und nicht daran, was Jane davon halten würde. Er überlegte die Situation noch einmal im Ganzen. Er sah Jane vor sich, wie sie Susan betrachtete und die Details taxierte, das lange blonde Haar, die Strähnen, die im hohen, zarten Nacken dem Knoten entkommen waren, die unglaublich glatte Elfenbeinhaut – und dann Carey ins Auge faßte. Aber Janes Gesichtsausdruck würde auf jeden Fall völlig unberechtigt sein.

Das hier war nichts anderes als eine Geste der Freundlichkeit – nein, es war sogar noch unschuldiger: Er weigerte sich einfach, unfreundlich zu sein. In seiner Vorstellung hörte Jane diese Gedanken, und in ihrem Blick spiegelte sich eine gewisse Ironie.

Nein, sagte er sich. So reagiert sie nicht, außer sie wollte ihn ein wenig provozieren. Er war unfair ihr gegenüber. Niemals würde sie ihn so ansehen, nur weil der Mensch, dem er seine Hilfe anbot, zufällig eine Frau war.

Dann aber mußte er sich eingestehen, daß das eigentliche Motiv für sein Angebot von seiner Benzinuhr geliefert wurde. Er hatte nur deshalb nicht darauf bestanden, Susan heimzufahren, weil er befürchten mußte, auf der langen, ihm unvertrauten Strecke nach Orchard Park um diese Zeit keine offene Tankstelle zu finden. Womöglich ging ihm unterwegs das Benzin aus, und dann saßen sie beide fest.

Er merkte, daß er sich zu lange bei seinen eigenen Gedanken aufhielt. »Wenn sie da wäre, würde sie Sie auffordern, bei uns zu übernachten. So etwas macht sie dauernd.« Ihm selbst klang es gerade noch wahrheitsgemäß. Er war allerdings nicht ganz sicher, ob Jane eine Frau von Susans Aussehen gern im Haus hätte, während sie selbst nicht da war.

Susan schaute ihm ins Gesicht. »Ich würde mich wohler fühlen, wenn der Vorschlag von ihr käme. Ich möchte nicht, daß Sie meinetwegen Probleme kriegen.«

Er lächelte und schüttelte den Kopf. »Also ich rufe sie jetzt nicht mitten in der Nacht an und bitte sie um Erlaubnis. Aber wenn ich das nächste Mal mit ihr rede, erzähle ich ihr davon.« Er fuhr auf den Boulevard und beschleunigte. »Sie müssen sich nur das erste Mal, wenn Sie sie sehen, damit abfinden, daß ich Sie ›Schwester Mary‹ nenne.«

Sie ließ ihr fließend melodiöses Lachen hören. »Na schön. Ich habe nichts dagegen, Ihr kleines Geheimnis zu sein.«

Als Carey in der Auffahrt zu seinem Haus war, dachte er noch immer über diesen Satz nach. Er hielt wie immer vor dem Eingang, dann aber spürte er, wie er erneut das Gaspedal mit dem Fuß berührte und weiterfuhr bis zu dem alten Kutschenhaus. Hier, außer Sichtweite von der Straße her, hielt er wieder an. Es muß ja nicht sein, dachte er, daß neugierige Nachbarn sich ihre Gedanken machen.

Er hielt ihr den Wagenschlag auf, ging mit ihr zum Hintereingang, schloß auf und ließ sie zuerst eintreten. Er mußte ihr über die Schulter greifen, um das Licht anzumachen, als sie in dem dunklen, fremden Raum stehenblieb. Es wäre ihm lieber gewesen, sie wären richtig zusammengestoßen, so aber kamen sich ihre Körper in einer weichen Berührung nahe. »Ups«, sagte er, »Verzeihung.«

Sie drehte sich mit einem rätselhaften Blick halb zu ihm um, dann ging sie in die große Küche. »Phantastische Einrichtung«, sagte sie. »Sie haben oft Gäste, nicht wahr?«

»Nein«, sagte er. »Wenigstens finde ich es nicht oft. Jane würde mir wahrscheinlich sagen, ich irre mich schon wieder. Die Küche ist so groß, weil man sie früher so gebaut hat. Damals hielt sich jeder in der Küche auf, weil es hier warm war.«

Sie sagte: »Spätes achtzehntes Jahrhundert?«

»Die Mauern vielleicht. Aber das Haus ist natürlich ein paarmal umgebaut worden.«

»Wann?«

»Keine Ahnung. Wenn die Baufirmen damals so gearbeitet haben wie heute, dann haben sie wahrscheinlich 1850 angefangen und waren 1950 fertig.«

Er schaltete im Gehen das nächste Licht ein, aber im Gang vor dem Eßzimmer blieb er stehen, um sie vorausgehen zu lassen. Sie zögerte. Er sah, daß sie die Wandschränke im Auge hatte. Er sagte: »Kann ich Ihnen einen Drink anbieten?«

Sie tat so, als müßte sie sich erst entscheiden, dann lächelte sie. »Aber gern. Ich hab's gut, ich muß ja nicht mehr fahren.«

»Ich habe nicht viel da, also müssen wir irgendwas zusammenbrauen. Sehen wir mal nach. Malt-Whisky. McCallan. Echter Kraftstoff. Danach könnte man sich den Zweihänder umschnallen und gegen den Herzog von Cumberland marschieren. Hier ist Wodka. Marke Stolichnaya, aber ich habe ihn mit dem Geigerzähler untersucht: Er stammt aus der Zeit vor Tschernobyl. Und natürlich Gin. Es gibt auch weißen Martini, falls Sie eine gute Mixerin sind. Ich habe jeden James-Bond-Film gesehen, aber meiner schmeckt immer nur nach Petroleum. Dann so die üblichen Zutaten. Cognac. Wein und Champagner sind im Kühlschrank.«

»Sagten Sie Champagner?«

»Ich glaube, ja.« Er machte den Kühlschrank auf, holte eine Flasche heraus und nahm langsam die Alufolie und den Drahtverschluß ab, während er sich fest vornahm, eine neue Flasche zu kaufen.

Jane wußte garantiert noch die Anzahl, und eine fehlende Champagnerflasche war nicht gerade die beste Einleitung für die Geschichte einer harmlosen Gastfreundschaft. Er ließ den Korken heraus, nahm zwei Kelchgläser aus dem Schrank und schenkte ein.

Das Klingelgeräusch des Telefons ging ihm durch Mark und Bein. Er riß den Hörer vom Haken an der Wand. »Hallo?«

Die Vermittlung sagte: »Nehmen Sie ein R-Gespräch von Jane an?«

»Ja, natürlich«, sagte er.

»Hallo, Herr Doktor.« Es war Jane.

»Hi. Ich dachte mir gerade, wann du wohl wieder anrufst.« Er blickte beim Sprechen Susan an, und sie entfernte sich taktvoll Richtung Eßzimmer, drehte sich dann aber plötzlich um und formte mit tonlosen Lippen das Wort »Badezimmer?«.

Er deutete durch das Wohnzimmer am anderen Ende des Ganges, und sie verschwand. Er fühlte sich erleichtert. »Wo bist du eigentlich?«

Sie klang, als wollte sie sich entschuldigen: »Du weißt doch, daß ich dir das nicht sagen kann.«

»Das wollte ich ohnehin nicht so genau wissen. Ich hätte sagen sollen: Wie geht's dir?«

»Ich habe genug davon, daß du mir dauernd fehlst. Ich habe genug – von allem hier.«

»Das wollte ich hören. Wann kommst du nach Hause?«

Er hörte ein Seufzen. »Ich weiß es einfach nicht. Am liebsten gleich. Andererseits möchte ich das alles nicht noch mal von vorne machen müssen. Und ich möchte nicht das Foto von diesem Mann in allen Zeitungen.«

»Und deins auch nicht.«

»Du weißt, warum ich hier bin«, sagte sie. »Versetz dich doch mal an meine Stelle.«

Er streckte den Kopf vor und schaute durchs Eßzimmer. Susan war nicht zu sehen. »Oder versetz du dich an meine.«

Ihre Stimme wurde sorgenvoll, beinahe flehend. »Carey, bitte. Das bringt uns doch nicht weiter. Es ist das letzte Mal, eine Arbeit, von der ich dachte, sie sei abgeschlossen, aber sie war es nicht. Sobald ich ihn unter Dach und Fach habe, ist Schluß. Wir fangen nochmal ganz von vorne an.«

Er schwieg eine Weile. »Gut«, sagte er dann, »du hast noch einen Wurf frei.«

»Na, siehst du«, sagte sie. »Ich wußte doch, ich krieg dich rum, wenn ich nur auffallend genug mit meinen Wimpern klimpere.«

Es war ihm klar, daß die Bemerkung als ironischer Kommentar zu typisch männlichen Reaktionsweisen gemeint war. Sie hätten beide wie über einen Witz lachen müssen, aber er prustete nur kurz und lustlos. Er suchte nach Worten, die ihn seine Sorgen und die Leere vergessen ließen. Er starrte den Küchenboden an. »Ich bin ziemlich erledigt«, sagte er. »Heute abend war die Sponsoren-Gala für den Anbau der Kinderabteilung.«

Sie holte tief Luft, und schon tat es ihm leid, daß er es erwähnt hatte. »Das war heute abend?« Dann sagte sie: »Na, das ist wenigstens an mir vorübergegangen. Eine Wohltat.« Wieder wußte er, daß er jetzt lachen sollte, und sicher hätte er auch gelacht, wenn sie bei ihm gewesen wäre und in Sicherheit.

»Genau«, sagte er, »du hast schon wieder Glück gehabt.«

»Hat Marion Fleming nach mir gefragt?«

»Natürlich«, sagte er, »und nicht nur sie. Ich habe allen erzählt, du bist in Marokko und nimmst Bauchtanz-Unterricht.«

»Du lieber Himmel. Die Ausrede hatte ich schon beim vorigen Mal. Wahrscheinlich muß ich jetzt die nächsten dreißig Jahre Buße tun.«

»Vielleicht auch nicht«, sagte er munter. »Aber wenn du schon nicht bauchtanzen kannst, dann hast du jetzt halt zufällig eine Hüftverletzung.«

Jane sagte: »Ich denke mir was aus.« Dann sagte sie ruhig: »Ich muß aufhören.«

Er sagte: »Jetzt schon?«

»Ich fürchte, ja.«

»Dann sag mir wenigstens noch, ob du irgend etwas brauchst.« Ihm war bewußt, daß er sie aus Selbstmitleid so fragte. Sie hatte noch nie etwas von ihm gebraucht, und er wußte genau, daß sie ihn selbst dann nicht darum gebeten hätte. »Ich liebe dich«, sagte sie.

»Ich dich auch.« Er hängte ein und ging zum Küchentisch. Er sah das Champagnerglas wieder, und es erinnerte ihn daran, daß er einen Gast im Haus hatte. Er nahm die Flasche und ging damit ins Wohnzimmer, aber sie war noch nicht zurückgekommen. Er stellte die Flasche auf den Kaminsims und starrte abwesend ins Feuer.

In der Nische neben dem Badezimmer hörte Linda das Knacken im Telefon und rief die Vermittlung an. »Ich hätte gern die Dauer und die Gebühren für dieses Gespräch, bitte.«

Die Vermittlung sagte: »Zwei Minuten und siebzehn Sekunden, als drei Minuten berechnet. Macht vier Dollar und achtundachtzig Cents.«

»Für drei Minuten? Das kann doch nicht stimmen.«

»Der Fünfundneunzig-Cent-Zuschlag für ein handvermitteltes R-Gespräch ist da schon dabei, Madam.«

»Schön und gut, aber das war doch kein Auslandsgespräch oder so etwas. Wie hoch sind eigentlich die Nachtgebühren von Billings?«

»Vielleicht liegt da Ihr Fehler. Der Anruf kam nicht aus Billings.«

»Vielleicht liegt da Ihr eigener Fehler. Sie glaubt, sie ist in Billings, und ich wette, sie hat recht. Wie sollte sie sich denn bei so was täuschen können?«

»Es war Salmon Prairie, Montana. Der Ort hat zwar die gleiche Vorwahl, liegt aber in einer anderen Gebührenzone, und der Münzfernsprecher gehört einer anderen Telefongesellschaft.«

»Ich verstehe«, sagte Linda. »Dann liegt der Fehler doch bei mir. Danke.«

»Gern.« Die Stimme war unerschütterlich und eiskalt.

Linda hängte ein und eilte durch den Gang zum Wohnzimmer. Sie sah Carey auf der Couch sitzen und eine Zeitschrift lesen. Er warf die Lektüre auf den Teetisch. »Tut mir leid. Das war meine Frau.«

»Sie haben ihr doch nichts erzählt?«

»Was nicht erzählt?«

»Von mir. Von Schwester Mary.«

Darauf war er nicht gefaßt. »Ach ja. Richtig. Glatt vergessen. Na, dann erzähle ich es ihr eben morgen.« Sie hatte ihn aus seinem melancholischen Nachdenken herausgeholt: Janes Stimme war ihm so nahe gewesen, und sie selbst so weit weg von ihm.

Nur widerwillig nahm er es hin, daß diese Fremde zur Zeugin seines Ärgers darüber wurde, daß er Jane nichts von ihr gesagt hatte. Er mochte es nicht, wenn Jane von einem Münztelefon aus anrief. In ein paar eiligen Minuten konnte man sich nicht an alles erinnern, was man eigentlich sagen wollte.

»Sie werden es ihr nicht erzählen«, sagte Susan. Ihr Lächeln war jetzt geheimnisvoll und belustigt. Er erschrak, und das irritierte ihn. »Warum sagen Sie so etwas?«

»Weil das jetzt die richtige Zeit dafür gewesen wäre, danach können Sie es nicht mehr sagen, weil es dann so aussieht, als hätten Sie mich hier versteckt.« Das Lächeln verriet eine Spur Mitgefühl. Dann trat etwas Unheilverkündendes in ihre Augen. »Wenn Sie ihr morgen davon erzählen, dann glaubt sie, Sie haben es jetzt nicht getan, weil sie hofften, heute abend zum Zug zu kommen.«

»Aber das ist lächerlich«, sagte er. »Sie ist überhaupt nicht so.« – »Frauen sind so«, sagte sie. »Sie hätten keine Frau fest anstellen dürfen, wenn Sie nicht wissen, wie sie funktioniert.«

Um acht Uhr abends war sie ihm möglicherweise intelligent und geistreich vorgekommen, aber jetzt hatte er keine Lust mehr, sich noch länger einer weiblichen Herausforderung auszusetzen. »Also, jetzt zeige ich Ihnen besser Ihr Zimmer. Es wird langsam spät.«

Sie stand auf, behielt aber auf dem Weg zur Treppe ihr Glas in der Hand. »Das ging mir eben nur so durch den Kopf.«

Er ging ihr voraus die Treppe hinauf und bog oben nach rechts in den Gang ein. »Das ist unser schönstes Gästezimmer«, sagte er, machte das Licht an und führte sie in den Raum.

Sie setzte sich aufs Bett, prüfte die Federung, sah sich die Wände und die Vorhänge an. »Sehr hübsch.«

Er deutete auf die Seitentür. »Da ist Ihr Badezimmer. In den Schubladen ist alles Nötige: frische Handtücher, Shampoo, Seife, sogar Zahnbürsten.«

Susan blickte interesselos in die angegebene Richtung. Sie stellte das Glas am Nachttisch ab, stand auf, drehte ihm den Rücken zu und senkte den Kopf. »Machen Sie mir den Reißverschluß auf.«

Carey ging zu ihr. Er versuchte, das lange Haar hochzuheben, ohne dabei ihren Hals zu berühren, und nahm behutsam und ohne Hautkontakt das Verschlußende zwischen die Finger. Er zog es eine knappe Handspanne herunter, wo sie es seiner Meinung nach selbst erreichen konnte und trat einige Schritte zurück. »So. Wenn Sie irgendetwas nicht finden, ich bin im Zimmer am Ende des Korridors. Gute Nacht.«

In seinen Rückzug hinein sagte sie: »Nicht so schnell.« Er blieb stehen und drehte sich um. Sie hob das Haar im Nakken hoch. »Wofür halten Sie mich – die Schlangenfrau? Da komme ich nie hin.«

»Tut mir leid.« Er ging wieder zu ihr, blieb einen Meter vor ihr stehen und öffnete den Reißverschluß mit ausgestreckten

Armen ein Stück weiter nach unten. In den nächsten zwei Sekunden geschahen mehrere Dinge gleichzeitig. Sie hielt immer noch ihr Haar hoch, während sie sich ein wenig zu ihm umdrehte und über die Schulter hinweg sagte: »Das ist schon besser.« Aber die leichte Bewegung im Kleid zog die geöffneten Rückenhälften weit auseinander. Carey hatte plötzlich den verlockenden Anblick schimmernder Haut vor sich, den tiefen Rücken, der weich nach innen und in die Hüften überging. Noch schlimmer: Das Kleid hatte vorne keinen Halt mehr. Sie ließ schnell das Haar los und drückte das Kleid an sich, jedoch nicht bevor sie Carey sekundenlang das Profil ihrer linken Brust präsentiert hatte.

»Gute Nacht«, murmelte Carey. Er ging rückwärts zur Tür hinaus und machte sie zu, aber noch zuletzt sah er, wie sich Susan Haynes ihm zuwandte, die Hände mit dem Kleid vor der Brust, und in den großen grünen Augen diesen wissenden, amüsierten Blick. In seinem Zimmer lehnte er sich einen Augenblick gegen die Tür. Der Blick verfolgte ihn. »Sie in ein Hotel zu bringen«, sagte er leise, »wäre doch keine so schlechte Idee gewesen.« Er sperrte die Tür ab, zog sich aus und legte sich hin. Er lag mit geschlossenen Lidern im Dunkeln, aber was er gesehen hatte, trat ihm immer wieder vor die Augen. »So sieht das Ende einer Ehe aus«, dachte er.

Um drei Uhr wurde er wach. Er lag noch auf dem Rücken. Einen Augenblick glaubte er Janes weiche, seidige Haut an seinem Arm zu spüren. Er drehte sich zu ihr, und erst dann fiel es ihm wieder ein. Einige Sekunden lang blieb er mit einem traurigen Gefühl der Leere liegen, dann wurde ihm klar, daß er eine Stimme hörte. Hier sprach jemand.

Er setzte sich auf und sah sich um, konnte aber nichts sehen. Er machte die Nachttischlampe an, kniff die Augen vor dem blendenden Licht zusammen und schaute zur Tür. Sie war immer noch geschlossen, das Zimmer leer. Es war wohl ein Traum gewesen. Als er mit der Hand nach dem Lichtschalter faßte, hörte er die Stimme wieder. Das konnte also nur Susan Haynes sein. Es schien ihm unmöglich, daß sie jemanden bei sich hatte. Er stand auf, ging auf den Korridor hinaus und blickte über das Geländer nach unten ins Wohnzimmer. Sie saß mit dem Rücken zu ihm auf der Couch, die Beine untergeschlagen, die Handtasche neben sich. Anscheinend hatte sie nur ein Bettlaken an. Sie drehte sich zu ihm um und ihre grünen Augen fixierten ihn, dann hängte sie den Telefonhörer ein.

Sie steckte die Plastikkarte zurück in die Handtasche, zog das Leintuch unter der Schulter fest und stand auf. Als er sie so aus der Entfernung sah, überwältigte ihn der Eindruck ihrer Vollkommenheit: das lange, leuchtende Haar, die glatten, weißen Schultern und Arme, die elegant verhüllten Konturen von Hüften und Schenkeln. Er sah ihr an, daß sie wußte, wie selbstvergessen er sie anschaute. Sie warf das Haar nach hinten mit einer Bewegung, die ihn nicht hätte berühren dürfen, weil sie geplant und berechnet war, aber sie faszinierte ihn, weil die Frau sich für ihn in eine Pose gesteigerter Schönheit setzte. »Ich habe nur wegen meines Flugs nach San Francisco telefoniert. Ich wollte lieber nicht das Telefon da oben nehmen und Sie vielleicht wecken. Ich hoffe, es ist Ihnen recht.«

»Ja, völlig«, sagte er, »nur ...«

»Keine Angst, ich habe mit meiner Kreditkarte telefoniert, der Anruf erscheint also nicht auf Ihrer Telefonrechnung.«

Ihm wurde beinahe schlecht vor kaltem Erschrecken. Er hatte sich noch nicht klargemacht, daß er ab jetzt auf seltsame Weise damit beschäftigt war, die Beweisstücke vor seiner Frau zu verstecken: erst den Champagner und jetzt noch die Telefonrechnung.

Susan schien ihn momentan vergessen zu haben. Sie rückte unbehaglich mit der Schulter das Laken zurecht und versuchte dann mehr schlecht als recht, das Tuch zum Sarong zu binden. Scheinbar hatte sie unerklärlicherweise ganz vergessen, daß sie nicht allein war. Aber dann hob sie plötzlich den Kopf, sah Carey in die Augen, tat so, als verfolgte sie die Richtung seines Blicks und sähe nun erst das durchscheinende Bettuch über ihrem Körper. Sie steckte sich das Laken erneut unter der Schulter fest und schaute mit ihren ahnenden, belustigten Augen zu ihm hinauf.

»Denken Sie an was Bestimmtes?« Das Lächeln war noch in ihrem Gesicht, als sie ihm auf der Treppe entgegenkam. Sie ging schwebend, leichtfüßig, als berührten ihre Füße nicht den Boden.

Er schüttelte den Kopf, nicht um seine Gedanken zu ordnen, sondern um ihr etwas zu sagen. »Nein«, antwortete er, schon im Weggehen, »nein, ich dachte bloß, es ist ein Einbrecher oder so etwas. Bis morgen.« Auf dem Weg in sein Zimmer fragte er sich, warum sich die Tugend immer so linkisch und ungeschickt ausdrücken mußte.

22

Earl setzte sich wieder aufrecht und beobachtete aus seinem Hotelfenster Pete Hatchers Wagen. Er hatte es satt, diese eingestaubte Karrosserie anzustarren und jeden Tag durch das Fernglas bloß neue Flecken Vogelkot auf der Windschutzscheibe zu entdecken, aber niemals ein menschliches Wesen, das sich dem Wagen auch nur genähert hätte. Er mußte jetzt neu überlegen. Er faltete die Landkarte aus und betrachtete sie aufmerksam, dann telefonierte er.

Er konnte hören, daß Lenny geschlafen hatte. »Ja?«

»Ich bin's«, sagte Earl. »Hör zu. Ich möchte, daß du die Bude abschließt und das nächste Flugzeug nimmst. Nimm dir eine Suite in der Rocky Mountain Lodge in Kalispell, Montana. Da wartest du, bis ich anrufe. Das kann in zwei Wochen sein oder auch in dem Augenblick, wenn du zur Tür reinkommst.«

Earl hörte ein Rascheln und Stöhnen. Lenny richtete sich wohl im Bett auf, er räusperte sich mit einem Husten. »Die Bude ist schon zu. Ich bin vor einer Stunde ins Bett. Was ist überhaupt los?«

»Hast du verstanden, was ich dir sage? Wach auf, das ist kein Traum.«

»Rocky Mountain Lodge in Kalispell, Montana. Auf dich warten. Alles klar.« Earl konnte förmlich hören, wie es in Lennys Kopf arbeitete. »Hey, was ist mit Rusty und T-Bone? Was mache ich mit denen?«

»Nimm sie mit.«

Er hängte ein, bevor Lenny eine Chance hatte, über die Schwierigkeiten beim Flugtransport von Hunden zu jammern. Wenn Leute mit ihren Preishündchen zu Wettbewerben herumflogen, dann war der Flug für zwei große, kräftige Rottweiler auch kein Problem, und was Lenny dabei für Probleme hatte, war ihm egal.

Er ging ins Bad, drehte das eiskalte Wasser auf und stellte sich darunter. Erst blieb ihm fast die Luft weg, dann fühlte sich das Wasser langsam wärmer an. Er war jetzt ganz wach und konnte wieder klar denken. Er brauchte höchstens zehn Minuten, um sich anzuziehen, zu packen und alle seine Fingerabdrücke im Zimmer abzuwischen. Dann noch einmal zehn Minuten an der Rezeption, danach war er wieder unterwegs.

Es war ihm nicht entgangen, daß Linda morgens um ein Uhr nur mit Flüsterstimme telefoniert hatte. In Buffalo war es um diese Zeit drei Uhr morgens. Linda würde ihm Hatchers Standort so schnell wie möglich durchgeben, sobald sie nur ein Telefon in der Nähe hatte. Wenn sie um drei Uhr morgens bei diesem Carey McKinnon war, brauchte man sich nicht lange zu fragen, was die beiden da machten. Sie hatte es ein paar Stunden lang mit ihm gemacht oder er mit ihr, bis er total erschöpft eingeschlafen war. Das war kein cleverer Flirt, durch den sie ihm eine Information entlockte, an die er sich später gar nicht mehr erinnerte und die er vermutlich nicht einmal für geheim hielt. Das hier war das volle Nachtprogramm, sie mit schweißnassem Haar, und ihr lief noch sein Sperma heraus, klebrig und warm, während sie mit Earl telefonierte.

Er war wütend. Er haßte diesen Mann, und für Linda empfand er halb Bewunderung, halb Ekel. Sie hatte gesagt, sie wollte alles tun, um Pete Hatcher zu finden. Aber was sie da getan hatte, war weder schlau noch mutig. Es war jämmerlich und verlangte nichts weiter als schwanzwedelnde Unterwürfigkeit und einen unempfindlichen Magen. Sie war befleckt. Unrein. Für sein Gefühl ließ sich das nur auf eine einzige Weise reparieren. Er mußte dieser Jane Whitefield, bevor er sie umbrachte, dasselbe antun. Dann mußte Linda zuschauen, wenn er Carey McKinnon mit dem Hammer den Schädel einschlug. Vielleicht brachte er sie sogar so weit, daß sie es selbst tat.

Er kam aus der Dusche, trocknete sich schnell ab und zog sich an, während er gleichzeitig seine herumliegenden Sachen in den Koffer warf. Dann fiel ihm wieder ein, wie plötzlich und abrupt sie das Telefonat beendet hatte. Wahrscheinlich war McKinnon aufgewacht. Ihm wurde fast schwindlig bei dem Gedanken, daß alles ja noch schlimmer und demütigender war. McKinnon war also wach. Sie legte wahrscheinlich den Hörer auf und mußte ihn ablenken. Und dann machte sie es ihm noch einmal, auf der Stelle, während Earl dreitausend Kilometer weit weg in einem Hotelzimmer saß. Er wagte nicht die Augen zu schließen, damit der Gedanke nicht hinter den Lidern Realität wurde.

Er warf den Koffer zu und hastete aus dem Zimmer. Im Gang lief er mit langen, entschlossenen Schritten vor zur Rezeption. In dieser Stimmung hätte er wunderbar jemanden umbringen können.

Auf dem Rückweg zum Hotel in Salmon Prairie überlegte Jane, ob sie die passenden Spuren in die falsche Richtung gelegt hatte. Mit ihren Kreditkarten hatte sie ein paar Flüge ab Missoula und Helena bezahlt. Die Inhaber der Kreditkarten waren männlich und so neu, daß sie keine Aufmerksamkeit wecken konnten, wenn ein Jäger sie am Computer suchte. Sie hatte an den Zielorten Hotelzimmer und Leihwagen fest gebucht, so daß die entsprechenden Rechnungen für die Kreditüberprüfung aufgezeichnet wurden.

Am liebsten hätte sie zehn verschiedene Identitäten für zwanzig Spuren in zwanzig Richtungen verbraucht. Sie hatte keinen Grund mehr, irgendwelche Falschnamen für spätere Fälle aufzuheben. Das war ihre letzte Reise. Aber zwei falsche Spuren waren genau das Richtige. Wenn die Verfolger eine davon aufnahmen, mußten sie annehmen, die andere sei harmlos, nicht von einem, der vor irgendetwas wegrannte. Aber sie konnten nicht eine nehmen und die andere liegenlassen, also mußten sie sich aufteilen. Wenn Jane jedoch zwanzig Spuren legte, mußten sie sich denken, daß sie alle von ihr stammten, und dann warteten sie lieber ab.

An der Art und Weise, wie man Pete Hatcher gejagt und gestellt hatte, erkannte sie deutlich, daß mindestens zwei Leute hinter ihm her waren. Eine Frau allein zog vielleicht die Wagenpannen-Schau ab, legte ihn sofort um und verschwand, aber sie würde ihn nicht in den Kofferraum sperren und wegfahren. Irgendwo wartete mindestens ein Mann für die Schwerarbeit und eventuelle Probleme. Ein Polizist, der einem ins Gesicht sah, war nicht so leicht zu töten.

Jane war sich ziemlich sicher, seit Montana keinen Fehler begangen zu haben. Jetzt war sie seit einem Monat unterwegs, als Ehefrau mit Mann. Jeden Tag hatten sie die meiste Zeit im Wagen verbracht und bei jedem Halt am späten Nachmittag in einem Motel immer neue Namen angegeben. Pete zeigte sich zwar dem Personal und den anderen Gästen, aber nur aus der Ferne und unvollständig. Während Jane an der Rezeption stand und unterschrieb, war Pete mit dem Kopf unter dem Kofferraumdeckel und holte das Gepäck oder er prüfte unter der Motorhaube den Ölstand. Selbst wenn die Verfolger später in dasselbe Motel kamen und die richtigen Fragen stellten, hätte ihnen keiner einen Hinweis geben können. Jane und Pete ließen sich Zeit und legten zahlreiche Umwege ein, wie Touristen, die den ganzen Sommer vor sich haben.

Es war ihr klar, daß sie sich überlegte, wie sie Pete frei laufen lassen und nach Hause fahren konnte. Das Telefonat hatte Carey hörbar deprimiert, und das tat ihr weh. Wenn sie sich das Gespräch noch einmal durch den Kopf gehen ließ, so klang alles, was sie gesagt hatte, hohl und dümmlich, aber das war jetzt nicht mehr zu ändern.

Jane rief sich selbst zur Ordnung. Der schnellste Weg nach Hause war die konzentrierte Vorbereitung Hatchers auf sein neues Leben. Er hatte sich an die falschen Namen gewöhnt und ein Talent entwickelt, sich in der Öffentlichkeit unsichtbar zu machen. Er hatte ihr gut zugehört, als sie ihm die Tricks erklärte und Tips gab, was er tun mußte, falls sie mal nicht klappten.

Was sie ihm jetzt beibringen mußte, war schwieriger, komplizierter. Er hatte nur eine Möglichkeit, seine Feinde zu besiegen: sie auszusitzen. Während sie in ihre Computer starrten oder nachts auf Flughäfen herumstanden oder vor Hotels in ihren Wagen saßen, mußte er anderswo ein normales, einigermaßen zufriedenes Leben führen. Wenn er das lange genug durchhielt, dann mußten sie irgendwann aufgeben. Nicht einmal die Casinobesitzer konnten ewig ein ganzes Team von Killern für die Suche nach einem einzigen Mann bezahlen. Und je länger er ihnen zeigte, daß er keinerlei feindliche Absichten hatte, um so sinnloser wurde die Jagd.

In den letzten Tagen hatte Jane beobachtet, daß Pete sich veränderte. Noch in Billings hatte er sich ganz in sich selbst zurückgezogen, wie eine Schildkröte, die den Kopf unter den Panzer einzieht. Jetzt aber ging er langsam aus sich heraus, hatte seinen Sinn für Humor wiedergewonnen und sah nicht mehr wie ein Rekonvaleszent aus. Wenn sie es schaffte, jetzt eine neue Persönlichkeit aufzubauen, nicht zu dem Pete von früher zurückzukehren, sondern die Normalität seiner neuen Existenz zu finden, dann hatte er eine gute Chance. Noch ein paar kosmetische Arrangements: ein Job, eine Wohnung, ein Wagen, ein paar entwicklungsfähige Freundschaften, und er war in einer besseren Position als seine Verfolger.

Die letzte Gefahr, vor der sie ihn bewahren mußte, war die bedrohlichste. Sie mußte ihm beibringen, die Trümpfe, die sie ihm in die Hand gegeben hatte, nicht zu verspielen. Er durfte sich nicht gehenlassen, aber auch nicht derart paranoid werden, daß er bei jedem harmlosen Schatten hochfuhr und damit auffällig wurde. Dieses Problem hatte sie in Denver nicht richtig eingeschätzt. Sie hatte ihn in einer kleinen, dunklen Wohnung isoliert und alle seine Beziehungen zu anderen Menschen effektiv abgeschnitten. Für jemanden wie Pete, der sein Selbstgefühl offenbar aus seinem Spiegelbild in den Augen seiner Mitmenschen bezog, waren diese einsamen Tage wie ein dauernd und in kleinen Portionen verabreichtes tödliches Gift. Im Augenblick mußte sie sein Kumpel bleiben, sein Selbstvertrauen stärken und ihm neue Lebenskraft geben.

Als sie im Hotel an der Geschenke-Boutique ankam, war das Geschäft seit Stunden geschlossen. Sie ging zu ihrem Zimmer, gab das vereinbarte Klopfzeichen und versuchte mit allen Sinnen, mit Augen und Ohren und an den Fußsohlen zu spüren, welchen Weg Pete im Zimmer ging. Schließlich öffnete er die Tür. »Sehr gut«, sagte sie. »Ich hätte blind durch die Tür schießen können, und dann hätte ich Sie auch noch verfehlt.«

Pete kehrte zu seinem Sessel zurück und schaute wieder seinen Fernsehfilm an, in dem ein Haufen Männer kopfunter Kampfflugzeuge steuerten und in ihre Funkgeräte schrien. »Gut«, sagte er, »ein Punkt für mich.«

»Ich bin gerade am Pool vorbeigekommen«, sagte Jane. »Es ist keiner drin, und die Lichter sind alle ausgeschaltet.«

»Dann ist es sicher ein Abwassertank.«

»Aber nein. Er hat doch ein Sprungbrett. Ich gehe kurz rein. Kommen Sie mit?« Sie nahm aus der Tiefe ihres Koffers den Badeanzug, den sie in Missoula getragen hatte. »Wir müssen nur ein bißchen leise sein.«

Er blickte kurz weg vom Fernseher und hob die Schultern. »Ich kann nicht. Keine Badehose.«

Sie griff in seinen Koffer und legte sich einige Hosen über den Arm, bis sie eine Jeans mit einem eingerissenen Knie gefunden hatte. »Wollen Sie die hier dem Levi-Strauss-Museum stiften?«

Er schien darüber nachzudenken. »Ich habe gehört, man bekommt für so etwas in Tokio einen guten Preis. Allerdings weiß ich nicht, wie ich dahin kommen soll, also kann ich es vergessen.«

»Gute Idee«, sagte sie. Sie stellte einen Fuß aufs Bett, zog das Messer aus dem Wadenhalfter, schnitt die Hosenbeine ab und warf Pete den Rest auf den Schoß. »Ich ziehe mich im Bad um. Klopfen Sie, wenn Sie soweit sind.«

Er klopfte früher, als sie erwartet hatte. Sie machte die Tür auf und hielt sich lässig zwei große Handtücher vor den Körper, um nicht zu zeigen, wie knapp ihr der Badeanzug auf den Hüften saß. Er kam ihr jetzt gewagter vor als damals, aber das lag vielleicht an dem komischen Gefühl, ihn mitten in der Nacht anzuhaben, wenn die Sonne nicht die sonst bedeckten Körperteile wärmte. Sie nahm den Zimmerschlüssel vom Tisch. »Hier. Sie haben eine Hosentasche.«

Er nahm den Schlüssel, und sie ging so auf ihn zu, daß er als erster aus dem Zimmer und über den Rasen zum Pool gehen mußte. Hier ließ sie die Handtücher fallen und stieg die Stufen hinunter ins warme Wasser. Sie tauchte und schwamm eine Länge unter Wasser. Der Pool war so dunkel, daß sie am anderen Ende fast mit ihm zusammenstieß. Ihre Finger strichen über seine Haut, und als sie auftauchte, hatte sie sein Gesicht unmittelbar vor sich. »Entschuldigung«, flüsterte sie, tauchte unter, stieß sich von der Wand ab und glitt schon wieder durch das schweigende Dunkel im Wasser.

Erst als sich dieser Schwung verbraucht hatte, spürte sie einen Schauer der Peinlichkeit im Rücken. Dabei hatte sie eigentlich keinen Grund, wegen einer kurzen Berührung seines Bauches zimperlich zu werden. Sie war im Augenblick sein bester Freund, und es war ohne Absicht geschehen. Mit zwei Fußschlägen tauchte sie auf und suchte ihn. Er war unsichtbar, irgendwo unter der schimmernden Wasseroberfläche. Mit plötzlichem Schrecken spürte sie, wie sein starker Arm sie von hinten um die Hüfte packte und aus dem Wasser hob. In diesem Griff, dicht an seinen Körper gepreßt, fühlte sie etwas Erstickendes und gleichzeitig zu sehr Vertrautes. Sie stieß einen kurzen Schrei aus, und er drehte sie mit einer schnellen Bewegung zu sich herum.

Sie sah die weißen Zähne in seinem Lächeln und das Weiße in seinen Augen, alles viel zu nah. Sie beugte sich nach hinten, aber das brachte nur ihre Hüften in Körperkontakt mit ihm, und sie schnellte zurück. Die weißen Zähne verschwanden, und sie spürte, wie das rasierte Kinn sie streifte, und dann die Berührung der weichen Lippen. »Schluß damit«, sagte sie, zu laut. Sie preßte ihre Hände auf seinen festen, behaarten Oberkörper und schob ihn von sich weg.

Sie sah den dunklen Umriß von Kopf und Schultern, aber sein Gesicht lag im Schatten. »Mein Fehler«, sagte sie. »Ich habe Ihnen nicht gesagt, daß ich verheiratet bin.« Er ließ sich nach hinten ins Wasser kippen, als hätte ihn ein plötzlicher

Windstoß umgeweht. Dann kam er an die Oberfläche, legte sich auf den Rücken, holte ein paarmal schnell Atem und richtete sich wieder auf. »Wenn hier jemand einen Fehler gemacht hat, dann ich«, sagte er. »Ich bitte Sie um Entschuldigung. Bitte vergessen Sie das hier. Ich wußte ja nicht ... und überhaupt, das ist typisch für mich. Es war nicht böse gemeint.« Jane konnte mit den Zehenspitzen den Boden spüren, und stellte sich hin. »Jetzt kommen Sie, übertreiben Sie nicht«, sagte sie.

»Irgendwie ist es ja auch schmeichelhaft für eine alte Schachtel wie mich. Es ist nur so, ich bin eben ... wie soll ich sagen ... schon vergeben.«

Sie schwamm zum seichten Ende des Pools und setzte sich auf die unterste Stufe, blieb aber bis zum Hals im Wasser. Hier spiegelte sich eine Türbeleuchtung vom Hotel her, und sie konnte Pete beobachten. Er schwamm nicht sehr elegant, aber kräftig, jeder Armzug brachte ihn gut einen Meter voran. Sie wußte, daß er sich dabei überlegte, wie er ihr nach diesem völlig mißglückten Annäherungsversuch wieder gegenübertreten konnte. Es war, sagte sie sich, vermutlich eine ganz neue Erfahrung für ihn.

Sie bereute jetzt diesen Vorschlag mit dem Swimmingpool. Die Nacht war zu heiß für die Jahreszeit, und Jane wollte ihn mit etwas beschäftigen, das einfach sorglos war und ihn aufheitern sollte. Jetzt aber fürchtete sie, er könnte sich wieder in seinen Panzer zurückziehen. Aber es war noch etwas anderes passiert, und darauf war sie nicht vorbereitet gewesen. Beinahe wäre es ihr herausgerutscht, als sie sich ihm verweigerte. Aber sie hatte rechtzeitig erkannt, daß es hinter den gesprochenen Wörtern herandrängte, und den Kopf unter Wasser gesteckt, damit es nicht herauskam: »Ich bin nicht beleidigt. Ich habe nichts gegen Sex.«

Wenn sie nicht verheiratet gewesen wäre, vor ein paar Jahren, hätte sie Pete Hatchers Arm an ihrer Hüfte gelassen und mit Spannung darauf gewartet, daß seine Hand weiterwanderte. Und schlimmer: Wenn sie das Eheversprechen nicht als unbedingt und ewig angesehen hätte, wäre Pete genau der Mann ihrer Wahl gewesen, um es einmal kurz zu umgehen, auch Ort und Zeit hätten sich bestens dafür geeignet. In so einer unglaublichen warmen, sauberen Nachtluft, unter dem seltsam hellen Sternenlicht und in der schwebenden Leichtigkeit im dunklen Wasser wäre es so etwas wie ein Ausnahmefall gewesen.

Pete tauchte unter und kam zu ihren Füßen wieder hoch. Er lächelte versuchsweise, seine glatten, harten Schultern glänzten vom Wasser. »Ich glaube, wir sollten etwas bereinigen«, sagte er.

Sie nickte. »Einverstanden.«

»Ich werde Sie nie wieder in eine so unmögliche Lage bringen.«

»Danke«, sagte sie. »Und ich werde es mit Ihnen auch nicht tun. Was Sie getan haben, war ja nicht gerade ein Angriff. Es war eine Anfrage. Die Antwort ist nein, und das ist dann auch schon alles.«

»Sie tragen keinen Ehering, und Sie haben nie einen Ehemann erwähnt. Ich habe Sie unter einer Art Lupe gesehen, vermutlich weil wir schon so lange zusammen sind. Ich habe eine ganze Menge – Gesten, Sätze, alles mögliche – falsch interpretiert. Sie sind so anders als alle, die ich bisher kennengelernt habe, und ...«

»Machen Sie es nicht zu kompliziert«, sagte sie. »Ich finde Sie auch sehr nett. Ich habe es Ihnen schon gesagt, vielleicht nicht in der richtigen Weise, oder es war überhaupt falsch. Wir sind uns genauso nahe wie immer. Möglicherweise noch näher, gerade wegen vorhin. Aber ich bin Ihre Schwester, nicht ... irgendwas sonst. Genug geredet?«

»Hi.« Die leise Frauenstimme kam aus dem Dunkel neben dem Hoteleingang. Jane fuhr herum und sah eine Gestalt auf sich zukommen. Alle ihre Muskeln waren angespannt, sie tauchte tiefer ins Wasser und fand mit den Zehenballen einen guten Halt auf der rauhen Oberfläche der Stufen.

»Hi«, sagte Pete. Jane preßte die Kiefer zusammen. Wenn das die Frau war, die ihn in Denver umbringen wollte, so hatte er ihr soeben seine Position im dunklen Wasser verraten.

»Hallo«, sagte Jane. Vielleicht erschwerten zwei Stimmen die Richtungsbestimmung. Sie beobachtete die weibliche Silhouette, die aus den Gebäudeschatten heraustrat. Sie hatte sich das Badetuch wie einen Rock um die Taille gebunden, aber im Rücken konnte ohne weiteres ein Revolver stecken. Dann sah sie eine zweite Silhouette aus dem Eingang kommen, und sekundenlang war sie sich ihrer Sache sicher. Sie atmete tief ein, sprungbereit, aber die zwei Gestalten betraten gleichzeitig den schwachen Lichtkegel der Nachtlampe. An den Körperformen erkannte sie, daß keine der beiden ein junges Mädchen war. Die Konturen an Hüften, Schenkel und Busen waren dafür zu ausgeprägt. Jetzt konnte sie auch ihre Gesichter sehen: Beide waren mäßig attraktiv, aber um ihr Alter richtig einschätzen zu können, hätte sie ein helleres Licht gebraucht, das an der Haut den Grad der Verbrauchtheit angezeigt hätte. Die Rothaarige, die Dünnere von beiden, steckte neben Janes Gesicht eine Zehe ins Wasser. »Oh, toll, ganz warm«, sagte sie. Sie riß sich das Handtuch von der Hüfte und warf es auf den Beckenrand. Jane war sicher, daß zumindest diese hier unbewaffnet war. Der grüne Bikini hätte nicht einmal eine Rasierklinge verborgen.

Die andere legte ebenfalls ihr Handtuch ab, kniete sich am Rand hin und streifte mit der Hand durchs Wasser. »Du hast recht. Phantastisch. Wie in der Badewanne.« Sie trug einen Bikini, der nach Janes Einschätzung aus dem gleichen Laden war wie der andere, aber an dieser Frau sah er noch offenherziger aus, fast unanständig. Sie war kleiner, blond, mit großen, weißen Brüsten, die im Oberteil offensichtlich schmerzhaft zusammengequetscht waren, und als sie hineinsprang, sah Jane das Bikinihöschen als dünne blaue Linie mitten durch das kurz aufblitzende, herzförmige Bild ihres weißen Hinterns. Die Blonde kam nahe bei Pete wieder an die Oberfläche. »Sie sind uns hoffentlich nicht böse, daß wir auch hier reinkommen. Wir haben Sie von unserem Zimmer aus gesehen, und es sah einfach unwiderstehlich aus ...«

»Ist schon in Ordnung«, sagte Pete. »Wir freuen uns, daß Sie da sind. So müssen wir uns nicht fragen, ob wir verrückt sind, denn Sie sind es offenbar auch.«

»Ich heiße Pam«, sagte sie. Jane hörte etwas in der Stimme der Frau. Andererseits klang sie nur deshalb so, weil die Frau

Wasser treten mußte und ihren Stimmbändern die Anstrengung anzuhören war. »Und das ist Carol.«

Jane analysierte das aufkommende unangenehme Gefühl. So mußte es einem Leibwächter gehen, wenn die zu schützende Person sich in eine Menschenmenge begab. Adrenalin schoß ihr ins Blut, ihre Muskeln spannten sich für eine blitzartige Reaktion, aber dann wurde die Bedrohung zum schlichten Amüsement.

Pete sagte: »Jim Holstra, und das ist ... Mary. Meine Schwester.« Janes noch abwesende Gedanken wurden plötzlich kristallklar. Er wiederholte ihre eigenen Worte.

»Ah, ja?« sagte Carol. Sie drehte sich halb zu Jane um und lächelte ihr kurz zu. »Sie müssen gut miteinander auskommen, wenn Sie zusammen verreisen.«

Jane hatte keine Ahnung, wie aus dieser Unterhaltung wieder herauszukommen war. Und was Pete da machte: War es das, wofür sie es halten mußte? Das Amüsement hatte sich zu einer klaren Belästigung entwickelt. »Ja«, sagte sie.

Sie fühlte sich höchst unbehaglich. Die beiden schlugen ihr freundlich eine Tür nach der andern zu. Sie mußte sich sagen, daß sie, wer immer sie waren, keine Killer waren. Sie machten nur deutlich, daß Pete sie faszinierte. Wenn sie später gefragt wurden, ob sie ihn gesehen hätten, dann erinnerten sie sich zweifellos an ihn, aber was konnten sie schon erzählen? Als Bedrohung für Petes Sicherheit mußte man sie nicht ernst nehmen. Aber ohne daß Jane einen Grund dafür angeben konnte, kamen ihr die beiden bedrohlich vor.

Die Rothaarige im tieferen Teil des Beckens klappte in den Hüften ein und tauchte ab. Ihr Hintern verschwand unter der Wasseroberfläche, dann die Beine, dann sah man, wie sie in Richtung Pete und der Blonden schwamm. Jane konnte nur gegen inneren Widerstand die Namen zuordnen. Die Blonde war Pam, die Rothaarige Carol. Carol kam nach einigen Sekunden wieder hoch, neben Pete. Eine Minute lang hielten sich alle drei am dunklen Ende des Pools an der gekachelten Überlaufrinne fest. Jane konnte nicht mehr hören, was sie sagten. Nach einer Weile schwamm Pete zurück in die Mitte des Beckens.

Jane sah, wie sich der kupferrote Kopf dem gelben Kopf näherte, eine Hand an den Mund gelegt, und etwas flüsterte. Die Blonde kreischte kurz auf, und dann flüsterten sie wieder miteinander und kicherten wie zwei unattraktive Schulmädchen. Dann schwammen sie los, jede an einem Beckenrand entlang. Jane starrte ihnen nach und ertappte sich bei dem Gedanken: Wartet nur, bis er euch im Licht sieht.

Sie erschrak. Sie benahm sich, als wäre sie eifersüchtig. Zum ersten Mal war sie dankbar, daß er sich ihr angeboten hatte, so daß sie die Gelegenheit hatte, ihn und damit jeden Vorwurf der Eifersucht zurückzuweisen. Aber warum war sie plötzlich so verärgert? Es schien ihr rätselhaft und unwirklich. Dann kam sie auf den Gedanken, ihr Inneres schütze sich vielleicht auf diese Weise vor etwas anderem, und sie wußte auch, wovor. Es war das Bedauern über das Ausbleiben von etwas möglicherweise Schönem, das sich nun aber laut und geschmacklos zeigte. Warum nannte sie es »geschmacklos«?

Sie rutschte langsam hoch auf die oberste Stufe und stellte dabei fest, daß sie sich unbewußt vom Ort des Geschehens wegbewegte. Sie fröstelte in der Nachtluft. Sie blieb sitzen. Wenn sie jetzt auf ihr Zimmer ging, würden die zwei Pete Hatcher garantiert nicht umbringen. Aber in ihrer Abwesenheit hatte sie die Situation nicht mehr unter Kontrolle, und vielleicht stellten sie ihm Fragen, die er nicht zu beantworten wußte, oder sie zogen eine Aufmerksamkeit auf ihn, die tödlich werden konnte. Sie hatte unvermittelt das Verlangen, die Gespräche mitzuhören. Sie glitt ins Wasser und ließ sich zu ihnen hintreiben. Da hörte sie ein Platschen und Spritzen. Pete hatte den Pool verlassen, ging zum Zimmer zurück, machte die Tür auf und war verschwunden. Jane blickte ihm verständnislos nach. Im nächsten Augenblick tauchten die beiden Frauen rechts und links von ihr hoch und gingen die Stufen hinauf. »Ihr Bruder ist ja 'ne echte Nummer«, lachte Pam. Jane korrigierte das Bild: kleine Himmelfahrtsnase, am ganzen Körper rosig wie Frühstücksschinken.

»Ja«, sagte Jane. »Er ist rasend komisch.« Die zwei waren wirkliche Ekel.

»Kommen Sie auch mit?« fragte die andere, legte den Kopf zur Seite und drückte sich das Wasser aus dem langen Kupferhaar. Es klang erwartungsvoll.

»Wohin?«

»Zu uns, auf einen Drink.«

»Zu Ihnen?« fragte Jane. Auch sie stieg nun zwischen den beiden aus dem Wasser.

»Ja doch«, sagte Frühstücksschinken. »Wir haben eine Suite und jede Menge zu trinken.«

Janes Kopf fing an zu schmerzen, aber sie ließ sich ihren Widerwillen nicht anmerken. Es war jetzt ein Uhr morgens oder später. Wenn diese zwei hier feierten und sich betranken, dann konnte es laut werden. Womöglich würde Pete noch verhaftet. Dann waren seine Fingerabdrücke in öffentlichen Akten, die die Killer jederzeit einsehen konnten. »Klar«, sagte Jane, »wir kommen auf einen Drink vorbei.«

Sie registrierte den Blick, der zwischen Pam und Carol hin- und herging. Die Antwort gefiel ihnen nicht.

Jane war noch sieben Meter von ihrer Zimmertür entfernt, als Pete herauskam, in trockenen Jeans und einem T-Shirt, in der Hand mehrere Gläser. Er ging zwei Türen weiter und wartete, bis Carol aufgeschlossen hatte. Jane überlegte kurz, ihm etwas zuzurufen, aber das wäre zu laut gewesen auf diese Distanz. Sie versuchte, seinen Blick auf sich zu lenken, aber er hatte den Kopf gesenkt, als beobachtete er das Türschloß.

Die zwei Frauen benahmen sich angestrengt so, als wüßten sie nicht, daß er sie ansah. Die Mühe schien ihnen Freude zu machen, sie jagte ihnen eine wohlige Gänsehaut über den Rücken, die sie leicht auf die Nachtkühle schieben konnten, dann gingen sie auf Zehenspitzen vor Pete durch die Tür.

In ihrem Badezimmer zog Jane schnell den nassen Badeanzug aus und hängte ihn in der Dusche auf. Sie betrachtete ihren nackten Körper im Spiegel und ertappte sich bei dem Vergleich, der in diesem seltsamen Augenblick ihres Lebens anscheinend unvermeidlich war. Danach ging es ihr etwas besser: Sie war doch nicht die alte Schachtel, für die sie sich im Augenblick hielt. Sie sah gut aus.

Sie stieg in ihre Jeans und streifte sich ein Sweatshirt über. An der Tür blieb sie stehen, vollkommen bewegungslos, und atmete tief ein. Warum mache ich das alles? Ganz einfach: Wenn ich in diesem Zimmer allein bin, dann wache ich vielleicht allein auf und wünschte mir, ich hätte verhindert, daß man ihn umbringt.

Sie atmete aus, machte hinter sich die Tür zu und ging zu dem Zimmer der beiden Frauen. Das Licht war hier an, es mußte also das richtige Zimmer sein. Sie klopfte. Die Tür öffnete sich von allein einen Spalt, Jane schob sie ganz auf. Die Verbindungstür zum nächsten, schwächer beleuchteten Raum stand ein wenig offen. Carol, die Kupferfarbene, kam in ihrem Badeanzug herein und stellte zwei Gläser mit irgendeinem braunen, sprudelnden Alkohol auf den Tisch und ging ins Bad. Vor dem Spiegel fing sie an, sich mit einem dröhnenden Föhn das Haar zu trocknen. Sie mußte ihn regelrecht überschreien: »Wo kommt ihr eigentlich her?«

Jane nahm sich ein Glas und ging unter die Tür zum Bad. »Was mir noch wichtiger ist: Wo sind Jim und Pam?«

Carol schaltete den Föhn ab, lächelte amüsiert und bürstete sich das Haar aus. »Sind sie nicht da?« Dann ließ sie die Bürste sinken. »Also dieses kleine ...«

Jane drehte sich um und blickte zur Verbindungstür hinüber, und Carol kam an ihre Seite. »Wollen Sie tatsächlich da reingehen und die beiden suchen?«

»Eher nicht.« Sie nahm einen Probeschluck. Das Getränk war warm und schmeckte nach Mottenkugeln.

»Sind sie wirklich seine Schwester?«

»Sicher.«

»Sie sehen ihm aber gar nicht ähnlich.«

»Verschiedene Väter. Unsere Mutter hatte eine magnetische Anziehung für Herumtreiber.« Jane hätte nicht sagen können, warum sie gerade eine solche Geschichte erzählte, aber sie paßte zu ihrer Stimmung. Dann fiel ihr ein, daß Pete ihnen vielleicht eine ganz andere Geschichte erzählt hatte. »Jimmy redet nicht gern darüber, es ist ihm unangenehm. Ich glaube, Männer denken sich gern hübsche Sachen aus, weil sie sich einen Vater wünschen, den sie bewundern können.

Aber wir sind doch alles erwachsene Frauen hier. Sind Sie und Pam miteinander verwandt?«

»Nur befreundet«, sagte Carol. Sie zog das Oberteil ihres Badeanzugs herunter, und Jane blickte unwillkürlich hinter sich, ob Pete es auch gesehen hatte. Aber jetzt war die Tür geschlossen. Carol schälte sich den engen Badeanzug von den Hüften, und Jane betrachtete sie mit distanzierter Objektivität. Man hatte ihr erklärt, daß Männer rotes Haar mögen, und diese Haarfarbe war wenigstens echt.

Carol bemerkte ihren Blick und lächelte. »Wir machen zusammen Urlaub; wir arbeiten bei einer Leihwagenfirma.« Sie legte den Kopf ein bißchen schräg. »Ihnen wäre es am liebsten, wir würden tot umfallen, stimmt's?«

»Nein«, antwortete Jane mit einer Lüge. »Wie kommen Sie auf so was?«

Carol holte ein Parfumfläschchen aus ihrer Umhängetasche und tupfte sich etwas davon auf den Hals, dann auf den Bauch, nahe an dem Dreieck aus rotem Haar. »Ich weiß nicht. Nur so eine Idee.«

»Ich denke überhaupt nichts dergleichen«, sagte Jane. »Aber er ist mein jüngerer Bruder, und vielleicht habe ich einen zu ausgeprägten Beschützerinstinkt.«

Nach kurzer Zeit kam Carol aus dem Bad. Erst in diesem Augenblick zog sie nachlässig ihr Frotteekleid hoch und band es fest. Sie setzte sich aufs Bett und schaltete den Fernseher an, die Lautstärke auf Null. »Den sollten sie auch haben«, sagte sie. »Er ist wahnsinnig sexy. Wenn Sie seine Schwester sind, dann fällt Ihnen das natürlich nicht so auf.«

»Ich verstehe«, sagte Jane. Aber dann mußte sie noch etwas Boshaftes hinzufügen. »Er kriegt anscheinend eine nach der andern.«

Das machte offenbar keinen Eindruck auf Carol. Sie zuckte nur mit den Achseln. »Das Leben ist kurz. Soll er doch ein bißchen Spaß haben solange.«

Allmählich, gegen alle Hoffnungen, hörte Jane schwache Geräusche aus dem Nebenzimmer. Die Wände hier waren so dünn, daß sie jeden Laut ungedämpft weitergaben. Erst hörte man eine Frau leise stöhnen, dann quietschten die Bettfedern. Jane mußte weitersprechen. »Sie sagten, Sie arbeiten zusammen in der gleichen Firma?«

Carol starrte in den tonlosen Fernseher, aber Jane konnte sehen, daß sie den Geräuschen aus dem Nebenzimmer lauschte. »Hmhm.«

»Und jetzt machen Sie Urlaub? Waren Sie schon oben in den Bergen?«

Carol blickte an ihr vorbei auf irgendetwas hinter Janes Kopf. »Ein paar Ausflüge, ja.« Die Stimme im anderen Zimmer klang jetzt eine Oktave höher, lauter und beinahe klagend. »Oh«, sagte die Stimme, »oh, oooh, ja. Bitte.«

Jane hatte plötzlich den Gedanken, so und nur so mußte die Hölle sein. Es war eine Qual, und sie wurde Jane zugefügt, damit sie erkannte und empfand, wie schwach und unbedeutend sie war. Dagegen hatte sie nichts als das Gespräch mit diesem Hohlkopf, und es war wie in einem Spiegelbild die groteske Parodie ihrer selbst. Carol lag auf dem Bett, das Kleid verhüllte kaum noch etwas an ihr, aber sie dachte sich nichts dabei, und sie ließ erkennen, daß sie nicht nur hörte, sondern zuhörte und sich jede Sekunde dringender wünschte, sie wäre statt ihrer Freundin da drinnen.

»Gibt es hier gute Wanderwege, die wir nicht auslassen sollten?« fragte Jane. »Wir waren ein bißchen zu lang nur im Wagen.«

»Nein«, sagte Carol abwesend. »Eigentlich bringen sie keinen Spaß.« Sie warf Jane nebenbei einen Blick zu und sagte dann in den Fernseher hinein: »Es wird einem bloß heiß, man kommt ins Schwitzen, dann geht einem die Luft aus.« Sie hob ihr Glas an die Lippen, probierte das Getränk und verzog das Gesicht.

»Was ist?« fragte Jane. Warum redete dieses verdammte Gör nicht mit ihr?

»Das schmeckt ja scheußlich ohne Eis. Wir brauchen Eiswürfel.«

Jane sprang geradezu auf. »Ich hole welche«, sagte sie. »Wissen Sie, wo die Eismaschine ist?«

Carol schüttelte den Kopf. »Ich hol' es selber. Der Weg ist zu kompliziert zu erklären.« Sie ging auf die Tür zu. Jane sah, daß sie keine Schuhe anhatte. Carol blieb noch einen Augenblick am Tisch stehen, unsicher, welcher Schlüssel zu welchem Raum gehörte, und steckte sich beide in die Tasche.

Einige Sekunden lang war Jane glücklich, nicht mehr in Carols Gesellschaft gefangen zu sein. Aber die Minuten vergingen, und die Töne aus dem anderen Zimmer wurden lauter und häufiger. Jane versuchte, sie nicht zu hören, wußte aber auch, daß sie weder die akustische Wahrnehmung noch die damit verbundenen detaillierten Vorstellungsbilder ausschalten konnte. Sie genierte sich, dann ärgerte sie sich, zu einem solchen Gefühl gezwungen zu sein. Sie hatte einen trockenen Mund, sie verabscheute den Drink in ihrer Hand, und sie hätte sich räuspern mögen, aber dann hörten Pete und die Blonde das Geräusch und wußten, daß man in diesem Zimmer nicht sitzen konnte, ohne alles aus dem Nebenraum wahrzunehmen. Sie schaffte es jetzt nicht mehr, das Horchen zu verleugnen, und empfand jede Sekunde als einen Tiefpunkt ihres Lebens, der noch tiefer sank und sie mit sich nahm.

Dann war ein neues Geräusch zu hören. Einen Moment lang fragte sich Jane, warum es sie überraschte. Es war Carols Stimme, die wie vorher die andere durch die geschlossene Tür drang. »Oh, Jim«, sagte die Stimme, »oh, Jim.« Jane trug ihren Drink ins Bad und schüttete ihn ins Waschbecken. Dann ging sie hinaus. Als sie vor ihrer Zimmertür stand, fiel ihr ein, daß Pete den Schlüssel in seiner Tasche hatte.

Sie wollte nicht noch einmal zurück. Sie nahm eine Kreditkarte aus ihrer Brieftasche, bog sie ein wenig ein, so daß sie den Schnapper damit zurückschieben konnte, trat ein und stand im Dunkeln.

Sie wunderte sich über sich selbst. Sie hatte ihren Mann alleingelassen und war hierhergeeilt, womöglich genau vor die Mündung eines Revolvers, weil jemand sie um Hilfe gebeten hatte. Dann hatte sie sorgfältig einen anonymen, unentdeckbaren Reisetag nach dem andern eingelegt, bis die Spur dieses Mannes kalt war. Und jetzt sabotierte er ihre ganze Mühe und schrieb sich so dauerhaft wie nur möglich in das Gedächtnis zweier Frauen, die schon darauf warteten, den nächsten Fremden im Hotel kennenzulernen.

Sie haßte Pete Hatcher. Er hatte ihr das angetan, um sie für ihre Ablehnung zu bestrafen: Jane sollte wissen, was sie verschmäht hatte, und danach verlangen. Aber nein, das war viel zu einfach gedacht. Er hatte es für sie beide getan, um zu beweisen, daß er immer noch attraktiv und maskulin war, noch immer er selbst. Und er hatte es so gut gemacht, daß sie ihm nie sagen würde, wie gut. Das Wort »nie« schien ihr genau richtig, und so sprach sie es laut aus: »Nie.«

23

Sie hörte ihn, noch bevor er den Schlüssel ins Schloß steckte. Sie ließ ihn nicht merken, daß sie sein Eintreten und das helle Sonnenlicht in der offenen Tür wahrgenommen hatte. Sie hatte in der Nacht das Zimmer zweimal verlassen, um das äußere Hotelgelände abzugehen und die Wagen auf dem Parkplatz und die auf den Innenhof gehenden Fenster zu überprüfen. Sie hatte nichts Verdächtiges entdeckt und sich wieder schlafen gelegt.

Sie wartete mit dem Aufstehen bis zehn Uhr. Während sie im Bad war, stand auch er auf. »Guten Morgen«, sagte sie, als sie ihn beim Kofferpacken sah, und legte einen möglichst unbeschwerten, munteren Ton in die Stimme.

»Guten Morgen«, antwortete er. Er ging an ihr vorbei ins Bad, ohne sie anzusehen, und dann hörte sie sehr lange die Dusche plätschern.

Sie packte ihren eigenen Koffer und verbrachte dann einige Minuten mit der Auswahl ihrer Identitäten für diesen Tag. Heute reisten sie als Tony und Marie Spellagio, die in Montana bisher nicht in Erscheinung getreten waren. Sie legte die Kreditkarten und Führerscheine nebeneinander aufs Bett, damit Pete sie sich ebenfalls ansehen konnte. Dann warf sie einen ersten prüfenden Blick durch das Fenster. Es war wieder ein wunderbarer Spätsommertag in den Rocky Mountains, die Sonne hing anscheinend direkt über dem Haus, und in der Nähe war offenbar niemand, der sie beobachtete.

Pete kam angezogen und mit nassen Haaren aus dem Bad, steckte seine Papiere ein, nahm beide Koffer und erledigte, während Jane bezahlte, das übliche Ritual. Er stellte die Koffer am Wagen ab, ließ etwas fallen, was ihm einen Blick unter den Wagen ermöglichte, schaute unter die Motorhaube und legte das Gepäck in den Kofferraum. Jane kam zurück und sagte: »Möchten Sie noch frühstücken?«

»Nein«, sagte er. »Wenn es Ihnen nichts ausmacht, wäre ich gern ein Stück weiter, bevor wir irgendwo halten.«

Sie nickte und stieg auf der Beifahrerseite ein. Es war ihr nicht klar, ob er nach den süßlichen Drinks einen schwachen Magen hatte oder einfach nicht da sein wollte, wenn seine beiden Betthäschen aufwachten. Als er aus dem Parkplatz herausfuhr, beantwortete er ihre Frage: »Ich möchte nicht gern Pam und Carol begegnen.«

»Warum nicht?« fragte sie.

»Weil sie ein paar Tage mit uns zusammen weiterfahren wollen. Sie haben es mir gesagt. Mir fällt nichts ein, wie ich es ablehnen könnte, ohne sie zu verletzen. Ich habe gestern schon einiges versucht, aber sie hatten auf alles eine Antwort. So aber bin ich einfach nur irgendein Spinner, und das bringt ihr Interesse auf Null. Ich habe sie beide sitzenlassen, also kann keine sich persönlich getroffen fühlen. In zwei Tagen sprechen sie nicht mehr von mir, nicht mal miteinander.«

Jane sagte nichts, da er vermutlich recht hatte. Sein berühmtes Verständnis für Frauen war offfenbar wiederhergestellt. Eigentlich war das kein Wunder: In den letzten zwölf Stunden hatte er sich eine ziemlich starke Dosis Weiblichkeit gegönnt. Sie schaute sich die Straßenkarte an.

In Swan Lake hielten sie vor einem großen Restaurant. Die Ladenschilder verrieten mit keinem Wort, daß der Ortsname von einem See herkam, auf dem früher einmal Schwäne waren. Sie betraten das Restaurant, und die Empfangsdame kam auf sie zu: »Möchten Sie lieber hier sitzen oder draußen auf der Terrasse?«

Pete sah Jane fragend an, und sie sagte: »Hier«, und sie gingen ein paar Schritte weiter. »Ist die Nische da reserviert?«

»Nein«, sagte die Frau, »aber ich hätte auch am Fenster einen schönen Tisch.«

»Nein, danke«, sagte Jane.

Als die Frau auf ihren Posten an der Tür zurückkehrte und sie wieder allein waren, sagte Pete: »Was ist los? Haben Sie einen Kater?«

Jane legte die Arme auf den Tisch und beugte sich vor, um leiser sprechen zu können. »Das ist eine hübsche Gegend hier, deshalb setzt sich jeder gern da hin, wo er sie sehen kann. Aber diesmal machen Sie etwas anderes als alle anderen.«

»Und was wäre das?«

»Der Platz hier ist eine Vorsichtsmaßnahme, die Sie nicht mal etwas kostet, bei der Sie nichts verlieren. Sie sind für jeden unsichtbar, außer auf dieser Seite der Nische.«

Er warf einen Blick auf den einsehbaren Teil des Restaurants. »Aber da sitzt überhaupt niemand.«

Sie lächelte. »Deshalb habe ich uns diesen Tisch ausgesucht und keinen anderen. Vorkehrungen dieser Art sind fast immer einfach und mühelos zu treffen. Nach einiger Zeit gelingen sie Ihnen, ohne daß Sie sie bis zu Ende planen müssen. Das Wichtigste ist: Sie müssen sich jede Situation genau ansehen und dann so verändern, daß Sie sich wohl fühlen. Und wenn Sie die Wahl haben zwischen einer winzigen Unsicherheit und überhaupt keiner, dann nehmen Sie das letztere.«

»Ich dachte immer, das beste Versteck wäre eine Menschenmenge.«

»Kann sein. Wenn die Menge in Bewegung ist und weithin sichtbar, ist sie kein Versteck für Sie. Wenn Sie sich durch die Leute einen Killer vom Leib halten wollen, indem Sie sich mit Augenzeugen umgeben, dann sind zwanzig besser als tausend, weil er auch die zwanzig nicht erschießen kann und alle ihn sehen würden. Also stehen Sie nicht Schlange vor einem Kino oder einem Stadion. Sie verbringen die Wartezeit zu Hause. Wenn der Film einen Monat gelaufen ist, dann kommen Sie einfach so rein.«

»Aber wenn ich ein Spiel sehen möchte? Da kann ich doch nicht einen Monat warten.«

»Das schauen Sie sich im Fernsehen an. Und falls es Ihnen wirklich so viel bedeutet, dann muß es Ihnen auch die sichersten Plätze im Stadion wert sein.«

»Und welche sind das?«

»Unten, nahe am Spielfeld. Nur wer noch tiefer sitzt als Sie, kann Ihr Gesicht sehen. Ein Verfolger sucht Sie, indem er nach oben auf die hinteren Reihen schaut, nicht weil sich da gern die Dilettanten verstecken, sondern weil es das einzige ist, was er überhaupt sehen kann. Deshalb die vorderen Reihen. Bei diesen Dingen haben Sie immer eine Wahl.« Sie lächelte ihm zu. »Sie kriegen bestimmt ein Gefühl dafür. Sie müssen es nur in verschiedenen Situationen ausprobieren, dann spielt sich das automatisch ein.«

Eine Kellnerin kam zu ihnen, schrieb die Bestellungen auf, eilte an die Durchreiche zur Küche und hängte den Zettel für die Köche an ein Rad aus rostfreiem Stahl.

Pete starrte den Tisch an. »Verschiedene Situationen. Sie versuchen, mir taktvoll meine Fehler von gestern abend vorzuhalten, nicht wahr?«

Jane blickte einen Augenblick zur Seite, dann sah sie ihn an. »Was war gestern abend falsch? Sagen Sie es mir.«

»Wir haben zwei Unbekannte getroffen. Ich habe sie zu nahe an mich herankommen lassen, bevor ich sicher war, daß sie keine Probleme machen.«

»Weiter.«

»Ich bin zu den beiden aufs Zimmer gegangen. Da hätte jemand auf mich warten können.«

Sie antwortete noch nicht, aber mehr wollte er nicht sagen. »Oder die eine hätte jemanden holen können, während die andere Sie irgendwie – beschäftigte. Prostituierte rauben ihre Kunden seit tausend Jahren aus, inzwischen läuft das glatt und routiniert. Und Sie können nicht alle persönlich kennen.«

»Also erst mal: Das waren keine Prostituierten.«

»Ich bringe Ihnen bei, wie Sie mit Ihrem Verstand überleben, nicht mit Glück. Wir kannten die beiden überhaupt nicht. Was für Fehler habe ich gemacht?«

»Sie?«

»Klar. Auch daraus können Sie etwas lernen.«

Er schien wie vor den Kopf geschlagen. Nach einer Weile sagte er: »Ich glaube, Sie haben die zwei zu nah herankommen lassen.«

»Gut. Ich habe sie erst gesehen, als sie schon fast neben uns standen. Ich hätte die Eingänge im Auge behalten müssen, während ich im Wasser war.«

»Wie beim Secret Service«, sagte er bitter. »Was für ein Leben!«

»Ich hätte mir die Sache etwas erleichtern können. Ich mußte dazu mit der Möglichkeit rechnen, und die Augen hatte ich sowieso offen. Wie sich zeigte, spielte es keine Rolle. Sobald ich sie sah, wußte ich, sie waren ungefährlich.«

»Wieso?«

»Sie kamen in der denkbar knappsten Bekleidung daher.« Sie bemerkte, daß er zusammenzuckte, aber sie sprach weiter. »In bestimmten Situationen ist das verdächtig. Möglicherweise hat jemand sie zu Ihnen geschickt, um Sie abzulenken, damit Sie nicht sonstwohin schauen. Aber es zeigte uns auch, daß sie unbewaffnet waren. Und ihre Nähe machte es nicht unbedingt leichter, Sie zu töten: Sie könnten leicht selbst getroffen werden im Dunkeln, und von mir kann keiner erwarten, daß mich der Anblick eines Bikinimädchens gleich umhaut.«

»Wie bitte?«

»Entschuldigung«, sagte Jane. »Ich meinte: ablenkt.«

»Ich muß um Entschuldigung bitten. Wieder einmal.«

Jane streifte ihn mit einem schnellen Seitenblick und schaute über die anderen Tische hinweg. »Ich glaube, wir müssen noch etwas mehr bereinigen, oder?«

Pete zuckte die Schultern. Er sah geknickt und hilflos aus, ein kleiner Junge nach einem Geständnis.

Jane holte tief Atem und sah die Kellnerin auf Gummisohlen näherkommen, ein Tablett auf dem Arm. Sie wartete. Das Mädchen stellte die Teller auf den Tisch, wünschte »Guten Appetit« und ging wieder.

»Zurück zur Bereinigung«, sagte Jane. »Ich bin ein Lotse. Ich bringe Menschen, die jemand umbringen will, an einen Ort, wo niemand sie umbringen will. Ich gebe ihnen einige Papiere, auf denen steht, daß sie ein anderer sind. Nach Maßgabe meiner Fähigkeiten trainiere ich sie, dieser neue Mensch zu werden: wie sie aussehen, handeln, denken müssen. Wenn sie akut gejagt werden, zeige ich ihnen ein paar Tricks, mit denen sie die Jäger austricksen können.«

»Und?«

»Und dann lasse ich sie frei und gehe nach Hause.« Jane blickte ihm genau ins Gesicht, um zu sehen, ob er auch alles richtig verstand. In der Tiefe seiner Augen lag ein Leuchten, aber das schien nur seine natürliche Vitalität zu sein, wie bei einem großen und gesunden Tier.

»Wie ist er?«

Jane erstarrte sekundenlang. »Ich wollte nicht ... ich habe nicht von ihm gesprochen.«

»Nein«, sagte er, »Sie wissen alles über andere Menschen, aber niemand soll etwas von Ihnen wissen.«

Diese Bemerkung konnte Jane nicht einfach übergehen. »Das ist richtig. Und das ist nicht zufällig so. Es ist ein Schutz für den anderen, also für Sie – und auch für mich. Wenn ich jemanden wie Sie übernehme, dann müssen wir beide darauf gefaßt sein, daß die Jäger eines Tages vielleicht mich fangen. Irgendwann fragen sie mich, wo Sie jetzt sind und welchen Namen ich Ihnen gegeben habe. Man kann mir Dinge antun, nach denen ich keinen dringlicheren Wunsch habe, als alles zu sagen. Ich verspreche Ihnen einfach, daß ich nichts sagen werde. Wenn es nicht anders möglich ist, begehe ich Selbstmord.«

»Wirklich?«

»Ja, wirklich.« Sie wartete, bis diese Information verarbeitet war. Er schien momentan unfähig, die Unterhaltung weiterzuführen. »Würden Sie dasselbe tun, bevor Sie jemandem erzählen, was ich Ihnen über meine Familie und meine Freunde erzählt habe?«

Er dachte lange darüber nach. »Ich würde es gern können. Ich glaube, ich könnte es nicht.«

»Und Sie müssen es auch nicht können, weil Sie nichts wissen. Aber ich muß zwangsläufig alles über Sie wissen, ich sitze in der Falle. Ich habe ein Versprechen gegeben.«

Pete nickte gedankenverloren. »Wir sind wieder bei gestern abend, nicht?«

»Wenn Sie möchten«, sagte sie.

»Warum Sie nein gesagt haben.«

Sie seufzte. »Eine Ehe ist etwas Zerbrechliches. Wenn man den ganzen damit verbundenen Unfug wegläßt, bleibt am Ende ein Versprechen übrig.«

Sie konnte sehen, daß er sie sofort verstand. Wenn sie schon das Versprechen ihrem Ehemann gegenüber nicht halten konnte, dann hatten Fremde wie Pete Hatcher nicht die geringste Chance. »Okay. Ich quetsche Sie nicht weiter aus.«

»Fragen Sie ruhig. Das ist im Augenblick unser Job«, sagte sie. »Ich möchte, daß Sie so viel lernen wie möglich. Ich möchte, daß Sie in dieser Geschichte so gut werden wie ich, denn morgen bringe ich Sie irgendwo unter und fahre nach Hause. Sie sind meine letzte Reise.«

Er blickte sie schweigend an. Dann sagte er: »In gewisser Hinsicht freut es mich. Ich habe immer noch etwas Angst. Und ein weiterer Tag ist nicht viel Zeit. Aber es freut mich für Sie. Das ist doch ein Wahnsinnsleben.«

»Ich habe sehr lange gebraucht, um es auch so zu sehen. Wahrscheinlich mußte ich erst ein anderes Leben finden, bevor ich es mir eingestehen konnte. Aber ich bin versorgt. Wir sollten uns lieber um das kümmern, was Sie noch beschäftigt.«

»Das ist nicht ganz leicht«, sagte er. »Ich habe offensichtlich Schwierigkeiten, mir die Zukunft vorzustellen, deshalb fallen mir keine ordentlichen Fragen ein.«

»Ich kenne ein paar Ihrer Fragen«, sagte Jane. »Sie werden in einer schönen Umgebung wohnen, aber vermutlich brauchen Sie da einige Sicherheitsvorkehrungen. Heute morgen dachte ich mir, eine dieser kleinen, bewachten Siedlungen ist vielleicht das Richtige für Sie. Die Papiere, die ich Ihnen geben werde, sind erstklassig und bringen Sie bequem durch jede Überprüfung, die man da bei einem Neuzugang durchführt. Der private Wachdienst wird die Leute, die hinter Ihnen her sind, nicht lange aufhalten, aber schon das Eingangstor macht es ihnen nicht leicht, einfach reinzufahren und sich umzuschauen. Das sind Profis, und ihre Hauptsorge ist, hinterher unbemerkt wieder rauszukommen.«

»Klingt logisch.«

»Dann suchen wir Ihnen eine Arbeit. Sie waren leitender Angestellter in Las Vegas, also brauchen wir etwas auf ungefähr gleichem Niveau. Es sollte etwas sein, bei dem Sie nicht mit vielen anderen Menschen zusammenkommen, das heißt, wir suchen Ihnen eine entsprechende Firma, vielleicht eine, die bestimmte Apparate nur für Ärzte oder Physiker verkauft oder ...«

»Wie?«

»Wie was?«

»Wie kriege ich einen solchen Job in einer Branche, von der ich keine Ahnung habe?«

Sie lächelte. »Das lassen Sie meine Sorge sein. Ich bin die Vertreterin einer sehr exklusiven Personalagentur. Und ich habe einen vielversprechenden Kandidaten. Ich werde Sie denen schon verkaufen. Ich habe mir bereits Ihre ganzen Referenzen angesehen, um der Firma Zeit zu sparen.«

»Das kriegen Sie durch?«

»Aber sicher. Ich mache es so, daß ich nicht viel mogeln muß. In Ihrem Lebenslauf taucht zwar Ihr richtiges College nicht auf, die gleichwertigen Abschlüsse an einem anderen allerdings schon. Ihre Referenzen sind natürlich nicht von der Pleasure AG, aber von einer vergleichbaren Gesellschaft, und Ihre Rangstufe in der Hierarchie werde ich nicht verheimlichen. Und ich werde in aller Deutlichkeit mein Honorar nennen.«

»Sie nehmen tatsächlich Honorar dafür?«

»Selbstverständlich. In der gleichen Höhe wie andere Agenturen. Sonst halten mich Ihre Auftraggeber noch für eine Betrügerin.«

»Dann habe ich also eine Wohnung und einen Job. Kein schlechter Start.«

»Eine Wohnung mitten in einer bewachten Siedlung, die man von außerhalb nicht einsehen kann. Einen Job, der Ihnen gefällt und für den Sie qualifiziert sind, der Sie beschäftigt. Alles, was Sie jetzt noch tun müssen, ist Fehler zu vermeiden.«

»Fehler – Sie meinen die Sportstadien und die Kinos und solche Dinge.«

»Ich habe Ihnen gesagt, ich trainiere Sie – soweit ich dazu fähig bin – zu einem neuen Menschen. Ich kann Ihnen nicht eine Identität geben, die nicht zu Ihnen paßt.« Sie machte eine längere Pause. »Deshalb bin ich über gestern abend gar nicht unglücklich.«

»Sie fangen an, mich abzuschreiben.«

Jane lächelte, aber mit gerunzelten Augenbrauen. »Ich dachte, wir hätten dieses Spielchen hinter uns. Sie tun so, als wären Sie über Ihr eigenes Verhalten erschrocken und darüber hinaus gedemütigt, weil ich davon weiß. Damit zwingen Sie mich, zwischen zwei Rollen zu wählen: entweder ich spiele die schockierte Lehrerin, die Ihnen mit verkniffenem Abscheu eine Predigt hält, oder die konspirative Puffmutter, die so etwas aufregend findet. In beiden Fällen mogeln wir uns am wirklichen Problem vorbei.«

»Und was ist das Problem? Mein Liebesleben?«

»Ihr Leben, Punkt. Nehmen wir mal an, ich sage Ihnen, daß Sex mit einer Unbekannten gefährlich ist. Wäre das für Sie etwas Neues? Würde das irgendetwas ändern?«

Er senkte den Blick und schwieg.

»Und wenn ich Ihnen sagen würde, daß es speziell für Sie gefährlich ist, weil die Leute, die hinter Ihnen her sind, wissen, daß sie so etwas gern tun?«

Er sah sie an, aber immer noch ohne ein Wort zu sagen.

»Sie könnten Ihre Chancen erheblich verbessern, wenn Sie nur ein bißchen wählerischer wären. Die Frauen aus einer kirchlichen Sozialhilfegruppe sind nicht ganz so oft ein vorgeschickter Lockvogel wie eine, die mit bloß drei Gramm Nylon auf der Haut nachts aus einem dunklen Hauseingang kommt. Und die Kirchengruppen sind allgemein bekannt für das, was Sie suchen. Gehen Sie da mal in eine Single-Gruppe. Jede Frau sucht da einen Mann, und es sind doppelt so viele Frauen wie Männer. Jemand wie Sie ist dort hochwillkommen.«

»Versuchen Sie, mir zu helfen, oder kriege ich jetzt noch eine drauf für die Peinlichkeit von gestern abend?«

»Ich bin nur realistisch. Und selbst wenn ich Ihnen die Situation unangenehm machen wollte, wen kümmert's? Wird irgendetwas von dem, was ich über Ihr Privatleben denke, noch eine Rolle spielen, wenn Sie allein auf sich gestellt sind? Nein, und das ist auch ganz in Ordnung so.«

»Und was heißt das jetzt unterm Strich?«

»Als ich Sie nach Denver schickte, hatte ich nicht die Zeit, Sie richtig kennenzulernen. Ich meinte, Sie müßten wie ein Mönch leben. Vielleicht dachten Sie das auch. Aber jetzt machen wir es richtig. Diese bewachten Wohnanlagen sind deshalb so sicherheitsbewußt, weil da eine Menge junger Karrierefrauen leben. Sie finden sie am Swimmingpool und in den Fitneßräumen. Die Eigentümerversammlung lädt sogar manchmal zu Partys ein, wo sich Ihnen die Frauen auf dem Tablett präsentieren. Nehmen Sie sich eine. Sie sollen Ihren Spaß haben. Aber bleiben Sie bei Ihrer Geschichte. Erzählen Sie ihr nie etwas, das nicht dazu paßt.«

Hatcher sah sie traurig an. »Und ich dachte, Sie wären jetzt die verkniffene Lehrerin. Aber davon sind Sie weit entfernt, nicht wahr? Sie reden wie ein Wissenschaftler über seine Ratten-Experimete.«

Sie berührte seine Hand, dann fand sie die Geste unangebracht und zog ihre Hand wieder zurück. »Tut mir leid. Das ist nur der Berufsjargon. Wenn Sie sich wohl fühlen, dann halten Sie es lange Zeit an einem ruhigen, sicheren Ort aus. Wenn nicht, dann werden Sie dafür Risiken eingehen. Also muß ich dafür sorgen, daß Sie sich wohlfühlen, so lange ich kann.«

»Aber Sie haben überhaupt keine Gefühle dabei.«

»Ich fühle nicht dasselbe wie Sie. Wenn Sie eine halbwegs junge Frau mit knackigem Busen und dem richtigen Verhältnis zwischen Taille und Hüften sehen, dann wollen Sie sie haben. Das weiß ich, aber ich kann es nicht ändern. Keiner von uns kann das. Und was Sie gestern abend getan haben, das war weder ein Schock, noch eine besondere Neuigkeit. Es war nur etwas, das ich vergessen hatte.«

»Jetzt nehmen Sie einen isolierten Vorfall und drehen mir daraus einen Strick.«

»Nein«, sagte sie. »Es fällt mir nicht leicht, über diese Dinge zu reden, also hätte ich das Thema gern ein für allemal erledigt. Gestern abend habe ich gesehen, wie eine junge Frau ihren Bikini auszieht und sich um zwei Uhr morgens Make-up auflegt, um mal kurz ihrer kleinen Freundin einen Mann wegzunehmen. Ich wäre borniert, wenn ich nicht den mächtigen Drang, das Verlangen sehen würde, das dahinter steckt. Werden Sie sich selbst der Gefahr aussetzen, sich für Sex umbringen zu lassen? Sicher. Sie müssen nur überall auf diesem Planeten ein bißchen den Boden aufkratzen, und da liegen die Knochen von Menschen, die – auch wenn sie es manchmal nicht wissen – wegen ihres Fortpflanzungstriebs gestorben sind. Das ist nicht bloß eine Meinung, das ist eine Tatsache. Was ich darüber denke oder dabei fühle, oder was das über romantische Liebe oder Babys oder sonstwas aussagt, ist ohne Bedeutung. Ich kann nur eines tun: der Sache aus dem Weg gehen. In unserem Fall: Sie an der richtigen Stelle absetzen, damit Sie überleben können.«

»Warum?«

»Warum?« Er hörte nicht auf, sie zu überraschen.

»Ja. Sie beschäftigen sich doch heute kaum mit mir. Wenn ich Sie frage, warum Sie Menschen das Leben retten, dann sagen Sie, Sie tun es deshalb, weil Sie eine Frau sind, die anderen Menschen das Leben rettet. Was ich wissen möchte: Bin ich für Sie überhaupt wichtig? Ich weiß, ich kann Sie nicht darum bitten, daß es so ist. Ich möchte nur wissen, ob es so ist.« Jane tätschelte ihm die Hand und schenkte ihm ein quälend falsches Lächeln. »Aber natürlich ist es so. Sie sind der beste Bruder, den ich je hatte.«

Sie wandte sich ihrem Teller zu. Er hatte während der Unterhaltung gegessen, aber ihre Rühreier waren jetzt kalt und zäh wie Gummi. Sie spürte, wie sich in ihren Augenwinkeln Tränen bildeten. irgendetwas war an diesem Morgen völlig verkehrt, und sie wußte kein Mittel dagegen. Vielleicht hatte sie die Wirkung ihrer noch jungen, verletzlichen Ehe überschätzt. Sie hatte die unklare Erwartung, daß die Ehe eine Art Schutzschild sei und ihr manche Wunden und unschönen Details aus dem Leben anderer Menschen fernhalten würde. Zumindest hätte sie dagegen immun sein müssen, für Männer wie Pete Hatcher etwas zu empfinden.

Sie kaute an ihrem Rührei und beschäftigte sich mit den jetzt zahlreicheren Gästen im Lokal. Sie sah die übliche Menge älterer, grauhaariger Leute, die Frauen in Krankenschwester-Schuhen, die Männer in zum Hemd passenden Socken und mit vollgestopften Hosentaschen. Zwei Familien hatten ihre Kinder dabei, die den halben Tag im Wagen verbracht hatten und jetzt rastlos und mit immer neuen Ausreden zwischen den Tischen herumlaufen mußten. Sie fragte sich, ob sie und Carey eines Tages auch so einen Anblick boten, ihre Kinder mit leiser Stimme ermahnten sich zu benehmen, oder später, wenn sie miteinander alt geworden waren, so dasaßen wie das Paar am Nachbartisch.

Dann sah sie zwei, die ihr besonders auffielen. Die Frau war groß und schlank, mit schwarzen Haaren, dunklen mandelförmigen Augen und hohen Backenknochen. In dieser Gegend stammte sie wahrscheinlich von den Blackfoot ab, vielleicht auch von den Kootenai oder den Flathead. Der Mann war groß, blond und breitschultrig, nicht unbedingt muskulös, eher durchtrainiert wie ein Tennisspieler.

Die Empfangsdame führte sie gerade von einem Tisch im Innern des Restaurants zu einem anderen am Fenster. Während sie warteten, bis man ihnen die Teller nachgetragen hatte, unterhielten sie sich leise. Jane hätte die beiden lieber nicht gesehen.

Die Frau sah ihr selbst ziemlich ähnlich, und Jane wünschte sich, der Mann sähe aus wie Carey. Es war das kindliche, impulsive Verlangen, sich die Welt nach den eigenen Wünschen zurechtzubiegen, die Erwartung einer geheimen Botschaft, daß alles so war, wie es sein sollte. Im ersten Moment wollte sie es nicht sehen, danach wollte sie das Offensichtliche fast nicht zugeben: Wenn der Mann überhaupt jemandem ähnlich sah, dann Pete.

Sie wandte sich ab. Ehe ihr Kopf die Bewegung vollendet hatte, hatte sie das Gefühl, irgendetwas Irritierendes gesehen zu haben. Mit einem Ruck kehrte ihr Blick zu dem Paar zurück und konzentrierte sich auf den Hügel im Fenster hinter den beiden. Sie suchte ihn mit den Augen ab, das Beunruhigende jedoch war nicht mehr zu sehen. Sie meinte, einen kleinen, hellen Lichtblitz gesehen zu haben, einen Sonnenreflex auf Metall. Sie blickte wieder auf ihren Teller und zog unbewußt die Brauen zusammen.

Pete bemerkte ihren Gesichtsausdruck und sagte: »Was ist ...«, und im gleichen Augenblick hatte Jane das Rätsel gelöst. Sie stand schnell auf und ging auf das Paar zu, dann war die Zeit abgelaufen. Sie sah, wie die Fensterscheibe splitterte und der Mann erstarrte, die Gabel mit einem Stück Pfannkuchen auf dem halben Weg zum noch offenen Mund. Der Kopf fiel zur Seite, schlug mit dem Ohr auf der Schulter auf, schnellte ein wenig zurück. Etwas spritzte durch die Luft, ein Gemenge aus Blut, Knochenstücken und dunklem Hirngewebe, vermischt mit funkelnden Glassplittern.

Die Augen der dunkelhaarigen Frau weiteten sich, ihre Finger krümmten sich wie zu Krallen, und sie schrie auf, während die übrigen Gäste in dem vollen Lokal sekundenlang den Atem anhielten und dann ihrerseits einen geballten Angstschrei ausstießen. Alles rannte durcheinander. Stühle fielen um, Teller krachten auf den Boden.

Jane rannte über die Glasscherben hinweg, riß die Frau vom Stuhl und schob sie zwischen die Gäste, die schon zum Ausgang drängten, da splitterte unter dem zweiten Schuß die nächste Fensterscheibe. Jane drehte sich nach Pete um, da stieß er mit ihr zusammen, konnte sie aber festhalten, so daß sie nicht stürzte. Die beobachteten Details überfluteten ihr Gehirn: Die Schüsse hatten nicht mit einem Knall die Schallmauer durchbrochen, es mußte also eine Munition mit Unterschallgeschwindigkeit sein. Sie hatte vermutlich nicht genug Energie, eine Ziegelmauer zu durchschlagen. Jane sagte: »Halten Sie sich an mir fest«, und ging los, Petes Hände auf ihrer Hüfte.

Sie suchten ihren Weg durch die im Vorraum dichtgedrängte Menschenmenge. Der Kassierer schrie etwas ins Telefon, und rechts von ihr kreischte die dunkelhaarige Frau in den Armen zweier älterer Damen. Janes Gedanken rasten. Wenn der Schütze nicht mehr feuerte und schon auf dem Rückzug war, dann konnte sie Pete hier rausbringen, bevor er seinen Irrtum bemerkte. Und wenn er noch da war? Sein Zielfernrohr bot ihm genügend Vergrößerung, um von dem Hügel aus dem falschen Mann eine Kugel in die Schläfe zu jagen. Falls er jetzt gerade den Hügel herunterkroch, dann war er in ein paar Minuten so nahe, daß er jedes Gesicht noch deutlicher sehen konnte.

Jane mußte etwas unternehmen, auf das sie kaum stolz sein konnte, und sie mußte es sofort tun. Sie drängte und schob sich durch die Menge zur Tür hin und schrie: »Ich laß mich nicht hier drinnen umbringen!«

Die Menschen, die eben noch wie gelähmt auf irgendeine Hilfe in ihrem Entsetzen gewartet hatten, wogten geballt auf den Ausgang zu. Die Doppeltür vor ihnen ging auf und pendelte hin und her, als einer nach dem anderen sie im Hinausrennen zur Seite drückte.

Jane zerrte Pete aus der Menge heraus. Wie sie erwartet hatte, kam im Sonnenlicht und in der frischen Luft wieder ein wenig Vernunft in die Menschenmasse. Alle bemerkten nun, wie sichtbar und ungeschützt sie im Freien waren, drehten sich wie Ballettänzer in alle Richtungen, unsicher, woher die Gefahr drohte, und suchten Deckung unter dem weit heruntergezogenen Dach und an der Seitenmauer des Restaurants.

Jane rannte zum Wagen und duckte sich dahinter, bis Pete ihr nachgekommen war. Der zielbewußte, entschlossene Sprint schien den übrigen zu bedeuten, daß Jane als einzige hier irgendwie Bescheid wußte. Im nächsten Moment rannten alle zu ihren Wagen, stiegen ein und setzten sich Richtung Highway in Bewegung.

»Sie fahren«, sagte Jane.

Pete setzte sich gebückt hinters Steuer und fuhr in der Schlange der anderen Wagen aus dem Parkplatz heraus. Er hielt das Lenkrad krampfhaft fest, als müßte er einen inneren Drang bekämpfen, den Wagen plötzlich zwischen die Bäume zu steuern. »Ich habe es gesehen«, sagte er, »ich habe nur nicht schnell genug geschaltet.«

»Was gesehen?« sagte Jane.

»Ich dachte mir, die zwei sind uns ein bißchen ähnlich.«

»Fahren Sie«, sagte Jane. »Kümmern Sie sich nicht um Höchstgeschwindigkeiten. Wenn sie hier jemanden fangen wollen, stellen sie eine Straßensperre auf. Und wenn sie das tun, dann sollten wir lieber auf der anderen Seite sein.«

24

Pete fuhr, und Jane hatte die Straßenkarte auf den Knien. Sie fuhr mit dem Finger die roten und blauen Linien nach, die sich durch die Berge schlängelten, und suchte nach Ausweichstellen und Alternativen. Die Gegend war für eine Flucht im Wagen ungeeignet. Die Rocky Mountains boten dem Straßenbau nicht sehr viele Möglichkeiten.

»Wohin?« fragte Pete.

»Wir haben eine ganze Weile nichts anderes als die Route 83«, sagte sie. »Vor Bigfork ist keine Abzweigung.«

»Und dann?«

»Wenn ich es weiß, sage ich es Ihnen. Solange Sie fahren, sind wir noch nicht tot. Auf einer geraden Strecke schauen Sie gelegentlich nach hinten und merken sich die Wagen, die Sie sehen können. Prägen Sie sich alle ein.«

»Wie kann ich wissen, ob er in einem drinsitzt?«

»Können Sie nicht. Aber die meisten hinter uns biegen wahrscheinlich in Bigfork ab und suchen ein Telefon oder ein Polizeirevier. Der eine, der uns Probleme macht, nicht.« Er fuhr fünfzehn Minuten lang weiter, und Jane fiel auf, daß ihnen auf der Gegenfahrbahn niemand entgegenkam. Schließlich rasten drei Streifenwagen vorbei, auf dem Weg nach Swan Lake. Sie drehte sich nach ihnen um, dann schaltete sie das Autoradio ein. Nach einigem Rauschen und ein paar Fetzen Musik hatte sie es: »Eine Mitteilung der Polizei: Die Route 83 ist zwischen Bigfork im Süden und Salmon Prairie im Norden gesperrt. Dieser Abschnitt bleibt bis auf weiteres geschlossen.« Sie schaltete wieder aus und murmelte: »Na klar.«

»Was ist?«

»Das hatte ich vergessen. Sie glauben, der Scharfschütze ist immer noch da und beschießt über den Highway hinweg ein Restaurant. Erst wenn sie alle Leute rausgebracht haben, blockieren sie die Straße nach draußen. Was sie jetzt sperren, ist die Straße zum Restaurant, damit nicht noch mehr erschossen werden.«

Sie beugte sich wieder über die Straßenkarte. »Okay. In Bigfork biegen Sie rechts ab auf die 35 nach Creston, und wenn die zur 206 wird, fahren Sie weiter Richtung Norden.«

Sie legte die Karte weg und schaute zur Heckscheibe hinaus. Möglicherweise hatte es der Schütze nicht rechtzeitig bis zu seinem Wagen geschafft und war gar nicht hinter ihnen. Er hatte auf der Hügelkuppe gelegen, mindestens hundert Meter entfernt. Im gleichen Augenblick war ihr bewußt, wie unsinnig die Überlegung war. Ein Profi setzte sich nicht so weit weg von seinem Wagen irgendwo fest und eröffnete das Feuer. Er hatte den Wagen da oben bei sich, vermutlich auf einer Brandschutzrodung geparkt oder auf einem der Forstwege im Wald. Den Lichtreflex hatte auch nicht seine Ausrüstung geworfen. Er brauchte lediglich das Gewehr und das Zielfernrohr, und bei der Entwicklung solcher Geräte hatte man das Problem bedacht. Lichtreflexe kamen von chromverzierten Wagen und ihren Spiegeln. Also war er vermutlich schon hinter ihnen, wenn nicht unter den ersten vier oder fünf, dann gleich dahinter.

»Wir müssen reden«, sagte sie.

»Fangen Sie an.«

»Wir haben ein Problem. Ich habe keine Ahnung, woher die wußten, wo wir sind.«

»Ich auch nicht.« Er sah sie mit plötzlich geweiteten Augen an. »Sie glauben doch nicht, daß Pam und Carol ...?«

»Nein«, sagte sie. »Wenn die uns schon so jemand in den Weg stellen, dann hätten sie Sie gleich umgebracht. Und wir sind abgefahren, bevor die beiden auf waren. Sie konnten überhaupt niemandem sagen, wohin wir gefahren sind, weil sie es gar nicht wußten.«

»Dann haben wir selbst dem Kerl unseren Standort verraten. Aber wie?«

»Vielleicht haben die irgendeine neuartige Methode, unsere Kreditkartenrechnungen rauszufischen, sobald wir bezahlen. Vielleicht haben sie herausgefunden, daß ich diesen Wagen gekauft habe, und haben einen Sender angebracht. Aber ganz egal, was sie eingesetzt haben, um uns zu finden, es kommt einem wie Hexerei vor.«

»Sie machen mich nervöser, als ich schon bin, und in dem Zustand kann ich kaum noch das Lenkrad ruhig halten.«

Am Straßenrand stand ein Schild: BIGFORK 5. Jane sagte: »Wir haben noch fünf Meilen Zeit für eine Entscheidung. Was ich eigentlich sagen will: Die dürften gar nicht hier sein. Wenn ich bei diesem Spiel eine Runde gewinne, geht das Spiel eine Runde weiter. Wenn die andern eine gewinnen, ist das Spiel zu Ende.«

»Eine nette Art, mir zu sagen, daß ich dann tot bin.«

»Dann sind wir beide tot. Ich versuche, Ihnen zu erklären, daß wir bisher keine einzige Runde gewonnen haben. Die haben Sie in Denver gefunden, nur kam ihnen da der Polizist in die Quere. Dann haben sie uns vor zwanzig Minuten gefunden, und der Mann am Fenster hat den Schuß abgekriegt. Noch haben die Sie nicht erwischt, aber sie haben Sie auch nicht direkt verfehlt. Das dürfen wir nicht vergessen. In ein paar Minuten sind wir in Bigfork. Da steht die Polizei auf der Straße, und sie bekommt von überall her Verstärkung. Wir könnten anhalten, ihnen alles erzählen, und dann müssen sie sich um uns kümmern.«

»Sie meinen, ich soll mich stellen?«

»Sie haben nichts Strafbares getan. In fünf Minuten könnten Sie unter Polizeischutz stehen. Höchstens einen Tag später sind Sie ein paar tausend Kilometer weit weg und erzählen dem Justizministerium alles, was Sie über die Pleasure AG wissen. Sie sind in völliger Sicherheit, wenigstens bis zu Ihrer Aussage vor dem Richter.«

»Ja schon, aber was dann?« Jane hob die Hände und ließ sie kraftlos in den Schoß fallen. »Ich kann es nicht sagen. Wahrscheinlich machen sie dasselbe wie ich: Sie geben Ihnen falsche Papiere und ein Flugticket. Sie kommen ins Zeugenschutzprogramm. Ich will offen sein mit Ihnen: Der Schutz ist wirklich sehr gut bis zum Augenblick Ihrer Aussage. Danach sind Sie bloß noch ein Kostenfaktor und nicht viel wert. Dann kommen Sie zu mir zurück und ich versuche es noch einmal.«

»Ich kann nicht zur Polizei gehen«, sagte Pete.

»Das sagten Sie schon, als wir uns kennenlernten. Was wir jetzt brauchen, sind Fakten.«

»Die Pleasure AG hat drei Eigentümer. Ich weiß vielleicht so viel, daß die Polizei mit einem Durchsuchungsbefehl da reingeht und ermittelt, und ich kann ihnen ein paar Tips geben, wo sie genauer hinschauen sollten, aber das ist alles. Ich habe nicht gesehen, daß irgendwo etwas passiert ist. Ich kann zwei und zwei zusammenzählen. Ich habe gehört, wie sie Calvin Seaver, ihrem Mann für die Innere Sicherheit, einmal sagten, jemand wäre ein Problem für sie, und dann schickten sie dem eine Art Nachruf hinterher. Ich habe die Tageseinnahmen auf einem Blatt Papier gesehen und dann eine geringere Summe in der Computerabrechnung. Das Papier habe ich nicht mehr. Ich bin kein Augenzeuge, ich bin ein Geschichtenerzähler.«

Jane hörte die Verärgerung in seiner Stimme. »Sie sagen mir nicht alles. Sie haben irgendetwas getan.«

»Daß ich meinen Weggang plante, hatte einen Grund: Ich sollte etwas tun, was mich in Schwierigkeiten bringen konnte. Ich habe Abrechnungen unterschrieben, von denen ich wußte, daß sie gefälscht waren. Ich habe Einnahmen aus mir völlig unbekannten Tochterfirmen verbucht und an Investoren weitergeleitet, ohne sie dem Finanzamt zu melden. Ich habe mich aber nie hingesetzt und alles aufgeschrieben, ich bin einfach abgehauen. Ich glaube, die Polizei würde Beweise gegen die Eigentümer finden, aber auch welche gegen mich selbst. Wenn Sie wollen, lasse ich Sie in Bigfork aussteigen oder sonst irgendwas, aber ich kann nicht zur Polizei gehen.«

»Die Leute, für die Sie gearbeitet haben, glauben, Sie können.« Durch die Windschutzscheibe sah sie quergestellte Streifenwagen auf der Gegenfahrbahn stehen.

»Ich habe mir das auch schon tausendmal durch den Kopf gehen lassen. Die müssen annehmen, daß ich mehr gesehen habe als ich weiß, oder daß ich Beweisstücke mitgenommen habe oder weiß der Himmel was. Habe ich aber nicht. Ich würde trotzdem nicht in irgendeinem gut bewachten Haus landen. Ich ende im Gefängnis von Nevada, und dann heuern die einen Lebenslänglichen an, der mich umbringt.« Er hatte die Straßensperre hinter sich, und Jane spürte einen kleinen, stechenden Schmerz in der Brust.

Bevor sie nach Bigfork hineinkamen, bog Pete in eine schmalere Straße ein. Jane sagte: »Bis Creston sind es zwölf Kilometer. Da halten wir uns wieder rechts.« Sie drehte sich um und sah nach hinten auf die Straße. Einige Wagen fuhren geradeaus weiter nach Kalispell und Whitefish, und sie fragte sich, ob sie dort nicht sicherer aufgehoben wären. Immer wieder gabelte sich die Straße, und Jane konnte jedesmal nur raten. Vielleicht war das, was sich hinter ihr weiter und weiter entfernte, ihre letzte Chance, nach Hause zu kommen.

Zehn Minuten später waren sie an der Kreuzung in Creston, dann auf der 206, die in die grauen Berge führte. In Columbus Heights nahmen sie die US 2. Auch diese Straße stieg weiter an, in zahlreichen Kurven um Felsvorsprünge herum.

Die vor ihnen liegenden Städte waren zu klein, um sich dort zu verstecken: Hungry Horse, Martin City, Coram. Jane hatte jetzt dauernd die Karte auf den Knien. Anfangs hatte sie es für eine gute Idee gehalten, so in den Bergen unter lauter Touristen herumzufahren. Aber jetzt erschien ihr die Straße wie der Gang in einen Pferch: Erst sah die Öffnung aus wie der Weg ins Freie, aber die einmal getroffene Entscheidung war unwiderruflich. Die Wände waren für das Tier zu hoch, um darüber zu springen, und der Rückweg war ihm versperrt. Er konnte immer nur weiter, vorwärtsgeschoben von den Tieren hinter ihm. Und irgendwo da vorn wartete ein Mann mit einem Hammer in der Hand.

Die Verfolger konnten aus der Straßenkarte dasselbe ablesen wie Jane. Von dieser Route gingen nur zwei Straßen ab: zur Ostseite des Glacier National Park und dann weiter auf dem Chief Mountain Highway nördlich bis zur kanadischen Grenze oder aber an der Westseite des Nationalparks am Flathead River entlang nach Norden.

Sie sah sich die Karte genauer an. Die Route 486 endete an der Grenze zu Kanada. Es waren keine kleinen Flaggen eingezeichnet, die – anders als beim Chief Mountain Highway – einen Grenzübergang markiert hätten. Sie konnte es nicht riskieren, plötzlich in einer Sackgasse zu enden, vor irgendeinem Grenzzaun quer über der Straße. Sie drehte die Landkarte um und studierte den vergrößerten Kartenausschnitt auf der Rückseite.

Hier sah sie wieder, daß die Route 486 an der Grenze endete, auch die Zollkontrolle auf dem Chief Mountain Highway war eingezeichnet. Aber dieser Grenzübergang hatte einen kleingedruckten Zusatz: »Vom 15. September bis 1. März geschlossen.« Nach dem 15. September gab es hier also nur noch einen Weg nach Kanada.

Jane schaute Pete beim Fahren zu. Er schien ihren Blick zu spüren und wandte sich ihr zu. »Was ist?«

»Fahren Sie bei West Glacier in den Glacier National Park. Wenn Sie unterwegs einen Laden sehen, halten Sie an.«

»Wissen Sie jetzt, wie wir's machen?«

»Ich glaube, ich habe einen Notausgang gefunden, wenn Sie das meinen.«

»Was immer es ist, es gefällt mir besser als die Idee mit der Polizei.«

»Abwarten.«

Um fünf Uhr morgens hatte Linda das Haus so gründlich durchsucht, wie sie sich traute, während Carey in seinem Zimmer oben schlief. Hier unten lag offenbar nichts herum, das ihr mehr von Janes Plänen verraten hätte, als sie schon wußte.

Die Notizblöcke neben den Telefonapparaten enthielten keinerlei verwertbare Hinweise, und auch nach dem leichten Einschwärzen des obersten Blattes entdeckte Linda keine durchgedrückten Schriftzeichen. Überall, wo sie gesucht hatte, waren keine Waffen versteckt und keine Dokumente, die ihr Janes und Hatchers derzeitige Decknamen verraten hätten. Irgendwann hatte sie Angst, daß Carey aufwachen könnte und zog sich in ihr Gästezimmer zurück.

Sie sprach sich selbst Mut zu. Sie hatte nicht völlig versagt. Sie hatte Earl die Stadt genannt, und wenn er sie in Salmon Prairie einholte, dann war es egal, wie sie sich gerade nannten. Aber sie hatte sich nicht mit solcher Mühe bis in Janes Haus vorgekämpft, nur um dann vom Ehemann gleich wieder an die Luft gesetzt zu werden.

Bei dem Gedanken zog sich ihr die Kehle zusammen. Irgendwie war Carey für sie plötzlich der schwierigste Teil an diesem Job. Sie brauchte nur an ihn zu denken, und ihr wurde jetzt noch übel von der Demütigung. Sie hatte alles getan, um ihm zu zeigen, daß sie zu haben war. War er vielleicht so blöd, daß er so etwas nicht verstand? Aber nein, damit wollte sie nur ihren Stolz retten. Sie hatte ihm sogar eine Kostprobe des Angebots zu sehen gegeben.

Sie betrachtete sich im Spiegel über dem Frisiertisch. Das war alles so unfair. Dieser Körper war absolut vollkommen. Das Gesicht war unwiderstehlich. Wie konnte er dabei in sein Zimmer zurücktrotten und sich einschließen? Unmöglich, daß Jane schöner war als Linda.

Sie ging zum Telefon am Bett und zwang sich, klar zu denken. Sie schlug im Telefonbuch nach und wählte ein paar Nummern. Sie suchte sich die eines Restaurants mit einem so hochgestochenen Namen heraus, daß man dort sicher kein Frühstück servierte. Es läutete zwanzigmal, aber niemand hob ab. Sie notierte sich die Nummer und zog sich an.

Um halb sieben klopfte Carey leise an ihre Tür. Linda blieb noch einmal kurz vor dem Spiegel stehen, überprüfte Frisur und Make-up und machte die Tür auf.

»Guten Morgen«, sagte er. »Ich hoffe, ich störe nicht.«

Sie zeigte ihm ihr schönstes Lächeln. »Aber nein. Im Bett habe ich kein Abendkleid an.« Sie zwinkerte ihm zu. »Wie Sie wissen.«

Carey sah auf seine Uhr. »Es ist jetzt halb sieben ...«

Linda zog ihre Augenbrauen zu einer schmerzlichen Bitte um Entschuldigung zusammen. »Ich fürchte, ich habe schon wieder ein Problem, Carey.«

»Was ist passiert?«

»Ich rufe seit dreiviertel sechs diese Kfz-Stelle an, und da antwortet niemand. Stand da nicht dran, daß sie um sechs aufmacht?«

»Ich bin ziemlich sicher, es hieß sechs Uhr.« Sie sah ihm an, daß er scheinbar seine Besorgtheit vor ihr verbergen wollte, aber was er in Wahrheit versteckte, war Verärgerung. »Wann haben Sie es zuletzt versucht?«

»Vor einer Minute. Ich weiß, Sie müssen um sieben im Krankenhaus sein …«

»Probieren wir es noch einmal. Es gibt da sicher nur in dem Häuschen ein Telefon, und vielleicht ist gerade niemand im Büro.« Er betrat das Gästezimmer und hob den Hörer ab. »Haben Sie die Nummer?« Sie gab ihm den Notizzettel, auf den sie die Nummer geschrieben hatte, und er wählte. Er ließ es noch länger klingeln als sie vorher selbst und hängte schließlich ein. »Das muß nicht heißen, daß da noch geschlossen ist. Ich fahre Sie hin, und falls niemand da ist, können Sie sich im Krankenhaus ein Taxi rufen.«

»Darf ich einen anderen Vorschlag machen?«

»Sicher.«

»Um neun ist da doch sicher offen, nicht wahr?«

»Das vermute ich.«

»Dann wäre es mir am liebsten, wenn Sie jetzt einfach zur Arbeit fahren. Ich rufe mir dann um acht von hier aus ein Taxi. Und wenn wir uns beide täuschen und da noch immer geschlossen ist, dann bringt mich das Taxi nach Hause. Auf diese Weise muß Ihr erster Patient auf dem Operationstisch nicht auf Sie warten. Und das Schönste daran ist, daß ich nicht im Abendkleid in einer fremden Stadt herumirre. Niemand im Krankenhaus sieht mich in denselben Kleidern wie gestern abend, noch dazu mit einem verheirateten Mann, dessen Frau auf Reisen ist.«

Sie stellte fest, daß der gewünschte Effekt eintrat. Ihre Begründung enthielt eine Logik, der er sich nicht entziehen konnte, und erinnerte ihn sanft an das, was leicht hätte geschehen können. Er schien etwas verwirrt und zuckte die Achseln. »Entschuldigung. Das wird alles irgendwie reichlich kompliziert.« Er fingerte umständlich seine Schlüssel heraus und gab ihr einen. »Würden Sie netterweise absperren, wenn Sie gehen? Sie können den Schlüssel einfach durch den Briefschlitz in der Tür werfen.«

Sie nahm den Schlüssel. »Kein Problem.« Sie legte ihm die Hand auf den Arm. »Wenn, dann muß ich mich entschuldigen. Ich wollte Ihnen nicht solche Umstände machen.«

»Sie machen mir keine Umstände«, schwindelte er.

»Ich bin Ihnen so dankbar«, sagte sie. »Mehr als Sie wissen können.«

Vor so viel Dankbarkeit machte er einen Schritt zurück und ging zur Treppe. »Es wird spät für mich.«

»Oh, noch was, Carey.«

Er blieb stehen. »Ja?«

»Ich verspreche Ihnen, das ist der letzte Gefallen, um den ich Sie bitte: Könnten Sie mir vielleicht ein paar von Janes Sachen leihen, alte Jeans und einen Pulli oder etwas in der Art? Nur für den Heimweg.«

Er schien überrascht, dann lustlos nachgiebig, aber erwartungsgemäß wußte er nicht, wie er es ihr abschlagen sollte. »Natürlich«, sagte er. »Ich hatte es Ihnen ja schon gestern abend angeboten und dann völlig vergessen. Tut mir leid. Der Schrank mit ihren Sachen ist im großen Schlafzimmer. Nehmen Sie sich, was Sie brauchen.« Danach lief er die Treppe hinunter und zur Tür hinaus.

Um halb drei wählte Linda die Telefonnummer ihrer Hotelsuite, gab den zweistelligen Code ein und hörte den Anrufbeantworter ab. Das Band spulte sich zurück, es klickte einmal, und dann war Earls Stimme in der Leitung.

»Ich hab' sie in Salmon Prairie gesehen und bin ihnen bis Swan Lake nachgefahren. Ich hab' aus vierhundert Meter Entfernung einen durch das Restaurantfenster erledigt und fand mich schon ganz toll, aber dann sind doch beide mit ihrem Wagen weggefahren. Nach Norden. Vielleicht wollen sie nach Kanada. Lenny ist bei mir, und wir fahren ihnen jetzt nach. Sobald du rauskriegst, wo sie sind, dann sagst du es mir auf den Anrufbeantworter zu Hause. Sobald ich ihn abgehört habe, lösche ich die Nachricht von hier aus.« Sie hörte ein lautes Auflegen und danach einen Piepton. Linda hängte ein. Earl hatte nicht gesagt »falls du es rauskriegst«, er hatte »sobald« gesagt.

Linda spürte, wie ihr ein Schauer der Angst über den Rücken lief und dann wieder hinauf bis zu den Schultern. Die Kälte in seiner Stimme sagte ihr, daß er genau zu wissen glaubte, was Linda unternommen hatte, um den Aufenthalt in Salmon Prairie herauszufinden.

Der Gedanke machte ihr erst recht Angst. Earls Stimme auf dem Anrufbeantworter war eisig und unpersönlich, und das war ein sehr schlechtes Zeichen. Er nahm ihr etwas übel, und wenn Earl etwas übelnahm, mußte er es immer ausleben.

Sie war eindeutig in Schwierigkeiten. Sie hatte nicht getan, was er vermutete, aber er würde sie dafür bestrafen. Und jetzt, weil er noch mehr wissen wollte, schickte er sie schon wieder zu Carey und wußte gleichzeitig, daß er ihre Arbeit diesmal noch tiefer hassen würde als das letzte Mal. Er staute das richtig auf.

Das Telefon hatte seit Janes Anruf aus Salmon Prairie nicht mehr geklingelt. Carey wußte auch nichts Genaueres. Linda konnte ihn mit allen möglichen Tricks nach dem Aufenthaltsort seiner Frau fragen, er konnte ihr nichts verraten. Sie brauchte Zeit.

Das Beste war natürlich, in seiner Nähe zu bleiben, bei ihm einzuziehen, so daß sie das Telefon hörte, und dann würde er ihr alles sagen, nicht weil sie neugierig war, sondern aus eigenem Antrieb. Und der einzige Grund dafür war, daß er ihr mitteilen wollte, seine Frau sei immer noch weit weg und käme nicht plötzlich zu ihm und Linda hereingeplatzt. Um das zu schaffen, mußte Carey von sich aus den starken Wunsch verspüren, sie in der Nähe zu haben. Gestern abend hatte sie schon gemeint, ihn herumgekriegt zu haben. Er war nicht ganz so abenteuerlustig, wie sie erwartet hatte, aber er war zweifellos in Versuchung geraten.

Linda lag auf dem Bett und kitzelte aus ihrer Phantasie die Mittel und Wege heraus, die Careys Interesse an ihr wecken mußten. Die heraufbeschworenen Bilder waren für sie selbst bizarr anregend, weil sie regelrecht spürte, wie Earl sich über sie und Carey im Bett seine Gedanken machte und sich dadurch diese seltsame Mischung aus Eifersucht und Erregung verschaffte, die sie selbst maßlos aufreizend fand. Linda wußte im voraus, wie er sie bestrafen würde, weil sie sich seiner Strafe gern unterwarf.

Sie würde die großen, wäßrigen Tränen hervorpressen und mit kleinlauter Stimme sagen: »Und dann hat er das mit mir gemacht und dann das und das.« Und Earl, wie er nun mal war, würde sie zwingen, das Beschriebene mit ihm noch einmal zu machen. Sie hörte schon seine Stimme durch die zusammengebissenen Zähne flüstern: »So? War es das?« Und dann war sie außer sich vor Erregung, weil sie bei Earl nicht mit einem Mann zusammen war, sondern von einem Dämon besessen: ein Gefühl aus Schande und Schuld und gleichzeitig der Genuß dieser Macht und die Angst davor. Bei dieser Vorstellung gehörte unbedingt dazu, daß Earl sie erst bestrafte, nachdem er Carey getötet hatte. Am liebsten war ihr, er tat es mit einem Messer.

25

Als sie am Ortsschild von Hungry Horse vorbeikamen, sagte Jane: »Halten Sie die Augen nach einem Sportartikelgeschäft offen. Wenn wir hier nicht bekommen, was wir brauchen, dann fahren Sie nach Coram weiter. Wenn sie einen Laden mit Militärwaren sehen oder einen für diese Überlebenskursfanatiker, fahren Sie nicht dran vorbei.«

Sie entdeckten das Geschäft gleichzeitig, und es war sowohl das eine wie das andere. Das Schild war groß und grell, aber im Schaufenster gab es fast alles, sogar Skier und Schlitten. »Parken Sie nicht an der Straße«, sagte sie. Pete fand hinter dem Haus einen Platz zwischen zwei Lieferwagen, und sie gingen hinein. Jane nahm von allem zwei Exemplare: Kompasse, Feldflaschen, Schlafsäcke, wasserfeste Streichhölzer, Taschenlampen. Pete ging neben ihr und lud sich das alles mit besorgter Miene auf den Arm. Sie flüsterte ihm zu: »Sie wollten doch eine Alternative. Ohne das da haben wir keine.« Mit Sorgfalt wählte sie die Bekleidung: regenfeste Ponchos, Hosen aus olivgrünem Uniformtuch, Wollpullover, Bergstiefel, wollene Socken, lange Unterwäsche, M-65-Parkas, Handschuhe und Strickmützen. Danach wählte sie je zwei Zehnfach-Ferngläser, Sonnenbrillen und Schweizer Messer aus, schließlich Trockennahrung, einen Kochtopf und zwei ausreichend große Rucksäcke.

Dann ging sie zur Kasse, wo Pete bereits die Einkäufe gestapelt hatte. Zuletzt nahm sie noch einen Schaumlöscher mit, legte ihn oben auf die hochgetürmten Waren und bezahlte mit Bargeld.

Nachdem sie alles in den Wagen geschleppt hatten, sortierte Jane die Sachen und packte die beiden Rucksäcke, während Pete schon weiterfuhr. »In West Glacier gibt es sicher ein Infozentrum oder eine Ranger-Station. Halten Sie da an, aber stellen Sie den Wagen zwischen zwei Reisebussen ab oder irgendwo hinter dem Gebäude.«

»Ziemlich überzeugende Verkleidung«, sagte Pete. Hinter der Zuversicht in seiner Stimme hörte man seine Angst heraus.

»Das sind keine Verkleidungen, fürchte ich«, sagte sie.

»Nein?«

Sie blickte ihn selbstsicher an. »Genaugenommen nicht. Ich bin darauf gekommen, als ich mir die Karte ansah. Wir alle wachsen so auf, daß wir die Welt immer nur als ein Netz von Straßenlinien sehen, mit kleinen Punkten für die Städte an den Kreuzungen, und dazwischen sehen wir nichts. Diese Leute werden nicht aufhören, uns zu jagen, solange wir immer nur auf den Linien bleiben. Ab und zu müssen wir an einem dieser Punkte auch mal anhalten, und dann holen sie uns ein. Deshalb sehen wir die Karte ein paar Tage lang einmal mit anderen Augen.«

»Camping, hm? Und was hilft uns das?«

»Ich bin mir noch nicht sicher, also verspreche ich auch nichts. Ich vermute, daß sie uns mit Hilfe kommerzieller Datenbanken verfolgen, mit diesen Listen von Leuten, die eine Waffe oder einen Wagen kaufen oder ein Haus mieten. Ich habe alle zwei Tage eine andere Kreditkarte verwendet, und früher hat das auch immer gut geklappt. Jetzt plötzlich nicht mehr. Wenn ich telefonierte, dann nur von einem Münzapparat aus. Die Nummern der Apparate werden nicht wie sonst zur Anrufer-Identifizierung durchgegeben, also kann niemand sie abfangen und uns auf diese Weise ausfindig machen. Und falls sie herausgefunden haben, wo ich wohne, und mein Telefon angezapft haben: Ich habe nie gesagt, von wo ich telefoniere. Unsere Telefonrechnung kommt immer am Monatsende, die können sie also auch nicht einsehen. Ich habe keine Ahnung, was diese Kerle machen oder wie sie es machen. Und das macht mir Angst.«

»Könnten Sie uns nicht ganz einfach nachgefahren sein?«

»Vielleicht. Vielleicht waren die immer einen Gedanken schneller als ich, dachten sich genau aus, was ich als nächstes vorhabe, nahmen dann genau die richtige Straße und zeigten in Hotels und Restaurants Ihr Foto. Aber das ist kein sehr cleveres Vorgehen, wenn man den Gesuchten am Ende umbringen möchte. Vielleicht verfolgen sie den Wagen auch elektronisch.«

»Wie finden wir das heraus – nehmen wir ihn auseinander?«

»Wir schaffen ihn uns vom Hals.«

»Und woher kriegen wir hier draußen einen Ersatzwagen?«

Sie ließ ihn wieder ihr trauriges Lächeln sehen. »Es wird keinen geben. Ich hätte gern einen anderen Wagen, dann würde ich damit fahren, bis kein Profil mehr auf den Reifen ist. Aber das haben wir versucht, und dann tauchte der Scharfschütze auf. Ich würde mir gern eine blonde Perücke aufsetzen und damit ins nächste Flugzeug steigen. Aber wir wissen immer noch nicht, wie die uns verfolgen, und deshalb ist es ausgeschlossen, daß wir uns zu einer bestimmten Zeit an einem bestimmten Flugplatz aufhalten. Die sicherste Taktik, die mir einfällt, ist das Gegenteil davon: Wir gehen dahin, wo uns niemand sieht, wo es keine Fahrpläne gibt und keine Datenbank, die irgend jemand knacken kann. Es ist vielleicht keine großartige Idee, aber es ist eine Idee. Wir müssen in Bewegung bleiben.«

»In Bewegung wohin?«

Sie seufzte. »Ich glaube, wir müssen alles, was wir im Restaurant bei uns hatten, wegwerfen und über die Grenze gehen.«

»Nach Kanada?«

»Wenn die wirklich mit Datenbanken arbeiten, dann haben sie es auf der anderen Seite der Grenze womöglich nicht ganz so leicht. Die meisten dieser Datensammler arbeiten nur im Inland, nicht international. Und wenn sie an der

Grenze den Wagen unserer Verfolger durchsuchen, dann werden vielleicht sogar ihre Waffen gefunden. Es gibt sicher noch ein paar andere Vorteile, aber meines Wissens keine Nachteile.«

Die Straße in den Bergen wurde jetzt kurvenreicher, und Pete konzentrierte sich aufs Fahren. »Sollten wir den Wagen nicht besser irgendwo stehenlassen, um sie auf eine falsche Spur zu bringen?«

»Ich möchte sie nicht verwirren«, sagte sie. »Ich möchte, daß sie nicht mehr weiterwissen.«

»Wie kriegen wir das hin?«

»Heute ist der dreizehnte September. In zwei Tagen wird diese Straße den Winter über geschlossen. Wenn die Leute also bis übermorgen nicht hierher kommen, dann müssen sie umkehren. Wenn sie dann den verlassenen Wagen im Innern des Nationalparks finden, dann haben sie dieselben Alternativen, die wir hatten: den Chief Mountain Highway bis zur Grenze, wo sie feststecken, weil der Übergang ebenfalls am fünfzehnten geschlossen wird; nach Osten bis zur nächsten Abzweigung an der Piegan-Conway-Kreuzung; oder auf dieser Straße den ganzen Weg zurück bis Whitefish und ab da die Route 93 nach Norden. In jedem Fall sind wir irgendwo dazwischen, gut fünfzig Kilometer von ihnen entfernt und ohne Straßenverbindung zu uns.«

»Und dann?«

»Und dann kommen wir in Kanada aus dem Wald und bezahlen jemanden, damit er uns zu irgendeinem Bus bringt. Ich steige in kein Flugzeug mehr, solange ich nicht weiß, ob die vielleicht sogar das Reservierungssystem angezapft haben.«

Hinter West Glacier waren sie im Nationalpark, kauften sich in der Ranger-Station eine Wanderkarte und reihten sich in die Wagenschlange auf der Going-to-the-Sun-Road ein. Sie kamen nur langsam vorwärts, denn die Straße hatte nur zwei Fahrspuren und einen Belag noch aus der Zeit der Großen Depression, mit steilen Felswänden rechts und dem Lake McDonald links. An jeder Ausweichstelle hielten immer wieder einige Fahrer an, machten ihre Fotos und bestaunten den eiskalten, glasklaren See und die ihn umgebenden Wälder. Pete sagte gutgelaunt: »Sieht so aus, als bräuchten wir die Winterausrüstung gar nicht. Das Wetter ist freundlich.«

Sie drehte sich auf ihrem Sitz zu ihm hin und sah ihn an. »Ich fürchte, ich hätte Sie das schon eher fragen müssen. Waren Sie jemals längere Zeit draußen in den Wäldern?«

Er schob die Lippen vor. »Lassen Sie mich nachdenken. Unter einem Wald verstehen Sie doch so eine Gruppe von Bäumen am Rand eines Golfplatzes, oder? Ich will sagen, das ist hier doch ein Park, oder nicht?«

»Ich bin froh, daß ich Sie nicht gefragt habe. Hier ist es sonnig und über zwanzig Grad warm. Wir sind auf tausend Meter Meereshöhe, und es ist drei Uhr nachmittag. In einer Stunde oder so sind wir auf einer Höhe von zweitausenddreihundert Metern. Alle fünfhundert Meter geht die Temperatur um gut vier Grad zurück. Da oben sind es dann vielleicht noch zehn Grad. Um sechs Uhr zwanzig geht die Sonne unter. Aber die Zeit stimmt nur am Meer, wo sie malerisch unter den Horizont sinkt, ohne Berge dazwischen, die lange Schatten werfen. Außerdem ist es windig da oben. Die zehn Grad kommen einem dann eher vor wie der Gefrierpunkt.« Er zog die Augenbrauen zusammen. »Null Grad? Und Sie sind sicher, daß das große Teddybär-Picknick heute ist?«

Sie starrte ihn sekundenlang an, dann mußte sie lachen. »Sie sind nicht bei Trost.«

»Wissen Sie was?«

»Was?«

»Egal, was ich nach dieser Geschichte noch erlebe, es wird nirgends mehr so aufregend wie hier.«

»Ich würde an Ihrer Stelle nicht so schnell aufgeben.«

»Ich weiß, es hört sich idiotisch an«, gab er zu. »Ich denke schon seit ein paar Tagen darüber nach, und ich frage mich, ob ich noch ganz richtig bin im Kopf. Wenn ich es Ihnen einfach so gesagt hätte, dann hätten Sie sicher gedacht, ich sei zu albern, um wirklich Angst zu haben. Aber ich habe die ganze Zeit Angst. Wenn die mich finden und umbringen, dann gibt es einen kurzen Schmerz und dann nichts mehr. Wenn nicht, werde ich mich bemühen, ein ruhiges Leben zu führen. Aber jetzt ist jeder Augenblick so voller Möglichkeiten, die ich früher gar nicht beachtet hatte. Ich wollte noch nie so sehr am Leben bleiben wie jetzt.«

Jane hatte das Problem nicht kommen sehen. Es war nicht die verführerische Chance, sich kurz mit Pete zu vergnügen. Die Situation selbst war das Vergnügen, und sie spürte dieselbe Leichtigkeit und Lebensfreude wie er. Ihre Verfolger waren die besten, die sie je erlebt hatte, und Pete Hatcher war ihr letzter Kunde, und nach diesem Augenblick der Wahrheit würde sie entweder sterben oder sich in einem ruhigen Leben einrichten, gleichbleibend wie das Glühen einer Zündflamme. Wenn danach noch das Böse in ihre Nähe kam, dann in unklarer Gestalt, als Gehässigkeit oder Hochmut oder Eifersucht, als etwas, das sich unauffällig heranschlich und ihr keine klare, direkte Gegenwehr erlaubte. Das hier war Janes letzter Lotsendienst.

Sie behielt die Straße im Auge und erkannte schon von weitem den Loop. Das war die einzige Haarnadelkurve auf diesem Highway, ein Umweg von zwölf Kilometern, der erst am McDonald River entlang führte und dann noch einmal dieselbe Strecke zurück unterhalb des Mount Cannon. »Wir sind gleich da«, sagte sie. »Falls Sie aussteigen wollen, dann sagen Sie es jetzt.«

»Ich habe es Ihnen schon gesagt«, antwortete er. »Ich möchte am Leben bleiben.«

Dann war er in der Kurve, und die Straße stieg weiter an und führte immer höher hinauf in die Berge. Beim Besucherzentrum am Logan Pass fuhr er auf den Parkplatz und hielt an. Jane sagte: »Parken Sie bei den Müllcontainern und warten Sie auf mich.«

Sie machte den Kofferraum auf und durchsuchte ein letztes Mal ihr Gepäck. Sie nahm Petes Revolver und steckte ihn in seinen Rucksack, die Munition zur besseren Gewichtsverteilung in ihren eigenen. Auch das Geld verteilte sie auf die beiden Rucksäcke, machte sie fest zu, warf die Koffer in die Container und versteckte sie unter dem Müll.

Mit ihrem Schweizer Messer schraubte Jane die Montana-Nummernschilder ab und ersetzte sie durch die Colorado-

Nummer eines Wagens, der in der Nähe parkte. Dann stieg sie ein, stellte den Wagen so weit weg von der Straße ab, wie es nur ging, reichte Pete seinen Rucksack, den eingerollten Schlafsack und die Feldflasche. Zuletzt sprühte sie das Wageninnere mit dem Feuerlöscher ein, warf ihn vor dem Rücksitz auf den Boden, ließ die Zündschlüssel stecken und stieg aus.

»Wozu war das denn?« fragte Pete.

»Der Schaum ist nichts anderes als Kohlenstoffdioxid. Nach einer Weile ist er nicht mehr da, und die Fingerabdrücke auch nicht. Wenn jemand das Nummernschild überprüft, hat er ein Problem, weil der Wagen nicht in Colorado angemeldet ist. Wenn er ihn dann erst in anderen Staaten suchen muß, gewinnen wir wieder etwas Zeit.«

»Aber warum haben Sie die Zündschlüssel steckenlassen?«

»Bei einer Million Touristen ist mit Glück auch mal ein Autoknacker dabei. Die machen doch sicher auch mal Urlaub in den Bergen.« Sie gab ihm ihre Feldflasche. »Ich habe das Recht auf einen letzten Telefonanruf. Füllen Sie solange beide voll, da drüben an dem Wasserhahn.«

Sie ging zum letzten Apparat in der Reihe der Münzfernsprecher, warf einen Vierteldollar ein, wählte Careys persönliche Büronummer im Krankenhaus, wartete auf die Ansage der Vermittlung und warf dann zusätzlich die geforderten Münzen ein. Geldstücke in Hosentaschen machten nur Lärm, und ab jetzt mußte sie nicht mehr telefonieren. Sie hatte keine Garantie, daß ihre Verfolger nicht auch an die Listen der Telefongesellschaft herankamen.

»Hallo.«

»Ich liebe dich«, sagte sie.

»Was?«

Sie mußte lachen. »Ich sagte: Ich liebe dich. Ich hoffe wenigstens, daß du es bist, oder ich habe mich gerade absolut idiotisch benommen einem Fremden gegenüber.«

»Nein«, sagte er. »Nicht absolut. Kannst du reden?«

Sie sah sich um, ob jemand in ihrer Nähe war. »Ich habe nicht viel Zeit, aber sicher mehr, als du hast.«

»Schön für dich«, sagte er. »Und? Macht es Spaß?«

»Nicht sehr«, sagte sie und schwieg. Konnte sie ihm erzählen, was sie nur einige Stunden vorher gesehen hatte? Wie eine Gewehrkugel sich in den Kopf eines Mannes bohrte, nur weil er wie Pete Hatcher aussah? Nein, erst wenn sie ihm gleichzeitig sagen konnte, daß alles vorüber war. »Wir sind nicht überm Berg. Ganz wörtlich. Ich kann dich jetzt ein paar Tage nicht anrufen. Wir gehen zu Fuß, und hier in den Wäldern kommen wir kaum an einer Telefonzelle vorbei.«

Sie hörte seinen tiefen Atem am anderen Ende der Leitung, dann: »Warum zu Fuß?«

»Es ist sicherer so. Ich erzähle dir alles, unerträglich detailliert, wenn ich wieder zu Haus bin.«

»Das wollte ich gerade fragen«, sagte er. »Kannst du mir denn schon sagen, wann das sein wird?«

»Wir haben ungefähr dreißig Kilometer zu gehen. Sagen wir mal, zwei oder drei Tage bis dahin und dann noch zwei Wochen, um es zum Abschluß zu bringen. Dann bin ich wieder zu Hause.«

»Wieso brauchst du für so etwas zwei Wochen?«

Sie seufzte. »Weil ich das nie, nie wieder tun möchte. Wenn ich das hier richtig mache, ist es damit vorbei.«

Sie mußte lange auf seine Antwort warten. Schließlich sagte er: »Ich verstehe«, als ob er gar nichts verstanden hätte. »Ich möchte nur, daß du mir etwas versprichst.«

»Was?«

»Bevor du in ein Flugzeug steigst, ruf' mich an. Ich möchte dich abholen.«

»Ich komme wahrscheinlich lange vorher an ein Telefon.«

»Ich weiß, aber das ist etwas anderes. Versprochen?«

»Klar«, sagte sie. Sie hatte sich selbst Lügen ausgedacht, seit sie erwachsen war, und spürte, wenn jemand anderer etwas verbarg. Wenn aber Carey wirklich eine Überraschung für sie plante, dann war es besser, sich jetzt dumm zu stellen und sein Vorhaben nicht zu vereiteln. »Versprochen.«

»Gut. Brauchst du irgendwas? Geld vielleicht?«

»Nein, danke«, sagte sie. »Ich muß wieder los. Ich liebe dich.«

»Ich dich auch.«

»Bis dann.«

Sie hängten ein. Im Weggehen schickte sie ihm einen heimlichen Wunsch über die Berge hinweg: Laß die Überraschung Champagner und Blumen sein, und nicht, daß ich unser Badezimmer renovieren muß. Aber dann fühlte sie sich schuldig und beinahe unwürdig. Der Mann, den sie liebte, mit dem sie ihr Leben verbringen wollte, plante eine Überraschung für sie. Was es auch immer sein mochte, sie nahm sich vor, zu lächeln und ihn zu umarmen und zu küssen, als hinge ihr ganzes künftiges Glück davon ab. Sie wußte, es hing davon ab.

Pete saß wartend auf den Stufen am Eingang, die zwei gefüllten Feldflaschen in der Hand. Sie schnallte jede an einem Rucksack fest.

»Ich dachte immer, man trägt so etwas am Gürtel«, sagte er.

»Soldaten müssen sich damit abfinden, daß ihnen ein halber Liter Wasser dauernd auf den Hintern schlägt, aber wir nicht«, sagte sie. »Und wir können, anders als sie, auch mal anhalten und den Rucksack abstellen, ohne daß uns gleich einer erschießt.«

»Hoffentlich«, sagte er.

Sie ging über den Vorplatz und blieb am Straßenrand stehen. »Spüren Sie schon den Unterschied?«

»Welchen Unterschied?«

»Wir haben gerade die Wasserscheide überquert. Wenn Sie ihre Feldflasche hier ausschütten, fließt das Wasser nicht mehr in den Pazifik, sondern in den Mississippi.«

»Ich werde aufpassen, daß ich die Dämme nicht beschädige.«

In der Verkehrsflut ergab sich eine Lücke, und sie gingen schnell auf die andere Straßenseite. Pete bemerkte ein Holzschild, auf dem nichts weiter stand als »Gratweg« und ein Pfeil nach Norden. »Wie lang ist dieser Wanderweg eigentlich?«

Jane marschierte bereits über den weichen, welligen Boden, unter den Ulmen und Zedern hindurch. Das zwang Pete zu einem ersten Schritt vom Asphalt herunter, er mußte sich beeilen, um sie einzuholen, und dann liefen sie bereits auf dem Weg und die Entscheidung war bereits gefallen. »Wie lang?« – »Lang.«

»Was heißt das in Kilometern für eine Frau wie Sie?«

»Auf der Karte sieht es nach dreißig Kilometern Luftlinie aus, vielleicht vierzig, fünfzig, wenn man alle geraden Abschnitte zusammenzählt. Aber der Kartenmaßstab ist zu klein, als daß er sämtliche Kurven und Windungen verzeichnen könnte, und so etwas haben Wanderwege in der Wildnis nun mal an sich. Außerdem fehlt die dritte Dimension, und ich weiß nicht genau, wie steil es wird. Da kommen einem siebzig Kilometer wie dreihundert vor.«

»Kann ich Ihnen ein paar Fragen stellen?«

»Hier hört uns niemand, und Reden macht den Weg kürzer.«

»Was ist, wenn die den Wagen finden?«

»Dann müssen sie nachdenken und raten. Wenn sie glauben, daß wir den Wagen gewechselt haben, dann fahren sie auf der Stelle weiter und versuchen, uns einzuholen und den neuen Wagen zu identifizieren. Wenn sie glauben, wir haben ihn stehenlassen und sind rauf in die Berge, dann müssen sie erraten, welchen Weg wir genommen haben. Nach Kanada im Norden zweigt da vorne ein ganzes Dutzend Wege ab, und sie sind bald sehr weit voneinander entfernt. Aber vermutlich denken sie, wir haben den Wagen nur deshalb stehenlassen, damit es so aussieht, als gingen wir nach Norden, während wir in Wirklichkeit in einer ganz anderen Himmelsrichtung unterwegs sind, wo alle Wege irgendwann auf irgendeine Straße stoßen.«

»Und was ist, wenn sie sich nicht reinlegen lassen, wenn sie überzeugt sind, daß wir nach Kanada gehen, und dann noch zufällig den richtigen Weg finden?«

»Dann müssen sie eine andere Entscheidung treffen: Sie müssen entweder raten, wo wir in Kanada herauskommen, mit dem Wagen hinfahren und warten, oder sie kommen auf dem Weg hinter uns her.« – »Genau das gefällt mir nicht: einer hinter uns mit einem Gewehr.«

»Aber selbst wenn sie so vorgehen, müssen sie wählen. Wir tragen ungefähr so viel Gepäck, wie ein erfahrener Bergwanderer auf einen Tagesausflug mitnimmt. Wenn er schlau ist, dann weiß er nämlich, daß er den Rückweg möglicherweise nicht vor Einbruch der Dunkelheit schafft und eine Nacht im Freien verbringen muß. Die Verfolger können nun, um schneller zu sein, mit leichterem Gepäck losgehen, oder sie schleppen Zelte mit und feste Kleidung und Essen und Wasser für eine Woche. Wenn sie aber mit leichterem Gepäck als wir losmarschieren, dann müssen sie vielleicht irgendwann umkehren und die Sache aufgeben. Und wenn sie das ganze Zeug mit sich herumschleppen, dann werden sie sich schwertun, uns einzuholen.«

»Noch dazu mit all diesen Gewehren.«

Sie lachte. »Die wollte ich nicht auch noch erwähnen.« Sie sah ihn im Weitergehen kurz an. Er wirkte gefaßt. »Aber Sie haben recht. Ein gutes Scharfschützengewehr hat sein Gewicht, fünf bis acht Kilo mit dem Zielfernrohr. Auch die Munition ist schwer, und der Kerl wird nicht knauserig damit umgehen. Die Patronen werden üblicherweise für das Militär hergestellt, das heißt, sie haben 7,62 Millimeter Durchmesser und 50 Millimeter Länge. Dann kommt noch irgendeine Handfeuerwaffe dazu und die Munition dafür. Ich schätze, das macht zusammen zusätzlich zehn Kilo Metall, ein Gewicht, das wir nicht tragen müssen.«

»Vielleicht wünschen wir uns noch, wir hätten es auch.«

»Ich glaube nicht, denn wenn einer wirklich dieses Extragewicht zu schleppen hat, dann holt er uns vermutlich nicht ein. Auf der Flucht läßt man am besten möglichst viele Weggabelungen hinter sich. Bei jeder hat man dann eine Fünfzig-Prozent-Chance, den Verfolger abzuschütteln. Die nächste Gabelung: wieder fünfzig Prozent. Wir haben ihm schon jetzt eine Menge solcher Verzweigungen in den Weg gelegt. Und solange wir ihm ein Stück voraus bleiben, hilft es ihm nicht einmal viel, wenn er jedesmal den richtigen Weg errät.«

Sie beobachtete ihn beim Gehen. Er war groß und kräftig und sicher in ziemlich guter körperlicher Verfassung, gerade das hatten wohl die Frauen in Nevada so attraktiv an ihm gefunden. »Wie fühlen Sie sich?«

»Ängstlich.«

»Bin ich auch. Ist Ihnen ein bißchen leicht im Kopf oder schwindlig, oder ist Ihnen schlecht?«

»Nicht mehr als sonst in der letzten Zeit. Warum?«

»Dann leiden Sie nicht unter der Höhenkrankheit. Das dachte ich mir übrigens, nach Ihren drei Monaten in Denver. Und die Muskeln, schön warm und locker?«

»Sprechen wir nicht davon«, sagte er.

»Tut mir leid«, sagte Jane. »Aber wir haben noch knapp zwei Stunden Tageslicht, und ich hätte dann gern die erste Abzweigung auf diesem Weg hinter uns.« Sie legte ein nicht zu schnelles Lauftempo vor, und bei jedem Schritt gab der Rucksack ein klapperndes Geräusch von sich. Pete machte das Tempo mit, nur war das Klappern bei ihm lauter. Als Jane spürte, wie sie zu schwitzen begann, vergrößerte sie ihre Schrittlänge und behielt gleichzeitig den Weg im Blick, die Felsbrocken, Baumwurzeln und Vertiefungen.

Er sagte: »Das hört sich an wie zwei Skelette auf einem Blechdach.«

»Der Lärm ist gut«, sagte sie.

»Wirklich?«

»Bären mögen keine Überraschungen.«

26

Während seiner Visite auf der Station dachte Carey immer wieder an Jane. Hier war noch Sommer, aber in den Rocky Mountains wurde es jetzt schon kalt. Sie hatte sich unbeschwert, erfolgssicher angehört, allerdings wußte er auch, daß sie ihn nicht angerufen hätte, wenn sie sich dieses Eindrucks nicht sicher gewesen wäre. Ein ganzes Jahrzehnt hatte sie ihn über ihre Tätigkeit belogen, und er hatte nie einen Verdacht geschöpft. Aber diesen Gedankengang verfolgte er lieber nicht weiter. Sie brachte jetzt ihren Kunden irgendwohin, und danach kam sie nach Hause zurück.

Er ging aus Mr. Cadwalladers Büro hinaus und durch den Gang zur Stationszentrale, um dort seine Notizen einzutragen. Er war mit sich zufrieden. Cadwallader konnte morgen mittag problemlos seine Runde machen und übermorgen heimgehen. Als er gerade die Krankenberichte aus dem Hänger nahm, tippte ihm Nancy Prelsky auf die Schulter. »Telefon für Sie, Herr Doktor.«

»Was?« Er blickte hoch. »Oh, danke.«

Er nahm den Apparat entgegen und glaubte, es sei Joy aus seinem Büro.

»Dr. McKinnon.«

»Hallo, Carey.« Er fuhr zusammen, als er diese Stimme hörte. Wie konnte Susan Haynes wissen, wo man ihn erreichte? Die Telefonzentrale hatte ihn ausfindig gemacht und sie mit ihm verbunden. Er konnte nur hoffen, daß die Telefonistin das getan hatte, weil ruhiger Abendbetrieb war, und nicht etwa, weil Susan behauptet hatte, es handle sich um einen Notfall.

»Hallo«, sagte Carey. »Hören Sie, ich möchte nicht unhöflich sein, aber hat man Ihnen nicht gesagt, daß ich jetzt im Dienst bin? Das hier ist das Telefon einer Station mit ein paar wirklich kranken Menschen.«

»Entschuldigen Sie bitte, daß ich Sie mitten in der Arbeit anrufe. Ich will es kurz machen. Nach dem Fiasko von gestern abend würde ich gern noch mal von vorn anfangen und Sie und Ihre Frau zu einem Abendessen mit ein paar Freunden einladen. Wir sind ungefähr zwölf Leute, und das verlangt eine gewisse Terminabstimmung.«

Er zuckte zusammen. Ihm waren derartige Einladungen zuwider, und der Gedanke, daß diese Frau einen Chirurgen während der Visite wegen so etwas anrufen konnte, erschreckte ihn zutiefst.

»Ich finde, über eine solche Sache sollten wir ein andermal reden. Hinterlassen Sie doch Ihre Nummer auf meinem Anrufbeantworter, und ich rufe Sie morgen mal an.«

»Bitte. Sie müssen mir die Chance geben, mich zu bedanken, und das macht man nun mal so. Können Sie mir sagen, wann Jane wieder da ist?«

»Ich fürchte, ich weiß es nicht.«

»Sie wissen es nicht? Wieso in aller Welt wissen Sie es nicht?«

»Ich weiß es einfach nicht.«

»Ich will Sie ja nicht drängen, aber so ein Abendessen läßt sich nur mit einer gewissen Planung arrangieren. Könnten Sie sie bitte anrufen und fragen?«

Er ertappte sich dabei, daß er über die Schulter sah, ob Nancy noch in Hörweite war. Er sah eine Signallampe aufleuchten, die ihm sagte, daß sich in Zimmer 469 eine intravenöse Sonde gelockert hatte. »Ich kann sie nicht anrufen. Sie ruft mich an, wenn sie kann – in zwei, drei Tagen vielleicht.«

»In zwei, drei Tagen? Wo ist sie eigentlich – im Gefängnis?«

Er nahm seine Geduld zusammen, spürte aber, daß er langsam ärgerlich wurde. »Sie ist auf einer Wanderung in den Bergen, und der Ort, wo sie hin will, ist ungefähr dreißig Kilometer entfernt, Luftlinie. Und da sie keine Flügel hat, braucht sie eben so lange, bis sie wieder zu einem Telefon kommt, dann ruft sie an. Und dann werde ich hoffentlich nicht vergessen, sie zu fragen. Das ist wirklich alles, was ich für Sie tun kann.«

»Faires Angebot«, sagte Susan. »Ich lasse Sie in Ruhe. Es tut mir leid, daß ich so eine Plage bin, aber ich möchte das alles gern wiedergutmachen, und ich sage Ihnen gleich: Ein Nein von Ihnen kommt nicht in Frage.«

Sobald sie wieder das Freizeichen hatte, gab Linda die nächste Telefonnummer ein. Sie hätte ihn gern zu einem einzigen Anruf an Jane verleitet, statt immer nur auf Janes Anrufe zu warten. Wäre er damit einverstanden gewesen, so hätte er sie sicher von zu Hause angerufen. Er hielt seine Arbeit für viel zu wichtig, um so etwas vom Krankenhaus aus zu tun. Dann hätte Linda die Zifferntöne mit ihrem Diktiergerät aufnehmen können, genau wie in Hatchers Wohnung in Denver. Aber ihr Plan war nicht aufgegangen. Jane hatte Hatcher noch nicht in sein definitives Versteck gebracht und Carey keine Telefonnummer gegeben, wo er sie erreichen konnte. Aber was Carey Linda gegeben hatte, war viel mehr: eine Information, die frisch war und nur schwer zu bekommen, was bewies, daß Linda unschlagbar war. Während das Telefon am anderen Ende läutete, spielte sie in Gedanken die reizvollen Formulierungen durch, die bei Earl die erhoffte Wirkung auslösen sollten. Als die Telefonzentrale endlich antwortete, erstickte Linda fast an ihrem eigenen emotionalen Überdruck. Sie gab die Zimmernummer an, und ihre Stimme war nur noch ein kleiner, tapferer Seufzer.

Earl saß in Lennys Hotelzimmer in Kalispell und wartete. Er hob das britische Wintergewehr aus dem schaumgummigepolsterten Transportkasten, nahm es auseinander und reinigte und ölte alle Einzelteile. Liebevoll fuhr er mit den Fingerspitzen über den vorderen Kunststoffgriff, dann löste er die Kreuzschrauben am Schloß, um wieder einmal Spiel und Druckpunkt des Abzugs neu einzustellen.

Auf dem Hügel hatte er mit dem aufgelegten Gewehr aus vierhundert Metern Entfernung durch die Scheibe hindurch dem Kerl ein Loch in die Schläfe geschossen. Hätte er ihn wieder aufrichten und noch ein paarmal schießen können, so hätte er die nächsten Treffer nur zwei Zentimeter neben dem ersten angebracht. Er hatte sich gedacht, es reichte Jane wohl, wenn aus dem Kopf ihres Kunden plötzlich Blut über den Frühstückstisch spritzte, und hatte in der Menge nicht weiter mit dem Fadenkreuz nach ihr gesucht. Mit ihr hatte er etwas Komplizierteres und Bedeutenderes vor.

Das Gewehr besaß eine klare, unzweideutige Perfektion. Was ihn zum Kauf verführt hatte, war die reine Schönheit des Geräts, der Nylonkolben, der sich an der Wange weich und seidig anfühlte, der matt schimmernde Lauf und das scharfe, tonlose Bild im Zielfernrohr. Er hatte den Wagen auf dem Parkplatz entdeckt, den Mann mit hellem, gewelltem Haar im Fenster gesehen, und dann hatte er ihn sich geholt und ausgeschaltet.

Earl mußte die Bestätigung des Treffers gar nicht abwarten, denn die Waffe war fehlerlos. Er hatte den Abzug mit einem Druck von anderthalb Kilo durchgezogen, und der Mann da unten war ohne jeden Zweifel tot. Erst nach dem Rückstoß an der Schulter und als das Restaurant wieder im Zielfernrohr lag, hatte er bemerkt, daß irgendetwas schiefgegangen war. Er hatte einen Aufruhr im Lokal erwartet, Menschen, die aufspringen und durcheinanderrennen und dabei alles mögliche umwerfen – den Anblick kannte er. Daß die andere dunkelhaarige Frau kurz im Visier auftauchte, hatte ihm noch nicht zu denken gegeben. Erst als er mit dem Wagen von dem Hügel herunterkam, sah er plötzlich den Wagen wegfahren, den er seit Salmon Prairie verfolgt hatte.

Er drückte den gerändelten Hebel an der linken Magazinseite nach vorn, schob den Schlagbolzen heraus und legte ihn zu den Kreuzschrauben auf den Tisch. Jedes Einzelteil dieses Militärgewehrs, das gewichtige, elegante, unzerstörbar stählerne Material, die absolute präzise Verarbeitung – all das zeigte ihm, daß das Gewehr besser war als er. Diesmal war es nicht irgendein Polizist gewesen, der ihm blind vor die Mündung stolperte. Diesmal war es seine übertriebene Sicherheit, mit diesem Gewehr unbesiegbar zu sein, und seine unbezwingbare Lust, die Waffe nun auch einzusetzen. Und so hatte er wie ein kleines Kind reagiert und dem Mann den Kopf weggeblasen, weil in seiner überhitzten Vorstellung etwas, das ihm auf einem Wildwechsel entgegenkam, nur ein Wild sein konnte. Menschen waren überhaupt mindere Ware im Vergleich zu einem Präzisionsgewehr.

Als das Telefon läutete, sah er, daß es vier Uhr nachmittags war, also sechs Uhr in Buffalo. Ehrfürchtig legte er das Gewehr aufs Bett und hob ab: »Ja?«

»Schatz?« So hatte sie ihn bisher höchstens zweimal genannt. Ihre Stimme war feucht und verschluckte sich, als hätte sie geweint.

»Ja«, sagte er.

»Sie sind oben in den Bergen, auf einem Wanderweg. Sie müssen dreißig Kilometer laufen, in Luftlinie gemessen, und sie brauchen zwei oder drei Tage dafür. Während der Zeit haben sie kein Telefon in ihrer Nähe.«

»Moment«, sagte er. Er warf einen Blick auf die Landkarte. Er riß ein Blatt vom Notizblock ab, um damit dreißig Kilometer am Maßstab abzumessen, und zog dann einen Kreis um Swan Lake. »Das kann nicht dreißig Kilometer von da weg sein, wo ich sie zuletzt gesehen habe. Da gibt es nichts, wohin sie nicht in einer halben Stunde mit dem Auto hinkämen.«

»Vielleicht irgendetwas, wo sie sich sicher fühlen? Oder ein Privatflugplatz oder so was?«

»Ich sehe überhaupt nichts hier. Kanada vielleicht.« Er fuhr mit dem Finger die zurückgelegte Strecke nach: Missoula, Salmon Prairie, Swan Lake, immer Richtung Norden. Aber was, wenn sie in Bigfork nicht links nach Kalispell abgebogen waren wie er, sondern rechts? Er nahm wieder sein Stück Papier und zog langsam einen Kreis um einen Punkt an der Nordgrenze von Montana. »Glacier«, sagte er.

»Was?«

»Sie könnten jetzt im Glacier National Park sein. Es gibt nur eine richtige Straße da durch, und die hat auf halbem Weg eine Haarnadelkurve, ungefähr dreißig Kilometer von der Grenze weg.« Er hielt sich die Karte näher vor die Augen. »Logan Pass.« Er stieß den Daumennagel in die Karte und hinterließ eine halbmondförmige Markierung, um die Stelle wiederzufinden.

»Ich muß wieder aufhören«, sagte sie, leise und flüsternd wie ein kleines Kind.

»Du meinst, er ist da?«

»Er ist gerade eingeschlafen.«

»Gut.« Das war das Äußerste, was Earl als freundliche Bemerkung zustande brachte. Aber seine Erleichterung galt ihm selbst, weil er jetzt nicht den Rest der Nacht mit dem Gedanken an Linda verbringen mußte, wie sie hingegossen bei diesem unbekannten Fremden lag und er wieder und wieder in sie eindrang.

Er hörte ein leises Schluchzen, aber Linda schniefte kurz ein und ließ es nicht hochkommen. Sie sagte: »Er hat sich völlig verausgabt – mit mir.« Da kam das kleine Schluchzen wieder.

Earl blieb bewegungslos stehen, während der Hörer krachend auf den Boden fiel, aber immer noch konnte er Lindas Weinen hören. Er spürte, wie ihm das Blut in die Augen schoß. »Er ist Arzt, weißt du. Er kennt alles an einem Frauenkörper, die Nerven und solche Stellen. Er macht mich so an, daß ich mich nicht mehr beherrschen kann, und dann läßt er mich da hängen, und ich darf nicht aufhören damit.«

Earl schloß fest beide Augen. Er wollte nichts mehr hören. »Das reicht«, sagte er, »das Ganze ist bald vorbei.«

»Vor zehn Minuten habe ich ihn angebettelt ...«

»Schluß jetzt.« Seine Stimme klang hart und trocken. Am liebsten hätte er ihr gesagt, sie sollte ihm im Schlaf einen Schreinernagel in die Brust schlagen und einfach weggehen. Er wollte es sagen, aber er konnte nicht. Jetzt noch nicht. »Du wirst es schaffen. Wenn ich die zwei habe, rufe ich dich in der nächsten Minute dort an.« Neben dem Fragebogen zum Hotelservice fand er einen Kugelschreiber. »Wie ist die Nummer?« Linda las sie vom Apparat ab. »Aber wenn du hier anrufst, verschreckst du ihn bloß. Besser, du sprichst mir was auf den Anrufbeantworter zu Hause oder in der Wohnung, die ich hier gemietet habe.«

»In Ordnung«, sagte er, schrieb die Nummer aber trotzdem auf. »Ich ruf' dich an.« Seine Schrift war ein Gekritzel, das er beinahe selbst nicht mehr lesen konnte. Seine fürchterliche Eifersucht auf McKinnon vermischte sich seltsam mit der Wut auf Pete Hatcher, der ihn in diese blöde Situation gebracht hatte. Linda ekelte ihn an, weil sie eine Frau war, ein Lebewesen, das nur eine Methode hatte, um aus einem Mann etwas herauszuholen, aber ihre Waffen nach Belieben einsetzen konnte, denn kein Mann schlug je ein solches Angebot aus. Er fühlte sich beschämt und gedemütigt, weil ihm nichts Besseres eingefallen war, um Pete Hatcher zu finden: Er selbst hatte sie praktisch zur Hure gemacht.

Er dachte wieder an den Schuß in Swan Lake und hätte sich am liebsten den Finger abgebissen. Linda hatte alles eingesetzt, um ihm diesen Treffer zu ermöglichen, und er hatte es verdorben. Und dann kam ihm der Gedanke, wie ein tief in seinem Innern vorüberhuschender Schatten, Linda fühlte sich womöglich nicht ganz so elend, wie sie ihm vormachte. Er schob diese Gedanken schnell von sich. »Denk einfach nur dran, was mit ihm passiert, sobald ich Hatcher habe. Du machst die Arbeit mit dem Messer. Konzentrier dich darauf.«

»Da kannst du Gift drauf nehmen«, sagte Linda. Ihre Stimme war nun hart und kalt vor Wut, und Earl war ein wenig erleichtert. Aber dann nahm die Stimme wieder einen anderen Klang an, und er hörte sie in einiger Entfernung vom Hörer sprechen. »Im Bad«, rief sie. Die Stimme war weich und schwer. »Ist gut.« Sie flüsterte Earl zu: »Ich muß Schluß machen« und hängte ein.

Earl legte auf, stellte das Telefon auf den Nachttisch zurück und ging ins Nebenzimmer.

Lenny lag auf dem Bett und starrte in den Fernseher. Die zwei Hunde hoben den Kopf und schauten Earl an, aber Lenny blieb auf den Bildschirm fixiert.

»Pack die Sachen in den Wagen«, sagte Earl. »Die Campingsachen zuletzt.«

»Fahren wir heute abend noch wohin?« Seiner Stimme hörte man an, daß er es offensichtlich idiotisch fand, den Wagen am Abend zu beladen.

»Ja, heute abend. Und die Hunde in die Transportkäfige. Die kommen mit.«

Linda stand auf und hängte den Hörer zurück an die Wand. Sie gönnte sich ein zufriedenes Lächeln. Sie ließ ihren Blick über die hellen, fleckenlosen Arbeitsflächen gleiten. Sie mochte diese umsichtige, ökonomische Raumaufteilung. Die Kochgeräte hier waren ehrwürdig alt und schwer, wie man sie nur noch für französische Feinschmeckerlokale herstellte, und jedes Stück kostete leicht ein paar hundert Dollar.

Sie ging barfuß in der Küche herum und suchte sich die Zutaten und Geräte zusammen, die sie für ihr Rezept brauchte. Als sie sich einmal bücken mußte, um einen großen Topf herauszuholen, stellte sie fest, daß ihr die fremden Bluejeans in der Hüfte und am Po etwas zu eng waren, aber es war ihr nicht unangenehm. Wenn Carey vom Nachtdienst kam, war ihm das ganz sicher kein störender Anblick. Selbst wenn manche Männer der Meinung waren, daß man in enganliegenden Kleidern geistlos aussah, so schauten sogar sie sich das Angebotene gern zweimal an.

Sie ließ Wasser in den Topf laufen, stellte ihn auf eine Kochplatte und öffnete die Tür zur Nebenkammer. Da hing auf einem Bronzebügel Janes Küchenschürze. Linda zog sie an und band sie im Rücken mit einer Schleife zusammen. Sie blickte an sich herunter und lächelte. Es war eine dunkelblaue, roteingefaßte Schürze mit aufgestickten gelben Butterblumen. Fast zu schön für die Küche.

Auf der Suche nach einen Schöpflöffel zog sie mehrere Schubladen heraus. In der zweiten fand sie ein altes Tranchiermesser, geschliffen wie eine Rasierklinge. Sie sah sofort, daß sie hier das geeignete Instrument gefunden hatte. Es war schwer genug, gut zu verstecken und lag ihr gut und rutschfest in der Hand. Sie legte es quer in die Schublade zurück, so daß sie es schnell wiederfand, und machte die nächste Schublade auf. »Also«, flüsterte sie, »wo hab' ich nur meine Schöpflöffel?«

Eine Stunde später war Earl an dem Straßenschild GOING-TO-THE-SUN-ROAD GEÖFFNET 15. MAI BIS 15. SEPTEMBER. Jane war einen Tag zu früh gekommen. Earl war ihr einfach überlegen. Er verdrängte den Gedanken, auf welche Weise er an diese Information gekommen war, er hätte sonst nur wieder an Linda denken müssen und womit sie in diesem Augenblick beschäftigt war. Er war einfach besser als alle anderen. Wenn man einen Royal Flush in der Hand hatte, war es egal, wer gegeben hatte.

In der Dunkelheit konnte er nun schneller fahren, schnitt sanft jede Kurve an und beschleunigte sofort wieder. Lenny hielt sich am Türgriff fest, sagte aber nichts. Beim Info-Zentrum am Logan Pass hielt er auf dem Parkplatz an und überprüfte jeden Wagen. Als er den gesuchten nicht fand, fuhr er um das Gebäude herum und sah ihn am Waldrand stehen, in der Nähe der Mülltonnen. »Das ist er.«

Lenny sagte: »Machen wir was mit dem Wagen?«

»Klar. Wir schauen ihn uns an.«

Er parkte daneben, stieg aus und blickte ins Wageninnere. Der Schlüssel steckte im Zündschloß. Er machte die Tür auf, nahm den Schlüsselbund, öffnete den Kofferraum und sah, daß er leer war. Offensichtlich hatten sie vorher den Wagen gründlich gesäubert. Er sagte zu Lenny: »Faß nichts an. Bring die Hunde her, aber nimm sie an die Leine. Hunde sind im Nationalpark verboten.«

Lenny ließ die zwei großen, schwarzen Hunde aus ihren Käfigen. Sie hechelten und schnaubten eine Weile und rannten schwanzwedelnd im Kreis herum. Earl öffnete die Wagentüren. »Rein mit euch«, sagte er. »Einsteigen.«

Die Hunde sprangen hinein und schnüffelten alle Sitzpolster und das Lenkrad ab. »Sie brauchen ein paar Minuten«, sagte Earl, »dann haben sie die Witterung.« Er holte aus Lennys Wagen eine Taschenlampe, ging zu den Containern, schaute hinein und fand die beiden Koffer unter dem Müll. Damit waren sie für ihn wohl wertlos.

Dennoch faßte er hinein, schob mit der Taschenlampe den Abfall zur Seite und machte einen Koffer auf. Kleider – sie hatten ihre Kleider zurückgelassen. Er holte sein Taschenmesser heraus und spürte, wie sein Herz schneller schlug.

Sekunden später war er wieder am Wagen. Er sagte mit leiser Stimme: »Komm.« Die Hunde sprangen von den Sitzen und warteten auf den nächsten Befehl. Er hielt ihnen die Schuhe ausreichend lange vor die Nase. »Such!«, sagte er.

Die zwei Rottweiler rannten wie verwirrt einige Male um den Wagen herum. Sie schnüffelten überall am Boden, kamen wieder zurück, und ihre großen Köpfe starrten in dauernd wechselnde Richtungen. Lenny warf Earl einen nervösen Blick zu, aber Earl sagte: »Gib ihnen Leine, so viel sie brauchen.«

Die Hunde hatten sich auf das Besucherzentrum geeinigt. Sie liefen zur Eingangstür, schnüffelten an den Stufen und stupsten mit der Nase an die Scheiben. Earl sagte: »Vermutlich sind sie dorthin gegangen, aber nicht hierher zurück.«

Er nahm seinen Rucksack, hängte ihn sich um und ging zu den Hunden. »Bei Fuß«, sagte er. Die Rottweiler blieben sofort auf Kniehöhe an seiner Seite. Er überquerte mit ihnen die Straße und beobachtete dabei das Verhalten der beiden Tiere. Anscheinend hatten sie keinen Geruch aufgenommen, aber vielleicht ahnten sie ihn. Als er vor dem Schild »Gratweg« stand, kam Lenny zu ihm und warf einen Blick auf die Hunde. »Sieht nicht so aus, als hätten sie hier was gefunden.«

»Nein«, sagte Earl, »sie haben neue Schuhe an. Sie haben sie vermutlich erst angezogen, als sie ausstiegen und hierher gelaufen sind.« – »Warum hast du die Hunde dann am Wagen und an den alten Schuhen schnüffeln lassen?« Der Kerl hätte ebensogut einen Holzklotz auf den Schultern haben können, garantiert unfähig zu einer angenehmen Überraschung.

»Weil in ein, zwei Tagen, wenn wir die Hunde brauchen, die neuen Schuhe genauso riechen wie die alten.

Earl stand in der Dunkelheit und blickte den Weg hinauf, der unter den Bäumen verschwand. In Gedanken sagte er vor sich hin: »Ich komme. Und du wirst dir wünschen, du hättest dir einen Revolver in den Mund gesteckt, solange es noch ging.« Er wußte nicht genau, zu wem von den beiden er es sagte. Es war ihm auch gleichgültig, er wollte es gar nicht wissen. Sie waren alle beide dran, und jeder so, wie er es verdiente.

Calvin Seaver kam es allmählich so vor, als hätte er Earl und Linda tausendmal angerufen: zuerst am Kennedy-Flughafen, dann bei der Zwischenlandung in Chicago, dann in Denver, zuletzt in Billings. Nie war jemand anderer am Apparat als der Anrufbeantworter, und darauf konnte er kaum die Nachricht hinterlassen, daß Pete Hatcher nach Salmon Prairie, Montana, gefahren war.

Am Flughafen in Billings hatte er die Geschichte im Fernsehen gesehen und war froh über seine Zurückhaltung. Die Nachrichten zeigten einen Haufen Leute, die vor einem Restaurant wild durcheinanderliefen, in Swan Lake, nur ein paar Kilometer von Salmon Prairie entfernt. Der Sprecher berichtete, ein Scharfschütze habe durch ein Fenster gefeuert und einen Mann erschossen. Was Seavers Aufmerksamkeit weckte, war jedoch nicht der Leichensack, der auf einer Rollbahre herausgeschafft wurde. Es war vielmehr die dunkelhaarige Frau, die in einen Streifenwagen einstieg. In Billings nahm er sich ein Zimmer in einem Hotel und sah sich den Bericht auf jedem Kanal noch einmal in den Nachrichten an. Sein Verstand sagte ihm ein paar Stunden lang, er könne sich seiner Sache nicht sicher sein, trotzdem jubelte sein ganzer Körper, pumpte in harten, schwindelerregenden Stößen Blut durch die Adern, und sein Atem schmeckte schwer und süß.

Seaver war nun seit zwanzig Jahren für Problemlösungen zuständig, und dabei hatte er ein klares Gefühl für Erfolgschancen entwickelt. Swan Lake war ein Nest mitten in den Bergen. Der ganze Staat hatte eine Bevölkerung von nur achthunderttausend. Vermutlich hatte Swan Lake seit den Indianerkriegen keine Schießerei mehr erlebt. Wer anders als Earl konnte so etwas getan haben? Wie sollte die dunkelhaarige Frau nicht *die* dunkelhaarige Frau sein? Aber Seaver brauchte Sicherheit. Drei Stunden lang saß er auf dem Bettrand, die Fernbedienung in der Hand, und wechselte von einem Sender zum nächsten.

Um zehn Uhr gab es wieder die Lokalnachrichten, diesmal mit einem Foto des Opfers. Es war ein Mann in Anzug und Krawatte, ein gezwungenes Lächeln im Gesicht. Er sah Hatcher vielleicht ähnlich, aber er war es nicht. Der Sprecher bestätigte Seaver, daß es sich bloß um irgendeinen zufällig Erschossenen handelte, einen ahnungslosen Dummkopf, der sich am falschen Fenster zum Frühstücken hingesetzt hatte. Seaver konnte es nicht fassen.

In Gedanken auf der Suche nach einem Hoffnungsschimmer, ging er alle Möglichkeiten durch. Die Aufnahmen waren eine Fälschung. Earl hatte Hatcher getroffen, aber Hatcher war nicht tot. Die Frau hatte den Fernsehleuten ein anderes Foto zugespielt, damit Earl keinen zweiten Versuch unternahm, während Hatcher im Krankenhaus lag. Oder Earl hatte Hatcher getroffen, und Hatcher war tot. Die Polizei hatte das Foto den gefälschten Papieren in seiner Brieftasche entnommen, und nur deshalb war auf dem Foto jemand anderer. Je länger er darüber nachdachte, um so besser gefiel ihm diese Theorie. Sie paßte ausgezeichnet und speziell dann, wenn Hatcher am Kopf getroffen war. Die meisten Menschen konnten keine tödliche Kopfwunde ansehen, ohne in Ohnmacht zu fallen. Und selbst wenn sie hinschauten: Das Gesicht war so blutüberströmt und die Muskeln so zur Totenstarre verzerrt, daß man das Opfer gern in jedem beliebigen Porträtfoto wiedererkannte.

An dieser Theorie hielt Seaver noch eine halbe Stunde fest und wartete ungeduldig auf das Ende der Werbespots und die Nachricht, daß die erste Namensmeldung ein Irrtum gewesen sei. Aber dann brach seine Hoffnung zusammen, als der Sender schließlich ganz andere Filmaufnahmen brachte: die Eltern beim Verlassen der Gerichtsmedizin, nachdem sie die Leiche identifiziert hatten.

Lustlos blätterte er die Zeitschriften neben dem Fernseher durch. Außer den Werbeanzeigen der Geschäfte und Restaurants stand nicht viel drin, aber zuletzt fand er ein Magazin mit drei Seiten Landkarten und studierte sie genauer.

Am nächsten Tag, wenn er etwas Schlaf nachgeholt hatte, wollte er nach Kalispell hinauffahren. Das war ganz offensichtlich die einzige größere Stadt hier, in der sich ein Fremder bequem verstecken konnte. Dort wollte er sich ein Hotelzimmer nehmen und eine Weile nach einem Lebenszeichen von Linda und Earl Ausschau halten.

27

Über dem Weg lag das bereits schwindende Tageslicht. Jane gab Pete jetzt eine schnellere Gangart vor, die Felswand entlang, die auf der Karte Garden Wall hieß, und weiter zum Haystack Butte. Nach einem Lauf von geschätzten drei Kilometern legte sie eine langsamere Schrittgeschwindigkeit ein. Sie ließ sich wieder zu Atem kommen und wartete, bis auch Hatcher nicht mehr so tief und mühsam atmete. Sie sagte: »Wie geht's denn so?«

»Mies.«

»Kopfweh?«

»Ja.«

»Schwindlig?«

»Ja.«

»Grüne Flecken an den Händen?«

»Ja.«

»Lügner.«

»Ja.« Er ging an ihrer Seite, immer noch tief Atem holend. Sie hörte es sich schweigend und aufmerksam an. Man hörte kein Pfeifen und kein wäßriges Gurgeln, beides hätte auf Probleme hingewiesen. Manche Menschen vertrugen einfach keine Höhenluft. Und wenn man sie dann nicht schnell nach unten brachte, füllte sich die Lunge mit Flüssigkeit, bis sie darin geradezu ertrank. Daß sie Pete sofort einen Drei-Kilometer-Lauf zumutete, war vielleicht nicht gerade der gefahrloseste Test, aber sie mußte es wissen, bevor sie zu weit gelaufen waren, um rechtzeitig wieder nach unten zu kommen. Sie hatte recht gehabt mit ihrer Aufforderung, die letzten Stunden Helligkeit auszunützen und die Straße möglichst weit hinter sich zu lassen. Es war jetzt schon zu dunkel für einen schnellen Lauf. Mit einem verstauchten Fuß würde die vor ihnen liegende Strecke zum Alptraum.

Sie ging jedoch unmerklich schneller und setzte ihre Schritte auf dem unebenen, gewundenen Weg möglichst regelmäßig, um einen gleichbleibenden Rhythmus einzuhalten. Der Sommer ging jetzt schon dem Ende zu, und der Weg war entsprechend festgetreten durch unzählige andere Wanderstiefel. Man hatte ihn am Fuß der Felswände angelegt, auf über zweitausend Meter Höhe und knapp unterhalb der Baumgrenze, wo die Erdschicht nur noch dünn und mager war und die Bergkiefern im unablässigen Höhenwind verkümmerten.

Eine halbe Stunde später waren sie am Haystack Butte vorbei, und Jane entdeckte im Dämmerlicht die veränderte Landschaft, die sie gesucht hatte. Die Hänge links von ihnen trugen einen dichten, saftig grünen Teppich aus Büschen und immergrünen Bäumen – jungen Zwergkiefern, Tannen und Fichten. Dunkelgraue Stämme ragten aus ihnen heraus wie die Masten untergegangener Schiffe.

»Sehen Sie sich das an«, sagte Pete. »Was hat die wohl so kahlrasiert?«

»Ein Feuer«, sagte Jane. »Der Hang ist 1967 abgebrannt.«

Er schob den Kopf vor und blickte sie mit ironischer Verwunderung an. »Sind Sie aus der Gegend?«

Sie lächelte. »Natürlich nicht. Ich habe nur den halben Tag damit verbracht, mir Landkarten anzuschauen. Das hier ist eine der Stellen, die ich mir als Orientierungspunkte ausgesucht habe. Es wäre doch unerfreulich, wenn wir uns hier oben verlaufen würden.«

»Und was ist der nächste Punkt?«

»Nach zwei, drei Kilometern müßten wir rechts ein paar Gletscher sehen. Zuerst nur einen kleinen, er heißt Gem Glacier. Dann einen recht großen, den Grinnell Glacier. Danach den Swiftcurrent Glacier. Alle auf den nächsten paar Kilometern.«

»Und dann?«

»Ich würde mich wundern, wenn wir bis dahin kommen, bevor es zu dunkel zum Gehen wird.«

Er marschierte eine Weile neben ihr her, dann sagte er: »Ich müßte mich vermutlich freuen über die Nachricht, daß wir nicht die ganze Nacht so weitermachen. Aber offen gesagt, ich bin erst dann zufrieden, wenn der Kerl mit dem Gewehr möglichst weit von uns weg ist. Und die Dunkelheit ist noch in anderer Hinsicht beruhigend: Ich habe nämlich so ein prickelndes Gefühl im Nacken, als ob er mich schon im Visier hätte.«

Jane sah ihn mit einem geheimnisvollen Lächeln an. »Er visiert Sie nicht über Kimme und Korn an. Hier draußen schießt keiner einem anderen ein Loch in den Kopf ohne Zielfernrohr.«

»Wissen Sie, daß Sie eine ungewöhnliche Frau sind?«

»Selbstverständlich.« Sie lächelte ihn an. »Ich kultiviere das schon seit Jahren. Aber Sie haben jetzt offenbar größere Lust weiterzulaufen als noch vor einer Minute, stimmt's?«

Er schien kurz einer inneren Stimme zu lauschen. »Stimmt. Es hat funktioniert. Ich fühle mich schon so elend, daß ich noch stundenlang weitergehen könnte.«

»Elend ist sicher nicht das, was ich meinte, aber das ist der Preis dafür. Solange Sie Ihr Gehirn arbeiten lassen und daran denken, was hinter Ihnen passiert, werden Sie nicht leicht umzubringen sein.«

»Das heißt, das komische Gefühl im Nacken bleibt mir.«

»Richtig. Ich habe es jetzt auch.«

Er drehte sich im Gehen halb um und schaute den Weg zurück bis zur letzten Biegung. Da war nichts zu sehen. »Glauben Sie, daß die da hinter uns sind?«

»In dem Fall würde ich um mein Leben rennen«, sagte sie.

»Ich glaube, daß das keine Anfänger sind. In drei Tagen wissen sie, daß wir den Wagen am Besucherzentrum gelassen haben, spätestens wenn er abgeschleppt wird. Aber bis dahin ist die einzige Straße hier für Touristen geschlossen, auch die Straßenübergänge nach Kanada, und die Umwege, die sie dann machen müssen, führen nicht dahin, wo wir sind. Ich vermute, sie werden es aufgeben.«

Der Himmel wurde jetzt rasch dunkler, und sie erkannte nur noch am Weiß seiner Zähne, daß er lächelte.

»Wirklich?«

»Sie verfolgen uns jetzt schon seit hundert Tagen. Sie haben zwei Morde begangen, für die sie nicht bezahlt werden. Über Computerdaten geht auch nichts mehr, weil wir hier oben keine Kreditkarte benützen, nicht mal einen Namen, wenn es sich machen läßt. Das heißt, die Jagd wird erheblich schwieriger. Uns ins Ausland nachzugehen, ist ein zusätzliches Risiko. Für einen Profi ist der letzte Punkt, an dem er noch umkehren kann, allmählich gekommen. Die tun das für ihr Geld, und wenn der Job noch länger dauert, ist er das Geld nicht wert. In der Zeit könnten sie woanders mehr verdienen, mit strittigen Scheidungen oder Versicherungsbetrügern.«

»Aber die Pleasure AG könnte doch neue Leute engagieren?«

»Es gibt mehrere Möglichkeiten. Entweder diese Killer sagen dem Auftraggeber, wo sie Sie verloren haben. Und die Pleasure AG kommt zu dem Ergebnis, daß Sie in Kanada wohl nicht mit der amerikanischen Polizei reden werden. Oder unsere Verfolger lassen ihren Auftraggeber nicht von der Leine, sie sagen ihm, er soll Geduld haben, sie sind uns auf der Spur, aber in Wirklichkeit verfolgen sie uns überhaupt nicht mehr. Von Zeit zu Zeit gehen sie dann an ihren Computer, ob vielleicht Ihre Decknamen irgendwo aufgetaucht sind.«

»Also sollte ich mich eigentlich beruhigen? Oder ist das eine dumme Idee?«

»Nein. Denn in einer Woche sind die hinter einer ganz anderen Beute her, und die Ersatzleute, falls es welche gibt, müssen wieder bei Null anfangen. Heute morgen hatten Sie doch ein ganz neues Lebensgefühl. Ist Ihnen das etwa schon wieder vergangen?«

»Nein.«

»Das Prickeln im Nacken wird Ihnen bleiben, aber die Freude, am Leben zu sein, auch. Damit kommt Ihnen jeder Tag vor wie ein Sieg bei einer Weltmeisterschaft.«

Er mußte lachen.

»So kommt es mir jetzt schon vor.«

»Sie werden später noch was anderes feststellen.«

»Was denn?«

»Etwas positives. Dieses seltsame Erfolgsstreben, den Wunsch nach einem aufregenden Wagen, einem großen Haus und Designer-Anzügen, das lassen Sie hinter sich.«

»Wieso?«

»Wenn Sie das alles besitzen, haben Sie dauernd das Gefühl, daß jeder Sie anschaut, und das wäre unangenehm. Wenn Sie aber schlichter Durchschnitt sind, dann fühlen Sie sich wohl, und wenn es Ihnen nicht immer auf die Marke ankommt, ist das gar nicht so schwer. Das war es natürlich schon vorher nicht, aber jetzt spüren Sie es selbst, weil Sie wissen, als Dutzendgesicht können Sie sich den Tod so weit vom Leib halten, wie nur irgend möglich.«

Der Weg führte jetzt durch Beerensträucher und immer wieder über Wiesen mit strohig verblühten Wildblumen. Im Dunkel der Nacht konnte Jane rechts noch die Gipfel erkennen, aber das bläulich-weiße Gletschereis verschwand in den schwarzen Silhouetten der Berge. In der tiefen Dunkelheit hielten sich Jane und Pete in der Mitte des Weges. Jane nahm die Taschenlampe und ließ ab und zu den Strahl vor ihren Füßen über den Boden tanzen. Dann, bevor der Weg zu einer Gruppe verwachsener Bergkiefern hinaufführte, kniete sie sich hin und faltete die Wanderkarte auf.

»Haben wir uns schon verlaufen?« fragte Pete. Er berührte sie mit der Schulter, als er sich an ihrer Seite vor dem kleinen Lichtkreis niederließ.

Sie tippte mit dem Zeigefinger auf eine Stelle der Karte. »Wir sind jetzt hier.« Von da aus liefen mehrere gepunktete

Linien wie ein aufgedröseltes Seil nach allen Richtungen. »Der Weg hier links führt zurück zur Straße und dann den Flattop Creek hinauf. Der hier rechts geht über den Swiftcurrent Pass und mündet hier in dem Netz von Wegen. Unser Weg ist der in der Mitte.« Sie suchte mit der Taschenlampe den Weg voraus ab, und Pete entdeckte im Lichtschimmer seitlich ein Holzschild.

»Wo liegt dann das Problem?«

Sie runzelte die Stirn. »Man soll keine Gelegenheit zur Täuschung auslassen. Und die hier ist einfach zu schön. Ich überlege nur, wie wir es anstellen.«

Er sagte: »Stellen wir das Schild woanders hin?«

»Diese Leute suchen nicht einen bestimmten Weg. Sie suchen uns, das heißt unsere Fußspuren. Wir hinterlassen jetzt schon welche, seit zehn Kilometern, und wenn uns die Kerle bis hier oben nachgehen, dann können sie sie allmählich mit einem Blick erkennen.«

Pete wartete schweigend. Jane studierte weiter die Karte, dann stand sie auf, machte seinen Rucksack auf und gab ihm seine Taschenlampe. »Vielleicht ist es nur Zeitverschwendung«, sagte sie, »aber nicht, wenn wirklich jemand hinter uns ist. Sie gehen jetzt den Weg hier links runter, bis er irgendwann so schmal ist, daß man kaum noch drauf gehen kann. Sagen wir, einen halben Kilometer weit, aber wenigstens ein paar hundert Meter. An der Stelle gehen Sie vom Weg herunter und kehren um, jetzt aber neben dem Weg. Hier treffen wir uns wieder.«

Jane selbst ging den Weg rechts hinunter. Einmal blieb sie stehen und lauschte seinen Schritten nach: Es hörte sich an, als machte er genau das, was sie ihm aufgetragen hatte. Daß er ihr nie widersprach, war eine seiner guten Eigenschaften, und dafür lohnte es sich, ihn zu retten. Er wollte am Leben bleiben, und wenn sie ihm dabei half, dann tat er das Verlangte.

Sie stellte sich vor, wie es wäre, wenn sie Carey in ein neues Leben lotsen müßte. Auch er würde dauernd Fragen stellen, aber seine Fragen wären die Folge eines komplizierteren Denkens, das alle logischen Möglichkeiten prüfte und bewertete und ausprobierte. Derart intelligente Menschen hatten ein Problem: Sie sahen zu viele Alternativen, um rechtzeitig eine auszuwählen, solange die Entscheidung noch etwas bewirkte. Jane wußte nicht gleich, was das für sie bedeutete, doch dann erinnerte sie sich an die Nacht vor zehn Monaten, als Carey sie um ihre Hand gebeten hatte. Sie hatte ihm gesagt, daß sie ihn nicht jetzt heiraten wollte. Sie wollte ihm ihre letzte Reise erzählen, ihm die wahre Jane enthüllen, und dann sollte er ein Jahr lang darüber nachdenken, bevor er seinen Antrag wiederholte.

Er wollte nichts hören und hatte sofort geantwortet: »Das ist mir alles egal. Heirate mich jetzt.« Dann hatte er sie doch angehört, und die Wartezeit begann. Aber schon nach einem Monat hielt er sich nicht mehr an die Abmachung, ließ sie nicht in Ruhe ihre alten Verbindungen kappen, sondern kam zu dem Ergebnis, er wolle jetzt einfach nicht länger warten. Das war nicht fair gewesen. Er hatte seine ganze Intelligenz auf einen Punkt konzentriert: sie zu überzeugen, sie müsse ihn jetzt heiraten, während sie noch ganz andere Dinge zu tun hatte.

An dieser Stelle blieb ihr Nachdenken plötzlich hängen und wechselte die Richtung. Ein solcher Ablauf war reine Theorie. Jane Whitefield ging mit offenen Augen durch die Welt. Sie konnte nicht so tun, als hätte sie nicht gewußt, was alles passieren konnte oder was sie dann unternehmen würde. Sie hatte immer schon jede Frau verachtet, die sich ihr eigenes Unglück damit erklärte, daß ihr Mann sie nicht glücklich machte. So fing es wohl immer an: Die Frau legte sich ein paar konstruierte Beweise zurecht, so daß ihre Fehler nicht eigentlich ihre Fehler waren, sondern die Fehlleistung des Ehemannes, weil er nicht dagegen vorging oder sie verhindert hatte. Aber ich bin nicht so, sagte sie sich. Ich habe es getan, weil mir seine Liebe wichtiger war als meine Sicherheit; und jetzt bringe ich das hier zu Ende, dann gehe ich nach Hause zu dem Mann, der mich liebt.

Sie sah, daß der Weg sich verengte, der Hang rechts hob sich zur senkrechten Wand, und der schmale Grasrand links wurde dünner und endete an einer Felsplatte, unter der ein steiler Abgrund lag. Jane steckte die Taschenlampe ein, legte beide Hände auf die Felswand, stellte die Füße auf den Wegrand und ging mit kurzen seitlichen Schritten den Weg zurück. Nach dreißig Metern konnte sie wieder gefahrlos aufrecht stehen. Dann ging sie quer über eine sanft ansteigende Wiese wieder zu ihrem Ausgangspunkt.

Dort sah sie bereits Hatcher geduldig auf sie warten. Sie schaltete die Taschenlampe ein, um ihn nicht zu erschrecken. »Warten Sie schon lange?«

»Nein«, sagte er, »gerade angekommen. Ich bin bis zum Bachbett gelaufen und habe mir beinahe nasse Füße geholt. Dann bin ich unter den Bäumen wieder zurückgegangen.«

»Sehr gut«, sagte sie. Sie setzte sich neben ihn auf den Boden. »Jetzt ziehen wir frische Socken an.« Er sah ihr einen Augenblick zu, wie sie ihre Stiefel aufschnürte, dann machte er es ihr nach. Nachdem Sie die Schuhe wieder anhatten, sagte sie: »Und jetzt ziehen Sie die alten Socken über die Stiefel an.«

»Das geht fast nicht«, sagte er, während er an dem Wollstoff zog und zerrte. »Es wird gehen«, sagte Jane. »Jetzt stopfen Sie vertrocknete Pflanzen in die Socken, als Polsterung unter die Sohle. Keine Blätter, die zerquetscht es nur, und sie geben Saft ab. Keine Tannennadeln, die sind zu rutschig.«

Als sie fertig waren, ging sie ihm am Rand des mittleren Weges voraus. Sie betraten den Weg selbst erst eine Viertelstunde später, als er in nackten Felsen überging. Pete blieb stehen und leuchtete hinter sich. »Überhaupt keine Fußspuren«, sagte er. »Sie sind bewundernswert.«

»Es hat uns zwar eine halbe Stunde gekostet, aber man fühlt sich wohler, wenn man alles getan hat, was möglich war. Und falls wir verfolgt werden, gibt es uns noch etwas anderes als ein gutes Gefühl. Sie dürfen eines nicht vergessen: Die Leute hinter uns sind nicht das FBI. Der Kerl hinter uns hat bloß mal irgendwann in seinem Leben herausgefunden, daß es leichter ist, auf einen Abzug zu drücken, als etwas Vernünftiges zu lernen.«

Beim Gang über die Felsplatte spürte Jane, daß sie Pete angelogen hatte. Das Verwischen ihrer Fußspuren verschaffte ihr keinesfalls ein sicheres Gefühl. Sie machte sich das Prickeln im Nacken bewußt, und ein kalter Schauer lief ihr über den Rücken. Auch was sie sah, hatte nichts Beruhigendes: Die Baumsilhouetten vor ihr verschwammen zu einer Schattenmasse aus gekrümmten Ästen und Stämmen, die in der Phantasie seltsame Formen annahmen.

»Was ist los?« fragte Pete.

»Nichts«, sagte sie. »Ich wollte nur sehen, ob wir noch weiter durchhalten.« Sie ging sofort wieder schneller und suchte dabei nach etwas, das ihre innere Unruhe beschwichtigen konnte.

Sie hatte den plötzlichen Wunsch, den Schützen von heute früh wenigstens einmal kurz zu sehen, wenn auch nur als eine menschliche Gestalt im Wegrennen oder hinter der Windschutzscheibe eines Fluchtwagens. Was sie gesehen hatte, war die berstende Scheibe im Restaurant, ein funkelnder Splitterregen, und dann hatte der Mann ein Loch im Kopf. Daran war nichts Geheimnisvolles, aber irgendwo in ihrem Unterbewußten war dieses Wissen von der Funktionsweise eines Gewehrs und eines Zielfernrohrs bei weitem nicht ausreichend, um ihre Unruhe zu besänftigen.

Von Anfang an hatte sie den Eindruck gehabt, diese professionelle Jagd auf Pete Hatcher war nicht mehr logisch erklärbar. Es war, als hätten die Verfolger alle Körperschwere abgelegt, als kämen sie mit dem Wind durch die Luft und warteten nur auf den richtigen Augenblick, um leibhaftig vor ihnen zu stehen.

Earl überprüfte bei Lenny noch einmal den Sitz der Lasten auf dem Traggestell. Als er die Gurte straffzog, riß er Lenny mit dem Ruck fast von den Beinen. »Ist das so im Gleichgewicht?« Lenny schob sich den Stirnriemen zurecht und machte ein paar Schritte. »Klar«, sagte er. »Bei der Armee haben wir fünfzig Kilo geschleppt und dazu noch die Extra-Munition. Das hier kann auch nicht schlimmer sein.« Earl biß unwillig die Zähne zusammen. Immer wenn Lenny sich über etwas ärgerte, dann verkündete er unweigerlich, daß er früher mal für wert befunden wurde, sich in Fort Leonard Wood den

Schädel rasieren zu lassen, für den Fall, daß man weiteres Kanonenfutter benötigte. Earl wußte nie genau, was Lenny damit sagen wollte. Daß er durch den Latrinendienst Earl moralisch überlegen war? Oder entschuldigte er seine Unzulänglichkeit dauernd damit, daß ihn diese verlorenen Jahre in seiner Entwicklung zurückgeworfen hatten und er das nie wieder aufholen konnte? Aber im Grund war es auch egal. Die Armee hatte ihm vielleicht einiges verpaßt, aber keinesfalls den Mumm, Earl direkt anzugehen. Das Gerede war auszuhalten. Earl sagte: »Schau auf die Karte und auf den Kompaß, wie sie es dir beigebracht haben. Und verlauf dich bloß nicht!« Dann sagte er zu Rusty und T-Bone: »Lauf!«

Die beiden Hunde rasten den Weg voraus bis zur ersten Biegung, blieben stehen und schauten wartend zurück. Earl schnallte sich im Losgehen seinen Rucksack fester. Lennys Militärdienst hatte immerhin einen Vorteil für Earl. Wenn er so durch die Wälder marschierte, dann war es für ihn wie bei einer Gebirgsarmee auf dem Vormarsch. Earl hatte ihm die Campingausrüstung und den Proviant auf den breiten Rücken gepackt, so daß er selbst nur leichtes Gepäck zu tragen hatte und zusammen mit den Hunden schneller vorankam. Wenn er irgendetwas brauchte, konnte er sich immer noch auf dem Hauptweg mit Lenny treffen.

Earl ging ruhig einige hundert Meter hinter den Hunden her, bis sich seine Augen an die Dunkelheit gewöhnt hatten und seine Muskeln warm und locker wurden. Dann hielt er an und machte am Stamm einer Zeder ein paar Gymnastikübungen. Als er soweit war, fing er zu laufen an.

Er ließ sich die Situation durch den Kopf gehen, während er lief, und fand sie günstig für ihn. Jane Whitefield und Pete Hatcher hatten sich freundlicherweise ziemlich verausgabt, nur um erschöpft da anzukommen, wo er dann der Stärkere war. Hatcher war zweimal aus einem simplen Grund davongekommen: Es war nicht so leicht, jemanden in aller Öffentlichkeit umzubringen, ohne damit Selbstmord zu begehen. Aber der ganze Nationalpark hier war nur noch einen Tag geöffnet, und dann konnten Earl keine herumwandernden Touristen mehr in die Quere kommen.

Er lief mit den federnden Schritten des geübten Jägers durch den Wald. Er war immer schon ein Läufer, der die langen, schwierigen Strecken bevorzugte; immer wieder und systematisch war er schon am kühlen Morgen durch möglichst unebenes Gelände gerannt, die Hunde hinter sich herziehend, bis ihnen die Luft ausging und sie zu viel Blut spuckten. Jetzt brauchte er sie, damit sie ihn auf den richtigen Weg führten. Er hörte genau, ob ihr Hecheln von weiter oben oder von unten kam, von rechts oder links, und das Geräusch ihrer Tritte verriet ihm die jeweilige Beschaffenheit des Bodens unter ihren Pfoten. In diesem Wald hätte der Strahl einer Taschenlampe seine Position verraten, falls jemand von den oberen Hängen zu ihm herunterschaute, und der helle Lichtschein hätte ihm die Pupillen verengt und ihn minutenlang so gut wie blind gemacht.

Er hielt beim Laufen immer den Kopf zur Seite gedreht, weil ihm die Ränder seines Gesichtsfelds im Dunkeln eine schärfere Wahrnehmung boten und bei dieser Kopfhaltung die nächtlichen Geräusche nicht durch den Gegenwind überlagert waren. Er wußte, daß jeder seiner langen Schritte ihn schneller vorwärtsbrachte, als seine Opfer laufen konnten, und seine körperliche Verfassung gab ihm eine längere Ausdauer als einem, der es sich immer nur in einem Casino in Las Vegas bequem gemacht hatte.

Nach seiner Berechnung waren die beiden etwa vier oder fünf Stunden vor ihm losgegangen, aber das kümmerte ihn nicht. Wahrscheinlich gingen sie nicht länger als ein paar Stunden, bis der Mond zu sehen war und der Nachtwind aufkam, und dann begründeten sie sich mit ihrer eigenen Erschöpfung die Vermutung, auch Earl sei jetzt zum Weiterlaufen zu müde. Dann bauten sie sich einen Unterschlupf, machten ein Feuer und legten sich schlafen. Vielleicht suchten sie sich vorsichtshalber einen Platz abseits des Wegs, aber sicher nicht allzu weit weg, das schien ihnen zu riskant.

Und sie wußten nicht, wer hinter ihnen her war. Earl konnte vor sich im Dunkeln gerade noch die mächtigen Leiber von Rusty und T-Bone erkennen: Tiere mit dem Körpergewicht und der Muskelkraft eines jungen Mannes und einem Gehör, das noch das Knacken eines Zahnstochers unter einem Stiefel registrierte, mit einem Geruchssinn, der ein meilenweit entferntes Feuer riechen konnte, und einem Raubtierblick, der sich nicht lang mit feinen Farbabstufungen aufhielt, stattdessen gingen sie sofort und unfehlbar auf jedes Lebewesen los und schlugen ihm ihre Zähne ins Fleisch.

Während des Laufens spürte Earl deutlich das eigenartige Beziehungsfeld zwischen ihm und Rusty und T-Bone, eine Art Dreiecksverhältnis, in dem die Hunde nach Earls Geräusch- und Geruchsintensität ihre jeweilige Position bestimmten. Eine eventuelle Änderung seiner Absichten nahmen sie ebenso aufmerksam wahr wie alles, was sie vor sich auf dem Weg sahen und hörten. Die Hunde waren ein Teil von ihm. Eine Kreatur mit drei Köpfen und scharfen Zähnen und einem Gewehr und einem menschlichen Gehirn rannte durch den Wald und hielt auf der Suche nach lebendem Fleisch die Nase in den Wind.

Um sieben Uhr hatte Carey seine letzte Runde beendet. Gleichzeitig stellte er fest, daß er die vergangenen zehn Tage immer später nach Hause ging. Das schöne, alte Haus seiner Kindheit kam ihm jetzt, seit Jane nicht da war, wie eine leere Höhle vor. An diesem Abend ging er noch einmal in sein Sprechzimmer, trug ein paar Bemerkungen in die Krankenakten ein, unterschrieb die Briefe, die ihm Joy sauber getippt auf den Schreibtisch gelegt hatte, und blätterte dann noch einen Stoß medizinischer Fachzeitschriften durch. Um neun Uhr ging er zu seinem Wagen und erinnerte sich erst jetzt daran, daß er immer noch nicht wieder aufgetankt hatte. Während dieser ganzen Susan-Haynes-Geschichte hatte er es völlig vergessen, und am Morgen danach hatte sie ihn so lange aufgehalten, daß er dafür keine Zeit mehr hatte.

Bedachtsam, ängstlich drehte er den Zündschlüssel und horchte angestrengt. Der Anlasser drehte sich, und dann – entgegen Careys Überzeugung von der Gültigkeit physikalischer Gesetze – sprang der Wagen an und brachte ihn sicher zur nächsten Tankstelle.

In der Auffahrt zu seinem Haus fiel Carey ein, daß er jetzt, um zehn Uhr, noch nichts zu Abend gegessen hatte. Vor dem Schlafengehen konnte er sich vielleicht noch ein Sandwich machen. Dann sah er in einigen Fenstern im Erdgeschoß Licht brennen. Offenbar hatte Susan Haynes vergessen, es auszumachen, bevor sie die Tür abschloß – falls sie sich wenigstens daran erinnert hatte. Auf dem Weg zur Garage erfaßten seine Scheinwerfer in der Kurve plötzlich die hellroten Rückstrahler eines Wagens, der hinter dem Haus geparkt war. Es war Susan Haynes' schwarzer Mercedes.

Carey parkte den Wagen so, daß er den Mercedes nicht blockierte, und stellte den Motor ab. Er sah auf die Uhr. Es war neun Uhr sechsundfünfzig. Diese Frau war um neun Uhr sechsundfünfzig nachts in seinem Haus und erwartete ihn. Er schloß die Augen, und ihm schnürte sich die Kehle zusammen. In Gedanken ging er wie auf Trittsteinen die letzten Stunden zurück und suchte, seine Fehler zu erkennen. Er hätte ihr schon mal nicht die Hausschlüssel geben dürfen. Er hätte einer ungebundenen Frau keine Übernachtung anbieten dürfen, sie nicht im eigenen Wagen mitnehmen, ja ihr nicht einmal sagen dürfen, daß man ihren Wagen abgeschleppt hatte. Er schlug alle Ausreden beiseite, die ihm sein Kopf selbsttätig lieferte und ausspuckte wie ein verrückter Automat: Nein, er hatte ihr nicht deshalb geholfen, weil sie wirklich Hilfe gebraucht hätte. Er hatte es getan, weil sie gut aussah und er nicht aufhören wollte, sie anzusehen, weil sie intelligent und amüsant war, und um sich nicht mehr allein zu fühlen. Sie hatte ihm gefallen.

Es war ihm klar, daß er nicht wieder wegfahren und das Haus dieser Frau überlassen konnte, bis sie vielleicht nicht länger warten wollte. Er konnte nur hineingehen und sie fragen, was sie sich eigentlich dabei dachte. Er brauchte eine Weile, um herauszufinden, warum er zögerte. Es war das instinktive Alarmsignal, das ein Tier vor dem unverständlichen Verhalten eines Artgenossen zurückschrecken läßt. Diese Reaktion hatte vermutlich mehr als einmal verhindert, daß eine Epidemie sich ausbreitete und die ganze Art ausrottete. Aber hier war so ein Instinkt sinnlos. Neurosen waren nicht ansteckend. Er lief zum Vordereingang, den er unverschlossen fand, und ging hinein. Sekundenlang überwältigte ihn der Essensgeruch und brachte ihm seinen Hunger wieder zu Bewußtsein. Susan hatte sich in sein Haus eingeschlichen und ihm ein Essen gekocht. Er war erleichtert. Es war ihm unsympathisch, aber immerhin war es – sogar in den Grenzen des normalen Verhaltens – verständlich. Er vermutete den Grund seiner Verärgerung darin, daß Susan in ihrer Lust zu spielen ein sexuelles Bedürfnis bei ihm hevorgerufen hatte, ein Gefühl, auf das er keinen Anspruch hatte. Sobald er sich das klargemacht hatte, fand er seine Vorwürfe gegen sie lächerlich. Die Anklage, Frauen erregten unreine Gedanken, war mit den Hexenprozessen ausgestorben.

Er konstatierte außerdem eine Art primitiven Territorialinstinkt angesichts dieser Frau, die ohne Erlaubnis in seinen Bau gekommen war. Solche Abwehr war jedoch fehl am Platz und wieder nur eine Erbschaft aus der Frühzeit der Primaten. Sie war ihm nicht feindlich gesonnen. Sie wollte schließlich nur nett sein. Viele Menschen waren der Meinung, man dürfe einer Überraschung zuliebe auch mal eine Regel außer Kraft setzen. Carey gehörte nicht zu ihnen, aber er lebte nun mal in dieser Welt. »Hallo?« rief er. »Ist jemand zu Hause?«

Als er keine Antwort hörte, wagte er sich ins Wohnzimmer. Im Eßzimmer sah er sie. Sie stand mit dem Rücken zu ihm, in Jeans und einem Sweatshirt, die er als Janes Sachen erkannte. Ohne das lange goldene Haar hätte er glauben können, es sei Jane. Sie füllte zwei Gläser mit Champagner. Der Tisch war mit dem besten Silberbesteck luxuriös gedeckt, die Kerzen brannten. Sie drehte sich zu ihm um und hielt ihm ein Glas hin. »Hi«, sagte sie. Auf ihren Lippen lag das verhaltene Lächeln. »Haben Sie schon zu Abend gegessen?«

»Nein«, gab er zu. »Welchem Ereignis habe ich das hier zu verdanken?« Er bemerkte seine angespannten Kiefer und überspielte die krampfhaft arbeitenden Muskeln mit einem Lächeln.

Sie hob kurz die Schultern, und er wünschte sich, er hätte die Bewegung ihrer Brüste unter dem Stoff nicht gesehen.

»Ich möchte mich nur dankbar zeigen für Ihre Liebenswürdigkeit.«

»Ich dachte, Sie planen ein größeres Abendessen.« Er schaute um die Ecke ins Wohnzimmer. »Oder kommen jetzt gleich die Rotherbergs und die Bortonis hinter dem Vorhang raus?« Sie schüttelte lächelnd den Kopf. »Nein, es sollte keine Überraschungsparty sein, nur eine Überraschung.« Sie nippte am Champagner und sah ihm in die Augen. »Für Sie.«

»Nur: warum?« Er versuchte, sich entspannt zu geben. »Ich meine, ich sollte wohl einfach nur ›Danke‹ sagen.« Unerwartet kam danach auch alles andere heraus: »Aber, um ganz ehrlich zu sein, ich erlebe lieber andere Dinge, als heimzukommen und jemand in meinem Haus zu finden. Wahrscheinlich ist das für manche Leute ein gängiger Brauch, jedenfalls kommt es in Fernsehfilmen ebenso oft vor wie der mißratene Zwilling oder unbekannte Vater, und das schockiert offenbar niemanden. Aber mich schon. Wenn ich jemanden hier haben will, dann lade ich ihn ein.«

Die Plötzlichkeit ihres Lächelns verblüffte ihn. Es kam wie aus dem Nichts, immun gegen jedes Wort von ihm. Sie zuckte wieder die Achseln. »Ich habe Ihnen mehr als eine Chance gegeben, aber an Privatsachen denken Sie offenbar erst nach der Arbeit, und das wäre für mich doch wohl zu spät gewesen, finden Sie nicht? Aber wenn ich geahnt hätte, daß es Sie irritiert, hätte ich es nicht auf diese Weise gemacht.« Sie wandte sich ab und rückte nervös an dem Geschirr auf dem Tisch. Er wußte genau, daß er recht hatte, und doch tat ihm das Gesagte beinahe leid. Da drehte sie sich wieder um und schien seine Worte überhaupt nicht gehört zu haben, ihr Lächeln schien ihm noch strahlender als vorher. »Das hier erspart Ihnen übrigens nicht meine große Einladung. Sobald Ihre Frau zurückkommt, werde ich wie geplant die oberen Zehn der Stadt und Sie beide einladen. Das ist dann mein offizieller Dank für Ihre gestrige Freundlichkeit.«

Er deutete mit einer umfassenden Handbewegung auf den Tisch. »Ist das denn nicht genug?«

»Das ist nicht die offizielle Danksagung, die im übrigen ziemlich unaufrichtig und eigensüchtig ist und Jane und mir besser gefallen wird als Ihnen. Nein, das hier habe ich mir nach unserem Telefonat ausgedacht. Sie sind allein, und Sie wissen nicht, wann Ihre Frau zurückkommt, und Sie hatten einen traurigen Ton in der Stimme. Das ist genau der richtige Zeitpunkt für eine Frau, Ihnen etwas Gutes zu tun. Deshalb habe ich beschlossen, Ihnen ein Essen zu kochen. Mehr ist es nicht.«

Sie stellte mit Entschiedenheit ihr Glas neben einen Teller und zog an der Stirnseite des Tisches den Stuhl zurück. »Jetzt habe ich aber genug Erklärungen abgegeben, und ich habe Hunger. Sie setzen sich, und ich bediene Sie.«

Carey nahm Platz, und sie griff über ihn hinweg und entfaltete feierlich die Leinenserviette auf seinem Schoß. »Das ist wirklich etwas Besonderes«, gab er zu. Er wandte sich dabei etwas zur ihrer Seite hin und sah sie noch immer über seine Schulter gebeugt, das Gesicht viel näher als erwartet. Er nahm den feinen Duft ihrer Haare auf und bemerkte das Glitzern des Kerzenlichts in den großen Augen.

»Das soll es auch sein«, sagte sie. »Das war kein leeres Versprechen.«

Er fühlte sich befreit, als sie mit dem großen Topf zurückkam und die Teller füllte. Sie hatte eine Bouillabaisse gemacht, und die Zeit, die sie auf ihn warten mußte, hatte dem Gericht sicher gut getan. Er probierte.

»Eine kleine, hübsch geschriebene Karte wäre als Dank mehr als ausreichend gewesen, aber das Essen schmeckt köstlich«, sagte er.

Auch sie nahm einen Löffel. »Ja, es ist gut geworden. Ich hatte mich während Ihrer Abwesenheit ein wenig im Haus umgesehen. Als ich in die Küche kam, war mir klar, daß ich das hier sehr ernst nehmen mußte, um Ihnen das Gewohnte zu bieten.«

»Danke. Sie können wirklich kochen. Und Sie kochen sicher gern.«

Sie schüttelte den Kopf. »Ich hasse es. Ich habe es nur gelernt, weil Männer gern essen, und Männer mag ich gern.« Er wechselte schnell das Thema. »Mir fällt eben ein, daß Ihr Wagen in der Auffahrt steht. Hat alles problemlos geklappt?«

»Es war so, wie Sie sagten. Die Leute waren die ganze Zeit da. Der eine, dem ich das Lösegeld für meinen Wagen zahlen mußte, sagte mir, sie hören draußen das Telefon nicht immer.«

»War es teuer?«

»Dreihundert. Ist das nicht wahnsinnig? Hundert fürs Abschleppen und zweihundert Strafgebühr. Und dann nehmen sie nicht mal Kreditkarten.«

Carey sagte: »Das ist mir alles sehr unangenehm. Zum Teil war es ja mein Fehler. Ich würde Ihnen das gern ersetzen.« Er hatte das dringende Verlangen, jeden offenen Saldo auszugleichen, damit dieses Geben und Nehmen endlich ein Ende hatte.

Sie hatte wieder ihren amüsierten Gesichtsausdruck. »Ein richtiger Kavalier. Aber was mich ärgert, ist nicht das Geld, sondern die Unverschämtheit.« Hier schien ihr etwas einzufallen, woran sie bisher noch gar nicht gedacht hatte. »Aber der Zweck dieses Abends war doch, unter Menschen zu kommen, und er wurde damit immerhin erfüllt. Ich habe viele Menschen getroffen und einen Freund gefunden.«

Er lächelte sie unverbindlich an und nickte unmerklich. Er hätte gern gewußt, warum ihm bei dem Gedanken so unbehaglich zumute war. Vielleicht lag es daran, daß er sein Leben in dieser Kleinstadt verbracht hatte, und das hatte ihn wohl so zurückhaltend werden lassen und zu schüchtern, um gern neue Menschen kennenzulernen. Jetzt kannte er Susan Haynes erst seit vierundzwanzig Stunden, und daß sie ihn ihren Freund nannte, erschien ihm voreilig, geradezu anmaßend.

Außerdem erkannte er darin ein Gefahrenmoment, das ihm nicht im geringsten behagte. Sie war außerordentlich attraktiv, und ihre Gesprächsbeiträge hatten immer einen sexuellen Unterton, der naiv klingen sollte, aber sein gesunder Menschenverstand sagte ihm, daß der Effekt kalkuliert war. Nicht immer war deutlich, ob sie ihn offen herausforderte oder ihn eher als asexuell behandelte. Vielleicht war es auch nur diese Unverblümtheit mancher Menschen, auf die er jetzt als verheirateter Mann ebenfalls ein Recht hatte, und er war so etwas nur noch nicht gewohnt. Einen glücklich Verheirateten sahen vielleicht manche Frauen als gefahrlosen Nicht-Kandidaten für sexuelle Abenteuer an, und sie benahmen sich ihm gegenüber ungezwungener. Aber eine künftige Freundschaft mit Susan Haynes war ihm schwer vorstellbar. Die Unterhaltung mit ihr konnte nicht anders als angespannt und zweideutig verlaufen. Jane mußte sie vermutlich nur eine Sekunde sehen und sich drei Sätze von ihr anhören, dann würde sie sagen, daß sie sie nicht leiden konnte.

Carey wurde plötzlich bewußt, daß das Schweigen schon zu lange anhielt. »Sind Sie heute in der Frage Ihres Wohnsitzes weitergekommen oder hat das Essen Sie den ganzen Tag an den Herd gekettet?«

»Ich bin nicht viel weitergekommen. Die meiste Zeit mußte ich an Sie denken.«

»Oh.« Da war das Problem wieder.

»Oh?« imitierte sie ihn. »Als ob Sie nicht auch an mich gedacht hätten.« Er faßte den Entschluß, diesem Gesprächszug lieber nicht auszuweichen. »Ich muß Ihnen ganz offen sagen, daß es mir seit ein paar Jahren recht gut gelingt, mich tagsüber auf meine Arbeit zu konzentrieren. Ich finde, ich verliere seitdem nicht mehr so viele Patienten.«

»Tut mir leid«, sagte sie. Sie schüttelte den Kopf und blickte auf ihren Schoß. »Ich fange schon wieder damit an. Es ist wie ein Reflex. Ich glaube, deshalb konnte ich Sie nicht vergessen: Sie sind der Zeuge meines Ausrutschers von gestern abend. Ich habe alles nur durcheinandergebracht. Es war nicht fair Ihnen gegenüber.«

Er bemerkte, daß sie schon eine Weile nichts mehr aß, während er sich sattgegessen hatte. »Was war nicht fair?«

Sie ließ ein entschuldigendes Lächeln sehen und blickte ihn durch eine blonde Haarsträhne hindurch an. »Manchmal trifft man jemanden, und dann – obwohl man ihn mag oder gerade deshalb – fängt man auf dem verkehrten Fuß an und macht dann auch noch immer so weiter. Man weiß genau, so möchte man eigentlich nicht mit ihm zusammenkommen, aber dann ist es irgendwie zu spät, um nochmal von vorn anzufangen. Ich hätte gestern etwas ganz anderes tun sollen:

mir einen angenehmen Abend mit Ihnen machen, dann ein Taxi rufen und nach Hause fahren.«

Im Stillen gab er ihr recht. Er wünschte sich, er selbst hätte ihr mit irgendeiner Ausrede ein Taxi gerufen. »Es hat mich wirklich nicht gestört, Sie mitzunehmen«, schwindelte er. »Nichts davon ist mir schwergefallen.«

»Natürlich hat es Sie gestört«, sagte Susan. »Ich war kindisch gestern abend. Statt ehrlich und direkt zu sein, habe ich bloß ein bißchen mit Ihnen gespielt. Deswegen versuche ich jetzt, nochmal von vorn anzufangen.«

»Ich weiß gar nicht, wovon Sie sprechen«, sagte Carey.

Ihr schönes Lächeln zeigte eine Spur ihrer Verlegenheit. »Sagen wir einfach nur, ich brauchte gestern abend nicht wirklich Ihre Hilfe beim Ausziehen.«

Carey fühlte seinen Kragen enger werden, als ihm das Blut in den Kopf schoß. Er nickte. »Ich verstehe.« Er mußte eine Möglichkeit finden, das hier zu beenden. »Vergessen Sie es«, sagte er. »Ich schätze Ihre Feinfühligkeit sehr. Und ich bin voller Bewunderung für Ihre Offenheit. Jetzt sind wir aber definitiv quitt. Das Abendessen war hervorragend. Ich wußte gar nicht, wie hungrig ich war, bevor ich nach Hause kam. Vielen Dank.«

Susan stand auf und ging mit ihrem Glas ins Wohnzimmer. Unter der Tür drehte sie sich zu ihm um: »Fangen wir noch mal neu an?«

»Aber sicher«, antwortete er. Nichts wie raus aus diesem Gespräch. Er nahm sein Glas und ging ihr nach.

Sie setzte sich vor dem Kaminfeuer auf die Couch. Er zögerte einen Augenblick, dann wählte er den Stuhl ihr gegenüber, drei Meter entfernt. Er trank einen Schluck und warf einen Blick zurück ins Eßzimmer.

»Keine Sorge wegen dem Abwasch«, sagte sie, stand auf und zog das Sweatshirt aus. »Ich erledige das morgen früh.« Sie trug einen schwarzen Spitzen-BH, mit dem ihre weiße Haut noch nackter aussah.

Mit einem Mal wurde ihm bewußt, daß er sie mit offenem Mund anstarrte. Er schüttelte den Kopf. »Nein«, sagte er, »so hatte ich es nicht gemeint.«

»Wir sind jetzt ehrlich zueinander, Carey«, sagte sie. »Du hast mich gestern abend begehrt. Wenn nicht, wäre alles, was ich getan habe, völlig bedeutungslos.«

»Ich fürchte, Sie haben etwas mißverstanden«, sagte er. »Vielleicht habe auch nur ich etwas mißverstanden.«

Sie knöpfte sich die Jeans auf, streifte sie langsam ab und ließ sie auf dem Boden liegen. Noch mehr schwarze Spitze, noch mehr weiche, milchweiße Haut. »Ich möchte den gestrigen Abend wiedergutmachen. Das ist jetzt kein Spiel.«

»Halt«, sagte er. »Würden Sie bitte eine Minute lang aufhören, sich auszuziehen, und mich etwas sagen lassen?« Er holte tief Atem. »Ich bin verheiratet.«

»Ich auch.« Der üppige Mund ließ wieder das zurückhaltende Lächeln sehen. »Du schaust trotzdem hin, oder?«

»Etwas anderes ist schwer vorstellbar.«

Anscheinend verstand sie die Antwort als die Erlaubnis weiterzumachen. Sie hakte den BH auf und nahm in ab. Ihre Brüste waren rund und voll, weißer noch als die umgebende Haut, die Brustwarzen wie Rosenknospen. Sie sah die Beunruhigung in seinen Augen und sagte mit tiefer Stimme, beinahe flüsternd: »Es ist okay. Es ist völlig okay.«

»Nein«, sagte Carey, »es ist nicht okay.« Er war entschlossen, ihr Gesicht keine Sekunde aus dem Blick zu lassen, aber jetzt glänzten ihre Augen verführerisch. »Das habe ich nicht gemeint. Das kann mein Leben zerstören.«

Sie grinste, der Macht ihrer Nacktheit bewußt, und alle Worte dienten nur dazu, seinen Blick festzuhalten. »Nein, das kann es nicht. Ich bin auch verheiratet, und genau das macht die Sache so problemlos. Du brauchst dich nicht dauernd an meinen Geburtstag zu erinnern, und ich muß nicht deine Pokerfreunde aushalten. Mein Mann und deine Frau sind Tausende Kilometer weit weg. Wir zwei können heute nacht alles tun, was wir wollen, und es kostet nicht mal etwas. Ganz und gar ohne Konsequenzen.«

»Ihre Ehe geht vielleicht schon zu Ende, aber meine hat gerade erst angefangen. Ich liebe meine Frau.«

Sie lächelte ihn wieder an. Ihre Hände waren jetzt an der Taille ihres Slips, und während des Sprechens hakte sie die

Daumen ein und schob sie langsam unter dem Rand seitlich zu den Hüften hin. »Wie schön für dich«, sagte sie. »Ich bin sicher, wenn sie heimkommt, ist sie genau so hungrig auf dich wie ich jetzt. Aber jetzt ist sie nicht da. Das hier nimmt ihr nichts weg. Das ist nur unser Spaß. In diesem Haus allein zu sein und es nicht zu tun, wäre ja unnatürlich.« Ihr Lächeln war verschwunden. Sie beugte sich leicht über ihn, während sie den Slip herunterzog, dann stand sie nackt vor ihm.

Carey verlor fast den letzten Rest an Selbstachtung. Er gehörte nicht in diese Szene, er mußte sich nicht diesen Unsinn anhören oder dieser Frau beim Striptease zusehen. Er stand abrupt auf. Er sah, wie Susans Lächeln zurückkehrte und ihre Lider sich über die Augen senkten wie bei einer schnurrenden Katze. »Sie sind die schönste Frau, die ich in meinem ganzen Leben gesehen habe«, sagte er. »Sie sind amüsant, geistreich und voller Überredungskunst. Wenn ich je meine Frau betrügen würde, wäre das jetzt der richtige Augenblick.« Er nahm mit einer schnellen Handbewegung den Haufen Kleider von der Couch und warf sie ihr zu. »Und jetzt ziehen Sie sich an und gehen nach Hause.«

Er fing an, das Geschirr abzuräumen. Bei seinem dritten Gang in die Küche hörte er Kleider rascheln, und kurz danach fiel die Haustür zu. Er schloß die Augen, atmete fünfmal tief durch, schenkte sich ein Glas Champagner ein und trank es in einem Zug aus. Dann ging er ins Wohnzimmer und sah nach: Ja, sie hatte den Hausschlüssel auf den Tisch gelegt.

28

Oberhalb des Weges entdeckte Jane eine ebene Stelle, die nach Westen und Norden hin, von wo der kalte Bergwind kam, von hohen Felswänden begrenzt war. »Das ist der richtige Platz«, sagte sie. »Sieht es häuslich genug aus für Sie?«

Pete blieb stehen und betrachtete zweifelnd die Stelle. »Ich könnte noch eine Weile weiterlaufen«, schlug er vor.

»Wir sind jetzt zwölf Kilometer oder mehr im Dunkeln gelaufen«, sagte sie. »Irgendwann, mitten in einem Eisfeld oder auf einen Gipfel, geht uns die Luft aus, und bis wir den nächsten sicheren Rastplatz finden, sind wir total fertig. Damit schaden wir nur uns selbst.«

»Genehmigt«, sagte er. »Soll ich ein Feuer machen?«

»Die Wände sind ein guter Windschutz.« Sie gab ihm das Messer aus seinem Rucksack. »Holen Sie ein paar Zweige von den Kiefern da unten. Keine dicken Äste, nur die weichen Enden. Ich packe solange aus.«

Pete ging vorsichtig den Abhang hinunter und verschwand unter den Bäumen. Im nächsten Augenblick hörte Jane das leise wischende Geräusch, als er die abgeschnittenen Zweige auf einen Haufen warf.

Sie hatte Pete nicht gern in der Nähe, während sie mit der Taschenlampe, die sie in eine Astgabel geklemmt hatte, die Spalten und Ritzen der Felswände ableuchtete. In diese Höhlungen zog sich gern eine Klapperschlange vor der Nachtkälte zurück und kam tagsüber zum Sonnenbad heraus. Als sie feststellte, daß sie keine solchen Nachbarn hatte, holte sie sich aus den Rucksäcken die nötigen Gegenstände und legte sie auf dem Boden aus.

Pete kam schwer atmend zurück, auf den Armen einen riesigen Haufen Zweige. Er ließ sie auf die Felsplatte fallen, während Jane mit untergeschlagenen Beinen vor einer Reihe kleiner Schachteln und Dosen saß. »Was ist das alles?«

»Büchsenfleisch, Zwieback, Trockenobst und Nüsse«, sagte sie. »Die schlechte Nachricht zuerst: Das ist unser Abendessen. Die gute Nachricht ist, wir müssen es hinterher nicht mehr schleppen.«

»Sie hätten in die Werbung gehen sollen.« Er setzte sich ihr gegenüber hin, Jane öffnete mit dem Schweizer Messer eine Dose, und er machte es ihr nach. Er nahm etwas von dem Fleisch und biß dazu von einem Zwieback ab. »Das ist ja unheimlich. Was man da immer so erzählt kriegt, vom Leben im Freien und der gesunden Luft und das alles, das stimmt vielleicht sogar. Es schmeckt tatsächlich.«

Nach dem Essen stand Jane auf, warf die leeren Behälter in einen Plastiksack, verschloß ihn und steckte ihn in ihren

Rucksack. »Noch eine schlechte Nachricht: Die Müllabfuhr kommt erst, wenn die Straße gebaut ist, sagen wir: in tausend Jahren oder so. Wir müssen unseren ganzen Abfall mitnehmen.« Sie deutete auf den Haufen Zweige am Boden. »Schlafenszeit. Schauen Sie mir zu.«

Sie verteilte die Zweige über der Felsplatte, dann legte sie die wasserdichten Ponchos darüber. »Die Feuchtigkeit und die Kälte kommen vor allem von unten, außer es regnet.«

Jane zog Jacke und Stiefel aus und lehnte die Stiefel gegen den Felsen. »Ihre Schuhe müssen trocknen, während Sie schlafen, sonst holen Sie sich nur Blasen. Stellen Sie sie so auf, daß Sie drankommen, der Regen aber nicht. Im Schlafsack behalten Sie so wenig wie möglich an, und die Jacke ergibt ein wunderbares Kopfkissen.« Sie zog sich die Strickmütze an. »Das hält Sie warm. Die meiste Körperwärme geht nämlich am Kopf verloren.«

Sie öffnete die Reißverschlüsse der Schlafsäcke, fügte beide zu einem Doppelschlafsack zusammen und schlüpfte hinein. »Sie schlafen hier, wo Sie nicht so im Wind liegen. Vermutlich ist Ihr Blut immer noch dünnflüssig von Ihrem neuen Leben in der Wildnis.«

Pete setzte sich ans Fußende der Schlafsäcke, zog die Jacke aus, stellte die Schuhe zum Trocknen auf und behielt dabei Jane im Auge.

Sie spürte seinen Blick im Dunkeln und den Versuch, ihre Gedanken zu lesen. Sie seufzte und sagte mit der freundlichsten Stimme, die ihr möglich war: »Nein, habe ich nicht.«

»Sie haben was nicht?«

»Meine Meinung geändert über ... was auch immer. Ich will nur Ihre Körperwärme. So schläft man halt, wenn man es ohne ein Feuer warm haben möchte.«

»Klar«, sagte er, »ich habe so was schon mal wo gehört.«

Er schlüpfte neben ihr in den Schlafsack und blieb in sicherer Entfernung von ihr so stocksteif liegen, daß ihr unter dem straff gespannten Oberteil der kalte Wind bis zu den Zehen hinunterwehte. Sie mußte lachen. »Wissen Sie was? Wenn Ihnen das zu komisch vorkommt, dann nimmt jeder besser seinen eigenen. Wir werden schon nicht gleich erfrieren.«

»Nein, nein«, sagte er. »Ich brauche nur eine gewisse mentale ... wie sagt man dazu? Unempfindlichkeit.« Er nickte wild entschlossen. »Ich schaff' das schon.«

»Gut.« Nach einem längeren Schweigen sagte sie: »Aber wenn ich mit einer Hand an meinem Po aufwache, zwicke ich. Und wehe, es schreit dann jemand anderer ›Au!‹ als ich.«

Es klappte. Sie hörte, wie er sich auf dem Bett aus Zweigen bequemer machte, so daß der Schlafsack nun locker auflag und sie wärmen konnte. Sie machte die Augen zu, lauschte dem Wind über ihrem Kopf und den schwankenden Bäumen, einem Rauschen wie ein flüsterndes Meer. Im nächsten Augenblick war sie eingeschlafen.

Ihr war überhaupt nicht mehr kalt. Sie spürte die milde Brise auf der Haut und ließ sich unter die Oberfläche sinken. Sie fühlte sich getragen im warmen Wasser, als ob sie fliegen könnte. Langsam, ohne sich anzustrengen, ließ sie sich durch den Pool gleiten, spürte den schwachen Widerstand des Wassers wie eine sanfte Berührung auf ihrem Körper.

Sie blickte nach oben auf die silberne Wasseroberfläche, sah darin den Mond schwanken und tauchte auf, ihm entgegen.

An der Luft nahm sie einen ersten trockenen, süßen Atemzug, entspannte die Muskeln und ließ sich treiben. Jetzt schwebte sie, untätig, schwerelos, wartend. Sie vergnügte sich in dem Wissen, daß er in der Nähe sein mußte, und spielte mit der Angst vor der Lüge, er sei nicht da. Irgendwo hinter ihrem Kopf klatschte das Wasser, und sie schaute zum Mond hinauf, während sich ihr Körper anspannte vor sehnsüchtiger Erwartung. Als er ihr seinen großen Arm um die Hüfte legte, stieß sie ein leises Keuchen aus, das Gewißheit und Freude und Lachen gleichzeitig war. Sie spürte seine Brust an ihrem Rücken und den weichen Kuß seiner Lippen im Nacken. Sie legte ihm den Kopf auf die Schulter. Er war kräftig und zärtlich und noch wärmer als das Wasser. Sie fühlte die Bewegung seiner Hände, die ihren Körper nicht alleinließen, sondern ihn liebend berührten, vom Scheitel bis hinunter zu den Zehenspitzen, und wieder zurückkamen und überall dort innehielten, wo sie ihm nie eine Berührung erlaubt hätte. Er drehte sie langsam herum, und sie sah ihm in die Augen. Es lag keine Frage darin, keine Unsicherheit, die sie zum Sprechen gezwungen hätte. Es gab nichts zu sagen, denn dies alles kannten sie, und er ahnte insgeheim, daß ihre Antwort diesmal eine andere war. Das letzte Mal hatte sie sich nur falsch ausgedrückt, einfach vergessen, wie richtig dies alles war. Der beginnende Kuß, langsam, Lippen, die einander anzogen und sich anfangs kaum berührten, dann zusammenblieben. Sie ließ es dauern, so lange sie es aushalten konnte, und fühlte sich geborgen und anerkannt im Schutz seiner Arme.

Sie schob sich die Träger von den Schultern, dann nahm sie seine Hand und ließ ihn ihren Badeanzug ganz herunterstreifen. Auch Petes Badehose glitt von ihm ab, vielleicht hatte er auch schon keine an. Sie umarmten sich in dem dunklen, warmen Wasser, und diesmal war es viel schöner, und das Wasser kitzelte sie auf der entblößten Haut zur Erinnerung, daß sie nackt war. Sie fühlte sich so frei, daß es sie überraschte, wie gezwungen und unangenehm es wohl beim ersten Mal gewesen sein mußte. Pete und sie schwebten leicht dahin, und irgendeine Strömung im Wasser trieb sie miteinander weiter.

Sie gönnte sich das Vergnügen dieses Augenblicks, genoß das helle und heiße und deutliche Gefühl in einer dunklen und lautlosen Welt um sie herum. Sie war unendlich froh, endlich erkannt zu haben, daß dies alles erlaubt war. Dann aber spürte sie in der sie umgebenden Dunkelheit etwas wie eine Störung, als ob jemand näherkäme. »Nein, noch nicht«, flehte sie, »ein bißchen später.« Aber Pete verlor schon alle Körperlichkeit und schlüpfte ihr aus den Armen. Sie streckte die Hände nach ihm aus.

Sie fror. Warum hatte sich das Wasser abgekühlt? Langsam stieg sie höher in die bewußte Wahrnehmung und öffnete die Augen mit dem unerträglichen Gefühl, etwas verloren zu haben. Dann war sie mit einem Schlag wach. Sie war schockiert, erschrocken, nicht so sehr durch den Traum, sondern weil sie es war, die ihn geträumt hatte. Daß es nicht wirklich geschehen war, empfand sie als ungeheure Erleichterung. Sie hatte keinen Ehebruch begangen. Sie hatte Carey nicht betrogen. Sie hatte überhaupt nichts getan.

Sie setzte sich auf, so vorsichtig und berührungsfrei, als wäre Pete eine Klapperschlange auf der Suche nach Nestwärme, und schlüpfte vorsichtig aus dem Schlafsack heraus. Sie zog ihre Jacke an und ging über den kalten Fels zu ihren Stiefeln.

Die Alten hatten Träume ebenso untersucht wie alle anderen Ereignisse, die vor ihren Augen geschahen. Wenn jemand aus einem Traum aufwachte, dann machte er sich dessen Bedeutung klar und erfüllte jeden Befehl, den er dabei erhalten hatte. Denn irgendetwas hatte den Träumer gestört, irgendeine Sache, die er tagsüber nicht genug beachtet hatte. Wieder bei vollem Bewußtsein, mußte er das Versäumte nachholen, die Trägheit, Angst oder Hemmung überwinden, die ihn an einer klaren Wahrnehmung gehindert hatte. In den Alten Zeiten hätte Jane Pete nun wecken und ihn auffordern müssen, den Traum tatsächlich mit ihr zu vollziehen, damit wieder Frieden in ihre Seele einkehrte.

Während sie sich die Stiefel schnürte, blickte sie zu Pete Hatcher hinüber. Er schlief auf der Seite, mit dem Gesicht zu ihr, den Unterkiefer leicht gelockert. Vermutlich war er einer der höchstens siebzehn Männer auf der Welt, die auch schlafend noch gut aussehen. Sie durfte ihm nicht böse sein. Nichts von alledem war seine Schuld. Sie hatte sich lediglich nach ihrem Mann gesehnt und war mit Pete so lange allein gewesen, daß ein irregeführtes Unterbewußtsein ihn zum Mann schlechthin ernannt hatte. Aber dann korrigierte sie sich. Der Traum war für etwas so Abstraktes viel zu überzeugend und deutlich gewesen. Pete war ein attraktiver Mann mit der Moral eines Hengstes, und er hatte ihr beunruhigend klargemacht, daß er sie haben wollte. Und irgendetwas in ihr hatte die Ablehnung des Angebots nicht ernstgenommen, sondern weiter darüber nachgebrütet.

Es war beinahe vier Uhr, aber jetzt wollte sie nicht zu ihm in den Schlafsack zurück.

In der Ferne hörte sie Vögel kreischen. Sie spürte, daß die Tiere sich vor etwas fürchteten. Etwas war ihrem Nest zu nahe gekommen. Dann hörte sie auch schon das Flügelschlagen des Schwarms über sich. Die Vögel, die sie kannte, flogen um diese Zeit nicht aus.

»Pete!« sagte sie. »Aufstehn. Wir müssen weiter.«

Es war noch immer dunkel und still und kalt, und als Jane und Pete ihre Schlafsäcke und Ponchos zusammenrollten, kam ihnen der Atem in dichten Wolken aus der Nase.

Hatcher flüsterte: »Warum haben wir es so eilig?«

»Ein Vogelschwarm hat mich geweckt«, flüsterte sie zurück. »Etwas muß sie aufgeschreckt haben.«

Sie sammelte die Kiefernzweige ein und versteckte sie abseits des Weges. Sie wußte, daß der Aufbruch vernünftig war. Sie befand sich in unvertrautem Gelände, aber sie hatte sich allmählich an die Umgebung gewöhnt, und die Vögel benahmen sich seltsam. Nachdem sie alle Anzeichen ihres Nachtlagers beseitigt hatte, nahm sie den letzten Zweig und kehrte damit den Felsboden sauber und verwischte auch die Fußspuren, die vom Weg dorthin führten.

Jane schlug ein schnelles Schrittempo an und führte Pete weiter nach Norden, über Bergwiesen und Felsabhänge knapp an der Baumgrenze. Während die Dunkelheit zurückwich und der Himmel in ein graublaues Leuchten überging, hörte sie nun auch andere Vogelarten. Sie lauschte ihnen im Gehen nach, um aus ihren Rufen einen möglichen Warnschrei herauszuhören. Als die Sonne die Gipfel zu ihrer Linken schon in mattes Orange tauchte, sagte sie: »Fit für einen kleinen Sprint?«

Pete sagte: »Allzeit bereit.«

Sie liefen los und immer weiter auf dem engen Weg, bis die Sonne bereits hoch stand. Jane achtete auf Geräusche hinter sich, konnte aber nichts hören. Nach einer Weile sah sie einen Berg, den sie für den Iceberg Peak hielt. Sie hörte auf zu laufen und studierte im Weitergehen die Landkarte.

»Wo sind wir hier?« fragte Pete.

Sie zeigte ihm die Stelle. »Als nächstes müßten wir an weiteren Gletschern vorbeikommen: am Ahern-, am Ipasha- und dann am Chaney-Gletscher. Dann gabelt sich der Weg. In acht Kilometern etwa.«

»Das Gelände ist ziemlich uneben«, sagte Pete. »Wollen Sie so weiterrennen bis nach Kanada?«

»Ich wünschte, wir könnten«, sagte sie. »Wahrscheinlich fühle ich mich nach der Weggabelung schon sicherer. Das ist wieder eine Chance, einen Verfolger in die falsche Richtung zu schicken.«

»Glauben Sie im Ernst, daß hier oben noch jemand hinter uns her ist?«

»Ganz ehrlich: Ich kenne ein paar Leute, die so etwas schaffen. Ich glaube nicht, daß sie jedesmal die richtige Abzweigung gewählt haben und knapp hinter uns sind, aber es ist klüger, das Risiko möglichst klein zu halten.«

»Und wie machen wir das?«

»Wir laufen schneller, den ganzen Tag über, bis es dunkel wird, und halten nicht so oft an.«

Pete ging neben ihr her. Bald bemerkte sie, daß er verstohlen ihr Gesicht betrachtete. »Stimmt was nicht?«

»Ich hab' mir gerade was Schönes vorgestellt.«

»Pete ...«

»Es ging ums Tanzen. Wirklich wahr.«

»Ziemlich harmlos für jemanden wie Sie. Das muß der Sauerstoffmangel hier oben sein.«

Er nahm beide Hände zur Beschreibung. »Hören Sie zu. Wir sind in diesem Ballsaal. Oben hängt so eine altmodische Kugel mit lauter kleinen Spiegeln. Sonst ist die Beleuchtung eher schwach. Ich habe einen Smoking an. Und Sie ...«

»Einen blauen Büro-Anzug.«

»Ein schwarzes Samtkleid mit Trägern, der Ausschnitt gerade tief genug, daß man sieht, die Ausstattung ist entsprechend.«

»Die Ausstattung ist entsprechend?«

»Tolle Titten.«

»War wohl keine so gute Frage. Können wir dann wieder?«

»Nein. Ich gehe an Ihren Tisch. Sie lächeln. Sie stehen auf, Sie heben die rechte Hand ...«

»Und winke Ihnen zum Abschied noch einmal zu.«

»Nein. Ich ergreife die Hand. Die Musik beginnt.« Er schloß die Augen und summte im Gehen einen Walzer. Jane wartete, aber er summte immer noch, der Walzer war offenbar endlos.

Sie sah ihn genauer an. »Soll dieses Lächeln mich verunsichern? Hallo, Pete!«

»Sch-sch! Jetzt nicht unterbrechen. Ich hab' es gerade geschafft, auch mal zu führen.«

Sie betrachtete ihn einen Augenblick, dann konnte sie das Lachen in ihrer Kehle nicht mehr zurückhalten. Sie schlug ihn auf den Arm. Er machte die Augen auf und zuckte fröhlich die Schultern. »Ein Mann wird doch auch mal träumen dürfen.«

»Es tut mir leid«, sagte sie. »Ich bitte um Entschuldigung. Die Entscheidung liegt jetzt bei Ihnen. Wollen Sie möglichst schnell nach Kanada, oder wollen Sie ein paar Stunden lang so ruhig weiterspazieren, in einem Vierzig-Knoten-Wind auf einem eisgefrorenen Felsen schlafen und sich umbringen lassen?«

»Okay, Sie führen«, sagte er.

Sie lief ihm wieder voraus. Ab jetzt probierte sie eine neue Lauftechnik aus. In der Deckung des immergrünen Buschwerks ging sie etwas langsamer, aber mit großen, entschlossenen Schritten; es war ein Zeitverlust, aber dafür die Möglichkeit, wieder zu Atem zu kommen. Wenn es jedoch über Wiesenflächen oder nackte Felsrücken ging, rannte sie wieder los, um so schnell wie möglich das einsehbare Wegstück hinter sich zu bringen. Nicht einen Augenblick vergaß sie das Gewehr.

Earl saß unter den Wegweisern und rastete, während die Hunde sich in den verwirrenden Spuren zurechtzufinden versuchten. T-Bone raste mit systematischem Geschnüffel den rechten Weg hinauf und Rusty den linken. Gut, daß Jane sich solche Mühe gegeben hatte, ihn von ihrer Spur abzubringen. Sie hatte damit sicher mehr Zeit vertan, als er brauchte, um den richtigen Weg zu finden. Da kamen beide Hunde auch schon zurück und schnüffelten das Gras neben dem Pfad ab. An dem dritten Weg, zu dem es kein Schild gab, trafen sie wieder zusammen. Earl stand auf, um ihnen bei der

Arbeit zuzuschauen. Sie liefen nicht auf dem Weg selbst, sondern die Ränder entlang, und an manchen Stellen sah Earl jetzt die von Fußtritten flachgetretenen Gräser.

Die ersten Fußspuren entdeckte er nach dreißig Metern. Anfangs waren sie schlecht zu erkennen, aber obwohl er noch unsicher war, schlug sein Herz aufgeregter, und er ging eilig weiter. Die nächsten Spuren, jetzt sehr viel klarer, fand er in einer feuchtnassen Vertiefung. Die beiden hatten sich irgendetwas an die Schuhe gebunden, was ihren Zickzackkurs verschleiern sollte. Er atmete tief ein und ließ sich dabei den Vorgeschmack ungeahnter Möglichkeiten auf der Zunge zergehen. »Bei Fuß!«

Er kniete sich vor den Schuhabdrücken nieder, während Rusty und T-Bone zu ihm hinliefen und die Spur beschnüffelten. Er sah ihre Augen aufleuchten, als wäre der Geruch eine Art Rauschgift und spiegelte ihrem Gehirn ein tatsächliches Bild vor. Sie sahen Earl ins Gesicht, liefen ein paar Schritte voraus, kamen zurück und hechelten ihn flehend an. Jetzt war er seiner Sache sicher. Hatcher und die Frau hatten das Dümmste getan, was ihnen eingefallen war. Vielleicht war es ein Fetzen von einem Hemd, vielleicht sogar ein Socken. Auf jeden Fall hatten sie es nicht unterwegs gefunden. Sie hatten etwas um ihre Sohlen gewickelt, das ihre Haut berührt hatte, das sie getragen und eingeschwitzt hatten. Und jetzt hatten die Hunde die nötige Witterung.

Earl zog sich den Gürtel und die Schulterriemen seines Rucksacks enger und sagte: »Such!« Die Hunde brauchten fünfzehn Minuten bis zu der Stelle, wo die gesuchte Beute die Nacht verbracht hatte. Anfangs war Earl noch im Zweifel, weil kein verkohltes Stück Holz zu sehen war, aber die Hunde führten ihn zu den Kiefernzweigen, und da wußte er Bescheid.

T-Bone und Rusty rannten auf dem Weg dahin, jetzt nicht mehr von seinem Befehl in Bewegung gesetzt oder weil sie sich freuten, mit ihm einen Spaziergang durch den Wald zu machen. Sie hatten die Witterung aufgenommen, überprüft und auf dem Boden gefunden. Jetzt waren sie im Jagdfieber, und mit jedem Meter wurde die Spur frischer.

Earl rannte nun wieder schneller. Er hielt den Kopf hoch, den Blick auf mittlere Distanz eingestellt, die Atemzüge tief und mühelos. Er richtete sein Tempo so ein, daß er die Hunde im Auge behielt, sie aber unbehindert arbeiten ließ. Er mußte nicht befürchten, daß sie vergessen könnten, was sie im Training gelernt hatten. Wenn der Augenblick kam, würden sie auf ihn warten und ihn beim Schlachtfest mitmachen lassen.

29

Den halben Nachmittag hindurch rannten Jane und Pete höher in die Berge und gingen nur dann in einem schnellen Marschtempo weiter, wenn der Weg unter einem Dickicht und knorrig verwachsenen Bäumen hindurchlief. Bald wurde die Luft spürbar kälter. Jane sah den Chaney-Gletscher vor sich, und dann tauchte die Gabelung auf wie die Erfüllung eines Wunsches.

Jane blieb stehen. »Das ist unsere letzte Chance, die anderen auszutricksen, falls sie auf der richtigen Spur sind. Haben Sie Lust, es richtig zu machen?«

»Natürlich«, sagte er.

Sie schickte ihn den Abhang hinunter, wo er ein paar kleinere Büsche ausreißen sollte, während sie mit dem Messer zu graben begann. Sie zog den Wegweiser an dem Weg, der nach rechts abzweigte, aus dem Boden, dann pflanzte sie junge Stauden mitten auf den Pfad, der nach Norden führte. Sie arbeitete in aller Eile und verteilte die Gewächse in möglichst natürlicher Begrünung über den nackten Erdboden und verstreute dazwischen altes Laub und Nadeln, um ihre Fußspuren zu verwischen.

Als Pete zurückkam, die Arme voller Buschwerk, so daß er den Kopf zur Seite strecken mußte, um zu sehen, wo er hintrat, schickte sie ihn noch einmal weg, jetzt zum Einsammeln von Felsbrocken. Jane steckte junge Grasbüschel in den Boden, dann sagte sie zu Pete: »Legen Sie die Felsbrocken nicht einfach so auf die Erde. Graben Sie ein paar so weit ein, daß es aussieht, als lägen sie schon immer da.«

Als sie die so getarnte Stelle nicht mehr von der Umgebung unterscheiden konnte, ging sie mit Pete zurück in den Wald, um Bruchholz und trockenes Laub einzusammeln und unter den Büschen zu verteilen.

Endlich waren sie fertig und betrachteten ihr Werk. »Ich sollte Sie zu meinem Gartenarchitekten machen«, sagte sie.

»Wenn Sie mich hier lebend rausbringen, mache ich die Außenarchitektur für Ihr ganzes Haus.«

»Jetzt weiter. Sie tragen den Wegweiser.«

Sie liefen tiefer in den Wald hinein und kamen nach einer weiten Umgehung ein paar hundert Meter weiter nördlich wieder auf ihren Weg zurück. Jane schlug ein schnelles Tempo an, um die verlorene Zeit wieder hereinzuholen. Einen Kilometer weiter fand sie einen Wildpfad und steckte hier den Wegweiser in den Boden. Jetzt kamen sie schneller voran, und schließlich sagte Pete: »Offenbar geht es hier bergab.«

»Stimmt«, antwortete sie. »Dieses Stück geht fast genau nach Norden am Waterton River entlang.«

»Dann geht es also doch bergauf, richtig?«

»Falsch. Er fließt zehn Kilometer von hier in den Waterton Lake. Das ist ein ziemlich langgestreckter See, wie die Finger Lakes im Staat New York. Wollen Sie noch weitere gute Nachrichten?«

»Aber immer.«

»Er geht über die Grenze hinweg. Zwei Drittel der Fläche liegen in Kanada.«

»Warum rennen wir dann nicht los?«

Sie liefen weiter. Sie konnten die geringere Höhe spüren, auch in den Ohren. Irgendwo in den hohen Zedern und Schierlingstannen hörten sie einen Specht klopfen. Am Spätnachmittag kamen sie am Flußufer an. »Möchten Sie etwas essen?« fragte Jane.

»Ich bin fast verhungert.«

»Möchten Sie eine Essenspause?«

»Ich möchte das tun, was Sie mir heute vor Sonnenaufgang gesagt haben. Ich möchte das Tageslicht ausnutzen, auch noch das letzte Stück Weg herausholen. Dann setze ich mich hin und esse einen ganzen Elch oder etwas in der Art.« Sie lächelte, während sie weiterrannte.

»Was lächeln Sie? Sagen Sie mir bloß nicht, daß jetzt auch Sie eine Traumphantasie haben.«

»Das könnte Ihnen so passen. Nein, ich habe mir bisher Sorgen um Sie gemacht, aber jetzt nicht mehr. Sie halten sich großartig.«

»Ich habe Ihnen doch schon vor ein paar Tagen gesagt, daß ich keine Lust habe aufzugeben. Dafür lebe ich zu gern.«

»Das war nicht vor ein paar Tagen. Das war gestern.«

»Sehen Sie? Ich hole immer mehr aus meiner Zeit heraus. Mir kommt es vor, als wäre seitdem ein Jahr vergangen.«

Jane schwieg. Ärzte verschrieben manchmal körperliche Anstrengung gegen Depressionen; sie erhöht die Sauerstoffzufuhr und schüttet einen Wirkstoff ins Blut aus, der dem Gehirn ein gar nicht begründetes Wohlgefühl vortäuscht. Vielleicht war hier so etwas mit Pete geschehen, auf jeden Fall hoffte Jane, daß es lange anhielt.

Bei einbrechender Dunkelheit erreichten sie einen verlassenen Lagerplatz. Jane suchte im Licht der Taschenlampe die weite Lichtung ab, bis sie das Schild fand.

Pete las es laut ab: »Goat Haunt?«

»Gut, nicht?« sagte sie. »Wir haben es geschafft. Die Südspitze des Sees muß gleich da vorne sein.«

Pete wartete ab, aber Jane bewegte sich nicht. »Laufen wir weiter oder bleiben wir die Nacht über hier?«

Sie leuchtete noch einmal die Umgebung mit der Taschenlampe ab. »Diese offiziellen Campingplätze haben wirklich ihr Gutes. Die Park-Ranger legen sie meistens an den bestgeschützten Stellen an, die sie finden können. Diese Nacht wird um einiges kälter als die letzte. Und wenn wir eine der Feuerstellen hier benützen, dann verrät die Asche, sobald sie abgekühlt ist, niemandem etwas.«

»Sie hören sich verunsichert an.«

»Bin ich auch.«

»Warum?«

»Weiß ich nicht«, gab sie zu. »Vielleicht weil ich erschöpft bin vom Laufen. Und um da wieder rauszukommen, mußte ich erst mal Angst haben.« Das Licht ihrer Taschenlampe huschte über die Lichtung. »Vermutlich sind es einfach die Nerven. Ich denke, es bringt nichts, wenn wir jetzt im Dunkeln herumstapfen. Wir sollten lieber etwas essen und ein bißchen schlafen und erst dann über die Grenze gehen, wenn wir sie sehen können.«

Diesmal ging Pete ohne Aufforderung los und suchte weiche Zweige zusammen, während sie die Ponchos ausrollte. Sie aßen auf, was von ihren Konserven noch übrig war, zusammen mit einer Suppe, die Jane über einem Feuer heißmachte. Dann schlüpften sie in ihre Schlafsäcke.

Jane lag auf dem Rücken, die Augen geschlossen, und spürte Petes warmen, lebendigen Körper neben sich. Er atmete tief und langsam und schlief sofort ein. In ein paar Tagen würde sie für immer aus seinem Leben verschwinden und dann jede Nacht wieder neben Carey in dem großen Bett liegen und den großen Ahorn im Fenster sehen.

Der kalte Nachtwind strich ihr sanft übers Gesicht. Sie zog sich die Wollmütze über die Stirn und den Schlafsack bis zum Kinn hoch und ließ sich vom Rauschen des Windes in den Schlaf singen. Etwas in ihr wartete auf die Träume, die jetzt kommen mußten, aber ihr Schlaf war nur ein wirres Kaleidoskop unverbundener Bilder.

Irgendwann in der Nacht legte sich der unablässige Höhenwind, und die Luft wurde lautlos und kalt. Um drei Uhr morgens hörte Jane das Heulen.

Sie blieb mit offenen Augen still liegen, während sie in Gedanken die Umgebung überprüfte. Das Feuer war ausgegangen, der Reif auf dem Boden gefroren. Ihre Gesichtshaut prickelte, und sie rieb sie warm, um den Blutkreislauf wieder in Gang zu bringen. Sie sagte sich, daß das Geräusch wohl nur geträumt war, und legte das Gesicht tiefer in die Wärme des Schlafsacks. Da hörte sie es wieder. Ein hohes, langgezogenes Heulen, dann brach es ab und ging in ein Gejaule über. Sie setzte sich abrupt auf und hörte genauer hin.

Angeblich waren in den letzten Jahren ein paar Wolfsrudel in die Wildnis an der Grenze zurückgekehrt, aber das Geräusch hatte sich nicht wie das Heulen von Wölfen angehört.

Auch gab es überall in diesem Land zahlreiche Kojoten, aber diesen Gedanken verwarf sie sofort als falsch. Wieder hörte sie ein Bellen, diesmal schon näher und zu ihrer Linken. Es klang wie die Antwort auf das erste Heulen. Sie stieß Pete an der Schulter an und wickelte sich schnell aus dem Schlafsack. Er setzte sich auf und sah sich um.

Jane warf ihm seine Stiefel an die Brust. »Hunde!« sagte sie. »Die haben uns mit Hunden verfolgt.«

Sie zog ihre Schuhe an, hob die Rucksäcke vom Boden auf und suchte mit der Taschenlampe das Schild, das sie am Lagerplatz gesehen hatte: »Boulder Pass-Weg.«

Jetzt hatte auch Pete seine Stiefel an und rollte die Schlafsäcke zusammen.

»Lassen Sie sie liegen«, sagte sie und hielt ihm seinen Rucksack hin.

Dann rannte sie los. Hinter sich hörte sie Pete mit ihr im Gleichschritt. Am Wegweiser vorbei und nach den ersten Schritten im Wald schaltete sie die Taschenlampe aus und steckte sie ein. Im Laufen versuchte sie, völlig wachzuwerden und zu überlegen, was das alles bedeutete.

All ihre Tricks und Täuschungsmanöver waren wirkungslos. Einen Mann allein hätten sie wohl fehlgeleitet, er wäre an den Büschen und Felsbrocken, mit denen Pete und sie den Weg getarnt hatten, zweifellos vorbeimarschiert. Aber ein Hund würde hier nicht einmal innehalten, sondern einfach auf der Linie seiner Witterung weiterstürmen. Die Stelle diente den Hunden geradezu als Richtungsanzeiger, denn überall fanden sie hier an Steinen und Büschen die frischen Schweißspuren von Janes und Petes Arbeit.

Sie dachte daran zurück, wie sie auf dem zurückgelegten Pfad die Wegweiser umgestellt hatte. Die ganze Mühe und der Zeitverlust hätten nur dann einen Sinn gehabt, wenn Hunde lesen könnten.

»Vielleicht ist es ja jemand anderer.« Die leise, fast krächzende Stimme sagte ihr, daß sie etwas gegen Petes Selbsttäuschung tun mußte.

»Nein«, sagte sie, »Hunde sind hier im Park verboten.« Sie hörte wieder das Bellen und versuchte, die Entfernung abzuschätzen. Fast hörte es sich an, als wäre der Hund noch weit hinter ihr, aber sie machte sich sofort klar, daß sie eine solche Vermutung gar nicht anstellen konnte. Der Hund hatte eine tiefe Stimme, aber das hieß nicht, daß sie auch laut war. Es war auch nicht auszumachen, ob er in ihre Richtung bellte oder nicht.

Sie lief noch schneller, duckte sich immer wieder und wich den niedrig hängenden Ästen aus, verzichtete jedoch darauf, ihre Fußspuren unsichtbar neben den Pfad zu legen. Fieberhaft suchte sie nach einer neuen Taktik, die den Jäger hinter ihr abschütteln konnte. Aber nur eines bot ihr noch eine Chance: schneller zu sein als er. Pete und sie waren eine halbe Nacht und einen ganzen Tag gelaufen. Zeitverluste hatten sie lediglich durch das Verwischen ihrer Spuren und für Eß- und Pinkelpausen. Dieser letzte Gedanke machte sie niedergeschlagen. Hunde markierten damit ihr Territorium. Die Duftreste von menschlichem Urin waren für das Tier eine überwältigende Enthüllung. Die höhere Geschwindigkeit war das einzige, was ihnen noch blieb. Pete und sie waren in den letzten sechsunddreißig Stunden schnell vorangekommen, aber dieser Jäger und sein Hund waren noch schneller gewesen. Um überhaupt nur in die Nähe zu kommen, mußten sie fünf oder sechs Stunden lang durch Kälte und Dunkelheit gegangen sein, während Pete und sie gegessen und geschlafen hatten. Der Jäger war vielleicht von furchterregender Körperkraft, aber Pete und sie waren jetzt ausgeruht und fit. Er dagegen war jetzt hungrig und müde.

Sie rannte so schnell, wie es in der Dunkelheit möglich war. Der Weg schlängelte sich jetzt durch die Bäume bergauf bis zu einem schmalen Wasserlauf, den sie rechterhand hören konnte. Manchmal sah sie auch das kurze Schimmern von Mondlicht auf dem Wasser.

Sie rannte weiter, bis das Sonnenlicht erste Schatten auf den Weg vor ihren Füßen warf, dann ging sie ein paar Minuten langsamer und horchte auf das heisere Schnauben ihrer Atemzüge. Pete atmete noch lauter und tiefer, und an seinen schweren, oft stolpernden Schritten hörte sie, wie erschöpft er war. Sie nahm ihren Rucksack nach vorn und holte die

Landkarte heraus. »Wenn wir weiter auf dem Boulder Pass-Weg bleiben, kommen wir hier an eine Gabelung, dann gehen wir nach Westen bis zum Kintla Lake oder biegen nach Süden zum Bowman Lake ab.«

Pete schaute ihr über die Schulter: »Beides sieht nach einer längeren Strecke aus.«

»Vierzig Kilometer vielleicht. Beide führen nicht gerade in die Zivilisation, aber allmählich wäre ich für ein paar bewaffnete Park-Ranger dankbar.«

Sie beugte sich wieder über die Karte und entdeckte einen dünnen, gezackten Strich, wie ein Haarriß in einer Teetasse, eine Linie, der den Boulder Pass Trail kreuzte und nach Norden auf die Grenze zulief. »Es gibt eine Abkürzung, aber mit einem großen Risiko. Sehen Sie diesen Strich?«

»Was ist das? Ein Weg?«

»So viel Glück haben wir nicht. Er ist die Grenze zwischen Glacier County und Flathead County.« Sie zeichnete ihn in nördlicher Richtung mit dem Finger nach. »Und in Kanada zwischen dem Kootenay District und dem Leethbridge District.«

»Warum schauen wir uns diese imaginäre Linie überhaupt an?«

»Weil sie nicht gerade oder regelmäßig verläuft. Sehen Sie sich dagegen die Landesgrenze an. Sie liegt genau auf dem neunundvierzigsten Breitengrad, weil irgendwelche Politiker in einem schönen, warmen Haus Tausende von Kilometern weit weg von hier einmal eine schnurgerade Linie in eine Landkarte zeichneten. Diese Linie hier ist aber gezackt wie eine Säge. Das heißt, sie ist ganz anders entstanden. Da waren die Landvermesser wirklich im Gelände. Diese Linie ist tatsächlich jemand gegangen. Auch wenn es schon hundert Jahre her ist.

»Klar. Vermutlich war es einer dieser Frühmenschen, so eine Art Yeti und sein treuer indianischer Pfadfinder.«

Jane zuckte die Achseln. »Die anderen haben uns nichts voraus.«

»Was wollen Sie damit sagen?« Sie antwortete auf die Frage, die sie gestellt hätte.

»Wir waren nicht schlecht bis jetzt. Wir haben gegessen und ein wenig geschlafen. Der Kerl hinter uns nicht.«

»Wie können Sie das wissen?«

»Um drei Uhr morgens war er noch wach und auf der Jagd. Er hat versucht, uns einzuholen und im Schlaf umzubringen. Wir müssen schneller sein als er. Also: Je rauher das Gelände, um so besser für uns.«

»Ich bin mir da nicht so sicher.«

»Haben Sie schon mal einen Hund auf eine Leiter steigen sehen?«

»Ich glaube nicht.«

»Er stellt sich bei so was ziemlich blöd an. Wenn wir auf dem Weg also eine Kletterpartie vor uns haben, dann hält der Hund den Jäger auf, vielleicht kommt er sogar nicht weiter.«

»Und dann gibt er die Jagd auf?«

»Nein«, sagte Jane. »Das dachte ich bisher auch. Aber jetzt nicht mehr.«

30

Kurz hinter T-Bone und Rusty kam Earl an den leeren Lagerplatz Goat Haunt. Die Hunde rasten über die Lichtung und wühlten die auf einen Haufen geworfenen Schlafsäcke mit den Schnauzen durch. Earl ging zu der Feuerstelle und hielt die Hand darüber. Er spürte keine Wärme. Er nahm einen der Zweige, die noch auf dem Schlafplatz lagen, und stocherte damit in der Asche herum. Aus glühenden Holzstücken flogen Funken hoch und entzündeten das Harz im Ast. Earl legte ihn auf die Glut und beobachtete die Hunde.

Der Geruch war noch frisch, wahrscheinlich nicht älter als eine Stunde, und die Augen der Tiere weiteten sich vor Ungeduld. Er setzte sich hin, um ein wenig zu rasten, und ließ den Hunden Zeit, die Spuren zu sortieren und den Weiterweg herauszufinden. T-Bone rannte immer wieder zum Waldrand, blieb dort stehen und schaute zurück. Rusty lief methodisch schnüffelnd den gesamten Campingplatz ab und dann zu seinem Bruder unter dem Wegweiser. Earl las das Schild und holte seine Karte heraus. Sie hatten sicher das Gebell der Hunde gehört, waren aufgesprungen und weitergerannt. Aber warum hatten sie den Boulder Pass-Weg genommen? Er fuhr die lange Mäanderlinie mit dem Finger nach. Am Brown Pass war eine Weggabelung. Die eine Abzweigung ging nach Süden den Bowman Lake, dann den Bowman Creek entlang zu einem Ranger-Biwak und einer Straße, die andere mindestens vierzig Kilometer nach Norden zum Kintla Lake, einem zweiten Biwak und wieder zu einer Straße. Sie wußten, daß er hinter ihnen her war, und versuchten jetzt, ihn abzuhängen. Er seufzte. Im Grunde war das keine schlechte Taktik. Er war die ganze Nacht auf den Beinen gewesen, während sie sich ausgeruht hatten. Um überhaupt so weit zu kommen, mußten sie in ziemlich guter körperlicher Verfassung sein.

Das Problem war Lenny. Er hing mittlerweile ein paar Stunden zurück und war beladen wie ein Packesel. Earl überlegte, ob er auf ihn warten, den Hunden eine Rast und sich selbst einen Kurzschlaf gönnen sollte. Aber damit riskierte er, seine Beute zu verlieren. Er studierte die Karte. Auch wenn er auf Lenny wartete und ihn Richtung Boulder Pass in Marsch setzte, war Lenny mitsamt seinem Proviant jetzt, da die beiden schneller liefen, ziemlich nutzlos.

Earl machte seine letzten zwei Dosen Hundefutter auf, leerte den Inhalt auf zwei flache Steine und pfiff. Rusty und T-Bone kamen heran und fraßen. Earl fand eine alte Pumpe und ließ Wasser für sie in den Trog unter dem Hahn laufen. Dann füllte er seine Feldflasche, warf eine Desinfektionstablette hinein, setzte sich wieder hin und aß von dem mitgebrachten Trockenfleisch. Rusty und T-Bone leckten die Reste ihres Futters von den Steinen, so daß ihre Zungen feuchte Streifen hinterließen, dann tranken sie aus dem Wassertrog und legten sich neben Earl auf den Boden.

»Immer diese Entscheidungen«, redete er sie an. Das war es. Jane stellte ihn vor eine Wahl. Wenn sie das oft genug machte, würde er sicher einmal die falsche Entscheidung treffen und auf dem falschen Weg weitergehen. Aber den

Gefallen tat er ihr nicht. Er ging zu den Schlafsäcken, knüllte sie zusammen, warf sie in die Büsche und legte auch noch Zweige darüber. Wenn Lenny über den Highline Trail an diesen Platz kam, würde er nicht mehr sehen, daß jemand hier übernachtet hatte, und weiter nach Norden gehen, am Waterton Lake entlang nach Kanada. Wenn Earl ihn brauchte, konnte er ihn am Lagerplatz Waterton Township treffen.

Earl machte seinen Rucksack auf. Eilig baute er das Winterfeldzug-Gewehr zusammen und hängte den Tragriemen ein. Er schob ein kastenförmiges Zehn-Patronen-Magazin ein, steckte sich ein zweites in die rechte Jackentasche, den 45er-Revolver in die linke und das Messer hinten in den Gürtel. Karte und Kompass kamen in eine Brusttasche, und den restlichen Stauraum füllte er mit Trockenfleisch und Zwieback. Die Feldflasche hängte er sich als Gegengewicht zum Gewehr um. Danach versteckte er den Rucksack bei den Schlafsäcken. Er überprüfte das Gewicht, das er jetzt zu tragen hatte. Er hatte es um fast zehn Kilo erleichtert, und nichts an ihm gab ein Geräusch von sich oder verlangsamte seine Geschwindigkeit.

Es war sicher riskant, nur mit dieser Ausrüstung einen unvertrauten Berg anzugehen, aber wenn andere immer genug für Hin- und Rückweg mit sich schleppen mußten, brauchte er es noch lange nicht zu tun. Nachdem er sie getötet haben würde, würden die Vorräte in ihren Rucksäcken zu einem Festessen für ihn und T-Bone und Rusty.

Er ging auf den Pfad zu und rief über die Schulter zurück: »Such!« Die großen Hunde jagten an ihm vorbei den Weg voraus. Earl ließ ihnen einen größeren Vorsprung, bevor er selbst zu laufen begann. Irgendwann, das wußte er ganz genau, würden der Mann und Frau in ihrer Erschöpfung einsehen, daß jedes Weiterrennen keinen Sinn mehr hatte. Dann würden sie sich eingraben und verteidigen. Er mußte lächeln. Noch nie hatte jemand einen Hund in einen Hinterhalt gelockt.

Erst nach zehn Uhr erreichten Jane und Hatcher die Abzweigung am Brown Pass. »Hier ist es«, sagte Jane. Pete betrachtete die nach Westen und Nordwesten führenden Wege. »Welcher ist es?«

»Keiner von beiden.« Sie deutete rechts hinauf in das Felsgebirge über ihnen. »Der mit dem Schnee da oben ist Chapman Peak. Von jetzt an geht es etwas steiler bergauf, in gerader Linie bis zum unteren Rand des Gletschers.«

Sie sah, wie sein Blick nach oben wanderte. Dann schaute er zurück auf den Weg, den sie gekommen waren. »Nach Ihnen«, sagte er. Sie fand ihren Verdacht bestätigt. Er wollte mit seinem Körper zwischen ihr und der Kugel bleiben. Sie begann zu gehen, und schon bei den ersten Schritten stieg die Felsplatte vor ihr spürbar an.

Sie liefen jetzt bergauf, zuerst durch den Laubwald, dann in die höhere Kiefernzone hinauf, schließlich über die Bergwiesen. Von Zeit zu Zeit blieb jeder von ihnen kurz stehen und blickte über die grünen Baumwipfel zurück, ohne sich den Anschein zu geben, etwas Bestimmtes zu suchen.

Als die Sonne am höchsten stand, waren sie am Fuß des Gletschers. Jane studierte wieder die Karte, während Pete die riesige Eismasse betrachtete. »Wissen Sie, was ich jetzt am liebsten hätte?«

»Einen Vanille-Eisbecher?«

»Einen großen Karton Dynamit. Dann würde ich warten, bis der Kerl genau hier steht, und dann würde ich eine Eislawine auf ihn runterlassen.«

»Blöde Idee, aber denken Sie weiter nach. Wenn er näherkommt, muß uns irgendetwas einfallen.« Sie faltete die Karte zusammen. »Jetzt gehen wir unter dem Westgrat weiter.«

»Woran orientieren wir uns eigentlich? Ich würde nicht gern daran vorbeilaufen.«

»Das werden wir nicht. Es ist der Hudson-Gletscher.«

Ab hier mußten sie die Blicke auf den Boden gerichtet halten, um auf dem unebenen Geröllpfad sicher aufzutreten. Erst nach einer Stunde hörte Jane wieder das Bellen eines Hundes, dem ein zweiter antwortete. Pete drehte sich um, aber Jane zog ihn am Ärmel weiter.

»Wenn Sie ihn sehen, hat er Sie längst gesehen. Unsere einzige Hoffnung besteht darin, in Bewegung zu bleiben.« Diesmal klang ihre Stimme gespannt, beinahe gepreßt. Sie hatte sich schon wieder getäuscht. Der Weg den Berg hinauf war nicht steil genug. Nirgends eine Stelle, die nicht auch ein Hund leicht überwunden hätte. Ihr Verfolger wurde hier überhaupt nicht aufgehalten.

Sie versuchte, jeden Gedanken an den Mann beiseite zu schieben, aber vergeblich. Er mußte die ganze Nacht auf den Beinen gewesen sein, ebenso die Nacht vorher. Offenbar brauchte er keine Rast, kein Essen, keinen Schlaf. Er gab nie auf, und er irrte sich nie. Er brachte jeden um, der wie Pete Hatcher aussah, jeden, der sich ihm dabei in den Weg stellte, und er kam ihnen immer näher.

Sie wußte, daß sie jetzt auf einer Höhe von etwa dreitausend Metern waren, und vermutlich machte die dünnere Luft sie ein wenig schwindlig. Es gab immer verrückte, böse Menschen, aber bei aller Bosheit hatten sie doch nicht die Macht, sich in Hunde zu verwandeln. Sie schossen mit Präzisionsgewehren. Damit hatte sie sich zu befassen, nicht mit irgend welchen uralten Aberglauben.

Als sie den Fuß des Hudson-Gletschers hinter sich hatten, fühlte sie sich kräftiger. Wenn sie diesen Vorsprung beibehalten konnte, dann lag eine Weile der Felshang zwischen ihnen und dem Gewehr.

Jetzt bogen sie nach Norden ab, wo die hohen Felsplateaus ab und zu mit strohtrockenen Wiesen und Zwergkiefern bewachsen waren. Der Wind frischte auf, während die Sonne sich schon dem Westen zuneigte, er blies ihnen von vorn ins Gesicht und verlangsamte ihr Weiterkommen.

Um zwei Uhr waren die Hunde wieder zu hören, und wieder waren sie offenbar ein Stück näher. Zu sehen waren sie aber noch nicht. Jane sagte: »Können wir laufen?«

Sie rannte gegen den Nordwind an, mit kürzeren Schritten, als würde sie von der Luft bei jedem Sprung gepackt und zurückgeworfen. Pete und sie stemmten sich tiefgebückt in den Wind, aber bald krochen sie fast nur noch über Felsen oder steile Hänge hinauf und bezahlten jeden Meter mit einem Übermaß an Körperkraft. Um vier Uhr fünfzehn, als Jane links den Mount Custer und rechts den Herbst-Gletscher erkannte, sah sie den Mann zum ersten Mal. Er war kaum mehr als ein kleiner, senkrechter dunkler Strich vor dem Horizont. Vor ihm und tiefer am Boden sah sie zwei weitere schwarze Punkte. Jane nahm das Fernglas und suchte ihn.

Sie beobachtete, wie er anhielt. Dann setzte er sich mit abgewinkelten Knien auf den Boden und hantierte mit irgend etwas. Einzelheiten seines Gesichts konnte sie auf diese Entfernung nicht sehen. Jetzt hob er entschlossen beide Arme gleichzeitig vor die Brust. Die Bewegung kam ihr seltsam bekannt vor. Als er den Kopf zur Seite neigte, schrie sie: »Runter!«

Sie ließen sich auf den Bauch fallen und hörten im nächsten Augenblick das peitschende Krachen, mit dem die Kugel die Schallmauer durchbrach. Jane zählte die Sekunden bis zu einem Schußgeräusch, aber es kam nicht. Er arbeitete immer noch mit dem Schalldämpfer. Sie hob den Kopf und sah, wie der Mann wieder rannte.

»Weiter«, sagte sie und rappelte sich hoch.

Nebeneinander rannten sie los. Sie hörte eine zweite Kugel peitschen, und diesmal sah sie an dem Felsen unmittelbar vor sich Steinsplitter auffliegen, während der Querschläger nach oben abschwirrte. Jetzt schien alle Hoffnung vergebens. Immer wenn sie rannten, würde er schießen. Und wenn sie in Deckung blieben, kam er näher.

»Wir müssen aus diesem freien Feld hier raus«, sagte sie.

»Einverstanden.«

Sie liefen nach Westen, diagonal über den Hang bergab. Sobald sie die erste knorrige Baumgruppe erreicht hatten, hörten die Schüsse auf. Zweimal stolperte Pete, rollte ab, stand auf und rannte weiter. Sie rannten, bis die Sonne hinter den Bergkämmen stand und im schwächeren Zwielicht keine Schatten mehr warf. Als die Dunkelheit einsetzte, taumelten sie erschöpft auf eine langgestreckte, schmale, mit Büschen bewachsene Talwiese.

Der Bär war dreißig Meter entfernt. Er schnüffelte leise brummend am Boden herum. Jane blieb stehen. In ihrem Kopf explodierten die Gedanken in tausend Richtungen auf der Suche nach einem Ausweg. Sie sah mit einem Blick, daß das riesige braune Tier kein Schwarzbär war. Es hatte einen Buckel im Rücken, das Gesicht ein flacheres Profil, die Schnauze war leicht hochgezogen. Jane erinnerte sich an die Regeln und Warnungen auf dem Faltblatt, das sie am Parkeingang mitgenommen hatte.

Grizzlybären lebten nur in den hohen und ungestörten Partien des Naturparks, und das hieß, daß die Höhenlagen jenseits dieses schmalen Hochtals für einen Menschen unerreichbar waren. Der Bär hatte offenbar einen Zweig aus einem Beerenstrauch abgefressen, hob die Tatze und ließ sie auf den nächsten Zweig fallen, um die Früchte herunterzuschlagen. Das brachte ihr ein zweites Problem zu Bewußtsein. In dieser Jahreszeit waren die Tiere besonders gefräßig und angestrengt bemüht, sich das Fett für den Winterschlaf zuzulegen. Niemals, so das Hinweisblatt in Großdruck, durfte man in der Abenddämmerung noch unterwegs sein.

Ohne den Blick von dem Bären abzuwenden, konnte sie sehen, wie Pete nach seinem Revolver griff. Sie stieß ihn leicht mit dem Ellbogen und schüttelte den Kopf. Dann gingen sie weiter auf das vor ihnen liegende Ende der Talsohle zu. Der Versuch schien aussichtslos. Ein Bär konnte schneller laufen als ein Mensch. Und dieser hier hatte Hunger. Wenn er ihnen nachsetzte, war auch Petes Revolver keine bessere Verteidigung als eine Fliegenklatsche. Man wußte nicht einmal, warum sich ein Bär einmal in die Büsche trollte und ein andermal plötzlich zum Angriff überging. Aber da erinnerte sie sich daran, was noch in der Bärenwarnung stand. Es war der Grund für das Hundeverbot im Park.

Sie flüsterte: »Weitergehen. Nicht rennen, nicht stehenbleiben.«

Er sah beunruhigt aus. »Wie soll das ...«

Sie schob ihn vorwärts, und er fing an zu gehen. Sie beobachtete jeden Schritt, während er sich von ihr entfernte. Dann drehte sie sich langsam um und schaute den Weg zurück, den sie gekommen waren, und suchte sich genau die Stelle aus, wo sie dem Bär gegenübertreten wollte.

Das Tier hatte seine Beerenmahlzeit beendet, schüttelte den haarigen Riesenkörper, hob den Kopf und schaute ihr geradewegs ins Gesicht. Sie konnte nicht mehr sagen, ob sie den Blick des Bären ein paar Sekunden oder eine Minute lang auf sich zog. In dem intensiven Starrblick des Bären fielen ihr wieder die Geschichten ihres Großvaters ein. Bären konnten Gedanken lesen. Damals, in der Alten Zeit, wußten alle, was es hieß, im Wald auf einen Bären zu stoßen. Beim Anhören der alten Erzählungen nickten sie dann alle mit den Köpfen und lachten wohl auch verlegen, wenn sie sich an diesen Bärenblick erinnerten. Wenn der Bär, sagte man, den richtigen Namen eines Menschen wußte, konnte der ihm nicht mehr entkommen. Jetzt schien es ihr, als versuchte der Bär in ihren Gedanken ihren Namen zu finden. Die Erzählungen bewiesen, daß sich an der Begegnung seit dem Anfang der Welt nichts geändert hatte.

Der Bär zog prüfend die Luft ein und roch Janes Angst. Er machte einen Schritt auf sie zu, dann einen zweiten. Sie sah, wie sich die Ohren zurücklegten und das Gesicht länger wurde, und wußte, was als nächstes geschehen würde. Die Flucht bot ihr ebensowenig eine Chance wie der Kampf. Sie hatte nur eine Möglichkeit, die einzige seit der ersten Nundawaono-Frau und ihrem ersten Bären. Nichts hatte sich geändert. Die Lebenden verdankten ihr Leben immer nur ihrem schnellen Verstand.

Jane kniete sich ins Gras, nahm den Rucksack ab und sah, wie der Bär abrupt zum Angriff überging. Immer schneller raste er auf sie zu. Während sie wie gehetzt in den Rucksack griff, beobachtete sie das Näherkommen dieses übergroßen, kräftigen Tierkörpers und sagte laut: »Sind die alten Geschichten wahr, Nyakwai? Wehe, wenn nicht.«

Mit zitternden Händen riß sie die Verpackungen auf und steckte den Honig und die Erdnußbutter in die Plastiktüte mit dem Müll, dazu die Trauben und das Trockenfleisch.

Der Bär war fast über ihr, als sie aufsprang. Genau wie in den Erzählungen richtete er sich auf den Hinterbeinen auf, fast drei Meter hoch, und breitete die mächtigen Arme aus, um die Frau zu packen und mit den Klauen festzuhalten, während er ihr das Genick durchbiß. Jane schleuderte ihm die Futter-Mülltüte mit aller Kraft an die breite Brust. Nyakwais blitzschnelle Reflexe funktionierten wie eh und je: Die Vordertatzen schlugen übereinander und hielten die Plastiktüte fest, und die langen Krallen wühlten sich durch die Umhüllung in den weichen, scharf riechenden Inhalt.

Jane drehte sich auf dem Absatz um und rannte über die offene Wiese auf das Ende der Talsohle zu. Sie schätzte, daß es bis dahin knapp hundert Meter waren, dann stieg das Gelände wieder an, wurde felsiger und bot Schutz unter Bäumen. Jetzt waren es noch achtzig Meter. Noch sechzig. Sie biß die Zähne zusammen und krallte sich bei jedem Schritt mit den Zehen in den Boden. Noch vierzig. Dreißig. Kurz vor den Bäumen blickte sie einmal schnell über die Schulter, dann rannte sie weiter.

In den alten Geschichten ging der Trick so: Man warf dem Bären einen kleinen Baumstamm zu, er fing ihn auf, und dann mußte man ihm schnell die Kriegskeule auf den Schädel schlagen. Aber dieser Bär stand immer noch da, wo sie losgerannt war, friedlich in die Plastiktüte vertieft, und schleckte das fette Fleisch und die Erdnußbutter heraus, die Zwiebackkrümel und den klebrig-süßen Honig.

Jane warf dem Tier einen letzten Blick zu. »Bleib genau da, wo du bist, Nyakwai«, flüsterte sie ihm zu. »Es ist etwas in der Nähe, etwas Böses.«

Earl ging hinter den Hunden den Abhang hinunter. Bei diesem Auftrag hatte er anscheinend dauernd gegen Widerstände zu kämpfen, wie jetzt gegen den starken Nordwind, der ihm schon den ganzen Nachmittag entgegenschlug. Er war so lange gelaufen, bis er eine Rast für notwendig hielt, und da hatte er sie oben auf dem Felsrücken entdeckt. Aber er hatte die Nerven behalten, war weitergelaufen und hatte ihren Vorsprung Stück für Stück verringert, um in die bestmögliche Schußposition zu gelangen. Als die Frau stehenblieb und zurückschaute, hatte er sich zurückgezogen und sie durch das Zielfernrohr beobachtet.

Dabei sah er, daß sie ein Fernglas hatte, und das ließ ihm keine Wahl mehr. Die Distanz betrug vermutlich weniger als tausend Meter. Auch wenn er das beste Scharfschützengewehr in Händen hielt, das für Geld zu kaufen war, wußte er doch, daß er den blendenden Sonnenuntergang vor sich hatte und ein bewegliches, sich entfernendes Ziel, das auf unebenem Boden auf- und abtauchte, während ihm der Vierzig-Knoten-Wind ins Gesicht blies. Er hatte versucht, den Rücken des Mannes lang genug im Fadenkreuz zu halten, aber es war ein jämmerlicher, viel zu hoher Schuß. Als das Gewehr sich nach dem Rückstoß senkte und er das Zielfernrohr wieder vor den Augen hatte, sah er, daß sich die beiden zu Boden geworfen hatten.

Er war aufgesprungen und ihnen nachgerannt. Als sie wieder auf den Beinen waren und weiterliefen, hatte er einen zweiten Schuß abgegeben, um sie erneut zum Liegenbleiben zu zwingen, aber die Taktik war fehlgeschlagen. Offenbar war Jane klar, daß sie nicht bewegungslos verharren konnten, während er ihnen immer näher kam.

Danach waren sie nach links gelaufen, quer durch sein Gesichtsfeld, um ihm den nächsten Schuß noch weiter zu erschweren, und dann in diese Schlucht heruntergeklettert. Aus einer Entfernung von fünfzig Metern hätten die Zwergkiefern am Hang keinerlei Deckung geboten, aber aus achthundert Metern verdichteten sich die Stämme in der Optik des Zielfernrohrs zu einer undurchdinglichen Mauer.

Jane war ein schlaues Biest. Sie hatte Hatcher von dem Berggrat, wo er sich scharf gegen den Himmel abhob, heruntergeführt in einen engen Sattel, in dem sich genug Erde für eine dichte, laubreiche Vegetation abgelagert hatte.

Seit Tagen hatte er diesen Augenblick kommen sehen. Es gab Fliehende, die so lange rannten, bis sie zusammenbrachen, und nur noch darauf warten konnten, daß er ihnen die Kehle durchschnitt. Aber Hatcher hatte bewiesen, daß er nicht von dieser Sorte war. In Denver hatte ihm Linda einen Revolver abgenommen, also war er wohl einer von denen, die irgendeine lächerliche Gegenwehr versuchen. Aber Jane war ein Profi, und wenn sie im Wegrennen keinen Sinn mehr sah, hieß das noch lange nicht, daß ihr nicht doch etwas einfiel. Earl lief mit langen, federnden Schritten, ab und zu sprang er meterweit und landete auf beiden Füßen, nahm einen neuen Anlauf und sprang wieder. An der Talsohle trat er unter den Bäumen heraus auf eine lange, schmale Wiese. Das Licht wurde jetzt schnell schwächer, und der Himmel überzog sich bereits mit einem undurchsichtigen Dunkelgrau, bevor er sich weiter verfinsterte und die ersten Sterne auftauchten.

Ein wohliger Schauer der Erwartung stieg ihm vom Rückgrat aus in den Nacken. Er konnte spüren, daß er die beiden unmittelbar vor sich hatte: Sie warteten auf ihn. Er ließ eine Kugel in den Lauf seiner Pistole gleiten und hielt das kostbare Gewehr wie beim Tontaubenschießen schräg vor der Brust.

»T-Bone«, flüsterte er und winkte ihn mit der Hand nach rechts. Dann: »Rusty«, und schickte ihn nach links. Die großen Hunde marschierten nun seitlich von ihm über die Wiese. Er sah ihnen an, daß sie in der Nähe etwas riechen konnten.

Sie schlichen lautlos, tiefgeduckt und mit aufgestellten Ohren. Hier mußte es sein. Auf der offenen Wiesenfläche waren hier und da höhere und dichtere Grasbüschel zu sehen, fast wie Heuhaufen. Wahrscheinlich lagen die beiden irgendwo dahinter. Hatcher hielt sich wohl an seinem zweiten Revolver fest, den Linda ihm nicht abgenommen hatte, und schwitzte so stark, daß er ihn kaum noch festhalten konnte.

Die Jagd auf Menschen war reine Strategie. Und Earl hatte die Gejagten in die Ecke getrieben. Falls sie liegenblieben, konnten die Hunde ihrer Spur folgen, und er konnte außerhalb der Reichweite des Revolvers die Büsche solange unter Feuer nehmen, bis er beide erledigt hatte. Falls die Hunde sie aufstöberten, mußten sie fast die ganze Länge des Tales laufen, um wieder in Deckung zu kommen. Dann konnte Earl einen nach dem anderen im Licht seiner Taschenlampe fixieren und sie in aller Ruhe abknallen. Aber nicht einmal das war nötig. Er konnte sie erst einmal von den Hunden zerfleischen lassen und sie dann am Boden fertigmachen.

T-Bone und Rusty blieben plötzlich steifbeinig stehen und knurrten leise, während die Wut in ihnen hochstieg. Dann schlichen sie weiter, noch immer geduckt, aber schneller jetzt. Er sah, wie sie die Schnauze verzerrten und das scharfe Gebiß entblößten, nicht nur die Fangzähne, sondern die scharfgezackten Backenzähne, die jeden Knochen durchbeißen konnten.

»Faß!« flüsterte er ihnen heiser zu. Es war weniger ein Befehl als eine Aufmunterung, denn schon hatten sie sich in Bewegung gesetzt und schossen auf das nahe Dickicht zu.

Earl stellte sich so auf, daß er notfalls jederzeit zur Seite ausweichen konnte. In der linken Hand unter dem Gewehrlauf hielt er die Taschenlampe, so daß sie jedes anvisierte Ziel beleuchtete. Er schob den Sicherheitshebel auf und wartete. Die Hunde stürzten sich von beiden Seiten auf das Gebüsch.

T-Bone setzte mit aufgerissenem Maul zum Sprung an, und Earl wußte, er ging jemandem an die Kehle. Beinahe gleichzeitig stieß Rusty tief in das Dickicht hinein. Sie taten genau dasselbe wie damals, als er sie auf den Bluthund ansetzte: Der eine ging ihm an die Gurgel, der andere an die Fußsehnen. Earl tänzelte in einen besseren Schußwinkel nach rechts, falls die Hunde einen der Fliehenden nicht sofort zu fassen bekamen.

Da hörte er ein neues Geräusch, und in seiner Hast, die Taschenlampe anzuschalten, ließ er sie fallen. Der Ton war wie das wütende Gebrüll eines Mannes, aber er war viel zu laut und tief für einen Menschen.

Earl sah T-Bone aus dem Gebüsch fliegen, er drehte sich in der Luft und landete im hohen Gras. Dann sah er auch den Bären. Er kam aus den Busch hinter Rusty her, das Maul weit aufgeklappt wie ein Krokodil, während er die Tatze hob.

Earl fand die Taschenlampe und leuchtete den Bären an. Der breite Kopf mit der faltig hochgezogenen Schnauze und den kleinen schwarzen Augen drehte sich mit einem kurzen Knurren in seine Richtung. Der Lichtstrahl machte ihn offensichtlich gereizt, aber Rusty war dadurch geblendet. Die dicke Bärentatze schlug zu, die Klauen glänzten im Licht wie die Zähne eines Rechens und trafen Rusty am Bauch. Dann verschwand der Bär mit überraschender Geschwindigkeit wieder im Gebüsch. Earl sah, wie sich die Zweige bewegten. Er nahm das Gewehr hoch, schoß, lud durch und schoß noch einmal, aber das Tier war im Halbdunkel schneller als er. Der Bär fand T-Bone, der benommen am Boden lag, erhob sich in der nächsten Sekunde auf die Hinterbeine, T-Bones Kehle in den Zähnen und brach dem sterbenden Hund mit einem kurzen Schütteln das Genick, dann ließ er ihn fallen und rannte auf allen Vieren zu Rusty.

Rusty blieb geduckt stehen, knurrte und bellte den Bären an, bis er endlich einsah, daß er diesen Gegner nicht töten, nicht einmal verwunden konnte. Er drehte sich um die eigene Achse und rannte vor ihm davon.

Earl schaltete wieder die Taschenlampe ein. Durch das Zielfernrohr sah er den Widerschein in Rustys Augen. Er sah, wie dem Hund die lange Zunge heraushing und heller, zähflüssiger Geifer aus dem Maul tropfte. Hinter ihm wurde der Bär immer schneller, er lief in großen Sprüngen, erst die beiden Vorderfüße, dann die beiden Hinterfüße, und seine engstehenden kleinen Augen glänzten. Rusty rannte jetzt um sein Leben, dem einzigen Platz entgegen, der ihm noch Schutz versprach. Aber seine Vorstellung von Sicherheit führte einen Vier-Zentner-Bären genau zu Earl hin.

Earl zielte ruhig und fixierte den Kopf des dahinrasenden Tieres im Visier. Er legte das Fadenkreuz zwischen die zwei rostbraunen Flecken über den Augen und drückte ab.

Rusty stolperte über die Vorderbeine und brach zusammen, er war tot, bevor er mit der Schnauze auf dem Boden aufschlug. Der Bär blieb stehen und gab ihm noch einen Hieb mit den Klauen, um ganz sicher zu sein, daß er nicht mehr lebte.

Earl knipste schnell die Taschenlampe aus und ging in die Knie, behielt aber die riesige dunkle Gestalt im Zielfernrohr. Der Wind wehte ihm von dem Tier her entgegen. Earl machte nicht das geringste Geräusch. Während er den Bären beobachtete, rechnete er noch einmal nach. Er hatte zweimal auf Pete Hatcher geschossen und zweimal in das Gebüsch, machte vier. Dann ein Schuß für Rusty: fünf. Aber hatte er wirklich mit zehn Patronen angefangen? Er erinnerte sich an alte Geschichten. Manche Jäger hatten einen Bären zehn- oder zwölfmal getroffen, an angeblich lebenswichtigen Körperstellen, und das Tier rannte genauso schnell weiter wie vorher. Earl ließ den Bären im Zielfernrohr nicht aus den Augen, während er langsam und lautlos das Kastenmagazin herausnahm, das volle Ersatzmagazin aus der Tasche holte und es mit einem leisen Klicken einschob.

Ihm war klar, daß er bei einem Angriff unmöglich davonlaufen konnte. Er mußte den Bären töten, bevor er näherkam. Er hielt die Taschenlampe wieder am Lauf fest, nahm eine liegende Schußstellung ein und wartete.

Dann geschah jedoch etwas ganz anderes, woran er überhaupt nicht gedacht hatte. Der dunkle Riesenschatten hob seine Schnauze aus Rustys Leiche, richtete sich auf, wurde höher und größer und drehte Earl kurz seinen Kopf zu. Er hatte mit dem Hund sein Fressen beendet. Er schnüffelte einmal in die Luft, drehte sich um und verschwand langsam unter den Bäumen.

31

Nachts lag Earl zusammengerollt oben auf dem Grat hinter einem Felsvorsprung, der ihn vor dem kalten Wind schützte. Es lag Schnee in der Luft, und er war beinahe sicher, daß noch vor Sonnenaufgang die ersten Flocken fallen mußten. Hier oben konnte einer leicht erfrieren ohne Schlafsack, ohne Zelt, ohne ... – er gab es auf, die Liste zu verlängern. Seine gesamte Ausrüstung befand sich in diesem Augenblick auf Lennys Rücken, irgendwo auf dem anderen Weg. Wären die Rottweiler am Leben geblieben, hätte er sich zwischen sie legen und an ihren Körpern wärmen können.

Das Abschlachten seiner Hunde war die letzte Beleidigung, die Earl noch hinzunehmen bereit war. Er wußte genau, wer ihm das angetan hatte. Jane hatte dem Bären etwas zu fressen gegeben, damit er noch da war, wenn Earl ankam. Sie wußte, der Bär würde die Hunde töten und dann vielleicht sogar ihn selbst. Bei jedem Atemzug spürte er eine Welle krampfartiger Empörung in der Brust, und sein Kopf dröhnte vor Wut. Jetzt war sie sicher überzeugt, daß Earl entweder gefressen war oder an einen hohen Ast geklammert darauf wartete, daß der Bär sich trollte. Eine Frau wie sie war schlau genug, nicht nach Norden weiterzugehen, in einen undurchdringlichen Urwald. Sie mußte hier heraufkommen, wo nichts mehr wuchs und wo sie mit einiger Sicherheit sehen konnte, wohin sie trat. Auch sie mußte den frischeren Wind und den Rückgang der Temperatur gespürt haben und jetzt versuchen, noch vor dem Schneefall die Berge hinter sich zu lassen.

Earl blieb still liegen und behielt die ganze Breite des Felsrückens scharf im Auge. Als er weit unten die ersten Geräusche hörte, hob er ein wenig den Kopf und horchte. Die Schritte klangen sehr langsam, als ob die beiden nur mit Mühe vorankämen. Nein: Sie gingen mit aller Vorsicht. Das war typisch für Janes Schlauheit. Sie wußte natürlich, daß Earl noch am Leben war, weil er vor dem Bären im Abwind in die felsige Höhe zurückgewichen war, wo das Tier kein Futter mehr finden konnte.

Nach einer Weile schien sie sich sicherer zu fühlen. Er hörte jetzt ihre schnelleren Schritte und dahinter auch den schwerer stampfenden Gang.

Earl nahm die Hände aus den wärmenden Taschen, rollte sich lautlos auf den Bauch und drückte sich das Winterfeldzuggewehr fest an die Schulter. Das war genau der Schuß, auf den er gewartet hatte. Sie bewegten sich von ihm weg, und er hatte ihre Rücken unverstellt im Visier.

Er horchte wieder und suchte das Gelände mit den Augen ab, konnte aber nicht sagen, wo sie waren. Er umklammerte die Taschenlampe mit dem Lauf und schaltete sie ein.

Eine Sekunde lang sah er sie, den Mann links, die Frau rechts. Aber der Lichtstrahl hatte eine unvermutete Wirkung. Die Frau ließ sich nach vorn aufs Gesicht fallen, und der Mann ging neben ihr in die Hocke und schoß zweimal.

Earl duckte sich tiefer und schaltete die Taschenlampe aus. Er hörte die Querschläger in den Felsen hinter ihm. Der Mann gab einen dritten Schuß ab, dann war wieder Stille.

Earl dachte scharf nach. Hatcher hatte geschossen, nicht Jane. Eigentlich kein schlechter Schuß, sicher der beste, den er erwarten konnte. Warum hatte sie nicht geschossen? Earl kroch ein paar Meter zur Seite, suchte sich eine neue Deckung und schaute vorsichtig hinunter. Er konnte nichts sehen.

Er zielte und schaltete die Taschenlampe wieder ein. Hatcher sprang aus der Hocke hoch und rannte los, aber Jane blieb liegen. Earl verfolgte ihn mit dem Zielfernrohr, spürte aber plötzlich, daß da etwas nicht stimmte. Jane hatte Hatcher möglicherweise nur zur Ablenkung losgeschickt, während sie selbst ihren Verfolger im Dunkeln zu überraschen plante. Earl ließ den Abzug los und schwenkte den Lichtstrahl schnell zu der Frau zurück. Sie rannte keineswegs in Earls Richtung, sondern rollte sich zur Seite und schrie: »Pete! Laß mich hier nicht allein!« Keine Antwort. Noch einmal schrie sie, jetzt schon leiser und hoffnungslos: »Bitte!«

Earl leuchtete den Hang ab, aber Pete Hatcher war verschwunden. Als er mit dem Lichtstrahl zu der Frau zurückkehrte, schoß sie immer noch nicht, stand auch nicht auf. Um aus dem Lichtfleck herauszukommen, der sie hier festnagelte, schob sie sich im Liegen über den Felsboden, mit den Händen und dem linken Fuß. So etwas konnte sie nicht vortäuschen. Es mußte ihr klar sein, daß der Schuß sie ebenso leicht treffen konnte wie der Strahl der Taschenlampe.

Earl spürte sein Herz schneller schlagen. Er wußte genau, was passiert war, weil er die letzten zwei Tage befürchtet hatte, es könnte ihm selbst passieren. Der Lichtstrahl hatte sie erschreckt, sie hatte einen unbedachten Schritt getan und sich das Fußgelenk verstaucht.

Hatcher hatte mit seinen Schüssen auf die Taschenlampe zweifellos das Magazin geleert. Ohne Munition und mit einer Begleiterin, die nicht mehr laufen konnte, gab es für ihn nur noch eins: abhauen und hoffen, daß Earl sich damit aufhielt, Jane zu erschießen. Aber nein, nicht einmal so viel Planung war diesem Hatcher zuzutrauen. Er war ganz einfach in Panik geraten, wie jeder in der Schlußphase der Jagd. Und jetzt rannte er immer weiter, bis er sich erschöpft verlaufen hatte, bevor er wieder daran dachte, daß es eine Jane gab.

Earl ging zu ihr hin. Vermutlich hätte er sie auch aus dieser Entfernung abknallen können, aber das wäre unsinnig gewesen. Er hatte noch zehn Patronen übrig, und danach war das schöne Präzisionsgewehr nur noch ein nutzloses Acht-Kilo-Gewicht. Er freute sich schon darauf, ihr in die Augen zu sehen, wenn er sie umbrachte. Er konnte sich Zeit lassen. Hatcher kam nicht mehr weit. Ohne Janes professionelle Hilfe wäre er nicht einmal bis hierher gekommen, und jetzt war er auf sich allein gestellt, mit einem leeren Revolver, in der Wildnis der Berge und kurz vor einem Schneesturm. Wahrscheinlich hatte er weder Karte noch Kompaß bei sich. Jane überließ die Orientierung im Gelände sicher nicht einem Amateur. Earl mußte sie zur Bestätigung nur noch durchsuchen.

Als er fünfzehn Meter von ihr entfernt war, schaltete er die Taschenlampe wieder an. Jane kniff gegen das Licht die Augen zusammen und erhob sich mühsam auf die Knie, achtete aber offenbar darauf, das Fußgelenk nicht zu belasten. Earl kam näher.

»Sie müssen wegen mir nicht aufstehen, Jane«, sagte er.

»Woher wissen Sie meinen Namen?« Es gelang ihr nicht, Angst und Schrecken aus ihrer Stimme herauszuhalten. Wie hatte er ihren Namen herausgefunden?

Earl machte ein paar Schritte auf sie zu. »Ich weiß alles über Sie. Seit Monaten gehören sie nur noch mir. Seit Juni, glaube ich.«

»Worauf warten Sie dann?«

»Ich muß eine Entscheidung treffen. Einerseits wäre es eine gute Idee, daß Sie genau so enden wie meine Hunde: mit offenem Bauch, alleingelassen, und es dauert eine ganze Weile, bis Sie tot sind.«

Er sah, wie sie sich bemühte, ein skeptisches Lächeln aufzusetzen. »Wir sind beide Profis. Sie haben gewonnen, ich habe verloren. Eine Kugel in den Kopf können Sie sich leisten, und dann machen Sie weiter. Das ist die Regel, keine Folter.«

Er stellte das Gewehr an einen Felsen, holte den Revolver aus der Jackentasche und kam näher. Jetzt stand er drei Meter vor ihr. »Tatsächlich? Was Sie mir alles angetan haben – war das rein geschäftlich? Sie haben mir ganz langsam die Eier abgesägt.«

Er ging auf dem felsigen Boden hin und her. Der Lichtfleck huschte über ihr Gesicht, dann ihren Körper hinunter und daran auf und ab.

Sie versuchte, einen ruhigen, geradezu fröhlichen Ton in ihre Stimme zu legen. »Tut mir leid«, sagte sie, »war nicht persönlich gemeint. Ich kenne Sie ja gar nicht.« Sie bemerkte seine wachsende Erregung.

Er machte einen schnellen Schritt auf sie zu. »Na gut, dann lernst du mich jetzt kennen, weil ich genau dasselbe mit dir machen werde wie er mit Linda.«

Jane gab sich Mühe, den Text zu entziffern, aber ihre Gedanken überstürzten sich und gingen in pures Entsetzen über. »Wer? Und wer ist Linda?« Die Grimasse in seinem Gesicht und die zuckenden Körperbewegungen sagten ihr, daß dieser Mann hier eine Hinrichtung beabsichtigte, gleichgültig ob Linda eine wirkliche Person war oder »was er mit Linda machte« bloß ein Slang-Ausdruck für etwas Grauenerregendes. Sie beobachtete ihn wie gelähmt, als er sich bückte und die Taschenlampe und den Revolver zwei Meter entfernt auf den Boden legte, wo sie die Waffe unmöglich vor ihm erreichen konnte.

Er kam wieder näher, eine mächtige Silhouette vor dem schwachen Schimmer der Lampe. Jane holte Pete Hatchers Revolver nach vorn und schoß ihm viermal in die Brust.

Der Schmerz verschloß Earl die Augen, dann öffnete er sie weit und verstand alles. Er wußte, warum Hatcher, nachdem er seinen Revolver leergeschossen hatte, neben ihr im Dunkeln kniete, statt einfach wegzurennen: Er hatte ihr die Waffe gegeben, sie hatte sie nachgeladen und unter ihrem Körper versteckt. Earl fiel nach vorn über ihre Beine.

Das Gewicht war erstickend, beengend. Sie brauchte alle Kraft, um die schwere Masse ein Stück anzuheben und die Beine freizukriegen, dann ließ sie ihn zurückfallen. Erst nachdem sie aufgestanden war und einen Schritt Abstand zu ihm hatte, war sie überzeugt, daß er tot war.

Sie atmete zweimal tief durch und hörte Petes Schritte über den Felsrücken näherkommen. Er hatte den Verfolger in weitem Bogen umgangen und hielt das Gewehr in der Hand.

Die Augen auf den Toten gerichtet, aus Angst, er lebte vielleicht doch noch, trat er über ihn hinweg.

Jane hob Earls Taschenlampe und den Revolver auf. »Ich werde Ihnen jetzt zwei Fragen stellen. Unabhängig von Ihren Antworten bringe ich Sie hier raus. Aber ich muß es wissen.«

Er sah sie verständnislos an. »Fragen Sie.«

Sie kniete sich neben die Leiche, packte den Mann am Gürtel und an der Schulter, rollte ihn auf den Rücken und leuchtete ihm mit der Taschenlampe ins Gesicht. »Haben Sie den schon mal gesehen?«

Pete Hatcher trat heran und starrte auf das blutverschmierte Hemd. »Äh!« brummte er. Dann ging er die Füße herum und schaute dem Mann richtig ins Gesicht. »Nein«, sagte er. »Bestimmt nicht.« Es sah aus, als schüttelte er sich, um den Anblick wieder loszuwerden.

Jane tauchte Pete Hatchers Gesicht in den Lichtstrahl. »Kennen Sie jemanden namens Linda?«

Pete hob die Schultern, ließ sie aber nicht wieder fallen. Anscheinend suchte er sekundenlang den Nachthimmel nach einem Namen ab. »Ein paar. Linda Horn. Auf dem College sind wir zusammen ausgegangen. Linda Becker, meine Steuerberaterin, aber sie ist längst mit einem Anwalt in New York verheiratet. Wer noch? Mir fällt keine mehr ein. Geben Sie mir einen kleinen Tip?«

Jane hielt das Licht unbewegt auf ihn gerichtet. »Wir sind hier meilenweit weg von allem und jedem, niemand kann uns hören. Ganz offensichtlich werde ich niemandem jemals von all dem hier etwas erzählen. Gibt es irgendeine Linda, die wünscht, sie hätte Sie nie kennengelernt?«

Sie konnte ihm ansehen, daß er tatsächlich verwirrt war. Er überprüfte wieder seine gesamten Erinnerungen, fand aber keine Antwort. »Nein. Ich glaube nicht.«

Jane schaltete die Taschenlampe aus. Sie hob den Kopf. Weder Mond noch Sterne waren zu sehen, und der Wind trieb endlos tiefe, schwarze Wolken über den Nachthimmel. »Dann suchen Sie jetzt eine weiche Stelle im Boden und graben ein Loch für ihn.« Sie kniete sich neben die Leiche und durchsuchte die Taschen.

»Was suchen Sie?«

»Beeilen Sie sich. Wir kriegen gleich Schnee.«

Jane zog dem Toten das Hemd und die Hosenbeine hoch, um zu sehen, ob er dort irgendetwas auf die Haut geschnallt trug, dann zog sie ihm die Jacke aus. Darin fand sie eine Karte ähnlich ihrer, einen guten Kompaß und ein Gewehrmagazin mit sechs Patronen. Hinten im Gürtel steckte ein Messer. Andere Jackentaschen waren voller Trockenfleisch und zerquetschter Zwiebackstücke. Als sie die Taschen leerte, bemerkte sie eine steife Stelle im Futter, schlitzte es mit dem Messer auf und hatte eine dicke Plastikhülle mit Geld und Personalausweisen in der Hand.

Dann suchte sie mit der Taschenlampe das gesamte Plateau ab, angefangen bei der Stelle, wo sie den Mann zum erstenmal gesehen hatte, prüfte das Versteck hinter dem Felsvorsprung, wo er das Feuer eröffnet hatte, und ging dann weiter zurück, bis sie seine Fußspuren sah, die aus dem Tal heraufkamen.

Als sie wieder bei Pete war, wartete er bereits auf sie. Jeder packte ein Bein der Leiche, dann zerrten sie sie bis zum Fuß des Abhangs. Pete hatte ein paar Steine weggerollt und die Erde darunter aufgegraben, bis er in einem Meter Tiefe auf Gestein traf. Sie ließen den Toten in die Grube gleiten, und Jane half Pete, das Loch mit der ausgehobenen Erde wieder aufzufüllen und die großen Steine zurückzurollen.

Sie gingen zu der Stelle, an der sie ihre Rucksäcke abgelegt hatten, und Jane packte sie um. Sie steckte das Geld und fast die gesamten Essensvorräte des Toten in Petes Rucksack, ebenso den Revolver und die Munition dafür. Dann reichte sie ihm die Karte und den Kompaß des Mannes. Er sagte: »Warum geben Sie mir das alles?«

»Außer einem Kompaß und einer Karte hatte er auch Personalpapiere bei sich, dazu Geld, etwas zu essen, Munition.«

»Und?«

»Überlegen Sie mal, was er nicht bei sich hatte. Kein Zelt, keinen Schlafsack, keinen Rucksack, nicht einmal Ersatzsocken. Keine Wagenschlüssel. Es gibt hier noch jemanden, der ihm mit dem gesamten Gepäck nachkommt.«

»Dann brechen wir besser auf«, sagte er. »Wenn der das ganze Zeug schleppen muß, sollten wir ihn leicht abhängen können.«

Sie hielt ihm seinen Rucksack hin und zeigte nach Norden auf den Felsrücken. »Sie gehen geradeaus, so genau Sie können, immer nach Norden. In einer Stunde, höchstens drei, sehen Sie rechts unter sich einen See. Das ist der Cameron Lake. Er liegt schon in Kanada, und an seinem anderen Ende ist eine breite Landstraße.«

»Aber ich kann Sie hier doch nicht allein auf irgendeinen Killer warten lassen.«

»Etwas anderes bleibt Ihnen gar nicht übrig«, sagte sie. Dann hängte sie sich ihren Rucksack um und steckte sich die 45er des Toten in die Jackentasche. »Ich bin nicht mehr für Sie tätig. Ich kündige. Wenn Sie in dieser Richtung bis morgen früh weitergehen, können Sie mittags in Lethbridge sein und zum Abendessen in einem Flugzeug. Gehen Sie nach Dallas. Mieten Sie sich eine Wohnung, wie ich es Ihnen erklärt habe. Mit den Papieren in Ihrem Rucksack kann Ihnen nichts mehr passieren.«

Er hielt sie mit einer schnellen Bewegung an den Schultern fest. »Komm mit«, flehte er sie an. Den nächsten Satz sprach er aus, als wollte er sie damit überraschen. »Ich liebe dich.«

Sie stellte sich auf die Zehenspitzen und küßte ihn auf die Wange. »Ich liebe dich auch. Du bist mein Bruder.« Sie hängte sich das Gewehr über die Schulter, drehte sich um und ging.

Pete Hatcher blieb stehen und sah ihr nach, solange er konnte, einer winzigen menschlichen Gestalt, die allmählich in dem dunklen Plateau verschwand. Zweimal beobachtete er sie, wie sie auf eine tiefere Felsrinne abstieg, wo er sie nicht sehen konnte, dann wieder auftauchte und weiterging. Beim dritten Mal tauchte sie nicht mehr auf.

32

Lenny kam nur noch mit großer Anstrengung voran. Es war schon schwer genug gewesen, mit siebzig Kilo Ausrüstung auf einem unebenen Bergweg jeden Tag fünfzehn Kilometer hinter sich zu bringen, aber nun hatte während der Nacht auch noch dichter Schneefall eingesetzt. Die Felsen und die Bodenwurzeln waren bereits mit einem dünnen Überzug aus Eis und pulvrigem Schnee bedeckt, und bei jedem unvorsichtigen Schritt konnte er sich den Fuß brechen. Der Weg war schon fast nicht mehr zu sehen, und in ein paar Stunden war er sicher von seiner Umgebung, einem lichten Kiefernwald, nicht mehr zu unterscheiden. Lenny blieb jetzt immer öfter stehen, warf einen langen Blick auf den Kompaß und suchte nach Orientierungspunkten, aber der fallende Schnee färbte die ganze Luft weiß und versteckte die Berge wie hinter einem Nebel. Lenny bekam langsam ein ungutes Gefühl.

Um sechs Uhr morgens hatte er sich ausgerechnet, daß er zwei Stunden später den Lagerplatz Goat Hunt erreichen müßte, falls er es schaffte, auf dem Weg zu bleiben. Und jetzt war es schon zehn, und er wußte nicht einmal mehr mit Sicherheit, ob er noch auf dem Weg war. Die verwachsenen Bergkiefern boten einen ungenauen, geisterhaften Anblick. Hinter dichten Schneeverwehungen zog sich jeder Baum allmählich in das Schweigen der Landschaft zurück.

Lenny war über sich selbst verwundert: Wieso hatte er sich überhaupt in diese Lage bringen lassen? Er ging in Gedanken noch einmal die Ereignisse der letzten Tage zurück, aber einen klaren Fehler, seine eigene Schuld an dieser Katastrophe, konnte er nicht finden. Es war auch gar nicht etwas, das er bewußt getan hätte. Es lag an seiner Abhängigkeit von Menschen wie Earl.

Einen Monat nach der Entlassung aus der Armee hatte er sich eine Beschäftigung gesucht, bei der ihn nicht wieder jemand, der ihm unterlegen war, herumkommandierte. Eine Zeitlang war er Taxifahrer, aber dann winkte ihn eines

Abends ein Streifenpolizist beim Flughafen Burbank an den Straßenrand. Der Polizist sagte ihm, daß er nicht den richtigen Führerschein habe, wollte die Taxilizenz sehen und schrieb einen Strafzettel nach dem andern. Lenny bekam eine Geldstrafe für den falschen Führerschein, eine für die fehlende Lizenz und dazu eine Bescheinigung, derzufolge er zwölfhundert Dollar für Wagenreparaturen zahlen mußte, bevor er sich überhaupt um eine Taxifahrerlizenz bewerben konnte. Lenny diskutierte gar nicht erst lange, aus Angst, der Polizist würde den Wagen durchsuchen und den Revolver finden. In einer Großstadt nachts ein Taxi zu fahren, war gefährlich, und er hatte schon zweimal die kleine SIG Sauer P 239 zur Hand nehmen müssen, um seine Tageseinnahmen zu sichern, aber dem Polizisten wäre das egal gewesen.

Lenny hatte mit dem Taxi Pizzas ausgefahren, bis seine Kosten die Trinkgelder so weit überstiegen, daß er im Wagen schlafen mußte. Dann tauschte er das Taxi gegen einen alten Pickup, einen Poolrechen, zwanzig Meter Gartenschlauch und reinigte Schwimmbecken. Dabei lernte er Earl und Linda kennen. Anfangs wirkte wenigstens Earl noch einigermaßen normal. Wenn Lenny kam, war Earl meistens draußen und trainierte die Hunde. Aber bald fiel ihm auf, daß Linda offenbar überhaupt nichts zu tun hatte. Er konnte sie hinter dem Vorhang in ihrem Zimmer sehen: Sie stand zwanzig Minuten lang nur da, bürstete sich das Haar und sah ihm zu.

Eine Zeitlang waren solche Reinigungsarbeiten genau das Richtige für Lenny. Fast jeder hier im San Fernando Valley hatte einen Pool hinter dem Haus. Bei vierzig Kunden konnte er jedem siebzig Dollar pro Monat berechnen und hatte am Ende zweitausendachthundert Dollar eingenommen. Mit den Trinkgeldern und Zusatzkosten für Spezialreinigungsmittel vielleicht sogar dreitausendfünfhundert. Das Schöne daran war, daß Lenny für einen Pool nicht einmal eine Stunde brauchte, höchstens zwanzig Minuten.

Ein paar Monate später stellte er fest, daß das auch kein Leben für ihn war: Dauernd mußte er neue Kunden finden für die, die weggezogen waren, seine Arbeit nicht mehr bezahlten oder ihn einfach nicht mehr haben wollten, er mußte Reinigungsmittel einkaufen und die Buchführung machen. Wenn er am Abend mal zu viel getrunken hatte, konnte er sich nicht einfach krankmelden. Er mußte trotzdem am nächsten Morgen mit zusammengekniffenen Augen die grelle Sonne aushalten, die ihm von der blendenden Wasseroberfläche auf die Augen schlug.

Zu dieser Zeit steckte ihm Earl schon ab und zu kleine Geldbeträge zu, um ihn über Wasser zu halten. Das geschah in derselben Art und Weise, wie er seinen Hunden ein Stück Fleisch hinwarf: »Da ist was für dich, wenn du es haben willst.« Lenny mußte dafür auf das Haus aufpassen und die Hunde füttern, wenn Earl und Linda nicht da waren.

Lange Zeit wußte er nicht einmal, welchen Beruf die beiden hatten. Offensichtlich verdienten sie recht gut dabei, aber manchmal kam es Lenny schon so vor, als verdienten alle andern Geld, nur er nicht. Es war wie ein Witz, den jeder kannte außer ihm. Dann sagte ihm Linda, daß sie und Earl Privatdetektive seien.

Earl gab ihm den Auftrag, eine Wohnung zu überwachen. Lenny saß drei Tage lang herum, hörte sich im Radio endlose Klagen über die schlechte Regierung an, berichtete Earl das Kommen und Gehen des Mannes und kassierte tausend Dollar in bar. Als nächstes mußte er in Chicago ein Paket abholen, und Earl gab ihm tausend Dollar für das Flugticket. Die Leichtigkeit, mit der das alles ging, brachte ihn auf den Gedanken, die Poolreinigung aufzugeben und sich beruflich zu verändern. Für die Lizenz brauchte er allerdings zweitausend Ausbildungsstunden in einer Detektei, aber in gewisser Weise arbeitete er ja bereits für eine.

Erst als Earl zwar mit der verlangten Zeiterfassung einverstanden war, ihn aber nur bei Bedarf bezahlen wollte, sah Lenny ein, daß auch die Tätigkeit als Detektiv, genau wie die Schwimmbeckenreinigung, ihre Schattenseiten hatte. Er war gerade mal auf tausend imaginäre Arbeitsstunden gekommen, als er eines Tages Earl anrief, um ihm zu sagen, daß er den gesuchten Verdächtigen gefunden habe. Kurz darauf war Earl da, ging ans Fenster, schob ein Jagdgewehr durch das

Fliegengitter und schoß dem Mann den Kopf herunter. Das war jetzt fünf Jahre her.

Seine ganzen bitteren Lebenserfahrungen, an die er sich in diesem Augenblick eigentlich nicht erinnern wollte, hatten ihn in diese Situation gebracht. Wie ein verdammter Sherpa mußte er sich hier durch verschneites Gebirge schleppen, und immer deutlicher kam ihm der Verdacht, daß er nicht mehr wußte, wo er überhaupt war. Die Welt um ihn herum schien unbegreiflich weit und groß, größer als in jeder Stadt, und doch fühlte er sich eingeengt, weil sich jeder Schritt nur noch in Zentimetern und Herzschlägen messen ließ. Ein Gang durch diesen Schneesturm war wie eine absurde Wette. Wenn er sie verlor, gab es keine Rettung mehr für ihn. Aber schon jetzt, wenn er den Weg auf der Karte suchte, wußte er nicht mehr, worauf sein Finger zeigte: auf die Stelle, wo er war oder wo er gern gewesen wäre.

Die nächsten zwei Kilometer verbrachte er damit, Earl zu hassen. Earl war es, der ihn hier allein durch den Schnee stapfen ließ, dem nahen Ende entgegen. Earls Methode war immer dieselbe, wie bei seinen Hunden: er wechselte dauernd zwischen Drohung und Belohnung. Es war demütigend. Fast hoffte er, Earl würde irgendwo da draußen in der tiefsten Wildnis langsam erfrieren.

Ganz ohne Vorwarnung hatte Lenny einen Augenblick der Klarheit. Darum ging es also in seiner Lebensgeschichte: Earl würde sterben, wenn nicht bei diesem Auftrag, dann beim nächsten, und Lenny erbte Linda, dazu selbstverständlich alles, was Earl gehört hatte, das Geld, das Haus, die Detektei, einfach alles. Als er sein künftiges Schicksal so leuchtend vor sich sah, fühlte er sich sofort besser. Mit traumwandlerischer Sicherheit marschierte er weiter, in Gedanken dem Augenblick weit voraus. Wenn er die Richtung Norden beibehielt, konnte er überleben. Er malte sich etwas Großartiges aus. Es war noch so neu und unscharf, daß man es kaum einen Plan nennen konnte. Irgendwann würde er Earl auf diesem Weg treffen, und Earl würde ihm erzählen, wie er den Mann und die Frau eingeholt und erledigt hatte. Auf dem Rückweg würde Lenny ihn vielleicht noch zehn oder fünfzehn Kilometer leben lassen, bevor er die P 239 herausholte und ihn in den Hinterkopf schoß. Dann konnte Lenny nach Kalifornien zurück und Linda trösten.

Auf einem geraden Stück zwischen parallelen Baumreihen ging er wieder schneller, zuversichtlich, noch immer auf dem richtigen Weg zu sein. Nach zehn Schritten löste sich die Gestalt der Frau aus den Bäumen. Sie stand aufrecht und reglos, und einen Moment lang meinte er, er hätte sie sich nur eingebildet.

Er ging noch ein paar Schritte und wußte, daß er sie sah. Sie schaute zu ihm hin, aber ihre Augen bewegten sich nicht. Er kniff ein paarmal prüfend die Lider zusammen, und dann kamen ihm derart furchterregende Erklärungen für den Anblick, daß er sogar vergaß stehenzubleiben. Vielleicht war sie tot und lehnte erfroren an einem Baum. Vielleicht hatte Earl sie umgebracht, und das hier war nur noch ihr Geist. Vielleicht war sie von Anfang an ein übermenschliches Wesen und hatte Earl in den kalten Tod gelockt und hatte nun dasselbe mit Lenny vor.

Dann beruhigte er sich wieder. Sie war kein Gespenst. Sie war eine Frau. Ihr langes Haar strömte unter der Wollmütze hervor, und vor der Brust hatte sie den Tragriemen, wohl von einem Rucksack. Gespenster brauchten keine Rucksäcke. Wahrscheinlich hatte sie Earl in weitem Bogen umgangen, und jetzt gehörte sie Lenny.

Sie mußte ihn längst gesehen haben, aber noch immer rannte sie nicht weg. Vielleicht wußte sie nicht, daß Lenny sie schon gesehen hatte. Als Kind in Michigan hatte er dasselbe Verhalten bei Kaninchen beobachtet. Wenn der erste Schnee fiel, hielten sie sich für unsichtbar, und man konnte in aller Ruhe hingehen und ihnen den Schädel einschlagen. Er behielt die Frau im Auge und ging weiter.

Als er noch siebzig Meter von ihr entfernt war, konnte er sie deutlich erkennen. Ganz klar, sie schaute ihm genau in die Augen. Und nun verstand er auch den Tragriemen. Der dunkle Strich über ihrer Schulter, den er für einen Zweig gehalten hatte, war der Lauf von Earls neuem Gewehr. Lenny streifte seinen Rucksack ab und hörte ihn auf den Boden fallen. Er holte den Revolver aus der Jacke und rannte auf sie zu, ohne darauf zu achten, wohin er trat. Im Laufen schoß er, ein lauter Knall mit einem hallenden Echo. Lenny sah zwei Meter neben ihr den Schnee aufstäuben. Sie machte einen Schritt zur Seite, und er schoß wieder, und in der Kiefer hinter ihr öffnete sich eine weiße Wunde. Die Frau machte wieder einen Schritt und trat hinter einen schneebedeckten Baumstamm.

Er konnte sehen, wie sie das Gewehr von der Schulter und den Lauf in die linke Hand nahm. Er sah, wie sie sich die Finger der rechten Hand zwischen die Zähne steckte, den Handschuh abstreifte und nun den Abzugsfinger freihatte. Sie hob das Gewehr in Augenhöhe, drückte den Ladebolzen hoch, rückwärts, vorwärts, nach unten.

Lenny schoß wieder, zweimal schnell hintereinander. Jetzt war er ihr so nahe, daß er sehen konnte, wie sie den Sicherheitsbügel zurückschob. Er hörte sie rufen: »Halt! Wir müssen reden!«, dann: »Halt! Oder ich schieße!« Sie beobachtete ihn durch das Zielfernrohr, aber die kleine, weibliche Stimme gab ihm die Sicherheit, daß er es schaffen konnte. Sie mußte sich nur einmal ducken oder sonstwie in Deckung gehen, irgendwas, und er hatte sie, bevor sie nachladen konnte.

Er hielt den Revolver im Weiterlaufen auf sie gerichtet und schoß immer wieder, die Schüsse lagen zu hoch, zu tief, trafen den Schnee und Kiefern und Felsen. Sie blieb unbewegt stehen, wie die Bäume. Er sah noch, wie sich ihr Zeigefinger krümmte, und dann sah er nichts mehr.

Als Jane am Logan Pass ankam, war es Nacht, und der Schnee lag jetzt fast kniehoch. Die Fenster des Info-Zentrums waren den Winter über mit Brettern vernagelt. Im Wagen, den sie und Pete Hatcher hier zurückgelassen hatten, steckten noch die Zündschlüssel. Sie hielt es für das Beste, ihn umzustellen, bevor er eine Suche nach verlorenen Bergwanderern auslöste und die Suchtrupps womöglich auf ein paar flache Gräber stießen. Sie fuhr den Wagen an einen anderen Wanderweg bei Siyeh Bend, ließ ihn in einer Schneeverwehung stehen und ging zu Fuß zum Logan Pass zurück.

Hier nahm sie die Schlüssel, die sie dem zweiten Mann abgenommen hatte, schloß damit den Toyota auf und ließ den Motor an. Eine Minute lang genoß sie das angenehme Gefühl, nicht mehr im kalten Wind zu stehen, dann fuhr sie die Going-to-the-Sun-Road hinunter. Um zwei Uhr morgens erreichte sie die Reihe der gelben Stahlpoller, mit denen die Straße im Winter gesperrt wurde. Sie hatte gehofft, die Sperre einfach mit dem Wagen durchbrechen zu können, aber diese hier hatte man genau für jemand wie sie aufgestellt. Sie setzte einen halben Kilometer zurück, dann fuhr sie ein Stück durch den Wald und über ein freies Feld schon jenseits der Barriere wieder auf die Straße.

Fünfzehn Kilometer außerhalb des Nationalparks fand sie auf einem Felsplateau eine ebene, geteerte Ausweichstelle, die der Wind fast vom Schnee befreit hatte. Hier hielt sie an und ließ den Motor laufen, während sie das Wageninnere kurz durchsuchte. Unter dem Sitz lag ein Zimmerschlüssel der Rocky Mountain Lodge in Kalispell, und im Handschuhfach die Quittung der Leihwagenfirma für den Toyota.

Noch vor Sonnenaufgang kam sie in Kalispell an, trug alle Gegenstände, die sie im Wagen finden konnte, in das Motelzimmer und untersuchte sie. Im Zimmer selbst hatten die Männer nichts zurückgelassen, aber das hatte Jane nicht anders erwartet. Leute in diesem – in ihrem Beruf hinterließen nichts, was andere ohne Mühe finden konnten. Sie öffnete die Koffer und schlitzte das Futter nur so weit auf, daß sie mit der Hand hineinfassen konnte, um nach versteckten Papieren zu suchen.

Sie schnitt die Innensohlen der Schuhe auf, sie nahm die Taschenlampen auseinander, ebenso den Behälter für das Präzisionsgewehr, und dann hielt sie jedes Kleidungsstück hoch und beleuchtete es von hinten mit der Taschenlampe, ob möglicherweise etwas darin eingenäht war.

Danach ging sie zum Wagen zurück. Irgendwo mußte ein Versteck sein. Nachdem sie zehn Minuten lang den Motorraum abgesucht und die Fußteppiche und Türverkleidungen herausgenommen hatte, dann auch den Ersatzreifen und die Tankabdeckung, wußte sie, daß sie es gesehen und übersehen hatte. Die Killer wollten ihre Geheimnisse nicht bloß versteckt, sondern bewacht wissen.

Sie lief ins Zimmer zurück und zerlegte die Hundekäfige. Als sie beim zweiten den doppelten Boden abgenommen hatte, bestätigte sich ihre Vermutung: Die Papiere, die die Männer bei sich getragen hatten, waren gefälscht. Diese hier waren älter, mit Kratzern und stumpfen Rändern wie von einer Männerbrieftasche.

Sie las zuerst den Namen Leonard Tilden auf den Ausweisen. Sein kalifornischer Führerschein enthielt eine Adresse in North Hollywood. Er hatte nur eine Kreditkarte, ausgestellt von einer Bank, die Jane bekannt war. Die Bank machte gern Reklame mit Kreditkarten für Leute ohne Einkommen, die aber ausreichend Geld hinterlegen konnten. Tildens Foto auf dem Führerschein sagte ihr, daß er der Mann war, der dem anderen mit der gesamten Ausrüstung gefolgt war. Er war kein Profikiller, nur der Gepäckträger. In seinem Fall konnte sie möglicherweise feststellen, ob die Ausweise echt waren.

Sie ging zum Telefon, suchte sich die Vorwahl für das nördliche Los Angeles heraus und wählte die Auskunft.

»Welche Stadt, bitte?« fragte die Stimme eines jungen Mannes.

»North Hollywood.«

»Der Teilnehmer?«

»Leonard Tilden, T-I-L-D-E-N.«

Der junge Mann klinkte sich aus, an seiner Stelle kam die übliche Frauenstimme aus dem Computer: »Die gewünschte Rufnummer lautet ...«, und Jane hängte ein.

Wer sie wirklich interessierte, war der andere, der mit dem auffallenden Scharfschützengewehr. Das zweite Bündel Papiere bestand aus einem Führerschein, drei Kreditkarten Gold und eine Platin sowie fünfzig Hundert-Dollar-Scheinen. Noch einmal rief sie die Auskunft an und fragte nach der Nummer von Earl Bliss in Northridge. Diesmal sagte die Computerstimme: »Zu dem gewünschten Teilnehmer liegt leider kein Eintrag vor.« Jane steckte die Ausweise der beiden Männer und das Geld ein. Dann packte sie alles, was den Männern gehörte, in die Koffer. Als sie damit fertig war und die Koffer zum Wagen schleppen wollte, hörte sie ein kurzes, scharfes Klopfen an der Tür. Sie ließ sich lautlos auf den Boden fallen und horchte, ohne zu atmen.

Calvin Seaver wartete und klopfte dann noch einmal an die Tür. In Missoula hatte er sich zwar eine Daunenjacke gekauft, aber selbst der kurze Gang im Freien von seinem zu Earls Zimmer hatte seine Füße völlig durchnäßt. Er horchte wieder an der Tür, aber umsonst. Als er ein drittes Mal anklopfte, wußte er bereits, daß er noch ziemlich lang auf Earl zu warten hatte. Er hatte vermutet, daß der neue Wagen auf dem Parkplatz Earl und Linda gehörte, aber das war offenbar falsch. Er ging den schneebedeckten Weg zu seinem Zimmer zurück, wobei er bei jedem Schritt sorgsam in seine alten Fußstapfen trat.

Er machte seinen Koffer auf und nahm ein anderes Paar Schuhe und trockene Socken heraus. Er betrachtete sie kurz und legte sie wieder hinein. Der Schnee lag ja immer noch da draußen. Irgendwo hatte er mal gehört, daß er in den Rockies oft bis ins späte Frühjahr hinein liegenblieb. Auch ein zweites Paar Schuhe würde bis zum Wagen nicht lange trocken bleiben. Das einzig Vernünftige war, sich in einem der besseren Sportgeschäfte hier wasserdichte Stiefel und warme Socken zu kaufen.

Er saß an dem kleinen Tisch und überlegte im voraus, welche Fehler er eventuell begehen konnte. Er dachte kurz nach, dann schrieb er auf ein Blatt des Notizblocks: »Zimmer 3165.« Er betrachtete die Notiz und fragte sich lange, ob er sie unterschreiben sollte. Bis jetzt hatte er sich höchst umsichtig verhalten. Er hatte weder auf Earls Anrufbeantworter gesprochen, noch etwas Geschriebenes hinterlassen, was ihn, wenn etwas schiefging, mit Earl in Verbindung gebracht hätte. Bezahlt hatte er immer nur mit Bargeld von den Spieltischen. Er hatte Earl ohne fremde Hilfe gefunden.

Was ihn dazu befähigte, war eine Mischung aus Glück und Neugier. Die Auftragserteilung an Earl und Linda hatte in Los Angeles im Wagen stattgefunden, und beim Essen im Restaurant hätte niemand ihr Gespräch belauschen können. Als die Kellnerin mit der Rechnung kam, wollte Seaver mit seiner Kreditkarte bezahlen, aber Earl schüttelte nur unwillig den Kopf und sagte: »Das mach' besser ich.« Seaver hatte gezögert, aber Earls Blick sagte ihm, daß das so zum Geschäft gehörte, und Seaver steckte die Kreditkarte wieder ein. Er hätte erwartet, daß Earl die Rechnung mit Bargeld beglich, aber er zahlte mit einer Kreditkarte, addierte ein sattes Trinkgeld und fügte der Unterschrift einen schwungvollen Schlußstrich hinzu. Der Name kam Seaver viel länger vor als nur »Earl Bliss«. Beim Aufstehen schlug er in einem unbemerkten Augenblick schnell die lederne Rechnungsmappe auf und las den Namen »Donald R. Brookings«. Von Kalispell aus rief er sofort die Pleasure AG an und gab die Anweisung, diesen Namen auf die ohnehin schon lange Liste der Kreditüberprüfungen zu setzen. Als er das nächste Mal anrief, erfuhr er, daß Donald R. Brookings in Lake Havasu, Denver, sowie an mehreren Orten in Montana Hotel- und Restaurantrechnungen bezahlt hatte. Die letzten davon in diesem Motel in Kalispell.

Jetzt hatte Seaver eine delikate Situation vor sich. Wenn Earl Bliss einen Zettel ohne Unterschrift vorfand, konnte er sich alles Mögliche denken. Er dachte vielleicht, die Notiz sei von Pete Hatcher und der dunkelhaarigen Frau, ein Angebot, ihm den Auftrag abzukaufen. Das konnte nichts anderes als ein Hinterhalt sein, und Earl würde deshalb in diesem Zimmer etwas ziemlich Scheußliches veranstalten, plötzlich und ohne Warnung. Earl arbeitete schließlich schon lang genug in dieser Branche. Und in seinem fiebrigen Kopf schwirrte es nur so von allerlei Unerledigtem und von überfälligen Revanchen. Jederzeit, heute abend noch, konnte Earl Seaver ohne weiteres nur deshalb umbringen, weil er ihn an eine dieser fälligen Rechnungen erinnerte.

Seaver betrachtete die Frage der Unterschrift von einem anderen Blickwinkel aus. Wenn er eine anonyme Notiz hinterließ, würde ihn das von jedem Verdacht befreien, falls zufällig die Polizei sie fand? Nein. Es stand ja seine Zimmernummer darauf. Er schrieb deutlich »Seaver« hinzu, betrachtete den Zettel eine Weile, knüllte ihn zusammen und warf ihn in den Papierkorb. Was hatte er sich nur dabei gedacht! In dieser Situation konnte er sich weder Ungeduld noch Dummheiten leisten.

Seaver ging an Earls Zimmer vorbei durch die kalte Nässe zu seinem Wagen. Hier mußte er mit den bloßen Händen die Windschutzscheibe und das Rückfenster vom Schnee befreien. Er ließ den Motor an und hielt die frierenden Finger ein paar Minuten lang vor das Heizungsgebläse. Wenn er jetzt schon unterwegs war, konnte er sich auch gleich Handschuhe und einen Hut kaufen.

Jane kauerte hinter der Tür und horchte. Als es nicht mehr klopfte, sah sie den Mann weggehen: Er verschwand im Zimmer 3165. Sie wartete noch einige Minuten und machte sich wieder ans Packen. Sie hatte überlegt, das gesamte Gepäck der Männer durch das hintere Fenster nach draußen zu stellen, um es dann unbeobachtet in den Toyota zu laden.

Aber dann war sie durch das Knirschen der schweren Schritte vor der Tür aufgeschreckt worden. Sie hatte sich neben die Tür gehockt, in der Hand den Revolver, den sie dem zweiten Mann abgenommen hatte, und wagte kaum zu atmen, bis sie die Schritte im Schnee wieder hörte, diesmal entfernten sie sich und wurden leiser, als der Mann zu seinem Zimmer zurückstapfte.

Sie beruhigte sich wieder, als sie ihn beobachtete, wie er mit ungeschickten Händen die Schneeschichten vom Wagen auf die eigenen Füße schaufelte. Im Wegfahren rutschte der übrige Schnee vom Dach erneut über das Rückfenster. Der Wagen stand erkennbar schon ziemlich lange auf dem Parkplatz. Und der Büroanzug mit den feinen Schuhen verriet, daß der Mann von ganz woanders herkam und hier vom Schneefall überrascht worden war.

Jane zog ihre Handschuhe an, kniete sich auf den Boden neben den sorgfältig gearbeiteten Gewehrkasten, nahm die Gewehrteile aus ihrem Rucksack und legte sie einzeln in die passend ausgehöhlten Vertiefungen. Hier das Magazin, hier den vorderen Griff, hier den Feuerdämpfer, da hinein den Verschluß und hier den Kolben. Die Arbeit war seltsam befriedigend, wie das Legen eines Puzzles, wenn die Teile genau ineinander paßten. Schließlich lud sie alles, was sie in dem Zimmer gefunden hatte, in den Toyota. Dann ging sie in den Fußstapfen des Mannes zu seinem Zimmer 3165. Mit einer Kreditkarte öffnete sie die Tür und sah sich um: ein einziger Koffer, ein Anzug im Schrank. Sie durchsuchte den Koffer, fand aber nichts als Männerkleidung, wie man sie überall kaufen konnte. Am Anzug im Schrank fand sie ein Etikett: Callicott Haberdashery, Las Vegas. Es war zweifellos kein Zufall, daß der Mann mit dem Anzug aus Las Vegas zu den beiden Killern wollte. Er gehörte zum Team.

Sie ging ins Bad und sah sich die Utensilien dort an: Rasierapparat, Zahnpasta, Kamm, Bürste, Deostift, das Übliche. Sie ging ins Zimmer zurück und schaute im Papierkorb nach, griff hinein und faltete das zusammengeknüllte Papier auf: »Zimmer 3165. Seaver.«

Diesen Namen hatte sie schon einmal gehört. Seaver war einer der Leute aus dem Casino, von denen Pete gesprochen hatte. Es war Seaver gewesen, dem jemand gesagt hatte, es gab da ein Problem, und kurz danach hätte Pete seine eigene Todesanzeige lesen können. Aber Seaver war kein Killer. Er war der Sicherheitschef der Firma.

Jane legte die Notiz wieder zusammengeknüllt in den Papierkorb zurück. Seaver war der Auftraggeber, er hatte die Killer angeheuert. Die ganze Zeit über hatte er bequem und ungefährdet in Las Vegas gesessen, während die beiden für ihn auf die Jagd nach Pete Hatcher gingen. Sie hatten in Denver einen jungen Polizisten erschossen und in Swan Lake einen unverdächtigen Touristen, aber von da aus führte keine Spur zu Seaver. Er hatte sich bis jetzt in sicherer Distanz gehalten. Was wollte er dann hier? Überprüfte er seine Auftragnehmer? Nein. Was hätte er ihnen denn sagen können, um sie anzutreiben, womit drohen, falls sie versagten? Vielleicht hielt er es für richtig, ihnen hier die letzte Rate ihres Honorars auszuzahlen, bevor sie in Las Vegas in seinem Büro auftauchten. Aber das spielte jetzt keine Rolle. Er war hier. Jane lief zum Toyota, nahm ein Gepäckstück heraus und schob es in dem Zimmer unter das Bett.

Bei einem Supermarkt in Whitefish warf sie die anderen Koffer der Männer in einen Müllcontainer, dann fuhr sie zurück nach Kalispell. Tief in der Nacht parkte sie den Toyota vor der Leihwagenfirma und warf den Schlüssel vor die Bürotür. Dann ging sie zu Fuß bis zu dem kleinen Flughafen am Stadtrand und bezahlte mit ein paar Hundert-Dollar-Scheinen ein Ticket für den nächsten Flug nach Los Angeles.

Erst als sie sicher war, daß das Flugzeug starten konnte, und die Passagiere bereits einstiegen, rief sie die Polizei an. »In der Rocky Mountain Lodge«, sagte sie schnell, »in Zimmer 3165 ist jemand, der mir gestern abend sagte, er hätte den Mann in Swan Lake umgebracht.« Die Frau am anderen Ende redete dauernd dazwischen und sagte: »Ihren Namen, bitte. Wir brauchen Ihren Namen.« Aber Jane sagte nur noch: »Er hat mir sogar das Gewehr gezeigt« und hängte ein. Vielleicht hatte die Frau nicht alles verstanden, aber das war egal. Der Anruf wurde wie alle anderen aufgezeichnet, und jetzt wurde er sicher schon einem höheren Beamten vorgespielt.

33

Seaver bewegte sich wie im Traum. Das alles kam ihm unwirklich vor. Die Zelle sah aus wie in einem schlechten Film: schmutzige Wände, seit Generationen vollgekritzelt mit Gedankenfetzen, die nur ein krankes Gehirn formulierte, in schreienden Krakeln, jedes dritte Wort falsch geschrieben, dazu anatomische Zeichnungen, bei denen ihm übel wurde. Das konnte alles nicht wahr sein, er mußte träumen. Als die Tür krachend ins Zimmer flog, lag er im Bett und schlief, und was er dann vor sich sah, war nur der Beweis dafür, daß sein Unterbewußtsein immer perfektere Alpträume produzierte. Von allen Seiten zeigten die Gewehrläufe auf ihn, als die Uniformen sich um das Bett verteilten. Ein paar Gesichter betrachteten ihn mit offener Verachtung, andere schauten ihn ausdruckslos an und konzentrierten sich schußbereit darauf, seine Brust, seinen Kopf oder seinen Bauch im Visier zu halten.

Es war ihm klar, daß er nur noch bewegungslos daliegen durfte, die Arme wie gekreuzigt, möglichst weit abgewinkelt. Es war nicht in seinem Interesse, jetzt etwas zu sagen, nicht nur weil er etwas sagen könnte, was er vielleicht bereuen würde, sondern auch um diese Leute mit den leeren Gesichtern nicht zu irritieren. Sonst erledigten sie die Arbeit, für die sie hergekommen waren, stellten erst danach fest, daß sie den Falschen erwischt hatten, und gingen wieder.

Dann legte sich einer auf den Boden, robbte unter das Bett, zog eine lange, schmale Holzkiste hervor, machte sie auf, nickte kurz seinem Chef zu und schloß sie wieder. »Es ist da«, sagte er. Dann rollten sie ihn mit groben Handgriffen auf den Bauch, legten ihm die Handschellen an, zerrten ihn zum Wagen und fuhren ihn aufs Revier.

Während man ihn fotografierte und ihm die Fingerabdrücke abnahm, ihn am ganzen Körper durchsuchte und in die Zelle warf, suchte er fieberhaft nach einer Erklärung. Sie mußten hinter Earl her sein. Er hatte ihm das irgendwie angetan; er hatte den Notizzettel gelesen und ihm das Gewehr unters Bett gelegt. Dann hatten er oder Linda, während sie schon fast aus der Stadt waren, die Polizei angerufen. Aber warum nur? Weil er eine ungeschriebene Regel verletzt hatte und ihnen nach Montana nachgefahren war? Oder weil Earl annahm, Seaver sei mittlerweile ungeduldig geworden und wollte sich die Vorauszahlung zurückholen?

Seaver mußte sich immer wieder sagen, daß das jetzt wirklich gleichgültig war. Er steckte in Schwierigkeiten. Die Polizei hatte seinen falschen Führerschein und die unechten Kreditkarten gefunden. Seine Hände hatte man zum Nachweis von Schmauchspuren mit Weinsäure bestrichen und unter eine ultraviolette Lampe gelegt. Seaver war einigermaßen sicher, den Test problemlos zu überstehen, weil die violett leuchtenden Pünktchen, die Stahl und Messing anzeigten, für einen klaren Beweis zu winzig waren.

Aber dann hatten sie auch den Absorptionstest mit seinen Kleidern gemacht. Das war nicht gut für ihn. Er wußte, sie würden dabei Antimon-, Barium- und Bleiatome finden. Zu seiner Verteidigung konnte er höchstens vorbringen, er hätte die Sachen beim ganz legalen Schießtraining in Las Vegas getragen und noch nicht in die Reinigung gebracht. Er konnte nicht sagen, er hätte in den Kleidern nie einen Schuß abgefeuert. Er hatte geschossen, aber nicht mit dem Gewehr. Sondern mit dem Revolver, auf die beiden Männer in New York. Der kürzere Lauf, die geringere Entfernung und die Schußrichtung nach unten waren die Ursachen für die Pulverrückstände.

Mit dem richtigen Anwalt konnte Seaver einen großen Teil der Beweise vor Gericht wegerklären, aber das Gewehr war wie eine mathematische Gleichung, die nicht zu seinen Gunsten aufging. Ein einfacher Ballistiktest mußte ergeben, daß die Kugel, die den Mann in Swan Lake getötet hatte, und das Gewehr zusammengehörten. Je länger Seaver darüber nachdachte, um so klarer wurde ihm, daß das Gewehr sein größtes Problem war. Der Beamte beim ersten Verhör hatte wie nebenbei bemerkt, daß es einen Schalldämpfer hatte. Wenn der Schalldämpfer industriell hergestellt war, dann mußte es ein nur für das Militär oder die Polizei freigegebenes Gerät sein. Und dann konnte die Anklage aus Seavers Polizeiakte genügend Verbindungen herauslesen, über die er sich ein so seltenes Gewehr beschaffen konnte.

Er versuchte, seine Personalakte mit den Augen eines Staatsanwalts zu sehen. Am auffälligsten waren darin seine ausgezeichneten Ergebnisse bei den Schießwettbewerben. Sie waren noch lange kein Beweis dafür, daß er auch aus vierhundert Metern Entfernung jemandem eine Kugel in die Schläfe setzen konnte. Aber außer ihm gab es keinen anderen Verdächtigen, der so etwas vielleicht an seinem Glückstag einmal geschafft hätte. Und dann zerrte die Anklage garantiert die vier tödlichen Schüsse seiner Polizistenlaufbahn ans Licht. Die Tatsache, daß vier verschiedene Untersuchungskommissionen ihm recht gegeben hatten, war hier bedeutungslos. Für eine Jury war so eine interne Untersuchung das, was sie auch in Wirklichkeit war: reine Routine, eine obligatorische Überprüfung, nur um festzustellen, es sei bei der Schießerei nicht derart illegal zugegangen, daß die Öffentlichkeit es bemerkte. Die Schüsse bewiesen nur, daß Seaver mindestens vier Menschen in den Tod geschickt hatte und davon nicht gerade tief erschüttert war.

Je weiter er nachdachte, desto düsterer wurden seine Aussichten. Er hatte fünfzehn Jahre bei der Polizei gearbeitet, dann elf Jahre als leitender Angestellter, verantwortungsvoll und respektiert, in einer amerikanischen Firma mit einem angesehenen Namen. Aber für die hiesige Jury aus lauter Fundamentalisten, alten Frauen mit Perlenketten und Fischereibedarfsverkäufern war der Sicherheitschef und Vizepräsident eines Casinos in Las Vegas praktisch ein Gangster.

Und was, verdammt noch mal, suchte Seaver überhaupt hier oben in den Bergen? Fremde tauchten hier nur zu einem Zweck auf: um Urlaub zu machen. Das Freizeitangebot bestand nur aus Jagen, Fischen, Skifahren und Reiten. Konnte er die ganze Gewehrsache damit entschärfen, daß er sagte, er hätte beim Verhör gelogen, weil er eine illegale Waffe zur Jagd benützen wollte? Nein. Wenn die Patronen aus dem Gewehr mit der Kugel im Kopf des Ermordeten übereinstimmten, dann konnte er erzählen was er wollte, es half nichts. Er mußte dabei bleiben, daß das Gewehr nicht ihm gehörte. Er hatte keine Skier und keine Angelrute bei sich, auch keine Reitkleidung, er wußte nicht einmal, von welcher Seite man aufs Pferd stieg. Er mußte behaupten, er sei geschäftlich hier. Aber bei welcher Art Geschäft traf man sich nicht mit irgend jemandem?

Er ließ sich die Arbeitsweise der Pleasure AG durch den Kopf gehen, aber seine Gedanken hingen immer deprimierender fest in dem unwahrscheinlichen Casino-Projekt, das ihn überhaupt in diese ausweglose Lage gebracht hatte. Dann jedoch kam ihm die Idee, daß diese Sache doch nicht so unbrauchbar war. Er könnte nach Montana gekommen sein, um im Auftrag der Pleasure AG den richtigen Standort für die Errichtung eines Urlaubszentrums zu erkunden. Firmen wie diese hielten eine derartige Standortsuche immer geheim. Wenn sie sich zu früh herumsprach, stiegen die Grundstückspreise über Nacht auf das Dreifache, neugierige Konkurrenten mischten sich ein, und dann kamen auch noch die üblichen Irren hinzu, die sich immer organisierten, wenn jemand irgendwo etwas bauen wollte. Eine geheime Standorterkundung war die beste Begründung für sein zielloses Herumfahren, ebenso für den falschen Namen, mit dem er sich die Konkurrenten und Spekulanten vom Hals halten mußte.

Und plötzlich hatte er den gesuchten Dreh gefunden. Der miserable Ruf der Casinos von Las Vegas machte ihn nicht zum Täter, sondern zum Opfer. Nicht Seaver, vielmehr die Konkurrenz hatte mit dem Gewehr den Mann in Swan Lake kaltgemacht, um ihm dann die Waffe unterzuschieben und die Pleasure AG so nachhaltig zu diskreditieren, daß sie ihre Montana-Pläne aufgeben mußte.

Seaver mußte nun alle Aufenthaltsorte seit seiner Ankunft in Montana daraufhin durchgehen, was seine Geschichte bestätigte und was er besser unter den Tisch fallen ließ. Wann war er angekommen? Zwei Tage vor seiner Verhaftung. Konnte er das Hotel in Billings beweisen? Ja. Er war unter falschem Namen geflogen, aber ein guter Anwalt konnte notfalls einen Angestellten oder auch einen Passagier auftreiben, der sich an ihn erinnerte. Das Hotel hatte seine Ankunftszeit. Was hatte er dann getan? Er war auf sein Zimmer gegangen und hatte ferngesehen – den Bericht von dem Mord in Swan Lake! Das kam um diese Zeit schon im Fernsehen. Der Kerl war längst tot, als Seaver hier ankam! Seaver hatte unerklärlicherweise das wichtigste Argument in einem Mordprozeß vergessen: Er hatte ein Alibi.

Er war frei, schon so gut wie entlassen. Er sagte sich die ganze Geschichte immer wieder vor und fügte hier und da noch Details ein, die die Polizei leicht nachprüfen konnte. Dabei wurde ihm klar, daß dieses Gewehr kein schlagender Schuldbeweis mehr war, wie durch Zauberhand hatte es sich in einen kompletten Freispruch verwandelt. Aber noch waren da die ballistischen Übereinstimmungen. Nur: Wenn der Mann, der in Swan Lake geschossen hatte, es für eine gute Idee hielt, Seaver das Gewehr unters Bett zu schieben, dann war er wohl nicht gerade Seavers Freund. So einfach war das. Keine Mordanklage, kein gemeinsamer Mordversuch, keine Beihilfe zum Mord, nicht mal illegaler Waffenbesitz.

Ein paar Stunden später, nachdem er den Beamten das alles erzählt hatte und wieder auf der Straße stand, ließ seine euphorische Stimmung nach. Er hatte sich lediglich aus einer lästigen Nebensache herausmanövriert.

Die drei Partner in Las Vegas hatten ihn losgeschickt, um ein Problem zu lösen, und das hatte er nicht geschafft. Stattdessen hatte er sich verhaften lassen. Und während er in der Zelle saß, war alles vielleicht noch schlimmer geworden. Vor dem Gefängnis hatte er Fotografen gesehen und Leute hinter Video-Kameras, darauf die Buchstaben der lokalen Fernsehsender.

Sobald Earl Bliss die Nachrichten zu Gesicht bekam, wußte er auch, daß Seaver freigekommen war. Nachdem Earl ihm nicht den Mord anhängen konnte, kam er möglicherweise zu dem Ergebnis, daß er Seaver umbringen mußte. Falls Pete Hatcher noch am Leben war, konnte sich sogar Earl Bliss ausrechnen, was Seaver in Montana suchte: Er suchte ihn. Möglicherweise trieb ihn das direkt dem FBI in die Arme. Und wenn die Italiener in New York die Nachrichten ebenfalls mitbekamen, fingen vielleicht auch sie an, Fragen zu stellen.

Für diese Leute mußte er sich eine ganz neue Geschichte ausdenken. Dafür mußte er sich so schnell wie möglich mit Foley, Buckley und Salatieri abstimmen.

Auf dem Weg nach Missoula nahm er sich ein Hotelzimmer und ging danach eine Querstraße weiter zu einem Münztelefon. Er wählte die geheime Büronummer seiner Chefs, aber niemand hob ab. Er versuchte es mit ihren Privatnummern, aber hier sagte ihm allenfalls irgendein höflicher Butler, er würde Seavers Namen notieren. Dann rief er den Telefondienst des Casino-Hotels an.

»Hier ist Calvin Seaver«, sagte er, »ich muß unbedingt Mr. Foley, Mr. Salatieri oder Mr. Buckley erreichen.«

»Ich bedaure, Sir. Die Eigentümer sind ausschließlich während der Bürozeiten über ihre Sekretariate erreichbar.«

»Das können Sie mir nicht erzählen. Die drei sind jederzeit erreichbar, Tag und Nacht. Wenn Sie nicht wissen, wer ich bin, dann sehen Sie sich mal Ihre Notfall-Vorschriften an.

Auf der Liste der zu informierenden Personen stehe ich ganz oben.«

»Ihren Namen, bitte?«

»Ich habe ihn schon genannt. Calvin Seaver.«

»Ich bedaure, Sir. Ich habe die Anweisung, jedem, der nach Calvin Seaver fragt, mitzuteilen, daß das Hotel mit niemandem dieses Namens in Verbindung steht. Alle diesbezüglichen Nachfragen sind umgehend an Mr. Bennis von der Sicherheitsabteilung weiterzuleiten.«

»Dann leiten Sie mich weiter. Stellen Sie durch.«

Jetzt trat eine Stille ein, an deren Länge Seaver ermessen konnte, wie ausführlich der Telefonist mit Bennis' Büro redete. Nein, verdammt, es war immer noch Seavers Büro. Bennis war ein Kriecher, den Seaver gerade wegen seiner hündischen Ergebenheit befördert hatte.

»Bennis«, sagte die Stimme.

»Hier Seaver. Ich bin an einem Münztelefon, also keine Wanze hier. Vielleicht überprüfst du deinen Apparat auch mal eben.«

»Schon geschehen«, sagte Bennis. »Er ist sauber.«

»Ich bin in Missoula, Montana. Die Polizei hat eingesehen, daß sie den Falschen erwischt hat, und mich freigelassen. Ich will, daß die großen Drei das wissen. Ich komme jetzt zu euch.«

»Cal ...«. Bennis' Stimme hatte einen unangenehmen, klagenden Nebenton, den Seaver noch nie gehört hatte.

»Was ist?«

»Du warst immer anständig zu mir, und jetzt kann ich mich revanchieren. Komm lieber nicht her.«

Seaver bekam plötzlich keine Luft mehr. »Was soll das heißen?«

»Sie haben ein paar Leute engagiert.«

»Sie wollten mich im Gefängnis umbringen? Ohne sich wenigstens anzuhören, was passiert ist? Ohne mir eine Chance zu geben, das wieder geradezubiegen?«

»Versteh doch, ich weiß ja auch nicht mehr als das.«

Seavers Gesichtsfeld nahm an den Rändern eine rötliche Färbung an, und sein Herz schlug so laut, daß er es spüren konnte. »Sie haben niemanden engagiert. Sie wüßten nicht mal, wie man das macht, und sie würden solche Leute nicht mal mit der Kohlenzange anfassen. Du hast die angeheuert. Sie haben dich in ihr Büro geholt und dir gesagt, daß ich ein Problem bin, eine Schwachstelle. Hast du ihnen wenigstens gesagt, daß ich das nicht bin? Daß ich nie auch nur ein Wort sagen würde?«

Bennis blieb ruhig. Er klang wie von der anderen Seite eines breiten Abgrunds herüber, der Beobachter einer Katastrophe, mit der er nichts zu tun hatte. »Du kennst sie doch, Cal. Sie treffen eine Entscheidung, und das ist es dann. Das kannst du dann nicht mehr aus der Welt reden.«

»Stimmt«, sagte Seaver. »Ich bin froh, daß ich es gerade von dir erfahre. Und weißt du noch was? Ich bin froh, daß sie dich zu meinem Nachfolger gemacht haben. Du hast es verdient.«

Seaver hängte ein und machte zwei Schritte in die Richtung seines Hotels. Er war müde, er brauchte Schlaf. Aber nein, er konnte nicht mehr auf sein Zimmer zurück und die ganze Nacht herumsitzen. Er hatte Bennis gesagt, daß er in Missoula war. Er mußte das nächste Flugzeug nehmen.

Er sah auf die Uhr. Es war drei Uhr morgens, der 16. – nein, der 17. September. Das Datum würde er nie mehr vergessen. Auf dem Weg zum Hotel schüttelte er einmal den Kopf und war erstaunt, daß sich die Bewegung in die Schultern und das Rückgrat hinunter fortsetzte. Wahrscheinlich sah er aus wie ein alter Hund, der sich die Nässe auf dem Fell schüttelt.

Bei dem Gedanken mußte er leise lachen. So war es wohl auch. Seit elf Jahren, seit seinem ersten Arbeitstag bei der Pleasure AG hatte er ein Drittel seines Gehalts unter dem Namen Luther Olmstead auf diverse Bankkonten in der Karibik überwiesen. Leute wie Buckley, Salatieri und Foley waren schlau genug, sich so etwas zu denken. Als er zu ihnen kam, hatte er fünfzehn Polizistenjahre hinter sich, ohne die Möglichkeit, auch nur einen Penny zurückzulegen. Dann hatte er ein Jahresgehalt von zweihunderttausend an Land gezogen. Allein die Steuer wäre höher gewesen als sein bisheriges Gehalt.

Er durfte sich in Los Angeles nur so lange aufhalten, bis er seinen Paß und das Reisegeld zusammen hatte. Jetzt kam alles auf die schnelle Flucht an. Danach konnte er sich in Ruhe seine weiteren Pläne überlegen. Die drei Chefs dachten vermutlich, daß er jetzt zur Polizei gehen würde. Die nächsten Stunden verbrachten sie dann vermutlich damit, Beweismittel loszuwerden. Aber es waren gerade seine Erfahrungen bei der Polizei, die ihn im besten Eigeninteresse von einem solchen Schritt abhielten. Auch war das nicht der einzige Ausweg. Er kannte vielleicht nicht die Namen der alten Männer an der Ostküste, vor denen die drei Chefs solche Angst hatten, aber er kannte die Namen von Leuten derselben Branche in Los Angeles, und sicher war es keine schlechte Idee, sie mal anzurufen. Sie würden es zu schätzen wissen, daß sie ihre Freunde in New York rechtzeitig warnen konnten. Man hatte ihm immer gesagt, daß die Mafia auf Gegenseitigkeit und Gefälligkeiten aufgebaut war, und in seiner Lage konnte es nicht schaden, wenn sich diese Leute mit Dankbarkeit an ihn erinnerten.

34

Am Nachmittag hatte Jane Earls Adresse gefunden. Sie fuhr langsam an dem Haus vorbei und sah sich dann die wenigen benachbarten Häuser der Gegend am Nordrand des San Fernando Valley an. Eine wirkliche Nachbarschaft konnte man das allerdings kaum nennen, denn die Anwesen lagen am Ende kurvenreicher und gekiester Auffahrten auf weitläufigen Grundstücken. Einige bestanden aus alten, verfallenen Farmhäusern mit den Karosserien halb auseinandergenommener Wagen davor, andere sahen wie Earls Gebäude aus: kleine, eingezäunte Terrains und in ihrer Mitte ein typisches Vorstadthaus. Drei Kilometer später wendete Jane und fuhr noch einmal an Earls Anwesen vorbei. Das Haus bot denselben Anblick wie vorher: Kein Vorhang hatte sich bewegt, kein Wagen stand in der Auffahrt.

Sie konnte nicht sagen, wieviele Personen mit der Jagd nach Pete Hatcher beschäftigt waren. Mord auf Bestellung war kein Geschäft, das ein großes Team gebrauchen konnte. Aber sie wußte, daß mindestens eine Person fehlte: die Frau, die Hatcher in Denver in die Falle gelockt hatte.

Erst nach Mitternacht kehrte Jane zurück. Sie schaltete die Scheinwerfer des Leihwagens aus, fuhr die Auffahrt gerade so weit hinauf, daß ein zufällig vorbeikommender Polizist nicht neugierig wurde, und ging zu Fuß weiter. Der Maschendrahtzaun war mit Stacheldraht bewehrt, aber Isolatoren waren nicht zu sehen, also riß sie den Stacheldraht mit dem Montiereisen aus dem Wagen drei Meter weit ab, kletterte hinüber und ließ sich auf den Wiesenboden fallen.

Hinter dem Haus lag ein Zwinger mit Hundehütten und einem geräumigen Auslauf, aber sie wußte, daß diese Hunde das Bellen aufgegeben hatten, so daß sie am Zwinger entlang auf das Haus zugehen konnte. Es war ein einstöckiger, weißgetünchter Sechs- oder Sieben-Zimmer-Bau. Sie ging um das ganze Haus herum und hielt vorsichtig Ausschau nach Bewegungsmeldern, automatischer Außenbeleuchtung und anderen Anzeichen für irgendein Alarmsystem. Am Eingang hatte sie kein Schild einer Sicherheitsfirma gesehen, auch keine ähnlichen Reklameschilder an den Fensterscheiben. Die meisten Fenster waren dunkel, nur zwei zeigten einen schwachen Lichtschimmer. Jane näherte sich lautlos dem ersten der beiden helleren Fenster und schaute hinein. Durch den Vorhang sah sie auf einem Schreibtisch eine Lampe, und am Ende des Stromkabels an der Wand den kleinen Plastikkasten mit der runden Scheibe. Die Lampe war an eine Schaltuhr angeschlossen.

Jane ging zum nächsten beleuchteten Fenster und entdeckte eine zweite, ebenso gesteuerte Lampe. Sie dachte nach. Die Schaltuhren bedeuteten, daß niemand zu Hause war. Es gab keine Anzeichen für ein Alarmsystem. Selbstverständlich verdrahtete ein Profikiller sein Haus nicht mit Anlagen, die keinen anderen Zweck hatten, als die Polizei zu rufen. Und nachts meldeten seine Hunde jeden Eindringling, bevor er überhaupt in die Nähe kam.

Sie konnte es riskieren. Earl und der zweite Mann waren tot, aber es bestand immer noch die Chance, daß sie im Haus

Notizen und Aufzeichnungen über Pete Hatcher zurückgelassen hatten, die dem nächsten Killerteam nützen konnten. Und außerdem lief immer noch die Denver-Frau frei herum. Sie war vielleicht nicht der Typ, Hatcher im Alleingang zu jagen, aber solange Jane nicht herausgefunden hatte, wer sie war, blieb sie unberechenbar.

Jane ging zur Küchentür, schlug mit dem Montiereisen die Glasscheibe ein, griff ins Innere, schloß die Tür auf und betrat das Haus. Sie hörte nicht den geringsten Lärm, kein elektrischer Kontakt im Türrahmen hatte beim Öffnen irgendeinen Alarm ausgelöst.

Sie tastete nach dem Wandschalter und machte Licht. Die Küche war modern und teuer eingerichtet, in grünem Marmor und mattglänzendem Stahl, mit Restaurantherd und Tiefkühltruhe, aber in Schubladen und Hängeschränken fand sie nur wenige Geräte, die auf eine rege Benützung hingedeutet hätten.

Sie ging weiter ins Wohnzimmer. Hier stand ein ganzes Wandregal voll mit elektronischen Apparaten, von denen sie einige erkannte: Fernsehbildschirme, Videorekorder, Lautsprecher, CD-Player, Decoderkästen und verschiedene Tonbandgeräte. Andere Kästen und Bildschirme gehörten anscheinend zu irgendeinem Computer. Jane hatte den Eindruck, der Bewohner dieses Hauses kaufte sich einfach aus Vergnügen derartige Geräte zusammen.

Dann ging sie in Earls Schlafzimmer. Sie hatte wieder den Geruch in der Nase, an den sie sich erinnerte, seit sie unter der Leiche gelegen hatte, eine Mischung aus Schweiß und Waffenfett und irgendeinem Shampoo. Es ließ eine Welle des Ekels in ihr hochsteigen, und sie mußte warten, bis sie sich gelegt hatte. Dann suchte sie nach einem Notizblock, aber im ganzen Haus war kein Stück Papier zu sehen.

Hinter einer Schiebetür fand sie einen maßgefertigten Kleiderschrank mit Schubladen und aufgehängten Kleidern. Auffällig war darin die Hutablage mit einem Dutzend Baseballmützen, die Aufschriften von Sportmannschaften oder Lastwagenfirmen trugen, daneben lauteten einige aber auch »FBI« oder »Polizei«. In einer Schublade entdeckte sie zwei

Skimützen mit Löchern für Mund und Augen, dazu eine ganze Auswahl an Handschuhen. In der Hitze von Süd-Kalifornien brauchte er so etwas bestimmt nicht.

Sie sah sich die Sachen auf den Kleiderbügeln an, und sie bestätigten das Bild, das sie sich von ihm gemacht hatte. Es gab hier alles mögliche: konservative Stadtanzüge neben wollenen Freizeithemden mit Mottenlöchern, einen Smoking und eine verdreckte Armee-Jacke unter einer Plastikhaube. Earl besaß auch Uniformen, etwa die nachtblauen Hemden und Hosen des Los Angeles Police Department, dazu die Sommerausgabe mit kurzen Ärmeln, eine khakifarbene Straßenpolizei-Uniform, eine blaue Windjacke mit »Polizei« in dicker Leuchtschrift, wie sie Kriminalbeamte bei einer Razzia anhatten, schließlich die Arbeitskleidung mehrerer Wasser-, Gas- und Telefongesellschaften. Earl konnte in unzähligen Verkleidungen auftreten.

Als sie im nächsten Raum Licht machte, blieb ihr einen Augenblick der Atem weg. Es war das Schlafzimmer einer Frau. Earl hatte hier nicht allein gewohnt. Es war ausgeschlossen, daß er zwei Frauen hatte: eine hier im Haus, die zu seiner Sammlung von Polizei-Uniformen keine dummen Fragen stellte, und eine andere, die mit ihm draußen herumlief und Leute umbrachte. Mit Sicherheit war das hier das Zimmer der Frau, die Pete Hatcher in Denver überfallen hatte. Jane machte den ersten Schrank auf. Die Kleider auf den Bügeln, wie auch alles andere in diesem Haus, waren alle von teuren Marken, ohne deshalb besonders geschmackvoll zu sein, und alles war kaum getragen. Jane hatte eine solche Überfülle an Textilien vor sich, daß sie sich fragte, wie jemand die Zeit für so umfangreiche Einkäufe finden konnte. Aber sofort konzentrierte sie sich wieder auf das Wesentliche. Wenn diese Frau hier wohnte, konnte sie jeden Augenblick auftauchen. Sie war in Denver aktiv gewesen, aber in Montana hatte sich keine Frau sehen lassen.

Die nächsten zehn Minuten suchte Jane nach gerahmten Fotos oder einem Fotoalbum, nach irgendetwas, das ihr verraten hätte, wie die Frau aussah – aber vergeblich. Sie untersuchte die Kleider genauer, vielleicht konnte sie sich damit eine Vorstellung von ihrem Gewicht und ihrer Körpergröße machen. Aber auch dieser Versuch endete ergebnislos. Jane hatte den Eindruck, alle Frauen in Kalifornien hatten Größe 38 und waren eins-siebzig bis eins-fünfundsiebzig groß.

Die Hausbewohnerin hier war zudem eitel und etwas zu großzügig mit sich selbst. Neben dem Schlafzimmer lag ein Ankleideraum mit einem wandhohen, beleuchteten Spiegel. Die Artikel zur Körperpflege, diverse Cremes und Parfüms und Lotions in Töpfchen und Fläschchen, waren von so kostspieligen Marken, daß die meisten Frauen sie nicht als Kosmetika erkannt hätten.

Dasselbe luxuriöse Bild zeigte sich im Bad. Die gläserne Duschkabine an der Marmorwand, mit aufwendigen Batterien zur Regulierung und Richtungseinstellung verschiedener Wasserstrahlformen, hätte fünf Personen gleichzeitig Platz geboten. Es gab eine abgesenkte Badewanne mit Jacuzzi-Jets, eine Gesichtssauna und wieder die endlose Parade der Schönheitspflegemittel, Vorräte für mehrere Menschenleben.

Die zweite Tür des Badezimmers führte in den Fitneßraum. Hier standen einige gepolsterte Bänke, ein Trainingsfahrrad, ein Laufband, ein Banddrücker, verschiedene Zug-Geräte und ein Treppensteiger. Eine Wand war ein einziger Spiegel, davor eine Barre wie im Ballettunterricht. Jane versuchte, die Frau zu verstehen. Die Kleidergröße zeigte, daß sie auf ihre Figur achtete, aber der Maschinenpark dieses Raumes überstieg an Qualität und Vielfalt alles, womit sich ein normaler Mensch einrichtete. Das hier war die industrielle Ausstattung eines modernen Fitneßcenters. Jane hob einen der Zuggriffe an. Wenn die Frau ihn eingestellt hatte, mußte sie athletisch sein. Aber vielleicht trainierte auch Earl damit. Durch die Scheiben der Verandatür schimmerte Mondlicht von einer Wasserfläche herein: ein Schwimmbecken auch noch, und genau vor der Haustür der Frau. Aber nicht einer dieser Pools, den sich manche zum familiären Schwimmvergnügen einbauten, sondern ein einbahniges, professionelles Trainingsbecken.

Das ganze Haus machte Jane ein ungutes Gefühl, beinahe Angst. Sie war fasziniert und zugleich abgestoßen von den angehäuften Reichtümern, von den Geräten des Mannes und dem Alltag der Frau. Der Gedanke drängte sich geradezu auf, daß jede einzelne Extravaganz hier das Ergebnis eines eigenen Mordauftrags war, wenn die beiden heimkamen und mit dem dabei verdienten Geld einen Raum mit Geräten ausstatteten oder das Schlafzimmer der Frau neu einrichteten. Sie fragte sich, ob die beiden noch an diese Menschen dachten: Dieses Zimmer ist die durchgeschnittene Kehle von Soundso, und das hier der Kopfschuß im Schlaf, weißt du noch?

Die Frau, wie andere Frauen auch, zog sich gut an und hatte gern kleine Annehmlichkeiten um sich herum, aber hier war von alldem zuviel da, und alles war irgendwie daneben. Auf Jane wirkte das Schlafzimmer wie das eines Mannes, der eine Frau darstellen wollte, auch Transvestiten trugen nie zu große Sweatshirts und Jeans. Vielleicht war es das, dachte sie, und erinnerte an die schweren Trainingsgeräte im Fitneßraum. Sie nahm eine Jogginghose aus dem Schrank und verglich Becken- und Hüftweite. Aber nein, diese Kleider konnten nur einer Frau passen.

Und doch war alles in diesem Haus falsch. Die Küche war kein Raum, in dem gekocht wurde. Sie war nichts als eine Ansammlung von Apparaten und glänzenden Oberflächen. Das Wohnzimmer sah aus, als würde dort nie jemand sitzen. Die Möbel waren so perfekt aufeinander abgestimmt, wie man sie nur auf einmal zu kaufen bekommt, und weder ästhetisch noch komfortabel im Raum verteilt, sondern so, daß möglichst viel darin Platz fand.

Das Bett hier im Schlafzimmer der Frau war ein King-Size-Doppelbett, zu groß für einen Menschen, aber Jane konnte sich nicht vorstellen, daß die beiden hier jemals etwas so menschlich Verständliches taten, wie gemeinsam darin zu schlafen. Sie öffnete den nächsten Schrank und fand einen Karton mit perfekt gearbeiteten Perücken aus Menschenhaar, kurze und langhaarige, lockige und gerade. Jane sah sie alle durch: Es gab hellbraune, dunkelbraune, rote, schwarze, kastanienfarbene, sogar graue Perücken. Die einzige Farbe, die fehlte, war blond.

Jane schob die Kleider zur Seite und sah einen Gewehrschrank vor sich. Die Tür hatte, wie bei einem Safe, ein Schloß mit einer fünfstelligen Kombination. Aber Jane hatte ohnehin von Earls Waffensammlung genug gesehen. Was sie hier suchte, stand eher auf Papier. Aber sie fand den Gewehrschrank passend zu seiner Rollenvielfalt. Dieses Schlafzimmer war auf nachdrückliche, ja aggressive Art weiblich, und damit genau das richtige Waffenversteck.

Sie hatte noch einige andere Räume zu durchsuchen. Am anderen Ende des Flurs lag ein Büro mit zwei Schreibtischen, zwei Telefonen, zwei Computern. Aber auch hier keinerlei Fotografien.

Die Aktenschränke waren voller Zahlungsnachweise, teils von Earl Bliss, teils von Northridge Detectives, aber ohne jeden Ordner mit Quittungen, nichts, was sich auf irgendwelche Einnahmen bezog, und keine Kundenliste. Wahrscheinlich steckte die gesuchte Information in den Computern. Jane schaute sich den Inhalt jeder einzelnen Schublade an. Zuerst fand sie nur den üblichen Bürobedarf, aber die unterste rechts war mit Elektronik gefüllt: eine Schachtel mit winzigen Nahbereich-Abhörsendern, die man als Wanze in Haushaltsgeräte einbauen konnte, daneben stärkere, die man in Steckdosen steckte, sogar einen in der Form eines Nachtlichts im Kinderzimmer, und eine große Zahl an Richtmikrophonen und Empfängern. Sie machte die Schublade wieder zu.

Das Büro war früher mal ein Schlafzimmer gewesen und enthielt deshalb ebenfalls einen Schrank. Sie öffnete die Türen, und ein Schauer lief ihr den Rücken hinunter. Hier hingen die ausgefallensten Werkzeuge für Earls Aufträge. Neben polizeiüblichen Handschellen auch an den Innenflächen gezackte Daumenschellen, die dem Gefangenen bei jeder Handbewegung fürchterliche Verletzungen zufügten, eine sechzig Zentimeter lange Klaviersaite mit Holzgriffen an beiden Enden und mehrere lange Stahlnadeln, scharf und spitz wie Fleischspieße. In einer Schachtel lagen Injektionsnadeln und Ampullen. An den Etiketten konnte sie sehen, daß man sie aus einem Krankenhaus gestohlen hatte: Sie enthielten Atropin, mit dem man einen Herzstillstand provozieren konnte, Insulin, das einen Kreislaufschock auslöste, oder auch Heroin für eine Überdosis, die in der Gerichtsmedizin bekannt und schnell erklärt war.

Dann sah sie die kleine Handpresse. Zuerst verstand sie ihren Zweck nicht, bis sie die Schachtel daneben öffnete. Darin lag ein Stoß unbeschrifteter, goldener Plastikkarten mit den Logos von Visa und MasterCard. Die Maschine trug einen Prägestempel, mit dem man Namen und Nummern auf gefälschte Kreditkarten pressen konnte. Jane hielt den Atem an: Vielleicht fand sie das Foto der Frau auf den ungeprägten Karten. Sie blätterte sie eilig durch, aber umsonst. Von dem noch in der Presse befindlichen Stempel konnte sie in Spiegelschrift einen Namen ablesen: Susan Preston Haynes. Ein Deckname natürlich, sonst hätte die Frau sich ihre Kreditkarte nicht in Heimarbeit herstellen müssen. Ein falscher Name half Jane auch nicht weiter.

Die Bösartigkeit des Hauses war in diesem Zimmer am stärksten spürbar. Die krankhafte Sucht, ein menschliches Wesen zu verletzen und zu Geld zu machen. Sie warf einen Blick auf die Computer. Ohne Zugangscode und Paßwort waren sie ihr ebenso verschlossen wie der Gewehrschrank.

Sie setzte sich an einen Schreibtisch und kämpfte das nur psychische Übelkeitsgefühl im Magen nieder. In ihren Gedanken formte sie ruhig und logisch den Entschluß, daß sie hier so lange wie nötig auf die Frau warten und sie dann töten mußte. Es war eine einfache, praktische und völlig rationale Überlegung – und sie war grundfalsch. Jane hatte soeben zwei Männer erschossen. Aber es war bei weitem nicht dasselbe, ob sie sich gegen einen Killer verteidigte oder ob sie hinter der Tür wartete, bis jemand hereinkam, dem sie ein Messer durch den Hals ziehen konnte. So etwas konnte sie nicht.

Sie schaute sich noch einmal im ganzen Zimmer um, bis ihr Blick auf einem Stück Papier mit der Aufschrift Federal Express hängenblieb. Es war die Quittungskopie für ein Schnellpaket. Das Datum lag zwei Wochen zurück. Sie nahm das Papier in die Hand und sah genauer hin. Im Adressenfeld stand:

»Susan Haynes, Meadowgreen Suites, Orchard Park, New York 14127.« Orchard Park lag nur etwa zehn Kilometer von Buffalo entfernt, knapp fünfundzwanzig von Amherst.

Sie mußte sich mit Gewalt zurückhalten, um nicht sofort hinauszurennen und in den Wagen zu steigen. Dieses Haus war kein toter Gegenstand, es war eine unmittelbare Bedrohung. Die Computer waren sicher voll von Informationen über Hatcher und Jane, und irgendwo waren zweifellos Sicherheitskopien der Dateien versteckt. Das Haus war eine Ansammlung von Schlössern und Geheimnissen und Verstecken, die sie niemals aufdecken konnte. Vermutlich enthielt es mehrere Fotos von Hatcher und vielleicht auch von ihr. Vermutlich lief in diesem Augenblick sogar eine Videokamera und zeichnete Janes Bewegungen auf.

In der Küche hatte sie Streichholzbriefchen mit aufgedruckten Restaurantnamen gesehen. Sie schnitt draußen zwei Meter von dem Gartenschlauch ab, ging in die Garage und füllte aus dem Tank des Mercedes einen Eimer mit Benzin.

Sie schüttete das Benzin reichlich im ganzen Büro auf den Boden und über die Computer, in die beiden Schlafzimmer und in die Kleiderschränke. Sie füllte den Eimer ein zweites Mal und goß seinen Inhalt über die Innenwände im Wohnzimmer, im Fitneßraum und in den Bädern, dann holte sie einen dritten Eimer für die Bodenteppiche in jedem Zimmer und die Holzleisten an den Wänden.

Sie legte eine ausgiebige Tropfspur in den Flur, quer durchs Wohnzimmer und durch die Küche zur Hintertür und über den Rasen. Dann schüttete sie einen letzten Eimer über den Hundezwinger und an die Garagenwände. Zuletzt legte sie eine zweite Benzinspur von der Küchentür bis zur Garage und zum Zwinger.

Sie kletterte über den Maschendraht zurück, zündete ein Streichholz an und warf es über den Zaun ins Gras. Noch bevor es landete, explodierte das Gasgemisch mit einem lauten »Wuuusch!«, und dann liefen helle gelbe und rote Flammen in drei verschiedene Richtungen davon. Sie sah sie an der Hintertür ankommen, und im nächsten Moment fraßen sich die Flammen die Küchenwände hoch.

Als sie den Wagen anließ und rückwärts die Auffahrt hinunterfuhr, beleuchteten die Flammen ein Fenster nach dem anderen. Auf der Straße, vor der ersten Kurve, blickte sie ein letztes Mal im Rückspiegel auf das Haus. Jetzt schlug das Feuer schon aus den Vorderfenstern und verlieh der schwarzen Rauchwolke im Nachthimmel über dem Haus einen hellen, reinigenden Glanz.

35

Jane stand im Terminal vor den Anzeigemonitoren und studierte die Abflüge. In den nächsten Stunden gab es offenbar keinen Flug mit einer Zwischenlandung in Buffalo, deshalb suchte sie sich eine Maschine nach New York heraus, die in zehn Minuten starten sollte. Sie kaufte sich ein Ticket auf den Namen Julie Sternheim und rannte zum Gate.

Sobald sie in der Luft war und die Leuchtanzeige zum Anschnallen erloschen war, steckte sie kurz Marie Spellagios Kreditkarte in das Telefon in der Rücklehne des Vordersitzes und rief das Haus in Amherst an. Sie ließ es zehnmal klingeln und danach noch fünfmal, dann gab sie es auf. Sie sah auf ihre Uhr: vier Uhr morgens, das hieß sieben Uhr in Buffalo. Um diese Zeit hatte sich Carey bereits die Hände desinfiziert und betrat den OP.

Wenn die Frau seit zwei Wochen in Buffalo war, dann war sie zwangsläufig direkt von Denver aus hingefahren – nein, hingeschickt worden. Earl Bliss war der für die Falle in Denver vorgesehene Killer, er schien über das gesamte Geld zu verfügen, also war er es, der die Entscheidungen traf. Ihm war klar, daß die Frau zum Risiko geworden war, nachdem Hatcher ihr Gesicht gesehen hatte. Und da schickte er sie nach Buffalo.

Als Jane den Ablauf so logisch durchdachte, krampfte sich ihr der Magen zusammen. Die Frau hatte nicht einfach die Jagd für sich abgeblasen und sich zu Hause verkrochen. Sie hielt sich auch nicht an einem Ort versteckt, der rein zufällig in der Nähe von Janes Haus lag. Und man hatte ihr etwas per

Expresskurier nachgeschickt. Jemand, der sich bloß verstecken wollte, brauchte keine Eilsendungen, die eine Papierspur hinterließen.

Jane überlegte alle möglichen Zufälligkeiten, die diesen Gedankengang vielleicht widerlegten. Konnte jemand etwa die gefälschten Dokumente, die sie Pete gegeben hatte, bis in den Staat New York zurückverfolgen? Das war unmöglich. Sie hielt die Fluchtroute und ihre eigenen Wege immer säuberlich getrennt. Hatte Pete dort Freunde oder Verwandte? Als sie ihn danach fragte, hatte er niemanden in der Osthälfte der Vereinigten Staaten.

Vielleicht konnte sie aus der Adresse der Frau etwas herauslesen. Orchard Park war keine hektische Großstadt, in der man nicht bemerkt, wenn jemand kommt oder geht. Es war ein stiller Vorort, eine Schlafsiedlung der oberen Mittelklasse. Hier nahm man keine Wohnung, um anonym zu bleiben. Hier baute man eine sichtbare Identität auf.

Die Frau war ja auch nicht dorthin geschickt worden, um nach Pete Hatcher zu suchen. Sie war die einzige im Team, die er kannte. Jane konnte sich nur einen Grund denken, warum die Frau in Buffalo war. In jener Nacht in den Bergen, als Earl überlegte, wie er sie umbringen sollte, hatte er sie Jane genannt. Und die Frau wußte wahrscheinlich noch ganz andere Dinge.

Jane spürte, wie ihr der Schweiß ausbrach. Seit zwei Wochen war die Frau da, genug Zeit, um alles herauszukriegen – aber was? Ganz sicher, wo Jane wohnte. Und das hieß, sie wußte auch, mit wem Jane verheiratet war. Jane hob noch einmal den Telefonhörer aus der Plastikschale und zog ihre Kreditkarte durch den Schlitz. Aber nach der Ortsvorwahl machte sie nicht weiter.

Jedesmal wenn Jane mit Hatcher die Fluchtrichtung geändert hatte, war Earl mit seinem Gewehr aufgetaucht. Jane hatte jetzt eine trockene Kehle, das Herz schlug ihr bis in den Kopf. Sie hatte ein paar grauenhafte Fehler begangen. Die Frau hatte vermutlich nicht länger als einen Tag gebraucht, um Janes Adresse herauszufinden, und am nächsten Tag war sie ins Haus eingebrochen und hatte die Telefone mit Wanzen bestückt. Wie erwartet hatte Jane immer wieder mal daheim angerufen. So hatte die Frau immer gewußt, wo Jane und Hatcher sich aufhielten. Und nun wartete die Frau in Buffalo auf sie, beobachtete sicher Carey, und Jane konnte ihn nicht einmal mehr warnen, da die Frau jedes Gespräch mithörte.

Jane zwang sich zur Ruhe und suchte nach Alternativen. Sie konnte Carey im Krankenhaus anrufen. Nein, das war keine gute Idee. Wenn die Frau auf einen Anruf von Jane wartete, dann nahm sie sicher nicht an, sie würde zu Hause anrufen. Die Frau hatte zweifellos auch die Telefone in Careys Praxis verwanzt. Um diese Zeit war er schon bei der Arbeit. Ein Krankenhaus besaß Hunderte von Telefonnummern. Sie alle mit Minisendern zu versehen, war eine Aufgabe für ein ganzes Team von Elektroingenieuren, nicht für eine Frau, die mal eben eine Wanze einbaute. Wie konnte Jane die komplizierte Organisation des Krankenhauses zu ihrem Vorteil nutzen? Die nächsten Stunden stand Carey jetzt im OP, wo ihn niemand mit einem Telefonat von draußen stören konnte. Danach war er im ganzen Gebäude auf Visite, besuchte seine Patienten, las die Krankenblätter, sah sich Röntgenbilder und Untersuchungsergebnisse an. Niemand konnte genau sagen, wo er sich in einem bestimmten Augenblick aufhielt. Was würde die Telefonzentrale in diesem Fall tun? Sie konnte ihn mit dem Pager rufen.

Aber genau das durfte Jane nicht zulassen. Sie war das Zielobjekt. Die Frau mußte damit rechnen, daß Jane nicht anrufen, sondern persönlich hier auftauchen würde. Die Minisender in den Telefonen konnte sie mit einem Tonbandgerät überwachen, aber Carey war etwas anderes: Ihn mußte sie selbst im Auge behalten.

Angenommen, Jane rief Carey nicht direkt an, sondern die Schwestern in seiner Station. Irgendwann nach dem OP mußte er sich dort zeigen. Aber was konnte Jane einer Schwester auftragen? Sie konnte nicht gut eine wildfremde Person bitten, Dr. McKinnon zu benachrichtigen, er schwebe in Lebensgefahr, weil seine Frau Leute versteckte. Im Augenblick war Carey noch in Sicherheit. In einen OP konnte kein

Unbefugter eindringen. Die großen Metalltüren öffneten sich nur, wenn jemand im Innern den Wandschalter betätigte. Und danach war Carey von einer Schar Assistenten umgeben, wie schon während der letzten zwei Wochen, seit die Frau ihn beobachtete.

Ihre Absicht war es ja auch keineswegs, Carey Schaden zuzufügen. Dafür bekam sie keinen Bonus auf ihr Honorar. Sie hatte ihn im Auge zu behalten und herauszufinden, wo Jane war. Carey war ihr nur solange von Nutzen, als er am Leben blieb und keinen Verdacht schöpfte. Er war außer Gefahr, bis ... bis die Frau Jane zu Gesicht bekam.

Jane saß aufrecht und steif in ihrem Sitz. Vielleicht durfte sie jetzt überhaupt nicht nach Hause. Vielleicht tat sie Carey McKinnon den größten Gefallen, wenn sie gar nicht in seine Nähe kam. Wenn sie das lange genug durchhielt, müßte die Frau irgendwann aufgeben und verschwinden. Aber Jane sah ein, daß sie sich täuschte. Diese Frau hatte Carey zwei Wochen lang beobachtet, sie mußte vermuten, daß er sie dabei wenigstens einmal kurz gesehen hatte. Und wenn sie keine Lust mehr hatte, länger zu warten, dann würde sie nicht einfach nach Hause gehen. Bevor sie ging, würde sie ihm eine Kugel in den Kopf jagen.

Linda starrte auf die rote Null auf ihrem Anrufbeantworter. Falls Earl die Sache abgeschlossen hatte und jetzt wieder in die Zivilisation zurückgekehrt war, hätte er ihr sicher eine Nachricht hinterlassen. Aber vielleicht hatte er zu Hause in Los Angeles angerufen. Auf jeden Fall hätte er sich zum frühestmöglichen Zeitpunkt gemeldet. Er mußte doch dauernd daran denken, was sie hier mit Carey McKinnon anstellte, und das konnte für ihn gar nicht früh genug zu Ende gehen. Sie rief ihre eigene Nummer an. Es klingelte einmal, zweimal, und dann hörte sie ein ungewöhnliches, hohes Pfeifen im Apparat. Eine weibliche Tonbandstimme teilte ihr mit Entschiedenheit mit: »Kein Anschluß unter dieser Nummer. Wenn Sie sich nur verwählt haben, legen Sie bitte auf und wählen die gewünschte Nummer erneut.« Linda tat, was man von ihr verlangte.

Nach dem dritten Versuch geriet Linda langsam in Panik. Konnte es sein, daß sie über all diesen Ortswechseln vergessen hatte, eine Telefonrechnung zu bezahlen? Sie suchte in ihrer Erinnerung verzweifelt nach irgendeiner Bestätigung für diese Vermutung, fand aber keine. Sie überlegte, wie riskant es war, die Telefongesellschaft in Los Angeles anzurufen und dort die offene Rechnung zu erklären. Als ihr keine Gründe einfielen, die dagegen sprachen, wählte sie die Nummer und hatte nach wenigen Sekunden die Rechnungsabteilung am Apparat. Die Frau am anderen Ende schaute in ihren Computer und sagte: »Stimmt. Ich sehe hier, die Nummer ist nicht mehr in Betrieb. Aber nicht wegen einer unbezahlten Rechnung. Ich habe die Abrechnungen nachgeprüft, da ist alles in Ordnung. Aber die Nummer ist außer Betrieb.«

»Ich weiß ja nicht, was Sie da alles sehen, aber sehen Sie nicht auch, warum?« fragte Linda. »Ich erwarte einen außerordentlich wichtigen Anruf, und wenn er nicht durchkommt, dann kann ich eine sehr unangenehme Kundin werden.«

»Tut mir wirklich leid«, sagte die Frau. »Aber uns hier teilt man die Gründe nicht mit. Es könnte alles mögliche sein, zum Beispiel eine technische Störung in ihrem Haus. Oder auch in der Leitung dorthin, wenn etwa ein Baum umfällt und den Draht herunterreißt. Aber das kann ich von hier aus nicht sagen.«

»Na und ich doch wohl erst recht nicht, oder?« sagte Linda.

»Ich kann Sie gut verstehen«, sagte die Frau.

»Können Sie nicht schnell wen hinschicken, der das überprüft?«

»Ist jemand zu Hause, der dem Techniker Zugang zu den Anlagen geben kann?«

Linda hörte genau den offiziellen Ton heraus, etwas, das einige strenge Regeln ins Spiel brachte.

»Nein.«

»Dann können wir niemanden hinschicken, leider.«

Linda schloß die Augen und ließ in ihrer Stimme eine kaum noch zurückgehaltene Entmutigung hören. »Wenn Sie an meiner Stelle wären, was würden Sie dann tun?« Jetzt hatte die Frau die Oberhand und konterte mit einer Ermahnung: »Bei längeren Reisen ist es keine schlechte Idee, wenn Sie Ihren Hausschlüssel bei einem Bekannten hinterlegen. Jetzt können Sie höchstens Ihren Nachbarn anrufen, er soll mal über die Straße schauen, ob da etwas nicht stimmt.«

Eine glatte Niederlage. »Ja gut«, sagte Linda nur, »vielen Dank.« Sie hängte ein. irgendetwas war hier ganz und gar nicht in Ordnung. Sie konnte jedoch kaum die Polizei bitten, sich das Haus einmal anzusehen, weil dann nur Dinge ans Tageslicht kamen, die sie sofort ins Gefängnis brachten. Earl und sie hatten immer darauf geachtet, unnahbar und anonym zu bleiben; sie hatten keine Bekannten in der Nachbarschaft, und Linda wußte nicht einmal ihre Namen. Sie schaltete ihren Computer ein, holte sich das Telefonbuch von Los Angeles Nordost auf den Bildschirm und suchte. Dann rief sie einen Blumenladen an, der nur einen knappen Kilometer von ihrem Haus entfernt lag, bestellte im Auftrag von Earl Bliss ein Dutzend Rosen für Linda Thompson und gab die Kreditkartennummer von Northridge Detective durch, die sie im Computer gespeichert hatte. Schließlich tat sie so, als fiele ihr noch etwas ein, und bat den Fahrer des Lieferwagens an den Apparat. »Enrique! Komm mal her! Telefon!«

Linda erklärte Enrique die Situation: »Die Blumen sollen eine Überraschung sein, deshalb sage ich Ihnen, wie Sie es machen müssen. Es ist ein Haus mit einem hohen Zaun. Sie fahren bis ans Tor, dann klingeln Sie. Wenn jemand kommt, geben Sie ihm die Blumen. Wenn niemand zu Hause ist, dann legen Sie die Blumen in den großen Postkasten am Tor. Können Sie das für mich tun?«

»Na klar«, sagte Enrique. »Noch was?«

»Ja«, sagte Linda. »Wann sind Sie wieder zurück?«

»In einer Stunde ungefähr.«

»Gut. Dann rufe ich Sie wieder an. Ich muß nämlich wissen, wie es gelaufen ist. Okay?«

»Okay.«

Nach einer guten Stunde wählte Linda noch einmal die Nummer und fragte nach Enrique. Wenn der Telefonmast umgefallen war, mußte er es bemerkt haben. Wenn etwas Schlimmeres passiert war, dann hatte er sicher etwas gesehen, was ihr die Situation erklären konnte. Falls etwa Seaver im Haus auf Earl und sie wartete, weil sie zu lange für ihren Auftrag gebraucht hatten, oder falls die Polizei das Haus unter Beobachtung hatte, dann würde irgend jemand herauskommen und mit dem Lieferwagenfahrer sprechen müssen. Enrique ließ sich fast zwei Minuten Zeit, dann hatte er den Hörer in der Hand und sagte: »Tut mir echt leid, aber ich konnte die Blumen nicht abgeben. Der Chef sagt, er storniert die Sache und bucht den Betrag zurück auf ihre Kreditkartennummer.«

»Was heißt das: Sie konnten sie nicht abgeben?«

»Da ist nichts mehr. Das Haus ist abgebrannt. Wenn Sie uns sagen, wo die Empfängerin jetzt wohnt, liefern wir die Blumen gern an die neue Adresse.« Er machte eine Pause. »Hallo?«

Linda blickte starr in die weiße Wand ihrer Wohnung, unfähig zu sprechen, während ihr tausend Gedanken durch den Kopf rasten. »Nein, danke«, sagte sie endlich, »stornieren Sie.«

Sie prüfte jede mögliche Erklärung einzeln. Konnte es eine ganz normale Panne gewesen sein, etwa ein Kurzschluß oder so etwas? Aber warum war das gerade jetzt passiert? Außerdem war es völlig unmöglich, weil in einem leeren Haus niemand ein elektrisches Gerät einschalten konnte. Vielleicht hatte Earl wieder Pech gehabt und beschlossen, das Haus anzuzünden mitsamt zwei Leichen, die zu seiner und ihrer Beschreibung paßten. Aber nein. So etwas war nie wirklich ein Plan gewesen, immer nur Gerede. Earl geriet nicht in Panik. Eher noch war es Seaver gewesen, der ihnen damit etwas Bestimmtes sagen wollte.

Was mußte sie jetzt tun? Die Antwort kam ihr langsam, in einfachen, unwiderleglichen Schritten. Earl gab niemals auf. Wenn das Haus von allein abgebrannt war, dann brauchten sie das Geld für den Mord an Pete Hatcher mehr denn je. Falls Seaver es angezündet hatte, dann mußte Earl ihn erst recht umbringen, um zusätzlichen Kosten für den Wiederaufbau von Seaver verlangen zu können. Ganz egal, was dort geschehen war: Earl würde hierherkommen und dann einen Beweis dafür sehen wollen, daß Linda getan hatte, wozu sie hier war.

Sie stand auf und packte. Sie verschloß das Gepäck im Kofferraum ihres Wagens, kam zurück, nahm ihre Handtasche, ging zur Tür und warf einen Blick zurück, bevor sie das Licht ausmachte. Das einzige, was von ihren mitgebrachten Sachen noch im Zimmer stand, war der Anrufbeantworter. Nachdem sie kein Haus mehr hatte, war er vielleicht Earls letzte Chance, sie zu erreichen.

36

Jane stand schon, als die Kabinentür aufging. Sie schob sich wie alle anderen Fluggäste langsam durch den Mittelgang, hatte endlich freien Raum vor sich und rannte durch die Passagierbrücke in den Terminal des Flughafens John F. Kennedy. Sie raste zur Rolltreppe, lief sie hinauf, nahm bei jedem Schritt zwei Stufen auf einmal, kam an den Schalter und sah, daß die nächste Maschine nach Buffalo erst um halb vier ging. Sie kaufte ein Ticket und ging zu den Telefonen an der Wand gegenüber.

Sie rief die Reservierungen aller Fluglinien an, die von hier abflogen, dann auch die übrigen von La Guardia und Newark. Nur zwei hatten eine frühere Maschine anzubieten, und beide waren längst ausgebucht. Jane hatte es kaum anders erwartet. Nach Buffalo flog niemand, weil es ihm gerade in den Sinn kam, diese Flüge waren lange im voraus geplant. Sie konnte nichts anderes mehr tun, als die drei – nein, jetzt nur noch zwei Stunden zu warten.

In der Zeit bis zum Abflug ging sie in ein paar Läden im Terminal. Sie kaufte sich eine lederne Fliegerjacke, die eine Nummer zu groß für sie war, mit riesigen Kartentaschen, die ihr von der Hüfte bis hoch über die Rippen liefen. An einer Frau mochte die Jacke apart wirken, aber im Grunde war es ein ausgesprochen männliches Kleidungsstück. Die breiten Schultern und der zu weite Schnitt verbargen Janes Körperform, und das dicke Ledermaterial war ein guter Schutz gegen Angriffe mit einem Messer. Jeder Metallgegenstand in den Kartentaschen machte die Jacke fast zu einer Art Harnisch. In einem kleineren Geschäft, das Textilien mit Monogramm verkaufte, suchte sich Jane eine wollene Baseballmütze heraus, verzichtete jedoch auf die angebotenen Buchstaben. Dann kaufte sie sich noch ein Paar weiche, schwarze Lederhandschuhe. Nicht selten waren es die Hände, an denen man schon von weitem erkennen konnte, daß es eine Frau war. Die Jeans und die Stiefel, die sie noch seit den Bergen anhatte, sahen unauffällig genug aus.

Der Flug nach Buffalo dauerte eine Stunde, aber Jane kam er endlos vor. Carey hatte jetzt den OP bereits verlassen und war vermutlich in seinem Sprechzimmer auf der anderen Straßenseite. Für eine Warnung genau der richtige Zeitpunkt. Wenn Jane ihren Nachbarn Jake Reinerts anrief, so kam sie sogar um alle dienstlichen Nummern herum. Daß die Frau auch Jakes Telefon angezapft hatte, war so gut wie ausgeschlossen. Jane konnte ungehindert mit Jake sprechen und ihn bitten, zu Carey zu gehen und ihn persönlich zu benachrichtigen. Das Unangenehme war, daß sie immer noch nicht sicher war, was sie ihm eigentlich sagen sollte.

Die Frau war ein Profi, also suchte sie nach bestimmten Anzeichen, und wenn sie sie entdeckte, wußte sie, was sie zu tun hatte. Was würde sie tun, wenn Carey Besuch bekam, dann plötzlich seine Praxis schloß und ging? Sie würde ihm nachgehen. Offenbar kam bei jeder guten Idee immer dieselbe Antwort heraus.

Über Rochester war die Maschine schon im Landeanflug und rollte zehn Minuten später auf dem Flughafen von Buffalo aus. Jane ließ die Leihwagenfirmen links liegen, rannte nach draußen und winkte sich ein Taxi herbei. Die Frau, die seit zwei Wochen hier war, hatte womöglich schon am Flughafen einen Wagen gemietet. In diesem Fall hatte sie hinter dem Terminal die drei oder vier Reihen fast identischer Wagentypen gesehen. Und wenn sie nun einen dieser Wagen ankommen sah, wußte sie sofort, daß die Fahrerin gerade mit dem Flugzeug angekommen war, und stellte sich unangenehme Fragen. Jane ließ sich von dem Taxi zu einer in der Stadt gelegenen Leihwagenfirma bringen und nahm hier einen Dodge Kombi mit getönten Scheiben. Möglicherweise brauchte sie den Wagen als Beobachtungsposten, und dann blieb sie hinter dem Steuer weitgehend unsichtbar.

Sie fuhr zu Careys Praxis. Sie hatte die Handschuhe an, den hellen Jackenkragen hochgeschlagen, das Haar unter die Mütze gesteckt und eine Sonnenbrille auf. Sie fuhr einmal um den ganzen Block herum und hielt nach allen Seiten hin die Augen offen. Offensichtlich war alles so, wie es immer war. Die Wagen hinter dem Gebäude gehörten Careys Empfangsdame und drei Krankenschwestern. An der nächsten Ecke konnte sie sehen, daß die Praxis und die Fenster der Untersuchungsräume dunkel waren. Carey war schon gegangen.

Sie schaute auf die Uhr: fünf Uhr fünfundvierzig, das hieß, Carey war ins Krankenhaus zurückgekehrt. Sie mußte sich sagen, daß es jetzt schon zu dunkel war, um noch mit einer Sonnenbrille herumzulaufen. Sie mußte sie wohl abnehmen, bevor sie hineinging. Sie kannte nur wenige Mitarbeiter des Krankenhauses, so daß die Frau sie leichter identifizieren konnte als umgekehrt. Die einzigen, die Jane persönlich kannte, waren Careys Freunde, und wenn einer von ihnen mit einem freudigen »Hallo, Jane!« auf sie zukam, konnte das ein paar höllische Dinge in Gang bringen.

Jane parkte den Kombi am Straßenrand direkt vor dem Vordereingang zum Krankenhaus. So mußte sie Carey zwar nicht über den ganzen Asphalt hinweg ins Auto verfrachten, aber die Entfernung war immer noch größer, als sie befürchtet hatte. Sie zwang sich zur Ruhe. Das hier war dasselbe wie einen Fliehenden in seine neue Welt zu bringen. Das hatte sie schon ein paarmal geschafft. Es sollte auch diesmal nicht schwer sein. Die Ärzte kamen und gingen hier alle durch den Hintereingang, wo sie ihre reservierten Parkplätze hatten. Wenn also die Frau Careys Wagen im Auge hatte, war sie jetzt sicher hinter dem Haus. Jane wußte, was sie zu tun hatte: Carey finden, etwa zehn Minuten, bevor er Schluß machte, ihn in den nächsten Lift stecken, zum Vordereingang hinausbringen, in den Wagen und ihn in ein sicheres Versteck fahren.

Zusammen mit einer Besuchergruppe ging Jane durch den Vordereingang. Es war offensichtlich die Familie einer jungen Mutter: ein älteres Ehepaar und ein junger, dunkelhaariger Mann mit einem Rosenstrauß in einer Plastikvase, aus der ihm bei jedem zweiten Schritt das Wasser auf den Mantel tropfte. Er schien durch seine Umgebung hindurchzusehen, während sein Inneres sich ausnahmsweise einmal mit höheren Gedankenflügen beschäftigte.

Für Jane war die kleine Gruppe eine willkommene Tarnung. Sie hielt den Eltern die Tür auf, bevor der junge Mann dazu eine Hand freihatte. Er grinste sie entschuldigend an, und Jane lächelte verständnisvoll zurück. Sie sagte leise: »Sind Sie der junge Vater?«, und er nickte stolz. »Meinen Glückwunsch«, sagte sie und stellte die Rosen in der Vase gerade. »Wenn Sie sie so tragen, ist es sicher besser.«

In der Eingangshalle und bis zum Lift blieb sie mit der Familie zusammen, während sie dauernd nach der Frau Ausschau hielt: blond, eins-siebzig bis eins-fünfundsiebzig, Konfektionsgröße 38. Aber unter den wenigen frühen Besucherinnen sah sie niemanden mit dieser Beschreibung. Sie ließ die Familie am Lift stehen und war mit dem nächsten Schritt im Treppenhaus.

Sie lief in den vierten Stock hinauf. Hier und in der Etage darüber lagen Careys Patienten. Im vierten Stock ging sie entschlossen den Gang entlang. An der nächsten Ecke hatte sie von weitem die Station vor sich, konnte aber Carey dort nicht entdecken. Sie ging den Weg, den sie gekommen war, ein Stück zurück, um drei weitere Ecken herum, schaute in jeden offenen Raum hinein, bis sie dann die Station von der anderen Seite einsehen konnte. Nancy Prelsky lief gerade heraus und in ein Patientenzimmer gegenüber. Jane wartete, bis sie sicher war, daß Nancy dort länger beschäftigt blieb, dann kehrte sie mit schnellen Schritten zum Treppenhaus zurück und ging in den fünften Stock hinauf.

Hier wiederholte sie ihren Rundgang, aber Carey war nirgends zu sehen. Ein paar Krankenhelfer schoben mannshohe Wagen vor sich her, stoppten vor jedem Zimmer und brachten den Patienten das Abendessen ans Bett. Sie sah wieder auf die Uhr: zwanzig nach sechs. Um diese Zeit, während des Abendessens, machte Carey keine Visite.

Sie wartete, bis der Essenwagen an der Ecke abgebogen war, und trat näher an eine Zimmertür heran. Auf der eingesteckten Krankenkarte erkannte sie an einigen Notizen Careys Handschrift. Sie zögerte einen Augenblick, dann faßte sie ihren Entschluß. Wenn dieser Patient allein essen konnte, dann war er weder sterbenskrank noch eingeschlafen. Sie klopfte und hörte eine gedämpfte Antwort. Sie nahm ihre Mütze ab, öffnete ein wenig die Tür und steckte den Kopf ins Zimmer.

Der Mann war etwas älter als dreißig, und sein Bein steckte in einem Gipsverband, der ihm von der Metallferse bis zur Hüfte hinaufging. In der rechten Hand hatte er eine Gabel, in der linken die Fernbedienung. Als er seinen Blick vom Fernseher wandte und sie ansah, schien er über den Besuch erfreut.

»Entschuldigen Sie«, sagte Jane.

»Aber gern«, sagte er.

»Ich möchte nur fragen, ob Dr. McKinnon heute schon bei Ihnen war.«

Der Mann nickte und schaute wieder in den Fernseher hinauf. »Jaja. Vor einer halben Stunde oder so.«

»Danke«, sagte sie. Aber jetzt lächelte sie nicht mehr. Sie konnte über das Bett hinweg durch das Fenster und auf den Parkplatz sehen. Und hier stellte sie fest, daß Careys Parkplatz unbesetzt war. Sie machte die Tür zu, ging nach unten, setzte ihre Mütze auf und lief mit gesenktem Kopf durch die Eingangshalle und zum Vordereingang hinaus. Als sie wieder im Wagen saß, überprüfte sie fünf Sekunden lang die Straße in allen Rückspiegeln. Dann fuhr sie los. Bis Amherst brauchte sie zwanzig Minuten, und während der Fahrt verschwand der letzte Glanz des Sonnenuntergangs. In ihrer Straße sah sie sich jeden einzelnen der geparkten Wagen genau an, stellte fest, in welchen Häusern Licht brannte, und hielt die Augen offen, ob irgendetwas anders aussah als sonst.

Hundert Meter von der Auffahrt entfernt hielt sie an und beobachtete vom Rücksitz aus durch die getönten Scheiben das Haus. Careys Wagen war nicht zu sehen, und alle Fenster waren dunkel. In diesem Augenblick sah sie seinen BMW um die Ecke biegen, er kam näher und fuhr an ihr vorbei.

Jane mußte sich zwingen, ihn im Augenblick nicht weiter im Blick zu behalten. Stattdessen suchte sie noch einmal die Umgebung nach eventuellen Veränderungen ab. Huschte jetzt vielleicht ein Schatten in einem Haus über ein helles Fenster? Hatte sich vielleicht dort ein Vorhang bewegt? Sie faßte in beiden Richtungen die Straße ins Auge: War ein anderer Wagen auf dem Weg hierher? Aber nein, Careys Ankunft hatte keinerlei sichtbare Reaktion ausgelöst.

Der Himmel war jetzt bereits tiefschwarz, und in der alltäglichen Geschäftigkeit des frühen Abends würde sie in dieser Gegend niemandem besonders auffallen. Sie machte sich bereit. Sie schaltete im Wagen die Innenbeleuchtung aus, rutschte auf den Beifahrersitz, machte die Tür auf und stieg aus. Sie blieb im dunklen Schatten des Kombi stehen und beobachtete noch einmal die Straße. Als sie aus beiden Richtungen keine Scheinwerfer auf sich zukommen sah, ging sie mit schnellen Schritten die Auffahrt hinauf, dicht an der Hecke entlang, vor der sogar ihre Silhouette unsichtbar blieb. Hinter dem Haus warf ein Fenster plötzlich ein helles Rechteck auf den Rasen. Carey hatte sich in der Küche Licht gemacht. Sie mußte jetzt durch den Hintereingang ins Haus, sich ihm zeigen, aber ihm sofort den Mund verschließen, bevor er noch ihren Namen aussprechen konnte. Dann mußte sie ihn ins Freie ziehen und durfte erst dann mit ihm reden, für den Fall, daß die Frau eines ihrer Mikrophone im Haus angebracht hatte.

Jane sah in den hohen Ahornbaum hinauf. Als er mit einem Mal rot und gelb aufleuchtete, machte sie einen schnellen Schritt zurück in den Schatten des Hauses. Im Schlafzimmer oben hatte jemand eine Lampe angemacht. Carey war durch den Vordereingang hereingekommen und durch das Wohnzimmer und das Eßzimmer in die Küche gegangen. In der kurzen Zeit hätte er nicht auch noch nach oben gehen und im Schlafzimmer Licht machen können. Jane rannte zur Hintertür, machte sie auf und stand in der leeren Küche.

Sie lief ins Wohnzimmer, aber das hatte er bereits verlassen. Sie hörte über ihrem Kopf seine Schritte auf dem oberen Treppenabsatz. Sie raste, drei Stufen auf einmal, die Treppe hinauf. Als sie oben ankam, sah sie ihn: seine langen Beine, den ihr vertrauten Rücken, das hellbraune Haar, unordentlich und glänzend im Licht aus dem offenen Schlafzimmer.

Jane war fast schon bei ihm, als er gerade durch die Tür ging. Sie hörte, wie er sagte: »Was soll denn das hier?«, und wußte, daß es jetzt für feingesponnene Pläne zu spät war. Sie ging ins Schlafzimmer und stellte sich vor ihn hin.

Das attraktive Gesicht der Frau verzog sich zu einer angsterfüllten Maske. Sie riß das Laken hoch und hielt es sich vor den Körper. Ihre grünen Augen warfen Carey einen schnellen Blick zu. »Wer ist die da?«

Jane konnte das, was sie sah, nur mit Mühe verstehen: blondes Haar, Größe 38, auch das Alter paßte. Aber das hier war nicht die Art der Begegnung, die sie erwartet hatte: im Bett, die Kleider über einen Stuhl geworfen. Das konnte nur ein ganz besonderes Täuschungsmanöver sein, und Jane wußte instinktiv, daß sie der Frau die Überzeugung geben mußte, der Bluff sei ihr gelungen. Vielleicht würde sie dann sogar gehen, ohne sie umzubringen. Jane blieb nichts anderes übrig, als die Rolle der gekränkten Gattin zu übernehmen, die sich die Frau für sie ausgedacht hatte. Sie sagte: »Ich bin zufällig die Frau, die hier wohnt – seine Frau.« Und dann fügte sie hinzu: »Sie haben hier offenbar etwas verwechselt.«

Carey jedoch schluckte nur und starrte ins Leere, und sein Gesicht wurde so lang und verständnislos, wie sie es noch nie gesehen hatte. »Jane, ich bin eben erst angekommen – ich wußte überhaupt nicht ...«

Jane wandte keinen Blick von der Frau und berührte Carey freundlich am Arm. »Sag jetzt nichts. Ich weiß, daß du das hier nicht arrangiert hast.«

»Ich bin erleichtert.«

»Du kommst vielleicht zum Abendessen zu spät, aber doch nicht zu so was.«

Sie hatte immer noch Mühe, die Situation zu durchschauen. Die Frau hatte sich im dunklen Schlafzimmer aufgehalten, als plötzlich Carey ins Haus kam. Sie war mit irgendeiner bestimmten Absicht hergekommen, und Careys Ankunft hatte sie dabei unterbrochen.

Jane spürte, wie ihr Herz schneller schlug. Wenn die Frau bei ihrem Vorgehen unterbrochen oder überrascht wurde, dann war es keine schlechte Strategie, so zu tun, als hätte sie Carey verführen wollen. Sie mußte dazu nur ihre Kleider ablegen und sah schon recht überzeugend aus. Aber nun hatte sie Jane gesehen und unternahm trotzdem immer noch nichts. Vielleicht hatte sie keine Waffe bei sich und hatte ihrerseits Angst, Jane könnte bewaffnet sein.

Aber vielleicht kam sie nur nicht schnell genug an ihren Revolver. Jane ließ die Frau keine Sekunde aus den Augen und ging zu dem Stuhl an der Wand, auf dem die Sachen der Frau lagen: Wildlederhose, weiße Seidenbluse, Unterwäsche, dazu eine schwarze Handtasche. Jane nahm die Kleider und warf sie auf das Bett. Sie drückte die Handtasche einmal zwischen den Fingern zusammen, prüfte das Gewicht und warf sie zu den Kleidern. Sie fühlte, wie sich ihre Anspannung ein wenig lockerte. Sie hatte recht gehabt mit ihrer Vermutung: Die Frau trug keine Waffe bei sich. Jane hatte doch noch eine Chance, Carey lebend hier herauszukriegen.

Sie faßte ihn am Arm und führte ihn sanft hinaus. »Sie möchte sich jetzt sicher anziehen.« Die Stimme der Frau ließ sie stocken. Sie klang weich und tief, scherzhaft und einladend: »Willst du denn dazu überhaupt nichts sagen, Carey?«

Carey und Jane blieben stehen und drehten sich um. Die Frau hob gerade die Beine vom Bett und stand auf, unbefangen und völlig nackt. Jane war geschockt und wütend zugleich. Was bildete sich diese Frau eigentlich ein? Die Frau schien ihre Gedanken lesen zu können. Sie zuckte abweisend die Schultern. »Keine Angst, er sieht nichts, was er nicht schon kennt.« Sie griff in die Tasche ihrer Wildlederhose und hielt einen Schlüssel in der Hand. »Den brauch' ich jetzt wohl nicht mehr. Hast du den anderen gefunden, den ich dir neulich abends hingelegt habe?«

»Ja«, sagte Carey widerwillig. Er ging zu ihr, aber so, daß das Bett zwischen ihnen stand, streckte ihr die Hand hinüber und nahm den Schlüssel an sich. Die Augen der Frau ruhten unbewegt auf Jane, und ihre großen, roten Lippen gingen in den Mundwinkeln unmerklich nach oben.

Die ganze Szene fixierte sich wie eingebrannt in Janes Kopf. Alles, was sie hier so gut kannte, den Stuhl, das Foto von Careys Eltern auf dem Schreibtisch, seine Golftasche mit den silbern glänzenden Schlägern im offenen Schrank neben ihr – das alles durfte jetzt nicht ihre Aufmerksamkeit ablenken. Der Schlüssel. Was bezweckte die Frau mit dieser Schlüsselgeschichte? Der Schlüssel war unwichtig. Da fiel ihr das Bett in die Augen.

Die Frau stand direkt daneben. Sie hatte ihre Hose angezogen und knöpfte sich die Bluse zu. Sie hielt kurz inne, legte mit vorgetäuschtem Mitgefühl den Kopf ein wenig schief: »Ich weiß, was Ihnen das antun muß. Aber es war nichts Ernstes, wirklich nicht. Ich wollte nur mal ein bißchen Spaß haben und dachte, ich leihe ihn mir kurz aus. Wir hätten beide nicht erwartet, daß es dazu kommen würde.«

Jane starrte sie an und verstand kein Wort. Warum versuchte die Frau den Eindruck zu erwecken, sie hätte mit Carey schon länger ein Verhältnis? Was hatte sie davon? Eigentlich sollte sie nur den einen Wunsch haben, möglichst schnell aus dem Haus zu kommen. Wieder spürte Jane ihren Herzschlag im Hals. irgendetwas war hier falsch.

Carey ging zu seiner Kommode und öffnete die Schachtel, in der er nutzlosen Krimskrams aufbewahrte: einzelne Manschettenknöpfe, ein paar Schrauben, Schlüssel, die kein Schloß mehr hatten.

Während er den Schlüssel aus seiner Hosentasche holte, sagte er kühl: »Stellen Sie es bitte nicht so dar, als wäre zwischen Ihnen und mir irgend etwas gewesen. Es ist schon schlimm genug, daß Sie überhaupt in meinem Haus sind. Aber wenn Sie jetzt auch noch ...«

Jane hob die Hand und schüttelte den Kopf. »Bitte. Hör auf.« Sie legte einen möglichst irritierten Klang in ihre Stimme, aber was sie spürte, war eine wachsende Angst. »Eine solche Diskussion ist völlig sinnlos. Wir sollten diese Frau jetzt allein lassen, damit sie sich fertig anziehen kann.«

Die Frau warf ihr einen wütenden Blick zu. »Nein, nicht ›diese Frau‹«, sagte sie, »Susan Haynes.«

Alle Muskeln in Janes Körper waren schlagartig angespannt. Die Frau konnte nicht wissen, daß Jane diesen Namen auf dem Prägestempel für die gefälschten Kreditkarten gelesen hatte. Aber trotzdem hätte sie ihn nicht nennen dürfen. Sie hätte Jane überhaupt keinen Namen verraten dürfen.

Jane sah, daß die Hand der Frau unter dem Laken verschwand und einen dort versteckten Gegenstand ergriff, und ihr stockte der Atem, als sie seine Form erkannte. Die Hand hob sich unter dem Laken, und Jane dachte an Carey, der immer noch mit dem Rücken zu ihr an seiner Kommode stand.

Janes Hand schoß nach rechts und riß einen Golfschläger aus der Tasche. Das schimmernde Dreier-Eisen flog zwischen ihren Fingern hoch, bis sie den Griff in der Hand hatte, dann packte sie ihn und schlug zu.

Auch in dieser Sekunde entging Jane keine Einzelheit des Geschehens. Sie sah, wie der Blick der Frau den Schlag berechnete, Janes Augen fixierte und ihr etwas Fürchterliches mitteilte: Nicht du – er! Der Revolver schwenkte bereits nach links, zu Carey hin, so daß Janes Hieb einmal und noch einmal leer durch die Luft fuhr und auf dem metallenen Bettrahmen landete.

Der Schlägerkopf brach ab und sprang von der Matratze auf den Boden. Die Mundwinkel der Frau lächelten, während sich der Revolver hob und fast schon auf Careys Hinterkopf zeigte.

Jane schrie: »Nein!« und warf sich auf die Frau. Sie stach zu mit dem einzigen, was sie hatte. Sie spürte, wie der lange, dünne Stahlschaft unter den Rippen in den Körper der Frau eindrang. Die Frau schrie auf und taumelte rückwärts aufs Bett, aber der Revolver schwang herum und zielte jetzt auf Janes Gesicht.

Jane hatte keine Wahl mehr. Sie stieß den Schläger höher in den Brustkorb hinein und bis ins Herz. Die Frau versuchte, das Eisen zu fassen und herauszuziehen, dann fiel sie nach hinten. Carey kniete sich sofort neben sie, tastete nach der Halsschlagader der Frau und legte sein Ohr auf ihre Brust. Er hob den Kopf und starrte Jane an, entsetzt und fassungslos.

»Sie ist tot«, sagte er, »warum wollte sie ...«

»Sie ist zu dir gekommen, weil sie hoffte, ich würde irgendwann einmal anrufen und dir sagen, wo ich bin«, sagte Jane. Sie blickte zur Seite, um ihm nicht ins erschrockene Gesicht sehen zu müssen, während ihm die fürchterliche Wahrheit aufging. Sie sprach mit aller Ruhe, die sie aufbringen konnte. »Da sie es auf die einfache Tour nicht geschafft hat, wette ich, sie hat hier irgendwo etwas eingebaut ...« Ihre Stimme klang wie von einem anderen, ihr unbekannten Menschen.

Carey stand auf und hielt ihr seine großen Hände entgegen, eine unbewußte Geste, als wolle er sie streicheln, über jede Verletzung hinwegtrösten. »Du lieber Gott, Jane ... und ich habe sie hier reingelassen. Vor ein paar Tagen schon. Als ich noch nicht wußte oder wenigstens dachte, daß sie verrückt war.« Dann erst kam ihm ein zweiter Gedanke, und er sah erschrocken aus, als er sagte: »Ich habe nicht mit ihr geschlafen. Ich wußte nicht ...«

Sie kam zu ihm, legte ihm die Arme um den Hals und seinen Kopf auf ihre Schulter. »Ich weiß«, flüsterte sie. »Sie haben mich reingelegt, und sie haben dich reingelegt.« Sie fühlte sich wohl in dieser Umarmung, die ihr vertraut und doch immer wieder ganz neu war, aber vor allem fühlte sie sich endlich sicher. Am liebsten hätte sie die Augen geschlossen und den Augenblick noch länger festgehalten, aber das ging jetzt nicht. Sie ließ ihn los, ging um das Bett herum und betrachtete mit zusammengezogenen Brauen die tote Frau.

Carey blieb steif und bewegungslos stehen. »Also das ist es, nicht wahr? Und nicht bloß, jemandem fliehen zu helfen.« Er schwieg eine Sekunde lang. »Das ist es, was du mir damals sagen wolltest. Daß ich eines Tages mitansehen müßte, wie meine Frau in unserem Schlafzimmer jemanden ersticht.«

Sie blickte ihn ausdruckslos an und wartete.

Sein Blick wanderte von ihr weg und fixierte die Leiche. Jane konnte ihm ansehen, daß er in diesem Augenblick die letzten Minuten noch einmal erlebte. Aber Jane hatte Dinge gesehen, die er nicht gesehen hatte. Sie hatte gesehen, wie sich die gefühllosen Augen zu Schlitzen verengten, sie hatte blitzschnelle Hände gesehen und die hohle Revolvermündung. Währenddessen hatte Carey wahrgenommen, daß die schöne, weiche, lebendige Haut von einem Eisen durchbohrt wurde und jetzt mit frischem, hellem Blut überströmt war, erstarrt zu dieser kalten Wachsfigur einer Frau.

Jane sagte: »Sag, was du denkst. In ein paar Minuten ist es zu spät dafür.«

Carey hob die Hände, hilflos, einen wortlosen Schmerz in den Augen, und er wußte nicht, wie er es am besten sagen sollte, nur, daß er es jetzt versuchen mußte. »Ich liebe dich.« Also auch er war dahintergekommen, dachte Jane: So etwas sagte man immer, wenn einem nichts anderes mehr einfiel. Er machte einen zweiten Anlauf. »Du bist die beste Frau, die ich in meinem ganzen Leben getroffen habe – und das hier war das Schlimmste, was ich je gesehen habe. Und du hast es für mich getan, und dabei fühle ich mich schrecklich – und dankbar – und elend. Und wenn wir irgendwie aus dieser Sache wieder herausfinden, dann werde ich alles dafür tun, daß du so etwas nie wieder tust. Keine Fluchthilfe mehr.«

Sie senkte einen Augenblick den Kopf. Dann ging sie zum Telefon, schraubte die Hörmuschel ab, holte einen Minisender heraus und zertrat ihn mit dem Absatz. »Das war das ganze Geheimnis. Vermutlich finden wir diese Dinger noch monatelang im Haus.« Dann setzte sie sich aufs Bett und schraubte den Hörer wieder zusammen.

Carey ging zu ihr. »Vielleicht sollte besser ich mit ihnen reden,« sagte er. »Schließlich bin ich derjenige, der sie gekannt hat.« Er streckte die Hand nach dem Hörer aus.

Jane legte auf und sah Carey resigniert an. »Ich hatte nicht vor, die Polizei zu rufen.«

»Warum nicht? Das war doch reine Notwehr.«

Sie atmete einmal tief und langsam durch. »Das ist einer der Fälle, bei dem wir keine guten Antworten haben, wenn die Polizei uns Fragen stellt. Diese Frau war ein Profi-Killer. Der Revolver ist sicher nicht registriert, und garantiert nicht auf ihren Namen. Und wenn einmal unsere Namen und Fotos in allen Zeitungen sind, dann werden neue Leute hinter uns her sein – Leute, die sie vielleicht kannten, oder andere, die nach mir gesucht haben.«

»Wen rufst du dann an?«

»Niemanden.« Sie beobachtete ihn. Sein Blick ging anscheinend zum ersten Mal wirklich ins Leere. Es gab niemanden, den sie anrufen konnten, keine Institution, die etwas anderes tun konnte als ihnen zu schaden, keinen Freund, um sich bei ihm auszusprechen, die Gefahr für ihn wäre zu groß gewesen. Jane stand auf: »Ich sag dir, was du tun mußt. Du fährst jetzt zurück ins Krankenhaus. Schau dir alle deine Patienten noch einmal an, laß dich immer wieder auf der Station sehen, lies die Berichte durch, Du verhältst dich so, als hättest du das Krankenhaus überhaupt nicht verlassen. Und du kommst erst nach zehn Uhr wieder.« Er schüttelte wie benommen den Kopf. »Ich soll dich hier allein lassen?«

Jane ging zu ihm. »Keiner von uns hat das hier gewollt, aber es ist nun mal so, wie es ist. Wir stecken in Schwierigkeiten. Ich weiß, wie wir da rauskommen, und du weißt es nicht.« Sie schob ihn zur Tür. »Jetzt geh. Wir brauchen jede Sekunde.«

Er warf ihr einen letzten Blick zu, dann drehte er sich um und ging aus dem Zimmer und die Treppe hinunter.

Um halb elf schloß Carey McKinnon die Eingangstür auf und betrat sein Haus. Er rief: »Jane?«, bekam aber keine Antwort. Er stellte fest, daß er lieber nicht noch einmal und lauter rufen wollte. Es mußte sich überwinden, die Treppe hinauf ins Schlafzimmer zu gehen. Einen Augenblick lang traute er seinen Augen nicht: keine Leiche mehr, kein Blut. Das Bett war mit faltenlos frischen Laken und Decken bezogen. Der Fußboden war blankgeputzt. Als wäre hier nie etwas geschehen.

Erst allmählich bemerkte er, daß er nicht allein im Zimmer war. Er wandte sich um und sah Jane im Türrahmen stehen. Sie hatte das blaue, mit Blumen bedruckte Kleid an, das er immer schon gern hatte, aber das sie fast nie trug. Neben ihr stand ein kleiner Lederkoffer. Sie sagte: »Komm. Wir schlafen heute nicht hier. Du bringst mich in ein Hotel.«

Er wartete. »Mehr willst du darüber wohl nicht sagen?«

Sie zuckte die Schultern, hob ihren Koffer hoch, und er nahm ihn ihr ab. »Ich sage nur soviel«, antwortete sie, »daß das heute abend meine letzte Anweisung ist oder auch mein letztes Nein.« Sie ging auf die Treppe zu.

»Und morgen?«

Er konnte das Lächeln hören, wie das Lächeln in ihre Stimme zurückkehrte, während sie ihm über ihre Schulter hinweg sagte: »Frag mich morgen nochmal.«

37

Im Glanz der Morgensonne, die durch die Ostfenster strahlend über den Horizont kam, betrat man den großen Konferenzraum wie einen Traum, tauchte ein in schönes, goldenes Licht. In ein paar Minuten würde die Sonne so kräftig durch das ausladende Grün der Tropengewächse im Park scheinen, daß die Feuchtigkeit der letzten Bewässerung bald verdunstet sein würde. Im Westen zeigte der Himmel noch das tiefdunkle Blauviolett der Wüstennacht, in dem die Farben von Las Vegas wie Millionen bengalischer Feuer noch heller glänzten.

Max Foley stellte mit einer gewissen Befriedigung fest, daß er der erste war. Er hatte es kaum anders erwartet. Buckley schien seit langem sein komplexes Gehirn wie einen Muskel zu trainieren, indem er sich um hundert Dinge auf einmal Sorgen machte. Vermutlich hatte er die halbe Nacht damit verbracht, immer wieder aufzustehen und nachzusehen, ob eine neue Nachricht hereingekommen war, Salatieri dagegen eher damit, stundenlang ins Telefon zu brüllen, warum sie nicht kam. Die drei Chefs hatten die letzten zwei Monate in ihren Zimmerfluchten in den oberen Etagen verbracht, und allmählich empfanden sie die Situation als Belagerung.

Foley ging zur Tür des Badezimmers, klopfte einmal und schloß mit seinem Schlüssel auf. Wie so oft betrachtete er kurz den Schlüssel, bevor er ihn wieder einsteckte. Von diesem hier gab es nur drei Exemplare: Es waren die Schlüssel zum Himmelreich. Sie öffneten alles im Casino-Hotel, was sich überhaupt mit einem Schlüssel öffnen ließ, und dazu noch ein paar andere Türen. »Die Heiligen drei Könige aus dem Morgenland«, wie seine Kinder früher sagten. Das lag jetzt – wie lange? – zwei Ehen zurück. Damals war er noch nicht so reich gewesen, daß es ihm zu teuer erschien, die Hälfte seines sichtbaren Vermögens abzugeben, nur weil er ab und zu mit seiner Frau geschlafen hatte. Er überprüfte seine Rasur im Spiegel, kämmte sich die Haare, ging zurück in den Konferenzraum und sah auf die Uhr. Es war schon nach fünf, und er wurde allmählich ungeduldig.

Foley nahm seinen Platz am Tisch ein. Er warf einen Blick auf die Zeitungen, die man in drei gleichen Stößen für die Chefs bereitgelegt hatte. Er nahm die oberste, den »Idaho Statesman« ab, blätterte dann seinen Stoß mit dem Daumen durch und las die Schlagzeilen der »Salt Lake Tribune«, der »Denver Post« und der »Spokesman-Review« aus Spokane. Als hätte das Büro alle Zeitungen im Umkreis von zweitausend Kilometern um Kalispell zusammengekauft. Er widmete sich wieder der obersten Zeitung und las den markierten Artikel: »Die Polizei von Montana bestätigte gestern, daß Calvin Seaver aus Nevada, der zu der Schießerei vernommen worden war, aus Mangel an Verdachtsmomenten entlassen wurde.«

Die Muskeln in seinem Arm zogen sich krampfhaft zusammen. Er ließ die Zeitung fallen und versuchte, das Gelesene mit seinen bisherigen Kenntnissen in Einklang zu bringen. Er und seine Partner hatten Seaver losgeschickt, um Hatcher zu finden und umzubringen. Ein Mann war erschossen worden. Ein paar Kilometer vom Tatort entfernt hatte man Seaver verhaftet; er hatte die Mordwaffe im Hotelzimmer, Schmauchspuren an den Händen und gefälschte Papiere in der Tasche. Foley hatte natürlich mit einer gewissen Wahrscheinlichkeit angenommen, daß man Seaver nicht wegen Mordes verurteilen würde, aber daß man ihn gleich wieder entlassen würde, hatte er nicht im Traum erwartet.

Foleys Blick fiel auf den Stoß Zeitungen an Buckleys Platz. Er lehnte sich etwas vor und schaute mit gesenktem Kopf noch einmal genauer hin. Richtig: So, von der Seite her, konnte er eine kreisförmige Vertiefung im Papier sehen. Buckley hatte seine Kaffeetasse kurz auf der Zeitung abgestellt und war wieder gegangen. Foley sah sich nun auch Salatieris Zeitungen an, aber die waren offenbar unberührt. Er griff zum Telefon, rief Salatieris Suite an und ließ es fünfzehnmal klingeln. Er ging zum Privatlift der drei Partner, schaltete ihn mit seinem Universalschlüssel ein und fuhr in den dreizehnten Stock hinauf. Er klopfte solange an Salatieris Tür, bis ihm die Knöchel wehtaten. Dann nahm er noch einmal den Schlüssel und öffnete die Tür.

Vom Wohnzimmer aus konnte er in die übrigen Räume durch offengelassene Türen hineinsehen. Überall lagen Schubladen auf dem Boden, deren Inhalt Salatieri offensichtlich in diverse Koffer geworfen hatte. Er hatte nicht einmal mehr den Fußboden-Safe unter dem Teppich wieder verschlossen, nachdem er ihn geleert hatte.

Foley verließ die Wohnung, schloß die Tür hinter sich ab und stieg die Feuertreppe hinauf zu Buckleys Suite. Als er die Tür aufgeschlossen hatte, holte er einmal tief Atem. In diesem Raum war scheinbar alles wie sonst. Vielleicht schlief Buckley noch in einem der Schlafzimmer. Foley betrat die Wohnung, machte die Tür hinter sich zu, und dann bemerkte er das Gemälde über dem Sideboard. Der Matisse war durch einen billigen Watteau-Druck ersetzt worden. Foley drehte sich um und sah sich die beleuchtete Vitrine an der Wand an, die Buckley als Tabernakel für sein Fabergé-Ei benützte. Jetzt stand hier eine griechische Vase, die in schwarz und orange mit gelockten Ringkämpfern bemalt war. Sie sah fast so echt aus wie ein Museumsstück, aber Foley konnte sich die Wahrheit denken: Es war eine wertlose Imitation, und Buckley war nicht mehr da.

Foley ging durch alle Zimmer und bewunderte Buckleys Planungsarbeit. Hier war kein einziger Wertgegenstand zurückgeblieben, aber der unbefangene Betrachter konnte nicht erkennen, daß etwas fehlte. Buckley mußte nächtelang nur damit verbracht haben, seine Kostbarkeiten einzupacken, sie aus dem Casino zu bringen und sie dann durch diese Billigware zu ersetzen. Aber nein, sagte er sich. Das hier war zu sorgfältig hergerichtet. Buckley hatte sich auf diese Situation wohl schon seit Jahren vorbereitet, so wie Menschen, die in einer flutgefährdeten Gegend wohnen, immer einen gepackten Koffer bereithalten. Foley schloß die Wohnungstür hinter sich ab und ging zwei Stockwerke hinunter in seine Suite. Während er seine Sachen packte, versuchte er, seine neue Lage nach allen Richtungen hin zu erfassen.

Sie hatten Seaver angestellt, weil er ein kaltblütiger und fähiger Wachhund war. Und jetzt war er ein tollwütiger, bissiger Wachhund, und er war im Haus statt draußen. Er hatte mit seiner Erfahrung und seinen Verbindungen ganz zweifellos bei der Polizei ein gutes Geschäft für sich herausgeschlagen. Aber ein gutes Geschäft dieser Art war normalerweise eine Strafminderung, vielleicht sogar eine weniger schwere Anklage, aber doch kein Freibrief nach einem Mord. Konnte Seaver etwas bieten, was den Polizisten mehr wert war als der Mann, der einen Pechvogel durch ein Restaurantfenster erschossen hatte? Darauf gab es nur eine Antwort: Er hatte ihnen von den Casinoplänen im Staat New York eine Kostprobe gegeben.

Foley betrachtete das Problem aus einem anderen Blickwinkel. Angenommen, Seaver war kein Verräter. Wenn er ein Alibi hatte, dann mußten sie ihn laufen lassen. Ganz klar, wenn überhaupt jemand ein stocksolides Alibi fabrizieren und dann jemand umbringen konnte, dann Seaver. Ein paar Killer zu engagieren und sie auf einen so netten Kerl wie Pete Hatcher zu hetzen, war eine Sache. Etwas anderes war es, Calvin Seaver ein Team von Schlägertypen nachzuschicken, die ihn im Gefängnis erstechen sollten und dann doch zu spät kamen, weil er schon entlassen war. Seaver war ein alter Hase, und diese Kerle waren ein in der Eile zusammengesuchter Ersatz und ohne Einsatzplan. Selbst wenn er jetzt noch nicht wußte, daß die drei Partner ihm den Trupp auf den Hals geschickt hatten, wußte er wenigstens so viel, daß sie nach seiner Verhaftung die Verbindungen zu ihm gekappt hatten. Sie hatten sich ihn zum Feind gemacht.

Falls Seaver nun doch plötzlich zurückkommen wollte, um den Chefs seine Aufwartung zu machen, war es so gut wie unmöglich, ihn aufzuhalten. Er selbst hatte das gesamte Sicherheitssystem entworfen, den Einbau sämtlicher Geräte überwacht, das Personal eingestellt und ihnen ihre strategischen Plätze angewiesen. Seaver zum Feind zu haben, war die falsche Entscheidung gewesen.

Foley rief sich zur Ordnung. Er mußte etwas unternehmen gegen diesen neuen, geradezu neurotischen Impuls, sich dauernd Selbstvorwürfe zu machen. Die verfahrene Lage war nicht Foleys Schuld. Ganz und gar nicht. Er und Buckley und Salatieri hatten völlig recht gehabt, als sie in Pete Hatcher eine Bedrohung sahen. Und als die Bedrohung nach drei Monaten noch immer nicht beseitigt war, hatten sie Seaver damit beauftragt, das Problem zu bereinigen. Das war seine Aufgabe, und sie bezahlten ihm mehr als genug dafür, daß sie sicher sein konnten, er würde damit fertigwerden. Dann hatte Seaver die Sache verbockt, und sie hatten sich, wieder völlig zu Recht, von ihm getrennt und versucht, den Schaden zu begrenzen. Seaver war nur auf eine einzige Weise aus dem Schlamassel herausgekommen: Er hatte geredet.

Foley konnte also nur eines vermuten: Seaver saß in diesem Augenblick an irgendeinem geheimen Ort (steckten sie Leute dieser Art nicht gern in eine Militärbasis?) und lieferte den Ermittlern aus Washington alles. Einen Tag später oder noch schneller kam dann das FBI hinzu, das Justizministerium und dann die Staatsanwaltschaft mehrerer Bundesstaaten. Danach waren irgendwelche Reisen nicht mehr möglich und das untätige Herumsitzen erst recht nicht.

Ein paar Tage später kamen dann die Razzien in den Politiker-Büros in Albany. Und einige sehr einflußreiche Männer in New York würden feststellen, daß vor ihren Lieblingswohnungen plötzlich erstaunlich viele Lieferwagen parkten und städtische Bautrupps die Straße aufrissen. Und die Männer würden nicht erst lange warten, bis ein Staatsanwalt Anklage gegen sie erhob. Sie würden dasselbe tun wie Foley: alles stehen und liegen lassen und sich absetzen.

Foley packte effizient und methodisch. Er hatte es immer für uninteressant gehalten, wie Buckley einen Haufen Geld in Gemälde und anderen Plunder zu stecken. Er hatte auch nicht wie Salatieri fünfzig Pfund Juwelen unter einem Perserteppich versteckt. Das machte ihm jetzt die Sache leicht. Er füllte zwei Koffer fast vollständig mit Bargeld, warf die Sparbücher einiger Offshore-Banken hinterher, dann seine Wertpapier-Abrechnungen, ein paar persönliche Dokumente und zuletzt seinen Paß. Er zog den Sportmantel an, den er am liebsten trug, steckte die vom Arzt verschriebene Sonnenbrille ein und ging zur Tür hinaus.

Während er in dem Privatlift stand und die dreißig Stockwerke hinunterfuhr, wunderte er sich, wie leicht es doch war, einer Zwei-Milliarden-Firma einfach den Rücken zu kehren. Es gab gar nichts zu entscheiden. Falls Seaver nicht geredet hatte, dann war er jetzt auf dem Weg hierher, um jeden von ihnen umzubringen, der noch nicht abgehauen war. Und falls er geredet hatte, dann war die Polizei auf dem Weg hierher und dazu noch ein paar andere Leute, die er noch viel mehr fürchten mußte als die Polizei. Und falls Seaver nicht geredet hatte und auch nicht völlig verrückt war, dann mußte Pete Hatcher wissen, daß Seaver mit einem Gewehr durch die Gegend lief, und das hieß, daß er jetzt selbst auspacken mußte. Und selbst wenn alles ganz anders war, hatte Foley von diesem Tag an das unlösbare Problem, wie er das Verschwinden seiner beiden Partner erklären sollte. Seine Lage war unhaltbar geworden. Das hier war wie die Flucht aus einem brennenden Haus.

Die Lifttüren gingen auf, und er schleppte die zwei Koffer in die Tiefgarage. Er überlegte kurz, welchen Wagen er für die Fahrt zum Flugplatz nehmen sollte. Sein Saab war dazu vermutlich am besten geeignet, weil er nicht aussah, als würde ein Mann wie Foley so fahren.

Er nahm die Schlüssel vom Wandbrett und trug die Koffer zu dem dunkelgrünen Kompaktwagen. Der Wagen hatte ihn auf die Idee gebracht, wohin seine Reise als erstes führen sollte: in den Sabi-Sand-Wildpark in Südafrika. Dort konnte er von der Singita Lodge aus telefonieren und sondieren, wo er sich als nächstes aufhalten würde. Fürs erste hatte er ein starkes Verlangen nach Stellen, wo er jeden Besucher schon von weitem sehen konnte.

Foley öffnete den Kofferraum. Er legte einen Koffer hinein und spürte den plötzlichen, unwiderstehlichen Drang, sich nach hinten umzusehen. Es war als hätte er einen kalten Schauer im Nacken gespürt. Er wirbelte herum. Im Dunkeln hinter ihm war niemand, nichts außer den vier anderen Wagen. Aber es wäre leicht möglich gewesen. Es hätte schon der erste FBI-Agent oder auch Calvin Seaver sein können, der mit ihm abrechnen wollte, oder einer dieser Horrortypen, die die Mafia in Gang setzte, wenn sie eine unangenehme Erinnerung loswerden wollte. Oder einfach jemand, der wußte, daß Foley einen Haufen Geld bei sich hatte. In ein paar Tagen, wenn es sich herumgesprochen hatte, daß die drei Chefs ausgestiegen waren, liefen zweifellos einige Leute dieser Art herum.

Wahrscheinlich würde er niemals aufhören können, sich nach hinten umzusehen, auch wenn er noch ein Jahr oder sogar länger zu leben hatte. Als er den Motor anließ, kam ihm ein vertrauter Gedanke, jetzt aber aus einem anderen Grund. Er wünschte sich, auf irgendeine Weise diese Frau zu finden, die Menschen verstecken konnte.

Thomas Perry

Die Hüterin der Spuren

Roman. Aus dem Amerikanischen von Fritz R. Glunk. 319 Seiten. SP 5683

Jane Whitefield ist eine Spezialistin in ihrem Beruf. Sie läßt Menschen verschwinden, indem sie ihnen neue Identitäten verschafft. Ein Grund dafür ist ihre Abstammung. Jane ist Halbindianerin und versteht sich darauf, Spuren zu verwischen und Finten zu legen, bis ein Mensch wie unauffindbar ist. Als eines Tages ein John Felker ihre Dienste erbittet, ein Buchhalter, der eine Menge gestohlenes Geld für sich abgezweigt hat, nimmt sie den Auftrag an. Sie schließt ihn auch erfolgreich ab. Doch dieser Auftrag hat Folgen: Zwei Tote im dichten Netz der falschen Fährten und dunklen Geheimnisse! Jane beginnt zu begreifen, daß sie selbst in die Irre geführt worden ist, und bietet alles auf, die rätselhaften Vorgänge aufzuklären.

Der Tanz der Kriegerin

Roman. Aus dem Amerikanischen von Fritz R. Glunk. 357 Seiten. SP 5686

Ein achtjähriger Knirps stürzt in den Gerichtssaal, wo er gerade für tot erklärt werden soll: »Ich bin Timothy Phillips!« Da Timmy Erbe eines Millionenvermögens ist, begibt er sich in höchste Lebensgefahr, denn irgend jemand ist hinter ihm und seinem Geld her. Jane Whitefield ist schon länger diskret in der Umgebung Timmys und hat diese höchst gefährliche Aktion geplant. Ihr Auftrag ist es, das Leben Timmys zu retten. In atemberaubenden Verfolgungsjagden, in turbulenten Verwirr- und Versteckspielen gelingt Jane schließlich das fast Unmögliche.

Elizabeth Chaplin

Geisel des Glücks

Szenen eines Ehekrimis. Aus dem Englischen von Edith Walter. 301 Seiten. SP 5688

Wer träumt nicht von dem Millionengewinn? Als Susan Bentham, im Hauptberuf Hausfrau, fast anderthalb Millionen Pfund im Fußballtoto gewinnt, scheint für ihren Ehemann Jeff, ebenso erfolgreich als Rechtsanwalt wie als Schürzenjäger, der Traum wahr zu werden: genügend Geld, um den Rest seines Lebens in Luxus zu verbringen, einen Rolls Royce zu fahren und eine junge, attraktive Geliebte zu haben. Für seine Frau Susan dagegen bedeutet der unerwartete Geldsegen endlich Unabhängigkeit: Eine neue Welt tut sich auf, Aufmerksamkeit und neue Interessen stellen sich ein sowie ein wundervoller Liebhaber und, last but not least, die Chance, sich für eine frustrierende, demütigende Ehe zu rächen. Das Ehedrama beginnt, in dessen Verlauf nicht nur Porzellan zerdeppert wird …

Karin Fossum

Evas Auge

Roman. Aus dem Norwegischen von Gabriele Haefs. 368 Seiten. SP 2705

Könnte sie als Prostituierte ihr Geld verdienen? Für die junge, bislang erfolglose Malerin Eva Magnus stellt sich diese Frage, als sie ihrer Jugendfreundin Maja begegnet. Diese ist der lebensfrohe Beweis dafür, wie man durch Anschaffen zu viel Geld kommt. Eva beginnt ihre Lehre: Durch einen Türspalt läßt Maja sie dabei zusehen, wie sie einen Kunden empfängt. Aber es kommt zu einem Streit, und die Voyeurin im Nebenzimmer bleibt mit der Leiche der Freundin zurück. Der sympathische Kriminalkommissar Sejer, der in dem Mordfall ermittelt, ahnt, daß die junge Künstlerin mehr zu erzählen hat, als sie aussagt, und Eva muß befürchten, daß der Mörder um die Zeugin weiß. Ein ungemein spannendes Drama um eine junge, alleinerziehende Frau.

»Mit ›Evas Auge‹ liegt weit mehr vor als ein ausgezeichneter Kriminalroman.«
Bayerischer Rundfunk

SERIE PIPER

Gemma O'Connor

Tödliche Lügen

Psychothriller. Aus dem Englischen von Inge Leipold. 479 Seiten. SP 5658

Es ist kaum drei Wochen her, daß Grace Heartfield ziemlich überraschend und brutal von ihrem Mann verlassen wurde. Dann findet sie einen amtlichen Brief im Briefkasten! Doch er hat nichts mit ihrem Mann zu tun, sondern kündigt eine Erbschaft an: Ihre Schwester sei gestorben – Grace wußte nichts von deren Existenz. Und wer ist der mysteriöse Holländer, der sich im Dubliner Kanal ertränkte? Grace reist nach Dublin und muß mehr und mehr erkennen, daß ein Gespinst aus Halbwahrheiten und Verschleierungen ihr Leben vergiftete, daß Angst und Terror ihre Kindheit bestimmten. Sie folgt den Spuren der Toten und wagt es, genau hinzusehen, wagt es, die Büchse der Pandora zu öffnen. Gemma O'Connor gelang ein psychologisch dichter Thriller, der in London und Dublin spielt, dessen Schauplatz aber gleichzeitig die Abgründe menschlichen Versagens sind.

»Ein Buch, das man nicht aus der Hand legt.«
Brigitte Dossier

Fallende Schatten

Psychothriller. Aus dem Englischen von Inge Leipold. 412 Seiten. SP 5659

»Das ist eine Geschichte, von der man nicht mehr loskommt. Eine Geschichte von Schuld und Sühne, von Ehrgeiz und Geldgier. Gemma O'Connor verdient eine Menge Punkte auf der nach oben offenen Krimi-Skala.«
Frankfurter Rundschau

Wer aber vergißt, was geschah

Psychothriller. Aus dem Englischen von Inge Leipold. 426 Seiten. SP 5689

Holy Retreat, ein Nonnenkloster hoch über einer Bucht bei Dublin, muß renoviert werden. Die verarmten Schwestern lassen sich deshalb dazu überreden, das Friedhofsgelände zu verkaufen. Die junge Rechtsanwältin Tess Callaway soll die heikle Angelegenheit abwikkeln. Doch bei der Umbettungsaktion taucht plötzlich ein Sarg zuviel auf. Tess wittert skrupellose Machenschaften, Geldgier und Verrat. Sie beginnt, viele unangenehme Fragen zu stellen – und setzt eine Katastrophe in Gang.

Sara Paretsky

Blood Shot
Ein Vic-Warshawski-Kriminalroman. Aus dem Amerikanischen von Anette Grube. 352 Seiten. SP 5589

Brandstifter
Ein Vic-Warshawski-Kriminalroman. Aus dem Amerikanischen von Dietlind Kaiser. 410 Seiten. SP 5625

Deadlock
Ein Vic-Warshawski-Kriminalroman. Aus dem Amerikanischen von Katja Münch. 246 Seiten. SP 5512

Eine für alle
Ein Vic-Warshawski-Kriminalroman. Aus dem Amerikanischen von Dietlind Kaiser. 438 Seiten. SP 5685

Engel im Schacht
Ein Vic-Warshawski-Kriminalroman. Aus dem Amerikanischen von Sonja Hauser. 476 Seiten. SP 5653

Fromme Wünsche
Ein Vic-Warshawski-Kriminalroman. Aus dem Amerikanischen von Katja Münch. 227 Seiten. SP 5517

Schadenersatz
Ein Vic-Warshawski-Kriminalroman. Aus dem Amerikanischen von Uta Münch. 272 Seiten. SP 5507

Tödliche Therapie
Ein Vic-Warshawski-Kriminalroman. Aus dem Amerikanischen von Anette Grube. 255 Seiten. SP 5535

Windy City Blues
Vic-Warshawski-Kriminalgeschichten. Aus dem Amerikanischen von Sonja Hauser, Renate Kunze und Vera Mansfeldt. 287 Seiten. SP 5650

Hände hoch, Kleiner!
14 exklusive Kriminalgeschichten. Herausgegeben von Sara Paretsky. Übersetzt von Sonja Hauser, Sylvia List und Michael Hofmann. 278 Seiten. SP 5651

Hamlets Dilemma
12 exklusive Kriminalgeschichten. Herausgegeben von Sara Paretsky. Übersetzt von Sonja Hauser und Michael Hofmann. 249 Seiten. SP 5652

Sister in Crime
Kriminalstories. Herausgegeben von Sara Paretsky. 246 Seiten. SP 5602

Vic Warshawskis starke Schwestern
Kriminalstories. Herausgegeben von Sara Paretsky. 238 Seiten. SP 5601